Oktopusgarten

Das Buch

»Sie sollten wissen, daß die Geschichte einer Familie nicht nach dem Uhrzeigersinn geht oder der Richtung folgt, in die sich der Griff der Mühle dreht, um den Pfeffer zu mahlen. Sie ist, wenn Ihnen Vergleiche Spaß machen, wie ein gedeckter Tisch, um den die Menschen sitzen und essen.« Athina ist Mitte Dreißig und hat sich mit ihrem Leben, das geprägt ist von Einsamkeit und Angst vor Verletzungen, abgefunden. Erst als ihr Vater stirbt und sie in London den Roman ihres Bruders Ilias übersetzt, bricht ihre innere Isolation auf. Stück für Stück öffnet Athina sich dem Leben und entdeckt dabei nicht nur an sich selbst neue Facetten, sondern erfährt auch einiges über ihre Familie: Ihr Vater, ein ehemaliger Professor für Linguistik, der die Zeit nach seiner Pensionierung mit Tiefkühlkost vor dem Fernseher verbrachte, hatte offenbar ein faszinierendes Gefühlsleben. Die Mutter, lange magersüchtig, kocht opulente Gerichte und konserviert sie als Kunstwerke in Formalin. Jedes Familienmitglied scheint etwas mit Kochen zu tun zu haben. Amanda Michalopoulou zeichnet das facettenreiche Porträt einer ungewöhnlichen Familie.

Die Autorin

Amanda Michalopoulou, geboren 1966, hat in Athen französische Literatur studiert. Sie arbeitete als Kolumnistin der Tageszeitung *Kathimerini* und betätigte sich als Literatur- und Kunstkritikerin. 1996 war sie Stipendiatin im Künstlerhaus Schloß Wiepersdorf in der Nähe von Berlin. Sie erhielt mehrere Preise, unter anderem die höchste literarische Auszeichnung Griechenlands. Amanda Michalopoulou lebt in Athen und Paris.

Amanda Michalopoulou

Oktopusgarten

Roman

Aus dem Griechischen
von Birgit Hildebrand

List Taschenbuch

List Taschenbücher erscheinen im Ullstein Taschenbuchverlag,
einem Unternehmen der Econ Ullstein List Verlag
GmbH & Co. KG, München
1. Auflage 2001

Titel der griechischen Originalausgabe: Yantes (Kastaniotis, Athen)
Übersetzung: Birgit Hildebrand
Umschlagkonzept: HildenDesign, München – Stefan Hilden
Umschlaggestaltung: Designbüro Fabian Richter, Hannover
Titelabbildung: Abraham Mignon
Druck und Bindearbeiten: Clausen & Bosse, Leck
Printed in Germany
ISBN 3-548-60081-6

Vorbemerkung

Das Buch, das Sie in der Hand halten, wurde von meinem Bruder und mir geschrieben. Es kostete uns einige Zeit, bis wir zu einem gemeinsamen Titel kamen. Wir füllten ein paar Seiten mit unbrauchbaren Ideen wie:

Der große Schlund
Die Übersetzung
Die Chomfield-Hypothese
Ach-cha-chra
Vier Hände

Irgendwann dachte sich Ilias einen Titel aus, der sogar bei einer Gedichtsammlung affektiert klingt.

»Diplopie«, sagte er triumphierend zu mir.

»Diplo ... wie?« fragte ich und kugelte mich vor Lachen. Er rief eine Woche lang nicht mehr an.

Der Titel *Das Jantes-Spiel* war meine Idee gewesen. Ich versuchte ihn während Ilias' Grundausbildung durchzudrük-ken. Ilias war geschoren und geschwächt. Von Kopf bis Fuß in Blau eingekleidet, entmutigt durch die Farbe und die Psychologie der Kadettenuniform, hatte er seinen Widerstandsgeist verloren.

»Mach doch, was du willst«, sagte er zu mir.

Jantes ist ein Gedächtnisspiel, das man bei uns immer mit dem kleinen gegabelten Knochen spielt, wenn ein Huhn gegessen wird. Jeder der zwei Spieler zieht an diesem Gabelbein und weil Ilias Metaphern liebt, hätte ich schreiben wollen, daß auf die gleiche Weise jeder von uns diese Geschichte in eine andere Richtung zieht. Während der Knochen bricht, machen die Spieler eine Wette. Keiner von beiden darf sich in der Folgezeit vom anderen etwas in die Hand geben lassen, ohne dabei »Ich erinnere mich noch« zu sagen (d.h. an die Wette), sonst hat er verloren, und der Sieger ruft »Jantes!«. Mit anderen Worten, wer sich erinnert, gewinnt. Wir wären abwechselnd Gewinner, mein Bruder und ich. Er hat die Gedichte der Dionisia ausgegraben, ich die Briefe des Vaters. Er die Mordabsichten von Vassilis, ich einen wirklichen Mord.

Wir mußten uns also auf einen gemeinsamen Titel einigen, und das erwies sich als äußerst schwierig. Der Lektor des Verlages rettete uns aus der Bedrängnis. »Was halten Sie von *Oktopusgarten*?« meinte er. Ja, kann man denn einem Menschen, der die Geheimnisse der Literatur und des Marktes kennt, je etwas entgegensetzen?

Ilias' Novelle ist in diesem Buch enthalten und heißt *Ich schlag dich noch wie 'nen Oktopus*. Keiner schlägt einen anderen – zumindest nicht in dem direkten Sinn, wie man den Oktopus auf Astypalea, der Heimat unserer Mutter, weichschlägt. Der Satz ist eine Drohung von Oma Kalí, der durch mündliche Überlieferung von Generation zu Generation weitergereicht wurde. Auf die gleiche Art werden die Ängste, die Fehler, die Wunschträume in jeder normalen Familie vom Vater auf den Sohn übertragen; auch dies ist höchstwahrscheinlich der Sinn des Buches. Sonst werden Sie beim Lesen nichts gewinnen – außer dem selbstverständlichen Hochgefühl, das einem die Qualen der anderen verschaffen.

Vorbei sind die Zeiten, in denen einem ein Gewinn aus den Büchern blieb: unschätzbare Kapitel, die man in seinem Kopf bewahren oder aus denen man Zins ziehen konnte, indem man sie mit der Realität verglich. Es werden keine Werke mehr geschrieben *reglos wie Steilküsten und brandend wie der Ozean*, wie Flaubert es wollte. Das mag traurig sein, ist aber wahr. In unserem Zeitalter sind die Tomaten geschmacklos. Die Romane ebenfalls.

Ilias und ich stehen auf dem Boden der Tatsachen und sind

uns über die Wichtigkeit unseres Unternehmens im klaren: Aus uns werden nie klassische Schriftsteller. Unser Buch wird unter Papierbänden begraben werden, die sich Romane nennen und den Drang des Menschen, über sich selbst zu sprechen, bezeugen. Zwei Generationen später wird unsere Geschichte sinnlos sein, und das einzige, was dann zu ihrer Verteidigung bleibt, ist der Zweizeiler von T. S. Eliot, den Ilias deklamierte, als er mich in London abholte:

Nach London fuhr ich, in die zeitberaumte Stadt
wo auf dem Fluß das fremde Brack flottiert.

Und natürlich die Titel meiner eigenen Kapitel, die der *Päpstin Johanna* entnommen sind.

Zur gleichen Zeit, in der mich meine Mutter drängte, mein Essen gründlich zu kauen und dann zu schlucken, bestand mein Vater darauf, daß ich Emmanuil Roidis* gründlich durchkaute und schluckte. Seither habe ich keine griechische Literatur mehr gelesen. Zum einen brachte ich sie mit der väterlichen Autorität in Verbindung, und zum anderen mochte ich die *Päpstin Johanna* nicht mit anderen Büchern vergleichen. Sie werden dann und wann auf ein paar versprengte Fragmente ihrer Eskapaden stoßen, die eine Erweiterung unserer Abenteuer darstellen. Die einzige Art der Rechtfertigung unserer Existenz ist die Existenz der anderen vor uns. Das gilt selbstverständlich auch für unsere Eltern. Unsere nächsten Vorfahren.

Jeder ist imstande, ein Buch über seine Eltern zu schreiben – in gewissem Sinn verfaßt er es im Geiste, während er ihnen Erde aufs Grab wirft oder sich alte Fotos ansieht. Hätte Ilias nicht beschlossen, ein paar Dinge über die Familie Xenos und

* Emmanuil Roidis, 1836-1904, ein Erneuerer der neugriechischen Literatur, über den wegen seines satirisch-antiklerikalen Romans *Päpstin Johanna* von der orthodoxen Kirche der Bann verhängt wurde. *(Anm. d. Übers.)*

Sapantis zu schreiben, dann hätte ich mich ebenfalls auf die Verhaltensformen der übrigen Menschen beschränkt. Nie habe ich ein Tagebuch geführt. Habe keine Gedichte geschrieben und auch keine Liebesbriefe. Ich besaß einen praktischen Sinn. Ich wußte, wieviel Kleingeld ich in der Tasche hatte. Wie man zur Stoßzeit auf dem schnellsten Weg in die Stadt kommt. Selbst mein Beruf, das Übersetzen, war ein Ausgleich der Kräfte, nämlich der familiären Verfallstendenzen mit meinem Fimmel bezüglich des Anscheins von Ordnung und Ausgeglichenheit. Vor zehn Jahren, mit Zwanzig, war ich davon überzeugt, daß ich unter tausend Möglichkeiten eine zufällige Wahl getroffen hätte. Heute, nach der Wendung der Geschehnisse, habe ich meine Ansichten in bezug auf den Zufall revidiert. Zufällig ist, wie ich meine, dasjenige, was unseren Weg kreuzt, um uns zu beweisen, daß nichts zufällig ist.

Unsere Geschichte läuft in wenigen Worten etwa folgendermaßen ab: Der Vater starb. Ilias schrieb eine Novelle zum Thema unserer Familie, und zwar auf englisch. Er bat mich, sie zu übersetzen. Ich nahm an. Traf mich mit mehreren Herausgebern. Sie lehnten das Buch ab, weil es zu wenige Seiten hätte. Um die Seitenzahl zu erhöhen, beschloß ich, meine eigene Version dazu zu verfassen. Unterdessen hatten sich dramatische Dinge zugetragen: ein Mord, ein verheerender Knochenbruch zwischen Thorax- und Kreuzwirbeln, eine Trennung.

Warum mache ich das Ganze? Zum ersten, weil die Zusammenfassung einer Geschichte der Hauptgrund ist, der einen dazu bringt, sie zu lesen. Zum zweiten möchte ich gerne ehrlich zu Ihnen sein. Kein Roman wird nur aus guten Absichten geschrieben – doch sind auch diese erforderlich. Und jetzt können Sie, wenn nicht gerade das Telefon läutet oder der Kaffee umkippt, mit dem Lesen beginnen.

Diesen Regen des Herzens

Die Erzählung müßte eigentlich mit der Beerdigung meines Vaters einsetzen. Doch Bücher, die mit Beerdigungen anfangen, bringen einen in Versuchung, das Unbeschreibliche zu beschreiben: die Empfindungen, die der Tod eines Menschen hervorruft. Der Vater starb vor einem Jahr, am 7. Dezember 1994, wie Thales von Milet: Als er einem sportlichen Wettkampf zusah. Weihnachten war ihm zuwider, und so schied er im richtigen Moment für sich selbst – aber auch für mich, wenn sich das nicht zynisch anhört. Das Bedürfnis nach Trauer war seit einer ganzen Weile vorhanden. Sein Tod verlieh etwas in mir Farbe und Form, das bereits verloren gegangen und zugrunde gerichtet schien.

Wenn Sie einen Arzt fragen würden, woran er gestorben ist, würde er antworten: »Herzstillstand«. Würden Sie Ilias die gleiche Frage stellen, dann würde er sagen, er sei an Kräfteverfall gestorben. Ich selbst vertrat damals die Meinung, er sei an Monotonie zugrunde gegangen, was ja auch eine Form des Kräfteverfalls ist. Er hatte sich eine böse Erkältung geholt und benahm sich wie ein Todgeweihter, wie alle kranken Männer. Um mich zu quälen, verlangte er von mir, daß ich ihm die Bücher herunterholte, die auf dem obersten Bord des Bücherschranks standen, und ließ mich Briefe mit dem Stempel »Eilpost« aufgeben. Am 7. Dezember, einem Mittwoch, fand ich ihn wie jeden Abend in seinem geliebten gelben Polstersessel sitzen, ins bläuliche Licht des Fernsehers getaucht. Seine gespreizten Beine endeten in den albernen roten Pantoffeln, die ihm die Mutter vor fünfzehn Jahren gekauft hatte. Bis hierhin nichts Merkwürdiges.

Zu denken gab mir die Tatsache, daß er seine gute Hose trug. Eine graue Hose mit schwarzen Streifen, die er zu Hochzeiten und Beerdigungen anzog. Sein Kopf hing über den Sessel hinaus nach hinten, als suche er etwas, das sich hinter seinem Rücken befand. Aber es war nichts hinter dem Sessel. Nur die Tapete des Arbeitszimmers mit den riesigen weißen Orchideenblüten. Die Mutter stellte einen weißen Blumenstrauß auf die Grabplatte, der aussah, als hätte er sich von den Zimmerwänden gelöst. Erst nachträglich erfuhr ich, was es mit den Orchideen für meinen Vater auf sich hatte: Das Tapetenmuster hatte er selbst ausgesucht. Ein paar Monate später war ich in der Lage, ihn mir auszumalen, wie er die Rollen mit seinen dünnen, behaarten Händen auseinanderbreitete; wie er sich auf seine verhaltene, vorsorgliche Art die Friedlichkeit des Familienlebens erträumte. Aber am Tag des Begräbnisses waren seine Hände kalt und starr. Eisig geworden über dem Warten auf Ilias, der per Charterflug aus London kam.

Ohne uns besonders verbunden zu sein, bilden Ilias und ich gegenseitig eine Art imaginärer Allee aus Gedanken und existentiellen Fragen. Am Tag der Beerdigung tröstete mich die Vorstellung der Allee jedoch nicht. Ich brauchte meinen Bruder. Obwohl ich eine Arbeit in Zurückgezogenheit gewählt hatte, war ich doch im Grunde kein zurückgezogener Mensch. Und das verdanke ich höchstwahrscheinlich dem fernen Einfluß der Mutter. »Fern« ist das einzige Wort, das ich neben ihren Namen setzen kann. Nach dem Begräbnis sagte ich zu meinem Bruder, daß unsere Eltern so entfernt seien, weil sie versucht hätten, ihre Person vor uns zu schützen. Dies war eine der humanistischen Ideen, die einem der Tod eingibt, und die sich damals für mich fremd ausnahm. Ilias erinnert mich fast neckend daran, wenn wir unser Einfühlungsspiel spielen. Wir verschwenden zahllose Stunden damit, uns vorzustellen, wie unser Leben aussähe, wenn wir ein kleines bißchen früher oder später in einer anderen Familie zur Welt gekommen wären. Mit einem Ingenieur als Vater und einer Biologin als Mutter, die völlig andere Fehler begangen und uns auf unterschiedliche Weise aufgezogen hätten. Die Idee zu diesem Buch ist teilweise aus diesen eigenartigen Gesprächen geboren. Wie wir wären, wenn wir auf einer Farm in Texas aufgewachsen wären. Welche Ansichten wir hätten, wenn unser Vater seine Nase geräuschvoll in ein Taschentuch geschneuzt hätte.

Wir waren nicht imstande, uns das Leben mit einem Vater vorzustellen, der sich die Nase schneuzt oder spuckt oder bei Tisch Witze erzählt. Unser Vater war unsichtbar. Er war viele Jahre vor seinem natürlichen Tod gestorben, wobei er seinem Geist gestattete, geräuschlos unter uns zu weilen und dicke sprachwissenschaftliche Wälzer zu lesen. Als ihn die Mutter verließ, hörte er auf, sich zu rasieren. Als Ilias zum Studium nach London ging, hörte er auf, am Tisch zu essen. Er lebte vor dem Fernseher und betrachtete mich mit dem verblödeten Gesichtsausdruck, mit dem man Fernsehserien verfolgt. Ich war der letzte Mensch, der noch zu Hause übriggeblieben war. Der Vater belohnte mich dafür mit tiefer Verachtung. Er sagte auf seine Weise »mach, daß du wegkommst«. Ich wußte ehrlich nicht, wo ich hingehen sollte. Mit dem Übersetzerlohn konnte ich nicht einmal in eine Zigeunerhütte ziehen.

Nach der Beerdigung gehörte die ganze Wohnung mir. Drei Schlafzimmer, eine der besten linguistischen Bibliotheken in Europa und an den Wänden die Werke meiner Mutter, was ausdrücklich untersagt gewesen war, solange er lebte. All das bekam ich ohne Mühe, lediglich, weil ein Mensch gestorben war; und das erfüllt mich nicht mit besonderem Stolz.

Während der Beerdigung spürte ich, wie mir die Kinnlade zitterte, obwohl meine Augen trocken blieben. Ich blickte mich um: Niemand schluchzte richtig. Selbst in der allerletzten Minute war es meinem Vater nicht vergönnt, starke Gefühle auszulösen. Verwandte hatte er sonst keine. Die drei Brüder meiner Mutter, die Sapantier, wie sie bei uns heißen, hatten ihn nie als Familienmitglied betrachtet. Stefanos, der sich von allen noch am leichtesten rühren ließ, hatte kaum eine Träne im Auge. Vassilis blickte die ganze Zeit auf die Zypressen. Fotis schließlich, der die Sensibilität eines Dickhäuters besitzt, gähnte ein-, zweimal unverhohlen. Seine Frau Isabelle heulte mit zuckenden Schultern in den Armen ihrer Tochter Dionisia. Wie mir schien, weinte sie sogar mehr als meine Mutter. Aber die Trauer ist nicht mit Kübeln zu messen.

Als das Trauergeläute verstummt und die Augen wieder trocken geworden waren, war es Zeit für den Kaffee. Hätte man die Tür des Kafenions zugemacht, um den Blick auf die Gräber zu verdecken, so hätte sich leicht der Eindruck einstellen können, eine größere Gesellschaft rings um den Tisch unterhielte sich über die Streiks, das Verkehrsproblem und die Regierung. Ich hatte die Kühnheit, mir Ilias als Tintorettos *Portrait eines Dreißigjährigen in der Rüstung* vorzustellen. Mit dem Unterschied, daß sich durch das Fenster hinter ihm keine Trieren, sondern Zypressen abhoben. Mein Bruder trug wirklich eine Art Rüstung, er selbst behauptet allerdings, er habe sie damals zum ersten Mal abgelegt. Im Grunde meinten wir dasselbe und führten dazu nur unterschiedliche Argumente ins Feld.

Nach dem Begräbnis kehrten wir zusammen nach Hause zurück. Ein paar praktische Arbeiten waren zu erledigen, damit die Wohnung nicht wie ein Mausoleum wirkte: Wir mußten die Jacken des Vaters irgendwohin weggeben und sein Rasierzeug verschwinden lassen. Es war mir unerträglich, mit den persönlichen Gegenständen eines Geistes um mich herum zu schlafen. Das einzige, was wir unangetastet ließen, war sein Nachttischchen. Es ist immer eine Art persönlicher Rumpelkammer, ein Beleg dafür, daß der Tote gelebt hat, ein Psychogramm aus Aspirinpillen, Sicherheitsnadeln und vergilbten Briefen. Tatsächlich stießen wir in einem abgeschabten Lederkästchen auf etliche alte Briefe. Zwei Briefe, bei denen, wie wir den Schriftzügen entnehmen konnten, die Mutter der Absender war, und eine ganze Reihe von Briefen in schrägen, schön geschwungenen Buchstaben und mit dem Monogramm N. S.

»Athina, glaubst du, du kannst hier wohnen bleiben?« fragte mich Ilias, während er die Briefe in das Kästchen zurücklegte.

Seine Frage wirkte wie eine Initialzündung, die mich ins Nachdenken brachte. Ich konnte mir einfach nicht vorstellen, wie mein Leben von seinem geraden Lauf abweichen sollte. Dies hier war meine Wohnung. Vom Küchenbalkon aus sah ich zur Mesojionstraße hinunter, zu ein paar Bäumen, die ständig spärlicher wurden, und zu den Lichtern der Krankenwagen, die sich auf das Militärkrankenhaus zubewegten. Die Flasche mit dem Öl stand auf einem grünen Plastikteller unter dem Ausguß. Die Mäntel und Schals hingen am alten Garderobenständer hinter der Tür. Die Schrauben und die elektrischen Birnen waren in der Abstellkammer sortiert. Das war die natürliche Ordnung der Dinge. Daher antwortete ich: »Natürlich. Wohin sollte ich sonst gehen?«

»Wohin du willst«, sagte er. »Du kannst gehen, wohin du willst. Aber vermutlich weißt du noch nicht, wohin du gehen willst.« Wenn Sie anfangen, sein Buch zu lesen, wird Ihnen aufgehen, warum mein Bruder so spricht und denkt.

Ohne die Habseligkeiten des Vaters wirkte die Wohnung größer. Einige Schränke, Regale im Bad, Schubladen im Arbeitszimmer wurden leer. Seine Bibliothek blieb unberührt. In seinem Fall bestand der Mensch aus seinen Büchern. Sie erst von oben nach unten und danach von unten nach oben musternd konstatierte ich, daß mein Vater, der im Leben selten präsent gewesen war, keine Anstalten machte, sich aus der Wohnung zu entfernen.

Die Mutter hatte uns zum Abendessen eingeladen. Obwohl ich diese Einladungen grundsätzlich vermied, da ich sie für kompliziert, zeitraubend und zwecklos hielt, sagte ich an jenem Abend ja zur Sammlung der vereinten Familienkräfte. Fünf Jahre lang hatte ich ihr Haus nicht mehr betreten. Seit dem Herbst 1989 und der Abschiedsfeier von Ilias, der zum Psychologiestudium nach England ging. An jenem Abend im Jahr 1989 hatte die Mutter die Feinfühligkeit besessen, Petros irgendwo anders hinzuschicken, so daß wir zu dritt einen geruhsamen Familienabend verbringen konnten. An diesem Abend im Jahr 1994 öffnete uns Petros die Tür. Er nahm uns die Mäntel eher in der Funktion des Butlers ab als in der des Hausherrn. Vor uns, vor der undurchdringlichen Mauer, auf die er stieß, wurde er zu dem, was wir ihm gerne zugedacht hätten. Zu einem Hausgehilfen.

Petros Pagonis war der Grund, warum die Mutter das Haus verlassen hatte, kaum daß ich die zweite Klasse des Lyzeums beendet hatte. Etliche Jahre jünger als sie, ist er bestrebt, den Altersunterschied hinter Gesichtsfalten und einem ovalen Brillengestell aus Schildpatt verschwinden zu lassen. Ilias nennt ihn »Nana Mouskouri«, denn er verändert sich äußerlich nie, hat keine guten und schlechten Tage. Als wir uns an den Tisch setzten, ertappte ich mich dabei, wie ich ihn peinlich genau musterte. Ich fragte mich, ob die gute Verfassung meiner Mutter auf diese Stabilität der Erscheinung – und andere Dinge, die tiefer gehen – zurückzuführen ist. Seit dem Mittag hatte er die Zeit und das Herz gefunden, Selleriesuppe, Ente und ein gebackenes Dessert zuzubereiten. Man hätte glauben können, es sei mindestens ein Vierteljahr seit der Beerdigung vergangen, denn alle sprachen lebhaft über erfreuliche Dinge; wie etwa über die Honigsoße, die auf der Ente eine orangefarbene Kruste hervorgebracht hatte. Ich als Vegetarierin nahm mit Unbehagen an dieser Unterhaltung teil. Natürlich gab es auch Augenblicke allgemeinen Unbehagens. Wie zum Beispiel, als die Teller abgedeckt wurden und nichts mehr da war, um unsere Münder in Anspruch zu nehmen. Obwohl Ilias wie ein Scheunendrescher gegessen hatte, begann er Sonnenblumenkerne zu knabbern und in den Aschenbechern Hügel aus Schalen zu produzieren. Später fand ich dasselbe Bild in seinem Buch wieder, in dem Kapitel *Pfefferschoten für Verliebte*: »Die salzigen Schalen häufen sich in sämtlichen Aschenbechern, als hätte jemand im Wohnzimmer seltsame afrikanische Bäume geschüttelt.«

Das Bild war die Frucht jenes Abends – wir erinnerten stark an afrikanische Stammeshäuptlinge. In der Hocke saßen wir um den niedrigen Wohnzimmertisch. Die Bäuche quollen uns über. Unsere Wangen hatten sich durch den Wein und den Verdauungsprozeß gerötet. Es fehlten uns bloß noch die Friedenspfeifen, die wir in dieser Zusammensetzung ganz sicher niemals rauchen würden. Zwei Lager gab es: sie und wir. Petros Pagonis war ein natürlicher Feind. Nicht nur, weil er ein Rivale des Vaters in bezug auf die Liebe, sondern weil er zur Zeit der Idylle seine rechte Hand gewesen war, Lektor an der Universität. Als der Vater in Pension ging, erbte Petros den Lehrstuhl für Linguistik, nachdem er vorher alles aufgeboten hatte, ihm die Frau wegzunehmen. Der dürre Junge mit der Brille wurde Professor. Später Dekan. Er legte sich einen Chauffeur zu, der ihn auf Kosten des griechischen Staates zur Fakultät fährt und ihn wieder abholt, und gleichzeitig den Dünkel, den die hohen Ämter mit sich bringen. Neben Petros kam der Mutter ihre natürliche Schlichtheit abhanden. Sie tat sich mit ihren Bekanntschaften wichtig – einer Gruppe von Universitätsangehörigen und Künstlern, die ihrer Meinung nach die Crème de la Crème des gesellschaftlichen Umgangs darstellte. Sie war imstande, eine unbedeutende Geschichte zu erzählen und ihr dadurch Wert zu verleihen, daß sie betonte, der Herr soundso habe sie ihr erzählt. Beim Sprechen ruderte sie mit den Armen – die sie ehemals beständig um ihre Knie geschlungen hatte. Die Gesten hatten den Zweck, einen an den Haaren in ihren persönlichen Bereich zu zerren, rings einen Zaun darum zu ziehen, und einen dann wie verloren um ihre Erinnerungen, die Erzählungen ihrer bedeutenden Freunde, um Hunderte von Anekdötchen, Bosheiten und Beweihräucherungen kreisen zu lassen. Ilias und ich hörten uns schweigend ihre Monologe an und verloren dabei allmählich unsere Laune und unseren Verstand. Also die Essenz der sozialen Beziehungen.

Ihr Haus war groß und unordentlich. Man fühlte sich veranlaßt, von seinem Platz aufzustehen und sich ans Leeren der Aschenbecher zu machen. Und wahrscheinlich hätte ich es bereits getan, wenn Ilias mir nicht in der Vergangenheit wiederholt erklärt hätte, daß der Ordungsfimmel des Vaters die Mutter zum Äußersten getrieben habe. Bis das Äußerste eine Lebensart wurde.

Ich bin keine Kleinbürgerin und auch keine Reinlichkeitsfanatikerin. Bin nicht in Sümpfen aufgewachsen und ebensowenig in Krankenhäusern. Ich möchte schlichtweg nur, daß die Gegenstände, die mich umgeben, ihre Bestimmung offenbaren. Möchte, daß diejenigen, die sich in meiner Umgebung befinden, mich verstehen, wenn sie einen Blick auf meine Wohnung werfen, auf meine Bücher, meine Kleidung und meine Haare. Ilias meint, in einem früheren Leben sei ich Japanerin gewesen.

Petros und die Mutter hingegen müssen in ihrem anderen Leben Amerikaner mit lauter Neurosen gewesen sein. An allen Wänden gibt es bei ihnen Nägel, unnütze Nägel, an denen nichts hängt. Sie verbringen ihre Zeit mit dem Auf- und Abhängen von Bildern, angeödet von ihrem Haus und ihrem Leben. »So darfst du nicht denken«, meinte mein Bruder mit der Miene und der Phraseologie des Psychologen, sobald wir in die eisige Luft des Penteliberges hinausgetreten waren. »Jeder ist auf seine Weise glücklich. Kannst du dir etwa eine Diktatur des Glücks vorstellen?«

Nein, etwas Derartiges hätte ich mir nie denken können. Ich behellige niemanden, und niemand hat mich bis jetzt in einem solchen Ausmaß behelligt, daß ich schreien oder etwas kaputtschmeißen wollte. Das war eigentlich beunruhigend. Aber es sollte sich ändern.

Am folgenden Morgen ging ich einkaufen. Ich kaufte Weichspüler für die Waschmaschine, Chlorbleiche, Watte und Putzwolle für die Töpfe. Dinge, die in der Wohnung nicht vorhanden waren. Doch nach welchen Kriterien entscheidet man sich bei dringenden Notwendigkeiten? Selbstredend nach Maßstäben des Augenblicks. Indem man viele solcher Augenblicke vereint, erschafft man sich die Kriterien seines Lebens. Ich hatte ein Bedürfnis nach Sauberkeit. Eine Art biologischer Klarheit, die sich in meinem Inneren ausbreiten könnte. Ilias hatte außer Hause zu tun, und so spürte ich zum ersten Mal, was der Versuch, alleine zu leben, bedeutet. Ohne daß der Vater vor dem Fernseher ab und zu auflacht oder diskret in sein Taschentuch hustet. Er war ja wirklich still gewesen, aber er war da. Ein Mensch, der unentwegt fragte, wie spät es ist. Ein Mensch, der über der Armlehne seines Sessels einschlummerte.

Ohne menschliche Gegenwart im Haus legt man sich das Verhalten eines Betrunkenen zu: Man spricht mit sich selbst. Man kratzt sich am Kopf und beobachtet teilnahmslos, wie Schuppenflöckchen auf dem Tisch landen. Man probiert die Grenzen der Indiskretion aus, indem man in Sachen herumstöbert, die einem nicht gehören. Ilias hatte provokanterweise seine Brieftasche auf der Küchenanrichte liegenlassen. Ich machte sie auf und zählte die Geldscheine durch. In dem Fach für Münzen gab es griechische und englische Geldstücke. Ich baute zwei Stapel. Zwei Türme aus Metall. Der englische war höher als der griechische. Ich zog seine Kreditkarten heraus, einen Leihausweis der Universitätsbibliothek, eine Skizze, wie man zur Wohnung irgendeines Rod kam. Entdeckte seinen Personalausweis. Gesichtsform: oval. Augenfarbe: braun. Nationalität: griechisch. Beruf: Schüler. Auf dem Foto war er tatsächlich Schüler. Trug ein kariertes Hemd, das in jener Zeit zu seiner zweiten Haut geworden war. Sein Haar war feucht und nach hinten gekämmt. Sein Ausdruck ernst. Doch auf den Fotos, die ich in dem speziellen Fach mit der Zellophanhülle fand, zeigte Ilias ein Lächeln. Er hatte drei Fotos ausgewählt. Auf dem einen saßen wir alle zusammen im Wohnzimmer dieser Wohnung. Das klassische Familienfoto der siebziger Jahre: Wir tragen Schlaghosen – sogar unser Vater hat ein glänzendes Hemd mit spitzem Kragen an – und blicken lächelnd in die Linse. Auf dem zweiten ist Ilias schon Student, inmitten einer Männerrunde, er lächelt verträumt, seine Ellenbogen auf eine niedrige, gekalkte Mauer gestützt, wohl auf einer Insel. Auf dem dritten sieht man ihn neben einem unbekannten Herrn mittleren Alters mit rötlichem Bärtchen stehen. Sie haben der Linse den Rücken zugekehrt, jemand hat sie gerufen oder ihnen etwas Witziges gesagt, und sie wenden den Kopf und sehen den Fotografen lachend an. Mein Bruder hat drei Fotos ausgewählt, die ein legeres Leben repräsentieren. So wünschte er sich demnach sein Leben? Ich wußte nicht, was ich glauben sollte. Meiner Meinung nach trägt ein ernsthafter Mensch keine Fotos in seiner Brieftasche mit sich herum.

Am Abend, zu der Zeit, wenn sich der Himmel schwer damit tut, den endgültigen Entschluß zum Dunkelwerden zu fassen, warf ich die Waschmaschine an. Der Vater hatte seit dem Zeitpunkt, als wir zu zweit geblieben waren, vergessen, was Ordnung heißt. Er ließ sein Bett ungemacht, voller Zwiebackkrümel. »Die letzten Zwiebäcke«, dachte ich, als seine Laken mit meinen Laken zusammen im Schaum herumwirbelten. Ich konnte mich nicht des Gedankens erwehren, daß der Krieg der Generationen in der rostfreien Waschtrommel endete.

Unser Krieg war stumm abgelaufen. Er hatte, wenn er mit mir böse war, ein paarmal den Fuß ausgestreckt, damit ich stolperte und hinfiel, aber der rote Pantoffel, der ins Auge stach, hatte ihn verraten. Ich hingegen pflegte auf seine Frage

»Wie spät ist es?« nicht zu antworten, indem ich so tat, als hörte ich nicht. Er wußte nie, wohin ich ging. Ich wußte nicht, welche Sendung er sah. Wenn ich den Fehler machte, neben ihm stehenzubleiben, schaltete er den Kanal um. Wie die Omnibuspassagiere, die sich von heimlichen Mitlesern gestört fühlen und ihre Zeitung demonstrativ zusammenfalten. Unsere Leben strömten parallel dahin, doch das eine drängte sich dem anderen nicht auf. Vielleicht hatte ich deshalb fortwährend die Illusion gehabt, daß ich alleine lebte. Ein gewaltiger Fehler. Alleine lebt man, wenn man die Plastiktüte des Gemüsegeschäfts auf den Tisch stellt und das Rascheln hört. Wenn man in einem schmuddeligen Pulli herumläuft und sich die Nase ohne Taschentuch schneuzt. Wenn man fragt und selbst auf die Frage antwortet, wie spät es ist.

Ilias kam abends mit zwei kleinen Pizzas zurück. Er traf mich vor dem Recorder an, wie ich die Kassetten meiner armseligen persönlichen Sammlung abhörte und in ihren Hüllen versorgte. Infolge eines falschen Handgriffs wurde der Dialog jenes Abends über den Polonaisen 3 und 4 von Chopin aufgezeichnet.

»Hast du heute Pizzas geklaut?«

»Was meinst du damit?«

»Du hast doch deine Brieftasche hier gelassen.«

»Seh ich etwa aus wie ein Typ, der ständig mit der Brieftasche herumläuft?«

»Das ist eben für die finanziellen Transaktionen erforderlich, weißt du ...«

»Komm, laß uns nicht darauf rumreiten. Was hast du denn heute gemacht?«

»Allgemeine Sauberkeit.«

»Und warum zittern deine Hände so?«

»Vermutlich vom vielen Kaffee. Was weiß ich.«

»Sollten wir vielleicht vor den Pizzas ein bißchen rausgehen, Schiraffel? Damit du an die frische Luft kommst?«

»Ist es kalt draußen?«

»Wie man's nimmt ...«

»Dann sollte ich besser ... Scheiße! Der hat das Band verschluckt!«

Wenn ich mich ein Jahr danach über derartig simple Dinge reden höre, über den Kaffee, die Pizzas und die Kälte, scheint mir, daß eine andere auf dem Tonband meine Rolle spielt. Die Gereiztheit in meiner Stimme ist die einzige greifbare Bekundung von Trauer, wenn man von dem familiären Weinen auf dem Mitropoleosplatz absieht.

Ilias erklärte mir, daß sein Ticket ein festes Rückreisedatum habe. Er werde am 12. Dezember mittags nach London zurückfliegen. Am gleichen Nachmittag habe er ein Treffen mit Truman Lodge, dem Professor, der seine Graduiertenarbeit über die Stereotypen der Männlichkeit betreue. So hatte ich keinen Spielraum für den Gedanken, wir könnten die Festtage irgendwie mit Streifzügen durch die Geschäfte übergehen. Mein Bruder hatte mir freundlicherweise angeboten, mich in seiner Mansarde in Bayswater zu beherbergen, aber mein persönliches Vermögen belief sich im ganzen auf fünfzigtausend Drachmen. Außerdem hatte ich bereits frühzeitig in meinem Leben den Entschluß gefaßt, nie in ein Flugzeug zu steigen.

Meine Mutter hatte mir eine schriftliche Einladung für den Heiligabend geschickt, von ihr selbst verziert. Ich hob sie in dem schwarzen Kasten auf, in dem ich die Briefe sammle, die mich in Verlegenheit bringen. Die meisten davon sind von ihr. Ich hatte beschlossen, Weihnachten alleine zu verbringen. Es war keine Strafe, sondern eine Art stoischen Sich-Einlassens auf die Umstände. Ich würde die Minestrone aus zwölf Gemüsen kochen, die mir Stefanos beigebracht hatte, und Brot mit Oliven und Safran backen. So geht es immer. Wenn man über die Zukunft nachdenkt, plant man nur die guten Momente. Man sieht den Tisch und nicht das Abräumen der Teller. Das Bett und nicht die schmutzigen Laken.

Es kam der Tag, an dem Ilias seine Koffer packte. Kaum hatte er seine Habseligkeiten zusammengepackt, blieb die Wohnung buchstäblich in meinen Händen. Es war Sonntag, der Tag vor seiner Abreise. Er schlug mir vor, mit ihm ins Monastirakiviertel zu gehen, um ein paar billige Mitbringsel für seine englischen Freunde aufzustöbern. Wir liefen die Adrianu hinauf und hinunter. Kauften Feuerzeuge mit kleinen Priapen und Knoblauchknollen aus Porzellan gegen den bösen Blick. Ein Geschäftsinhaber grüßte uns auf Italienisch. In meinem Kopf entstand sofort eines der »Einfühlungsszenarien«, die ich mit Ilias zu entwerfen pflegte: Mein Vater wäre ein reicher Schuhfabrikant in Mailand. Er hätte mich mit meinem Bruder nach Athen geschickt, damit ich eine unglückliche Liebesgeschichte vergessen sollte. Eine unglückliche Liebesgeschichte war auch in meinem wirklichen Leben vorhanden. Sie war nicht auf die Weise abgebrochen, wie das die Beziehungen üblicherweise tun, vielmehr schwebte sie über mir. Diamantis verfolgte mich wie eine schwarze Wolke. Er war der erste Mensch, den ich benachrichtigt hatte, als ich meinen Vater im Sessel gefunden hatte. Das gibt ihm nicht automatisch eine größere Bedeutung und einen Platz in meinem Leben. Damals hatte ich keine Freunde und konnte das Blöckchen mit der Telefonnummer meiner Mutter nirgends finden. Als die Beerdigung festgesetzt war, bat ich ihn, nicht hinzukommen. Ich muß ziemlich brüsk gewesen sein, denn seither war er verschwunden.

Diamantis arbeitete gemeinsam mit mir in der Übersetzungsabteilung der Zeitung, aber es war sein Traum, zum Journalisten aufzusteigen – was sich ohne viele Tricks und Intrigen ergab. Unsere Beziehung war wie ein Schalter, der über zwei Jahre hin an- und ausgeknipst wurde. Es gab Tage, an denen ich darauf erpicht war, ihn zu sehen, und andere, an denen ich mir wünschte, er würde auswandern. Für mich verkörperte er das, was für andere Frauen das Sporttraining oder

der Spanischunterricht darstellten, etwas Anregendes und Weiterbildendes zu gegebener Zeit. Generell war mein ganzes Leben aus kleinen Unterbrechungen zusammengesetzt. Zweistündiger Unterricht in Beziehungen und sozialen Kontakten, der mir nicht viel vermittelte, aber meinen Entschluß, menschlich zu sein, weiter erhielt. Es war eine künstliche Menschlichkeit, die mir Filme und Bücher eingegeben hatten. Über die echte Menschlichkeit lernte ich an jenem Dezemberspätnachmittag auf dem Mitropoleosplatz mehr.

Normalerweise ist ja der Ort, an dem sich die Handlung eines Dramas abspielt, symbolisch. Nachträglich sah ich in unseren Abenteuern die Allegorie der Mitropoliskirche von Athen, die auf den Architekturplänen von Hansen beruhte, nach einem Wettbewerb in eine griechisch-byzantinische Kirche umgemodelt wurde und bis heute bestrebt ist, sich einen Architekturstil anzueignen. In jenem Augenblick sah ich nur die gewöhnlichen Dinge, die einem eben so ins Auge fallen: den Himmel, die drei Apsiden des Haupteingangs der Kirche und die Spitzen meiner Schuhe.

Das Wetter war trüb. Wir saßen auf einem Marmorvorsprung mit Blick auf die Kirche. Die Kälte durchdrang den Marmor, sie zwang uns, uns dicht aneinanderzuschmiegen. Ich fühlte mich wunderbar; hatte keine Lust, mich zu rühren. Als wäre Ilias eine neue Bekanntschaft, von der Sorte, wo einem die Hand in einer bestimmten Stellung erstarrt, weder ganz nah noch weit entfernt vom anderen, und auf dessen Bewegungen man lauert, um sich auszustrecken. Wegen seiner Größe war mein Bruder etwas ungelenk auf den Vorsprung geklettert. Er hockte wie ein Vogel auf seinen Fersen und sah mich ein paar Sekunden lang schweigend an. »Wieso weinst du eigentlich nie?« fragte er mich fast argwöhnisch. Es war, als ob er fragte: Wieso weinst du jetzt gerade nicht, warum beweist du nicht, daß du Tränenkanäle hast. Sowie sich seine Arme um meine Schultern schlangen, begannen meine Augen überzufließen. Es war das erste Mal, daß ich öffentlich weinte, und eines der wenigen Male überhaupt. Wir blieben eine ganze Weile so, umschlungen und tränenüberströmt auf dem kalten Mauervorsprung. »Er ist mein Bruder«, dachte ich – was als Feststellung lächerlich ist. Durch die Lücke, die sich zwischen seinem Mantelärmel und dem aufgestellten Bein bildete, erblickte ich einen grünen Strauch, der mir schön und dichtbelaubt schien, obwohl er dürr war. Alles war richtig; nicht im geringsten lyrisch oder bedrückend. Ich hatte Kontrolle über die Situation, aber gleichzeitig gab es etwas, was absolut nichts mit mir zu tun hatte. Etwas, was hinter unseren Köpfen aufleuchtete. Bis ich erfuhr, was es war, glaubte ich, daß bei kühlen Menschen das Gefühl des Mitleidens mit diesem Leuchten einhergeht.

Wenn ein Mensch die Einsamkeit sucht, ist er nicht einsam.

Besser einsam als verlassen.

Die alleinlebenden Menschen sparen Lebensmittel und Strom.

Alle sind in der Lage, die Einsamkeit zu erkennen, obwohl keine Fotografien davon in Umlauf sind.

Wenn ich alleine bin, bin ich nicht einsam.

Seit dem Tag, an dem Ilias wegfuhr, schrieb ich solche Zettel und heftete sie mit Magneten an den Kühlschrank. Diese Angewohnheit verlieh mir den Eindruck, daß in der Wohnung ein guter Geist hauste war, der mir auf metaphysische Weise Trost spendete. Kürzlich fand ich einen Zettel mit meinen alten Sentenzen wieder, doppelt zusammengefaltet, fast in Fetzen aufgelöst, ganz unten in einer Handtasche. Wie es gewöhnlich bei solchen Erinnerungsstücken der Fall ist, wurde eine ganze Periode wieder lebendig.

Während dieser Zeit schlief ich nicht gut. Ein Verstärker in meinem Gehirn übersteigerte die Intensität und Bedeutung der Geräusche. Das Knarren im Boden war eine Mäusefamilie.

Eine zufallende Tür war meine Tür, die gerade aufgebrochen wurde. Eine laufende Wasserspülung bedeutete die Überschwemmung des Stockwerks.

Morgens wurde ich nur mühsam wach und schlüpfte in eine zerrissene Strumpfhose, um mich zu wärmen. Darüber zog ich ein schwarzes Kleid mit offenem Saum und schlang den Schal der Großmutter um die Schultern, den Ilias in dem Kapitel *Gepfefferte Fischsuppe* beschreibt. Es war ein rotes Gestrick, das wir auf die Armlehne des Sessels drapiert hatten. Als meine Ängste in bezug auf die Geister erwachten, begann ich den Sessel als Viereck gewordene Vision der Großmutter zu sehen und hielt es für besser, ihren Schal von dort wegzunehmen. Bis dahin war ich immer gepflegt in der Wohnung herumgelaufen, im grauen Pyjama und Morgenrock. Von dem Moment an, als ich allein blieb, ging es mit mir bergab. Nur die Wände der Wohnung bekamen mich zu Gesicht, demnach gab es keinen Grund, auf meine Erscheinung zu achten. Das war nicht immer das Maß meiner Koketterie gewesen, aber es gibt für niemanden ein festes Maß. So ist man imstande, seine Grenzen zu erkennen und ernstlich in Verstörung zu geraten, wenn die Zeit dafür gekommen ist.

Für mich schlug die Stunde der Verstörung, als Ilias nach London abflog. Ich begann, im Bett zu essen. Ich schlief neben den schmutzigen Tellern, unter Zwiebackkrümeln. Der Nachttisch stand voll gebrauchter Gläser. Auf dem Boden lagen Zeitschriften, Besteckteile, das Fernsehprogramm. Ich hatte das Gerät in mein Zimmer herübergeholt und ließ es laufen, bis ich einschlief. Etliche Male überkam mich der Schlaf dank seines Brummens. Vor dem Fernseher verbrachte ich auch den Heiligabend; mit einer Minestrone aus drei Gemüsen, die eine Wassersuppe geworden war, und Armen Rittern, die ich aus altem Brot gemacht hatte. Auf meinem Anrufbeantworter wurden Botschaften einer verhaltenen Weihnachtseuphorie aufgezeichnet.

»Ich hab angerufen, um zu hören, ob du was brauchst. Frohe Weihnachten.« (Diamantis)

»Draußen ist es eisig. Haben sie bei euch wenigstens die Heizung an?« (Meine Mutter)

»Schöne Feiertage, Schiraffel. Hast du das Weite gesucht?« (Ilias)

In dem Gefühl, daß die übrigen Menschen draußen waren, auf dem Weihnachtsplaneten, versank ich in einer Empfindung, die nur unter den Bedingungen einer totalen Einsamkeit kultiviert wird: der Passivität der Sinne. Alles war gleich. Nichts hatte einen Geruch. Nichts hatte besser oder schlechter zu werden. Das Zimmer erinnerte an die Landschaft einer atomaren Katastrophe. Bis zu einem gewissen Grad trug auch das Fernsehen dazu bei, das sein kränkliches Licht auf die Kleiderstöße warf. Im Dunkel erschienen die Seiten der Bücher fahlblau. Die Teller sahen wie die Überbleibsel archaischer Kulturen aus. Je mehr Gegenstände sich im Zimmer anhäuften, desto schwerer fiel es mir, Ordnung zu schaffen. Jeden Nachmittag kam ich von der Arbeit zurück, schleuderte meine Handtasche in die Diele, den Mantel aufs Sofa und streckte mich auf dem Bett aus. Ich hatte aufgehört, das Zimmer zu lüften. So nahm meine Tatkraft rapide ab. Ich wechselte das Programm, drehte mich auf die andere Seite. Hörte Stimmen, Geknarre, Unterhaltungen. Atmete nur mit Mühe.

Innerhalb von zwei Wochen war die Wohnung nicht wiederzuerkennen. Ich war nicht mehr die Japanerin, die mein Bruder gesehen hatte, sondern ein Nomadenkind, das im einen oder anderen Winkel des Zimmers kampierte. Das Essen schlang ich hastig und voller Gier hinunter. Wischte mir den Mund am Laken ab. Schlief in Strümpfen. Zu mir selbst entwickelte ich dieselbe Beziehung, die ich zu meinem Vater gehabt hatte: Gleichgültigkeit, Verachtung, Schadenfreude. Der Tag, an dem kein sauberer Teller mehr übrig war, fiel mit dem Tag zusammen, an dem ich das Foto in der Zeitung entdeckte.

»Alle sind in der Lage, die Einsamkeit zu erkennen, obwohl keine Fotos davon in Umlauf sind«, wie ich auf die Zettel geschrieben hatte.

Es war vor dem Jahreswechsel, der letzte Arbeitstag. Die Kollegen in der Übersetzungsabteilung strichen von Schreibtisch zu Schreibtisch, um ihre Last-minute-Einkäufe vorzuzeigen. Sie sprachen über die Sylvesterfeier, als sei sie die Krönung des Jahres. Der Augenblick, für den es sich lohnte, über dreihundertfünfundsechzig Tage hinweg Texte über Bosnien und den ehemaligen Ostblock in die Tasten zu hämmern.

Wenn man nicht selbst an diesen Gesprächen teilnimmt, entdeckt man darin einen traurigen Unterton. Jeder hört sich selbst zu, wie er mit unstillbarem Geschwätz das Programm eines kurzen Festes entwirft. Die antizipierte Trauer, die ich in diesen Momenten empfinde, paßt auf viele Dinge, auf das Leben selbst, könnte man sagen. Wenn alle so dächten wie ich, müßten sie sich eine Schlinge um den Hals legen und von der Welt Abschied nehmen. Die Stimmung all dieser Tage, die Geister, die Höhle, die ich als Wohnung hatte, ließen mich selbst in den gesungenen Neujahrsversen der Kinder Keime der Eitelkeit wahrnehmen.

In der Zeitung hatte ich zu niemandem eine spezielle Beziehung. Ich wahrte einen solchen Grad an Distanz, daß mehrere Kollegen zögerten, mir ihr Beileid auszusprechen. Seit dem Tag der Beerdigung war ich doppelt verbannt; in die Kategorie der Ungeselligen und in die der Waisen. Diamantis legte mir meine Lieblingsschokolade mit Kognak und Nuß auf den Schreibtisch. Von da an wartete dort alltäglich etwas Eßbares auf mich. Wenn sich in jedem Geschenk eine geheime Absicht verbirgt, dann unterstelle ich, daß dies ein Mittel sein sollte, damit ich den Mund aufmachte. Ich aß gehorsam, was er mir vorlegte, wie ein Schoßhündchen, das von seinen Herrschaften erwartet, am Leben erhalten zu werden. Aber ich richtete kein

Wort an ihn und ließ mich auch nicht auf ein Treffen mit ihm ein.

Wie an jedem Nachmittag hatten wir die ausländischen Zeitungen der vergangenen Tage in die Kartei zu bringen. Die Arbeit war mir zugefallen, denn ich war die einzige, die keine Einkäufe herumzuzeigen und keine Planungen weiterzuverbreiten hatte. Die Auswertung der Zeitungsausschnitte ist etwas, was man mir selten überträgt. Ich bin neu, demnach sind meine Kriterien noch tadelnswert. Als ich das erste Mal zu der *Nea Mera* kam, gab es eine vakante Stelle. Für die übrigen war sie uninteressant, und so wurde sie mir ohne Verhandlungen überlassen. Ich übersetzte kulturelle Themen für die Sonntagsausgabe. Lange Artikel, die die Glaubwürdigkeit einer Zeitung untermauern, obwohl sie, wenn man meinen Vater und ein paar seiner Freunde ausnimmt, die die Feuilletonseiten auf der Toilette zu verschlingen pflegten, kein Mensch je von Anfang bis Ende liest: Das Erscheinen einer neuen Biographie über Jane Austen in England. Eine Gemäldeausstellung mit Werken von Monet in Paris. Robert Wilsons Meinung über die Inszenierung der *Madame Butterfly.* Wenn man sie alle zusammenfassen würde und einen schlauen Titel dazu fände, könnte man daraus eine weitere nutzlose Kunstrevue machen.

So waren fünf Jahre vergangen, und es wäre undankbar, wenn ich behaupten wollte, sie hätten mir nichts gegeben. Ich war imstande, die Geschichte meiner Familie als Werkübersicht von Cézanne wiederzugeben. Der Vater wäre dann das Gemälde *Madame Cézanne im gelben Sessel.* Die Mutter würde eine Reihe von Selbstportraits des Malers verkörpern, wo einmal die Augen betont sind und einmal der Mund fehlt. Iraklis, der später in mein Leben trat, könnte *Der Raucher* sein, nur ohne Schnurrbart. Was die Situation von uns allen angeht, so gleicht sie von einem bestimmten Punkt an der *Blattstudie*, wo die Farben als Mittel dienen, um sich Gedanken zur Form zu machen. Wenn man sich in der Realität von dem Blattwerk entfernt und es in einer geistreichen Verfassung in Augenschein nimmt, hat es die Form einer Artischocke mit offenem Herzen.

Derartige Gedanken veranlaßten mich, meine Arbeit als weiterbildend zu betrachten. Ich schlug Lexika auf, fragte, radierte aus. Das hinderte die Journalisten nicht daran, in mir die Inhaberin einer Pfründe zu sehen. Keiner sagte mir das offen heraus, doch die wirkungsvollste Art, einem solche Dinge zu sagen, ist immer noch die, sie einem gar nicht zu sagen. Fast spöttisch legten sie Artikel zur Übersetzung auf dem Rand meines Schreibtischs ab, als wäre es ein Spiel, um mir die Zeit zu vertreiben. Sie selbst arbeiteten ernsthaft, Zigaretten rauchend und telefonierend. Sie stellten Kontakte her. Ich saß bloß am Schreibtisch, Schokolade mümmelnd und der Weisungen harrend.

An jenem Nachmittag herrschte ein Klima der Auflösung. Alle redeten und lachten durcheinander. Luisa demonstrierte den beiden Joannas, wie man einen französischen Zopf flicht. Stathis, der Bürogockel, knabberte Mais. Diamantis hatte mir gegenüber eine Zeitung aufgeschlagen und las mit lauter Stimme das Kinoprogramm daraus vor. Was er tat, war ein bißchen lächerlich, denn ganz offensichtlich las er, damit ich ihn hörte. Er schlug mir indirekt vor, mit ihm ins Kino zu gehen. Halb auf dem Stuhl liegend, die Füße auf dem Tisch, hielt er die Zeitung wie einen Schirm über seinen Kopf. Auf der letzten Seite befand sich bei den politischen Glossen ein großes Foto, das mir Eindruck machte. Ursprünglich wegen seiner Größe und dann erst wegen seines Gegenstands. Die Bildunterschrift lautete: »Ein Paar umarmt sich gerührt nach dem Durchsickern der Information, daß uns im Jahr 2000 ein Aufschwung der nationalen Wirtschaft erwartet.« Auf dem Foto weinen zwei engumschlungene Menschen. Ein Junge, dessen Gesicht nicht sichtbar ist, und ein Mädchen im schwarzen Rollkragenpulli. Zwischen den Strähnen ihres langen Haares ist ihr eines Auge zu erkennen. Dieses Auge ist feucht und illustriert in gewisser Weise die Bildunterschrift. Auch wenn es merkwürdig scheint, ich erkannte weder das Auge noch die Kleidung noch den Mauervorsprung. Nur den kränklichen Strauch im Hintergrund der Fotografie.

Wenn man eine Empfindung wieder aufleben lassen will, ist es, als betrachte man ein altes Foto und versuche sich zu erinnern, was man in dem Moment zu dem Fotografen gesagt hat, in dem er auf den Auslöser drückte. Das einzige, was ich sagen kann, ist, daß ich mich exponiert fühlte, sobald ich das Foto erkannte. Nicht sozial, wie man vielleicht erwarten könnte, sondern existentiell. Eine unsichtbare Macht zeigte mit dem Finger auf uns und lachte, weil mein Bruder und ich Erdenstaub waren, fotografische Körnung, Schatten. Lachte, und zwar nicht über unser Unglück, sondern unsere Unfähigkeit, es zu erkennen. Während wir uns dem Himmel, der Gelassenheit und der Liebe annäherten, befanden wir uns gleichzeitig unter der Erde. In einer miesen Druckerei, die unser Bild reproduzierte und es in Tausende griechischer Haushalte lieferte.

Mir war nach zwei widersprüchlichen Dingen zumute: den unbekannten Fotografen zu verdreschen und in Lachen auszubrechen. Ich war kein stabiler Mensch. Die Ordnung hatte sich innerlich und äußerlich aufgelöst. Vor mehreren Monaten hätte ich noch auf sie geschworen. Heute war in der gesamten Wohnung kein einziges sauberes Glas mehr zu finden, aus dem ich Wasser trinken konnte. Dennoch schlief ich leichter und tiefer, wie Menschen, die ein Problem gelöst haben. Ich hatte einen seltsamen Traum, den ich dank der halbgelöschten Chopinkassette detailgetreu wiedergeben kann. Da ich sie bereits ruiniert hatte, beschloß ich, daß ich meinen Traum auf Tonband aufnehmen könnte. Wozu mich Ilias aus professioneller Perversion schon eine ganze Weile zu überreden versucht hatte.

Ich setzte mich an den Küchentisch, hantierte mit den Knöpfen und redete ein bißchen mit mir selbst. Danach aß ich einen Vollmilchjoghurt, der noch aus der Zeit des Vaters im Kühlschrank übrig war. Ich riß in der Wohnung sämtliche Fenster auf und lüftete die Zimmer. Machte das Bett. Fegte. Spülte das Geschirr von drei Wochen.

Die Früchte, die ich ein paar Tage vor der Beerdigung gekauft hatte, waren in ihrem Korb faulig geworden. Nur ein Apfel befand sich in einem verhältnismäßig guten Zustand. Neben dem Stiel war ein schwarzes Loch. Daraus streckte ein winzig kleiner weißer Wurm seinen Kopf vor. Ich piesackte ihn ein bißchen mit einem Zahnstocher. Dann ließ ich ihn fortkriechen. Er entfernte sich mit zuckendem Körper und kullerte auf den Tisch zwischen das gespülte Geschirr. Er erinnerte mich an mich selbst, ich wollte ja auch von hier weg und irgendwo anders hin.

Es war Sylvester. Ich konnte die Dinge noch an ihren Platz rücken, buchstäblich und metaphorisch. Auf dem Bürgersteig vor dem Mietshaus lag allerhand Weihnachtsplunder herum: zerfledderte Misteln und zwei, drei Tannenzweige, die von den Verkaufsständen liegengeblieben waren. Ich holte sie in die Wohnung hoch und steckte sie in eine Vase. Im Oberschrank fand ich ein paar Silberkugeln und schmückte die Zweige damit. Das Sofa rückte ich näher an den Kamin – was ich seit meiner Kinderzeit hatte tun wollen. Ich telefonierte mit der Mutter, um sie zu fragen, ob ich zu ihrer Sylvesterfeier kommen könnte. Es traf sie so unerwartet, daß sie es nicht fertigbrachte, irgendein Gefühl auszudrücken. Sie sagte nur »natürlich«. Ich hatte mir nichts Neues gekauft. Ich trug die Neujahrskluft der letzten Jahre. Ein schwarzes Kleid mit hohem Armausschnitt, das so klassisch ist, daß sich niemand erinnern kann, ob man es schon einmal getragen hat. Ich rieb mir ein bißchen Rouge auf die Wangen. Der Farbe gelang zu ersetzen, was ich nicht hatte: Erregung, gute Gesundheit, Lampenfieber. Ich war fertig, fast ungeduldig wartete ich auf den Abend, den ich am Vortag im Büro noch verachtet hatte. Ich buk sogar noch ein Kastenbrot mit Mandeln, um nicht mit leeren Händen zum Fest zu erscheinen.

Bevor wir jedoch zusperren und zur Party aufbrechen, haben wir noch etwas zu erledigen. In dem Maß, wie Träume prophetisch sind, schulde ich Ihnen die Erzählung des Traumes, den ich am 30. Dezember gehabt hatte und der zusammen mit einigen anderen Daten erhalten blieb. Seine Bewahrung gehorchte einem umfassenderen Plan, den ich erst spät begriff. An der Aufzeichnung habe ich nichts verändert. Nur die Wiederholungen und die Eigentümlichkeiten der mündlichen Sprache habe ich korrigiert.

»Zu Beginn sah ich meinen Vater. Er saß auf seinem gelben Sessel und strickte. Er war exakt Madame Cézanne. Sogar den Scheitel trug er in der Mitte des Kopfes wie sie. Er gab langsam und abgehackt Sätze von sich, wobei er verschiedene Strukturanalysemodelle anwandte, wie die Hockettsche Box und den Chomskyschen Baum. Mit den Stricknadeln zeichnete er den Umriß des Baumes oder der Box in die Luft. Er sagte ›Ich möchte kein Wasser‹ oder ›er ging spazieren‹. Ich selbst befand mich auf dem Fernsehbildschirm und beobachtete ihn von dort aus. Gleichzeitig versuchte ich an einem Round-Table-Gespräch über die Wirtschaftspolitik der Regierung teilzunehmen. Wortgetreu sagte ich ihnen: ›Bis zum Jahr 2000 werden wir keinen Wirtschaftsaufschwung erleben. Es ist also besser, Sie stricken einen Jaquardpullover. Das ist der Sinn des Lebens!‹

Es waren Pfiffe und Applaus zu hören, und da sah ich, daß sich die Wohnung mit Leuten gefüllt hatte. Mamas gesamte Sippe war gekommen: ihre Geschwister, Isabelle mit Dionisia und der Großvater mit einer Schlinge um den Hals. Sie hoben den Vater auf die Hände. Er strickte unaufhörlich und formte mit den Stricknadeln und den Händen verschiedene graphische

Analysen. Auf dem länglichen Strickzeug bildete sich der Satz ›Sie soll selbst entscheiden‹. Die vier Wörter schufen eine Art Krone mit dem Verb *soll* in der Mitte, etwas höher als die übrigen Wörter. Unter jedem Wort gab es einen Punkt. Alle Punkte waren untereinander durch Linien verbunden. Dann wickelte der Vater seinen riesigen Schal um den Fernseher, und ich hörte zu existieren auf.«

Ich fand den Traum hoffnungsvoll. Jeder interpretiert die Träume getreu seiner Wesensart und seinem seelischen Zustand. Wenn Ihnen das Leben gerade in dem Moment eine mächtige Ohrfeige versetzt hat, sehen Sie mein Verschwinden vielleicht als schlechtes Omen an. Aber ich bin nicht verschwunden, das versichere ich. Ich stehe Ihnen gegenüber und spreche zu Ihnen. Wenn es die Möglichkeit gäbe, würde ich Sie in den Arm kneifen, um Sie zu überzeugen, daß ich existiere.

Die Wohnung von Mutter und Petros war voller Menschen, die an die Wand gepreßt standen, vor der Balkontür, farbige Getränke in der Hand. Wäre es nur auf Entschlossenheit und Organisation angekommen, so hätten sie mit ihren Rücken die Ankunft des Neuen Jahres verhindern können, von dem es heißt, daß es pünktlich um zwölf zum Fenster hereinkommt. Ein Stuhl wurde freigemacht, von einem älteren Herrn mit lila Haaren, der reichlich getrunken hatte und wohl den ersten Tag des Jahres 1995 auf der Toilette verbringen würde. Ich setzte mich auf seinen Platz.

Wenn man eine Sitzgelegenheit gefunden hat, beschäftigt man sich notgedrungen mit den Stehenden, die ihr Getränk schlürfen und grundlos lachen. Die Stehenden haben immer etwas Linkisches, was sie durch Gestikulieren und Rauchen zu bemänteln suchen. Wer sitzt, kann die Hände falten und sich heraushalten. So verbrachte ich jenen Abend: auf dem Stuhl sitzend, meine Fingernägel und die Zähne der anderen musternd. Denn die Stehenden begannen irgendwann zu essen, wobei sie spitzige, gelbe und schneeweiße Zähne entblößten. Man hätte leichtfertig unterstellen können, daß die Kunstschaffenden gelbe Zähne haben müßten und die Professoren weiße. Daß sich demnach ein Künstler weniger pflegt als ein Akademiker. Genau das Gegenteil war festzustellen – was zu dem Schluß führt, daß unsere Kriterien bezüglich der beruflichen Stammklassen bedenklich sind.

Die Mutter hatte die glänzende Idee gehabt, Neujahrsspeisen aus aller Welt zu kochen. So aßen wir an jenem Abend *Hopping John* (Reis mit Schwarzaugenbohnen aus dem amerikanischen Süden), eine zarte und duftige *Galette de Roi* und *Ciaciere*, italienische Pfannkuchen mit Honig. Die Damen mit den Ringen vergaßen ihre gute Erziehung, als das Buffet eröffnet wurde. Die Herren pickten Oliven aus der Fleischplatte und zielten mit den Kernen auf den Aschenbecher. Es gab eine große, lärmende Gruppe von Gelbzähnen, die sich Witze erzählten. Drei Männer mit schlaffen Krawatten und zwei Frauen mit schlaffen Oberarmen. In der anderen Ecke formten einige von Mamas Kolleginnen mit den Händen Kreise bei dem Versuch, ihre Ideen überzeugend darzulegen. Sie trugen grellere Kleider als Petros' Kolleginnen, und blassere Lippenstifte. Ganz allgemein vermittelten sie den Eindruck, als ob sie in ihrem Leben schon etliche Kreise vollendet hätten, sich Fragen über den Tod gestellt hätten, viel gereist wären und Erfahrungen mit weichen Drogen besäßen. Irgendwann hatten sie aufgehört, sich mit existentiellen Fragen herumzuschlagen. Hatten begonnen zu trinken und auf Parties zu gehen.

Die Eigentümer der Wohnung liefen hin und her wie alle Gastgeber und redeten dabei mit allen und keinem. Ab und zu brachte die Mutter, wie sie es früher beim Vater auch schon getan hatte, Petros mit einem Blick in Erinnerung, daß er eine Flasche Wein aufmachen oder die Aschenbecher ausleeren sollte. Sie hatte ganz sicher ihre geliebte Gesichtsmaske mit

Ei aufgelegt. Ihr Gesicht war straff und ernst. Ständig lächelte sie mir zu, als hätten wir einen Witz nicht zu Ende erzählt.

Auf Festen habe ich immer schon einen Abstand zu den anderen eingehalten, gleichzeitig aber doch mittreibend im selben hellen Strudel wie sie. Zur Mutter, die ständig aufgescheucht in die Küche rannte und mich in den Arm kniff. Zu Petros, der vor sich hin trank und blödsinnige Witze erzählte. Zu einer unbekannten Dame, die mir zuzwinkerte, während sie mir kleine Nußplätzchen auf die Hand legte. Zu der feingliedrigen Frau Tsirijotaki, Mutters Galeristin, die mir, mit ihrem Ring spielend, der die Form und Größe eines kleinen Taschenfernsehers hatte, die Probleme der abgelegenen Galerien erklärte. Ein Mann um die Fünfzig griff nach ihrer roten, weichen Hand, die Girlanden in die Luft malte, und fragte sie, ob sie denn auf ihrem Ring äße. »Sieht wie ein kleiner Tisch aus. Erzählen Sie mir bloß nicht, daß Sie nie ihr Glas darauf abstellen!« Obwohl er flegelhaft und aufreizend war, konnte ich nicht umhin zu grinsen. Frau Tsirijotaki stieg die Röte ins Gesicht. Um die Atmosphäre zu entspannen, sagte sie: »Liebe Athina, Herr Jannis Angelidis. Verleger.«

Angelidis war klein und behend, wie ein krawattenbewehrter Tiger. Er machte den Eindruck eines Menschen, der sagt, was ihm in den Kopf kommt. Es dauerte ein paar Minuten, bis mir klar wurde, daß seine Sicherheit aufgesetzt war. Er mußte zahlreiche Handbücher für angewandte Psychologie gelesen haben, um sich dynamisch in die Gruppen hineinzukatapultieren und dann im Zentrum des Interesses zu stehen. Dabei wirkte er nervös und geriet leicht ins Schwitzen, obwohl er weit vom Kamin entfernt war. Er redete ununterbrochen und wechselte das Gesprächsthema im steten Bemühen, daß es sich um seine Person drehte. So erfuhr ich, daß er ein großes Unternehmen mit Kinderbüchern und Lexika hatte, den Verlag »Treno«. Doch die Hauptquelle seiner Einkünfte war die Einfuhr fremdsprachiger Bücher. Er litt an Nierenkoliken, war Witwer und besaß einen Sohn, der Jura studierte. Mit dem Sohn zusammen bewohnte er am Stadtring des Lykavittosviertels eine zweistöckige Wohnung, die er nach seinem persönlichen Geschmack möbliert hatte. Er war mit Natascha Sella zur Party gekommen, einer relativ jungen, großen und übertrieben mageren Frau, die nichts zu sich nahm. Den ganzen Abend über trank sie nur und blickte hinaus auf die Lichter Athens. Kleine, schwächliche Lichter, die am Horizont blinkten und je nach der Einstellung dessen, der sie betrachtete, die Trostlosigkeit des Lebens oder das Herannahen eines großen Ereignisses widerspiegelten.

Was mich betraf, wenn ich die ganze Zeit, während Angelidis auf mich einredete, aus dem Fenster schaute, so tat ich das nicht, um herauszufinden, was ich empfand. Es war ohnehin traurig genug, den Sylvesterabend mit einem Schwadroneur zu verbringen. Ich brauchte keine Lichtchen, um zu begreifen, daß die Situation etwas Trübsinniges an sich hatte.

Um Mitternacht befanden wir uns gerade in einem Gespräch über wasserfeste Kinderbücher, die man auch als aufblasbaren Sitz benutzen konnte. Wenn Neujahr die Konzentration der Dinge ist, die uns begegnen werden, dann würde sich mein kommendes Jahr zwischen ermüdenden Verlegern und Erfindungen abspielen. Was sich als wahr herausstellen sollte.

Angelidis und Natascha Sella brachten mich kurz vor dem Morgengrauen nach Hause. Der Penteliboulevard war voller Autos und angesäuselter Fahrer. Die Sella chauffierte. Langsam und irgendwie nervös, wie ein Rennpferd, das laufen wollte, aber verprügelt war. Sie sprach zögerlich, mit großen Pausen. Ich wußte nicht, was für eine Arbeit sie hatte, und wollte auch gar nicht Konkretes über sie in Erfahrung bringen. Dennoch beschäftigte ich mich die ganze Fahrt über mit ihr. Mit den falschen Plastikblumen auf ihrem Hut. Den offenen Kurven, die sie fuhr. Ihren weißen Zähnen, die blitzten, wenn sie sprach. Sie war hübsch, trotz ihrer gebogenen Nase – vielleicht sogar wegen ihr. Ich hätte wetten können, daß ich sie wiedererkennen würde, wenn ich sie ein Jahr später zufällig auf der Straße sähe. Selbst dann, wenn sie eine Brille getragen und den Blick gesenkt hätte, um unbemerkt zu passieren. Manchen Menschen gelingt es, unauslöschliche Eindrücke zu hinterlassen. Die Art, wie sie einen anschauen – oder die Art, wie sie einen nicht anschauen –, macht sie unvergeßlich. Ich versuchte, einige Dinge aus ihrem Leben zu erraten, von der Art her, wie sie sich am Kinn kratzte, wenn sie an den Ampeln hielt. Ohne Ilias machte dieses Spiel keinen Spaß.

»Ich wollte dir schon die ganze Zeit wegen deines Vaters mein Beileid aussprechen«, sagte sie plötzlich. Sie betrachtete mich hartnäckig und konstant durch den Rückspiegel, und ich hatte kurz Angst, wir könnten einen Unfall bauen. »Es hat sich für mich keine passende Gelegenheit dazu ergeben. Ich fühle mich deshalb ein bißchen in Verlegenheit, verstehst du ... Es tut mir aufrichtig leid.« Ich dankte ihr, wußte aber nicht, was ich ihr sonst noch sagen sollte. Sie sprach ohnehin nicht, um Antworten zu erhalten.

Als ich in die Wohnung hochging und meine Schuhe in die andere Ecke des Zimmers fliegen ließ, malte ich mir aus, wie langsam sich wohl diese eigenartige appetitlose junge Frau auskleiden mochte. Ich selbst ziehe mir im Gegensatz dazu die Kleider in zwei Bewegungen herunter, als würde man von mir verlangen, sie zu zerreißen oder kaputtzumachen. Die Mutter nannte mich »Schnecke«, weil ich zusammen mit der Hose auch gleich Strumpfhose und Slip abstreifte. Ich hielt meinen Schreibtisch sauber, putzte mir auch die Füße auf dem Türabstreifer ab, hinterließ aber stets einen bunten Kleiderhaufen auf dem Boden, der Jahre später etwas über meine Nachlässigkeit verraten könnte.

Nachlässig und Übersetzerin. Das beides geht nicht zusammen. Ich sah zu, daß ich das eine praktizierte, wenn das andere ausblieb. Ein Mensch mit Widersprüchen war ich, wie wir alle. Wie würde es Ihnen zum Beispiel vorkommen, wenn Sie erführen, daß mein Vater in seiner Freizeit heimlich strickte? Daß der Traum, den ich in der vorhergehenden Nacht gehabt hatte, aus der Realität gespeist war? Der Herr Professor hielt ein Strickzeug unter dem Klaviersitz versteckt. Jeden Nachmittag strickte mein Vater während der Zeit, in der ich in der Redaktion war, eine Art Teppich ohne spezielles Muster. Als ich eines Abends früher nach Hause kam und den Schlüssel sachte im Türschloß umdrehte, hörte ich das Klicken, das Stricknadeln verursachen, wenn sie sich kreuzen. Der Fernseher lief und warf sein Licht auf die Handarbeit. Der Teppich hing bis zu seinen roten Pantoffeln hinunter.

Ein paar Tage später entdeckte ich sein Gestrick und inspizierte es. Ein unförmiges Produkt ohne Maschenzählung. Es gab zwei verschiedene Strickereien, die eine Art asymmetrisches Jaquardmuster ohne Farbwechsel darstellten. Dies war die andere Seite des Sprachwissenschaftlers, der davon überzeugt war, daß die Form dem Inhalt entspricht. Wenn ich seine Beschäftigung ernst nehmen sollte, was für Mutmaßungen hatte ich dann über deren Bedeutung anzustellen? Daß mein Vater in seinem geregelten Leben etwas Ungeregeltes brauchte? Wurden die Strenge, die Hingabe an die Bücher im Gegenzug durch das Fernsehen und das Stricken neutralisiert? Aber das könnte uns der Familienpsychologe besser erklären, oder jener N. S. in den Briefen im Nachttischchen.

Die Sonne stand schon hoch am Himmel, um den ersten Tag des Jahres 1995 zu beleuchten, als mir bewußt wurde, daß wir das Strickzeug in seinem Versteck vergessen hatten. Weder mein Bruder noch ich hatten daran gedacht, den Klaviersitz hochzuheben. Das gleiche sollte an weiteren Stellen des Haushalts passieren, wo sich noch ein paar Beweise vom Dasein des Vaters verbargen: Notizen, benutzte Bahnkarten, Wimpern. Vor dem Klavier nahm es den Anfang. Ich berührte das Strickstück. Es erschien mir wie ein warmes Tierchen. Ich könnte Ihnen ja erzählen, es sei länger und weniger unförmig gewesen, aber vielleicht glauben Sie dann, ich versuchte eine Geschichte im magischen Realismus zu schreiben. Nein, ganz im Gegenteil. Das Strickstück wurde nicht größer und auch nicht schöner. Es erinnerte mich nur schlicht an die Hände und die Möglichkeiten meines Vaters.

Das Schlaue an der Familie ist, daß in ihr der Egoismus in Einklang gebracht wird mit dem Bedürfnis, sich nach außen zu wenden, zu lieben, also sich zu opfern. Ich hatte geraume Zeit darüber nachgedacht, wie ich diesen Satz von Cesare Pavese verwenden könnte, wie ich ihn hätte abwandeln können, damit ihn niemand mehr erkannte. Ich hätte »das Schlaue« durch »Meisterschaft« ersetzen können, oder den »Egoismus« durch »Autarkie«, ohne daß dadurch die »Tiefenstruktur« des Satzes durcheinander gekommen wäre, wie mein Vater gesagt hätte. Ich hätte Ihnen weismachen können, daß es mein eigener Gedanke sei, und Sie hätten es mir geglaubt. Ohnehin sind ja die meisten Gedanken fremde Gedanken, die auf unseren sitzen wie Fliegen.

Über dem niedrigen Bücherregal in der Diele mit den Büchern von Chomsky, Martinet und Katz habe ich zwei Werke der Mutter aus dem Zyklus *Null Kalorien* aufgehängt. Es sind Krautwickel und Sirupfrüchte, in Formalin aufbewahrt. Wenn ich in die Wohnung komme und oben die Bilder und unten die Bücher sehe, fühle ich mich, als sei ich die Hauptdarstellerin in den alten Reklamen für Tafelwasser: Sie zeigen den Körper eines Menschen, dessen Arme und Beine innen mit blauem Wasser gefüllt sind. Bis zur Taille prallvoll mit Kunstwerken und von da ab nach unten mit Theorien, bin ich außerstande, etwas zu schreiben oder zu schaffen, was nicht schon vorher bestanden hätte. Ich werde keine Tricks anwenden. Ich werde Ihnen etwas über *das Schlaue an der Familie* erzählen.

Von seiten meines Vaters habe ich das logische Denken geerbt. Sein Gehirn war rechteckig und sauber, wie ein gejätetes Grundstück. Studium der Philologie, danach in Paris ein Graduiertenstudium der Linguistik mit einem Stipendium des französischen Staates, eine akademische Karriere. Als ihn die Mutter verließ, ging er in den vorzeitigen Ruhestand und begann, sich von tiefgekühlten Frikadellen zu ernähren. Er war ja schon immer ein kühler Mensch gewesen. Man hatte bei ihm den Eindruck, er sei auf die Erde gekommen, um die Ökonomie der Sprache zu lehren. Kein unnötiges Wort. Kein überflüssiger Gedanke. Mit den Jahren wurde er hinfällig. Er erweiterte seine Beschäftigungen um Fernsehen und Stricken. Die Rücken seiner Bücher setzten Staub an. Die Haare fielen ihm aus. Das Grundstück wurde mit Wildwuchs überwuchert.

Meine Mutter beschritt den umgekehrten Weg: Sie riß die Unkräuter aus, sobald sie den Haushalt verlassen hatte. Bis dahin war es ihre Hauptbeschäftigung gewesen, Töpfe zu scheuern und zu jedem Osterfest süße Kringelchen nach der Art von Astypalea zu backen. Sie war Hausfrau und trug eine Schürze. Die Uniformen, wenn nichts sonst, zeigen an, daß man sich seiner Rolle ernsthaft stellt. Sie arbeitete mit Hingabe und unter Aufopferung seit der Zeit, als sie uns die Windeln gewechselt hatte. Aber genug der Beschreibungen. Wenn Sie es eilig haben, mehr über meine Mutter zu erfahren, überspringen Sie doch einfach ein paar Seiten und lesen Sie das *Frühjahrsmahl* von Ilias. Es ist ihr gewidmet. Wenn nicht, müssen Sie sich eben mit dem Wenigen begnügen, was ich Ihnen sagen kann, indem ich den Egoismus mit der Notwendigkeit der Liebe und des Opfers versöhne. So weiß ich es, soviel vermag ich.

Die Schlauheit ist für mich der Empfang, den mir die Bilder und Bücher bereiten, wenn ich die Wohnung betrete. Die Entdeckung der Zeit, dank der unsere Geschichte auf die Wände der Wohnung geschrieben wurde. Die Art, wie ich übersetze, indem ich immer ein Konzept mit breitem Rand anlege, wie es mir der Vater beigebracht hat. Der Oktopus der Oma Kalí, der delikater ist als die preisgekrönten Gerichte von Stefanos. Die Tatsache, daß ich vor Flugzeugen Angst habe, weil meine Mutter, als sie jung war, einmal eine Fehlgeburt hatte, als sie zum Vater nach Paris flog. Wenn das nicht passiert wäre, hätten wir noch ein drittes Geschwisterchen und wären alle ganz andere Menschen. Wäre das Kind ein Junge gewesen, dann hätte ich – gemäß der Theorie der Familienprototypen, die mir Ilias zu einer unverfänglichen Zeit aufgegliedert hatte – einen ehrgeizigeren und konkurrenzorientierteren Charakter. Wäre es hingegen ein Mädchen gewesen, dann hätte Ilias zwischen zwei Mädchen mit klar definierten Rollen seine ureigene Identität.

Aber weil das alles Hypothesen waren, Leben, die wir nicht leben werden, mußte ich zu drastischen Maßnahmen greifen. Ihrer Schläue mußte ich meine eigene gegenüberstellen. Egoismus und Liebe miteinander in den Kampf schickend, hielt ich eines Tages ein Flugzeugticket in der Hand. Darauf stand Athen–London VS 1001, und es hatte ein offenes Rückreisedatum.

Um meine Flugangst zu überwinden, hatte ich zwei Tabletten Hypnostedon geschluckt. Ich konzentrierte mich auf den Satz »Bitte nach dem Einnehmen der Sitze die Gurte anlegen«, der auf dem Rücken des vorderen Sitzes stand. Selbst als sich das Flugzeug bereits von der Erde gelöst hatte, blieb mein Magen noch auf der Landebahn zurück. Gleich danach muß ich eingeschlafen sein. Ich hatte den Eindruck, man hätte mich für eine offene Herzoperation narkotisiert. Um mich herum hörte ich, wie die Messer gewetzt wurden, wie sich die Ärzte unterhielten. Das nächste, was mir ins Auge fiel, war London in Form eines Papiermodells. Ich folgte einem Dokumentarfilm in einem kaputten Fernseher. Die Rauchschwaden um den Flugzeugflügel ließen das Bild erzittern.

Ilias wartete hinter einer gläsernen Trennscheibe auf mich. Kaum war ich da, umarmte er mich und schlug mir auf den Rücken. Aus dem Augenwinkel sah ich eine Frau lächeln. Sie meinte offenbar, wir seien ein Paar. Wenn sie auch unbekannt und gleichgültig war, wollte ich ihr diese kleine Genugtuung doch lassen. Ich hängte mich an den Hals meines Bruders.

»Herzlich willkommen, Schiraffel«, sagte er.

»Schiraffel« ist von dem Wort Giraffe abgeleitet. Zuerst war es ein Witz, weil wir beide groß sind und nicht wissen, wo wir die Hände hintun sollen. Wenn mich Ilias so nennt, heißt es, daß er sich um mich Sorgen macht. Er betrachtet mich mit den Augen des größeren Bruders, obwohl er drei Jahre jünger ist. In seiner Novelle schreibt er, wir seien Zwillinge. Aber in dem Moment, als wir meinen Koffer durch die Gänge von Gatwick schleppten, ahnte ich noch gar nichts von der Existenz des Buches.

Wir nahmen den Zug, der uns nach Bayswater bringen sollte. Ilias kümmerte sich um Gepäck, Tickets und Sitze, als sei ich blind, taub und hilfsbedürftig. In gewisser Weise war ich das auch. Ein fremdes Land ist wie ein seltsames Auto mit zehn Rädern, das auf einen zurast. Danach muß man sich auch noch entschuldigen, denn so macht man das im Staat der zehnrädrigen Autos. Uns gegenüber saß eine mittelalte Lady mit weißer Haut. Rötliche Blutgefäße verästelten sich unter der fast papierdünnen Haut. Ich fühlte mich unbehaglich, weil sich ihre Adern so deutlich abzeichneten. Es war, als zeigte sie ihre Unterwäsche. So blickte ich während der ganzen Strecke auf meine Knie und den Rand meines orangefarbenen Sitzes, der eng und winzig war, wie für Kleinkinder.

Ilias' Wohnung in der Moscow Road war hell und ungepflegt. Ich freute mich, daß ich etwas zu tun haben würde, bis wir uns auf die Socken machten. Begann Frottierhandtücher vom Boden aufzusammeln. Er ließ nicht viel Zeit verstreichen, bis er mich fragte, wo ich denn das Geld für die Reise aufgetrieben hätte. In Athen hatte er mich zwei-, dreimal dabei ertappt, wie ich das Kleingeld abzählte, um mir Zigaretten zu kaufen. Aus der Art, wie ich mich kleidete – Jeans, der Mantel der Großmutter, abgelatschte Sohlen –, war offenkundig, daß kein Geld für Luxus blieb. Ich war gezwungen, ihm die Wahrheit zu sagen.

»Ich hab die *Krautwickel* der Mama verkauft. Ich fand sie in letzter Zeit etwas bläßlich und beschloß, eine gute Tat zu vollbringen.«

»Wieviel hast du dafür bekommen?«

»Fünfhundert.«

»Fünfhundert Tausender?«

»Was sonst? Drachmen?«

Ilias war beeindruckt. Zum ersten Mal würdigte er den Beitrag meiner Mutter zur Kunst. Er betrachtete das Werk aus der *Diät II*, das sie ihm vermacht hatte, voller Ehrfurcht. Glasierte Brombeertörtchen in einem Rahmen aus Feigen und Körnern. Darunter die Aufschrift »Im Fall der Not machen Sie sich über den Rahmen her«.

»Ich glaube, es müssen sich ein paar Details an ihrem Charakter ändern.«

»Vergebliche Liebesmühe. Der Mensch ändert sich nicht mit Sechzig.«

»Nicht in der Realität. In Büchern schon.«

Und so erzählte Ilias mir von seiner Novelle und fragte mich, ob ich sie ihm ins Griechische übersetzen könnte. Ich lachte auf, denn ich dachte, daß er mich darum bat, mich um die Edition zu kümmern. Aber nein, er meinte es wörtlich. Er hatte eine Geschichte mit dem Titel *Ich schlag dich noch wie 'nen Oktopus* auf englisch geschrieben, was mich wunderte, denn mein Bruder gehörte nicht zu jenen Studenten, die sich ohne weiteres in eine neue Gesellschaft integrieren, mit Engländern Freundschaft schließen und die Brücken hinter sich abbrechen. Er hatte ein griechisches Profil und griechische Angewohnheiten. Ich war mir sicher, daß er ab und zu in die Bayswater Road hinunterging und Suvlaki aß.

In dem Versuch, eine bessere Übersetzerin zu werden, hatte ich einmal einen Artikel des Vaters über angewandte Linguistik gelesen. Ich war auf folgenden Satz gestoßen: »Jede Sprache bildet eine spezielle Organisation und einen speziellen Ausdruck der objektiven Wirklichkeit; sie ist eine ›neue‹ Welt, und es ist daher äußerst schwierig, wenn nicht unausführbar, daß Personen, die ihr nicht von Anfang an, d.h. seit den ersten Lebensjahren eines Menschen, zugehören, die für die gesamte sprachliche Bildung entscheidend sind, sie sich in ihrem gesamten Umfang aneignen können.« Wegen dieses Satzes, der sich in mir festgebohrt hatte wie ein Pfeil beim Scheibenschießen, dachte ich eine ganze Weile, daß die Entscheidung meines Bruders, auf englisch zu schreiben, ein Mittel war, seine Furcht vor Ereignissen und Überlegungen auszudrücken, die über seine Kräfte gingen.

Ich konnte allerdings schlecht die Tatsache ignorieren, daß er nun bereits über sechs Jahre lang seine Arbeiten für die Universität auf englisch verfaßte. Auf dem Anrufbeantworter sprach er wie ein Engländer. Und als wir in den oberen Stock eines roten Omnibusses stiegen, damit er mir die Stadt von oben zeigen konnte, deklamierte er den Zweizeiler von Eliot aus »Chöre aus The Rock« absolut lupenrein:

I journeyed to London, to the timekept City
Where the River flows with foreign flotations.

Entsetzt prüfte ich nach, ob sich unter seiner Nase schon die Blutgefäße abzeichneten. Nein. Nur offene Poren und schwarze Stoppeln. Wenn sich die Gefäße abzuzeichnen begonnen hätten, hätte er mich vielleicht nicht darum gebeten, sein Buch ins Griechische zu übersetzen. Vielleicht wäre er damit direkt zu einem englischen Verleger gegangen. Noch heute stelle ich mir vor, wie ihm dieser hypothetische englische Verleger die Hand drückt, ihn in einen kleinen Salon mit Tapete an der Wand führt und ihm katzbuckelnd zuraunt: »It's a deal.« Natürlich hätte sein Buch einen größeren Erfolg gehabt. Es wäre in mehr Exemplaren herausgekommen und auf einen größeren Markt getroffen. Aber in dem Fall spräche ich heute nicht zu Ihnen. Ich wäre nach Hause zurückgekehrt und hätte mich noch länger mit Diamantis herumgeschlagen. Ich hätte blutige Sparsamkeit walten lassen, um das Bild der Mutter zurückzukaufen. Ich hätte es neben die *Sirupfrüchte* über das niedrige Bücherregal in der Diele gehängt. Alles wäre geworden wie vorher. Geregelt, beruhigend, mittelmäßig.

Da sieht man seit Jahren Dokumentarfilme mit wilden Tieren, und eines Tages begegnet man mitten auf der Straße, nichtsahnend vor sich hinschlendernd, einem Löwen. So fühlte ich mich, als ich London aus der Nähe erlebte. Nach Jahren der Studien und Übersetzungen brachte ich es fertig, zu einer idiotischen Touristin zu werden. Ich hatte unbezahlten Urlaub genommen und das Gefühl, ich müßte ihn mit Schauen und Kaufen verprassen. In Portobello streichelte ich über all die Silberlöffel mit ziseliertem Stiel. In Camden probierte ich zirka fünfzig Lederjacken an. In der Oxford Street kaufte ich sämtliche antiquarischen Bücher auf, die unter zehn Pfund zu haben waren, selbst wenn sie von Giftpilzen handelten – eine wissenschaftliche Abhandlung von Loquin und Cortin, die sich als extrem nützlich herausstellen sollte, wie Sie feststellen werden, wenn Sie bis zum Kapitel *Kaffee mit Brandy* gelangt sind.

Mamas *Krautwickel* füllten mir Bauch, Kopf und Herz. Ilias vernachlässigte die Universität und spielte den Fremdenführer für mich. Er ließ sich noch auf die blödsinnigsten Besichtigungen ein: den Big Ben und den Wechsel der Wache am Buckingham Palace. Und wenn die Läden, Restaurants und Kinos geschlossen hatten und er begriff, daß ich aus einer einmal angenommenen Geschwindigkeit heraus noch weiterer Bilder bedurfte, führte er mich zu Whiteley's.

Whiteley's war das Einkaufszentrum seines Viertels. Groß, hell und leer, wie eine Stadt, die ihre Einwohner kurz vor der Atomkatastrophe voller Entsetzen verlassen haben. Wir spielten wieder unser Einfühlungsspiel: Wir wären allein auf der Welt, unsere Eltern gestorben, die Geschwister der Mutter auch, unsere kleine Kusine Dionisia wäre unter den Trümmern eines Hochhauses erschlagen worden. Wir, die einzigen Überlebenden, hätten weder Pläne noch Träume. Es wäre uns genug, in den leeren Arkaden herumzuspazieren und dem Geräusch unserer Schuhsohlen zu lauschen. So überzeugend war das Szenario, daß es uns eines Nachmittags, als wir zufällig an Whitely's vorbeikamen und Menschen in den Geschäften sahen, schien, als machten wir eine Zeitreise nach rückwärts. Zu den sorglosen Tagen vor dem Atomschlag. »Binnen kurzem werden die alle zu Staub«, wisperte mir Ilias ins Ohr. Fast glaubte ich ihm. Erleichtert darüber, daß das Ende der Welt nahte, traten wir bei Leading Edge ein, einem Geschäft mit wunderlichen Erfindungen. Auf den Regalen gab es elektronische Flaschenöffner. Schmuckstücke, die sprachen. Präservative in Nußschalen. Vor uns stand die Quintessenz der Erfindungen: ein schwarzer Ledersessel, der einen massierte. »Vier Massagearten«, wie der Angestellte darlegte. »Mit den Fingerspitzen, mit sanften Hieben, mit starken Hieben und mit Druckausübung.« Ich setzte mich in den lebendigen Stuhl. Mit dem Telecommander ließ ihn der Verkäufer wie eine große, warme und verwegene Hand agieren. Die vier Massagearten übten die Macht aus, die meine Familie bei mir eingesetzt hatte: Mit den Fingerspitzen hatte mich die Mutter beherrscht, mit sanften Hieben Ilias, mit starken Hieben der Vater. Die Anwendung von Druck setzte ich selbst bei mir ein. Und als der Angstellte dann eine Mischung der Arten bewerkstelligte, die Polymassage, wie er es bezeichnete, kam mir Diamantis in den

Sinn. Ich dachte mir, das ist ein Sessel, den man unter Kontrolle hat, den man genießt oder den man tritt. Ein idealer Sessel. Seine Zuckungen hatten auf mich den gleichen wohltätigen Effekt wie das Hypnostedon. Ich schlief ein, während sich der Verkäufer und Ilias gegenseitig in englischer Höflichkeit überboten.

Die erste Ferienwoche war zu Ende, als mir Ilias sein Manuskript zeigte. Er zog ein leicht beleidigtes Gesicht, weil ich nicht die Initiative ergriffen hatte, ihn früher darum zu bitten. Ich habe nicht gelernt, irgend etwas zu fordern, aber mein Bruder neigt dazu, das zu vergessen. Wir setzten uns auf den Boden, und er reichte mir eine Seite nach der anderen, als wären es nicht Texte, sondern Fotografien. Wie üblich las ich, ohne dabei zu denken. Am Ende des Lesevorgangs war bei mir nicht das Bewußtsein vorhanden, daß es sich um sein Buch handelte. Ich meinte, irgendein Unbekannter sei erschienen, um mir eine Tür aufzustoßen, die sich nicht in der Wand befand wie die üblichen Türen, sondern an der Decke oben. Von dort aus ließ er mich auf die Akteure in meinem Leben sehen. Zwang mich dazu, ist das richtige Wort. Und wenn einen jemand zwingt, wenn einem jemand den Kopf mit Gewalt durch eine Tür steckt, dann ist die erste Reaktion darauf, daß man die Hand des Menschen packt, der einen dazu drängt, und versucht, sie ihm kaputtzumachen.

Mein Bruder ist größer als ich. Beinahe zwei Meter groß. Er besitzt den Starrsinn des Zweitgeborenen, was ihn in Verbindung mit seiner Größe despotisch wirken läßt. Wie alle Menschen ist Ilias aus unterschiedlichen Bestandteilen zusammengesetzt. Sein Egoismus wird ausgeglichen durch eine tapsige Kindlichkeit. In seinem Text ist das deutlicher sichtbar als in seinem Leben.

Die Novelle *Ich schlag dich noch wie 'nen Oktopus* basiert auf einer Grundidee. Die Erzähler sind Kochzutaten: ein Petersilienzweig, eine Olive, ein faules Ei werden personifiziert und erzählen das Leben unserer Familie unter Abwandlung der Geschehnisse, wobei sie aber das Essentielle fast unberührt lassen. Zum Beispiel ist unser Vater im Buch Philosophieprofessor. Unsere Mutter kreiert noch befremdlichere Werke als in Wirklichkeit. Dionisia ist ein fast normales Mädchen, das ein Buch zu schreiben versucht. Von den Geschwistern der Mutter kommt Fotis, der hoffnungslos uninteressant ist, auf den ersten Seiten zu Tode. In der Zwischenzeit hat er allerdings Zeit gehabt, zu zwei Töchtern zu kommen. Nicht nur zur realen Dionisia, sondern auch zur fiktiven Alexandra. Vassilis hat einen nicht existenten Hund, den Trachanas, er ist Apotheker statt Chemiker und plant ein Verbrechen. Stefanos, um bei dem Vergleich zu bleiben, ist erkennbar – wenn man seinen Umzug nach Astypalea und seinen Sohn Pantelis ausnimmt, der ein Phantasiegebilde ist. Was mich betrifft, ich bin, wie mich mein Bruder gerne gehabt hätte: süß, sentimental, beeinflußbar.

Eindruck machte mir bei dieser ersten Lektüre das Faktum, daß Ilias die Seite des Vaters verschweigt. So stellt seine Geschichte den inhaltlichen Zusammenhang sicher. Er spricht nur übers Kochen, die Familienbegabung, die akzeptiert, adaptiert, vergeudet wurde, entsprechend der Eigentümlichkeit jedes einzelnen. Indem er den Vater verschwinden lasse, verleugne er den Realismus des Buches; die Strenge, derer ein Text bedürfe, damit er nicht nur reizvoll, sondern auch funktional sei. Das sagte ich ihm mit gerunzelten Brauen. Ilias erwiderte, ich müsse keinen Flunsch ziehen, weil er ein mittelmäßiges Buch geschrieben habe. Er hätte gerne gesehen, daß ich meine Worte zurücknehme, aber ich fuhr fort, ihn an einem Bleistift herumkauend schweigend und ernst anzublicken.

Er begann in der Wohnung auf und ab zu tigern. Weil er nervös und unbeholfen ist, stolperte er über den Fußabstreifer in der Diele. Er stürzte auf eindrucksvolle Weise, indem er einen Stapel Bücher mitriß, die sich an der Wand im Gleichgewicht hielten und mit einer Glasscheibe darüber einen improvisierten Tisch bildeten. Der Krach, den zwanzig Bücher machen, wenn sie umstürzen, ist vergleichbar mit dem eines Hauses, das in sich zusammenfällt. Mein Bruder lag unter den Werken von Piaget und Lacan. Das hätte eine Glosse des Schicksals sein können: Ilias beabsichtigte ein Buch zu werden, das unter anderen Büchern begraben war.

Von dem Sturz blieb ihm eine Beule am Kopf zurück. Kleine Glassplitter hatten sich in seine Wade und seine Stirn gebohrt. Am Zeigefinger der rechten Hand hatte er einen Knochenriß. »Du kannst ruhig schlafen, ich werde für eine ganze Zeit kein Wort mehr schreiben können«, sagte er bei der Rückkehr aus dem Krankenhaus zu mir. Es gab keine Spur von Schadenfreude in seiner Stimme. Bitterkeit vielleicht. Es ist absolut menschlich, die anderen dafür zu bestrafen, wenn sie einem nicht großzügig ihre Nachsicht anbieten. Dennoch war es für meinen Bruder eine eigenartige Reaktion.

Nach der Episode auf dem Mitropoleosplatz unterzog mich Ilias zum zweiten Mal einer Art Gefühlsverhör. Ich fand, daß ich viele Gemeinsamkeiten mit einem tiefgekühlten Huhn hatte: Wenn es auftaut, erwärmt es sich äußerlich, aber an den Knochen behält es weiterhin Eiskristalle. In meinem Inneren gab es etwas Hartes, einen unzerbrechlichen Kern. Ich beobachtete die Welt mit Teilnahmslosigkeit und Fatalismus, in dem Gefühl, daß alles viel zu lustig oder viel zu ernst sei, als daß man sich damit beschäftigen könnte. Ilias forderte meine Beachtung und meine Liebe ein. Er war imstande, sich noch ein paar Knochen zu brechen, um sie sich zu verdienen.

Als wir noch klein waren, spielten mein Bruder und ich die Fabeln von Äsop nach, die Taten des Herkules, aber auch modernere Spiele, wie die »gefährlichen Missionen«. Wir bombardierten das Hauptquartier von Rommel und sprengten die Brücke am Kwai in die Luft. Wir hatten ein Sofa, das man zum

Bett ausziehen konnte, aber in unseren Augen war es ein Lastwagen mit Sprengstoff, den wir durch Minenfelder oder durch Zonen mit atomaren Experimenten zur Heilsarmee transportierten. Ilias ließ mich, obwohl er jünger war, bei diesen Missionen als seine Hilfskraft agieren. Nie gelang es mir, auf dem Beifahrersitz zu sitzen und unsere Fahrt in den Dschungel und die Kasernen ungestört zu genießen. Ständig verlangte er etwas: Wasser, Munition, Binden für seine Wunden. In London spielten wir nach seiner Verwundung wieder das gleiche Spiel.

Tief verletzt durch meine Bemerkungen und wesentlich weniger durch Bücher und Glasscheibe, verbrachte er mehrere Tage in dem einzigen Sessel der Wohnung. Er verlangte Wasser, Bücher und Binden, kostete die Rolle des Kranken aus. Mit der Miene des Kriegsveteranen blickte er auf die griechische Kirche am Ende der Moscow Road. Er las Studien von Boars und Pidgeon.

Es machte mir Freude, mich ihm gegenüber hinzusetzen und ihn zu betrachten: kleine, etwas trübe Augen. Ein Mehrtagebart, der ihn älter und mitgenommener aussehen ließ, als er in Wirklichkeit war. Haare, die durch die Sessellehne zusammengedrückt und ziemlich ungekämmt waren. Er sah Madame Cézanne reichlich ähnlich, demnach auch dem Vater. Was er nicht in seiner Novelle untergebracht hatte, war in seinem Profil und in seinen Gewohnheiten vorhanden. Er schaute aus dem Fenster, als sei die Straße ein großer Fernseher. Mit der linken Hand zwirbelte er einen Wollfaden, den er aus seinem Pullover gezupft hatte.

Ich ging lediglich aus dem Haus, um Besorgungen zu machen. Die Touristenlaune hatte mich verlassen. Wie eine junge Engländerin verhielt ich mich, die schnell aus dem Haus springt, um Toast, Papierservietten und Fischstäbchen zu kaufen. Bei dem Gedanken, daß mich zu Hause ein Verwundeter erwartete, empfand ich Erleichterung. Umsorgen würde ich ihn, ihm ein Tablett mit Suppe auf die Beine stellen, ihm die

Kissen aufschütteln. Ich fühlte mich nützlich, würdig und einsam, eingemauert in das dramatische Schweigen eines Menschen, der in einer fremden Stadt unterwegs ist und mit niemandem etwas teilen kann. Mein Bruder und ich spielten tatsächlich wieder die »gefährlichen Missionen«. Mit dem Unterschied, daß wir zwei Agenten waren, die sich von der Arbeit zurückgezogen hatten. Das einzige, was sie noch wollten, war zusehen, wie das Leben dahinrann.

Auf diesen einsamen Spaziergängen hörte ich meine Schritte in einem unbekannten Bezirk des Bewußtseins hallen. Selbst ein Werbezettel mit »Winterofferten« im Rinnstein des Bürgersteigs funktionierte wie eine Botschaft aus dem Jenseits. In gewisser Weise lebte ich ja im Brennpunkt einer »Winterofferte«: Es war Januar, ich befand mich weit weg von meinem Zuhause und meiner Arbeit, die einen alles als gegeben ansehen lassen. Es war für mich leicht zu verschwinden, auszuwandern, meinem Leben eine andere Richtung zu geben. Und wenn schon nicht leicht, so doch zumindest sehr gut möglich. Das große Feld der Möglichkeiten entfaltete sich vor mir, gab mir den Anstoß für ein Gefühl der Großherzigkeit. Ich las das Manuskript meines Bruders von neuem, mit der Einstellung, nicht toleranter, sondern gerechter zu sein. Stellte fest, daß ich mich über etwas lustig gemacht hatte, das ich nicht fassen konnte. Die Liebe zu den Menschen, das Feingefühl, den Lyrismus, der ihn dazu gebracht hatte, plötzlich im Bus ein Gedicht aufzusagen. Die zweite Lektüre des Buches war ein Weg, Ilias besser kennenzulernen. Dessen Übersetzung der einzige Weg, einige andere Menschen kennenzulernen, die mir bis dahin unnahbar oder gleichgültig erschienen waren. Aber das kann ich erst heute sagen, zwölf Monate später. An jenem Abend und allen übrigen Januarabenden arbeitete ich systematisch an der Übersetzung des ersten Buchteils, ohne über die Folgen, den Nutzen nachzudenken. Als gewissenhafte Übersetzerin dachte ich nur über die Wörter nach.

Ich schlag dich noch wie 'nen Oktopus. NOVELLE

Von Ilias Xenos
Übersetzt von Athina Xenou

Für meine Eltern, Irini und Periklis Xenos

Also würde er kein Anwalt werden, weil,
und das ist natürlich, wenn eine Mutter
tot ist, auf mysteriöse Weise tot, kann man
einem Sohn als Anwalt nicht trauen, aber
als Koch kann man ihm trauen oder als Bruder
von einem Koch, oder als Sohn von einem
Koch oder sogar später als Enkel und Vater
von einem Koch.
Gertrude Stein

Suppen und Vorspeisen

Gepfefferte Fischsuppe

An dem Tag, an dem die Großmutter begraben wurde, ging ich durch alle Hände. Selbst die kleine Athina, die mit Fruchtsäften und Keksen ernährt wird, wollte Pfeffer in ihrer Suppe haben. Sie drehte an meinem Kopf, bis sich auf ihren rundlichen Fingern weißer Pfefferstaub ausbreitete. Sie holte tief Luft, berührte die Körnchen mit der Zungenspitze und nieste dreimal heftig. So wurde die Trauer durchbrochen. Alle lächelten, weil ein so kleines Mädchen jählings und laut wie ein Bierkutscher nieste. In Wirklichkeit lächelten sie, weil ihre Trauer bereits taub geworden war. Auf die gleiche Weise, wie die Finger bei einem Schüler taub werden, wenn er hundertmal schreibt: »Ich bedaure sehr, daß ich die Vase zerbrochen habe.«

Wenn die Großmutter die Vase ist, dann ist niemand schuld daran, daß sie zerbrochen ist. Sie selbst hatte das deutlicher als alle anderen gespürt und einige Male die Hände gen Himmel gehoben und gemurmelt: »Was wartest du noch, o mein Gott, und holst mich nicht zu dir?« Dieser Satz richtete sich nicht an Gott, sondern an ihre Tochter oder ihre Enkel, an jemanden, kurz und gut, der sich in dem Moment zufällig in der Küche befand. Obwohl sich die Großmutter wünschte, daß man sie bemitleidete und sie liebte, hatte sie begriffen, daß sie zur Last geworden war. Sie hatte genügend Jahre in dieser Küche gelebt, Hunderte von Tellern gespült, und die Schalen der Kartoffeln, die sie geschält hatte, hätten das gesamte Mietshaus in Cholargos rundherum einhüllen können. Ungezählte Male hatte sie meinen Behälter mit weißem, schwarzem, rotem Pfeffer aus Mauritius oder dem seltenen Saravakpfeffer aus Malaysia gefüllt, den ihr Stefanos immer per Post aus Amerika schickte. Oft trödelte sie herum und ließ die kugeligen Körner durch die Finger gleiten wie eine Spielkette, ein Komboloi. Das kam hauptsächlich vor, als die Großmutter noch keine Großmutter war und Zeit zum Trödeln hatte. Damals lebten wir alle zusammen auf einer Insel. Die Großmutter fertigte seltsame Schmuckgegenstände aus Zimtstangen, Gewürz, Nelken an und hängte sie an die Wände der Familientaverne. Sie hatte langes, glänzendes Haar, das sie zu Zöpfen flocht, und vier unbändige Kinder. Fotis, Vassilis, Stefanos und Irini. Fotis wurde Bauingenieur, baute das Mietshaus und starb ein paar Jahre später an Herzversagen oder am Verzehr zu großer Mengen Petersilienmus. Vassilis, älter und systematischer, wurde Apotheker. Stefanos, der jüngste von allen, ein Starkoch. Irini wurde die Gattin von Periklis und Mutter der Zwillinge Athina und Ilias.

Aber in jenen Jahren, bevor sie noch entschieden hatten, was aus ihnen werden sollte, bevor sie ihre wirklichen Neigungen im Leben gefunden hatten, war das einzige, was sie interessierte, rund um den Küchentisch zu rasen und dabei die Stühle umzuwerfen. Die Großmutter jagte sie mit allem, was ihr so in die Hände fiel. Als sie einmal nichts Besseres fand, schleuderte sie mich auf Irinis Oberarm. Der blaue Fleck, eine längliche Insel, reichte ihr bis zum Ellenbogen. Von da an tat sie keinen Pfeffer mehr an ihr Essen.

Erst heute, nach so vielen Jahren, nahm mich Irini zerstreut zur Hand. Sie musterte mich mit Zärtlichkeit oder mit eben jenem intensiven Blick, den man nur zärtlich nennen kann. Sie schlug mich leicht auf die Mitte, um den Pfeffer loszuklopfen, der sich im Mahlwerk festgesetzt hatte. Sie betrachtete die Zahnräder mit einer Mischung aus Gleichgültigkeit und Gehässigkeit. »Ich glaube, wir brauchen eine neue Pfeffermühle«, sagte sie.

Wenn ich imstande wäre, mich ebenfalls gen Himmel zu wenden, hätte ich gesagt: »O mein Gott, hör nicht auf sie. Hol mich nicht zu dir.« Ihr Blick wanderte über die Regale und machte grimmig bei allem halt, was alt und rostig war: einem gußeisernen Bügeleisen, das die Großmutter in einen Behälter fürs Wollknäuel umgewandelt hatte. Einem gesprungenen Täßchen ohne Henkel, mit einem abgewetzten Abziehbild. Zwei, drei Kugelschreibern, denen die Tinte ausgegangen war. Noch war es nicht die richtige Stunde für Aufräumarbeiten, aber ganz bestimmt war sie froh bei dem Gedanken, daß endlich Ordnung im Haus einkehren würde. Jetzt, da die Großmutter nicht mehr vorhanden war, konnten sie sich von den unnützen Dingen befreien, die sich in der Küche angehäuft hatten – von ihrem Plunder – und gleichzeitig von einem Gefühl des Überschwangs, das nicht zu dem Leben der Menschen im Frühjahr 1974 paßte, in dem sich die meisten Hoffnungen wie ein Stück Fisch in einem riesigen kosmischen Suppentopf zerkocht hatten.

Athina nahm mich in jenem entscheidenden Augenblick in ihre kleinen Patschhändchen. Ohne es eigentlich zu beabsichtigen, verhalf sie mir dazu, meine Fähigkeiten vor aller Augen unter Beweis zu stellen: Die gute Mühle mahlt den Pfeffer und läßt die Unachtsamen niesen. Die Botschaft kam an allen Enden des Tisches an. Alle blickten lächelnd auf ihre Suppe. Keiner mochte laut herausplatzen oder mit der Hand auf den Tisch schlagen und damit in der Schüssel mit der Fischsuppe einen Sturm hervorrufen. Nicht einmal Periklis, der allen Grund zur Freude hatte: Das Zimmer der Großmutter würde gelüftet und ihr Bett im Kamin verbrannt werden. Er hatte die Absicht, seinen Schreibtisch vor das Fenster zu stellen, wo die Großmutter Basilikum und Majoran gezogen hatte. Um endlich eine Tür in der Wohnung mit den Worten schließen zu können, »das ist mein Zimmer«.

Selbst Periklis also – für den die Großmutter nur schlicht Schwiegermutter war – hatte sich mit in die allgemeine Niedergeschlagenheit hineinziehen lassen. Die Beerdigung hatte ihm das Herz schwer gemacht. Man munkelt, er habe feuchte Augen bekommen, als der Sarg die Krume berührte. Er nahm nicht konkret von der Großmutter Abschied, sondern von einem Menschen, der die Erde verläßt und dabei selbst die Zerfahrensten daran gemahnt, daß das Leben irgendwann ein Ende hat.

Ein Spruch heißt: Das Leben geht weiter. Und der Beweis dafür sind die Menschen, die rings um den Tisch geräuschvoll ihre Suppe schlürfen. Periklis, Irini und die Zwillinge. Vassilis und seine Frau Jota, die im oberen Stockwerk wohnen. Die Witwe von Fotis, die Isabelle heißt und mit ihren beiden Töchtern Dionisia und Alexandra direkt darunter wohnt. Stefanos und Rania, die eilends aus Amerika angereist sind, um die

Großmutter noch lebend anzutreffen. Im tiefsten Grund sind sie froh, daß sie leben und trauern. Gott hat die Großmutter geholt und nicht sie.

Die Oma Kalí war endgültig nach Athen gekommen, als ihr Mann gestorben war. Zu Beginn hatte sie verzweifelt versucht, mit ihm zusammen zu sterben, indem sie die Augen schloß und abwartete. Nicht der Tod kam, sondern eine Krankheit, die Arthritis heißt. Die Beine der Großmutter wurden rot, schwollen an und gehorchten den Anweisungen der abgehärteten Tavernenwirtin nicht mehr. Die Fingergelenke begannen immer mehr wie Olivengeäst auszusehen. Irini brachte sie gegen ihren Willen nach Cholargos und ließ die Zwillinge zusammen in einem Zimmer schlafen. In dem freigewordenen Schlafzimmer brachten sie die Großmutter unter. In der ersten Zeit pflegte sie ihren Kopf halb aus dem Türrahmen zu strecken wie eine Schildkröte, die Angst hat, daß außerhalb ihres Panzers die böse Welt anfängt. Binnen kurzem wurde sie mutiger und begann Bohnen zu schnippeln. Wenn sie auf ihre Hände oder das Messer schaute, konnte sie sich vormachen, daß sie sich in der Taverne auf Astypalea befände und daß sie der Großvater jeden Augenblick zu sich rufen könnte.

Der Großvater rief sie tatsächlich zu sich. Und die Großmutter ließ alles stehen und liegen und machte sich auf den Weg zu ihm. Ihre Kinder und Enkel bildeten einen Kreis um ihr Bett – sogar Stefanos war vom anderen Ende der Welt gekommen. Ihm wollte die Großmutter das letzte Geheimnis ihres Lebens anvertrauen. Man munkelt, Diplomaten, Magnaten, Präsidentengattinnen hätten sich zu seinem Ohr hinabgebeugt unter der flehentlichen Bitte, ihnen doch zu verraten, wie er die Pflaumensauce und das berühmte gefüllte Lamm zubereite. Nun war die Reihe an ihm, das Ohr zu spitzen und in gewisser Weise seine gesamte Person der Mutter zuzuneigen. Die Oma Kalí vertraute ihrem Sohn, bevor sie die Augen schloß, das Rezept ihres bekannten Oktopusgerichts an.

Die Szene ist von sich aus widersinnig: Eine alte Frau stirbt, ihre Kinder sehen ihre Gestalt hinter den ersten Tränen verschwimmen, und sie wählt diesen Augenblick, um Rezepte weiterzugeben. Sie sollten aber wissen, daß die Geschichte einer Familie nicht nach dem Uhrzeigersinn geht oder der Richtung folgt, in der sich der Griff der Mühle dreht, um den Pfeffer zu mahlen. Sie ist, wenn Ihnen Vergleiche Spaß machen, wie ein gedeckter Tisch, um den die Menschen sitzen und essen. Sie trinken, rauchen, stehen auf, setzen sich wieder. Es kann sein, daß sie vergessen haben, daß sie schon Nachtisch hatten, und an einer Traube herumknabbern oder etwas Brot in die Überbleibsel des Salates tunken. Und wenn man ihnen zu dem Zeitpunkt, zu dem sie sich gerade erheben wollen, eine schöne, warme Käsepitta bringt, verspeisen sie vielleicht noch ein Stückchen im Stehen. Aus solchen Augenblicken lassen sich wesentliche Schlußfolgerungen ziehen. Wenn man einem Menschen mit randvollem Bauch unversehens ein Stück Schokolade anbietet, kann man viel von seinem Charakter ablesen. Ob er enthaltsam, undankbar, ehrgeizig ist. Ob er einmal reich werden wird.

Speziell in dieser Familie hier ist die Küche eine Art Psychogramm. Vassilis ißt wie ein Apotheker: Ein Stück Fisch auf dem Löffel spielt die Rolle der Brausetablette. Jota ißt nicht viel – sie versucht ihr rechtes Auge in einem der winzigen Spiegelchen zu sehen, die auf ihrem Zigeunerkleid festgenäht sind. Stefanos und Rania haben sich von den anderen entfernt und speisen in Ruhe, Tausende von Kilometern entfernt, in ihrem New Yorker Heim. Periklis hat die Miene und das Verhalten eines Volksschullehrers: Er benutzt Messer und Gabel wie einen Zeigestock. Isabelle trinkt etwas über das übliche Maß hinaus. Was ihre Töchter betrifft, die sind blaß und kaltblütig. Die ältere, Alexandra, dreht Ilias unter dem Tisch das Handgelenk um, wobei sie ungerührt an die Wand blickt. Dionisia macht mit dem Kopf volle Umdrehungen bei dem

Versuch, ihr Lachen zu unterdrücken. Unter dem Tisch kitzelt Athina sie am Fuß.

Selbst die peinigendsten Spiele werden einmal langweilig. Athina läßt Dionisias Fuß los. Sie steht von ihrem Stuhl auf, rennt rings um den Tisch und breitet die Hände nach links und rechts aus, um den Geist der Großmutter zu fangen. Irini schaut sie grimmig an, und so finden alle für kurze Zeit ihre Ruhe wieder. Athina setzt sich wieder auf ihren Stuhl, schlürft ihre Suppe geräuschvoll und beginnt, mit ihrem Löffel auf den Teller zu schlagen.

»Was ist denn nun schon wieder, Athina?« ertönt es von allen Seiten.

»Und wann kommt die Großmutter vom Himmel runter?« fragt Athina, den leeren Löffel ableckend.

»Red keinen Unsinn, Athina. Keiner kommt von dort herunter«, weist Alexandra sie zurecht.

»Na, dann steigen eben wir hinauf.«

»Wir steigen hinauf«, sagt Periklis ruhig, »wenn wir an der Reihe sind.«

Einstweilen ist für ihn noch genügend Zeit, Holzregale anzufertigen und die Schriftstücke der Universität in das Zimmer zu transportieren, von dem aus die Großmutter in den Himmel geflogen ist. Die schriftlichen Arbeiten der Studenten werden Stöße auf dem Tisch bilden, wo die Großmutter ihren Almanach und das Heft mit ihren Rezepten liegen hatte. Keiner wird sich mehr an ihren roten Strickschal erinnern, an ihre Brille, ihren Husten. Eines Tages wird Irini die Mülltüte aus Plastik aufhalten, um die Stricknadeln und das Täßchen mit dem Sprung, aus dem sie ihren Tee trank, hineinzuwerfen. Selbst Athina wird ihre Großmutter vergessen. Wenn sie den Himmel anblickt, wird sie sich überlegen, ob sich jemand auf eine Wolke legen kann, die die Form eines Kissens hat. Als schon erwachsene junge Frau wird sie auf einer Flugreise vor sich hinkichern, wenn sie daran denkt, welches Bild sie als kleines

Mädchen vom Tod hatte: die Großmutter, zwischen zwei Wolken geklemmt, wie sie mit Armen und Beinen rudert.

So hatte sie es ihrer Mutter erzählt, bevor sie mit dem schwarzen Peugeot zum Friedhof fuhren, der zum ersten Mal zu den Gestimmtheiten der Familie paßte. Als sie zurückkamen, hatte Athina neue Fragen auf Lager: Wie konnte es möglich sein, daß sich die Großmutter an zwei Orten gleichzeitig befand? Unter der Erde und hoch über unseren Köpfen? Das ist auch meine Frage. Keiner ist da, um sie für mich zu lösen. Seit Jahren schleppe ich jetzt meine Fragen mit mir herum und mahle sie zu Staub. Ich weiß nicht, wo sich die Großmutter versteckt hat, und keiner in diesem Haus spricht klar über diese Dinge. Ich fürchte, daß die Antwort erst dann kommt, wenn sie mich auch in den Abfall werfen.

Petersilienmus

Man stelle sich eine Familie rund um den Tisch vor. Der Vater, die Mutter und zwei Mädchen mit blonden Locken stützen sich mit den Ellenbogen auf ein rosa Tischtuch. Ihre Teller sind auf die Stellen plaziert, wo das Tischtuch gestern Fettflecken bekommen hat. In der Mitte des Tisches die Schüssel mit dem Petersilienmus. Der Vater streicht es sich auf sein Brot. Die Mutter kostet mit der Gabelspitze davon. Die große Tochter mit dem kleinen Finger. Die kleine Tochter, die kein Petersilienmus ißt, schaukelt auf ihrem Stuhl vor und zurück. Schaut sich die aufgehängten Unterhöschen an, die auf der Dachterrasse des gegenüberliegenden Wohnhauses wehen.

Sollten die Namen eine Bedeutung haben: Der Vater heißt Fotis Sapantis. Die Mutter Isabelle Jouanard-Sapanti. Die große Tochter Alexandra. Die kleine Dionisia. Sollten auch die

Eigenschaften eine Bedeutung haben, dann ist Fotis Architekt. Die Mutter fortdauernd verliebt; sie war in einem Sommer von Orléans im Urlaub hergekommen und hatte ihren Mann an einem Strand von Astypalea kennengelernt. Was die Kinder anbelangt, so sind sie eben einfach Kinder – sechs und zehn Jahre alt jeweils. Wenn Sie etwas über ihre Neigungen erfahren wollen, müssen Sie noch etwas drauflegen. Die Neigungen variieren. Fotis denkt gewöhnlich an etwas, was sich nicht auf dem Tisch befindet und mit statischen Untersuchungen und Immobilientausch zu tun hat. Isabelle fühlt sich von den Wünschen der anderen bestürmt – Salz, Wasser, ein Messer. Sie setzt sich zum Essen hin, wenn die übrigen schon halb aufgegessen haben. Die Kinder, wir sagten es schon, sind eben Kinder.

Was Sie sehen, könnte als Alltagsleben der Familie bezeichnet werden. Jeden Mittag setzen sich Fotis, Isabelle, Alexandra und Dionisia um den Tisch, sagen »Willst du eine Papierserviette«, oder »Was ist heute passiert« und essen ihre Teller leer. Jeder Tag ist genau wie der vorhergehende. Die vier rund um den Tisch essen mit einem Mund, schreien mit einer Stimme, werden zu einem Menschen. Dieser Mensch mit den acht Händen und den acht Augen bildet einen Verhau um den Tisch und läßt mich nicht auf die übrige Küche schauen, so daß ich mich am Ausblick auf die Spüle und die grünen Schränke sattsehen könnte. Von meiner Position auf dem Tisch aus erblicke ich den Kalender, auf dem heute 23. Juli 1972 steht, und einen Teil von mir zusammen mit Zwiebel, zerdrücktem Knoblauch, Brotbröseln, Ei, Öl, Zitrone und Petersilie zu Petersilienmus vermengt. »Diese ganzen Zutaten sind gar nichts, mon petit cœur, wenn man nicht etwas Essig in den Mörser dazugibt«, sagt Isabelle zu Dionisia, die, ihr Gesicht verziehend, fragt, wie man denn »dieses grüne Essen« macht. Mit ihrer Erwähnung des Essigs erkennt Isabelle die Rolle meiner Mutationen an. Der Wein wird alt und säuert wie die Menschen.

Obwohl die Zeit vergeht, bleibt die Familie unverändert. Wenn der Mittag kommt, kann man ihr Leben mit geschlossenen Augen beschreiben: Fotis steckt einen Bissen in den Mund, noch bevor er den vorhergehenden hinuntergeschluckt hat, und streicht sich mit den Händen über seinen mächtigen Bauch. Isabelle ißt lustlos, wobei sie ab und zu ihre Finger an der Schürze abwischt und über die Zucchinipreise spricht. Alexandra macht Faxen: Sie behält ihren Bissen lange in der rechten Backe und sagt »Ich habe Zahnweh«. Dionisia redet mit keinem. Sie zermantscht mit ihrer Gabel die Hackfleischbällchen von gestern. Wiegt sich im Rhythmus der Uhr vor und zurück, während sie die blonden Haare ihrer Puppe kämmt.

Wenn sich dieses merkwürdige Mädchen nicht ständig wiegen würde, wäre vielleicht die Zeit nicht vergangen. Die Essigflasche würde nie leer, das Essen würde nicht alle, und das Tischtuch bekäme keine Flecken. Fotis hätte sich jetzt nicht an die Brust gegriffen und sie nicht heftig mit seinen Handflächen zusammengedrückt. Seine Augen hätten sich nicht nach oben verdreht, um an die Decke zu sehen. Isabelle wäre nicht aufgesprungen und hätte dabei ihren Stuhl zu Boden geworfen und »Mon Dieu« geschrien. Die beiden Töchter mit den blonden Locken hätten nicht angefangen zu kreischen. Die Schüssel mit dem Petersilienmus wäre nicht zusammen mit Essig und Öl auf den Boden gestürzt; und so hätte ich nie den Tisch von unten und die Schuhe von Fotis aus einer solchen Nähe zu sehen bekommen.

Diese Schuhe sind schwarz, aus Leder, mit kleinen Ausbeulungen hier und dort. Sie sind mit ausgefransten Schnürsenkeln an zwei Füßen festgebunden, die zappeln, als sich der Vater auf den Boden streckt, neben dem langen rosa Tischtuch. Neben Isabelles Pantoffeln. Alexandras Sandalen. Dionisias weißen Strümpfen. Um die Schuhe von Fotis bewegen sich die Füße der Frauen, schnell, rhythmisch, was mir Bilder der Weinlese in den Sinn ruft. Füße, die Trauben stampfen, um Wein zu erzeugen. Wein, der alt und zu Essig wird. Essig, den man an das Petersilienmus träufelt. Petersilienmus, das sich auf den Fußboden ergießt.

Zwei Fliegen kosten das Petersilienmus. Danach setzen sie sich auf den rechten Fuß des Vaters, der reglos bleibt. Alle Füße sind jetzt reglos. In der Stille ist das Ticken der Uhr zu vernehmen, in gleicher Weise, wie vorher das Kauen der Speise zu vernehmen war. Binnen kurzem wird es von Weinen und Rufen überdeckt.

»Liebster Papa.«

»Geh da weg.«

»Ich werde verrückt.«

»Fotis, sprich doch zu mir.«

Die Füße beginnen sich wieder zu regen. Kurz darauf verschwinden sie. Jemand telefoniert. Jemand anderer weint. Die Kleine verkriecht sich unter den Tisch und umschlingt den Fuß ihres Vaters: »Beweg dich«, wispert sie. »Bitte, bitte, beweg dich.« Der Fuß bleibt reglos. Dionisia zieht ihm den Schuh ab, dann den Strumpf und kitzelt die Zehen. Der Fuß spürt es nicht. Dionisia beginnt wieder mit ihren Vorwärts- und Rückwärtsbewegungen, den Fuß in der Hand. Sie bedeckt ihn mit Tränen, die seine krausen Haare gerade richten. Mit der anderen Hand hebt sie das Tischtuch an und versucht aus dem Fenster zu sehen.

Eine ältere Frau nimmt auf dem Balkon des Wohnhauses gegenüber aufgehängte Höschen ab. Sie singt etwas, was als Gesumm bis hierher gelangt. Dionisia läßt das Tischtuch wieder herunter, und ohne daß sie es will, fällt ihr der Fuß des Vaters mit einem trockenen Laut auf den Boden.

Inzwischen haben sich auch andere Schuhe rings um den Tisch versammelt. Sie gehören Irini, der Schwester von Fotis, und Periklis, ihrem Mann. Sie wohnen im Stockwerk darunter und beklagen sich öfter, weil Fotis keine Hausschuhe trägt und beim Herumlaufen zwischen Küche und Schlafzimmer Lärm macht. Fotis sagt dann zu ihnen, es sei ihm nicht möglich, Pantoffeln zu tragen, sie würden ihm immer von den Füßen rutschen, weil sie ihm entweder zu klein oder zu groß seien. Dann schaut ihn Periklis streng an, und Irini sagt: »Nimm dich zusammen.«

In diesem Augenblick hat keiner die Neigung zu Vorwürfen. Man sieht jetzt mehrere weiche weiße Schuhpaare. Vier Hände heben Fotis an. Unter dem Tisch befindet sich noch sein Schuh; und sein Strumpf, der nach Essig riecht.

Die gesamte Küche riecht plötzlich nach Essig. Die Flasche ist zerschellt. Vielleicht ist die Heftigkeit meiner Gefühle daran schuld, daß ich mich überall befinde und die Dinge wie ein Panorama sehe. Dionisias weiße Strümpfe sind schwarz geworden, ihr Gesicht weiß, das Tischtuch bleibt weiter rosa. Gegenüber hat die ältere Frau alle Höschen eingesammelt. Das Wäscheseil ist gespannt und reglos.

Meine Fragen bezüglich der Zeit haben sich sozusagen beantwortet. Vier Menschen rund um einen Tisch sind nicht immer gleich. Sie essen jeden Tag unterschiedliches Essen, und wenn ihnen der Essig ausgeht, kaufen sie neuen. Sie stekken das Tischtuch zur Schmutzwäsche, trinken Wasser und Bier, verlangen, je nach Art des Essens, eine oder zwei Papierservietten. Wenn ihnen der Bauch wehtut, essen sie nichts – ein anderes Mal wiederum tut ihnen der Bauch vom unmäßigen Essen weh. Einmal haben sie Lust auf etwas Süßes, einmal auf Obst, und wenn das Wetter gut wird, kaufen sie sich Eis. Jeden Tag putzen sie sich die Zähne, trinken Milch oder Kaffee und machen sich auf den Weg. Sie stellen sich der Welt, die hart ist, voller Bauten, teurer Zucchini und Schulen. Sie kommen zurück, ziehen, wenn sie es wollen, Pantoffeln an, waschen sich die Hände oder waschen sie nicht. Je nach Laune nehmen sie mehr oder weniger Seife zum Waschen der Hände. Wenn Fotis gut gelaunt ist, wäscht er die Hände der Kinder zwischen seinen großen Handflächen. Wenn Isabelle gut gelaunt ist, räumt sie die Teller gleich nach dem Essen ab. Wenn die Kinder keine Lust haben zu helfen, sagen sie, sie hätten Hausaufgaben auf.

Solange das Essen anhält, werden mehr oder weniger die gleichen Fragen gestellt, aber die Antworten sind unterschiedlich. Wenn Isabelle Fotis fragt, was im Büro los war, antwortet er ihr, daß nichts Besonderes los war, oder daß er sofort auf die Baustelle gegangen sei. Wenn Fotis die Töchter fragt, wie es ihnen in der Schule gegangen sei, sagen sie »gut«, um irgend etwas zu sagen. In Wirklichkeit gibt es bei diesem »gut« unendliche Abstufungen, und jeden Tag passieren alle möglichen Dinge in der Klasse. Mal werden sie an die Tafel geholt, und mal verbringen sie ihren Tag, indem sie die Kritzeleien auf der Bank abradieren. Wenn man Alexandra nach vorne holt, spielt sie mit der Kreide oder blickt auf ihre Schuhe hinunter. Dionisia singt mit ihren Klassenkameraden gemeinsam das Morgengebet oder bewegt nur die Lippen. Einmal wacht Isabelle ganz früh auf und pfeift, und ein andermal steht sie mit schwarzen Ringen um die Augen in der letzten Sekunde auf. Und mal legt Fotis seinen Kopf an ihren Busen, die Aktenmappe auf einen Stuhl werfend, und mal verkriecht er sich hinter eine Zeitung und redet mit keinem. All dies spielt sich in großer Ruhe und Diskretion ab. Die Menschen bewegen sich geräuschlos auf einem Teppich, der sich jeden Tag um einen Zentimeter weiter ausrollt, und zwar so, daß man nicht erkennen kann, ob sich der Teppich ausgerollt hat oder sie selbst weitergeschritten sind.

In der Wohnung geschehen die seltsamsten Dinge. Bis heute hat sich keiner auf dem Mosaikboden ausgestreckt. Keiner hat Essen auf den Boden geworfen. Kurz bevor ich antrockne und meine Scharfsicht für immer verliere, möchte ich meine Worte zurücknehmen. Eine Familie rings um den Tisch ist niemals das, was sie scheint. Selbst wenn Fotis, Isabelle, Alexandra und Dionisia jeden Mittag über ihre Teller gebeugt essen, pünktlich um zwei.

Wir konnten alles ganz deutlich sehen. Auf dem orangefarbenen Kanapee saß die Mutter zusammen mit anderen Müttern. Um den niedrigen Wohnzimmertisch knieten die Kinder und zählten die Kirschen auf der Torte. Ilias und Athina standen in der Mitte, mit exakt gleichen blauen Westen bekleidet. Zwei Matrosenknöpfchen hoben und senkten sich: Die Zwillinge blähten ihre Lungen, um neun Kerzen in einem Atemzug auszupusten. Während der ganzen Zeit rannte der kleine blonde Junge um den Tisch herum und rief: »Gefährliche Missionen, Rakete 3, over.« In einer Kurve stolperte die Rakete über den Teppich und schlug auf den Boden, gerade als die anderen sangen »mit weißem Haar«. Das Lied brach abrupt ab. Niemand blies die Kerzen aus, und keiner beklatschte die Zwillinge. Es war ein glückloser Nachmittag.

Sie werden sich fragen, was zwei Hackfleischbällchen auf dem Wohnzimmerteppich verloren haben. Beinahe bis unter den Vorhang gekullert, während sie diese Szene ausspionieren, die mit Lachen begann und mit Blutvergießen endete, und zwar am 27. Januar 1977. Es ist eine ganze Geschichte. Sie beginnt früh am Nachmittag in der Küche.

Der Vater ist hinter der Zeitung verborgen. Die Mutter im Schrank, auf der Suche nach der Flasche mit dem Öl. Die Zubereitungsgeräusche hallen unten auf dem Grund der Schüssel wie ein monotones Heulen. In diese Schüssel mit den aufgemalten Blumensträußen waren wir durch ihre rundlichen, ausgelaugten Hände geraten. Davor hatten sie uns mit Öl und Wasser verknetet, uns mit Minze gewürzt, uns gebraten. Kurz gesagt, sie hatten uns die Eigenschaften und das ruhmlose Schicksal eines Fleischkloßes verliehen. Eine weitere Ladung heißer Hackbällchen purzelte über uns her. Danach noch eine und noch eine.

»Dauert diese Geschichte noch lange, Irini?« fragte der Vater, die Zeitung auf die Höhe der Nase absenkend.

Die Geschichte waren wir. Irini antwortete nicht. Sie briet weiter. Als alle Fleischbällchen gebraten und abgekühlt waren, war laut und klar die Stimme von Raffaella Carra zu hören. Zwei Hände brachten uns ins Wohnzimmer hinüber, wo die Mädchen tanzten und die Jungen aßen. Die Reihen der Fleischbällchen lichteten sich. Nach und nach wurden die gemalten Blumensträuße in der Tiefe der Schüssel sichtbar.

Wenn Sie dort gewesen wären, hätten Sie nicht gewußt, wohin Sie zuerst schauen sollten. Die Mädchen machten Brükke und Handstand in der Mitte des Zimmers. Die Jungen spielten mit vollem Mund Krieg. Die Mädchen legten Orchesterstücke auf und tanzten Ballett. Die Jungen waren nur durch »Hawaii 5-0« zum Aufstehen zu bewegen. Die Mädchen trugen Samtkleider mit Häkelkragen. Die Jungen Bermudas und Kniestrümpfe. Von den Wänden hingen Luftballons. Einige Mütter nahmen, während sie ihren Orangensaft umklammert hielten und sämtlich an ihren Zigaretten zogen, die Ballons ab und preßten sie hie und da zusammen, ins Leere starrend. In gewisser Weise waren sie ebenfalls Kinder, sie wußten nur nicht, wie man spielt.

Die Mutter des blonden Jungen war auch blond. Sie trug ein schwarzes Kleid, das mit Silberfäden bestickt war, und gelbe Plastikohrringe. »Bist du nicht auch der Meinung, Jota?« sagte sie immer wieder und beugte sich vor, um eine Frau anzusehen, die am Ende des Kanapees saß. Jota trug ein orangefarbenes Kleid mit Margeriten, und dies war der einzige Grund, warum sie derselben Meinung sein mußte. Zwei Frauen, die ähnliche Kleider tragen, verfallen in den Irrtum zu glauben, sie seien sich gleich. In Wirklichkeit gab es gar keine Gemeinsamkeiten. Jota hatte keine Kinder. Sie musterte die Vorhänge von oben bis unten und spielte mit ihrem Ring. Sie fand die Gespräche über die Gesundheitskontrollen im ersten Vierteljahr nicht im mindesten unterhaltsam, und die buntscheckige Dame, die ihr erzählte, Kinder müßten einmal pro Woche Linsen essen, ebensowenig. Die einzig richtige Frage, die man ihr hätte stellen können, wäre gewesen: »Was haben Sie hier eigentlich zu suchen?« Sicherlich hätte sie unter Herumdrucksen geäußert: »Ich bin wegen Irini hier.« Das sagt überhaupt nichts aus. Die Sätze, die die Menschen von sich geben, um zu kneifen, sind unbeschreiblich. Jota hat Vassilis geheiratet, Irinis Bruder, und sich wie ein parasitärer Organismus an ihre Schwägerin geheftet. Nicht aus Bewunderung, sondern aus einer Art Panik, die sich der Frauen bemächtigt, wenn sie sich allein in einer neuen Wohnung befinden. Heute hat sie schon drei verschiedene Vorwände gefunden, um ihr die Tür einzurennen: Zwiebeln, Handcreme und Ohrringe. Restlos mißlungene Vorwände. Jota kocht nicht, hat eine ganze Sammlung von Handcremes und würde niemals die klassischen Perlen von Irini tragen. Sie findet zwar die Mutter der Zwillinge fade, doch wie es scheint, ist die Langeweile der Einsamkeit immer noch vorzuziehen.

Irini war wie eine Nonne gekleidet, in einen Plisseerock und eine weiße Bluse. An ihren Ohren hingen zwei kleine versteinerte Luftblasen, die Perlen genannt werden. Sie fragte sich, warum ihr Jota ständig hinterherlief, warum sie sie nach ihrer Meinung fragte, da sie ja doch eine andere haben würde. Das Überbieten mit Höflichkeiten während der ersten Monate war zu einem Ellbogenstoß unter dem Tisch geworden. Aus unseren Quellen verlautet, daß sich Irini Vassilis zuliebe in Geduld übt. Ihr Bruder wirkt glücklich, seit er Jota kennengelernt hat. Das heißt, er wackelt ab und zu mit dem Kopf, sagt »danke«; hat eine für seine Verhältnisse übermäßige Geselligkeit entwickelt.

Die übrigen Mütter waren gleich. Ihre Kinder ebenso. Während also der blonde Junge etwas Exzentrisches an sich hatte und die Zwillinge Paradekleidung trugen, waren die übrigen

Kinder gewöhnlich und wie immer. Als sie sich die Arme um die Taillen legten, um Janga zu tanzen, ähnelten sie einander dermaßen, daß man hätte glauben können, man sähe alles doppelt.

Die Zwillinge tanzten nicht. Ilias blickte auf Athina. Sie blickte auf den blonden Jungen. Die drei lehnten am Buffet mit den Speisen und hatten uns den Rücken zugekehrt. Als die Janga zu Ende war, legte Athina »Only you« auf den Plattenspieler und fragte den blonden Jungen, ob er mit ihr tanzen wolle. Ihre Hände waren schweißgebadet, und ihre Nasenflügel bebten. Statt einer anderen Antwort streckte der blonde Junge seine Hand nach der Porzellanschüssel aus, packte uns auf gut Glück und schleuderte uns gegen ihre Wange. Die Entfernung zum Teppich war gering, und wir legten sie unter Hopsen zurück. Wenn die Janga nicht schon zu Ende gewesen wäre, hätte uns sicherlich irgendein Kinderschuh zerstampft.

Von unserer neuen Position aus konnten wir die Strafe des blonden Jungen sehen. Als er wie ein Wirbelwind um den Wohnzimmertisch jagte, fiel er hin und schlug sich den Kopf an. Die Zwillinge kamen nicht mehr dazu, ihre Geburtstagskerzen auszublasen. Alles versammelte sich um den kleinen blonden Jungen, man fächelte ihm mit Zeitschriften und Ballons Luft zu und trug ihn in ein anderes Zimmer.

Athina blieb allein zurück und brach in Schluchzen aus. Ihre Kusine Dionisia kam und wischte ihr die Tränen ab.

»Komm«, sagte sie, »der hat dich doch auch mit dem Fleischbällchen beworfen.«

»Das macht nichts.«

»Wieso macht es nichts? Er ist ein Mistkerl.«

»Er ist kein Mistkerl.«

»Er hat dir den Geburtstag vermiest.«

Die beiden Mädchen setzten sich dicht nebeneinander aufs Kanapee. Ihre Beine reichten nicht bis zum Boden, denn sie waren dafür noch nicht lang genug, und das Gespräch, das sie führten, war nicht kompliziert, denn sie hatten noch nicht alle Wörter und deren Bedeutungen gelernt. Jedoch machte es ihre Ernsthaftigkeit, die Art, wie sie die Hände auf die Lehnen des Kanapees legten, möglich, sie sich Jahre danach vorzustellen: Ihre Beine würden dann länger sein, ihr Haar dergleichen, ihre Hände Zigaretten halten, ihre Gespräche verschlungene Pfade beschreiten. Je mehr sie über die Jahre gelernt haben würden, desto mehr würden sie für sich behalten. Sie würden es mit einem Schluck Orangensaft in ihren Magen hinunterspülen und später Ballons zusammenpressen, an ihren Schlüsseln oder ihrem Ehering herumspielen. Wie ihre Mütter.

Dies sind allerdings willkürliche Schlußfolgerungen. Gedächtnisfetzen aus der Zeit des antiken Gewürzfleisches, der zarten Filetspitzen, des byzantinischen Schmorbratens, die kommen und gehen. Unsere anderen Leben wispern: »Ich hab dich vergessen«, »Wie ist es nur möglich«, »Was für ein schöner Tag«, »Das erinnert mich an etwas«, »Wie gut, daß ich dich gefunden habe«. Alles vermummt sich und wiederholt sich, vermummt sich und wiederholt sich, bis zum Ende der Welt.

Athinas Bruder kommt zum Kanapee und krabbelt auf allen vieren hinauf, denn er kann nicht anständig auf einem Möbelstück sitzen, das für Erwachsene entworfen worden ist. Nach Jahren wird er sich von gänzlich anderen Dingen erschöpft auf dasselbe Kanapee fallen lassen. Sein Körper wird dann länger geworden sein, seine Füße werden die andere Lehne berühren – sorgfältig überkreuzt, um den Stoff nicht zu beschmutzen.

Beim Erwachsenwerden lernen die Menschen, sich auf kleine Details zu stützen; auf die Sauberkeit zum Beispiel, oder auf die Art, wie sie die Hände falten, damit man ihnen die Nervosität nicht anmerkt. Die drei Kinder sitzen uns gegenüber wie ein offenes Buch. Wir können ihnen ihre Wünsche ablesen und ihre Traurigkeit. Wir können Erklärungen finden für alles, was sie bewegt.

Die Kompliziertheit der Welt drängt uns einige weitere

Überlegungen auf: Die Blindschleiche ist gar nicht blind. Die ungeschriebenen Gesetze der Sauberkeit zwingen einen dazu, nachzusehen, ob sich selbst unter dem Bett noch Staub befindet. Das Chaos wird durch strenge Regeln gelenkt. Wenn ein blonder Junge Hackfleischbällchen auf ein Mädchen wirft, das ihn auffordert, mit ihm zu tanzen, dann kriegt er eins auf die Rübe. Wenn die blonde Mutter Irini voller Mitleid ansieht, kommt der Moment, in dem Irini eine Lippe riskiert. Wenn schließlich zwei Fleischbällchen Überlegungen anstellen, die zu hoch für sie sind, dann werden sie unter einem Absatz zermalmt.

Angst ist in unserem Fall ein berechtigtes Gefühl. Damit Ihnen die Qualität dieser Angst klar wird, stellen Sie sich doch einmal vor, wie gigantische Fleischklöße, die zehnmal so groß sind wie Sie, auf Sie zurollen. Athina, Dionisia und Ilias kreiseln durch das Wohnzimmer und schauen nicht nach vorne. Sie kommen uns gefährlich nahe und entfernen sich dann wieder. Rasch füllt sich das Wohnzimmer von neuem mit Kindern. Die Mädchen tanzen Rock 'n' Roll mit Figuren. Kreischen »Tutti frutti« und versuchen, ihre Fersen in den Boden zu schrauben. Die Jungen bringen die Ballons mit Zahnstochern zum Platzen. Alle Mütter, mit Ausnahme der blonden, die verschwunden ist, trinken wieder Orangensaft. Jota meint zu Irini: »Das Parkett ist schuld.« Irini antwortet: »Läßt du mich jetzt in Ruhe?« Jota beharrt: »Beinahe hätte er sich einen Schädelbruch geholt.«

Dieses Beinahe macht den Unterschied aus. Die Welt wäre ganz anders, wenn alle Beinahes in die Realität umgesetzt würden. Beinahe hätte Athina vor aller Augen geweint. Beinahe hätte Ilias das Kanapee schmutzig gemacht. Beinahe hätte Irini ihren Orangensaft auf Jota gekippt, aber sie hat es abwenden können. Der Orangensaft ergoß sich auf den Fußboden, und das Glas zerbrach unter Getöse. Irini lief als gute Hausfrau Papierservietten aus der Küche holen. Um nicht den

Tisch umrunden zu müssen, nahm sie den Weg über uns, einen Fluch auf Hölle und Teufel ausstoßend. Ungefähr so hatten wir uns den Tod vorgestellt: wie ein weiches Sich-Auflösen unter einer schmutzigen Sohle, mit Gesprächen über das Inferno gleich um die Ecke.

Nur die Lebenden verursachen uns dauernde Schmerzen

Als Ilias merkte, daß ich sein Buch übersetzte, erhob er sich endlich aus seinem Sessel. Er begann, mir Orangensaft und mit Bratenscheiben belegte Sandwiches zu bringen. Von der Toilette zurückkommend, fand ich den Schreibtisch geordneter vor, als ich ihn verlassen hatte. Die Reihe war nun an mir, die Kranke des Hauses zu werden. Der wahrhaft Kranke begann auszugehen und mit Zeitungen und Illustrierten zurückzukommen. Ich nutzte seine Abwesenheit aus, um ein paar Dinge zu tun, die in Gegenwart anderer unmöglich sind: Mein Ohr genüßlich reiben. Einen Pickel auf der Wange ausdrücken. Bei offener Badezimmertür pinkeln. Ich tröstete mich mit dem Gedanken, daß ich in Athen solche Augenblicke genießen würde. An irgend etwas mußte ich mich ja halten, um mir die Rückkehr interessant zu machen. Ich hatte nicht die geringste Lust, wieder zurückzufahren. Die Spaziergänge in London waren das bisher beste Mittel, das ich gefunden hatte, um mit meiner eigenen Person in Verbindung zu treten. Ich war ein Bewohner des abstrakten Bereichs gewesen, den man »Distanz« nennt. Eines Bezirks, der keine Häuser, Straßen und Hausnummern hat, sondern Sprunggruben und Boulevards – Anspielungen auf das Wesen des Lebens.

Das Buch hatte angefangen, mein Interesse zu wecken. Sein schwacher Punkt war seine Überschwenglichkeit. Aber ohne diese Überschwenglichkeit hätte ich vielleicht nicht folgendes auf einen kleinen Block notiert:

»Ilias brachte mir in dem Moment ein Glas Orangensaft, als

ich den Satz übersetzte: ›Beinahe hätte Irini ihren Orangensaft auf Jota gekippt.‹

Ist der rote Strickschal der Großmutter etwa der Schal, den ich getragen habe? Und noch etwas: Hat der Vater die Stricknadeln der Großmutter entwendet?

In den *Hackfleischbällchen* stolpert der blonde Junge über den Teppich wie Ilias. Das Leben kopiert die Bücher.«

Es kommt auch vor, daß das Leben das Leben kopiert, was Ilias in *Petersilienmus* gleichfalls andeutet. Mein Bruder machte die Wohnungstür mit seinem Schlüssel auf, indem er die Bewegungen des Vortags wie eine Art passiver Gymnastik wiederholte. Er warf den Mantel aufs Sofa und stellte sich ans Fenster, um die Zeitung im Stehen zu lesen. Mich selbst ertappte ich dabei, wie ich im Lexikon nach demselben Wort suchte und, als ich es fand, wieder den gleichen Ruf der Überraschung ausstieß. Wenn wir abends an Whitely's vorübergingen, betrachtete ich die Lichter mit dem immer gleichen Ausdruck von Ratlosigkeit und Verlassenheit. Vielfach grübelte ich auf diesen Gängen über Ilias' Buch nach, als sei es mein eigenes. Ich hatte es streng zu beurteilen und zu verbessern.

Mein Bruder verwendete seine Grundidee – Speisen, die sprechen und pausenlos philosophieren – auf pompöse Weise. Die Geschichten wirkten, zumindest in der Einheit *Suppen und Vorspeisen*, untereinander unverbunden. Die Personen kamen und gingen, waren zu zahlreich und würden den Leser verwirren. Charaktere waren nicht richtig zu erkennen. Doch es war sein Buch, seine Ansicht in bezug auf die Welt. Ich versuchte, Bemerkungen zu umgehen. Wenn er mich fragte, wie es liefe oder wie es mir vorkäme, antwortete ich mit »schön«, »gut«. Der Trick funktioniert immer. Wenn man gefragt wird, wie es einem geht, und zu weinen anfängt, muß man Erklärungen abgeben. Wenn man »gut« sagt und lächelt, lassen einen selbst pathologisch neugierige Menschen laufen.

Mit dem Ausblenden der Diskussion waren nicht gleichzeitig auch die ungeklärten Fragen total abgestellt. Wieso sind Ilias und ich im Buch Zwillinge? Wieso hat sich Dionisia eine vom Himmel gefallene Schwester zugelegt? Wieso ist Vassilis Apotheker? Und schließlich, wieso wird Fotis auf den ersten Seiten von *Petersilienmus* beseitigt?

In einem autobiographischen Text sind die kleinen Abänderungen keine Konventionen – sie sind Wunschträume des Autors. Wenn Ilias an unserem Leben etwas hätte ändern können, hätte er uns zu Zwillingsbruder und -schwester gemacht. Er hätte Dionisia eine ältere Schwester gegeben. Jota einen Hund, Stefanos einen Sohn, Vassilis einen anderen Beruf. Er hätte sämtliche Geschwister meiner Mutter in das Haus in Cholargos verpflanzt. Und schließlich die Unbrauchbaren wie Fotis, die sich nur für das Füllen von Bauch und Taschen interessieren, erwürgt.

Meine Schlußfolgerung war willkürlich und nicht im mindesten philologisch. Aber ich glaube, sie brachte ihn zum Nachdenken. Wenn ich mich recht erinnere, antwortete er mir mit »vielleicht«; einem Wort, das in seinem Sprachgebrauch »schätzungsweise ja« bedeutet. Ich vermied es, meine Rolle in der *Fischsuppe* zu diskutieren, denn das hätte uns zu nichts geführt. In dieser Geschichte läßt er mich als ungezogenes Kind um den Tisch laufen und kreischen. Soweit ich mich erinnern kann, hatte ich bei der Mahlzeit, die auf die Beerdigung der Oma Kalí folgte, meinen Kopf nicht vom Teller gehoben. Hatte kein Wort herausgebracht.

Die *Hackfleischbällchen* sind realistischer. Die Beziehung meiner Mutter zu Jota bestand schon immer aus einer Mischung von Langeweile, Zorn und stillschweigender Konkurrenz. Was mich betrifft, ich war in den ersten Volksschulklassen in einen blonden Jungen verliebt. Bei einem Kinderfest hatte ich ihn zum Tanzen aufgefordert. Statt einer Antwort hatte er mir eine Handvoll Erdnußflips ins Gesicht geworfen. Die Unterhaltung mit Dionisia ist durch und durch fiktiv.

Meine Kusine pflegte bei allen Kinderfesten in einer Ecke zu sitzen und mit ihrem Kleidersaum zu spielen. Das ganze *Petersilienmus* ist eine gut erfundene Lüge. Alexandra existiert gar nicht. Fotis lebt. Isabelle kocht nur französische Speisen mit Béchamel.

Die Einheit *Suppen und Vorspeisen* ist zu nichts zu gebrauchen. Wie Sie im weiteren Verlauf sehen werden, gab uns selbst die Ladiku den freundschaftlichen Rat, sie in den Papierkorb zu werfen. Ilias beharrte darauf, daß das Kapitel erforderlich sei – es sichere dem Buch den Zusammenhalt. Die Wahrheit wurde mir erst klar, als ich die Übersetzung beendet hatte, aber ich kann sie jetzt schon verraten: Die Einleitung des Buches stellt die einzige Einheit dar, in der Ilias seine Kindheit erwähnt. Selbst wenn er keinen Charakter oder keine Situation gestalten kann, gestaltet er eine Erinnerung. Und wir verlangen von ihm, daß er sie wegwirft.

Ilias' persönliches Leben lief extrem geräuschlos ab. Während meines ganzen Aufenthalts in London hatte ich nicht einen einzigen Freund von ihm getroffen – noch viel weniger eine Frau. Fotografien gab es in der Wohnung der Moscow Road keine. Er erhielt keine Briefe, abgesehen von Rechnungen und Reklamezuschriften. Die wenigen Male, an denen das Telefon läutete, nahm er den Hörer ab, bevor es zum zweiten Mal klingelte. Wie es seiner Natur entsprach, redete er gedämpft. Als ich mich nach seinem Freundeskreis in London erkundigte, ließ er die Namen David, Carr und Truman verlauten. »Wirst du sie mir denn vorstellen?« fragte ich. Im Geist hatte ich mir ein Bild von ihrer Person entworfen. Carr mollig, mit Sommersprossen und blondem Haar. David und Truman wie untadelige Briten. Brünett, mit weißer Haut und Tweedjacketts.

Drei Tage vor meiner Abreise nach Griechenland kamen sie zum Essen und straften meine Phantasiebilder Lügen. Carr war groß, dünn und trübselig. Hatte schwarzes Jungenhaar und Schlitzaugen. David war Deutscher und sah wie ein Schimpanse aus: Augen und Mund waren die einzigen Stellen in seinem Gesicht, die nicht von Haarwuchs bedeckt waren. Truman war ein rothaariger Mensch mittleren Alters, der an Geschwätzigkeit litt. Kurz bevor sie eintrafen, stieß Ilias mit seinem Ellenbogen die Essigflasche um, als sollten wir auf die Schnelle die Hauptszene aus *Petersilienmus* spielen. Dafür war nicht nur sein Gipsarm verantwortlich. Die Konzentration machte ihn linkisch. Als Hausherr fühlte er sich ungeschickt und unzulänglich. Er wurde fast böse, daß er keine zwanzig Hände besaß, um den Wünschen der anderen gerecht zu werden. Mich hatte er gebeten, meine Spezialität zu kochen – mit Bulgur und Rosinen gefülltes Huhn. Er selbst machte gebakkene Quitten. Wir wollten sie als Nachtisch servieren, mit Honig.

David und Carr kamen zusammen an. In meinem Kopf stellte Carr das Mädchen meines Bruders und David einen gemeinsamen Freund dar. Als mir klar wurde, daß sie ein Paar waren, war ich enttäuscht. Obwohl Carr etwas betont Exotisches an sich hatte, waren sich die beiden ziemlich ähnlich, wie alle Paare, die seit Jahren zusammenleben. Magere, hibbelige junge Typen, so etwa in unserem Alter. Sie schloß gerade ein Graduiertenstudium in Soziologie ab. Er war ein Studienkollege von Ilias. Truman ihr Professor. Er traf fünf Minuten später ein. Ich hätte schwören mögen, daß ich ihn schon einmal gesehen hatte. Als er sich bei mir vorstellte – »Truman Lodge, ich freue mich ganz besonders über die Bekanntschaft« –, fiel mir wieder ein, daß ich seinen Namen von Ilias gehört hatte. Der Termin mit ihm war es, der ihn im Dezember genötigt hatte, so eilig von Athen abzufliegen.

»Und womit beschäftigt sich die Schwester unseres Freundes?« erkundigte sich Lodge, als hätten wir ein Gespräch nicht ganz zu Ende gebracht. Ich befand mich in einem Zwiespalt. Die Beschäftigung hat mit Vorlieben zu tun. Die Arbeit mit Notwendigkeiten. Ich wog es innerlich ab und sagte: »Ich übersetze eine Novelle, die mein Bruder geschrieben hat.« Offenbar wußten sie etwas von dem Buch. Sie lächelten und beschäftigten sich dann nicht weiter mit mir. Ich fühlte mich eigenartig ausgegliedert, so ohne zu sprechen. Zu Beginn des Frühjahrs fand und erkannte ich bei der Übersetzung von *Verkehrte Tomaten und Paprika* das unangenehme Gefühl wieder, das ich damals empfunden hatte. Mein Bruder schrieb es unserem Vater zu, der einmal gezwungen gewesen war, mit der Mutter und Petros am gleichen Tisch zu sitzen: »Er fühlt sich ausgestoßen – allen ist klar, was das heißt. Eine Gesellschaft, die einen durch Lächeln vertreibt, zwei Menschen, die einen nicht sehen, Zeichenwitze, die einen nicht zum Lachen bringen. Das Gefühl, nirgends dazuzugehören. Das Umschlagen von Alleinsein in Einsamkeit. Der Beginn der Panik.«

Um die Panik zu verbergen, folgte ich ihrem Gespräch, als sei es eine Fernsehsendung, und warf dabei ab und zu ein »ja« oder ein »wahrhaftig?« ein. So bewies ich den anderen und mir selbst, daß sich mein Geist auch weiterhin mit bei Tisch befand. Am Ende des Mahles, als auf der Platte mit dem Huhn nur noch das traurige Skelett des Vogels zurückgeblieben war, löste ich das Gabelbein heraus und fragte, wer mit mir spielen wolle.

Sie sahen mich befremdet an. Erst da kam mir wieder zu Bewußtsein, daß ich aus einem anderen Land stammte. Ich erklärte ihnen, wie das Spiel Jantes gespielt wird. Ilias und ich wetteten um zehn Pfund, und wir brachen den Kuchen auseinander. Lodge erzählte, daß das Spiel in Amerika »wishbone« hieße. Die Amerikaner stellten keine Wette auf, sondern äußerten einen Wunsch, wenn sie am Knochen zögen, bis er breche. Sie glaubten, daß der Wunsch bei dem Spieler in Erfüllung ginge, dem das größere Stück des Gabelbeins zufiele. »Ah, *Gabelbein* * !« sagte David, an seine dichtbehaarte Stirn klopfend, als sei plötzlich alles klar. Die Deutschen behaupteten, derjenige, der das größere Stück des Gabelbeins abbreche, habe das längere Leben. Das Gespräch wandte sich darauf für kurze Zeit der Beziehung zwischen Essen und Glück zu. Carr erzählte uns, daß das Essen, das den Japanern Glück brächte, mit roten Bohnen zubereiteter Reis sei, und daß die Chinesen eine glückbringende Münze in die Glasnudeln zu stecken pflegten. Am besten gefiel mir unter all diesen surrealistischen Erfindungen das griechische Spiel. Es überläßt nichts dem Schicksal. Ich sagte ihnen, daß meiner Meinung nach das Glück eine Erfindung der Unglücklichen sei. Hier schloß die Unterhaltung. Sie hatten mir viel Zeit gewidmet. Sie mußten wieder zu ernsthafteren Themen zurückkehren.

Natürlich redeten sie über Krankheiten. Wie Rechtsanwälte über Prozeßakten und Klempner über Rohrzangen geredet hätten. Aus Anlaß der Graduiertenarbeit meines Bruders über das Verhalten von Jungen in der Schulklasse hatte Lodge eine Diskussion über die Rolle der Geschlechter in Gang gesetzt. Er fühlte sich äußerst wohl im Zentrum des Tisches – im Zentrum des Interesses. Er bewies es, indem er weitschweifige, demagogische Reden hielt:

»Die Vergötzung der Männlichkeit und der Härte erlebte ihre Blüte in den USA während der Ära Kennedy und Johnson. So übertrieben es klingen mag, irgendwie sind wir auf diesem Weg zum Vietnamkrieg gelangt. Wißt ihr, auf welche Weise sich das bei den jungen Leuten meiner Generation ausgewirkt hat? Als Demonstration für den Krieg. Die Teilnahme am Krieg wurde als Widerstand gegen die Bedrohung dargestellt. Die Gegner waren verweichlicht und weibisch. Die positive

* im Original auf Deutsch *(Anm. d. Übers.)*

Einstellung zu Napalm und den B-52-Bombern war gleichbedeutend mit einem Beweis für Männlichkeit.«

Das Abendessen glich einer Versammlung des Psychologieseminars. Sie redeten, um gute Noten zu bekommen, sie hörten ausschließlich sich selbst zu. Obwohl ich ihnen unbekannt war, legten sie nicht das geringste Bestreben an den Tag, mich kennenzulernen. Am Ende des Abends hatte ich erfahren, daß Trumans Name auf den heftigen Wunsch seiner Mutter, nach vier Mädchen einen Jungen zu bekommen, zurückging. Daß Carrs Großvater – ein Japaner von der Insel Shikoku und über die Hochseefischerei bis zur Antarktis unterwegs – nach dem Krieg nach England ausgewandert war, um die Produkte seiner engeren Heimat zu verkaufen: Korallen und echte Perlen. Daß David seine Wohnung kürzlich aprikosenfarben gestrichen hatte. Daß ein gewisser Hudson behauptet hatte, die Männer seien das zweite Geschlecht. Sie behandelten mich wie einen Garderobenständer. Sie behängten mich mit Ideen, Theorien und Geschwätz und nahmen sie beim Weggehen wieder mit sich.

In der Tischrunde war das Verhaltensmuster Professor-Student durchbrochen. Distanz war im Psychologieseminar nicht angesagt. Die drei graduierten Studenten diskutierten mit Truman Lodge, als sei er ein alter Freund – und teilweise war er das auch. Sie nahmen sich Zigarillos aus seinem Etui. Wenn er etwas Witziges äußerte, klopften sie ihm freundschaftlich auf den Rücken. Ich fragte mich, ob sie ihn hergebracht hätten, um Eindruck zu schinden. Mein Bruder kam nach der Mutter. Er hatte ihre kleinen Augen, ihre Art und einen ungerechtfertigten Dünkel, der nur sichtbar wurde, wenn er getrunken hatte. Umgeben von »bemerkenswerten« Menschen schien er zu glauben, daß die Intelligenz additiv funktioniert: Er fühlte sich viermal so klug und fähig, als er es war. Was den Professor betraf, der freute sich an den Freundschaftsbezeugungen seiner Studenten. Es machte fast den Eindruck, daß er es darauf angelegt hatte, so wie er immer mehr Anekdoten und psychologische Tests von sich gab.

Ich beobachtete ihn jedesmal, wenn ich den Dessertlöffel zum Mund führte. Er war eine männliche Natascha Sella. Man hatte bei ihm das Gefühl, ihn schon einmal gesehen zu haben, ihn zu kennen. Ein rundes, kluges Gesicht. Ein rötlicher Backen- und Kinnbart. Feminine Finger, die lebhaft die Dimensionen des menschlichen Gehirns und die Formen der Ideen umrissen. Im Gegensatz zum Vater, der seine Vorlesungen ruhig absolviert hatte, die Hände in den Taschen, war Lodge der Archetyp des charismatischen Professors: ein heiterer Weiser, der die Welt mit weiteren heiteren Weisen füllen will.

In mir revoltiert etwas, wenn Professoren – aber auch Eltern oder Politiker – übertrieben demokratisch sind. Der Mißbrauch der Demokratie ist eine alternative Möglichkeit, die anderen zu beherrschen. Ich hielt es für übertrieben, wie Lodge vom Tisch aufstand, um sein Gedeck zu nehmen und es Ilias zu bringen, der die Teller im Seifenwasser einweichte. David und Carr küßten sich wie die Sperlinge auf die Nasenspitze. Ich war außerstande, sie mir in zärtlichen Umschlingungen vorzustellen, aber sie streckten ihre rosa Zungenspitzen heraus, um mich zu widerlegen. Ich warf die Hühnerknochen auf der Platte durcheinander. Gähnte. Kratzte mich an der Augenbraue. Dachte unwillkürlich an die Zunge von Diamantis.

David zog Carr eine Haarsträhne fort, die ihr das Ohr verdeckte, und küßte sie auf den Hals. Dann auf den Nacken. Schob ihr einen Finger ins Dekolleté. Entweder hatten sie zu viel getrunken, oder sie zogen eine Schau ab. Wie dem auch sei, ich konnte ihnen gegenüber nicht sitzen bleiben und mit den Essensresten spielen. Ich sammelte die schmutzigen Papierservietten auf und ging in Richtung Küche.

Die Küche befindet sich am Ende des Ganges. Durch die Tür ist nur die Spüle und ihre unmittelbare Umgebung sichtbar:

Geschirrschrank, Handtuchhaken, Gläserregal. Ilias spülte, und sein Professor, den Rücken zu mir gewendet, trocknete ab und stellte die sauberen Gläser in dieses Regal. Sie lachten und schwatzten vertraulich. Plötzlich tat Lodge etwas Unerwartetes. Noch ist die Zeit nicht reif, es Ihnen zu erzählen. Nicht, bevor ich noch etwas mit Ihnen über Ilias spreche.

Mein Bruder ist ein verschlossener Mensch, aber das umfaßt seinen Charakter nicht ganz. Er hat exaltierte Aufwallungen von Freude und Trauer. Geselligkeitskrisen. Einen Lack von Kameradschaftlichkeit, der seine Halsstarrigkeit überdeckt. So meinen alle beim ersten Kennenlernen, das Lächeln sei bei ihm Bestandteil der Physiognomie. Die engsten Vertrauten wissen, daß Ilias schwermütig ist. Er lächelt, um die anderen auf Distanz zu halten, indem er seine emotionale Autarkie zur Schau stellt. Autark: Das ist das zutreffende Charakteristikum. Nur wenn wir das Einfühlungsspiel spielten, hatte ich das Empfinden, daß mein Bruder zwischen dem, was er ist, und etwas anderem, was mit menschlichen Schwächen zu tun hat, hin und her schwankt. Ich entdeckte, daß Ilias Phantasie, Humor und widerstreitende Wünsche hat. In den »Gefährlichen Missionen« war er stets der Anführer. Mir überließ er dagegen bei den mythologischen Spielen (die Taten des Herakles, die Werke des Theseus) immer die Leitung des Spiels. Hatte er Angst, sich mit der Geschichte anzulegen? Erschreckten ihn die Archetypen?

So ganz allgemein gehörte er jedoch zu den Kindern, die für sich alleine spielen. Das Bild in den *Hackfleischbällchen* entsprach der Wirklichkeit: Auf allen Kinderfesten stand Ilias mit dem Rücken an einen Tisch gelehnt. Er tanzte nie. Trotzdem war er höflich zu jedem, der auf ihn zukam. Er gab mit der einen Hand, was er mit der anderen nahm. Dasselbe tat er auch zu Hause, aber so formvollendet, daß sich keiner beklagen konnte. Er weckte den Anschein, daß er seine Person vor allem schützte, was man ihm eventuell hätte antun können, wenn man seine Emotionen auf die Probe stellen wollte. Obwohl er jünger war als ich, hatte er mir etwas beigebracht: Die einzige Maßnahme, damit einem nichts abverlangt wird, besteht darin, nichts anzubieten.

Auf dem Mauervorsprung des Mitropoleosplatzes war sein Wertesystem etwas erschüttert worden. In London noch mehr. Um mir zu beweisen, daß die Menschen, die man gut kennt, sich wie eine Zwiebel vor einem entblättern können, bat er mich darum, sein Buch zu begutachten. Er war fast beleidigt, als ich nicht nachsichtig mit ihm umging. Er beklagte sich mit dem stummen Trotz eines Kindes, indem er ganze Tage und Nächte im Sessel verbrachte. Der Tod des Vaters, die Hilflosigkeit der Mutter, die mir eigene Härte hatten eine unerwartete Wirkung auf ihn. Mein Bruder verwandelte sich in einen Menschen.

In seiner Wohnung fand ich etliche Spuren dieser Menschlichkeit, die sich meiner Meinung nach mit dem Bedürfnis paart, Fehler und naive Handlungen zu begehen: ein Stilkundebuch, das aus der Bibliothek zu Hause entwendet war. Ein staubiges Familienfoto mit nach innen gebogenen Rändern. Sein Diplom in einem Rahmen. Kurz gesagt, Dinge, bei denen er abstreiten würde, daß er etwas damit zu tun hätte, wenn man ihn auf frischer Tat ertappen würde. Von einem gewissen Punkt an half ihm sein Psychologiestudium, mit seinen Widersprüchen zu leben.

Als er uns angekündigt hatte, daß er Psychologe werden wolle, war ich in Lachen ausgebrochen. Ich stellte mir Ilias vor, wie er in einem Zimmer auf- und abschritt und seinen Kranken zuhörte, ohne zu wissen, was er mit seinen Händen anfangen sollte. Er widerlegte meine Vorstellung. Gewissenhaft versuchte er, seine schlaksigen Bewegungen und seine enorme Schrittlänge unter Kontrolle zu bringen. Seine Größe und sein Körperbau, die ihn ehedem veranlaßt hatten, wie ein eingesperrter Löwe Runden im Zimmer zu drehen, gaben ihm die Möglichkeit zu imponieren.

In der Wohnung in der Moscow Road befand sich der Schreibtisch im Schlafzimmer. Das war mit einer Schiebetür vom Hauptraum abgeteilt, der die Funktion eines Sitz- und Eßraumes erfüllte. Der diffuse Reflex meines Bruders in der Glasscheibe nötigte mich, auch dann noch weiterzugrübeln, wenn ich die Übersetzung für eine Weile unterbrach. Das Glas war eine Art Filter, der das Unwesentliche aussonderte und nur die allgemeinen Züge bewahrte: das braune Haar. Ein blaues Hemd. Sein Buch. Wenn man davon ausginge, daß man auch die Seele durch ein solches Glas betrachten könnte, dann würde man im Fall von Ilias einen diskreten, zurückhaltenden, depressiven Jungen erblicken; mit den Manieren eines alteingesessenen Edelmanns und Emotionen, mit denen er nicht umzugehen wußte.

Auf seinem Schreibtisch entdeckte ich unter den Werken von Melanie Klein und Carl Rogers eine Kopie seiner halbvollendeten Abschlußarbeit. Den Titel kannte ich – *Jungen in der Schulklasse: Stereotypen der Männlichkeit* –, aber ich hatte mir den unterirdischen Stollen nicht vorstellen können, den Ilias vorantrieb, um auf den Vater zu treffen: Indem er Studien über das schlechte Abschneiden von Jungen im Sprachunterricht bei Klassen aus der Bildungsperipherie des östlichen London betrieb, brachte er das Fachgebiet des Linguisten mit den Verhaltensmodellen in Zusammenhang. Den Eigensinn mit den familiären Voraussetzungen. Unterhalb der Berichte über Stanworth und Fuller öffnete sich ein Weg, wo nach Chromosomen gesucht und geforscht wurde. Mehr oder weniger spielte sich auch bei seiner Novelle dasselbe ab.

Jetzt, da Sie ein paar Fakten über meinen Bruder wissen, können Sie die Fortsetzung erfahren. An jenem Abend, als ich Carr und David ihrem Geknutsche überließ, wandte ich mich der Küche zu. Durch die Türöffnung sah ich, wie Lodge die

Hand ausstreckte, um Ilias den Nacken zu streicheln. Seine Hand glitt unter den Kragen meines Bruders, als sei ihm etwas dorthin gefallen, was er zu finden und zu ergreifen suchte. Die Szene entfaltete sich so blitzartig, daß ich sie selbst heute mehr deshalb anführe, um mich zu vergewissern, daß sie sich auch wirklich vor meinen Augen vollzog, als um mich daran zu erinnern. Dann knarrte das Holz unter meinen Füßen und verriet ihnen, daß jemand nahte. Ilias und Truman wandten sich zu mir um, lächelnd und heftig gerötet vom Wein oder den unterdrückten Gefühlen. Da wurde mir bewußt, daß sich Lodge etwa zwei Monate vorher mit dem gleichen Blick umgewandt und mich angeblickt hatte, und zwar in der Küche in Cholargos. Er hatte an der Seite meines Bruders aus einem der drei Fotos gelächelt, die ich aus dessen Brieftasche gefischt hatte.

Als ich zurückkam, sahen mir Carr und David mit dem glasigen, stieren Blick der Betrunkenen entgegen. Wie mit einer Vision konfrontiert, die vom Fenster her ins Zimmer tritt und sich langsam bewegt, wie die Figuren in den Träumen. Ich räumte weiter Teller und Servietten ab, in dem Bestreben, wieder Ordnung in das System zu bringen. Ich schüttelte das Tischtuch aus und fuhr ihnen mit einem kleinen Staubsauger zwischen die Füße. Die schwarzen, schief abgetretenen Schuhe von David erinnerten mich an die Schuhe von Fotis im *Petersilienmus* und an die romanhaften Dinge, die sich dort abspielten. Wie ich bereits sagte, ist Fotis am Leben, läßt es sich gut gehen, hat einen Bauch mit gewaltigem Fassungsvermögen und leitet ein Architekturbüro. Er unterschreibt seine Pläne genau wie Stefanos seine Kochbücher: *Sap*; mit den ersten drei Buchstaben des Familiennamens. Als ich mich zum Saugen hinunterbeugte, bemerkte ich, daß derselbe Name auf Davids Schuhen aufgedruckt war, auf einem kleinen Stoffstück, das seitwärts angenäht war: Sap Shoes. *Homotypen*, formgleiche

Wörter, hätte mein Vater gesagt. Ich denke mir gerne, daß es sich dabei um *Homotychen*, etwas Zufallsgleiches, handelt. Das heißt, um Wörter, die sich aus einem zufälligen Zusammentreffen lautlich decken.

Der Zufall ist eine Art metaphysische Gerechtigkeit. Er gebietet dir, vom Tisch aufzustehen, um in eine bestimmte Szene hineinzuplatzen. Er dreht ein Eckchen des Teppichs hoch, damit jemand stolpert und fällt. Er lenkt dir den Blick auf ein Foto in der Zeitung, das du unbedingt sehen sollst. Er konfrontiert dich, ob du es willst oder nicht, mit einem Toten, der in einen Sessel gepflanzt ist. Der Zufall veranlaßt ein Mädchen, sich schwankend zu erheben und auf dich zuzugehen.

»Hast du schon deine ganzen Einkäufe erledigt?« fragte mich Carr mit dem ungewohnt freundschaftlichen Ton der Betrunkenen. Es war das erste Mal, daß sie das Wort direkt an mich richtete. Ich antwortete ihr, ich müsse noch ein kleines Andenken für meine Mutter finden, was tatsächlich stimmte. Sie bot mir an, daß wir uns am nächsten Morgen treffen könnten, um gemeinsam einzukaufen. Ich stimmte sofort zu. Wenn einem ein arroganter Mensch auch nur momentan die Aufmerksamkeit schenkt, ist man geneigt, ihm jeden Gefallen zu tun.

Im Sonnenlicht wirkte Carr noch schmaler. Sie trug einen seltsamen Lederhut mit lauter Löchern. Ihre Augen waren minimal angeschwollen. »Dafür ist der Alkohol verantwortlich«, dachte ich. Sie komplettierte meinen Gedanken, indem sie bemerkte, daß sich die ganze Nacht über die Zimmerdecke gedreht habe. Wir trafen uns am St. Christopher's Place, hinter der Bond Street. Bei Crank's teilten wir uns ein Sandwich und betrachteten nebenbei aus der Ferne die schwarzen Glitzerjacketts im *Jigsaw*-Schaufenster.

»Ich könnte nie so ein Glitzerjackett tragen«, meinte ich zu ihr.

»Aber du schaust sie dir gerne an«, versetzte sie.

So war es tatsächlich. Nicht nur bei den Jacketts. Ich träumte von Dingen, die nicht zu mir paßten oder nie in meinen Besitz kommen konnten. Von der Wohnung in der Moscow Road. Von Diamantis, wie er in zehn Jahren sein würde: weniger verständnisvoll, härter, mit Gesichtsfalten. Von Carrs Schlitzaugen.

Ihr Gesicht war wie eine Porzellanvase mit Darstellungen von Kriegsszenen. Trotz des Alkoholkonsums hatte sie einen leuchtenden Blick. Dichte, linienförmige Brauen, die einen einschüchterten. Ausgezehrte Jochbögen. Sie war schön, sonderbar schön, eines der Mädchen, die sich durch ihre Schönheit beklommen fühlen und versuchen, sie durch Grimassen und Absonderlichkeiten zu verdecken. Die Selbstgefälligkeit des vorhergehenden Abends hatte etwas nachgelassen. Oder war zumindest ausgeglichen durch ihren Hang zu Bekenntnissen.

»Irgendwann habe ich auch deinen Bruder wie ein Glitzerjakett angesehen«, meinte sie. »Er ist so mysteriös. Du gehst mit ihm aus, und alle starren dich an. Ihr habt etwas Beeindruckendes an euch. Ich rede nicht vom Aussehen. Ihr wirkt so, als wärt ihr ständig über etwas traurig. Als ginge euch etwas im Kopf herum.«

Interessierte sie sich für Ilias? Versuchte sie mich für Lodge zu angeln? Wieder nüchtern, würde sie nichts mehr sagen.

»Bist du schon lange mit David zusammen?« fragte ich, um etwas zu äußern.

»Ziemlich. Wir kennen uns seit dem ersten Semester. Wir trennen uns und kommen dann wieder zusammen. Das gleiche spielt sich bei deinem Bruder auch ab. Ich werde ganz leicht auf ihn wütend. Und dann verzeihe ich ihm sofort wieder. Er erlaubt es einem nicht, ihn zu mißbilligen, ihm böse zu sein. Er hält sich auf Distanz.«

Distanz. Wenn Ilias geht, eilt er voraus. Ich muß rennen, um mich bei ihm einzuhängen. Man merkt ihm an, daß er sich freut, aber er zügelt seinen Schritt nicht. Ich erzählte es Carr, und sie antwortete: »Genau das meine ich. Er ist unbegreiflich. Es gibt Tage, wo er von morgens an kocht, um uns zu bewirten. Und wenn dann die Zeit des Essens gekommen ist, essen wir schweigend. Er opfert sich auf, will aber nicht, daß man es ihm sagt. Meinst du nicht, daß die Familientradition ein bißchen daran schuld ist?«

»Was meinst du damit?«

»Na, diese Geschichte mit dem Kochen.«

»Hast du denn sein Buch gelesen?«

»Natürlich.«

Ich hätte darauf gefaßt sein müssen. Ein Buch wird geschrieben, um gelesen zu werden. Bis zu dem Moment hatte ich die Illusion gehabt, daß sich mein Bruder nur an mich wandte, daß er Allegorien über unser Leben schrieb. Spitzfindigkeiten über die Familien Sapantis und Xenos. Mir gegenüber saß ein unbekanntes Mädchen, das wußte, daß Dionisia ein problematisches Mädchen ist, Stefanos ehrgeizig, Vassilis halb verrückt; und daß sich meine Eltern vor Jahren haben scheiden lassen, weil sich meine Mutter in einen anderen verliebt hat.

»Weder Ilias noch ich haben uns mit dem Kochen beschäftigt«, erwiderte ich ihr schroff.

»Von dir weiß ich es nicht«, murmelte sie, »Ilias jedenfalls kocht sehr wohl. Und sein Buch, was ist das denn eigentlich? Kochen mit Worten. Es gab eure Großmutter, stimmt's? Mit ihrer traditionellen Taverne und all dem. Die nächste Generation ist ein bißchen seltsam ausgefallen. Korrigiere mich, wenn ich im Irrtum bin. Deine Mutter wird urplötzlich Künstlerin und macht Ausstellungen mit Speisen. Ihre Geschwister sind ein bißchen angeschlagen. Der eine ein beeindruckender Chefkoch, der andere ein Diener des Bauches, der angeblich beim Essen stirbt, und dann noch ein hochrangiger Gastronom, der seine Frau umbringen will. Und gehen wir weiter zur dritten Generation: Dionisia – ein echtes Talent hinter einer komplizierten Persönlichkeit. Ilias, der das Bedürfnis hat, die Geschichte zu erzählen, und du. Was ich von dir zu halten habe, weiß ich noch nicht.«

Beim Schreiben nimmt man eine Verantwortung gegenüber seinen Lesern auf sich. Sie drängen einen in die Ecke. Sie wollen alles über einen wissen. Sie fragen einen, was wahr und was falsch ist. Mit welchem Recht man einen Menschen hernimmt und ihn zum Helden macht, indem man ihm Schlitzaugen oder ein rotes Bärtchen andichtet; indem man ihn jemanden streicheln oder durch die Geschäfte ziehen läßt. Ich frage mich heute, ob Carr mich zur Rechenschaft ziehen kann, weil ich schreibe, daß ihre Augen an jenem Morgen angeschwollen waren. »Du hast nicht richtig gesehen«, höre ich sie sagen. »Und wer sagt dir überhaupt, daß du Carr bist?« antworte ich ihr.

Meiner Mutter kaufte ich einen kleinen Magnet für den Kühlschrank in Form eines Spiegeleis. Als ich sieben Pfund bezahlte, um ihn in meinen Besitz zu bringen, konnte ich mich bestimmter Gedanken bezüglich des Wiederverkaufswerts der Gegenstände nicht erwehren: Die *Krautwickel* waren zu Geld geworden, und das Geld zu Geschenken. Ein Spiegelei, eine Lederjacke, ein Buch über Pilzarten. Ein Urlaub in London.

Carr lachte laut auf, als ich ihr von den *Krautwickeln* erzählte. Ohne spezielleren Grund kaufte sie ein winziges Synonymlexikon für mich. Sie schleppte mich durch die Geschäfte und kniff mich jedesmal in den Arm, wenn sie eine merkwürdige Tasche sah oder eine Haarspange in Form eines Krokodils. Sie versuchte, netter zu mir zu sein. Nicht instinktiv. Es war eine Übung in Nettigkeit, ein Mittel, um etwas zu gewinnen. Zumindest am Anfang. Später änderten sich die Dinge.

Ich fragte mich, zu wieviel Prozent sie eigentlich japanisch war. Sie muß meinen Gedanken gelesen haben, denn sie schlug mir vor, in ein japanisches Lokal essen zu gehen. Während wir im *Masako* darauf warteten, daß man uns bediente, fragte ich sie, warum sie einen Hut mit Löchern trüge.

»Damit mein Kopf auslüftet. Kennst du das Gerät, mit dem man Löcher in Gürtel macht? Warum nur in Gürtel? Mich stört der Gedanke an den vorbestimmten Gebrauch. Gefällt dir denn mein Hut nicht?«

»Doch, doch, er ist schön. Und woher kommt dein Name, Carr?«

»Von Carmen. Hat nicht das Geringste mit Japan zu tun. Bei meiner Mutter ist die Fruchtblase in der Oper geplatzt, im ersten Akt der Carmen von Bizet.«

Über das Reisschüsselchen gebeugt, während sich ihre Eßstäbchen wie ein Schneebesen hin und her bewegten, war Carr, oder Carmen, ein sonderbarer Kulturmix: eine in London aufgewachsene Japanerin mit spanischem Namen. Als würde man sagen: Brot mit Marmelade und Salz. An Ilias hatte sie sein distanziertes Betragen auszusetzen, während sie sich mit dem gesamten Volk ihres Großvaters hätte anlegen müssen, das seine Gefühle nicht offen zeigte. Wenn man sich über andere ärgert, ärgert man sich über eine Seite des eigenen Ichs. Über das, was man nicht sein will.

Carr sagte mir, das *Frühjahrsmahl*, der zweite Teil im Buch meines Bruders, sei auch die Geschichte ihrer Familie. Ein strenger Vater, eine nachgiebige Mutter, Kinder, die teilnahmslos gehorchen. »Meine Mutter ist nie abgehauen. Sie lebte in seinem Schatten. Weißt du, sie ist eine typische Engländerin. Ich will damit sagen, sie kocht erbärmlich. Und sie ist nie nach Japan gereist. Sie tut so, als wollte sie es nicht wissen. Sie verbringt den Tag, indem sie aus dem Fenster starrt. Manchmal macht sie den Eindruck, als hinge sie einem Leben nach, das sie hätte leben können.«

»Wenn sie gewollt hätte«, ergänzte ich.

»Ja, wenn sie gewollt hätte.«

Ein gertenschlankes Mädchen, das eine Kusine von Carr

hätte sein können, brachte die Sashimi in zwei Strohkörbchen. Wir hörten auf zu reden. Wir vertieften uns in den rohen Fisch vor uns, der in dünne, gleichförmige Scheiben geschnitten war. Wir tunkten sie in die Sojasoße und führten sie zum Mund. Das Tischtuch hatte sich auf meiner Seite dunkel gefärbt. Auf ihrer blieb es sauber.

»Ich schreibe dir«, äußerte Carr mit einem Garnelenschwanz im halboffenen Mund.

»Wie bitte?«

»Ich schreibe dir, was es Neues bei mir gibt.«

Sie lächelte, um unsere Freundschaft zu besiegeln. Sie hatte zwar das Tischtuch nicht mit Flecken besudelt, aber ihre weißen Zähne waren vom Sojakonsum leicht geschwärzt. Anfangs hatte ich vor, ihr zu sagen, die Korrespondenz zwischen Unbekannten sei wie ein Hustenanfall im Theater. Aber ich schwieg lieber. Ich sah es als gutes Zeichen an, daß Carr mit einem derartigen Appetit aß. Meine Großmutter pflegte zu sagen, man müsse sich nicht vor Menschen fürchten, die einen guten Appetit haben. In der Regel hätten sie auch einen offenen Geist.

Leicht schwindelig vom warmen Sake traten wir auf die Straße hinaus. Carr steckte die Hand in meine Manteltasche. Es war viele Jahre her, daß ich mit einer jungen Frau Seite an Seite gegangen war. Mit meinen Kindheitsfreundinnen hatte ich ständig Seilhüpfen gespielt oder war Hand in Hand mit ihnen herumgerannt. Mit dem Abschluß der Schule hatten meine Vertrautheiten mit Mädchen aufgehört. Meine Mitstudentinnen an der Universität waren entweder aus der Klosterschule oder Frauen mit Goldohrringen. Mit Carr in der Kälte herumziehend, während ihre Hand meinen Ellenbogen umfaßte, hatte ich das Gefühl, daß es keinen Grund gab, mich vor dem Briefwechsel zu fürchten. Ich war soweit, daß ich mir vorstellen konnte, wie ich in der Cholargos-Wohnung, den roten Schal der Großmutter um die Schultern, eine Postkarte mit dem Bild des Big Ben durchlas, immer wieder.

Am vorigen Abend waren mir ihre Augen klein, trüb, feindlich erschienen. Plötzlich hatten sie sich in offene Knopflöcher verwandelt.

Am letzten Nachmittag vor meinem Abflug nahm ich mit Ilias zusammen den Tee im Ritz. Uns gegenüber saß ein älteres englisches Paar. Der Mann war groß. Er trug einen dunklen Anzug und hatte gepflegtes weißes Haar, das nach hinten gekämmt war. Die Frau wirkte krank. Sie trug Hut und Pelzmantel. Ihre Haut erinnerte an das runzelige Huhn, das ich für die Freunde meines Bruders gekocht hatte. Sie trank ihren Tee wie ein Vogel in kleinen Schlucken, aus der Tasse, die ihr ihr Partner reichte. Die Finger ihrer rechten Hand waren zur Achselhöhle gedreht. Ich brauchte ziemlich lange, bis ich begriff, daß sie gelähmt war. Zum Schluß tupfte ihr der alte Mann die Lippen mit einem Spitzentaschentuch ab. Er ging um den Tisch herum und half ihr aufzustehen. Es dürften fast fünf Minuten verstrichen sein, bis es ihr gelang, sich in seinen Arm einzuhängen. Ihr Kopf kippte nach vorn und ließ einen gigantischen Rücken sichtbar werden. Der Mann ging mit langsamen Schritten und sprach mit Zärtlichkeit und Verständnis zu diesem Rücken.

Wir beobachteten die Szene stumm, jeder in seine Gedanken vertieft. Ilias war so versunken, daß er Zucker in seinen Tee nahm, was für Teekenner und -genießer undenkbar ist. Ich dachte darüber nach, wie irreführend die Selbständigkeit sei. Wenn ich jemals einen derartigen Buckel bekäme, würde ich neben mir jemanden wissen wollen, der auf mich aufpaßte. Meine Gedanken schweiften zu Diamantis. Er gehörte zu den Menschen, die einem nachlaufen, ohne sich viel um sich selbst zu kümmern. Ich hatte nicht herausgefunden, ob er das aus Gewohnheit tat oder aus Bedürfnis.

Wenn man weit von den Menschen entfernt ist, die einen lieben und umsorgen, nehmen sie in der Phantasie attraktivere

Züge an. Was einen an ihnen stört, verschwindet. Ihr Blick vertieft sich. Der Druck, den sie ausüben, wird milder und gerät in Vergessenheit. Nur einmal gab es ein Telefongespräch mit Diamantis, in der ersten Woche. »Ich muß dir etwas ganz Wichtiges sagen«, meinte er. »Aber am Telefon geht es nicht.« »Ich möchte dich schrecklich gern sehen«, sagte ich unter dem Einfluß der Entfernung, die uns trennte, zu ihm. »Ich werde hier sein«, erwiderte er. Er weckte bei mir den Eindruck, er würde weiter am Telefon bleiben, bis ich zurückkäme und ihm den Hörer aus der Hand nähme.

Ich gehöre nicht zu den Menschen, die Leidenschaften einflößen. Ständig laufe ich nur in Jeans herum. Das einzige Schmuckstück, das ich trage, ist eine Kette ums Fußgelenk, die so fein ist, daß sie niemand bemerkt. Ich weiß nicht, wie man sich schminkt, Witze erzählt, jemanden tröstet. Ich höre den anderen zu – das schon. Werde zu einem enormen Ohr, zu dem sie sich herunterbeugen und hineinsprechen können. Diamantis erzählt mir oft davon, was er im Leben noch alles vorhat: aus der Übersetzungsabteilung weggehen und als Kriminalreporter arbeiten. Gräßliche Verbrechen aufklären. Ständig mit falschen Identitäten unterwegs sein. Obwohl ich seine Wünsche naiv finde, falte ich meine Hände und höre ihm zu. Hänge meinen eigenen Träumen nach. Das dürfte schon meine einzige Fähigkeit sein.

»Dann fährst du also«, meinte Ilias mitten in meine Gedanken hinein.

»Ich fahre also.«

»Ich würde dich gern morgen früh zum Flughafen bringen, aber es ist unmöglich. Truman ...«

»Mach du deine Arbeit. Du hast sie mir zuliebe schon genug vernachlässigt.«

»Und was machst du mit meinem Buch?«

»Was ich damit mache? Ich übersetze es.«

»Du meinst professionell?«

Ilias wurde kläglich, sobald er mit seinen rhetorischen Fragen anfing. Ich erklärte ihm, ja, ich würde sein Buch übersetzen und nach einem Verleger suchen. Zerstreut trank er seinen Tee mit den zwei Löffeln Zucker. Er verkrampfte sich auf seinem Stuhl. Ich konnte ablesen, was in seinem Kopf vorging: Das Buch war bereits übersetzt, verlegt, und befand sich in seinen Händen, mit einem phantastischen Cover.

»Glaubst du, wenn es verlegt ist, löst sich der Bann?« fragte ich ihn.

»Ja. Genau das glaube ich«, war seine Antwort.

Wer sagt eigentlich, das Leben sei eine Stickerei, die man am Anfang von der Vorderseite und am Ende von der Rückseite sieht? Wer es auch ist, er hat unrecht. Man dreht die Stickerei immer wieder um und sucht nach den Verbindungen zwischen den Fäden. Das ist eine Frage des Charakters, nicht eine des Alters. Es gibt Menschen, die die Stickerei gleich zu Anfang von hinten betrachten. Je weiter die Jahre vergehen, vergessen sie sich und achten auf das Muster, die Farben, die Oberfläche der Dinge. Eine zweite Weisheit besagt, die Oberfläche sei trügerisch, und nur die Knoten auf der Hinterseite der Stikkerei könnten einen zur Selbsterkenntnis führen.

In London entdeckte ich die Tiefe der Oberfläche. Ich betrachtete meinen Bruder hinter der Glasscheibe, als sei er ein impressionistisches Gemälde. Ich ging an der Themse spazieren. Ich schlug den Mantelkragen hoch, nicht um mich vor der Kälte zu schützen, sondern um mich von den Leuten abzuschotten. Ich übersetzte, ohne viel zu denken, den ersten Teil der Novelle. Ich war weggefahren, um nachzudenken. Doch bei den bedeutsamen Entscheidungen lenkte mich gerade die Abwesenheit von Gedanken. An diesen Entscheidungen gab es nichts Tragisches oder Überfälliges. Die Veränderungen kamen wie selbstverständlich. Wenn man sie von außen betrachtete, von der rechten Seite der Stickerei, wirkten sie zufällig.

Am 5. Februar, einem Sonntag, flog ich von London ab. Am Himmel standen dunkle Wolken, die Ungeheuer und exotische Vögel bildeten. Gatwick sah aus wie eine Fabrik ohne Schornsteine. Als ich am Schalter der *Venus* wartete, bis ich drankam, stach mir der Zopf der Dame vor mir ins Auge. Blond, vom Haarspray ganz hart, wie ein Soufflé, das gleichmäßig aufgegangen war. Irgendwann drehte sich der Zopf zu mir um.

»Haben Sie nur diesen einen Koffer?« fragte die Zopfbesitzerin.

»Ja, nur den«, antwortete ich.

»Wenn's dir nichts ausmacht, Herzchen, könnten wir dann unsere Sachen zusammen abgeben, damit ich nicht fürs Übergepäck zahlen muß?« Sie wies mit der Hand auf ihre Koffer. Zwei rote Samsonites und eine Reisetasche mit Tigerstreifen. »Ich habe Bücher für meinen Sohn gekauft«, rechtfertigte sie sich. Ich war mir sicher, daß sie log und daß sie sämtliche Kosmetika von Harvey Nicols mitgenommen hatte. Aber ich sah keinen Grund, abzulehnen. Um sich erkenntlich zu zeigen, kaufte mir die Dame – »Dora«, stellte sie sich vor, eine mit Ringen überladene Hand ausstreckend – Bonbons im Duty-free-Shop. Ich hatte nicht damit gerechnet, daß wir, weil wir die Tickets zusammen vorgelegt hatten, auch nebeneinander sitzen würden.

Sie mußte um die Sechzig sein, hatte aber das Flair einer Frau ohne Alter. Klein, füllig wie Brot, trug sie Nylonstrümpfe und blaue Lidschatten über den Augen. Der Flugzeuggang war befrachtet mit ihrem Parfümduft und ihrem Handgepäck. Sie lächelte allen Fluggästen zu, als wäre sie Stewardeß. Während ich sie so musterte, vergaß ich ganz, Angst zu haben. Erst als wir eine Wolke durchquerten, ging mir auf, daß wir flogen. Die Erde sah aus, wie sie die altgriechischen Philosophen beschreiben: breit, eben und flach – wie ein Tisch. An einer Seite dieses Tisches saßen Ilias und Truman Lodge, um die Arbeit zu korrigieren oder was weiß ich zu tun. An einer anderen saß

Diamantis, die Hände ganz schwarz von der Zeitung. Und genau obendrüber, wo die Flamme der Kerze brennt, befand ich mich mit Frau Dora.

»Studieren Sie?« fragte sie.

»Nicht mehr.«

»Sie arbeiten?«

»Auch nicht«, antwortete ich ihr spontan, und teilweise entsprach das auch der Wahrheit. Ich hatte vergessen, was es heißt, jeden Tag zur Arbeit zu gehen, in gleicher Weise, wie man zur Toilette geht.

»Ach, Sie sind ja noch jung«, meinte sie tröstend. »Sie können sich gar nicht vorstellen, wie schnell die Zeit vergeht. Sie arbeiten ja noch ein ganzes Leben lang. Wenn Sie wollen, hören Sie auf meinen Rat: Spielen Sie die Dumme, solange Sie es durchhalten können. Die Dummheit, mein Herzchen, wenn man die zu kontrollieren versteht, ist sie der Stein der Weisen.« Um mir ihre Worte zu beweisen, zeigte sie mir den Saphir an ihrem Ring. »Ich glaube, wenn ich viel gearbeitet hätte, hätte ich den nicht bekommen«, meinte sie verschmitzt und ließ mich annehmen, was ich wollte.

»Womit beschäftigt sich denn Ihr Sohn«, fragte ich, das Thema wechselnd.

»Er ist Journalist. Er befaßt sich mit sozialen Themen, Morden, Raubüberfällen. Offiziell heißt das Polizeireportage. Ich habe ihm fast zwanzig Bücher besorgt, er hat mir eine ganze Liste mitgegeben. Biographien von Mördern, Kriminalromane. Er ist noch jung und leicht zu begeistern. Ein netter Kerl – sein Gesicht ist der reinste Spiegel. Und wie es eben in solchen Fällen zu gehen pflegt, hat sich ein weibliches Wesen gefunden, das ihn an der Nase herumführt.«

»Liebt sie ihn denn nicht?« fragte ich und wunderte mich gleich darauf über mich selbst. Das war nicht ich, die da fragte, sondern ein fremder Mensch, der einem anderen Fremden indiskrete Fragen stellt.

»Das gibt es doch nicht, daß man einen an der Nase herumführt und ihn gleichzeitig liebt, Herzchen. Ich weiß es nicht, er erzählt mir ja nicht viel. Aber er ist dauernd niedergeschlagen. Manchmal übernachtet er bei mir zu Hause. Er redet im Schlaf, sagt ›Wohin sollen wir gehen?‹, ›Einverstanden‹, sogar in seinen Träumen geht er auf sie ein.«

»Vielleicht irren Sie sich. Vielleicht lieben sie sich doch.«

»Ich bin nicht erst gestern zur Welt gekommen. Ich kenne meinen Sohn. Außerdem kenne ich die Frauen. Sie sind zu gut erzogen, sie bringen es nicht fertig, sich von einem Mann zu trennen, der ihnen jede Laune erfüllt. Selbst wenn er ihnen zur Last fällt.«

»Es ist schwierig, jemanden wegzuschicken«, meinte ich und dachte an meinen eigenen Fall.

»Viel schwieriger und härter ist es doch, einen schwachen Menschen bei sich zu behalten. Mein Sohn ist in dieser Geschichte der schwache Mensch.«

Am Gepäckband stellte ich mir ihren Sohn wie ein mechanisches Spielzeug vor. Diese unbekannte Frau zog es auf. Und ich war genauso. Ich hatte ein besseres Gewissen, weil Diamantis so stark wirkte. Außerdem liebte ich ihn in gewisser Weise. Wenn wir uns lange nicht gesehen hatten, versuchte ich mir sein Bild in den Sinn zu rufen, oder besser ein abgewandeltes Bild von ihm. Ohne die dicken Finger und den unnatürlich großen Kopf.

Ich dachte mit einer derartigen Intensität an ihn, daß ich, als ich mit meinem Koffer an zwei dicken Zöllnern vorbeimarschierte, die sich zu Tode langweilten, glaubte, ich sähe ihn, den Rücken an den Informationsschalter gelehnt. Es war wirklich Diamantis. Sein Kopf war von weitem zu erkennen. Ich sah aus dem Augenwinkel, wie er mir zuwinkte, aber er meinte gar nicht mich. Dora, die voranging, ließ den Gepäckwagen stehen und breitete ihre Arme aus. »Mein guter Junge!« rief sie und umarmte ihn, wobei sie aufpaßte, daß ihr der Zopf nicht durcheinanderkam. Zum ersten Mal in meinem Leben wünschte ich mir, ein Koffer zu sein. Damit mich diese apathischen Dickhäuter öffnen und durchwühlen und in einer unbekannten Tiefe Drogen, Gold oder Gewehrkugeln finden sollten.

Ich wartete, bis sie weg waren. Dann bestieg ich ein Taxi und kehrte nach Hause zurück. Während der ganzen Fahrt fragte ich mich, ob ich ein Ungeheuer sei. Ich kannte die Mechanismen der Liebe nicht. Die gleiche Behinderung, die mich bei Fotis störte, weil sie sich mit barbarischen Instinkten verband, vermochte ich in meinem Fall als Abwehrtaktik gegenüber einer feindlichen Welt zu interpretieren. Meine Härte war eben ein Produkt der Erziehung. Das war aber noch gefährlicher, dachte ich, während ich mir die Füße am Türabstreifer abputzte: die Tatsache, daß ich Rechtfertigungen fand.

Als ich die Tür aufgeschlossen hatte, stand ich vor dem Zweig, den ich am Sylvesterabend geschmückt hatte. Die Fichtennadeln waren auf den Teppich hinuntergefallen. Die Dekoration war noch an ihrem Platz. In dem schlichten Phänomen der Zeit, die vergeht und die Blätter abfallen läßt, sah ich eine bedeutsame Metapher: Die Alltäglichkeit verengt den Geist. Sie bringt einen dazu, an nichts zu zweifeln. Statt vor den Fichtennadeln stehenzubleiben, kehrt man sie mit Schaufel und Besen zusammen. Man sucht sich ein paar anerkannte Dinge, die den Entschluß aufrechterhalten sollen, auf eine Art zu leben, die man die natürliche nennt. Atmen, arbeiten und sich hie und da mit anderen unterhalten. Die Wohnung in Cholargos war das Album der Gleichförmigkeit. Mit Familienfotos, dem roten Schal der Großmutter über der Sessellehne, dem Bild der Mutter, der Bibliothek des Vaters. Ein wieder und wieder durchgesehenes Album. Ich hatte das Bedürfnis, es zu schließen und jemand anderem zu vermachen.

Ich streckte die Hand nach dem Telefonhörer aus. Wählte Diamantis' Nummer. Auf dem Anrufbeantworter hinterließ ich folgende Nachricht: »Ich möchte allein bleiben. Nicht bloß vorläufig ... Das wollte ich dir sagen.« Auf meinem Anrufbeantworter befanden sich zwölf Nachrichten. In einem anderen Fall hätte mich Panik ergriffen. Nach so langer Zeit hatten sie Ähnlichkeit mit abgelaufener H-Milch, die man wegwerfen muß. Die Dringlichkeit oder Strenge in den Stimmen der anderen klang wie eine Farce.

»Ja, wir rufen Sie von der Kreditbank an. Ihr Wechsel ist abgelaufen. Setzen Sie sich mit uns in Verbindung ...« oder »Frau Xenos, wir sind dabei, Informationen bezüglich der Laufzeiten der Dividenden durchzugeben. Vielen Dank.« »Athina, hier ist Stefanos. Herzlichen Glückwünsch zu deinem Geburtstag, meine Süße. Rania läßt dir Küsse schicken. Sehen wir dich irgendwann?« Schließlich: »Hallo, Athina, ich bin Natascha Sella. Wir hatten uns an Sylvester kennengelernt, falls du dich noch erinnerst, bei der Party deiner Mutter. Ich habe damals nicht den Mut gehabt, dir etwas zu sagen. Es ist nichts Wichtiges. Nur, falls du einen Brief mit meinen Anfangsbuchstaben in eurer Korrespondenz gefunden hast, möchte ich dich bitten, ihn wegzuwerfen, er hat keine Bedeutung mehr. Das wäre alles. Tschüs ...«

Im Briefkasten fand ich Versandhauskataloge, Reklamezettel und verspätete Kondolenztelegramme von Auslandsuniversitäten. Der Brief von Natascha Sella befand sich ganz unten im Briefkasten. Was bedeutete, daß er als erster eingetroffen war. Auf dem Kuvert stand N. S., und er war an meinen Vater adressiert. Die saubere, schräggestellte Schrift erinnerte mich an die Briefe aus dem Nachtkästchen. Ich ging in die Wohnung hoch, machte das Lederkästchen auf und fand die Briefe mit ihrem Monogramm. Weil ich nicht wußte, was ich sonst damit tun sollte, zählte ich sie. Sechsundzwanzig waren es im ganzen, mit dem letzten siebenundzwanzig. Obwohl mich eine unsichtbare Hand daran hinderte, beschloß ich, ihn aufzumachen. Da wir nun schon so weit gekommen sind, können Sie ihn ebenfalls sehen. Der Brief war zwei Tage vor seinem Tod verfaßt worden. War an einen Toten aufgegeben worden, der schon zu erkalten begonnen hatte.

5.12.1994

Mein lieber Herr Xenos,
Ihr letzter Brief hat mich beunruhigt, vor allem, weil er ganz plötzlich betont emotional war – was bei Ihnen nicht üblich ist. Ich werde ratlos und ängstlich, wenn ein Mensch wie Sie sein Leben in solcher Strenge verbringt. Das Denken heiligt nicht die Erfahrungen, und die Erfahrungen ersetzen auch das Denken nicht.
Gestern morgen blutete mir beim Zähneputzen das Zahnfleisch. Das war eine pragmatische Tatsache. Ich dachte nicht an den Verschleiß oder den menschlichen Schmerz. Ich spülte mir bloß den Mund ein paarmal mit Wasser durch. Ihnen möchte ich keine Belehrungen geben – wer bin ich denn? Doch ich befürchte, daß Sie hinter dem Kummer herjagen.
Wie mir scheint, fehlt es Ihnen gehörig an frischer Luft, die dem Leben die Dimension einer abgerundeten Erfahrung gibt. Jedesmal schreibe ich Ihnen in unterschiedlicher Weise das gleiche; doch Sie machen Ausflüchte. Ich würde Sie so gerne sehen! Die Ratschläge aus der Ferne sind zwar nützlich, aber sie ersetzen ein echtes Gespräch nicht. Was meinen Sie? Soll ich Sie mit dem Auto zu einer Spazierfahrt abholen? Damit wir persönlich über Chomfield sprechen können?

In Liebe
Natascha

War da mein Herz zu hören oder die große Küchenuhr? Selbst wenn das Klopfen aufgehört hätte, hätte ich weiterhin Töne vernommen.

Am Morgen des achten Dezember, als unser Haus voll unbekannter Menschen aus dem Beerdigungsinstitut war, ging ein Brief mit Briefmarke, Stempel und eigenartigem Inhalt von einer Hand zur anderen, im trägen Rhythmus der griechischen Post. Natascha Sella dachte, mein Vater mache sich wegen verschiedener Dinge Sorgen und Gedanken, während er selbst bereits all seine Fragen gelöst hatte. Sie hatte ihren Brief in den Kasten für »Inlandsbriefe« gesteckt. Sicher erwartete sie noch vor den Feiertagen eine Antwort. Sie hatte ihre Rechnung ohne die griechische Post und ohne den plötzlichen Abschied des Periklis Xenos von dieser Welt gemacht. Möglicherweise sah sie sich schon am Steuer des Autos, wie sie meinen Vater hinaus aufs Land fuhr und mit ihm ausgedehnte Spaziergänge machte. Etwas von alledem wollte sie mir offenbar mitteilen, als sie mich so beharrlich im Rückspiegel betrachtete.

Ich verbrachte den ganzen Abend mit der Lektüre ihrer Briefe. In der letzten Zeit hatte sie mit meinem Vater eine systematische Korrespondenz aufrechterhalten. Sie sprach ihn mit »Herr Xenos« an, aber die Etymologie unseres Familiennamens verflüchtigte sich vor ihrem Wissen: »Ich glaube nicht, daß das Stricken dem Gehirn schadet. Ganz im Gegenteil verhilft der Automatismus dem denkenden Menschen dazu, an einen anderen Ort zu reisen.« Oder: »Ich glaube nicht, daß Sie auf der Suche nach einem Gefährten sind, einem Menschen, mit dem Sie Ihr Leben teilen wollen. Sie empfinden schlicht Verzweiflung angesichts einer tiefgefrorenen Frikadelle. Vielleicht suchen Sie eine Frau, die für Sie kocht und dann verschwindet. Solche Frauen gibt es nicht auf dieser Welt, außer wenn man an eine Haushälterin denkt. Aber dann sinkt automatisch die Qualität des Essens.« Oder sogar: »Was Sie Disharmonie mit den anderen nennen, ist, glaube ich, das Ergebnis Ihrer Askese. Sie sind ein Mensch, der gelernt hat, sich mit sich selbst zu begnügen. Ich sehe darin nichts Schlimmes. Darf ich Sie daran erinnern, was Schopenhauer geschrieben hat: *Hinsichtlich der Menschenwelt gibt es, für ausgezeichnete und begabte Individuen, die, eben als solche, nicht so ganz eigentlich zu ihr gehören und demnach, mehr oder weniger, je nach dem Grad ihrer Vorzüge, allein stehen, ebenfalls zwei entgegengesetzte Empfindungen: In der Jugend hat man häufig die, von ihr verlassen zu sein; in späteren Jahren hingegen die, ihr entronnen zu sein.* Ich bitte Sie schlichtweg darum, sich nicht gänzlich zurückzuziehen. Meine Briefe dienen dazu, Sie an den Haaren zu zerren, um Sie wieder in den Kreis der Menschen zu bringen.«

Das Wahrscheinlichste ist, daß sie sich nie mit meinem Vater traf. Die Sella pflegte ihre Briefe mit einem »Ich hoffe, wir sehen uns« abzuschließen, oder »Kommen Sie doch endlich dort heraus«. Über die Art des Verhältnisses konnte ich nur Vermutungen anstellen. Waren es Liebesbriefe? »Sie sind so kühl zu mir«, schrieb sie. »Kühl, distanziert, frostig.« Und an anderer Stelle: »Ja, ich bin Ihre Nixe. Ich wandere stumm von Zimmer zu Zimmer, ganz nach Ihrer Lust und Laune. Aber wenn Sie behaupten, daß für Sie die Zeit der Gefühlsregungen gänzlich vorbei ist, lege ich das Kostüm der stummen Nixe ab und schlüpfe in das Kostüm der störrischen Hexe. Wenn Sie auf Ihrer Meinung bezüglich der Gefühlsregungen beharren, verwandle ich Sie in einen Eiszapfen.« Oder: »Ich möchte Sie um etwas bitten. Könnten Sie jeden Tag um zwölf Uhr mittags ein paar Sekunden lang an mich denken?«

Kaum war ich so weit, mir sicher zu sein, daß etwas im Busch war, stolperte ich über eine rein wissenschaftliche Stelle: »Ich habe das *Panorama di storia della linguistica* von Carlo Tagliavini gelesen und das, was Sie uns beigebracht haben, in der Praxis begriffen. Daß wir nämlich die Linguistik nicht durch zufällige Lektüren zusammenstutzen können. Tagliavini schreibt, als sei er am Ende des vorigen Jahrhunderts gestorben. Offenbar ignoriert er, daß die Sprachwissenschaft nach 1900 Fortschritte gemacht hat. Ich mußte mich erst gründlich mit den Büchern von Kukenheim und anderen abplagen, bis ich Ihnen im nachhinein recht geben mußte: Die beste Geschichte der Sprachwissenschaft ist tatsächlich von Milka Ivić geschrieben worden. Ich verspreche Ihnen, in Zukunft auf Sie zu hören.« Oder: »Ich verstehe Ihren Rückzug von der Avantgarde nicht, Ihr plötzliches Interesse an der distributiven Syntax. Ich unterstelle, daß sich jemand, der sich einmal ernsthaft mit der generativen Transformationsgrammatik befaßt hat, nicht wieder nach rückwärts wendet. Haben nicht Sie uns gesagt, der Strukturalismus betone das, was die Sprachen voneinander scheidet, und ignoriere, was sie vereint? Und jetzt plötzlich studieren Sie den Stammbaum von Tesnière mit einer solchen Leidenschaft. Darf ich fragen, warum?« Und im direkt darauffolgenden Brief: »Ich kann nicht begreifen, welchen Bezug der Strukturalismus zum Stricken haben soll. Könnten Sie etwas deutlicher werden?«

Sie war also seine Studentin. Die Natascha Sella, die einen Hut mit Plastikblumen trug und wie eine Poetin aus den Siebzigern aussah, war eine Studentin meines Vaters gewesen. Es war fast Mitternacht, als ich die Tatsachen verknüpfte und zu bestimmten Schlußfolgerungen gelangte. Ich rief die Mutter an. »Ich bin's, wieder da. Ja, alles in Ordnung. Ist vielleicht Petros noch wach?« Sie räusperte sich betreten. Zum ersten Mal seit so vielen Jahren kam ich mit dem Wunsch an, Petros zu sprechen.

»Petros, ich bin's, Athina. Entschuldige, daß ich zu einer derartigen Stunde störe, aber ich möchte dich etwas fragen. Kennst du vielleicht eine gewisse Natascha Sella?«

Er sagte mir, daß er sie allerdings kenne. Sie sei seine neue Assistentin an der Universität.

Am nächsten Morgen wurde ich durch Diamantis' Stimme geweckt. »Hast du meine Nachricht erhalten?« fragte ich ihn. Nein, er habe bei seiner Mutter übernachtet. Von dort rufe er mich an. Er erzählte mir, was ich bereits von ihr erfahren hatte: daß er zum Reporter aufgestiegen sei. Soziale Themen, ständig unterwegs, Pressetermine, bedeutende Bekanntschaften. »Schon?« fragte ich. Er erwiderte mir, es sei eine Sache von Tagen, bis die beim Ministerium für Öffentliche Ordnung etwas von einem erführen. Er habe schon die Bekanntschaft von Kollegen bei anderen Zeitungen gemacht. Er sei zum Neujahrskuchenanschneiden beim Minister gegangen. Diamantis' Welt hatte einen Sinn bekommen, einen Zusammenhang und eine Prise Naivität. Aber er klang gutgelaunt und wollte seine Freude in einem guten Restaurant mit mir teilen.

»Weißt du, ich habe dir auf dem Anrufbeantworter eine Nachricht hinterlassen. Ich sollte dich eigentlich nicht wiedersehen. Ich bin nicht sehr gut in Erklärungen. Gibt es einen Grund, uns unnütz zu quälen?«

»Es macht mir Spaß, wenn du mich quälst.«

Wir machten ab, uns am Abend zu treffen, nach der Arbeit. Kaum hatten wir aufgelegt, stellte ich mich vor den Spiegel und prüfte mein Spiegelbild. Langes Haar, an den Spitzen leicht gesplißt. Ausdruckslose grüne Augen. Eine sehr hochgehobene Nase, wie künstlich. Pickel am langen Kinn. Nicht vorhandener Busen. Mediterranes Becken, unter einem ausgeleierten schwarzen Pulli versteckt. Was von all dem sprach ihn eigentlich an? Woran dachte er, wenn ich nicht da war? Blieb er hartnäckig, weil ich ihn abgewiesen hatte? Oder hatte ich ihn abgewiesen, weil er hartnäckig blieb?

Ich drückte mir zwei, drei Pickel aus. Als ich mir die Zähne putzte, fing das Zahnfleisch zu bluten an. Dabei schossen mir Natascha Sellas Ansichten über den Schmerz durch den Kopf. Petros hatte mir ihre Telefonnummer gegeben. Ich beschloß, von ihr Gebrauch zu machen.

»Ja, Natascha, hallo. Hier ist Athina Xenos. Ich möchte dir sagen, daß ich die Briefe gelesen habe.«

»Was soll das?« ertönte es vom anderen Ende der Leitung.

»Bist du böse?«

»Ich scheiß drauf.«

»Ich verstehe nicht, Natascha, du hattest mir doch diese Nachricht hinterlassen ...«

»Irrtum, liebes Mädchen. Falsche Nummer. Hier gibt es keine Natascha.«

Ich legte den Hörer auf und wählte die Nummer mit größerer Sorgfalt. Diesmal erkannte ich ihre Stimme. Ich begann etwas gemäßigter, mit Neujahrswünschen. Erzählte ein bißchen von London – sie meinte, sie habe dort studiert. Dann über das Leben in Athen, das so unmenschlich geworden sei etc.

»Könnten wir uns treffen?« fragte ich sie. »Ich möchte mit dir über die Briefe sprechen.«

Sie habe ein äußerst dicht besetztes Programm. Sie erzählte etwas über die Semesterprüfungen, die Korrekturen der schriftlichen Arbeiten. Sie redete mit mir, als sähe sie es als gegeben an, daß ich sie kannte. Sie brachte Namen ins Gespräch, »Jorgos, Petros«. Es war ein Versuch, Zeit zu gewinnen. Sie wurde immer verlegener, brachte die Wörter durcheinander.

»Ich werde offen zu dir sein«, sagte ich am Schluß zu ihr. »Wie es scheint, hast du meinen Vater ziemlich gut gekannt. Ich habe die Briefe gelesen. Bisher habe ich noch nie Briefe von Dritten gelesen, so bin ich nicht. Ich glaube, wir sollten miteinander reden.«

Sie gab keine Antwort, und ich dachte, sie hätte aufgelegt. Aber nein, sie war noch da. Sie meinte, ziemlich kühl, wir sollten uns bei ihr treffen, am Mittwochnachmittag.

Die Übersetzungsabteilung befindet sich im ersten Stock der *Nea Mera*. Weitab von den Büros der Redakteure, in einem kleinen, finsteren Raum, der in den letzten zehn Jahren keinen neuen Anstrich bekommen hat. Wir sind die Leprösen der Zeitung, das notwendige Übel, die seltsame Rasse der Übersetzer. Weichlich im Vergleich zu den anderen, krankhaft und gehässig – wie alle Menschen, die über einen Schreibtisch gekrümmt arbeiten. Jeder hat seine eigene Beleuchtung von zu Hause mitgebracht, um die Augen nicht zu überanstrengen. So ist der erste Eindruck, wenn man die Tür aufstößt, der, man sei in einem Büro vereinigter Detektive gelandet. Im ganzen sind wir fünf, ohne Diamantis: Stathis, Luisa, die beiden Joannas und ich.

Stathis ist das Klettergewächs, das wir als Abteilungsleiter haben, der einzige Übersetzer mit geradem Rücken, der auf dem Markt zu finden ist. Er krümmt sich nie, hält sein Haar mit einem Gummiband zusammen und spricht nur mit »nützlichen« Kollegen. Infolgedessen richtet er das Wort nicht an mich; bei mir gibt es für ihn nichts zu gewinnen. Als ich bei der *Nea Mera* anfing, war er mir sympathisch erschienen. Damals glaubte ich, daß die Jungs mit langen Haaren mit Engeln verwandt sind. Doch Stathis steht gleich mit drei Beinen auf der Erde. Womit ich sagen will, daß er sogar dieses dritte, rein männliche Bein hervorragend einzusetzen weiß. Er träumt davon, eines Tages politischer Kolumnist zu werden.

Luisa ist die Hysterikerin der Abteilung. Blond, klein, blaß, verschwindet sie hinter ihren Lexikonbänden. Sobald sie das Gefühl hat, daß sie bedroht wird, bekommt sie Gemeinsamkeiten mit den alttestamentarischen Propheten: Sie wächst in die Höhe. Ihre kleinen Ohren röten sich. Die Hände zittern. Am Hals treten die Adern vor. Sie ist eine bedauernswerte Frau, die unter etwas Unbestimmbarem leidet. Wenn sie vor drei Jahrhunderten in Frankreich gelebt hätte, dann wäre sie eine romantische Heldin gewesen; aber ihr Französisch ist ebenso schlecht wie ihr Griechisch, und das macht sie noch bedauernswerter.

Die beiden Joannas befinden sich in gegensätzlicher Position. Die Bitsileou ist der Typ der alten Linksintellektuellen, die die großen Ledertaschen aufgegeben hat, um sich mit Stoffhandtäschchen zu behängen, in die nichts hineingeht, die aber auf ihre Besitzerin rückwirkende Tugenden ausstrahlen, Weiblichkeit, Ansehen, Ehrbarkeit. Die Bitsileou versucht eifrig zu vergessen, wer sie war, an was sie geglaubt hat, mit welchen Menschen sie sich zusammengetan hatte. In ihrer Freizeit übersetzt sie Kinderbücher und schreibt dann anonyme Kritiken darüber. Die schiebt sie der Ladiku zu, dic dic Literaturseite besorgt, mit einem zwinkernden Auge. Über so etwas ereifere ich mich nicht, im Gegenteil, ich lache darüber. Aber wenn ich aus Versehen in dem engen Flur auf sie stoße, sehe ich überdeutlich die harte Erbse ihrer Seele, vergraben unter Schichten von Nachgiebigkeit und Güte. Deshalb erstarre ich, wenn wir uns begegnen, und lasse sie an mir vorbei. Es ist ohnehin müßig, seine Kraft an einer harten Erbse beweisen zu wollen. Die andere Joanna ist, was ihr Name *Kremastinu* verrät: eine Durchhängerin. So inkonsequent und verloren in ihrer Welt, daß man sich nicht einmal dann auf sie verlassen kann, wenn man gerade erstickt und dringend ein Glas Wasser benötigt.

Es gibt keinen speziellen Grund dafür, daß ich Ihnen meine Kollegen beschreibe. Sie haben keinen unmittelbaren Bezug zur Handlung und haben mir auch nicht dazu verholfen, ein besserer Mensch zu werden. Ich wollte einfach, daß Sie ein Bild von ihnen haben sollten, als ich an jenem Mittag das Büro betrat, ausgeruht und erneuert, nach einem Monat Winterferien.

»Herzlich willkommen«, äußerte die Bitsileou, ohne es zu meinen.

»Was macht Rom?« fragte die andere Joanna.

»Ich war nicht in Rom«, antwortete ich. »In Lo ...«

»Und ich möchte gern wissen, wer diese Übersetzung übernimmt ...« knurrte Stathis.

Luisa hob nicht einmal den Blick. Oder vielleicht hob sie ihn ja, aber woher sollte ich das wissen? Sie war wie immer hinter ihrem Papierreich vergraben.

Ohne Diamantis war das Büro eine Folterkammer. Ich wollte gar nicht, daß man mich groß bemerkte oder sich mit mir befaßte, aber wenn man mit anderen zusammenarbeitet, ist es, als liefe man nackt herum. Sie beobachten einen. Sie wissen, wie oft man telefoniert. Ob man in der Nase bohrt. Um keinem Verdacht oder Gerede Nahrung zu geben, war ich darauf bedacht, nicht laut zu lachen, meinen Aschenbecher zu leeren und keine stark riechenden Speisen ins Büro mitzubringen.

Trotz aller Vorsichtsmaßnahmen ließ die Bitsileou ihren Kommentar los:

»Das nächste Mal steckst du mich auch mit in deinen Koffer.«

»Du gehst nicht rein«, sagte Luisa zu ihr und stieß ein gellendes Lachen aus, wobei sie einen bedeutungsvollen Blick auf ihren Umfang warf.

Und damit war das Gespräch zu Ende.

Etwa um acht traf ich mich mit Diamantis vor den Büros der *Nea Mera*. Er arbeitete jetzt im dritten Stock, aber es gab keinen Grund, in einer derartig engen Nachbarschaft einen Anlaß für Geschwätz zu liefern. Es war zum ersten Mal, daß ich ihn mit Krawatte sah. »Zwingen sie euch dazu?« fragte ich. Nein, es war ein Geschenk seiner Mutter aus London. Wir liefen nebeneinander her, bis es zu nieseln anfing. Mein Vorschlag war, in ein japanisches Restaurant in Kolonaki zu gehen. Ich hatte Heimweh nach Carr und der Art, wie sie den rohen Thunfisch mit ihren Stäbchen anpackte. Nur vier Wochen in London, und ich fühlte mich entwurzelt.

»Das bedeutet, daß du eine gute Zeit hattest«, meinte Diamantis, als ich es erwähnte.

Ich wußte nicht, was »gut« bedeutet. Es gibt keinen Zustand, wo alles »gut« geht. Dort war es auch kalt gewesen. Ich hatte einen Kranken zu versorgen. Ich fühlte mich bei einem Dinner vernachlässigt. Geld hatte ich auch keines mehr. Es gab Nebel, trübsinnige Menschen, Arbeitslosigkeit und Vergewaltiger. Aber es war ein Trost, daß ich auf den Straßen keine Bekannten traf. Das Telefon läutete nicht für mich. Meine Füße trugen mich, total unabhängig vom übrigen Körper, wohin sie wollten. Die Bilder der Stadt besaßen nicht die Zweckdienlichkeit der Wegstrecke, sondern den Wert eines inneren Bedürfnisses. Gibt es einen Zustand des Glücks, fragte ich mich. Kannst du mit den anderen leben? Hast du deinen Vater geliebt? Und die Antwort kam von einem welken Blatt, das der Wind von hier mitnahm und weiter wegblies. Es mag sich lyrisch anhören, und doch ist es fast buchstäblich so: Ich war das auch. Ein Blatt.

»In der Sonntagsausgabe habe ich eine Untersuchung über die Notwendigkeit einer Reform des Bestrafungssystems in Griechenland angestellt«, unterbrach Diamantis meine Gedanken. Während er mir die Einzelheiten dieser Untersuchung erzählte, öffneten und schlossen sich meine Lippen. Reform, dachte ich. Wandel. Ich bin doch auch auf das gleiche aus.

Die Diskrepanz der Situation wurde noch intensiver, als wir in Cholargos ankamen. Diamantis folgte mir in den Aufzug und begann, mich unter dem Pulli zu streicheln. Im Spiegel betrachtete ich mich und nicht ihn. Ich empfand Trauer und Zorn. Ich hatte das Bedürfnis, ihn schlecht zu behandeln, weil er so gutwillig war. Ohne ihn anzusehen, sperrte ich die Tür auf und machte Platz, um ihn vorzulassen. Ich warf ihn auf den Boden. Sein Lederblouson gab einen haarsträubenden Laut von sich. Wir vögelten in halbangezogenem Zustand. Um genau zu sein, jeder von uns vögelte über den anderen sich selbst. Ich wollte eine bestimmte Bewegung ausführen, so daß meine Knie aufs Parkett stießen. Seine Bewegungen waren breit, besitzergreifend und komisch – irgendwann küßte er aus Versehen seine eigene Hand. Vielleicht sind ja alle menschlichen Bewegungen ungelenk, bis zu dem Moment, wo man den anderen wirklich liebt. Aber das dachte ich erst später. Als Diamantis gerade eine relativ bequeme Stellung einzunehmen versuchte, fiel mir ein, daß ich ein Bier brauchte oder auf jeden Fall etwas Erfrischendes. Bis zur Taille war mein Körper dabei. Von der Taille aufwärts empörte er sich. Meine Augen folgten seinem Kinn; einem Maschinenkolben, der auf- und abging. In dem Moment wußte ich, warum ich ihn nicht mochte: Seine Finger waren dick und rot. Sein Nacken kindlich. Seine ehrgeizigen Pläne öde. Wenn ich von ihm entfernt war, konnte ich seine Vorhaben vergessen oder beschönigen. Aber jetzt befand ich mich über ihm. Sein leidenschaftliches, besseres Selbst rührte mich nicht im geringsten. Von einem bestimmten Punkt an hörte ich sämtliche Geräusche des Mietshauses. Jemand hustete. Eine Wasserspülung lief. Ich konzentrierte mich auf meine Knie, zwei kleine Köpfe, die wie wild auf den Boden schlugen. Durch den heftigen Schmerz und den Trotz wurden kleine, laue Wellen ausgelöst, die rasch einer völligen Windstille Platz machten.

Wenn man die Liebe vom Ende her betrachtet, sieht man die Irrtümer deutlicher: Man wird gewahr, ob man den konkreten Menschen gemeint hat oder eine personifizierte Sehnsucht. Man berührt die Hände und stellt sich dabei eine andere Person vor. Man knabbert am Ohr und möchte es eigentlich am liebsten abschneiden. Es erfaßt einen eine blinde Wut über den Körper des anderen, der weniger warm ist, als er sein müßte, starrer, sehr stark dem hingegeben, was ihm selbst widerfährt. Man würde gerne irgendwo anders sein, und weil man nicht weiß, wo, mit wem, weshalb, läßt man sich gehen. Man zerschindet sich die Knie und leidet.

»Diamantis«, sagte ich zu ihm, »wir tun so, als wäre alles in Butter. Sind wir ein normales Paar? Scheiße. Es ist total daneben, schau bloß, wie ich mir die Knie zugerichtet habe.«

»Aber was redest du eigentlich? Was haben denn deine Knie damit zu tun?«

Ich erklärte es ihm. Ich glaube, ich benutzte dabei nicht selten und verfehlterweise das Wort »Martyrium«. Während ich redete, blickte er die ganze Zeit auf meine Knie. Aus Verlegenheit blickte ich meinerseits auf seinen zusammengeschrumpelten Penis. Er sah jetzt wie ein deformierter Finger aus. Ich hätte ihn gerne freundschaftlich liebkost, aber es gibt keine freundschaftlichen Liebkosungen. Ich erzählte ihm meine Ansicht über die Freundschaft ehemaliger Liebender – »als wäre man mit irgendeinem Verwandten ins Bett gegangen«. Diamantis lächelte trübselig. Als er sich anzog, wurde sein Gesicht hart.

»Na prima«, meinte er. »Du hast das Messer, und die Melone hast du noch obendrein.«

Es erschien mir paranoid, daß wir uns mit einer Volksweisheit trennen sollten, aber ich hatte dem nichts hinzuzufügen. Als er in den Lift trat, behielt ich das Messer und gab ihm die Melone zurück. »Du bist lieb. Sehr lieb.« Ich kniff die Augen zusammen. Ein Mensch mit Phantasie hätte annehmen können, daß eine Träne herunterkullerte.

Ich zündete mir eine Zigarette an. Holte mir etwas zu trinken; ich weiß nicht mehr, ob es Bier war oder etwas anderes. Ich suchte mir meine Kleider aus der Diele zusammen. Dazwischen stieß ich auf Diamantis' Slip. Er war feucht wie ein benutzter Spüllumpen. Eine ganze Zeitlang wanderte ich mit dem Slip in der Hand durch die Wohnung. Ich wußte nicht, was ich damit machen sollte. Schließlich warf ich ihn in den Müll.

»Möchtest du Kaffee oder Tee?« fragte mich Natascha Sella, als sie die Tür öffnete. »Kaffee«, antwortete ich, ohne nachzudenken. Der Kaffee haut mir immer ein Loch in den Magen, aber die Sella ließ mir keine Zeit zum Verhandeln. In

Sekundenbruchteilen ging ich ein ganz einfaches Mühlespiel von Stereotypen durch: Kaffee trinken die rachsüchtigen Menschen, Tee die weichlichen. Außerdem braucht der Kaffee mehr Zeit, wenn man ihn richtig zubereitet, was mir die Gelegenheit geben würde, die Wohnung in Ruhe zu mustern.

Wir gingen durch ins Wohnzimmer, das auch als Arbeitszimmer diente. Ringsum schwere Möbel. Nicht zusammenpassende Stücke, die aussahen, als wären sie aus verschiedenen Haushalten zusammengestohlen; und überall die grüne Farbe des Waldes. Obwohl es noch nicht Abend war, war das Zimmer dunkel. Die Sella bat mich um Entschuldigung und ging unseren Kaffee kochen.

Die ganze Zeit über war ein seltsames Geräusch zu hören. Der dreibeinige Stuhl am Sekretär wackelte von allein und knarzte. Ich begann schon zu fürchten, daß ich mir das alles zusammengereimt hatte, als eine Katze, die sich die ganze Zeit rhythmisch geleckt hatte, von ihrem Thron sprang und zu mir heranglitt, um sich an meinen Beinen zu reiben.

Der Schreibtisch der Sella in einer Ecke des Zimmers war mit Papieren und Büchern beladen, die drei Stöße bildeten. Diskret schlich ich mich hin. Rechts lagen die Werke meines Vaters. Im unteren Teil des Stoßes befand sich ein Manuskript. Ich zog es vorsichtig heraus, um den darüber gestapelten Bücherturm nicht zum Einsturz zu bringen. Es war eine Arbeit, die mir gänzlich unbekannt war, obwohl sie seinen Namen trug: *Chomfield. Die Theorie des generativen Poststrukturalismus.* In der Mitte Papierkram und allerlei Notizen. Links zwei Lexika linguistischer Terminologie, von Nash und von Hartmann. Obwohl mir die Hände zitterten, zog ich ihre Schubladen auf. In der rechten Heftklammern, Locher und Antibabypillen. In der linken die Briefe meines Vaters. »Alles in Ordnung?« ertönte ihre Stimme aus der Küche. »Alles in Ordnung«, antwortete ich, und um der Wahrheit willen nahm ich mir auf gut Glück einen Brief heraus, faltete ihn zusammen und steckte ihn in die Gesäßtasche. Hinter den olivgrünen Samtgardinen war der Kipseliplatz sichtbar – die Endstation der Trolleybusse.

In dieser Haltung fand mich die Sella. Mit dem Rücken zum Zimmer und aus dem Fenster blickend. Als ich gerade meinen ersten Diebstahl begangen hatte und mich das Gefühl beherrschte, der Sekretär, der Hinkestuhl, das Sofa und die Schreibtischschubladen verrieten, ja, schrien geradezu hinaus, welche Sorte von Mensch ich sei. Die Sella rieb sich das Kinn wie an jenem Tag im Auto, als versuche sie sich zu überlegen, auf welche Weise sie mich bestrafen solle. Sie trug ein langes Kleid mit lila Rosen. Den Kaffee servierte sie mit abgespreiztem kleinem Finger. »Komm her, Moni«, rief sie die Katze. Moni taumelte auf ein Tischchen, dann auf das Sofa. Sie verhielt sich wie eine Betrunkene.

»Moni?« fragte ich, um irgend etwas zu sagen. »Ein Wortspiel mit *monaxia*, Einsamkeit?«

»Nein, von *Monem*«, antwortete sie mir ernsthaft, »und zwar abhängiges Monem. Die Ärmste ist blind. Weißt du, was *Monem* in der Linguistik bedeutet? Kleinste bedeutungstragende Einheit ...«

Sie war nicht ganz richtig im Kopf. In ihren Briefen war das nicht spürbar, aber wenn man mit ihr sprach, bedurfte es nur weniger Minuten, bis es einem auffiel. Auf der Party und im Auto war sie eine immaterielle Filmfigur gewesen, die einen durch ihre Gesten gewann. Jetzt erschien mir ihr Mund klein und bösartig. Ihre Nase noch stärker gebogen. Schwarze Ringe um ihre Augen betonten ihre Doppelnatur: Sie war eine kluge, enttäuschte Frau. Wortkarg und sarkastisch. Es war fraglich, ob sie wirklich zwei, drei Jahre älter war als ich.

»Ich bin wegen meines Vaters hierhergekommen, wie du weißt«, begann ich. »Ich habe diese Briefe gefunden und sie aufgemacht ...«

»Schlecht.«

»Ja, schlecht. Aber es gibt auch ein Gutes an dieser Geschichte. Wenn du schon so viel weißt, weißt du ja sicherlich, daß ich den letzten Jahren nicht mit meinem Vater gesprochen habe. Er war ja generell nicht sehr gesprächig. Mir ist bewußt geworden, daß ich fast nichts über ihn weiß. Dieser Gedanke hatte mir an sich nie Probleme gemacht ...«

»Als ob du wüßtest, daß es Amerika gibt und du es nie bereist hättest.«

»So ungefähr«, mußte ich zugeben.

»Und ich, wie kann ich helfen?«

»Ich kenne nur die eine Seite, die Briefe von dir. Ich frage mich, ob ...«

»Ich habe die Briefe deines Vaters nicht aufbewahrt, wenn du so etwas meinst. Es tut mir ausgesprochen leid. Ich kann mit dir reden, frag, was du willst. Briefe gibt es nicht.«

Ich zuckte mit den Schultern. Natürlich konnte ich nicht sagen, daß ich sie mit eigenen Augen in der linken Schreibtischschublade gesehen hatte. Es war ein hoffnungsloser Fall. Ich versuchte die halbe Stunde eines formalen Besuches mit idiotischen Fragen totzuschlagen. Was für ein Mensch mein Vater ihrer Meinung nach gewesen sei? Sehr verschlossen, er habe Zeit und Beweise gebraucht, um anderen zu vertrauen. Ob sie sich überhaupt je getroffen hätten, nach seiner Pensionierung? Nein, denn sie habe die Universität verlassen, geheiratet, sich scheiden lassen, sechs schwere Jahre durchgemacht. Als sie beschlossen habe, zur akademischen Gemeinschaft zurückzukehren, habe sich mein Vater bereits zu Hause verschanzt gehabt. Und wann hätten sie begonnen, sich zu schreiben? Sie habe den Anfang gemacht. Sie habe ihm eine Weihnachtskarte geschickt. Wann sie sich kennengelernt hätten? Im zweiten Jahr an der Universität, er sei ihr Lieblingsprofessor gewesen. Ihr Idol. Ich fühlte mich seltsam. Ein kauziges Mädchen mit den Kleidern aus einer anderen Zeit und einer blinden Katze sah meinen Vater als Idol. Ich selbst hatte während meiner Studentenjahre Al Pacino als Idol gehabt.

Sie brachte mich mit der Katze auf dem Arm an die Tür.

»Du hast ihn sehr geliebt, du Ärmste. Das sehe ich an deinen Augen«, murmelte sie, wobei sie Moni kraulte.

Sie sagte nicht, »Ihr habt euch geliebt« oder »Dein Vater hat dich geliebt«. Wer liebt, leidet. Das wußte Natascha Sella nur zu gut, und sie gewichtete ihre Worte absichtlich anders. Sie wollte mir sagen: »Koch du nur in deinem Saft, meine Beste. Ich kenne seine Geheimnisse. Ich war die einzige Leidenschaft in seinem ruhigen Leben. Dir hat er Beinchen gestellt, indem er seinen roten Pantoffel ausgestreckt hat, damit du darüber fällst. Wenn er dich in seine Nähe kommen sah, hat er den Fernsehkanal gewechselt. Damit du nie weißt, wer er ist, was er macht.«

Aber da ich nun einmal ihre Wohnung betreten, ihren Kaffee getrunken und einen Brief aus ihrer Schublade entwendet hatte, wäre es hochgradig unhöflich gewesen, sie zu ohrfeigen.

Zwei Dinge erstaunten mich. Das eine war, wie sich die Eindrücke in bezug auf einen unbekannten Menschen von einem Zusammentreffen zum anderen verändern können. Man konnte fast glauben, man selbst sei es, der dem anderen die Worte eingebe, man selbst sei es, der – entsprechend der eigenen Erwartungen – seinen Blick tiefer werden lasse oder seine Augen verkleinere, solange man noch nicht wüßte, was man von ihm zu erwarten habe. Bei unserem ersten Treffen war Natascha charmant, wortkarg und geheimnisvoll. Beim folgenden unsympathisch, paranoid und eine Lügnerin.

Das zweite, was mich erstaunte, war meine eigene Reaktion. Zum ersten Mal war mir danach zumute, einen Menschen zu schlagen. Ich konnte sogar Bilder mit der fiktiven Prügelei vor mir sehen: ihre Haare in meinen Händen, meine Nägel in ihrem Gewand, Moni, wie sie durch die Luft sauste und auf ihrem Schreibtisch landete und dort von den Büchern meines Vaters erdrückt wurde, einen Tropfen Blut ausspeiend. Obwohl ich in meinem Leben oft mit Menschen zusammengetroffen war, die die Augenbrauen hochzogen und Lügen und Bosheiten von sich gaben, hatte ich noch nie die Gelassenheit verloren. »Man könnte sagen, der Eisberg ist zum brennenden Busch geworden«, schloß Ilias, als ich ihm den Vorfall erzählte. Aber ich greife vor. Bevor ich irgend jemandem das Geringste erzählte, hatte ich bestimmte Dinge mit mir selbst auszumachen. Warum machte mich ein arrogantes Mädchen, halb bescheuert vom vielen Lesen, derartig zornig? Und warum wollte ich, statt fortzuschreiten in Richtung Seelenruhe und stillschweigendem Misanthropismus, eine blinde Katze durch die Luft schleudern? Die Antwort fand ich im Brief meines Vaters: »Es gibt nicht nur eine Richtung im Denken des Menschen, einen metaphysischen Schub nach vorne«, hatte er an die Sella geschrieben. Ohne es zu beabsichtigen, richtete er sich auch an mich. Seither grüble ich, wie sich von selbst versteht, über das Zufällige nach. Was wäre passiert, wenn ich einen anderen Brief aus ihrer Schublade ausgewählt hätte? Wenn die Sella vorgeschlagen hätte, das Treffen bei mir stattfinden zu lassen? Wenn Diamantis' Mutter kein Übergepäck gehabt hätte? Wenn Ilias' Knöchelchen keinen Haarriß bekommen hätte? Wenn ich das Foto nicht in der Zeitung gesehen hätte? Die Geschehnisse der letzten Monate in eine Ordnung bringend, stellte ich fest, daß das Zufällige, das Unerwartete genau dasjenige ist, wovon wir uns wünschen, daß es geschieht. Wenn man sich die Augen vor einem Paradoxon reibt, ist man dankbar, daß es existiert. Das war die Theorie des »Beinahe« in den *Hackfleischbällchen* von Ilias. Mein Bruder wußte, daß man, wenn man alle Fälle des »Beinahe« vereinigt, ein anderes Leben schafft, das man niemals leben wird.

Meine Ungeduld war so groß, daß ich den Brief im Auto bei laufendem Motor las. Bevor er zu Schrott wurde, war der

Peugeot mit der eingedellten Tür ein Raum, in den ich mich zurückziehen konnte, während ich gleichzeitig einen losen Kontakt zur Außenwelt aufrechterhielt. Der Motor belferte wie eine kaputte Kaffeemaschine und verlieh den Sätzen, die im vorhergehenden Sommer geschrieben worden waren, einen Rhythmus.

17. Juli 1994

Meine liebe Natascha,
ich schreibe Ihnen vom Küchentisch aus, der sich ohne die Lexika meiner Tochter in einen kahlen Berg verwandelt hat. Ich muß gestehen, daß mir die Art fehlt, mit der Athina systematisch Unordnung schafft, indem sie Mauern aus Lexika baut. Wenn sie es macht, fühle ich mich gestört. Aber jetzt, wo sie sich auf den Kykladen befindet und das Baden genießt, gleicht die Wohnung einem Friedhof. Ein Gespenst irrt zwischen den Gräbern umher und findet absolut keinen Gefallen an ihnen. Das könnte auch die indirekte Antwort auf Ihre Frage sein, »Wie ich meinen Sommer verbringe«, was mich trotz der Wertschätzung, die ich Ihnen entgegenbringe, an ein Aufsatzthema aus der Schule erinnert.
Eine andere Antwort, die besser auf meinen Zustand und die Erfordernisse der Wortwörtlichkeit paßt, ist, daß ich in letzter Zeit stark schwitze. Ich habe auch öfter Schwierigkeiten mit dem Atmen. Obwohl ich mir die Zigarren abgewöhnt und mit Stricken begonnen habe, konnte ich keine bedeutenden Änderungen feststellen. In jedem System treten, wie Sie wissen, die Veränderungen in ganz langsamen Intervallen ein. Am Ende hören sie auf, Veränderungen zu sein und werden zu Elementen

der Anpassung. Man könnte also sagen, das Neue sei der größtmögliche Schreck vor dem Alten. Um das Entsetzen, die Scham und die Enttäuschung zu vermeiden, wandelt sich das System unmerklich. Was sich bei den Sprachen abspielt, ereignet sich auch bei den Menschen.

Ich hole weit aus, um Sie davon zu überzeugen, daß es nicht nur eine Richtung im Denken des Menschen gibt, einen metaphysischen Schub nach vorne. Wenn es sich so verhielte, würde ich selbstverständlich nicht zur Erforschung des Strukturalismus zurückkehren. Dann würde ich Chomsky nachfolgen wie ein blindes Huhn. Doch Sie müssen wissen, daß Chomsky selbst von sich abwich. Gottlob fanden sich auch noch ein paar andere Abweichler. Ihren Einsprüchen verdanken wir die Theorie der generativen Grammatik.

Meine Meinung ist, daß seitdem etliche Fehler gemacht wurden. Es wurde nämlich die Rolle der archetypischen Satzschemata maximiert, die, wie man annimmt, dem Menschen immanent sind, unabhängig davon, welche Sprache er spricht. Der Erwerb der Muttersprache ist in der Tat ein Wunder, aber er kann nicht ganz und gar zur eigenständigen Sprachtheorie werden. In dieser Geltung sind die universelle Grammatik und die Theorie des biologisch vorbestimmten sprachlichen Unterbaus – mit Verlaub – der Darwinismus der Sprachwissenschaft. Ich halte es für verbrecherisch, wenn sich eine ganze Wissenschaft derartig allgemeinen Theorien zuwendet, statt die Daten systematisch zu erforschen. Ich habe gelesen, in Amerika sei das Buch eines gewissen

Robin Wright in Umlauf, das in philosophischen Begriffen über das Gen der Untreue in den Liebeschromosomen spricht. Dieser Herr schreibt, die menschlichen Gefühle seien angeboren – ebenso wie die Strukturen der Sprache.

Ich bedaure es sehr, ein philosophisches Argument zu gebrauchen – angesichts des gewaltigen Übels, das die Philosophie in der Sprachwissenschaft angerichtet hat – aber ich halte es für charakteristisch: Nach Meinung des Herrn Wright wird die menschliche Natur von moralischen Prinzipien gesteuert, und die Gene sind Fläschchen, die man auf- und zumacht.

Auf die Gefahr hin, lästig zu werden, wiederhole ich, daß es die Aufgabe des Sprachwissenschaftlers ist, zuerst zu lernen, wie man einen geschlossenen Bilabiallaut von einem palatalen Reibelaut unterscheidet und dann erst in ein Gespräch mit den Philosophen einzutreten. Dies ist auch der Hauptgrund meines »Rückzugs von der Avantgarde«, wie Sie es in einem Ihrer letzten Briefe nennen. Die Fortschritte, die wir machen, werden manchmal als Rückschritte angesehen, weil sie nicht zum Stereotyp der Avantgarde führen.

Und nun, da ich Sie zurechtgewiesen habe, ist es an der Zeit, Sie zu besänftigen. Meine Studie über die Chomfield-Hypothese wird Ihnen in wenigen Tagen per Post zugehen. Indem ich das Absolute einer Sprachtheorie verurteile, fühle ich mich etwas menschlicher. Ich beabsichtige nicht, meine Arbeit zu veröffentlichen und auch nicht, mit jemandem außer Ihnen darüber zu diskutieren. Sie ist mein Tagebuch, mein Vermächtnis, und ich habe sonst niemanden, dem ich sie hinterlassen könnte. Versenken Sie sie in eine Schublade, lesen Sie sie, verbrennen Sie sie. Sie ist nicht geschrieben worden, um etwas zu beweisen. Es ist die Übung eines alten Mannes in den Zweifeln der Jugend, das einzige, was mich seit damals, als ich die Menschen verlor, am Leben erhalten hat.

Ich würde Sie zum Schluß dieses Briefes gern ein wenig erheitern. Ich habe Tesnières Pulli fertiggestrickt, ich denke, er paßt ihm wunderbar. Demnächst wird er noch ein wirklicher König!

Ich grüße Sie und umarme Sie P. X.

Ich steckte den Brief in sein Kuvert zurück, faltete ihn wieder zusammen und gab ihm spontan einen Kuß. Als ich noch klein war, pflegte ich den Tisch zu treten, wenn mein Wille nicht durchging. Am Ende der Auseinandersetzung, wenn wir uns wieder versöhnt hatten, sagte meine Mutter dann: »Und jetzt gib dem Tisch, den du getreten hast und dem du wehgetan hast, einen Kuß. So ist's recht, liebes Kind!« Mein Vater war tatsächlich ein Möbelstück – so hatte ich ihn über so viele Jahre hinweg behandelt. In den Schubladen dieses Möbelstücks fand ich unversehens Ratschläge fürs Leben. Esprit und Emotionalität. Ich erkannte meinen eigenen, bitteren Humor wieder. Begegnete meinen Lexika auf dem Tisch, seinem strengen Blick, der Einsamkeit und dem Stolz, der in dem Satz »Ich verlor die Menschen« steckt. Und so bückte ich mich, wie ich es von klein auf gelernt hatte, wenn ich Schaden angerichtet hatte, und gab dem Möbelstück, das ich getreten hatte, einen Kuß.

Die Menschen, die man nicht für sich gewinnen kann, diktieren einem die Reaktionen auf das Frustrationsgefühl. Sie machen einen empfindlich, zynisch oder abwehrend, je nach den anderen Kräften, die gleichzeitig in einer Persönlichkeit wirksam sind und sie formen. Mein Vater las meine Übersetzungen auf der Toilette. Wenn ich nicht kochte, moserte er. Wenn ich kochte, fand er das Essen fade. Daraufhin fand ich mich dann auch selbst fade, labberig, unbedeutend. Als ich älter wurde, versuchte ich meine Unbedeutendheit zu einem Wert zu machen, zu einer Art Festung, die keiner zu erklimmen imstande sein sollte, um zu sehen, woraus ich gemacht bin. Und plötzlich klopfte ein Gespenst an die Pforte der Festung, um zu sagen, ohne mich »gliche die Wohnung einem Friedhof«.

Die Situation hat sich jetzt umgekehrt. Ein anderer irrt auf dem Friedhof herum, und ein anderer steckt im Grab. Aber wieso spielt ein Mensch vorzeitig den Toten? Wieso strickt und schreibt er heimlich? Warum zappt er in den Fernsehkanälen herum? Mein Vater war zu Hause isoliert. Ein Schiffbrüchiger, der nicht wußte, wie er sich aus dem Sessel erheben oder Funken aus Steinen schlagen sollte, um sich Hilfe zu holen. In den letzten Jahren war seine Isolation total und sein Widerstand verschwindend gering. Aber selbst während ich ihn als Ziermöbel ansah, dachte er nach und reagierte auf Reize. Wenn ich von dem Brief aus urteile, hörte er nicht auf, sich zu entwickeln und für etwas zu kämpfen, obwohl er äußerlich den Eindruck eines Toten erweckte.

Ich wußte nicht, was ich mir unter dem Pulli von Tesnière vorstellen sollte. Überall suchte ich nach dem Namen. Als ich schon angefangen hatte zu verzweifeln, stieß ich in einem Buch auf eine graphische Satzanalyse, die die Form einer Krone hatte und den Namen Tesnières trug. Ich las den Satz im Brief noch einmal durch: »Ich habe Tesnières Pulli fertiggestrickt, ich glaube, er paßt ihm wunderbar. Demnächst wird er noch ein wirklicher König!« Den Witz mit dem König verstand ich, aber was hatte es mit dem Pulli auf sich?

Das Buch mit der graphischen Darstellung der Krone lag offen vor mir. An der Stelle, wo die Druckseiten mit weißem Heftfaden zusammengehalten waren, klemmte eine kleine Faser aus grauer Wolle. Es war der Wollfaden, den mein Vater zum Stricken benutzte! Ich hob den Sitz des Klavierhockers hoch. Breitete das Strickstück auf dem Boden aus. Was ich als plump und sinnlos angesehen hatte, stellte Kronen und andere Methoden der graphischen Analyse der Strukturalisten dar; Linien, die in der Strickerei auf- und abgingen wie die Spuren eines Enzephalogramms. Das Strickstück steckte voller Nachrichten, die der Schiffbrüchige auf der Suche nach Kommunikation, Beistand und Hilfe ans Festland sandte.

In gewisser Weise hatte ich das vorausgesehen und hinterher wieder vergessen. Meinem Unterbewußtsein war klar, daß der Vater zu einem ganz bestimmten Zweck strickte. Ein paar Tage später hörte ich, auf der Suche nach meinen Kassetten und beim Überspielen alter Lieder mit neuen, meine Stimme den letzten Traum des Jahres 1994 erzählen. Darin stieß mein Vater langsam und abrupt Sätze aus, wobei er verschiedene Strukturanalysemodelle anwandte, wie Hocketts Box oder Chomskys Baum. Mit den Stricknadeln zeichnete er die Form des Baumes oder der Box in die Luft.

Ich nehme an, daß ich meinen Traum auf das Tonband sprach, weil niemand sonst in der Wohnung vorhanden war, der sich dafür interessiert hätte. War es ein Zufall, daß ich die Lösung des Rätsels geträumt hatte, bevor ich zu seiner Lösung geführt wurde? Es war mir ein Bedürfnis, Ihnen einen Teil der Wahrheit zu offenbaren, bevor Sie Ilias' Ansicht über die Dinge lesen. Das *Frühjahrsmahl* ist die Geschichte unserer Mutter – ziemlich abgewandelt, aber erkennbar. Wie Sie sehen werden, spielt der Vater darin die Rolle einer Marionette. Er ist der Herr Professor, eine bösartige Maske. In der Übersetzung war es mir nicht möglich, Worte und Erläuterungen hinzuzufügen, aber ich kann Sie wenigstens warnen. Sie sollten lieber auf der Hut sein; es ist nicht durch und durch wahr, was Sie jetzt lesen.

Frühjahrsmahl

Grünes Omelett

Von dem Augenblick, in dem ein Ei bricht, bis zu dem Augenblick, wo es in der Pfanne landet, tragen sich Momente der Panik, der Erregtheit und des Schmerzes zu. Panik, weil sich die Sicherheit der Form auflöst. Erregtheit und Schmerz, weil jeder Wandel von widersprüchlichen Gefühlen begleitet ist. Wenn ein Ei bricht, bricht ein Herz, in den geflügelten Worten meiner Sprache.

Auch wenn Sie mit den Schultern zucken, der Frau, die Irini heißt, ist klar, was ich meine. Ihr Herz hat einen Sprung, von Geschehnissen, die ein Herz zerbrechlich werden lassen. Sie hat keine Mutter mehr – was sich für die Menschen mit dem Begriff des Ausgangspunktes verbindet –, aber sie hat zwei lebhafte Kinder, was die meisten auf den Begriff des Zieles verweist. Sie ist demnach eine Frau, die mehr geben als nehmen muß. Das Unglück ist, daß sie nicht weiß, wie. Sie mustert ein Rezeptbuch, das auf der Seite »Omeletts« geöffnet ist, als wäre es eine Bibel, ein Traumdeutungsbuch oder eine Zusammenfassung der Geheimnisse des Lebens.

Sehr einfach, werden Sie sagen. Sie will ein Omelett backen. Und wer sagt Ihnen, daß ein Omelett für eine Frau von Vierunddreißig, die ihren Fuß noch nie in eine Küche gesetzt hat, etwas Einfaches ist? Kaum waren Athina und Ilias geboren, schlug Irinis Schwiegermutter in dieser Küche die Zelte auf und kochte Gerichte für zahnlose Menschen: Suppen, Pürees und matschige Makkaroni. Irini langweilte sich und rief sich die Gerichte ihrer Mutter Kalí aus der Familientaverne auf Astypalea ins Gedächtnis zurück: Oktopus, der in der Kasserole zerging, Schmalzkräpfchen mit gehacktem Mastix und Ouzo, Hefekringel mit Safran. Irgendwann wurde Oma Kalí krank und kam Hals über Kopf nach Athen. Als es ihr wieder gut ging, löste sie in der Küche Irinis Schwiegermutter ab, die in der Zwischenzeit an den saft- und kraftlosen Suppen gestorben war. So gewann unsere Heldin nichts. Sie betrat die Küche nur, um Wasser zu trinken und um zu essen, wodurch sie nicht zu einer besseren Köchin wurde. Oma Kalí war vorgestern gestorben und die Küche endgültig verwaist. Irini hätte die Staffel übernehmen müssen – den großen Kochlöffel aus Holz. Doch das einzige, was sie macht, ist, ihn in der Hand zu halten und eine Tomatenschale zu betrachten, die beim Spülen nicht abgegangen ist. Die Schale ist ein Stück von der Seele der Großmutter, die kurz vor ihrem Tod noch Tomatenbällchen gekocht hat.

Irini ist viel zu aufgewühlt durch ihre neuen Pflichten, als daß sie die Tomate mit ihrer Mutter in Verbindung brächte. So geht ihr eine Gelegenheit verloren, wieder einmal über die Geheimnisse, die vom Himmel kommen, zu weinen, über die Kinderjahre auf der Insel und ihre Unfähigkeit, mit dem Kochlöffel umzugehen. Ihr Blick wandert vom Rezept zu uns und wieder zurück. Das ist die einzige Richtung: vom Wunsch zur Tat, vom Ei zum Omelett, von der Mutter zur Tochter.

Hinter ihr sitzt am Küchentisch eine Frau, die sich die Nägel feilt. Jota ist es, die Frau von Vassilis. Eine Leidensgefährtin, und dennoch gefaßter: Sie kann zwar kein Ei kochen, aber das bedeutet ja nicht das Ende der Welt. Die wenigen Monate, die Oma Kalí in Athen lebte, bekochte sie beide Haushalte. Sie stieg die Treppen hinauf und hinunter, machte sich mit den Schlüsseln, die man ihr gegeben hatte, auf und hinterließ als guter Engel einen dampfenden Topf auf dem Tisch. Jeden Tag hatte Vassilis – der nach dem, was wir so erfahren, wortkarg, perfektionistisch und streng ist – einen Grund, guter Laune nach Hause zu kommen. Während dieser ganzen Zeit sah Jota die Großmutter als Schwiegermutter und ihr Essen als notwendiges – aber köstliches – Übel an.

Wie zwei Eier eine verschiedene Dotterfarbe haben, so sind auch zwei Frauen verschieden. »Laß dich nicht unterkriegen«, sagte Jota zu Irini, als ihre zehn Nägel weich, glatt und rund geworden waren. »Wir holen Suvlaki!«

In der absoluten Stille, die nur das Geräusch der Nagelfeile unterbrach, hatte Irini beschlossen, einige Opfer zu bringen. Wie die Nonnen das Weltliche hinter sich lassen, so würde sie ihre Arbeit bei der Depositen- und Kreditkasse hinter sich lassen. Ohnehin war ihre einzige Beschäftigung dort, daß sie Schreiben zusammenklammerte und abstempelte, bis sie von der Stempelfarbe unkenntlich waren. Sie beschloß, zugunsten der Zwillinge und Periklis zu Hause zu bleiben. Das Kochen ist eine Bekundung der Selbstverleugnung, pflegte die Oma Kalí zu sagen. Irini verspürte die Notwendigkeit, sich selbst zu verleugnen. Sie zuckte zusammen, als Jota mitten in diese Träumerei hinein plötzlich von Suvlaki sprach. Sie drehte sich zu ihr um und sagte:

»Ich wußte ja, daß dieser Moment kommen würde. Na bitte, jetzt ist er da.«

Sie hatte auf die Stunde des Kochens gewartet, wie Tausende anderer Menschen vom Regierungswechsel träumen. Jota, die außer ihrem Ehrgeiz auch ein Politikbewußtsein hatte, sah es als ihre Pflicht an, auf die Überheblichkeit hinzuweisen.

»Im Moment passieren wichtigere Dinge auf der Welt.«

Ihre Stimme wurde vom Geräusch zerbrechender Eierschalen verschluckt. Als ich an der Reihe war, hatte sich auf dem Grund der Suppenschüssel ein orangefarbener See gebildet. Irini schüttelte mich ein bißchen, als wolle sie mich zwingen, ein Geheimnis preiszugeben, und legte mich dann wieder zurück in den Eierkarton. Vielleicht war ihr eingefallen, daß ja die Großmutter nicht mehr da war. Acht Eier waren genug für den Rest der Familie. Sie klappte ihr Buch zu, machte den Kühlschrank auf, wählte Spinat, Petersilie und Brokkoli. Sie warf das Gemüse in die Pfanne, und als es weich wurde und zusammenfiel, goß sie die geschlagenen Eier darüber. Der orangefarbene See wurde zu einem grüngelben Felsen.

»Was machst du da, bist du verrückt geworden? Du tust Spinat ans Omelett?«

»Wieso? Hast du ein Problem damit?«

Die Schwägerin zog eine Grimasse des Abscheus. Irini hingegen lächelte. Sie wußte ganz tief im Herzen, daß das Rätsel der Kochkunst wie alle Rätsel zu lösen ist: durch Vermengen, Ausprobieren, etwas Wagen. Jeder bekommt in seiner Familie mindestens eine ernsthafte Lehre mit, die er befolgt und an seine Nachkommen weitergibt. Es ist ein Leitsatz, den man nicht in Frage stellt und auch nicht öffentlich macht. Wenn die anderen ihn ausfindig machen und herabsetzen, ihn nichtig und unbedeutend finden, wird man wütend. Dieser Leitsatz vereint die Mitglieder einer Familie, gleichgültig, wo sie sich befinden, auch dann, wenn sie nicht miteinander sprechen. Er ist an ihren Augen abzulesen und lenkt ihre Handlungen.

Aus der Familie der bejahrten Tavernenwirtsleute war ein bedeutender Koch hervorgegangen, ein Apotheker, der Kochbücher sammelte, ein Architekt, der während des Essens starb, und eine dralle Frau, die sich heute damit abplagte, ihr erstes Omelett zu backen. Die Kochkunst, werden Sie sagen, ist der Wert, der sie vereint. Ja, Sie sind relativ nahe daran, aber Sie haben noch nicht ins Schwarze getroffen. Das Kochen wandelt die Zutaten um. Es tötet die Bakterien, läßt den Spinat zusammenfallen, vereinigt die voneinander getrennten Eier. Es nimmt das Gelb und macht es grün, besprenkelt es mit Schwarz, wobei es eigentlich von Anfang an das Rot angepeilt hatte. Die Küche, die Sie vielleicht verachten und die Sie nur besuchen, um sich schnell etwas in den Mund zu schieben, ist die Manufaktur der Wohnung, der Raum, den Viktor Frankenstein bevorzugt hätte, um sein Monster herzustellen. Indem sie die Küche wählten, haben die Mitglieder dieser Familie ein Glücksspiel gewählt. Es ist nichts, was auf ihrer Stirn geschrieben steht oder dann in Erscheinung tritt, wenn sie Gemüse einkaufen gehen. Nur in Grenzsituationen wie der heutigen erwacht der Wunsch nach Verwandlung, nach Überwindung des Vergangenen. Es beginnt das Aufschlagen der Eier.

Die Eierschalen sind ineinandergesteckt wie kleine schmutzige Gläser. Das Öl ist an die Wand gespritzt, auf die Herdplatte, auf den Boden. Irinis schwarzes Kleid hat hie und da Flecken bekommen. Auf ihrer Nase ein grüner Punkt, ein bißchen Petersilie. In ihrem Herzen ein Raum mit Geistern, die kochen.

Jota hat nichts von alledem mitbekommen, sie spricht über die letzten Vorkommnisse in Athen. Eine Schande, daß wir ihre Worte nicht hören, die uns ein paar Dinge über die Geschichte Griechenlands hätten beibringen können. Aber wir werden ein Stück von der Schande abschneiden und ihr auch etwas davon abgeben, denn obwohl sie darüber Bescheid weiß, was in der Welt vor sich geht, hat sie keine Ahnung, was in ihrem Heim vor sich geht. Historische Veränderungen bereiten sich vor, direkt unter ihrer Nase, die sie rümpft, als fühle sie sich durch die Gerüche aus der Pfanne gestört.

Im Gegensatz dazu duftet das Omelett phantastisch. Ich konstatiere es mit großer Trauer, denn damit das zustande kam, wurden meine Gefährten geopfert. Irini ahnt, daß der Moment für ihre Zukunft schicksalhaft ist. Als sie das Omelett kostet, empfindet sie Stolz über das Erbe des Talents, an das sie immer geglaubt hatte, ganz vage. Sie träume von Speisen, hat sie Periklis gestern anvertraut. Von Häusern, die aus Blätterteig hergestellt sind, von rosafarbenen ovalen Tischen mit Lachsgeschmack. Die Kissen sind aus Würsten und Baiser gemacht, die Badewanne voller Kartoffelsuppe. Die Beine des Sessels bestehen aus Lammkoteletts, die Armlehnen aus rosigen Hummern. In einem gelben Zimmer, das sie noch nie gesehen hat, steht eine Suppenschüssel mit Erdbeeren. Sie hat Angst, näher heranzugehen. Und erwacht, sich die Lippen leckend.

»Du bist erschöpft«, versetzte Periklis, ohne ihrem Traum Beachtung zu schenken. Vielleicht hatte er auch die Einzelheiten gar nicht gehört, so vertieft, wie er in seiner illegalen »Sozialistischen Idee« las. Irini erwiderte, es sei hart, immer alles auf die Erschöpfung zu schieben, wenn ein Mensch sein Herz öffnen wolle. Die Erschöpften könnten sich nicht an ihre Träume erinnern, und in der Endanalyse gebe es viele Arten von Erschöpfung.

Wirklich erschöpft war sie von der Arbeit bei der Depositen- und Kreditkasse. Erschöpft war sie durch den Tod. Erschöpft war sie durch die politische Situation. Dennoch hatte sie nicht von den Freuden des Lebens Abstand genommen, von den Überraschungen, die wie Petersilie mitten in einer gefährlichen Kurve hervorsprießen.

Jota erhob sich und kontrollierte noch einmal ihre Nägel, wobei sie es vermied, einen weiteren Blick auf das Omelett zu werfen. Hätte sie es getan, so hätte sie gesehen, wie die dünnen grünen Sehnen unter der gelblichen Oberfläche Blätter, Äste und Flüsse bildeten. Sie hätte ebenfalls gesehen, daß Irini das Omelett mit Basilikumblättchen verziert hatte, die den Buchstaben K bildeten. Kalì? Küche? Keller? Kochkunst? Ihrer Schwägerin den Rücken zudrehend, ging sie aller wahrscheinlichen Bedeutungen verlustig.

»Ich geh Zigaretten holen. Brauchst du etwas?«

»Du könntest den Müll hinunterbringen.«

Mit den Händen macht Irini etwas Platz in der Mülltüte und wirft die Eierschalen hinein. Mich wirft sie auch mit ihnen zusammen weg. Gerade breitet sich um mich pechschwarze Finsternis aus, als Jota fragt:

»Ja, warum wirfst du denn das Ei weg?«

»Es war schon zu lange im Kühlschrank. Es ist faul.«

Safranreis

Sie können mir vertrauen. Die Todgeweihten sagen die Wahrheit. Außerdem ist meine aristokratische Herkunft unvereinbar mit unmoralischem Handeln. Bevor ich spreche, denke ich, bevor ich denke, vergleiche ich die Gegebenheiten. Natürlich sind meine Gegebenheiten anders als die Ihren. Sie leben auf Ihrem Planeten, ich auf dem Küchenregal. Sie ziehen Schlüsse über den Charakter eines Menschen aus der Art, wie er Ihnen die Hand drückt, ich aus der Art, wie er Teig knetet. An einem bestimmten Punkt überschneiden sich die Gegebenheiten – wenn man die Dinge von einer einfühlenden Warte aus betrachtet. Genau wie beim Händedruck ist auch beim Teigkneten eine starke, warme Hand das Zeichen für Güte und einen offenen Geist. Trotzdem breitet sich weiterhin ein unendliches Feld von Differenzen vor uns aus: Wenn Sie die Mutter vom Fenster aus sehen oder von dem Raum hinter dem Gewürzregal aus, den ich Ihnen überlasse, werden Sie sagen: »Hier ist eine Hausfrau, die sich zum Kochen anschickt.« Neben ihr eine Packung Reis, Salz, Pfeffer, Butter, Wein, Brühe und ich – eine vertrocknete Krokusblüte in den letzten Zügen. Wenn Sie die Zutaten verbinden, werden Sie konkretere Hypothesen aufstellen: »Wahrscheinlich kocht sie Safranreis.« Wenn Sie wiederum nicht wissen, daß Krokus und Safran das gleiche sind – eine seltene, teure Blume, die dem Gericht eine gelbe Farbe und einen süßlich-bitteren Geschmack verleiht, dann verlieren Sie Ihre Zeit vergebens. Während ich mit Ihnen spreche, schauen Sie nach, ob der Ausguß sauber ist, ob es einen Mixer mit drei Geschwindigkeitsstufen und ein elektrisches Messer gibt, ob das Tafelservice Blüm chen oder Glöckchen hat. Um solche sinnlosen Betrachtungen zu beenden: Der Ausguß einer Köchin ist nie sauber. Es gibt keinen Mixer und kein elektrisches Messer, sondern zwei kräftige Hände. Die Teller sind an den Rändern mit Blümchen bemalt. Mit Blümchen, die nicht duften, wie binnen kurzem ihr Essen duften wird.

Wenn Sie etwas Wesentliches über diese Frau erfahren wollen, sehen Sie sich ihre Hände an. Während sie die Zwiebeln über dem Schmortopf schneidet, sprechen die Finger mit dem Messer und den dünnen Ringen. Ihre Wimpern flattern beim Vertreiben der Zwiebeltränen. Ab und zu führt sie die Hand zum Mund und hustet erstickt. Die einfachste Lösung ist, eine »Frühjahrsallergie« zu konstatieren. Nein, es ist etwas Ernsteres. Sie selbst nennt es Bronchialasthma, ihr Bruder, der Apotheker ist, psychosomatische Symptome.

Konzentrieren Sie sich jetzt auf das Gesicht, auf die Falten an der Stirn, auf den trotzigen Lippenschluß. Begegnen Sie diesem Gesicht wie einem verschlossenen Kasten, der nur mit dem Schlüssel der Selbstverleugnung zu öffnen ist. Wenn Sie für eine Weile Ihre eigene Person vergessen, werden Sie ganz klar die Klammer sehen, die aus ihren gebogenen Brauen gebildet wird und ihr die Lippen schließt. In dieser Klammer können Sie ihre Gedanken lesen:

»Wenn ich koche, interessiert mich die Realität nicht. Die Kinder sagen mir: ›Tu dies dran, tu jenes dran‹, und zeigen mir einmal eine Quitte und einmal eine Orangenschale. Ich sage zu ihnen: ›Also gut; bringt mir Zucker, holt ein paar Zitronen, und ich mache euch Eifersuchtsmarmelade‹. Sie lachen, ohne zu wissen, warum. Ich lache mit ihnen, ich, die das Warum kennt oder eher ahnt. Nur er lacht nicht, wenn er müde von der Universität zurückkommt. Er wirft die Mappe auf den Tisch, und der Straßenstaub setzt sich wie eine Schicht weißen Pfeffers auf den Tellern ab.

Es kommen Stunden, in denen alles müßig erscheint. Wozu koche ich überhaupt Reis mit Safran, wenn er doch gar nicht fragen wird, wie mir diese leuchtendgelbe Farbe gelingt? Welchen Wert hat der Reis der Eifersucht, wenn der Mann, der ihn ißt, sich nie die Frage stellen wird, wieso eine Frau eifersüchtig ist und weshalb sie so stark auf die Proportionen der Gewürze achtet, damit ihr Appell weder melodramatisch noch farblos wird?

Er schaut nie auf den Teller, wenn er ißt. Er heftet die Augen auf einen Punkt des Tischtuchs und stochert mit der Gabel im Essen herum, als hätte er etwas verloren. Er sieht mich als Hausfrau, die den ganzen Tag wäscht und kocht. So viele Jahre an meiner Seite ist ihm nicht aufgegangen, wieviel Kraft dazu nötig ist, ein Kilo Karotten auf der Reibe zu raspeln, und was man durch diese zwecklose Übung gewinnt. Die Weisen der Welt leben meiner Meinung nach wie die Vögel auf einem hohen Bücherregal. Vielleicht denkt er sich: »Diese Frau ist halb verrückt. Warum habe ich sie nur geheiratet?«

Zwischen uns gab es nie spezielle Zärtlichkeiten. Das erste Aufwallen von Sympathie entstand aus unserer gemeinsamen Unfähigkeit, leidenschaftliche Worte und Liebkosungen zu wechseln. Während die anderen Paare auf einem Bänkchen saßen und sich von weitem wie der Schatten einer kauernden Greisin ausnahmen, machten wir Spaziergänge. Periklis pfiff vor sich hin, und ich schluckte die Spucke hinunter. Irgendwann preßte er mich in seine Arme, hastig und linkisch, als hätte jemand zu ihm gesagt: »Und jetzt einen Kopfsprung!«

Ein Feigling war er nicht. Er mischte sich stürmisch in politische Diskussionen ein, trank jeden Abend, erzählte unverständliche Anekdoten. Sein Humor war möglicherweise feiner als meiner, bis er schließlich ganz verschwand. Als er sich um den Lehrstuhl für Philosophie bewarb, begann auch die strenge Diät des Geistes. Als er die Toga anlegte, war er schon Anachoret.

Er ist der Typ Mensch, der sich die Hände wäscht, kaum daß er die Wohnung betreten hat. Alles läuft in einer bestimmten Reihenfolge ab, als gäbe es eine unsichtbare Bahn der Bewegungen, der man zu folgen hat. Das stört mich nicht besonders. Um eine gute Bohnensuppe zu kochen, muß man die

Bohnen erst einweichen. Böse werde ich dann, wenn die Reihenfolge und Ordnung seine Wünsche wegfegt. Er wäscht sich unter Zwang, auch wenn er eigentlich mit schmutzigen Händen essen möchte. Er weiß nicht, was Wortbruch heißt; deshalb läßt er jedes Semester die Hälfte der Studenten durchfallen.

Die Universitätsthemen sind heilig und streng vertraulich, und alle Fragen, die sich auf die Arbeit beziehen, werden mit einem »gut« oder »mäßig« oder »Zeit zum Essen« beantwortet. Je mehr die Jahre dahingehen, desto schmaler werden seine Lippen und desto karger seine Worte. Ich fühle mich im Gegensatz zu ihm noch ziemlich jung – nicht nur, weil uns sechs Jahre trennen. Jeden Morgen hat mein Tag einen Sinn, der sich abnutzt, während die Stunden vergehen. Ich bin allein zu Hause, streife ziellos in der Küche herum, überlege, was ich kochen soll, versammle das Gemüse um das Küchenbrett und erzähle ihm, was ich geträumt habe. Meine Träume haben sich nicht sehr verändert. Ich sehe immer noch Erdbeeren in einer gelben, lichtdurchfluteten Küche. Obwohl sie rot sind, verlokkend, voller Tautropfen, wage ich mich ihnen nicht zu nähern. Ich wache erschreckt auf.

Während ich Wasser ans Essen gieße, kommt mir eine Szene aus meinen Kinderjahren in Astypalea in den Sinn. Auf dem Mauervorsprung des Hauses sitzend vermengte ich Erde mit Wasser, machte einen zähflüssigen Teich aus Sand und verzierte ihn mit Steinchen. Diese eigenartige Geschichte machte ich jeden Mittag, dann, während der Vater auf der Schwelle der Taverne Kartoffeln schälte und die Mutter sie in Scheiben schnitt. Meine eigenen Kinder tun genau das gleiche. In Astypalea haben sie ein Haus aus Ziegeln gebaut. Oktopusklößchen aus Erde und Garnelenköpfen gekocht. Hier, wo es keine Erde gibt, nehmen sie einen Plastikbecher und vermischen darin die Überbleibsel vom Salat mit Milch und fauligen Blättern aus den Blumentöpfen auf der Veranda.

»Du bist schuld«, sagt Periklis, »du mit deiner Kocherei.« Ich hingegen glaube, daß die Kinder ganz normal sind, sämtliche Kinder der Welt machen Dummheiten. Dank dieser Dummheiten können sie in einer derartig seltsamen Welt überleben. Gleich werden sie aus der Schule kommen und ihre Ranzen unter Kriegsgeheul bis zu ihrem Zimmer kicken. Wenn ihr Vater nicht zu Hause ist, malen sie sich mit Kohle falsche Schnurrbärte an und kritzeln Männchen auf den Sofabezug. Sobald er zurückkommt, werden sie zu kleinen Heiligen. Lieber sind sie unartig, auch wenn ich Schwierigkeiten habe, die Flecken wieder aus dem Sofa herauszubekommen ...

Gerade ist die Wohnung relativ sauber. Meine Hände sehen aus wie Tiere, die ganz normal atmen. Ich wasche ein Glas aus, drehe es gegen seinen Willen um. Ich nehme ein Handtuch zum Händetrocknen, hänge es an seinen Haken. Ich hebe den Topfdeckel hoch, und alle Münder im Reis gähnen. In der Stille des Mittags weiß ich nicht, ob ich darauf warte, daß etwas passiert oder ob dieses Etwas passieren wird, ohne zu fragen. Ich habe immer die gleiche Empfindung, wenn ich koche. Eine unerklärliche Euphorie redet mir ein, daß irgend etwas den gewöhnlichen Gang meines Lebens umkrempeln wird. In meinen Händen halte ich einen unsichtbaren Kristall voller Verheißungen. Der Kristall birst, sobald er in Erscheinung tritt. Seine Lippen ziehen sich dann nach unten, leicht entstellt durch den Mangel an Wünschen. Sein Körper beugt sich nach vorne, und seine Schultern kommen sich nahe, um einen streng persönlichen Raum abzuschirmen. Er ißt schweigend und gibt dabei seine Trübsal an die Kinder weiter.

Gleich wieviel Verständnis ich in das Brot stecke, das ich knete, wie viele Oliven ich im Teig verstecke, damit er sich an die Felder seines Vaters erinnert, er bleibt auf einen toten Punkt fixiert. Mein Rivale ist ein unendlicher Raum in seinem Kopf, voller Theoreme, Axiome und Terminologien aus Universitätsbüchern. Die Bücher haben über zehntausend Nudelgerichte gesiegt, über ganze Berge von Safranreis und über alle Zeichen, die ich sorgfältig in der Feigenmarmelade verborgen hatte. Die Blätter der Bücher haben mehr gegolten als die Teigblätter einer Lauchpastete, die uneigennützig ausgewellt wurden. Was immer ich aushecke, für ihn ist es ein gestaltloses Vorhaben, eine blinde Leidenschaft.

Auf dem Grund des Topfes bilden feuchte und trockene Lebensmittel Berge, Seen, ein Ölrinnsal hie und da, oder Steilküsten aus Reis. Ich vergesse mich beim Schauen, beim Versuch zu verstehen. Ich kenne den geheimen Sinn der Kombinationen nicht und weiß auch nicht, ob es im Grunde unsichtbare Bahnen gibt, die unsere Bewegungen lenken. Ich weiß nicht, wer mir das Leben gegeben und gesagt hat: ›So mußt du leben‹.«

Genug. Es ist für Sie an der Zeit, in eine andere Richtung zu blicken. Jetzt ist der richtige Augenblick, daß Sie sich für das Tafelgeschirr interessieren und so tun, als hätten Sie ihre Verstörung nicht bemerkt – verdrehte Menschen. Stecken Sie den Finger in den Topf und kosten Sie den bittersüßen Safranreis. Während sie grübelte, gab ich ihrer Speise die gelbe Farbe, ihrer Eifersucht Nuancen. Sie haben von ihrer Speise gekostet, vom Geschmack ihrer Traurigkeit, Sie haben soviel über sie erfahren. Worin soll sich ihr Bild denn noch ändern, wenn ich Ihnen sage, daß sie mollig ist, die Haare zu einem Zopf gebunden, die Beine angeschwollen? Mischen Sie die Informationen wie Spielkarten, und wieder wird sie herauskommen; unsicher, bitter und einsam vor einem Schmortopf.

Dennoch lebt sie in den letzten Jahren stärker im Einklang mit sich selbst. Als sie zu kochen begann, bildete sich ihre natürliche Sensibilität aus. Ihre Ängste schälten sich ab wie die Blätter der Artischocke und enthüllten eine innere Landschaft, die mit den Fingerspitzen bearbeitet werden kann, wie Teig. Ihr wahres Ich befindet sich dort. Mit dem, was Sie sehen, hat es soviel gemeinsam wie Kurkuma mit mir.

Ich weiß nicht, ob Sie diese Informationen zu sicheren Ergebnissen führen werden. Die Menschen verändern sich täglich, und man findet sie nicht mehr dort wieder, wo man sie zurückgelassen hat. Sie brechen voller Angst auf, wagen etwas, danach weinen sie über ihre Unbedachtsamkeit und ziehen sich wieder zurück. Ich habe meine Pflicht getan: Sie durch ihre Küche geführt, eine lebendige Zelle, die im Rhythmus ihres Herzens pocht. Es ist das letzte Mal, daß ich sie zu sehen bekomme, sieben Monate seit der Zeit, als sie die Hand ausstreckte und ein Döschen mit getrockneter Krokusblüte auswählte. Gleich wird ihr Mann den Mund aufmachen, und ich werde in dessen dunkler Höhle meinen Untergang finden.

Verkehrte Tomaten und Paprika

Ich bin am Rande des Eckzahns hängengeblieben. Wenn sie lächelt, habe ich die Küche im Blickfeld: den wackeligen Holztisch, Tomaten und Hackfleisch auf den Tellern, Reiskörner, die aus dem Mahlwerk der Münder gerollt sind, halbausgetrunkenen Wein in den Gläsern.

Der Schlüssel stieß genau um vier ins Schlüsselloch. Die Kinder hatten ein Dutzend Schokoladenschildkrötchen gegessen und ihre Kritzelei auf dem Sofarücken begonnen. Kaum hörten sie den Schlüssel, versteckten sie sich hinter den Sesseln und begannen, auf den Gang zu robben. Irini trocknete sich die Hände an einem Handtuch und strich sich die Haare glatt. Zwiebelschalen, die an ihren Händen klebten, blieben in ihrem Zopf hängen. Vier Füße wurden in der Türöffnung sichtbar. Der Herr Professor hatte Gesellschaft mitgebracht. Einen blassen Mann um die Dreißig, der wie ein gerupfter Falke aussah. Seine Nase berührte fast die Lippen. Die alte Lederjacke, die er trug, hatte an Taschen und Kragen offene Nähte. Petros Pagonis, Assistent des Professors an der Universität, hätte ohne weiteres als Ganove durchgehen können, der sich in Schlägereien mischt und die anderen Ganoven am Jackenrevers hochzieht.

Wenn er ihr den Unbekannten nicht als seine rechte Hand in der Fakultät vorgestellt hätte und sein Lob nicht mit drei treffenden Worten besungen hätte: »verantwortungsvoll, bescheiden, genügsam«, wäre sie ins Schlafzimmer gerannt und hätte sich dort vor Angst eingeschlossen. So deuten die Menschen ein absonderliches Erscheinungsbild: als erstes Stadium des Wahnsinns.

Im Gegensatz dazu trug Irini, die dem Wahnsinn in Sturmschritten entgegenging, ein ganz gewöhnliches Kleid mit enganliegendem Spitzenkragen und Perlenohrringe. Sie reichte ihm zaghaft die Hand, wie ein Eingeborener, der zum ersten Mal in seinem Leben einen Weißen trifft. Petros Pagionis legte die Jacke ab. Er hatte gespürt, daß dieses tausendfach getragene Kleidungsstück zu einem großen Teil die Verantwortung für die Verlegenheit trug, die in der Diele entstanden war. Ohne die Jacke war er in der Tat weniger erschreckend. Man hätte sagen können, der Vogel sei von den Bäumen heruntergekommen, um den Menschen Körner aus der Hand zu fressen.

Auf dem Tisch waren zwei Teller gedeckt. Irini stellte noch einen dazu. Während sich die beiden Männer im Wohnraum unterhielten, wobei sie die Luft mit Satzfragmenten wie »Psychoanalyse der Archetypen«, »Arbeitsteilung«, »Geschichte der Philosophie von Hegel« tränkten, vermischte sie in einer hölzernen Salatschüssel Lattich und Portulak. Ihre Bewegungen illustrierten die Unterhaltung der Männer über die Archetypen und die Arbeitsteilung, was allerdings Hegel betrifft, ehrlich, da weiß ich nichts.

Ich befand mich am Rand der Platte mit den gefüllten Tomaten und Paprika, ein Petersiliensträußchen, das die Privilegien der schmückenden Rolle genießt. Vor mir grünrote Ungetüme. Am Morgen hatte Irini die Tomaten und Paprikaschoten aufgeschnitten und ihren Saft in einen Topf mit Reis, Öl, Pinienkernen, Rosinen und Frühlingszwiebeln geleert. Auf die Tomaten hatte sie die Paprikadeckel und auf die Paprikaschoten die Tomatendeckel gesetzt. Das gefüllte Gemüse ließ sie im Backofen schmoren und murmelte dabei etwas über Vergeblichkeit. Sie selbst, im Zentrum der Vergeblichkeit, hatte sich gebückt, um den Apfelessig aus dem Schrank zu holen. Über den Salat streute sie gerösteten Sesam und Pfeffer. Sie mußte niesen, wobei sie einen kleinen Schrei ausstieß. »Wir essen«, sagte sie, mit der Klinge eines Messers spielend.

Die Küche hat keine Tür, nur eine hölzerne Theke, die zum Wohnzimmer geht. Irini hatte sich von ihrem Mann erbeten, die Wand einreißen zu lassen, damit sie sich nicht in die Küche verbannt fühlte. So war es von seiten des Gastes nicht ungehörig, daß er den Professor über die Objektivität des Stumpfsinns dozieren ließ und in Richtung Küche ging. Er sagte Irini, die Düfte hätten ihn angezogen. »Der Geruchssinn«, meinte er, »ist ein vernachlässigter Sinn. Und Sie aktivieren ihn.« Er warf einen Blick auf den gedeckten Tisch: gelbes Tischtuch, blaue Blümchenteller, Kristallgläser und in der Mitte die gefüllten Paprika und Tomaten.

»Kompliment«, fuhr er fort. »Eine wagemutige Köchin. Wie sind Sie auf die Idee gekommen, die Deckel bei den gefüllten Gemüsen zu tauschen?«

Sie räusperte sich. Das Messer fiel ihr aus der Hand, und sie bückte sich, um es aufzuheben, in der Hoffnung, das Bücken werde ihr Erröten verdecken. Der Salat, die gefüllten Paprika und Tomaten, die Weinflasche vereinigten sich zu einer unsichtbaren Linie von Konzepten, die Pagonis wahrgenommen hatte. Der Professor kam, setzte die Augengläser auf, vermochte aber nichts zu sehen. Die Augengläser erhellen das innere Leben der Objekte nicht.

»Ich mache das immer. Wegen der stärkeren Farbigkeit …« sagte Irini und setzte sich als erste, nicht aus Unhöflichkeit, sondern aus Unfähigkeit, weiter auf der Höhe der Verhältnisse zu bleiben. Pagonis äußerte etwas Unverständliches über die Hierarchie der Triebe. Der Professor erlebte zum ersten Mal, wie sein Assistent Stammtischweisheiten von sich gab und Musik machte, indem er mit der Gabel an den Teller schlug. Seine Hakennase hatte sich etwas gehoben, sein Gesicht aufgehellt. Er aß wie ein Vogel, einmal hier, einmal dort etwas aufpickend, ein Blatt Salat oder einen Bissen Füllung.

Irini aß nichts. Sie verschränkte die Hände über der Schürze und seufzte auf. Bevor die Zwillinge nach Hause gekommen waren, hatte sie das Bewußtsein verloren. Sie hatte über den Topf gebeugt dagestanden, mit der rechten Hand die Füllung rührend, mit der linken Schokolade in Stücke brechend. Das Essen blubberte, die Schokolade zerbröckelte. An der Oberfläche des Reises hatten sich durchs Kochen unzählige Münder gebildet. Sie sagten ihr: »Wehe dir, wenn du stirbst, wie du lebst.« Sie schloß die Augen. Die Schokolade drohte ihr: »Wie du mich zerbrichst, so wirst du zerbrechen.« Sie hielt sich die Ohren zu. Sie sackte auf dem Boden zusammen, den Kochlöffel im Arm. Es ist entmutigend, völlig allein in Ohnmacht zu fallen und keinen zu haben, der einen wieder zu sich bringt. Als sich ihre Augen wieder auftaten, trafen sie schreckerfüllt auf die Schränke mit den bunten Glasfenstern, die ihr wohl einen Moment lang wie Felsen mit Glasscherben erschienen. Sie stand auf und kochte weiter. Später schrieb sie in ein Heft: »Gestern habe ich in meinem Traum zum ersten Mal die Erdbeeren gekostet. Meine Hand streckte sich aus, wurde biegsam und wählte eine Erdbeere, die so groß wie eine Orange war. Ich biß hinein, ohne mir etwas zu denken. Sie schmeckte nicht nach Erdbeeren, sondern nach Schokolade. Mittags, als ich einen Schokoladennachtisch machte, kam mir der Traum wieder in den Sinn. Meine Augen verdunkelten sich. Ich glaube, ich wurde bewußtlos. Ich hoffe, daß dieser quälende Traum endlich aufhört.«

Kurz danach waren die Zwillinge gekommen. Athina gab ihr einen Kuß, Ilias zeigte ihr ein Gedicht, das er zum Muttertag geschrieben hatte. Sie kickten ihre Taschen in den Gang, Herakles und die Lernäische Schlange spielend. Sie aßen hastig, denn sie hatten die Schokoladenschildkrötchen gesehen, die Irini gemacht hatte, und wollten in ihrem Magen Platz für den Nachtisch lassen. Das bedeutete, daß die Eltern allein essen würden. Das Bild rief bei ihr Gereiztheit und nervösen Husten hervor: zwei Menschen, die kauen, ohne zu sprechen, und dabei nur das Knarren der Stühle, das Schmatzen der Zunge hören, und wie das Messer über die breitgeschnittenen Lattichblätter gleitet.

Ihr Fehler, so voreilig gewesen zu sein. Drei Menschen aßen anstelle von zweien. Das Knarren der Stühle war nicht zu hören. Der Salat war zu Ende, bevor er noch richtig ausgeteilt war. Irini fühlte sich gerechtfertigt. Und die Rechtfertigung äußert sich, wie Sie wissen, in den Funken einer unerklärlich guten Laune. Selbst wenn ihr jemand gesagt hätte: »Pfui, du hast ja Zwiebeln im Haar und Petersilie an den Zähnen«, wäre Irini ihre Laune nicht abhanden gekommen. Aber die Wahrheit ist die: Ich befand mich tatsächlich zwischen ihren Zähnen, und ihre Zunge, betäubt vom Wein, fuhr im Mund umher.

Der Herr Professor war in sein Essen vertieft. Er befragte seinen Teller, was denn mit seinem Assistenten passiert sei, mit dem er sich kultiviert über Geschichte und Philosophie unterhalten konnte. Wie sich denn seine Seriosität über einer Platte mit Essen in Luft aufgelöst haben könne, und weshalb die beiden Menschen ihm gegenüber so sehr wie außerirdische Wesen wirkten.

Die außerirdischen Wesen ihrerseits fühlten sich am Tisch äußerst behaglich. Wenn man sie dort vergißt und sie nicht mit Alltagskram behelligt, vergessen sie mit noch größerer Leichtigkeit alles, was jenseits des Tisches, auf den sie ihre Ellbogen aufgestützt haben, vor sich geht. Erinnerungen, fröhliches

Geplänkel, ein paar harmlose Lügen sind ausreichend für dieses Gespräch. Irini erzählt mit einem Aufatmen von der gastronomischen Familientradition. Sie entwickelt mit eigenen Worten die Theorie der Oma Kalí über die christliche Selbstverleugnung des Koches. Sie biegt ihre Familie, die Theorien, die Welt auf das Maß des Petros Pagonis zurecht. Ihm wiederum fällt ein, daß seine Mutter den gefüllten Paprika und Tomaten eine Schicht Pflaumen zuzufügen pflegte, und Irini klatscht begeistert in die Hände. Von den Rezepten schreiten sie zu den Strandlokalen, von da aus zum Meer, zur Sonne und zum Treibhauseffekt. Treten Sie näher, um sich mitanzuhören, mit welchen Variationen dieses Gespräch Steinchen für Steinchen – oder besser Zwiebelchen für Zwiebelchen – aufgebaut wird. Es hat nichts Glänzendes oder Rhetorisches an sich, aber Sie werden neidisch sein auf die Gedankenflüge von ihrer Seite, auf die Art, wie er Argumente, Worte, Lachen aufspießt und sie auf den Tisch bringt.

Die andere Seite des Tisches bleibt beunruhigend still. Der Professor hat seine Zeitung entfaltet und begonnen, die Kleinanzeigen zu lesen. Er fühlt sich ausgestoßen – allen ist klar, was das bedeutet. Eine Gesellschaft, die einen durch Lächeln vertreibt, zwei Menschen, die einen nicht sehen, Zeichenwitze, die einen nicht zum Lachen bringen. Das Gefühl, nirgends dazuzugehören. Das Umschlagen vom Alleinsein in Einsamkeit. Der Beginn der Panik. Der Professor liest nicht, er denkt nach. Er fragt sich »Warum?«, vollendet aber die Frage nicht. Er denkt »Wie?«, ohne etwas Bestimmtes im Sinn zu haben. Er steht auf und sucht mit den Augen sein Komboloi. Er braucht eine Beschäftigung für seine Finger, die ihn durch ihr monotones Herumtrommeln auf der Zeitung verraten.

Irini und Petros setzen ihr Gespräch fort. Die Anstandsgrenzen sind schon eine ganze Weile überschritten, und so können sie miteinander den Nachmittag genießen, der mit seinen Gerüchen zur Balkontür hereindringt. Einer brät sein abendliches

Ei, ein anderer gießt die Blumen, die Akazien duften. Ihr Gespräch rankt sich empor, durchbricht den Zement der Neutralität und steigt bis zum Himmel hoch. Da er seine Erfahrungen aus der Küche bereits völlig ausgeschöpft hat, mobilisiert Pagonis noch die Erfahrungen anderer. Er flicht einen Satz von Nabokov in das Gespräch: Essen ist das Hauptbindeglied zu dem Materialchaos, das uns umgibt.

Irini sieht ihn an, als habe sie Nabokov persönlich vor sich, als erblicke sie ein Gespenst, einen Werwolf oder einen Blitz. Da begeht Pagonis den schicksalhaften Fehler: Er schaut in dem Moment, in dem sie lächelt, starr auf ihre Lippen. Er führt seine Hand zu ihrem Mund, berührt zart ihre Lippen und streichelt ihren Zahn, um, wie er sagt »einen Eindringling« zu entfernen. So zärtlich er sie berührt hat, so grausam zieht er mich heraus und zerdrückt mich in der Papierserviette.

Fruchtsalat mit Rosen

Beim Pflücken einer Rose geben Sie Ihr unruhiges Herz preis. Wenn Ihr Finger durchbohrt wird und das Blut heraustropft, dann hat Ihre Liebe ein Siegel. Wenn Sie die Dornen abfeilen, sind Sie eine beschützerische Natur – Sie würden sich das Hemd zerreißen, damit sich eine Frau die Tränen abtupfen kann. Wenn Sie schließlich eine Rose köpfen und den Sproß wegwerfen, sind Sie ungeduldig, sind ein Beschneider.

Derlei Überlegungen diktiert die allgemeine Vernunft, und die Frau, die Sie sehen, stellt sie auf den Kopf. Sie schneidet mit dem Küchenmesser Knospen für ihr Essen ab. Jedesmal, wenn sie mit dem Messer auf den Balkon tritt, naht uns ein paranoider Mörder. Heute hatten ihre fetten, weichen Finger mich ausgewählt. Sie umfaßte die Blütenblätter wie ein Champagnerglas und schnitt den Ansatz mit Stumpf und Stiel weg. Der Rumpf sah zu, wie sich der Kopf in zwei molligen Händen entfernte.

Auf dem Küchentisch lagen die Blätter rings um das verstreut, was ich einst als Zentrum einer Rose betrachtet hatte. Sie roch daran, rieb sie zwischen ihren Fingern. Dann hob sie den Kopf und sah eine andere Frau an, die Jota heißt. Die trägt hohe rote Absätze und zerdrückt eine verknitterte Seite aus einer Enzyklopädie mit Fotografien von Pilzen zwischen den Händen.

»Um nichts in der Welt glaube ich, daß er das absichtlich getan hat«, sagte die Mörderin in der Fortsetzung eines Gesprächs, das offenbar vor dem Mord begonnen hatte.

»Kannst du mir sagen, wo er die Pilze gefunden hat?« fragte Jota, die zerknitterte Seite unter die Nase der Mörderin haltend.

»Das werden wir erfahren.«

»Bis wir es erfahren, beantworte mir noch eine weitere Frage. Stirbt vielleicht ein kerngesunder Hund aus Versehen?«

»Die Hunde müssen auch einmal sterben, weißt du. Trachanas war fast zehn Jahre alt. Warum läßt du keine Autopsie machen?«

»Ich möchte es lieber nicht wissen, Irini. Ich packe meine Sachen und gehe. Und ich will nicht, daß sich jemand mit mir befaßt. Wenn ihr mich im Fernsehen seht, schaltet ihr eben um.«

»Jota, warum nennst du die Dinge nicht beim Namen? Du verläßt meinen Bruder.«

»Nicht, weil ich mit Kopfschmerzen aufgewacht bin. Er wollte mich umbringen.«

»Wir sind doch keine Familie von Mördern«, entgegnete ihr die Mörderin voller Empörung und preßte den Kopf mit beiden Händen zusammen. Soll er ruhig wehtun. Jota zieht ihre Jacke über und macht eine Kehrtwendung. »Ach, ihr mit eurer Küche! Was für entsetzliche Menschen ihr seid!« sagt sie, bevor sie die Tür hinter sich zumacht.

Entsetzlich, in der Tat. Erst geht sie mit dem Messer in den Garten. Dann schreit sie und hält sich den Kopf. Jetzt weint sie und schreibt einen Brief.

Petros,
nach den Vorfällen, die sich zwischen Vassilis und Jota abgespielt haben, komme ich mir hilflos vor. Zweimal in meinem Leben fühlte ich mich bereit, sie zu verlassen – beim ersten Mal fand ein Erdbeben statt, beim zweiten Mal ein Mordversuch. Beide Male hatte ich meinen Koffer fertiggepackt, Briefe an die Kinder und Periklis geschrieben und mich im Geist vom Haus verabschiedet. Ich war gezwungen, die Kleider wieder in den Schrank zu hängen und die Briefe zu zerreißen.
Als ich eine Familie gründete, gab ich ungeschriebene Versprechungen ab. Wenn ich Dich sehe, vergesse ich sie, aber die Geschehnisse zwingen mich, mich wieder daran zu erinnern. Ilias und Athina haben mich erneut meinen Koffer packen sehen, weil sie früher aus der Schule zurückkamen, wie vorvoriges Jahr beim Erdbeben. Sie blickten mich so streng an, wie es nur die Kinder können. Anstatt sich zu wundern, wohin ich gehe, fragte Athina: »Wer hat Trachanas begraben?« Ihre Worte brachten mich wieder zurück in die Welt der elterlichen Verpflichtungen, wenn ich auch glaube, daß ich meinen Entschluß schon vorher gefaßt hatte. Ich hatte den Koffer gepackt, um das Versprechen zu halten, das ich Dir gegeben habe. Ich habe ihn wieder ausgepackt, um das Versprechen den Kindern gegenüber zu halten.

Ich sagte ihnen, ich würde nirgends hingehen, und sah, wie sich auf ihren Gesichtern die Linien einer egoistischen, aber verständlichen Freude abzeichneten. Ihr Charakter kommt allmählich heraus: Sie sind anspruchsvoll, schwierig, hart. Sie brauchen Liebe, damit sich das wieder legt. Ich kann sie nicht der Barmherzigkeit eines Menschen überlassen, der seine Kinder mit dem gleichen Gesichtsausdruck ansieht wie den Scheuerlappen.
Ich habe es mir reiflich überlegt: In ein paar Jahren beenden Ilias und Athina die Schule. Ihre Volljährigkeit ist für mich eine Art mütterliche Pensionierung. Ich weiß nicht, ob Du so lange warten kannst. Ich weiß nicht einmal, worauf ich einen Schwur ablegen soll. Du hast eine Frau in die Hand genommen und sie von Grund auf wiedererschaffen, indem du ihr ein neues Herz schenktest und neue Augen, um damit die Welt zu schauen. Doch ich bemerke, daß diese Welt brennt und ich davon unbeirrt Rosen züchte.
Vorerst sollten wir lieber nicht miteinander telefonieren. Jedesmal, wenn ich den Hörer abnehmen will, sehen mich die Kinder an, als sei ich eine Diebin.
Ich bin auf dein Verständnis angewiesen. Ich liebe dich.

Irini

Den Brief faltete sie zusammen und steckte ihn in die Tasche. Sie schnitt Früchte in Scheiben, fügte Gewürze dazu und bestreute den Salat mit Rosenblättern. Zog eine Schublade auf und sagte zu ihr: »Was mache ich nur?« Sie weinte still vor sich hin und wischte sich die Tränen mit dem Küchengardinchen ab. Aus den Blättern, die nicht im Salat gelandet waren, formte sie einen Kreis. In dessen Mitte stellte sie die Salatschüssel.

Es war also ein mathematisches Problem? Ein Problem von Korrelationen, das sich mit Hilfe von Rosenblättern lösen läßt? Sie hielt sich ständig den Kopf, fragte die Küchengeräte »Was machen wir nur?« und schnüffelte. Ihre Haare, die dicht und schwarz waren, standen vor Elektrizität in der Luft. Ihre Augen weiteten sich und hefteten sich auf das Sieb. »Ich werde nicht wie du«, sagte sie zu ihm. Es hätte jemand gefunden werden müssen, der in die Küche kam, um ihr einen Stuhl und ein Glas Wasser zu geben.

Dieser Jemand kam tatsächlich, aber er gab ihr eine Ohrfeige. Es war ein Mann mit runder Brille und einer Aktentasche zwischen den Zähnen. Um die Tür aufzumachen, trug er die Aktenmappe wie die Hunde den Knochen. Seine spärlichen Haare waren auf die eine Seite des Kopfes geklatscht, die andere Hälfte bloßstellend.

»Hör zu, Periklis«, sagte sie zu ihm, den Blick vom Sieb lösend, da sie endlich einen Menschen gefunden hatte, »wir müssen miteinander reden.«

»Du müßtest dir aus eigenem Antrieb die Zunge abschneiden und sie kochen. Zusammen mit der Zunge von deinem Bruder und der ganzen hirnverbrannten Sippe. Athina hat mich heulend angerufen. Hast du etwa vor, deine Kinder zu verlassen?«

»...«

»Du sagst nichts, wie?«

»Ich koche meine Zunge. Magst du ein Stück davon?«

»Du bist reif fürs Irrenhaus. Jahrelang habe ich geglaubt, du wärst einfach kalt und willensschwach. Aber du bist verrückt, wie dein Bruder. Plant ihr vielleicht, uns kollektiv zu ermorden? Legt ihr jeden um, der euch im Weg ist? Wie ich sehe, kochst du Rosen. Eine exzellente Idee! Vielleicht hast du sie vorher gespritzt, du Schlampe?«

Sein Arm hatte sich vom übrigen Körper gelöst. Seine flache Hand auf ihrer Wange zwang sie, den Kopf nach rechts zu drehen, gegen ihren Willen auf die Gardine und den Balkon zu schauen. Wieder fing die Quelle, die sich hinter ihren Augen befand, zu sprudeln an. Periklis durchquerte das Wohnzimmer und knallte die Tür hinter sich zu, Worte ausstoßend, die ich unmöglich wiedergeben kann.

Wenn Sie Ihren Mörder zerknirscht sähen, mit aufgequollenen Lidern, wie er sich auf die Fußbodenkacheln der Küche streckt und dort unbeweglich liegenbleibt, würden Sie dann nicht eine Mischung von Genugtuung und Mitleid empfinden? Würden Sie nicht sagen wollen »Geschieht dir recht« und »Tut mir leid»?

Irini stand wieder auf, sah die Gewürzregale an, als seien sie das Publikum bei der Vorstellung, und flüsterte mit dem Blick einer Irren: »Ich schwöre, daß ich weggehe.« Sie zog den Brief aus der Tasche. Versenkte ihn in den Salat, mischte ihn unter das Obst und die Rosenblätter, und als die Tinte halb ausgelaufen war, fischte sie den Brief wieder heraus und stopfte ihn sich in die Schürze. »Jetzt eßt ihr meine Schwüre«, sagte sie.

Sie verteilte den Salat auf vier Teller und aß mit den Fingern vom einen. Rief: »Ilias, Athina, kommt essen.« Zwei völlig gleiche, garstige Kinder erschienen in der Gangtür. »Wir essen keine Blumen«, stieß das Mädchen in Vertretung für beide aus.

»Aber in der Marmelade könnt ihr sie essen?« fragte Irini mit zusammengepreßten Lippen.*

»Du bist die einzige, die solche Essen macht«, sagte Ilias.

»Ihr solltet stolz darauf sein. Ihr seid nicht in einer Familie von Richtern geboren, sondern in einer Familie von Köchen.«

Die Kinder erwiderten ihr, sie seien überhaupt nicht stolz.

* In Griechenland wird Rosenmarmelade gegessen. *(Anm. d. Übers.)*

Sie kolportierten die Worte ihres Vaters: »Er sagt, du wärst verrückt. Er sagt, du wärst die Frucht der Familie.«

Irini band sich das Haar zusammen. So war sie weniger entsetzlich.

»Die Frucht der Familie«, sprach sie mit sanfter Stimme, »ist das Schöpferische. Jeder ist frei, seinem Weg zu folgen, aber am Ende fallen wir schließlich alle in dieselbe Grube. Womit ich sagen will, wir kochen alle – seht ihr den Onkel Stefanos, der ein großer Meisterkoch geworden ist, über den die Zeitschriften schreiben? Ich will es euch auch einmal andersherum sagen: Der Onkel Vassilis wäre beinahe verrückt geworden, weil er nicht kochen kann.

Fragt mich nicht, warum das alles geschieht; die Erklärung dafür steckt in unseren Zellen. Ihr habt meine Augenfarbe angenommen und saugt wie ein Schwamm alles auf, was ich euch beibringe. Ich sage euch, welche Menschen schlecht sind, und für gewöhnlich glaubt ihr mir. Wenn ihr in einem anderen Haus geboren wärt, würden sie euch andere Methoden beibringen, das Gute zu erkennen. Ein einfaches Beispiel: Als ich in eurem Alter war, nahm meine Mutter einen Besenstiel in die Hand und kreischte: »Wenn ich dich erwische, meine Beste, schlag ich dich wie 'nen Oktopus.« Ohne groß darüber nachzudenken, habe ich auch immer den gleichen Satz gesagt, wenn ihr mich in Wut versetzt habt, obwohl uns so viele Seemeilen von eurer Großmutter trennten.

Was ich gelernt habe, habe ich in eurem Alter gelernt. Meine Eltern pflegten zu sagen, wer kocht, ist ein guter Mensch mit großzügigem Herzen. Wären sie Ärzte gewesen, dann würde ich euch eben erzählen, die Ärzte wären gute Menschen und retteten die Welt. Wären sie Waffenhändler gewesen, wäre ich auch wieder auf etwas gekommen, was ich über unsere unsinnige Welt hätte sagen können, die im gegenseitigen Kreuzfeuer zugrunde geht.

Ich bin auf einer Insel geboren. Bevor ich Puppen anfaßte,

hab ich schon Oktopusse gefangen. Nicht einen Moment lang taten mir ihre wirren Fangarme leid, die wie wild auf die Felsen schlugen. Die Oktopusse brachten Touristen in die Taverne, meinen Eltern Freude und Geld ins Haus. Aber Kinder wollen, wenn sie groß werden, etwas Eigenes tun. Etwas, was kein anderer getan haben soll – und noch viel weniger ihre Eltern. Als ich erwachsen wurde, machte ich mich über alle, die kochten, lustig, und nannte sie Faulenzer. Ich fand eine Arbeit und fiel selbst in die Grube mit den Faulenzern. Ich wollte mir meinen eigenen Weg bahnen, ohne Hacke. Erst als eure Großmutter starb, kam ich wieder darauf, wo ich die Hacke versteckt hatte: in meinem Kopf. Sie besaß die Form eines hölzernen Kochlöffels. Es gab keine Notwenigkeit, aus purem Widerspruch Angestellte oder gar Astronautin zu werden. Ich konnte doch, wenn die Küche schon so ein starker Magnet war, dort mein Glück versuchen. Ich habe mir meine eigenen Rezepte geschaffen – von keinem habe ich etwas gestohlen. Sie kommen euch merkwürdig vor, aber so kocht eure Mutter eben. So ist eure Mutter eben. Nehmt sie an, wie sie ist. Sie selbst liebt euch ja auch mit all euren Fehlern.«

Nach diesem Monolog aßen die Kinder, ohne ein Wort zu äußern. Ihrem Ausdruck war nicht zu entnehmen, ob sie sich amüsierten oder litten. Ich weiß es wieder nicht – mein Bewußtsein ist in alle Winde zerstreut. Ein zerriebenes, durchweichtes Überbleibsel. Die Tage der Blüte sind an mir vorübergegangen wie eine didaktische Geschichte für Blumenzüchter – mit reichlich Dünger, Regenfällen, Umtopfen und Beschneiden. Keiner kam heraus, um zu äußern: »Oh, es ist Frühling!«, »Eßt doch«, »Wo seid ihr denn, Kinder«, »Es regnet«. Die Sonne schob die Tage ohne Rechtfertigungen an. Baumäste trieben ohne Grund aus. Neue Schößlinge brachen hervor. Das Leben brauchte seine Einheit nicht nachzuweisen.

In der Wohnung drinnen tobt nun schon seit drei Stunden der Krieg der Nachweise. Alle bitten imaginäre Feinde um

Verzeihung. Weinen, schreien, teilen Ohrfeigen aus, fallen zu Boden. Ihre Worte folgen keinem natürlichen Austausch, sondern künstlichen Plänen. Der Schmerz wird verheimlicht und existiert doch. Die Familie, die Irini in so rosigen Farben ausgemalt hat, gleicht einer chemischen Keule. Sie erhält einen am Leben, indem sie die Luft um einen abtötet. Ich freue mich, daß ich keine andere Familie kenne außer der großen, demokratischen und ein bißchen gleichgültigen Familie der Rosengewächse.

Geleeherzen

Was bestimmt die Form? Warum sieht die Erbse wie eine grüne Kugel aus? Warum erinnert eine in der Mitte aufgeschnittene Tomate an Zwillingsherzen? Und warum haben alle Lebensmittel runde Ecken, im Gegensatz zum Heft, zum Tisch und zum Fernseher? Die Ecken sind ein Produkt der Abwehr und Furcht – ein Mittel, das eigene Gebiet abzustecken. Während ich die Form eines großen rosa Herzens annehme, wird mir bewußt, daß das Viereck nicht der Natur angehört. Es ist eine Entdeckung der Zivilisation und des Zweifels.

Für ein Industrieprodukt, verstärkt mit E 100, Zitronensäure und Aromastoffen, sind dies normale Reaktionen. Nach der Fabrik, den Metallröhren, dem Maschinenlärm ist es die reinste Auferstehung von den Toten, in einer menschlichen Küche zu erwachen. Gelb, ins Aprillicht getaucht, voller Pfannen, Kuchenformen und Bienen. Dazwischen bewegt sich eine Frau um die Fünfundfünfzig, mit langem Kraushaar und in einer weiten Hose mit Kamelen. »Ja, ich bin Irini«, sagte sie vor einer Weile, als sie den Telefonhörer abhob. Wir haben eine allgemeine Vorstellung von ihr – groß, etwas träge, auf jugendlich getrimmt –, und wir kennen ihren Namen.

Bevor wir das erfuhren, hatte Irini das Geleetütchen mit den Zähnen aufgerissen. Durch die Öffnung wurde ihr rechtes Auge sichtbar, das linke, dann das ganze Gesicht. Eine weiße Strähne in der Mitte ihres tiefschwarzen Haars und Plastikpaprikas als Ohrringe an ihren Ohren hängend. Solange ich mich im Tütchen befand, waren meine Fragestellungen komprimiert und gezwungenermaßen auf zwanzig Quadratzentimeter beschränkt. Im Wasser schließlich begann mein umgewandeltes Ich Fragen über die Natur der Welt anzustellen. Ich kam zu den einzigen Antworten, die ich zu geben imstande war – nämlich bezüglich der Form und ihrer Bedeutung. Ihre Hände gossen mich in eine leere Form, die den Umriß eines Herzens hat. Um mich herum gelieren in aller Ruhe ein Dutzend Herzen. Blaue, orangefarbene, rote, grüne.

Irini läuft barfuß über die Fliesen. Ständig bringt sie die verschiedensten Gegenstände aus irgendeinem anderen Zimmer an. Sie bildet gleichgroße Häufchen aus Knäueln, alten Fotografien, Streichholzschachteln und Kippen, Manschettenknöpfen, Ringen und Murmeln. Reißt Seiten aus einem Heft mit Notizen und steckt Papierfetzen, Schmuckstücke und abgebrannte Streichhölzer in die farbigen Herzen.

Für die Operation offenes blaues Herz versenkt sie ein abgeschabtes Foto unter die zähflüssige Oberfläche. Es zeigt eine Frau mit langen Zöpfen. An ihrem Hals trägt die Frau auf dem Foto ein aus Zimt und Nelken gefertigtes Schmuckstück. Sie hält dem Fotografen einen Topf mit Weinblattrouladen hin, die von weitem wie grüne Raupen aussehen. Sie lacht, den Kopf zur Seite geworfen, als hätte man ihr einen Witz erzählt. Am unteren Rand des Fotos vergräbt Irini einen Teil des echten Halsschmucks. An der östlichen Seite des Herzens eine winzige Häkelarbeit – zwei Rosen. An der westlichen ein kleines Paßfoto, das ein Mädchen zeigt. Wenn man sich die weiße Strähne über ihrer Stirn wegdenkt und die Falten an ihrem Hals verdeckt, erkennt man, daß das Mädchen auf dem Foto Irini ist.

Es bedarf keiner großen Weisheit, um zu erraten, daß die Frau mit den Rouladen ihre Mutter ist.

Das prallvolle Herz wird in den Kühlschrank gestellt, damit es abkühlt. Das Verfahren wiederholt sich mit Fotos anderer Kinder, Reklamen von Hotels mit grünen Schwimmbädern, Landkarten, getrockneten Rosen. Frische Rosen hingegen schmücken eine Vase, die in der Mitte des Tisches steht. An den Wänden setzt sich der Schmuck mit Plakaten fort. Auf einem steht: Illusionäre Erdbeeren. In einer Nahaufnahme zeigt es eine reife Erdbeere, die an ein gealtertes, gefurchtes Gesicht mit Haaren erinnert. Auf dem anderen steht: Die schlechten Köchinnen. Es zeigt einen Springbrunnen, aus dem schwarzes Wasser sprudelt, und ein Tablett mit sonderbaren Speisen: Das Huhn hat die Form eines Fisches, der Apfel ist orange, die Orange sieht aus wie eine Banane, der Knoblauch ist aus Sahne hergestellt. Das dritte Plakat ist an den Kühlschrank geklebt. Seine Mitte ist eingenommen vom Foto eines jungen Mannes, der Irini sehr ähnlich sieht. Er hat eine unbekümmerte Miene, und der Wind verweht ihm das Haar. Über diesem Haar steht in roten, affektierten Buchstaben geschrieben:

Ich schlag dich noch wie ’nen Oktopus.
Ein Familienroman von Ilias Xenos

Mit einem Magnet in der Form von Spiegeleiern ist am unteren Teil des Plakats ein Zeitungsausschnitt befestigt:

»Mit seiner ersten Novelle versucht Ilias Xenos seine Autobiographie neu zu ordnen. Nach den Regeln eines eigenartigen magischen Realismus erzählen die Speisen die Geschichte einer Familie, die unmittelbare und produktive Beziehungen zur Kochkunst hat. Es gibt eine alte Köchin – die Oma Kalí, ihre Tochter Irini, die ein morphologisches Interesse an den Rohstoffen der Küche hat, ihren Sohn Stefanos, einen bedeutenden

Chefkoch, dem urplötzlich die Vergeblichkeit des Gestaltens aufgeht, und den halbverrückten Vassilis, einen Feinschmecker, der um Haaresbreite zum Mörder wurde. Der Erzähler, Mitglied der Familie, ist in das Familiendrama verwickelt, indem er das Thema des Buches – das »Rezept« sozusagen – von seiner Kusine Dionisia stiehlt. Und da wir in der Prosa nicht nach moralischen Lehren, sondern nach menschlichen Werten Ausschau halten, ist der Wert, der auf dem Spiel steht, die Familie – die Urzelle des Zwanges, aber auch Organisation der kollektiven Welt. Die Familie wird gepriesen und angeklagt. Die familiären Zerfallserscheinungen stehen hinter Motiven, Gedanken und Handlungen der Akteure. Die originelle Idee beißt sich jedoch in den Schwanz, sobald ...«

Und hier hört die Kritik auf, oder ist vielmehr absichtlich mit der Schere abgeschnitten, so daß sie die Negativpunkte nicht enthält. Kein Zweifel, Ilias ist der Sohn der Eule Irini.

An der gegenüberliegenden Wand ist eine Pinnwand zu sehen. Vergilbte Zeitungsausschnitte hängen an bunten Nadeln:

»Irini Sapanti füllt das Innere der Erdbeere mit unerwarteten Geschmacksrichtungen und teilt die Früchte ans Vernissagepublikum aus. Der Besucher dieser seltsamen Ausstellung spielt, wenn er auf gut Glück eine Erdbeere wählt, tatsächlich mit seinem Glück. Die *Illusionären Erdbeeren*, getränkt mit Extrakten von Orangen, Gemüsesuppe, selbst von gekochtem Huhn, entsprechen letzten Endes nicht ihrer Bezeichnung. Die Künstlerin spielt mit den Bedeutungen wie ein herkömmlicher Maler mit der Materie. Im vorliegenden Fall sind Geschmack und Nuancen oder Würzrichtung die Materie. (...) Unter den Händen der Sapanti wird die Kochkunst zu einer Kunst ohne Museum.«

Und an anderer Stelle: »Irini Sapanti wärmt weder die Gerichte der Eat Art auf, noch verwebt sie nach Art eines Spoerri den Tod in ihre Kunst. Nirgends ist der Kannibalismus dieser Bewegung zu finden, die zu Beginn der Siebziger die Nahrung mit Initiationsriten verknüpfte. Für die Sapanti ist Nahrung ein Zündmechanismus von Erinnerungen. In *Die Schlechten Köchinnen* bietet sie einen kleinen Essay über das visuelle Gedächtnis, indem sie die Formen von Früchten, Geflügel, Gemüsen durcheinanderwirbelt, variiert, verfälscht. Über die begrifflichen Andeutungen hinaus macht die Schöpferin neue gestalterische Angebote, indem sie einem Geflügel Gestalt und Form eines Fisches gibt. Konsumierbare Kunst? Ja, wahrlich, wenn man an den Brunnen in der Mitte des Saales denkt, aus dem statt Wasser heiße Schokolade sprudelt – es braucht jemand nur die Hand auszustrecken, um die Frucht des verbotenen, flüssigen Baumes kosten, seine Kleidung verschmieren, mit Schokolade um sich spritzen zu können wie ein Kind –, vor allem aber kluge, spielerische Kunst der Sinne.«

Schließlich noch ein Interview mit einem aktuelleren Datum (30. März 1994). Auf dem Foto der Küchentisch und im Vordergrund Irini. Sie hält zwei metallene Herzformen in der Hand. »Eßbare Kunst« ist die Überschrift. Darunter steht:

»Irini Sapanti ist nicht bekannt, daß Dorothee Seltz in der Mitte der siebziger Jahre Kuchen in Form von Gärten und Garagen angefertigt hat. Als ich es erwähne, sieht sie mich mit dem entwaffnenden Blick einer alten Hausfrau an, der man sagt, daß wieder einmal jemand eine Variation ihres Rezeptes versucht hat. Dann zuckt sie mit den Achseln: »Meine Werke sind nicht dekorativ. Ich meine damit, das Thema der Virtuosität stellt sich nicht. Die Kochkunst ist eine ständige Erprobung von Konstellationen und Möglichkeiten.«

Die Künstlerin bereitet mit ihrer dritten Einzelausstellung, deren Eröffnung am 27. April stattfindet, eine neue Umsetzung von Möglichkeiten vor. Sie heißt *Landschaften des Herzens* und besteht wie immer aus eßbaren Ausstellungsstücken. Aus Herzen, diesmal aus Gelee, in die die Sapanti ihre Lieblingsgegenstände versenkt. Würde man davon ausgehen, daß jemand etwas von ihren formbaren Herzen äße, so müßte er bei jedem Bissen die Hand vor den Mund halten, um die Erinnerungen dieses Herzens auszuspucken, genau wie man Melonenkerne ausspuckt: Fotos, Stickereien, Erinnerungsstücke werden unter ihren Händen zu herzzerreißenden Talismanen. Sie werden im Inneren ihres vielteiligen Herzens begraben.

Ich frage sie, ob die Lebensmittel Materialien sind, die den Pinsel, die Farben und die Bildhauerwerkzeuge vertreten. Sie antwortet mir mit einem Orakel: ›Die Werkzeuge befinden sich in uns.‹ Und weil diese sanfte Frau, die auf die Sechzig zugeht, sich aber das schüchterne Lächeln eines Teenagers bewahrt hat, freundlich sagt: ›Ich weiß nicht, was ich Ihnen über meine Werke erzählen soll, bitte, sehen Sie sie doch an‹, folge ich ihrer Aufforderung. Ich betrachte ihre heitere gelbe Küche, die nach dem Vorbild der alten Küchen auf Astypalea gestaltet ist, und sehe ihre Werkstatt. Ich betrachte ganze Berge von rosa Gelee auf der Anrichte der Küche und sehe ihren Werkstoff. Ich betrachte den Roman ihres Sohnes Ilias Xenos und sehe ihre Vergangenheit. Schließlich betrachte ich den Forscher Petros Pagonis, den Vortragskünstler der Hörsäle, und sehe ihre Inspiration.«

Pagonis muß der Mann sein, der jetzt in die Küche tritt. Er beugt sich über ihre Schultern und küßt sie zart auf den Hals. Sie bilden ein harmonisches Ganzes: schlank, blaß, beide mit gebogenen Nasen. Sie vergleichen und kommentieren die Formen mit dem Gelee, als verglichen und kommentierten sie ihre Herzen. Irini wählt ein Foto aus und versenkt es in der Tiefe meines Herzens. Darauf stehen sie beide in einem Garten oder auf einer Wiese vor einem blühenden Mandelbaum. Die Baumblüten bilden zwei kleine Hüte über ihren Köpfen, und ihre Hände, fest ineinander verschlungen, bilden einen dritten symbolischen Blütenstrauß. An die untere Seite der Fotografie plaziert sie ein tausendfach gefaltetes Stück Papier mit einer Telefonnummer und einen Brief mit ausgelaufener Tinte, auf dem man mit Mühe ein paar Wörter entziffern kann: »Nach den Vork ... mn ...«, »Mordv ...«, »Wer hat Tracha ... begr ...«, »anspruchsvoll, schw ... hart«, »mütterliche Pens ... ru ...«, »Ich lie ...«. Nur zwei vollständige Sätze gibt es darin: »Du hast eine Frau zur Hand genommen und sie von Grund auf wiedererschaffen, indem du ihr ein neues Herz schenktest und neue Augen, um damit die Welt zu schauen. Doch ich bemerke, daß diese Welt brennt und ich davon unbeirrt Rosen züchte.«

Wir haben hier ein Musterbeispiel, um ein Urteil zu fällen. Vor uns steht eine Frau, die sich an ihre Mutter erinnert, ihren Sohn liebt, etwas mit ihren Händen macht. Danach läßt sie diese Hände in einem anderen Händepaar ruhen, das sie einst geopfert hatte, weil »die Welt brennt«. Haben Sie nicht manchmal das Gefühl, daß Sie beim Belauschen eines Gesprächs, beim Lesen von zwei Zeilen eines Briefes, beim Beobachten zweier Menschen, die in der anderen Ecke miteinander flüstern, bereits viel über die anderen wissen? Eine weitgreifende Konzeption wird entworfen, wenn ein Paar mit Ihnen zusammenstößt – sie sind jung, hastig, dreist; wenn eine Frau mit sich selbst spricht – sie ist einsam, denken Sie, da sieht man, wohin die Selbständigkeit führt; wenn ein Vater sein Kind am Ohr zieht – da, ein brutaler Mensch, sagen Sie sich, dem die Zivilisation gerade ein bißchen die Ecken abgeschliffen hat. Beugen Sie sich auf die gleiche Weise in diese gelbe Küche herein und betrachten Sie bitte zwei fremde Köpfe voller Bogenlinien und Licht. Sie erwarten etwas von mir – betrachten mich wie ein Gleichnis ihrer Liebe – zu einem Zeitpunkt, an dem ich nicht genau weiß, was ich überhaupt von mir selbst erwarten kann.

Niemals können Sie sicher sein, daß Sie die Wahrheit kennen. Das Paar, das mit Ihnen zusammenstößt, ist vielleicht hinter einem Taschendieb her. Die Frau, die mit sich selbst spricht, ist möglicherweise in Begleitung einer anderen Frau, die am vorherigen Schaufenster hängengeblieben ist. Der Vater, der den Kleinen am Ohr zieht, ist wahrscheinlich von seinem Engelchen heftig ans Schienbein getreten worden. Und gleichermaßen haben Irini und Petros nichts Spezielles in mich hineininterpretiert; sie warten ganz schlicht darauf, daß ich abkühle. Sie blicken auf die Regale, als wollten sie die Zeit totschlagen. Ihr Geist wandert in andere Regionen, als ich gerade das erste Erstarren spüre. »Heute ist etwas ganz Unangenehmes passiert. Meine Nichte Dionisia ist in eine Nervenklinik gekommen«, sagt Irini. »Die Ärmste besteht immer noch darauf, daß sie das Buch von Ilias geschrieben hat ...« Gleichzeitig bringt sie mich in eine andere Klinik, weiß und eisig. Sie macht die Kühlschranktür auf, und durch die schnelle Bewegung bewegt sich die Fotografie ihres Sohnes, seine Haare wehen tatsächlich. Sie stellt mich sachte in ein Fach neben andere erstarrte Herzen. Alles um mich herum wird rosa.

Seufzer, die genügt hätten, die Flügel einer Windmühle in Bewegung zu setzen

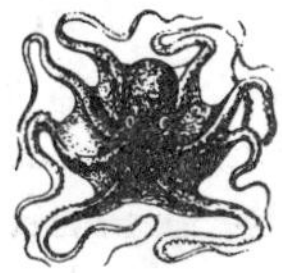

Meine Mutter hat nie in der Depositen- und Kreditkasse gearbeitet und auch nie Perlenohrringe getragen. Sie pflegte Dinge mit ihren Händen herzustellen: Zwiebäcke, Badezimmerteppiche, Einbände für unsere Hefte. Ihr war bekannt, daß Dorothee Seltz Kuchen in Form von Gärten gebacken hatte. Ich bin außerstande zu wissen, woher diese Informationen stammten. Bei uns zu Hause kursierten nicht viele Kunstzeitschriften, und sie hatte damals auch keine Künstler als Freunde. Dennoch erfuhr sie, was in der Welt vor sich ging und bereitete sich auf ihre Mitwirkung daran vor. Die *Illusionären Erdbeeren* existierten nur im Kopf meines Bruders. Ebenso wie *Die schlechten Köchinnen*, obwohl meine Mutter diesen Titel später adoptierte.

Ihre Werke lassen sich bis dahin in vier Einheiten einteilen: *Diät I*, *Diät II*, *Diät III* und *Null Kalorien*. Es sind von ihr selbst hergestellte und in Formalin aufbewahrte Gerichte. Sie umschreiben ihren Wunsch, schlank zu bleiben, ohne dabei das Kochen und Schlecken aufzugeben. Einmal nahm sie auch mit dem Werk *Cordon Bleu* an einer Gruppenausstellung teil: Blaue Schnüre, genau wie die, die unter Ludwig XIV. die Mädchen aus guten Häusern trugen, um zu zeigen, daß sie den Abschluß am Institut für Kochkunst gemacht hatten. Doch ihr Lebenswerk war ein detailliertes Tagebuch, das sie in den letzten Jahren verfaßt hatte und weit bis in ihr Alter fortzusetzen beabsichtigte: In graphischen Darstellungen und kleinen kalligraphischen Buchstaben hatte sie die Menüfolge jedes Tages aufgezeichnet, die Mengen, die sie gegessen hatte, die Rechnungen des Supermarkts und der Restaurants, die Störungen während des Verdauungsvorgangs. All diese Informationen – um sie nicht fixe Ideen zu nennen – waren auf weiße Zigarettenpapierchen übertragen, die, wenn man sie von weitem betrachtete, den Eindruck technischer Zeichnungen erweckten.

Früher hatte meine Mutter den großen Puppen geglichen, die die Wohnzimmer zieren. Sie haben rote Wangen und lange Wimpern, verbrauchen auf dem Sofa anderthalb Sitzplätze, und ihre Arme sind zum Anbeißen. Sie pflegte zusammengewürfelte Kleidung zu tragen, die aussah wie die, die man den Puppen anzieht: einen karierten Rock und darüber eine Blumenbluse oder eine alte Hose meines Großvaters, die man in der Taille mit einem elastischen Gürtel zuband. Sie streifte sich im wahrsten Sinn des Wortes das über, was sie gerade vorfand: rosa Söckchen, Blazer mit Lurex, eine Wollmütze, die ihr bis zu den Ohren ging. Sie war sehr groß, hatte ausladende Handflächen, und in den Zeiten, in denen sie durch ihr Gewicht ins Schwanken geriet, hatte man den Eindruck, sie könne einen unter ihren Sohlen zermalmen.

Heute gleicht sie einem Schatten ihrer selbst. Durch die Diäten sind ihre Wangen abgesackt und haben die Farbe verloren. Ihr Hals erinnert an einen hochgezogenen Theatervorhang, und nur ihre langen Wimpern verraten, daß unter ihrer Haut einmal ein junger Mensch gelebt hat. Bevor sie die *Diät III* ausstellte, hatte sie sich selbst einen unsinnigen Zwang auferlegt. Sie fotografierte sich über sechs Monate hinweg jeden Tag in einem Fotoautomaten, um das Ergebnis der Diät auf ihrem Gesicht festzuhalten. Bei der Eröffnung der Ausstellung hatte sie aus diesen Bildern ein winziges Büchlein hergestellt, das an Filmsequenzen erinnerte: Wenn man die Fotos ganz schnell durchblätterte, schrumpfte meine Mutter in wenigen Sekunden wie der Reifen eines Lastwagens.

Sie züchtete keine Blumen, wie Ilias schreibt, es gab keinen Platz. Wir hatten nur einen kleinen Balkon, der auf den Mesojionboulevard hinausgeht, und die einzigen Pflanzen, die dort hinpaßten, waren ein Topf mit Basilikum und ein Feigenbaum. Mein Vater hatte sie, soweit ich weiß, nie geohrfeigt und pflegte auch nicht mit dem Komboloi zu spielen. Er war kein Wundertier an Geselligkeit, aber auch kein Roboter, wie ihn mein Bruder beschreibt. Und ganz bestimmt sah er nicht »seine Kinder mit dem gleichen Gesichtsausdruck an wie den Scheuerlappen«. Erst ganz am Ende.

Unsere Eltern saßen stundenlang auf dem graublauen Sofa. Der Vater hatte ständig ein Buch in der Hand und die Mutter eine Schachtel Pralinen. Sie hätte seine Tochter sein können, obwohl sie nur sechs Jahre jünger war als er. Seine Haare hatten schon reichlich früh weiß zu werden und auszufallen begonnen; er besaß den Körperbau eines vierzehnjährigen Jungen und hatte einen leichten Buckel. Die Strenge seiner Gesichtszüge – dichte Brauen, langes Kinn – ließ ihn um Jahre älter wirken. Sie stritten selten. Aßen schweigend. Scherzten nicht miteinander. Sie reagierten wie zwei Fremdlinge, die auf dem gleichen Eiland gestrandet waren und miteinander auskommen mußten.

Solange sie miteinander lebten, waren meine Eltern ein unpassendes Paar. Vielleicht ist das auch der Grund für das tiefe Gefühl von Frustration, das uns eigen ist: der Zusammenprall der Neigungen und Wünsche, die jeder von ihnen hatte und die auf uns verpflanzt wurden. Ilias ist ein Einzelgänger und romantisch. Ich bin kühl und melancholisch. Es kommt häufig vor, daß wir einen Ort gerne verlassen würden, aber nicht wissen, wie wir uns vom Stuhl erheben sollen. Uns quält das Ja, das wir gesagt haben und das Nein, das wir nicht gesagt haben könnten. Ilias läuft mit Fotos in seiner Brieftasche herum, aber ich bin mir sicher, daß er sie niemandem zeigt. Ich wiederum lasse mich nicht fotografieren, habe aber das Zeitungsfoto ausgeschnitten und aufbewahrt, das uns umschlungen über dieser blödsinnigen Bildunterschrift zeigt. Wir haben genügend Lügen erzählt im Versuch, uns zurückzuziehen und die Wahrheit zu begreifen: Unsere Eltern sind, was wir werden, wenn wir sie hassen.

Und nun einige Teilwahrheiten. Die Liebesgeschichte meiner Mutter mit Petros hatte sich wirklich im Verlauf eines Essens angebahnt. Von da an rief häufig ein Mann bei uns an und verlangte »die Mama«. Sie bat uns dann, aus dem Zimmer zu gehen und die Tür zuzumachen. Wir legten das Ohr an die kalte Wand und hörten sie flüstern, mit einer Stimme, die unmerklich bebte. Ilias bestand darauf, daß es nicht die Mutter war, die sprach, sondern irgendeine andere Frau im Radio. »Da bitte, schau doch selbst«, sagte ich eines Tages zu ihm. »Schau durchs Schlüsselloch.« »Nein«, erwiderte er, »ich weiß ja, daß es nicht die Mama ist.« Einmal hatte mein Bruder in ihrer Handtasche einen Liebesbrief gefunden, den sie selbst geschrieben hatte. Er war zerschlissen, was bedeutete, daß sie beschlossen hatte, ihn nicht abzuschicken. Darin lasen wir, daß sie eigentlich schon am Abend des Erdbebens beabsichtigt hatte, uns zu verlassen, daß ihr aber die Naturkatastrophe wie ein metaphysisches Zeichen vorgekommen war. Natürlich war dieser Brief nie zum Salatwürzen verwendet worden. Mein Bruder hat bedauerlicherweise viel zu viel lateinamerikanische Literatur gelesen.

Obwohl er der Psychologe der Familie ist, möge er mir einen Übergriff verzeihen: Die Erfindung mit den *Illusionären Erdbeeren*, die nach Schokolade oder Huhn schmecken, ist meiner Meinung nach eine indirekte Methode, über die Beziehung von Bezeichnetem und Bezeichnendem zu sprechen, das heißt über Linguistik und damit den Vater. »Die Künstlerin spielt mit den Bedeutungen«, schreibt Ilias an einer Stelle. Ganz offenkundig bezieht er sich damit auf ihn. »Warum sprichst du nicht direkt über ihn?« fragte ich ihn eines Tages am Telefon. »Ich habe nichts zu erzählen«, antwortete er. »Ich habe keine Erinnerungen an unseren Vater.«

Die Erinnerungen sind aber selektiv. Aus einem bestimmten Grund wollte Ilias ihn abschreiben und hatte alle Fotos, die in seinem Gehirn gespeichert waren, zerrissen. Ich muß sie also der Reihe nach wieder zusammensetzen und Ihnen zeigen. Hier bringt der Vater Ilias bei, wie man runde Buchstaben schreibt, hier hält er den Sattel seines ersten Fahrrads fest und ruft »Kräftig treten!«, und weiter drüben lugt er durch einen Türspalt, als wir gerade mit unserem Lego spielen. Er kommt immer geräuschlos und bringt nie ein Lob über die Lippen. In der Frühe geht er in die Universität, ohne uns einen Kuß zu geben. Nachmittags kommt er müde zurück und verkriecht sich hinter seinen Büchern, die auf dem Schreibtisch eine Mauer bilden.

Selbst jetzt hat dieser Schreibtisch noch immer einen speziellen Geruch, der mich an die Kinderjahre erinnert. Muff und Staub, das war der Vater für mich. Er pflegte einen Schlafrock mit durchgewetzten Ellenbogen zu tragen, den wir nach seinem Tod zu den Gebrauchtwarenhändlern weggaben. Das bereue ich. Sobald ich die Übersetzung des *Frühjahrsmahles* beendet hatte – auf dem Tisch, an dem er selbst seine Studien betrieben hatte, auf einem uralten PDP 11, der ins Haus gekommen war, als wir noch nicht wußten, was ein PC ist –, öffnete ich das kleine Fenster im Arbeitszimmer. Es strömte Licht ins Zimmer, das erste Frühlingslicht. Auf dem Schreibtisch seine Brille, sein Papiermesser, ein alter Füller ohne Tinte. Hätten wir den Schlafrock auch noch besessen, dann wäre es mir nicht utopisch vorgekommen zu sehen, wie er zum Fenster hereinkommt, in ihn hineinschlüpft, am Schreibtisch Platz nimmt und sich in ein Buch vertieft, als sei die Zeit nicht über ihn hinweggegangen.

Ich wußte nicht, wie man ein Buch herausbringt. Nach meiner Vorstellung genügte ein Auszug, um dem Verleger einen ersten

Eindruck über den Inhalt zu verschaffen. Ende März rief ich Angelidis an und bat um ein Treffen. »Komm am Freitag«, sagte er mir. Es war erst Dienstag.

Die Übersetzung schleppte ich in der Handtasche mit mir herum. Ich meinte, wie es einen geheimnisvollen Impresario gäbe, der Schauspieler auf der Straße entdeckt, müßte es auch einen Agenten geben, der Manuskripte entdeckt. An jenem Dienstag also, als die Manuskriptseiten gerade behaglich in meiner Tasche ruhten, kam die Ladiku ins Büro, die Kollegin, die mit der Buchkritik befaßt ist. Sie gesellte sich zur Bitsileou, aber ich hatte den Eindruck, daß sie über neue Kleider sprachen, nicht über Neuerscheinungen. Das beruhigte mich: Die Ladiku war ein normaler Mensch. Die lebte in der Welt, nicht in den Büchern. Sie hatte eine orangefarbene Hose an. Das betrachtete ich als gutes Zeichen. Eine Frau, die Orange trägt, kann einem nicht mit Strenge begegnen. Ich faßte mir das Herz, im Flur auf sie zu warten. Erzählte ihr von dem Buch. Der Mund trocknete mir aus, als ich versuchte, sämtliche Informationen in einem Satz mit lauter Nebensätzen unterzubringen. »Wann gibst du es mir mit?« fragte sie lächelnd. »Sekunde. Ich habe ein Exemplar in meiner Tasche«. Ich steckte es in einen Umschlag und drückte es ihr in die Hand. Sie versprach, mir sofort, wenn sie es gelesen hätte, ihre Meinung zu sagen.

Meine Handflächen waren naß vor Schweiß. Ich war über meinen Schatten gesprungen, indem ich einen unbekannten Menschen um eine persönliche Gefälligkeit gebeten hatte. Ich kam mir so vor, als könnte man mich der Polizei übergeben. »Die da ist es«, würde man sagen und mit dem Finger auf mich weisen. »Die kultiviert Beziehungen, um das Buch ihres Bruders herauszubringen. Sie ist berechnend, tückisch, ehrgeizig.«

»Du bist doch ein ehrgeiziges Mädchen«, meinte Sotiris direkt danach, »du kannst mir ja schnell mal diesen kleinen Artikel über Lee Miller aus der *Libération* übersetzen.« Dem

Ton seiner Stimme glaubte ich entnehmen zu können, daß sich die Neuigkeit schon verbreitet hätte. Wie hatten sie es erfahren? Der kalte Schweiß stand mir auf der Stirn. Meinten die vielleicht, ich würde jetzt revoltieren und wollte Literaturübersetzerin werden? Mir war nicht bewußt, daß das Charakteristikum »ehrgeizig« der pure Hohn auf meinen Mangel an Ehrgeiz war. In deren Augen war ich farblos, mittelmäßig, gewöhnlich. Ein Mädchen mit gesplißtem Haar und langem Kinn.

Um mich abzulenken, stürzte ich mich in die Arbeit. In einer halben Stunde hatte ich den Artikel über Lee Miller übersetzt, die die Muse von Cocteau und Man Ray gewesen war. Sie war 1907 geboren und 1977 gestorben, im selben Jahr, in dem unsere Mutter Petros kennengelernt hatte. Ich überlegte mir ernsthaft, ob Lee Miller nicht vielleicht beim Sterben Irini Sapanti besucht haben und ihr ein Stück ihrer Seele angeboten haben könnte. Picasso hatte das Portrait der Miller 1937 gemalt, im Geburtsjahr der Mutter. Beide besaßen lange Wimpern und einen schönen Nabel – die Miller wurde sogar als »der schönste Nabel der Welt« bezeichnet. Nach ihren Reisen nach Ägypten und ihren Korrespondenzen aus dem Zweiten Weltkrieg hatte sie Ronald Penrose geheiratet. Ihren Sohn Anthony überließ sie einer Nachbarin und befaßte sich mit der Kochkunst. Später drehte ihr Sohn zusammen mit David Sherman, dem Liebhaber seiner Mutter, einen Dokumentarfilm über ihr Leben. Etwas Ähnliches machen wir mit unserer Mutter auch. Der große Unterschied ist nur der, daß Anthony Penrose das Leben seiner Mutter aus Bewunderung archiviert hat. Wir tun es aus Eigennutz, um eine Antwort auf ein paar persönliche Fragen zu finden. Er hat »ihren Drang, sich dort zu befinden, wo die Handlung kulminiert«, anerkannt. Wir verurteilen sie aus eben diesem Grund.

Ich fragte mich, ob sich Anthony Penrose etwas in die Tasche gelogen hatte. Ob es möglich ist, zusammen mit dem Liebhaber der Mutter in alten Fotos zu wühlen. Was täte ich denn, wenn eines Tages die Mutter stürbe und mich Petros darum bäte, mit ihm einen Film über ihr Leben zu drehen? Ich muß zugeben, daß dank seiner geschehen ist, was geschehen ist. Die verborgene Kraft, die sie gleichzeitig zwei oder drei Gerichte kochen ließ, Stiefmütterchen an den Salat und Schokolade ans mexikanische Huhn geben ließ, kam zum Vorschein, als sie mit ihm zu leben begann. An jenem Tag kam sie an mein Bett, drückte mir einen Kuß aufs Haar und schob mir einen Brief in die Hand. Im Halbschlaf hörte ich sie etwas von unerschütterlicher Mutterliebe sagen.

Seitdem habe ich nicht oft etwas von dieser Liebe gespürt. In den ersten Jahren verbrachten wir alle Wochenenden gemeinsam mit ihr. Sobald wir mit der Schule fertig waren, wurden die Besuche spärlicher. Sie wollte Verschiedenes über die Uni wissen, über unsere Freundeskreise, später über meine Arbeit. Ich hatte das System der einsilbigen Antworten übernommen: ja, nein, vielleicht. Auf diese Weise verständigten wir uns zu Hause. Der Vater hatte nicht den Mut, Ilias nicht die Zeit und ich nicht die Lust, die Dinge in die Hand zu nehmen. Im Lauf der Zeit ließ die Verbindung nach, das Interesse ermattete, und jeder zog sich in sein Schneckenhaus zurück. Wir waren zu Schildkröten geworden, die ihre Ruhe unter einem harten Panzer zu finden suchten. Die eine Schildkröte starb, die andere war fort, und die kleinen Schildkröten lagen plötzlich verkehrt herum da, den Bauch in der Luft. Jemand muß sie wieder auf die andere Seite zurückdrehen. Und dieser Jemand sind die Wörter. Wörter, die einen Sinn bilden. Wörter, die eine Geschichte erzeugen, und zwar von Beginn an.

Das Schwierigste ist herauszufinden, wie alles anfing – unter objektiven Kriterien. Wir sind die ungeeignetsten Menschen dafür, das zu erzählen. Es ist, als beschriebe der Krieger die Schlacht, in der er gekämpft hat, der Koch seine Gerichte, der Autor die Bedeutung seines Buches. Ich kann mir zehn verschiedene Anfänge denken: Das erste Kennenlernen der Eltern. Unsere Empfängnis auf dem knarzenden Doppelbett. Die Beförderung des Periklis Xenos zum Professor. Das Erscheinen von Pagonis. Die Wandlung der Mutter. Der Tod des Vaters. Die Reise nach London. Die Übersetzung. Iraklis. Carrs Birnchen. Die Stühle mit den goldenen Beinen in der Wohnung der Ladiku. Stefanos' Überanstrengung. Der *Oktopus Ach-chachra*. Die Karrieregeilheit der Sella. Mein Entschluß, Ilias' Buch durch meine eigenen Ansichten zu ergänzen.

Die epischen Dichter fangen immer in der Mitte an. Das ist ein befreiender Gedanke, denn die Geschichten erstarren nicht in einer Pose, sie bewegen sich, veranlassen einen, sie hierhin und dorthin zu wenden wie ein Kaleidoskop. Ich kann Ihnen also ohne Gewissensbisse in bezug auf den Abbruch des Fortgangs ein paar Dinge erzählen, die sich Anfang März zugetragen haben. Ich wußte nicht, wo ich sie einfügen sollte, und vor allem wußte ich nicht, wie ich sie erzählen sollte. Ich glaube, ich habe heute die Lösung gefunden.

Bei der Übersetzung des *Frühjahrsmahles* bin ich unorthodox vorgegangen. Vom *Grünen Omelett* sprang ich zu den *Geleeherzen*, unter dem Vorwand, daß der Wortschatz bei den drei dazwischenliegenden Erzählungen ziemlich unverständlich sei. Ich arbeitete, wie schon gesagt, am Schreibtisch meines Vaters. Machte Gebrauch von seiner Leselampe, seinem Computer, seinem Papiermesser, aber auch von seiner Denkweise. Ich konnte mich also meiner Mutter stellen, wie sie am Anfang war und wie sie am Schluß geworden war. Ihre Verwandlung mitzuverfolgen, die Geschehnisse und die Erfahrungen, die sie von uns entfernten, weigerte ich mich jedoch. Ich war nicht imstande, auf Griechisch den Satz wiederzugeben, den Ilias der Mutter zuschreibt und der den Vater anklagt: »Je mehr die Jahre dahingehen, desto schmaler werden seine Lippen und desto karger seine Worte.« Ebenso war es unvorstellbar schwierig für mich, die Szene mit der Liebesgeschichte in *Verkehrte Tomaten und Paprika* und die Ohrfeige im *Fruchtsalat mit Rosen* zu übersetzen, auch wenn beides fiktiv war.

Tag für Tag oder besser Nacht für Nacht – ich arbeitete immer abends, nach der Zeitung – konnte ich mich davon überzeugen, daß etwas nicht in Ordnung war. Das Buch rief seltsame Reaktionen in mir hervor. Obwohl ich ein Mensch war, der sich stundenlang in einen Sessel fläzen konnte, hatte ich mich in ein Nervenbündel verwandelt, das aufsprang, um Tee zu kochen, Wasser zu trinken, ein Buch durchzublättern oder aufs Klo zu gehen. Es war offensichtlich, daß ich vor der Arbeit wegzulaufen versuchte. Der ganz bestimmten Arbeit.

Eines Abends gegen neun rief meine Mutter an. Unsere Gespräche waren weiterhin formal. Wir legten das Telefon auf, ohne daß die eine von der anderen etwas erfahren hatte. Aber an jenem Abend hatte sie gefüllte Tomaten und Paprika gemacht.

»Jetzt im Winter?« fragte ich sie.

»Ich habe schöne Tomaten gefunden.«

»Machst du sie immer noch verkehrt?«

»Wie verkehrt?«

»Tust den Paprikadeckel auf die Tomate und den Tomatendeckel auf die Paprika?«

»Daß du das noch weißt, Kind! Seit Jahren habe ich sie nicht mehr so gemacht. Ihr habt das immer amüsant gefunden ...«

»Die haben mir sehr gefehlt, diese verkehrten Tomaten und Paprika«, sagte ich. Meine Stimme zitterte unmerklich.

Ich ging auf den Balkon hinaus und rauchte eine Zigarette, in Handschuhen. In diesem Augenblick glich ich meiner Mutter mehr denn je. Ich trug einen blauen Strickrock, einen Pullover mit rosa Rhomben, Pelzpantöffelchen und rote Handschuhe. Wie ist es wohl, wenn man sich vom Balkon stürzt? Hat man mehr Schmerzen oder friert man mehr? Hört die Qual in dem Augenblick auf, in dem man losspringt, oder in dem

Moment, in dem man landet? Stirbt man, wenn man seinen Tod beschlossen hat, wenn der Kopf aufs Pflaster aufschlägt oder wenn einen die anderen tot auffinden? Meine Fragestellungen hatten etwas Dramatisches, sie waren an den Gott des Mitleids gerichtet. Ich wollte, daß mir eine Stimme zuriefe: »Laß den Quatsch, es ist kalt. Komm rein.« Ich dachte, ich hörte die Sprechanlage läuten. Der hartnäckige Ton dauerte an. Ich ging hinein. Ein Eiszapfen in Zimmertemperatur. Es klingelte tatsächlich an der Sprechanlage.

»Wer ist da?«

»Deine Mama.«

Meine Mama. Ich warf die Handschuhe weg und schlüpfte aus den Pantoffeln. Gleich darauf putzte sie ihre Galoschen auf dem Abstreifer ab und zog sich die Mütze herunter.

»Ich hab dir verkehrte Tomaten und Paprika mitgebracht«, sagte sie und drückte mir ein Tupperschüsselchen in die Hand. Ich zählte zwei Paprika, drei Tomaten. Offensichtlich hatte sie die Deckel mit der Hand ausgetauscht. Sei doch nicht lächerlich, sagte ich zu mir selbst. Heul nicht.

Wir ließen uns am Küchentisch nieder. Die Mutter setzte sich auf ihren alten Platz, ich auf den Platz des Vaters. Sie holte ihre Zigaretten heraus und leistete mir beim Essen Gesellschaft. Ich kaute und musterte sie. Wenn man jemanden mustert, während man gleichzeitig etwas anderes tut, wird der Blick weniger indiskret. Um mich an ihrem Anblick zu sättigen, mußte ich vier gefüllte Gemüse essen: Sie war ungeschickt geschminkt, abgezehrt. Sie trug einen rosa Regenmantel. Hatte zwei abgebrochene Nägel und wirkte beunruhigt.

»Geht es dir gut?« fragte ich sie.

»Ich mache mir Sorgen um euch«, kam sie sofort zur Sache.

»Wer ist euch?«

»Ilias und du. Es passieren so seltsame Dinge. Er gibt nur bei Hochzeiten und Beerdigungen ein Lebenszeichen von sich. Und du hast mich nicht angerufen, um zu erzählen, wie es dir in London ergangen ist, und dann telefonierst du mitten in der Nacht mit Petros wegen der Sella. Mir gehen tausend Dinge im Kopf herum. Ich bin doch immer noch eure Mutter.«

Ich muß ironisch gelächelt haben, denn sie legte die Handflächen an die Schläfen und verdeckte ihr Gesicht. Mir kam ein Satz aus dem *Safranreis* in den Sinn: »Mischen Sie die Informationen wie Spielkarten, und wieder wird sie herauskommen; unsicher, bitter und einsam vor einem Topf.« Ein Topf war nicht vorhanden, aber das Tupperdöschen genügte, damit das Bild funktionierte. Unsicher, bitter und einsam, hatte meine Mutter ihre Unabhängigkeit gewonnen und ihre Familie gleichzeitig mit etwa vierzig Kilo verloren. Sie hatte auch ihre Ausrichtung verloren, die ihr die Eltern mitgegeben hatten, den Sinn des Lebens, den einem die Parzen in der Wiege einhauchen. Obwohl sie hartnäckig versuchte, Freundeskreise, Werte, Prinzipien zu verändern, hatte sich ihr Charakter schon lange, bevor sie ihren Aufstand machte, herausgebildet. Sie war das lebende Beispiel dafür, daß es keine Entwicklung gibt. Die Zellen werden nicht wiedergeboren. Der Mensch, ganz tief in seinem Grund, ändert sich eben nicht. Irgendwann hatte ich für die Wissenschaftsseite der *Nea Mera* ein Interview mit Professor Edoardo Boncinelli übersetzt, über die Gene, die die Ausschüttung von Substanzen im Gehirn regeln und Impulse der Lust und der Rührung an die Zellen weiterleiten. Er wies nach, daß man, um die Gefühle zu ändern, die Gene verändern muß.

Während ich in der letzten Tomate im Tupperschüsselchen herumstocherte, teilte ich ihr meine Ansicht bezüglich der Gene und der Veränderungen mit. Sie entgegnete mir, sie habe wie kein anderer gegen ihre Gene angekämpft. Ganze Nächte habe sie damit zugebracht, sich Szenarien mit uns im Mittelpunkt auszumalen. Aber erst als sie meine Stimme gehört habe, einen Ton tiefer als üblich, habe sie die Initiative ergriffen, bei mir an der Tür zu klingeln. Sie habe die Gene mit den Wünschen verbunden. Das, was man ihr beigebracht habe, mit dem, was sie brauche, um sich, wenn nicht glücklicher, so doch wenigstens ehrlicher zu fühlen. Ich wußte natürlich, daß sie mit ihrem Leben total zufrieden war. Was ich nicht begreifen konnte, war, wieso eine Mutter in den Augen ihrer Kinder unglücklich erscheinen möchte. Was diese Neigung zum Tragischen und die schlechtgespielte Rolle des heiligen Märtyrers bedeutete. Dennoch schätzte ich sie. Und wenn sie sich nicht vor meinen Augen befand, um ihr Bild zu verzerren, war ich fast stolz auf sie.

Dank der Gene hatte unsere Unterhaltung eine sehr theoretische Richtung genommen. Das war die einzige Möglichkeit, über das Vergangene zu sprechen. Wir glichen Regierungsvertretern, die in Begriffen der politischen Ökonomie über die Erhöhung des Brotpreises sprechen. Jedesmal, wenn wir »Gene« und »erworbene Merkmale« sagten, meinten wir Liebe und Gleichgültigkeit. »Veränderung« bedeutete Entfremdung und »innerer Drang« Versöhnung. Aus lauter Verlegenheit aß meine Mutter die letzte Paprikaschote auf.

»Machst du denn keine Diät?«

»Im Moment nicht, wie du siehst. Seit Periklis' Beerdigung bin ich ständig am Naschen.«

Mit der Erwähnung der Beerdigung nahm das Gespräch eine Wendung und drehte sich um den Vater. Beim ersten Rendezvous vor der Buchhandlung, in der die Mutter arbeitete, hatte er ihr einen Strauß Orchideen überreicht. Demnach war der Strauß, den sie ihm aufs Grab gelegt hatte, die Begleichung einer emotionalen Rechnung. Als sie über jenes erste Rendezvous sprach, ließ sie mich die Beerdigung vergessen, das heißt die Zeit. Ich hatte die beiden vor Augen, wie sie auf ihren Jugendfotos aussehen, streng und melancholisch, in dunkle Mäntel gehüllt. Sie paßten wirklich nicht zusammen, aber die großen Unterschiede heizen – meinte meine Mutter – zu Beginn einer Beziehung die Phantasie an. Wenn der eine Milch trinkt und der andere Whisky, stehst du eine Weile völlig perplex vor dem Zusammenbruch der natürlichen Auswahl, dem Triumph des Widersinnigen. Du beginnst zu glauben, daß die Begegnung einen unsichtbaren Plan in sich trägt: daß sie dir dazu verhelfen soll, dein Negativ zu entdecken, deine erstarrte Seite und die Folgen einer unvorhergesehenen chemischen Vereinigung. Im Laufe der Zeit erinnern nicht zusammenpassende Menschen dann aber an ältliche Hunde, die von der jeweils anderen Seite der Straße aus kläffen.

Sie war schon immer imstande gewesen, wunderbare Geschichten zu erzählen. Über die Jahre und durch den gesellschaftlichen Umgang hatte sie ihre Zunge noch besser geschult. Ich hing an ihren Worten, wie ich früher an ihren Röcken gehangen hatte. Heute denke ich, man kann sich fast alles anhören und es akzeptieren, wenn es in einer Weise ausgedrückt ist, daß Kettenreaktionen ausgelöst werden. Wenn Menschen unterschiedlicher Auffassung sind, lauscht man ihren Geschichten, nicht ihren Ansichten. Man gibt jedem recht, der einen in eine Ecke abdrängt, um seine Kümmernisse zu beichten, selbst wenn man hundertachtzig Grad von ihm entfernt ist. Der meint dann, man stimme mit seiner Weltanschauung überein, während man in Wirklichkeit nur auf ungefährliche Weise sein Mitgefühl für den Helden einer Geschichte ausdrückt. Das ist jetzt Ihre Rolle, und natürlich die meine, während ich meiner Mutter aufmerksam zuhöre. Sie wiederum toleriert gelassen die Spinnereien bezüglich der Gene. Die Probleme fangen erst an, wenn man zu all dem als Verfechter einer bestimmten Theorie Stellung beziehen muß. Wenn ich ihr sagen würde, »dir ist alles egal«, bekäme ich vielleicht eine Ohrfeige. Wenn sie mir sagen würde, »du bist zynisch«, würde ich sie möglicherweise vor die Tür weisen. Statt dessen sitzen wir uns gegenüber, höflich und unzugänglich, und lassen die Augen über die Holzmaserung auf dem Küchentisch wandern.

Es ist kompliziert, unsere Lebensgeschichte wieder von vorne zu beginnen und rückwirkend so viele Wunden zu schließen.

»Ihr Charakter wird allmählich sichtbar: Sie sind anspruchsvoll, schwierig, hart geworden«, schreibt Ilias in *Fruchtsalat mit Rosen* über uns. Ich setze hinzu: »Sie haben nicht gelernt, ihre Gefühle auszudrücken. Sie haben ihr Herz nicht genügend trainiert.« Als sich die Mutter zum Weggehen erhob, gab ich ihr den kleinen Magnet mit den Spiegeleiern, den ich ihr aus London mitgebracht hatte. Sie umarmte mich für ein paar Sekundenbruchteile ganz fest. Ich hätte sie auch gern umarmen wollen, aber ich wußte nicht, wo ich meine Hände hintun sollte.

Von diesem Abend an begann meine Mutter häufiger zu telefonieren und sich mit ungewohntem Nachdruck zu erkundigen, wie es mir ginge. Ich versuchte, umschreibende Ausdrücke für »gut« und »mittel« zu finden, aber es war nicht möglich. Die Wörter waren unbrauchbar geworden, die Bedeutungen hatten sich abgenutzt. Was keinen Namen hat, existiert meiner Meinung nach nicht. So kann ich den Nachweis führen, daß ich in jener Zeit nicht existierte. Ich freute mich über nichts und war über nichts traurig.

Gleichzeitig machte die Übersetzung zufriedenstellende Fortschritte. Ich verbrachte die Abende am Schreibtisch meines Vaters, übersetzend und in seine Sachen herumkramend. Die stabile Achse der Gewohnheiten – Übersetzung, Orangensaft, Hin- und Herschieben von Lexika – hatte die Ordnung in mein Leben gebracht, die ich mir erhofft hatte; die unauffällige Regelmäßigkeit der Angewohnheiten eines Junggesellen, der jeden Abend seinen Joghurt ißt und in löchrigen Strümpfen schläft. Was absolut fehlte, waren die Menschen. Gespräche, Gestikulieren und Lachen – vor allem das Lachen. Damals kam mir zum ersten Mal der Gedanke, man sei existent in den Lauten, die man ausstößt; Weinen, Schnauben,

Brüllen und Seufzen. In den Interjektionen, die man gebraucht, um den anderen zu ermuntern. In den Worten, die man ausspricht, wenn man sich verliebt, ohne damit etwas Bestimmtes zu meinen. In diesem »Das darf doch nicht wahr sein!«, wenn einem etwas Haarsträubendes erzählt wird. Durch die Briefe der Sella hatte ich gelernt, daß man diese Funktion der Sprache die phatische nennt. In der Stille ertappte ich mich selbst dabei, wie ich sagte, »ja, das ist es«, oder »bravo«, oder »scheiße«, wie ich also eine Elementarkommunikation mit dem einzigen Menschen ansteuerte, der sich in meiner Nähe befand.

Ich beschreibe meinen Zustand, damit Ihnen klar wird, was für ein Gefühl ich jedesmal hatte, wenn das Telefon klingelte. Meine Mutter versuchte großherzig, die phatische Funktion zwischen uns herzustellen, kaum daß ich ihr mehr als zwei, drei Worte sagte. »Ja, ja, und weiter?« fragte sie ungeduldig. Aber es gab fast nie ein Undweiter. Ilias wollte die wenigen Male, die er anrief, wissen, ob die Übersetzung Fortschritte machte. Carr schickte mir eine Ansichtskarte mit dem Buckingham Palace.

> Liebe Athina,
> London ist vor lauter Nebel nicht zu erkennen. Dein Bruder wird immer verrückter. David möchte sich von mir trennen. Schreib mir, wenn du magst.

Ich antwortete ihr im gleichen Stil:

> Liebe Carr,
> in Athen ist das Wetter gut. Meine Übersetzung geht voran. Ich habe mich schon getrennt. Hättest du vielleicht Lust, Dich mit mir zusammenzutun?

Der letzte Satz war vermutlich ein Ersatz für die alte Frage: »Hast du Lust, meine Freundin zu werden?« Ich hatte ein paarmal hintereinander von Carr geträumt. Sie machte immer die gleiche seltsame Geschichte: Sie bellte und biß mich sanft in die Ohren. Auch meine Mutter trat in meinen Träumen auf. Sie war genau so, wie sie mein Bruder im *Frühjahrsmahl* beschrieb. Eine gute Köchin, so rundlich wie ein Brötchen. Eines Nachts verwandelte sich ihr Körper in meinem Unterbewußtsein sogar in einen Rosinenwecken. Der Mund war aus Erdbeeren geformt, die Augen aus Schokolinsen. Ilias und ich waren Volksschüler, brachen immer wieder ein nachgewachsenes Stück Brot vom Rand ab und verzehrten es, die ganze Wohnung vollkrümelnd.

In dieser Nacht wachte ich schweißüberströmt auf, den Mund ganz ausgetrocknet. Ich wartete, bis es hell wurde, und rief sie an.

»Du solltest wissen, daß Ilias ein Buch über dich geschrieben hat«, sagte ich.

»Über mich? Was meinst du damit, über mich?«

»Du bist eine der zentralen Figuren.«

»Kann ich es sehen?«

»Ich glaube, du mußt es sehen.«

Diesmal trafen wir uns bei ihr. Solange sie las, vertiefte ich mich von der Südveranda des Hauses aus in den Blick auf Athen. Vor mir breitete sich eine große Fabrik mit Lagerhallen aus, eine Stadt ohne Farbabstufungen.

»Die ist gut, diese Idee mit den schlechten Köchinnen. Dein Bruder ist sehr sensibel«, hörte ich ihre Stimme hinter meinem Rücken.

»Und überhaupt nicht objektiv«, ergänzte ich.

»In deiner Phantasie seh ich wohl eher aus wie eine Hexe, die das Fleisch ihrer Kinder auffrißt?« fragte sie ruhig.

»Ich hab dich doch vor mir, ich muß mir über dich keine Phantasien machen.«

Ich hatte es generell gemeint, in bezug auf den zwecklosen Gebrauch der Phantasie, aber sie mißverstand meine Worte. Sie glaubte, ich sähe eine Hexe vor mir, ohne die Zuhilfenahme der Phantasie zu benötigen. Sie sank in einem Sessel zusammen. Damit ich nicht sehen sollte, wie sie weinte, tat sie so, als schnürte sie sich die Schuhbänder fester. Der Versuch, es zu verdecken, schien mir noch rührender als ihre Tränen. Ich würdigte die Tatsache, daß sie nicht weinte, damit ich sie dabei sah, wie es die meisten Menschen tun, sondern weil sie sich nicht mehr beherrschen konnte.

Ich fand heraus, wie man seine Mutter umarmen kann, wenn sie auf einem Sessel sitzt und auf den Boden starrt. Man kriecht ganz sacht zu ihr heran und legt ihr den Kopf auf die Beine. Dann wartet man ab, ob etwas passiert, dieses Etwas passiert nicht, und der Augenblick vervollständigt sich von selbst. Ihr Bein riecht, obwohl es jetzt mager ist, wie warmes Brot mit Rosinen.

Haben Sie jemals das Werk *Wo endet das alles?* von Sarah Lucas gesehen? Es ist ein Wachsmodell ihres Mundes mit einer Zigarette zwischen den zusammengebissenen Zähnen. Wenn keine Zigarette dazwischen wäre, befände sich bestimmt der Finger eines Beschauers oder ein Stück Zeitung darin. Es handelt sich um einen Wolfsrachen und keinen Menschenmund, wild, zu allem fähig. Jeden Tag sah mein Mund dem Rachen der Lucas ähnlicher. Aus freien Stücken stellte ich mir selbst ihre Frage: »Wo endet das alles?«. »Das alles« war die äußere Welt mit ihren Anforderungen und der Zeit, die ich ihr zu widmen hatte. Aufgebracht über die Menschen, nach dem kurzen Zwischenspiel in London und der Versöhnung mit der Mutter, dachte ich, wieviel besser das Leben doch wäre, wenn man sich auf individuellen Korridoren von zu Hause zur Arbeit begeben könnte. Die Einsamkeit war zur Gewohnheit geworden. Je mehr ich darin versank, desto schwerer fiel es mir, die anderen zu ertragen. Ich versuchte mir einzureden, daß die Autos, die neben dem meinen dahinrollten, mechanische Spielzeuge seien und die Menschen Schatten. Wenn ich es vermied, ihren Blicken an den Ampeln der Mesojionstraße, den Fußgängerstreifen, den Büros der *Nea Mera* zu begegnen, glückte es mir, allein zu sein, umgeben von sich bewegenden Wänden. Ich fand die Menschen störend und häßlich. Einer hinkte, ein anderer spuckte auf die Straße, eine alte Frau blickte mich haßerfüllt an, weil ich, als ich sie auf dem Bürgersteig überholte, aus Versehen ihre Tasche gestreift hatte.

Im Büro waren die Tage kompliziert und leer geworden. Ich benutzte Ohrstöpsel, um den Idiotien zu entgehen, die die Menschen jeden Tag bei dem Versuch von sich geben, entgegenkommend und gesellschaftsfähig zu sein. Ihre guten Worte waren ein Schutz vor dem Haß, den jeder von uns in sich herumträgt, wenn er so viele Stunden hinter einem Tisch zubringt. Ihre bösen Worte erlaubten ihnen, diesen Tisch in die Höhe zu heben und ihn auf irgendeinen von uns niedersausen zu lassen. Ich muß allerdings zugeben, daß ich kein leichtes Ziel bot. Das einzige, was sie von meinem persönlichen Leben wußten, war der Tod meines Vaters. Eventuell hatten sie auch über die Ladiku etwas vom Manuskript meines Bruders gehört. Ende März kaufte ich mir einen Walkman und war vor den blödsinnigen Unterhaltungen gerettet. Unter dem Kopfhörer wurden die Stimmen durch das Schlagzeug von Bonham weggefegt.

Meiner Mutter war es gelungen, das Gefühl der absoluten Einsamkeit zu durchbrechen. Wir tranken unseren Kaffee zusammen in den Cafés auf dem Penteli, während der Wind gegen die Scheiben schlug. An ein paar Sonntagen gingen wir auf dem Berg spazieren und hörten die Äste unter unseren Stiefeln knacken. Einen ganzen Nachmittag verbrachten wir mit Eiermasken auf dem Gesicht. Einmal, als Petros auf Dienstreise gegangen war, tat meine Mutter so, als fürchte sie sich, so ganz allein oben auf dem Penteli zu schlafen. Fünf Nächte lang lag ich im Gästezimmer, einem kalten Schlafraum, der mit ihren Werken möbliert war. Ich schlief umgeben von Weinblattrouladen, Hühnerkeulen, Schokoladentorten. In meinen Träumen erschienen die Hauptakteure der *Verkehrten Tomaten und Paprika*. Unter dem Vorwand der Übersetzung bat ich sie, mir Safranreis zu kochen, und aß ihn dann voller Wonne aus dem Kochtopf. An einem anderen Morgen versuchten wir Geleeherzen herzustellen, aber die Formen ließen sich nicht öffnen. So verspeisten wir das Gelee mit dem Kaffeelöffel direkt aus den Formen.

Die Bibelchristen haben den Müttern ein eigenartiges Fest gewidmet. Sie verlassen für eine Weile die Wohnung, ohne ihre Kinder, um ihre Rolle zu überdenken und bessere Mütter zu sein, wenn sie wieder zurückkommen. Das war in wenigen Worten auch meine Situation. Wir machten zusammen, was eine Mutter mit ihrer kleinen Tochter in der Zeit macht, die zwischen Kindergarten und Vorschule liegt, in dem Alter, in dem das Gute und das Böse erst ein Ratschlag ist und noch keine Eigenschaft. Wir setzten einen inneren Trieb ins Zentrum unseres Lebens und kultivierten ihn. So bildete sich eine starke emotionale Gewohnheit heraus. Eine Art objektiver Sympathie, die mir half, die Haltung von Anthony Penrose zu verstehen. Ebenso wie seine Mutter hatte auch meine den Drang, sich dort zu befinden, wo die Handlung kulminiert; den Drang und das Recht dazu.

Meine Mutter war sich ihrer Rechte früher nicht bewußt gewesen. Sie hatte sich gequält, bis sie imstande war, ihr wahres Ich zu finden und zu akzeptieren. Als sie von zu Hause wegging, hatte sie sich nicht direkt in die Arme von Pagonis geworfen, wie wir unterstellt hatten. Sie ging nach Astypalea und schlief in ihrem Schlafsack auf den grasüberwucherten Steinplatten ihres Vaterhauses. Mehrere Wochen lang streunte sie mit einem schwarzen Tuch auf dem Kopf im Hafen herum.

Sie fischte mit Ködern und warf die Fische sofort danach wieder ins Meer zurück. *Sooft der heilige Augustinus melancholisch war, wälzte er sich im Schmutz wie in einem duftenden Bad, die heilige Genoveva weinte so lange, bis sie das Hemd wechseln mußte, der heilige Franziskus umarmte schneebedeckte Statuen*, und meine Mutter hörte ganz einfach zu essen auf. Was sie als Diät ansah, war in Wirklichkeit ein langwieriger und ziemlich beunruhigender Anfall von Magersucht. Am Anfang nahm sie Schinken und Käse vom Toast. Später zerkrümelte sie das Brot und warf es den Sperlingen hin. Bevor sie endgültig in das Haus von Petros zog, hatte sie zwei Wochen im Krankenhaus verbracht. Sie hatte fünfundvierzig Kilo abgenommen und konnte ihre rechte Hand überhaupt nicht mehr bewegen. Keiner hatte eine Ahnung davon, was vorgefallen war, selbst ihre Geschwister nicht. Nach Petros Pagonis war ich der erste Mensch, der erfuhr, daß die Werke aus der Gruppe *Diät* die Schilderung der Qualen einer Magersüchtigen darstellten.

Ich könnte stundenlang über jenen März erzählen, in dem ich die alten Familienrollen entdeckte. Aber selbst in einem Roman gibt es Anstandsregeln. Zarte Bande der Verschwiegenheit zwischen den Hauptpersonen einer Geschichte. Wäre der Erzähler eine dritte Person, dann dürfte er so indiskret werden, wie er wollte. Jetzt hingegen bindet mir die Natur der vertraulichen Mitteilungen die Zunge; eine wächserne Zunge, die sich hinter Zähnen aus Wachs, unter Lippen aus Wachs befindet, eingefangen in der roten Gußform der Sarah Lucas.

Das Büro von Angelidis lag in einem alten Mietshaus in Exarchia. Früher war es eine Wohnung gewesen; man konnte die Eßzimmerschiebetür erkennen und den Flur, der einst zu den Schlafzimmern geführt hatte. Der Stuck an der Decke stellte Wogen dar, die von halbnackten Nixen und Dreizackornamenten unterbrochen wurden. Spontan dachte ich, es müßte das Haus eines Kapitäns gewesen sein. Die Diele war in einen Schauraum für alte Titel umgewandelt worden, der Salon in einen Warteraum. Es gab zwei Büros. Im einen saß eine unwirsche junge Frau mit Zopf. Im anderen ein Junge mit dem Aussehen eines Studenten: runde Sonnenbrille, Zopfpulli und Schal.

Jedesmal, wenn man einen unbekannten Raum mit zwei oder drei Büros betritt, spielt man das Spiel von Tugend und Laster. Wen soll man um Hilfe bitten? Wer ist der entgegenkommendere, der freundlichere? Die junge Frau mit dem Zopf schloß ich aus. Ich legte die Hände fest auf den Schreibtisch des Studenten.

»Herr Angelidis?«

»Bin ich.«

»Ich verstehe nicht ganz ...«

»Aber ich habe verstanden. Ich gehe nicht als Verleger durch ... Offenbar wollen Sie zu meinem Vater. Er ist in der Drukkerei. Möchten Sie auf ihn warten?«

Ich setzte mich auf den Rand des Stuhls, den er mir anbot, und zog das Manuskript heraus, um meine Hände mit etwas zu beschäftigen. Ich strich es dreimal glatt, dann faltete ich es in der Mitte zusammen.

»Ist es Ihr erstes Buch?« fragte er.

»Nicht meines. Das von meinem Bruder.«

»Ein Kinderbuch?«

»Nein. Eine Novelle ...«

»Wissen Sie, daß wir nur Kinderbücher verlegen?«

Ich erklärte ihm, daß sein Vater der einzige Verleger sei, den ich kannte, und daß ich ja irgendwo anfangen müßte. Ich bemerkte, daß seine Nägel abgekaut waren. Ein gutes Zeichen. Wer an seinen Nägeln kaut, besitzt ein kompliziertes Innenleben. Er ist streng zu sich selbst, konsequent – und trotzdem unvorhersehbar.

Iraklis Angelidis, fünfundzwanzig Jahre alt, hatte gerade das juristische Examen gemacht und bereitete sich auf ein Graduiertenstudium in London vor. Innerhalb einer Viertelstunde hatte er mir ein komplettes Bild seines Lebens entworfen. Auf die gleiche Weise, wie man beim Durchblättern eines Kinderbuches mit großen Lettern und Zeichnungen in etwa weiß, was man zu lesen bekommt, wußte ich auch von den ersten Minuten unserer Bekanntschaft an, wen ich vor mir hatte: einen Menschen ohne besonderen Ehrgeiz, der edelmütig gegen seinen Charakter ankämpfte, um zu werden, was sein Vater von ihm verlangte: ein kühner Verleger mit viel Geld. Unter Herzensqualen hatte er sich von Basketball, Gitarre und Schlagzeug getrennt, um dem familiären Erfolgsbild zu entsprechen. Im letzten Moment war er vom Weg abgewichen, indem er ein Märchen über fliegende Fische schrieb. Das erzählte er mir gerade in dem Augenblick, als sein Vater das Zimmer betrat und dreimal professoral hüstelte, um unsere Aufmerksamkeit auf sich zu ziehen.

Wir gingen in sein Büro – das ehemalige Eßzimmer des Hauses –, das in Kinderzimmerfarben gestrichen war: einem intensiven Rosa und Pistaziengrün. Hinter dem mächtigen Tisch wirkte Angelidis noch winziger, und da Iraklis groß und kräftig war, kam mir schadenfroh der Gedanke, Frau Angelidis könne sich in ihren jungen Jahren möglicherweise unmanierlich betragen haben. Solange der Vater im Manuskript herumblätterte, dachte ich an die abgekauten Nägel des Sohnes. Gleichzeitig kaute ich, so unauffällig ich konnte, auf meinen eigenen herum, auf den himmelblauen Teppichboden starrend.

»Es ist ein eigenartiger Text. Ein richtiger Erstling. Überhaupt nicht kommerziell.«

»Irgendwo muß man ja anfangen …«

»Außerdem ist er viel zu kurz. Hoffnungslos kurz. Die Leute wollen Romane lesen, Bücher zum Sattwerden. Damit sie wissen, daß ihr Geld etwas wert ist. Das Buch ist heutzutage wie das Fernsehen oder wie ein Jackett. Es muß etwas hermachen, es darf nicht bloß so ein halber Happen sein. Verstehst du, was ich meine?«

»Ehrlich gesagt, nein ...«

»Also, ich bin Buchhändler und zeige dir zwei Bücher, ja? Das eine ist das von deinem Bruder. Hundert Seiten, eintausendachthundert Drachmen. Das andere ist deines. Vierhundert Seiten, fünftausend Drachmen. Welches kaufst du? Das, das du an einem Nachmittag durchlesen kannst, oder das andere, das du jeden Tag an den Strand mitnimmst?«

»Es ist mir nicht möglich, diese Argumentation nachzuvollziehen.«

»Na bravo, du solltest dich mit meinem Sohn zusammentun. Ihr werdet viel Erfolg haben.«

Er schrieb mir die Telefonnummern von zwei anderen Verlegern, die sich für junge Literaten interessierten, auf ein Stück Papier. Unter den Hinweisen, die er mir gegeben hatte, war der einzige, den ich befolgen konnte, der, mich mit seinem Sohn zusammenzutun. Im Hinausgehen fragte ich ihn, ob er mir nicht sein Märchen zeigen wollte. Wir verabredeten uns für den nächsten Tag.

Am selben Abend fand ich bei der Heimkehr einen Brief von Carr vor. Er war auf rosa Seidenpapier geschrieben, aber voll schwarzer Gedanken.

> Liebe Athina,
> Dave hat heute seine Sachen aus der Wohnung zusammengepackt. Seine zwei Koffer in der Diele sahen wie Munition aus. Wo zum Teufel hat er nur zwei Metallkoffer her?
> Während der ganzen Zeit hatte er seine eigene Wohnung nicht aufgegeben – erinnerst Du Dich

noch, mit welchem Stolz er erzählt hat, er hätte sie eigenhändig gestrichen? Ich hätte ahnen müssen, daß jemand, der zwei unbenutzte Zimmer neu streicht, davon träumt, einmal dort zu wohnen. Vorgestern haben wir die ganze Nacht mit Gesprächen verbracht. Unsere Beziehung sei versumpft, meinte er. Obwohl ich tief in mir der gleichen Meinung war, versuchte ich ihn davon zu überzeugen, daß das, was er als Sumpf bezeichne, ein tiefer und ruhiger See sei.

Jedesmal, wenn David sich langweilte, brach er Auseinandersetzungen vom Zaun. Intelligente Auseinandersetzungen. Ich will damit sagen, daß wir erneuert aus diesen Krisen herauskamen. Zum Schluß wurde die Streiterei zum Reflex. Ich mußte einen Teller zerschlagen, um mich zu entspannen. Er mußte mich erst unflätig beschimpfen, damit es ihm gelang, etwas später zärtliche Worte zu finden. An dem Abend, an dem du uns bei Ilias gesehen hast, waren wir nach einem Fünftagekrieg gerade wieder zu uns gekommen …

Für David ist das Hauptproblem, daß wir kein intelligentes Paar mehr sind. Wir entwickelten uns nicht mehr miteinander, im Gegenteil, wir verweichlichten und schlössen uns in uns selber ein. Er hat ja recht, aber es muß doch noch eine andere Möglichkeit geben. Wenn du den anderen liebst, resignierst du nicht so leicht.

Heute morgen, als mir klar wurde, daß sein Entschluß unwiderruflich ist, habe ich einen Spaziergang gemacht. Gegenüber von unserem Haus befindet sich ein kleines Restaurant, das *Lucky Star* heißt. Als Dave zum ersten Mal bei mir übernachtete, schien uns das Restaurant speziell für den nächsten Morgen gebaut, eingerichtet und eröffnet worden zu sein, an dem wir Arm in Arm auf die Straße hinaustraten. Heute hing der *Lucky Star* wie eine Traueranzeige am Himmel.

Beim Zurückkommen fand ich seine Koffer in der Diele. David hatte sich in der Toilette eingeschlossen. Ich dachte, das einzige, was er mir zum Andenken hinterläßt, wird der Salat sein, den ich am Vorabend gemacht habe, in Form von Ausscheidungen. Er zog die Spülung, küßte mich väterlich auf die Stirn und verschwand im Flur. Die Toilette roch nach Scheiße und Männerparfüm. Das Rätsel der menschlichen Existenz, wie du weißt. Die Erde und der Himmel.

Und da fiel mir auf, daß er seine Zahnbürste vergessen hatte. Die schwarze, glänzende Zahnbürste erinnerte mich an die Nikotinflecken auf seinen Zähnen, seinen Lippen, an seine Bißmale auf meinem Arm. Um jeden Gegenstand bildet sich eine leuchtende Aura aus Bildern und Entwürfen. Man kann mit Hilfe der Vorstellungskraft sehen, wie sich eine Zahnbürste im Mund des anderen bewegt, das Zahnfleisch sanft bürstet, in Kreisbewegungen. Die größte Illusion, die einem die persönlichen Gegenstände vorgaukeln, ist, daß sie weiter funktionieren bis in alle Ewigkeit; selbst dann noch, wenn die Menschen gestorben oder verschwunden sind.

Statt Dir diese traurigen Dinge zu schreiben, könnte ich mich auch auf die soziologische Fachliteratur stürzen, die die Fähigkeit hat, einen abzukühlen, in Scheibchen zu schneiden und einem die Aufsicht auf die eigenen Gefühle in Form von

Stapeln zu zeigen. Beaujean und Erain zum Beispiel vergleichen die Partnerschaft mit dem Dilemma der Dame und des Kavaliers beim Tanz. Beim Tanzen kommt man dem anderen nahe, berührt ihn an Hals oder Taille, spürt seinen Atem. Man steht vor dem Dilemma, ob man mit ihm auch noch den nächsten Tanz tanzt. In gewisser Weise wirbeln alle Paare auf einer riesigen Tanzfläche herum und fragen sich, was sie tun, wenn die nächste Melodie anfängt. Ich jedenfalls sitze jetzt auf der Bank mit den nicht aufgeforderten Damen, auf der Bank der einsamen Herzen.

Ich fühle mich verraten, obwohl ich weiß, daß jeder Tänzer das Recht hat aufzuhören, wenn er müde wird. Und doch möchte ich mich gar nicht besser fühlen. Im Moment brauche ich keinen glücklichen Stern. Sobald ich meine Arbeit abgegeben habe – mit dem auf tragische Weise ironischen Titel *Der Faktor des Zufälligen bei der Paarbildung* –, würde ich gerne irgendwohin fahren. Gibt es in Deiner Wohnung ein leeres Bett?

Carr

Die Melancholie ihres Briefes hatte mich wie durch einen unsichtbaren Infusionsschlauch infiltriert. Aber kurz danach war sie auch wieder weg, wie es immer ist, wenn einen die Dinge nicht direkt betreffen. Die momentane Besorgnis, die ich um Carrs Glück empfand, brachte sie mir wieder in die Träume zurück. Aber nicht mehr als Hund, sondern als Menschen. Sie putzte sich die Zähne mit einer schwarzen Zahnbürste. Von weitem sah der untere Teil ihres Gesichtes verbrannt aus. Erst als ich nahe genug herankam, merkte ich, daß sie den Wachsrachen der Sarah Lucas trug.

Jeden Samstagabend wirkt Athen wie eine Stadt direkt vor Ausbruch des Krieges. Die Athener stürmen auf die Straßen hinaus, um mit klarem Blick die Landschaft zu erfassen, der sie jeden Morgen auf dem Weg zur Arbeit im Halbschlaf begegnen. Auf dem Kifissiasboulevard glänzt der Asphalt heller. Die Straßenschilder führen auf fast metaphysische Weise zur Nationalstraße. Die Lichter sind stärker, die Herzen mutiger.

»Gottlob gehe ich in wenigen Monaten ins Ausland«, bemerkte Iraklis melancholisch, als wir uns durch das Verkehrsgewühl von Kifissia schlängelten. Ich versuchte mich an die Samstagabende in London zu erinnern. Hoffnungslos. Jeder Tag war für mich dort ein Samstag gewesen. Ich begnügte mich damit, sein Profil zu studieren, während er einen klapprigen Kleinlaster des Treno-Verlags steuerte, der blubbernde Geräusche wie eine Kaffeemaschine von sich gab. Sein Profil also glich der spitzen Klammer der Mathematiker; das einzige, was vorsprang, war seine Nase. Breite Stirn, fast nicht vorhandenes Kinn, kleiner Mund. Komische Zähne, von denen einer rittlings auf dem anderen saß, wenn er lächelte. Kurzgeschnittene Igelhaare warfen schreckenerregende Schatten auf Windschutzscheibe, Steuer und Handschuhfach.

Ich hatte Lust, ihn in den Arm zu nehmen und ihm sein Haar mit den Fingern glattzustreichen. Seit dem ersten Augenblick, als ich ihn gesehen hatte, hatte ich dazu Lust. Doch kaum hatte ich mir dies eingestanden, kaum war der Wunsch auf die Seite der Anweisungen übergewechselt, war nichts mehr dasselbe. Ich wußte nicht, wo ich hinschauen sollte oder wie die Arme verschränken. Meine Glieder, die mich bis dahin nicht beschäftigt hatten, wurden zu Fremdkörpern. Meine Stimme brach ab, als ob jemand am Ton des Fernsehers herumgespielt hätte. Mitten im Gespräch sagte ich statt des Wortes »ausreicht« das Wort »ausgleicht«, und dann saß ich lange schweigend da, im Bemühen, die Bedeutung des Versprechers aufzuschlüsseln: Zwei Kräfte, die sich ausgleichen. Das Märchen und die

Übersetzung. London und Athen. Sein Vater und meine Mutter. Ein zu klein geratenes und ein zu mächtiges Kinn.

Sein Märchen besprachen wir überhaupt nicht. So schnell wollten wir den einzigen Anlaß nicht vergeuden, der uns in Zukunft wieder zusammenbringen konnte. Wir verbrachten den Abend mit Biertrinken und Gesprächen. Ich machte etwas, was meinem Charakter fremd war: Als Iraklis mir begeistert von Tarantinos Film *Pulp Fiction* erzählte, tat ich so, als hätte ich ihn gesehen und meinte, es sei tatsächlich der beste Film des Jahres. Dabei stützte ich mich auf Artikel, die ich vor einiger Zeit für die Zeitung übersetzt hatte, als der Film in Amerika die Kassen sprengte. Ich sagte zu ihm: »Ist der Dialog über den Hamburger nicht unglaublich?« Ja, ich verstieg mich sogar zu der Dreistigkeit, über die Musik des Films zu urteilen, die ich noch nie gehört hatte.

Wenn ich heute unsere erste Begegnung durch das Prisma der Zeit sehe, kann ich ebenfalls die Begrifflichkeit von Beaujean und Erain benutzen: Iraklis und ich tanzten schnell und nervös, machten mit Händen und Füßen Geräusche, um nicht zu hören, wann eine andere Melodie dran war. Eine unsichtbare Macht trieb uns dazu an, in zwei Stunden soviel Erschöpfendes über einander herauszubringen wie möglich. Herauszufinden, wer wir waren und was wir vom Leben erwarteten. Mir fiel auf, wie ich meine Sätze aufpolierte, wie ich in seinen Augen gerne toleranter erscheinen wollte, als ich es war. Aber obwohl er die Hände an die Schläfen legte und sich mit größter Ernsthaftigkeit anhörte, was ich ihm erzählte, fiel er auch irgendwann einmal aus der Rolle und wurde er selbst. Als er auf dem Rückweg den Motor warmlaufen ließ, begann er das Geräusch des sich abplagenden Motors nachzuahmen, indem er seine winzigen Lippen aufblähte. Kaum war ihm das bewußt geworden, und er fing an, sich unbehaglich zu fühlen, versuchte ich denselben komischen Laut auszustoßen, wobei ich mir die Handflächen voll Spucke blies. »Brumm, brumm!«

machten wir beide in der Dunkelheit. An jenem Abend, als es noch keiner von uns beiden fertiggebracht hatte, nach der Hand des anderen zu greifen, unterschied sich das »Brumm«, das aus unseren Mündern kam, nicht im geringsten vom Heulen der Werwölfe.

»Als ob sie ein Gespenst erblickte, einen Werwolf oder einen Blitz.« So sah meine Mutter Petros in *Verkehrte Tomaten und Paprika* an. Ein Übersetzer muß sich in die Worte einfühlen, sie in seine eigene Realität übertragen und sie anhand seiner eigenen Erfahrungen überprüfen. Durch Iraklis begriff ich innerhalb weniger Minuten, was es bedeutet, den anderen anzublicken, als sei er ein Werwolf. Ein Wesen von einem anderen Stern.

Er parkte vor meinem Haus, in der Nebenstraße der Mesojion. Er schrieb mir seine Telefonnummer in die Handfläche, und dann bekräftigten wir es mit einem Händedruck wie Mafiosi. Sobald ich die Tür aufgesperrt und das Licht angeknipst hatte, ging mir auf, daß die ersten zwei Ziffern der Nummer vom Händedruck weg waren. Eine ganze Zeit stand ich stocksteif in der Diele, mit offener Hand. Fünf Zahlen, nicht eine mehr.

Ich ging ins Arbeitszimmer und schrieb an Carr, die Wohnung sei groß und leer – sie könne kommen, wann immer sie wolle. Beim Unterschreiben des Briefes spürte ich einen Stich im Herzen. Mir war der Gedanke gekommen, die Wohnung könne sich ja, bis Carr einträfe, bereits wieder gefüllt haben.

An jenem Abend hatte ich einen seltsamen Traum. Iraklis befand sich meiner Wohnung gegenüber und gestikulierte, um meine Aufmerksamkeit zu erregen. Ich nahm beim Hinunterlaufen immer zwei Stufen auf einmal, aber als ich aus dem Wohnblock trat, hörte ich einen entsetzlichen Krach. Ein Lastwagen hatte Iraklis überfahren, der jetzt tot auf dem Bürgersteig lag. Ich umarmte ihn und legte mich auf seinen Körper, bis dieser Körper begann, warm zu werden, zu reagieren und sich zu regen. Meine Liebe, so schloß ich später, im halbwachen Zustand, hatte ihn wieder zum Leben erweckt.

Den Sonntagmorgen verbrachte ich vor dem Spiegel und mühte mich ab, einen französischen Zopf zu bewerkstelligen. Obwohl ich Luisa nicht dabei zugeschaut hatte, als sie den beiden Joannas gezeigt hatte, wie man den Zopf flicht, war ihr ein Teil meines Ichs gefolgt. Selbst Dinge, die einem unwesentlich scheinen, graben sich ins Gedächtnis ein, wenn sie sich innerhalb des Gesichtsfelds abspielen. Durch den Zopf wirkte mein längliches Gesicht noch langgestreckter. Ich löste mir das Haar wieder auf. Dann sagte ich zum Spiegel: »Was meinst du zu einem Kaffee?« Der Spiegel antwortete mit verstellter Stimme: »In einer halben Stunde bin ich da.« Ich ließ die Lider ein Stück über die Augen sinken. »Ich erwarte dich.«

Ich redete mit dem Spiegel, weil ich es einfach nicht fassen konnte, daß Iraklis real war, daß er Finger hatte, die mich berühren und Lippen, die sich vielleicht einmal auf meine legen würden. Und doch gab es ihn, ich hatte ihm ja die Hand gedrückt. Seine fleischliche Existenz trieb mich dazu, auf die Straße hinaus zu gehen und nach ihm zu suchen. Obwohl er in Lykavittos wohnte, war ich mir sicher, daß er die Sonntagszeitungen an meinem Kiosk kaufen müßte, daß er sich dort befinden würde, in dem Stück Wirklichkeit, das ich sehen konnte. Ich meinte, er müßte plötzlich mit dem Kleinlaster vor mir bremsen, ich vor Schreck in Ohnmacht fallen und er mich auf seinen Armen bis ins Haus tragen. Mein Kinn würde verschwinden, meine Haare zu leuchten anfangen, und wenn er mich aufs Bett legte, würde sich meine Bluse unmerklich hochschieben und meinen Nabel entblößen, der genauso schön war wie der von Lee Miller. Obwohl ich ihn, wie zu erwarten war, nirgends antraf, kam ich ganz glücklich nach Hause zurück. Mir war eingefallen, daß die meisten Telefonnummern vom Lykavittos mit 64 beginnen. Schon beim ersten Versuch hörte ich seine Stimme.

»Iraklis, hier Athina ...«

Mir wurde bewußt, daß wir ja die Namen einer Göttin und eines Halbgottes hatten, Athene und Herakles, die allerdings unvorstellbar verletzlich waren und nicht wußten, wie sie mit den Problemen der Sterblichen fertig werden sollten. Wir stockten. Wiederholten die gleichen Fragen. Sagten »jawohl«, ohne etwas beizupflichten. »Schön«, obwohl alles peinlich und kompliziert war. Ich verstand nicht ein Wort von dem, was er sagte. Ich stellte mir vor, daß er genau wie ich vor einem Spiegel saß, sich hinlegte, wenn ich mich hinlegte, aufstand, wenn ich aufstand.

Wir beschlossen, uns zum Kaffee zu treffen, unter dem Vorwand des Märchens. Wir fuhren wieder nach Kifissia. Die Straßen dort waren unser Zuhause geworden, die einzige Gegend, die wir gemeinsam abgegrast hatten. Er stellte den Laster in einer einsamen Straße ab. Wir mußten ein ganzes Stück laufen, bis wir zu dem Karree mit den Geschäften kamen. Während des ganzen Wegs ließ ich mich gegen ihn fallen, angeblich wegen der Autos oder irgendwelcher Äste. Iraklis ließ mich vorangehen, um sich gleich darauf von hinten an mich zu drängen und meine Schultern als Lenkstange zu benützen. »Brumm, brumm«, heulte er auf. Aus dieser Zeit habe ich nichts als Ausrufe, Berührungen und Gelächter im Gedächtnis. Es waren die einzigen Ereignisse.

Die Liebe, das, was man Leidenschaft nennt, öffnete und verschloß uns die Augen. Sie öffnete uns die Augen, so daß wir uns selbst als Reflex der Welt sahen; eines riesenhaften, unheilbaren Herzens. Und gleichzeitig verschloß sie uns die Augen, so daß wir die Realität – Menschen, Autos, Gehsteige – nur noch als Ausdehnung dieses Herzens wahrnahmen.

Mit anderen Worten, die Tassen, aus denen wir unseren Kaffee tranken, waren eigentlich leer. Das Café, obwohl zum

Ersticken voll, war ein Hohlraum. Und alles außen herum war nur dazu da, um unseren Wünschen Gestalt und Intensität zu geben. Sein linker Arm suchte nach Anlässen, mit meiner rechten Hand in Berührung zu kommen. Wenn ich Anlässe sage, meine ich äußere Vorgänge, die nur lose mit dem Verstand zusammenhängen. Der Arm des anderen gleicht in solchen Momenten einem Glied, das dir irgendwann abgeschnitten worden ist und das du plötzlich den Kaffee mit dem Löffelchen umrühren siehst. Du entdeckst, daß dieser Arm zu einer Schulter führt, die rechtmäßig dir gehört, und die Schulter trägt einen Kopf, der ebenfalls früher einmal deiner gewesen sein muß. Wenn du das Rätsel des Besitzstandes in dir gelöst hast, beugst du dich hinunter und küßt diesen Kopf, nimmst ihn in die Hände, um ihn aus der Welt herauszuholen. Dir gegenüber steht dein besseres Ich: Deine Lippen, Augen, Schläfen vereinigen sich vorbildhaft mit dem Gesicht eines anderen. Von diesem Augenblick an hast du das Recht erworben, die Augen nicht senken, nicht irgendwo anders hinsehen zu müssen, denn du und der andere, ihr seid ja bereits ein und dieselbe Person. Ihr habt ein Herz, zwei Arme, ein normales Kinn. Ihr seid ein einziger Mensch.

Als Iraklis mich küßte, fielen die Objekte mit ihren Bedeutungen zusammen und entfernten sich gleichzeitig als Marginalien von ihnen. Die Tassen, die Kaffeelöffel, der Marmortisch, die erloschene Kerze in seiner Mitte, der Teppich, unsere Jacken waren gleichzeitig Essenz und Dekor, Objekte mit Masse und Flügeln – das, was Carr in ihrem Brief Erde und Himmel genannt hatte. Bis ich den Kopf an seine Schulter lehnte, wurde es zwölf Uhr, bis er sich auf meinen Nabel legte, drei. Vom Vordersitz waren wir in den hinteren Teil des Kleinlasters umgezogen, der finster war und nach Papier roch. Um uns zu orientieren, hatten wir ein Streichholz angezündet: Wir waren umgeben von Stapeln von Kinderbüchern und Englischgrammatiken. In der absoluten Finsternis kehrte das seltsame

Gefühl wieder zurück, daß wir von der Welt abgeschnitten seien und dennoch ein Teil des Ganzen. Eine verborgene, dunkle Tastatur der Empfindungen.

Die aufblasbaren Kinderbücher, letzter technologischer Schrei, dienten uns als Kopfkissen. Wir hatten keinen Sex, wie man es hätte erwarten können, sondern schliefen umschlungen, ineinander verknäuelt. Heute erscheint mir das unbegreiflich: Wie ist es möglich, auf zwei Quadratmetern zu schlafen, ohne Luft, mit Büchern, die sich einem in den Rücken bohren? Wenige Monate später, nachdem wir erst ein Einzelbett, danach ein Doppelbett geteilt hatten, beschlossen wir, unter der Vorspiegelung, daß der eine Hand und Herz des anderen mit Füßen trete, wieder allein zu schlafen. Die Melodie war zu Ende, und ich saß wieder – wie hatte es Carr ausgedrückt? – auf der Bank der einsamen Herzen.

Die folgende Woche verging in einem euphorischen Zustand. Iraklis wartete jeden Abend vor der *Nea Mera* auf mich. Wenn ich vom einzigen Fenster des Büros aus seinen Kleinlaster auf den Bürgersteig klettern sah, lächelte ich reflexartig Stathis zu, der mir genau gegenüber saß. Er erwiderte das Lächeln, offensichtlich verlegen. Bis er mich am Ende der Woche fragte, ob ich mit ihm auf einen Drink gehen wolle. Iraklis hatte meinem Blick Leben verliehen, doch auch meinen Reflexen mehr Tempo. »Was ist los, Stathis«, fragte ich. »Baggert etwa der Bürovorstand seine Untergebene an?« Und tätschelte ihm freundschaftlich den Arm.

Ich sage »freundschaftlich«, um das neue komplizierte Gefühl zu erläutern, das in meinem Leben in Erscheinung getreten war. Die Neigung, Menschen zu tätscheln, zu küssen und aufzuziehen, bei denen es mir noch ein paar Tage vorher lieber gewesen wäre, wenn sie nicht existierten. Meinen unüberwindlichen Drang, Luisa zu kitzeln, Stathis am Haarschopf zu ziehen und die beiden Joannas in der Luft herumzuwirbeln.

Die ganze Arbeit des Büros ganz allein zu bewältigen und sie in Urlaub zu schicken; oder, noch besser, sie die ganze Arbeit allein bewältigen und mich selbst in Urlaub schicken zu lassen. Aber ich selbst war ja bereits weit weg. Was ich auch tat, vom Geschirrspülen bis zum Haarewaschen, führte zum Bruch mit dem Alltäglichen. Im Seifenschaum auf meinem Haar, auf den Gläsern taten sich neue Bilder der Welt auf. Die Seifenblasen glitzerten, die Haarsträhnen leuchteten, die Gläser blitzten. Jede Tätigkeit wurde, abgekappt von ihrer unmittelbaren Umgebung, zu einer Grunderfahrung des Lebens.

So war ich, selbst als ich die beiden Verleger aufsuchte, die mir Iraklis' Vater empfohlen hatte, von der Gewißheit beherrscht, daß Verleger gute Menschen seien, die eine Brücke der Kommunikation zwischen Autoren und Publikum errichten wollten. Von Kommunikation hatte der erste Verleger, den ich traf, Jordanidis, keinen Schimmer. Er blickte ständig auf seine Nägel – exquisit zurechtgefeilte, das muß ich zugestehen. Im Stil eines Impresarios ließ er mich wissen, er habe bereits sein gesamtes Verlagsprogramm bis zum Jahr 2000 abgeschlossen. Ohnehin, fügte er noch hinzu, sei das Manuskript zu kurz, wie eine Gedichtsammlung. Die Zukunft der Prosa gehöre dem großen Roman.

Der zweite Verleger hieß Skulas. Wie sein Name, so ließ auch seine Physiognomie an einen Wurm denken. Er war sehr klein und häßlich, mit einem beeindruckend dichten Schnurrbart. Wie Iraklis mir erzählt hatte, stand er in dem Ruf, seine Autoren zu bestehlen. Das heißt, er verdoppelte bei einer Auflage die Zahl der Exemplare, ohne es dem Autor mitzuteilen, und konnte so einen erheblichen Teil der Autorenprozente einsparen. Skulas hatte das Lächeln einer Giftschlange und eine schiefgedrückte Nase. In der Zunft geht bezüglich seiner Nase eine interessante Geschichte um. Einmal, sagt man, habe ein heute bekannter Schriftsteller sein erstes Buch herausgebracht. Skulas habe hartnäckig behauptet, die Auflage liefe gar nicht gut. Er habe sogar herumgemosert, das Buch bringe die Ausgaben nicht herein und müsse bald eingestampft werden. In Wahrheit sei die Ausgabe vergriffen gewesen, und der Verleger habe heimlich noch zweitausend Exemplare drukken lassen, mit der Angabe »Erstauflage«. Der Autor habe zufällig in der Druckerei Hunderte von ganz neuen Exemplaren dieser ewigen ersten Auflage entdeckt. Er sei ins Büro von Skulas gestürmt und habe ihm, ohne ein Wort zu sagen oder Geld zu verlangen, einen kräftigen Fausthieb auf die Nase versetzt. Seither gliche seine Nase, für immer nach links gekrümmt, einer fauligen Aubergine. Skulas also hörte mich geduldig an, währenddessen er häufig die Spitze der Aubergine betastete. Er meinte, ich solle ihm das Manuskript dalassen, und stieß, es in der Hand wiegend, das Alptraumwort aus: »Zu kurz.« Von da an hörte ich nichts mehr von ihm.

Mitte April rief mich die Ladiku an: »Hast du Lust, mit mir einen Kaffee zu trinken, nach der Arbeit?« Wir verabredeten uns auf sieben Uhr. Zehn vor sieben trat sie im Zustand der völligen Auflösung ins Büro. »Können wir diesen Kaffee bei mir zu Hause trinken? Die Schwester des Mädchens, das mir die Kinder hütet, hat ein Kind bekommen, und ich muß Gefängniswärter spielen.« Wir nahmen ein Taxi und begaben uns nach Pankrati, zu einem Wohnblock hinter der Staatsgalerie. Das Mädchen war schon weg, und die Kinder der Ladiku, fünf und acht Jahre alt, hatten ihre Spielsachen über den Boden des Wohnzimmers verstreut.

Es war, als seien wir in die falsche Wohnung gekommen. Man hätte meinen können, die Wohnung sei von irgendeinem vorhergehenden Mieter möbliert worden. Gemälde mit Früchten in schweren Rahmen, Rokokosessel auf goldenen Beinchen, chinesische Vasen allerorten. »Die Möbel meiner Mutter«, verteidigte sich die Ladiku, als sie meinen betretenen Blick traf. »Es ist uns nie gelungen, eigene anzuschaffen. Immer hat es andere Prioritäten gegeben. Du verstehst schon ...«

Ich ließ mich in einem schweren Sessel nieder und wartete, bis sie die Kinder schlafen gelegt hatte. Ich fragte mich, ob Ilias und ich genausolche Teufel gewesen waren, ob wir das Leben unserer Mutter entzweigerissen hatten. Und auch, ob sie tatsächlich darauf gehofft hatte, irgendwann einmal eine Art Mutterschaftsrente zu bekommen, wie es mein Bruder in seinem Buch erwähnt. Die Ladiku unterbrach meine Gedanken, indem sie mit dem Manuskript von Ilias wieder erschien; in der Hand *die leuchtende, strahlenwerfende Fackel der Kritik.*

»Zuallererst möchte ich dir sagen, daß der Titel reizvoll ist. Narrativ, effektiv, reichlich heftig. Allerdings begreift man seine Bedeutung reichlich spät, erst in der Mitte des Buches, wenn man das *Sommermahl* liest. Die Einheit mit den Vorspeisen könnte wegbleiben, sie trägt nichts zur Handlung bei. Die Geschichten sind reichlich hilflos, aber sie haben etwas intensiv Poetisches. Und außerdem ist der Einfall mit den Gerichten interessant. Sicherlich könnte er das noch besser verwerten. Ich meine, die Idee mit den Rezepten gibt es auch schon in einem Buch von Laura Esquivel.«

»Das ist damit nicht zu vergleichen. Bei der Esquivel sprechen die Gerichte nicht. Und außerdem glaube ich nicht, daß er ein Interesse daran hat, innovativ zu sein. Es gibt eine Geschichte. Es gibt Helden ...«

»Helden, ja, das stimmt ...«

»Glaubst du, man kann es herausbringen?«

»Ich fürchte, es wird schwer für dich werden, einen Verleger zu finden. Es ist weder Dichtung noch Erzählung, auch keine Novelle, obwohl er es selber so nennt. Wenn man etwas nicht genau definieren kann, ist es schwierig, dafür zu werben. Außerdem gibt es im Moment eine Tendenz – nicht nur auf dem griechischen, sondern allgemeiner auf dem europäischen Markt – für dicke Wälzer.«

»Was meinst du damit, wenn du Markt sagst? Wir reden doch nicht über Schuhe ...«

»Ich meine die Verlagsproduktion, nenn es, wie du willst. Ich meine, daß das Buch endgültig zum Produkt geworden ist, eine Art preiswertes Waschmittel. Nimmst du die große Packung, sparst du Geld und gewinnst Coupons. Ob wir wollen oder nicht, wir müssen es in den Begriffen des Marktes sehen. Inzwischen schreiben doch alle Bücher. Das Buch, will ich damit sagen, ist keine schriftstellerische Leistung, es ist ein kompliziertes ökonomisches Phänomen. Was ich hier sage, würde ich niemals öffentlich aussprechen, aber du hast mich nach meiner Meinung gefragt. Ich habe die Pflicht, ehrlich zu dir zu sein.«

»Weißt du, mein Bruder ist nicht auf einen Bestseller aus. Er hatte persönliche Gründe, das Buch zu schreiben.«

»Persönliche Gründe haben alle. Sie schreiben ein Buch, weil sie ehrgeizig sind oder pathologische Geschichtenerzähler, oder weil sie nichts Besseres zu tun haben. Sie wollen eine Frau in ihr Bett bringen oder einem Mann den Kopf verdrehen oder sich an ihren Eltern rächen oder jemand gegenüber Abbitte leisten. Ich wollte auch irgendwann einmal ein Buch schreiben. Ich habe geglaubt, es sei eine Methode, dem Mann, der mich verlassen hatte, die Augen auszukratzen. Glücklicherweise habe ich es mir noch einmal überlegt. Wenn alle Enttäuschten jeweils ein Buch herausbrächten, dann würden wir uns nach dem Baden mit Büchern abtrocknen. Wir würden sie als Fernsehtischchen benützen. Ganze Betten und Häuser würden wir aus Büchern bauen.«

»Mit anderen Worten, du sagst mir, mein Bruder sollte sich den Gedanken an eine Edition aus dem Kopf schlagen …«

»Nein, im Gegenteil. Ich glaube, seine Fiktion müßte fester an eine zentrale Achse gebunden werden. Das Grundmaterial einer Story existiert, aber es ist zu versprengt. Eine Art Zentrifugalkraft löst die Erzählung auf. Er ist reichlich selbstgefällig mit seiner Erfindung und opfert dieser Selbstgefälligkeit die Narrativität. Das ist es, was ich meine.«

»Wir verlangen von ihm, das Buch neu zu schreiben ...«

»Nein, wir verlangen von ihm, eine alternierende Form zu finden. Wir verlangen zwei Seiten der Realität. Es gibt eine großartige Erzählung von einem gewissen Martin Stade, die im vormaligen Ostberlin unter die Zensur der Stasi gefallen war. Sie stellt das Leben eines Menschen dar, der eines Tages begonnen hat, alles doppelt zu sehen. Nicht spiegelbildlich gleich, sondern zwei unterschiedliche Ansichten der Dinge. Sein Sekretär hatte zum Beispiel zwei Gesichter. Das eine drückte Dienstbeflissenheit aus, das andere Gleichgültigkeit. Er bestand aus zwei Menschen, wie wir alle. Glaubst du, dein Bruder könnte so etwas machen?«

»Ehrlich gesagt, ich weiß es nicht.«

Unterdessen war unser Kaffee kalt geworden. Wir tranken ihn schweigend aus. Die Ladiku half mir vor dem großen Bücherregal, das die Wände der Diele wie eine Tapete bedeckte, in die Jacke. »Hast du das alles gelesen?« fragte ich. »Ach was«, erwiderte sie lächelnd. »Ich breche die Buchrücken bloß, damit sie gelesen wirken.« Verbittert über alles, was sie mir über die Waschmittel und die doppelseitigen Ansichten gesagt hatte, versuchte ich, die Bedeutung unseres Gesprächs zu reduzieren. Ich redete mir ein, sie verbringe ihre Zeit damit, die Buchrücken zu brechen, die Wohnung sei nach ihrem persönlichen Geschmack möbliert, und die Kinder machten ihr das Leben zur Hölle. Sie sehen, egal, wie süß einem ein Mensch unangenehme Dinge serviert, man versetzt ihn spontan in die Kategorie der Feinde.

Irgendwo hatte ich gelesen, daß sechs Millionen Menschen alleine leben. Ich rechnete mich nicht mehr dazu. Zehn Tage nach meiner Bekanntschaft mit Iraklis reichten uns die Cafés und die Autos nicht mehr. Wir hatten gemeinsame Fotos im Fotoautomaten von Kifissia von uns gemacht, die mußten wir doch irgendwo hindekorieren. Wir brauchten eine Behausung.

Unausweichlich nahte der Tag, an dem ich ihn zum Essen nach Cholargos eingeladen hatte. An jenem Morgen verließ ich noch unter dem Eindruck des kürzlichen Besuchs bei der Ladiku im Pyjama die Wohnung, ging bis zum Aufzug, betrat die Wohnung wieder und versuchte, sie mit den Augen eines Fremden zu sehen. Und was sah ich: Sofa und Sessel in der Farbe eines schmutzigen Tümpels. Altmodische Kerzenleuchter auf dem Wohnzimmertisch. Eine alte Moulinex auf der Küchentheke. Gewürze aus der Zeit Noahs. Die Pfeffermühle, die Ilias inspiriert hatte, neben dem großmütterlichen Täßchen mit Sprung. Zierkissen mit aufgestickten Trauben. Schlafzimmer mit fertig gemachten Betten und persönlichen Gegenständen, die den Eindruck erweckten, die Besitzer hätten sie nach einem Erdbeben unversehens zurückgelassen; und ein vorsintflutliches Computermodell im Arbeitszimmer.

Es war nicht meine Wohnung – war es nie gewesen. Sie war auf eine Kernfamilie zugeschnitten. Der Kühlschrank hatte ein großes Gefrierteil. In Ilias' Schlafzimmer hingen immer noch Plakate von den Dire Straits und Deborah Harry. Im Abstellraum gab es Hunderte von Schrauben und Gewinden, von meinem Vater nach Größen geordnet. Im Schränkchen unter der Spüle eine Flasche Essig, in der ein riesiger Moderpilz zusammengefaltet erstickte. Der Zustand des Pilzes erinnerte an das Haus, in das Alice im Wunderland schlüpfte, als sie in den Zauberkeks gebissen hatte. Ihre Arme und Beine standen zu den Fenstern hinaus, ihre Haare zum Schornstein. Ich war der Pilz. War Alice im Wunderland. Diese Wohnung hatte für mich keinen Raum.

Bis ich eine endgültige Lösung fand, ließ ich die Kissen verschwinden. Schob den gelben Sessel des Vaters ins Wohnzimmer und hängte die *Sirupfrüchte* über der Rückenlehne auf. Schaffte mir die Gewürze vom Hals und ging auf einen Sprung hinaus, um etwas Improvisiertes für unser Abendessen zu besorgen. Ich kam mit drei Tüten nach Hause zurück: Lachsfilet,

Basmatireis, Spinat, Erdbeeren, himmelblaue Papierservietten, Blumen. Ich rief Stefanos an, der mir sagen sollte, ob man den Basmati bei hoher Temperatur kocht. Er nahm nicht ab. Auf gut Glück wandte ich mich an Vassilis, den ältesten Bruder meiner Mutter, dem Ilias den letzten Teil seiner Novelle gewidmet hat. Seine Stimme hatte sich über die Jahre hin nicht verändert: Sie war streng, sehr tief, distanziert. Obwohl wir uns seit der Beerdigung nicht gesprochen hatten, ließ er keine Überraschung erkennen, als er mich hörte. Er erzählte mir volle zehn Minuten lang, welche Bedeutung das gründliche Waschen und Abtropfen des Basmati für den Erfolg des Gerichtes hat. Vassilis ist, wie Sie später erfahren werden, ein Koch in der Phantasie, ein Feinschmecker echten Kalibers, in seine fixen Ideen versunken. Unfähig, auch nur eine Karotte zu putzen, kann er einen stundenlang mit Vorlesungen über das ideale Bratfett für Kartoffeln nerven.

Doch an jenem Samstag Anfang April war Vassilis das einzige Mittel zur Erreichung meines Zieles. Ich sah ihn nicht als Menschen, sondern als audiovisuellen Kochkurs an. Seinen Ratschlägen folgend, bereitete ich ein richtiges Diner zu, mit erstem und zweitem Gang und Dessert. Ich muß zugeben, daß mir das auch gar nicht so übel geriet. Als Iraklis auf die Türklingel drückte, war der Lachs gar, der Spinat mit der Küchenschere geschnitten, die Erdbeeren mit Marzipan überzogen, und ich stand wartend in der Türöffnung.

Erst einmal zeigte ich ihm die Wohnung, das heißt, die Zusammenfassung meines Lebens. Das Werk der Mutter, die Bücher des Vaters, den Schreibtisch, an dem ich die Mathematikaufgaben gelöst hatte, als ich Schülerin war. Dann versuchten wir, normal zu essen – einer dem anderen gegenübersitzend. Binnen kurzem saßen wir auf der gleichen Seite des Tisches. Zum Schluß aßen wir unsere Früchte umschlungen und abwechselnd an den Erdbeeren und an den Ohrläppchen knabbernd. Ich hatte das eigenartige Gefühl, daß Iraklis schon immer hier gelebt hatte, daß ich jeden Abend zu seinen Füßen saß und ihm das Haar streichelte. Als wir mit dem Wein, den er mitgebracht hatte, zu Ende waren, den Champagner und unsere Liköre leergetrunken hatten und allmählich auf den Boden auszuweichen begannen, war ich fast sicher, daß das Haus abhob. Hätten wir es fertiggebracht, auf allen vieren bis ans Fenster zu kommen, dann hätten wir ganz deutlich die Sterne, die Flugzeuge und die Menschenvögel sehen können.

Wieder kam mir das Werk von Sarah Lucas in den Sinn: Der wächserne Mund war vom übrigen Kopf abgetrennt und spielte die Rolle einer vollständigen Persönlichkeit. In einem Interview, das ich für das Feuilleton übersetzt hatte, hatte sie gesagt, der Mund habe eigentlich an ein Gußmodell ihres Körpers geklebt werden sollen, aber als es an die Zusammenfügung ging, habe er absolut nicht dazu gepaßt. Er sei zu eigenständig. Auf die gleiche Weise empfand ich meinen Mund auch. Nicht mehr wild, mit knirschenden Zähnen, sondern entgegenkommend, warm, unabhängig, eine Individualität, die träumen, Entschlüsse fassen, sich ihrem Schicksal überlassen konnte. Ich war nicht Athina. Ich war der Operator meines Mundes.

Wir schliefen in meinem Bett. Seine Arme bildeten einen Sicherheitsgurt um meine Brust, der mich daran hinderte, mich herumzuwälzen. Mein Körper erwachte vor meinem Gehirn, als Iraklis ganz frühmorgens begann, diesen Gurt festzuziehen und zu lockern. Ziehend, suchend, aneinanderdrängend, wie ein paar Tage alte Welpen, deren Augen sich noch nicht geöffnet haben, versuchten wir zu begreifen, was um uns vorging, in welcher Welt wir uns befanden. Zum zweiten Mal erwachte ich um zehn Uhr vom Geräusch des Bestecks in der Küche. Iraklis machte Frühstück. Ich ging ins Bad, um mir Wasser ins Gesicht zu spritzen. Der erste Gegenstand, der mir beim Eintreten ins Auge sprang, war eine unbekannte, schwarze, glänzende Zahnbürste.

Ganz allmählich wird man zu dem, was man zu sein glaubt. Wenn man das Gefühl hat, ein Stück der Welt zu sein, wirkt alles zusammen, um einem das zu demonstrieren. Wenn man sich gut fühlt, beginnen die Menschen es einem nach kurzer Zeit zu danken. Wenn man sich dazu fähig fühlt, sich zu verändern, um dem, den man liebt, näherzukommen, erwacht man eines Tages als anderer Mensch. Iraklis bildete sich ein, ich sei immer entgegenkommend und optimistisch und pflege kurze Lederröcke zu tragen. Die *Sirupfrüchte* hätten schon immer im Wohnzimmer gehangen, und ich hätte seit meinen Kindertagen gekocht.

Zu Beginn war unser gemeinsames Leben ein Kampf darum, voreinander Details zu verbergen, die unser Bild hätten verdüstern können. Iraklis hatte mir nicht verraten, daß er Computerspiele zu spielen pflegte, und ich ging möglichst selten auf die Toilette, wenn er zu Hause war; ich wollte nicht, daß er in mir die Trägerin abstoßender Ausscheidungen sah. Die Zeit, die ich darüber vergeudete, mir zu überlegen, wie ich begehrenswerter und gescheiter werden könnte, nagte an den Stunden, die ich sonst der Übersetzung gewidmet hatte.

Zum Glück mußte Iraklis so um die Mitte April seinen Vater zur Kinderbuchmesse nach Bologna begleiten. Durch sein Fernsein war ich genötigt, mich für kurze Zeit wieder der normalen Welt zuzuwenden, die Ansprüche stellt, aus Fristen und Programmen besteht. Innerhalb einer Woche übersetzte ich den größten Teil des *Sommermahles*. Ich erreichte den Zenith der menschlichen Güte, indem ich Dionisia zum Essen einlud und mit ihr ins Kino ging. Jedesmal, wenn ich versuche, die Reaktionen in jenem Zeitabschnitt zu analysieren, erscheint mir nichts sauber, aufrichtig, ehrenhaft. Ich frage mich, ob ich nett zu ihr war, weil ich verliebt war oder weil ich mit der Übersetzung der Seiten, die ihr gewidmet waren, unbefangen vorankommen wollte. Danach lese ich den Brief, den sie mir in ihren großen, runden Buchstaben geschrieben hat, und der Zweifel überkommt mich:

Du bist meine liebe Athina. Ich mag dich sehr und schreibe dir ein Gedicht.

Deine schönen Augen
Deine schönen Augen sind das Schönste, was ich besitze.
Wie ich sie sehe, muß ich immer an sie denken.
Wenn sie mich anblicken, sehe ich einen Paradiesgarten.
Sind sie betrübt, dann wollen sie, daß ich ihnen
einen großen Berg voller Freude bereite.
Deine wunderschönen Augen.

Ich werde unendlich traurig, wenn ich daran denke, daß ihre Gedichte in keiner Gedichtsammlung enthalten sein werden. Gerade weil sie nicht geschrieben wurden, um gelesen zu werden, sind es die am wenigsten selbstgefälligen Gedichte, die ich je gelesen habe. Den Gesetzen der Wissenschaft nach ist Dionisia ein hoffnungsloser Fall. Blond, winzigklein, mit einem niedrigen Intelligenzquotienten und großen, hellblauen Augen gehört sie zur Welt der Nixen – in der alle Verliebten gern leben würden, ohne viel denken zu müssen, sich untereinander mit einfachen Sätzen und Zurufen verständigend.

Bisher hatte ich nur die biographischen Grunddaten meiner Kusine gekannt: Etwas jünger als Ilias war sie, die Tochter von Fotis und Isabelle. Es war ihr nicht gelungen, die Schule zu Ende zu bringen, und sie lebte in sich verschlossen. Bei den Familienzusammenkünften war sie mir immer auf die Nerven gegangen. Ständig lachte sie ohne ersichtlichen Grund. Bevor ich ihre Gedichte gesehen und von ihr eigenhändig zubereitetes Huhn mit Oliven gegessen hatte, hatte ich geglaubt, Ilias habe eine gewaltige Erfindungsgabe und vergaloppiere sich meilenweit von unserer Familie weg, um phantastische Geschichten zu erzählen, in denen unsere kleine Kusine die Hauptrolle spielte. Im *Sommermahl* beschreibt er sie als kluges, melancholisches Mädchen, das seinen Vater in jungen Jahren verloren hat. Was er meinte, war, wie ich später begriff, daß Fotis seine Tochter unter die mißlungenen Experimente eingereiht hatte. Nie hatte er sich ernsthaft mit ihr befaßt. Er war buchstäblich und im übertragenen Sinn abwesend. Ich bekam Hochachtung vor meinem Bruder wegen seines Weitblicks. Er hatte in wesentlich stärkerem Maß als ich versucht zu durchschauen, was die Nebenwirkungen der »chemischen Keule« sind, die man Familie nennt.

Wieder in der Wohnung allein, verbrachte ich etliche Stunden vor dem alten Drucker, der die Übersetzung im Rhythmus eines buddhistischen Mönchs ausdruckte. Vom Schreibtisch ins Bad und von da zur Arbeit unterwegs, versuchte ich einige Probleme der Genetik zu lösen, obwohl es die Leute allmählich satt haben, sich Platitüden über Veranlagung und Vererbung anzuhören. Ich wollte dahinterkommen, ob wir alle gemeinsam einen Tausendfüßler darstellten oder ein lahmendes Pferd, das ständig vom Weg abwich und müde schnaubte. Mir war daran gelegen zu erfahren, wie die Beziehung zwischen Vassilis und Dionisia aussah und ob alles mit unserem Großvater angefangen hatte, der ins Meer ging und darin blieb, bis ihm das Wasser über den Kopf reichte. Der Großvater war der erste, der etwas getan hatte, was uns buchstäblich die Worte im Hals stecken bleiben ließ. Die Schwermut des gutmütigen Kochs ist vielleicht eine seltene Krankheit, aber in unserer Familie gab es davon zahlreiche Fälle. Selbst Stefanos, der gesündeste von allen, hatte angefangen, Symptome der Krankheit zu entwikkeln.

Bis jetzt hatte ich Ihnen empfohlen, in bezug auf die Texte meines Bruders auf der Hut zu sein. Es ist an der Zeit, meine Worte zurückzunehmen. Was die Ladiku Selbstgefälligkeit nennt, ist nur eine dünne Membran. Wenn Sie durch sie hindurchstoßen und darunter sehen, werden Sie Kalamataoliven erkennen, die über den Sinn der Leere sprechen, und Zucchini, die nicht sterben wollen. Ilias hat sich nicht von der tiefen Wahrheit der Dinge entfernt. Er hat aus den Menschen Kochzutaten gemacht, weil wir im wesentlichen genau das sind: Erinnerungen aus der Zeit der Aussaat, Geschmacksrichtungen und Metamorphosen. Ich mußte mich erst verlieben, um zu begreifen, daß mein Bruder den kaleidoskopartigen Blick der Verliebten verwendet hat. Er hatte gespürt, was ich nur unter Mühen erfuhr, hier und dort nachfragend, Wunden aufkratzend. Unter diesem Aspekt ist die Wahrscheinlichkeit groß, daß er sich einmal zu einem wahren Schriftsteller entwikkelt.

Was mich betrifft, ich fühle mich wie eine Hausfrau, die monatelang Linsen ausliest, die Steinchen zur Seite legt. Sobald meine schriftstellerischen Verpflichtungen zu Ende sind, werde ich nicht einmal mehr eine Einkaufsliste verfassen. Ich habe begonnen, in bezug auf mich selbst und meine Neigungen Angst zu haben, besonders nach dem Sommer, den wir mit Carr verbrachten. Ich glaube unverbrüchlich daran, daß man, wie ich Ihnen schon sagte, zu dem wird, was man zu sein glaubt.

Sommermahl

Zucchinipitta

Wenn sie sich auf die Fußspitzen stellt, reicht sie gerade bis zum Ausguß. Die Küche ist für die Erwachsenen gebaut, die Regale hoch, das Fenster unerreichbar. Damit sie das alte Frauchen mit dem großen Buckel sehen kann, das die Wäsche auf dem Balkon gegenüber aufhängt, muß die

Mutter sie auf den Arm nehmen. Sonst ist das einzige, was sie erblickt, der Himmel; ein grauer Himmel, der zu ihrer Laune paßt und zu den blauen Sternchen auf ihrer Hose.

Sie wirkt wie ein gesundes Kind. Sie begreift instinktiv, daß die Traurigkeit wächst, wenn man überall nach ihren Spuren sucht. Statt den Himmel zu betrachten, der sich durch das jähe Sommergewitter verdunkelt hat, raspelt sie unter Kraftaufwand eine Zucchini. Gott weiß, was sie in ihrer Phantasie kleinraspelt. Die Friseuse? Ihre Mutter? Oder diesen ekelhaften kleinen Jungen?

Quatsch. Ich weiß nicht viel über die Menschen, noch bleibt mir genügend Zeit, um es zu erfahren. In Kürze wird sie mich in kleine Schnitzel raspeln, in dem Versuch, sich an den wirklichen Verantwortlichen zu rächen: Den Kindern, die sie mit den Läusen angesteckt haben, ihrer Mutter, die es entdeckt hat, der Friseuse mit der Schere, dem kleinen Jungen, der Junge zu ihr gesagt hat.

Dionisia ist ein hundertprozentiges Mädchen. Sie singt zusammen mit ihrer Mutter Edith Piafs Erfolgsschlager über die Frau, die nichts bereut. Sie trägt ein knallbuntes T-Shirt, auf dem Super Girl steht. Sie probiert heimlich Lippenstifte und Puder aus. Wenn der Unterricht zu Ende ist, spielt sie mit ihrer Schwester »Familie«. Am Kühlschrank hängt eine Zeichnung von ihr: drei Mädchen in einem Wald. Diese Mädchen sind größer als die Bäume, haben langes blondes Haar und geschminkte Lippen. Über ihren Köpfen sind kleine Pfeile mit ihren Namen zu sehen: »meine Mutter«, »meine Schwester«, »ich«.

Einen Vater gibt es nicht. Ersetzt etwa sie ihn, mit ihrem kurzgeschnittenen Haar? Und ist das wahr, was sie kurz vorher zu Alexandra gesagt hat, daß nämlich »keiner in der Schule mit ihr reden wird«? Sie hatten die Ellenbogen auf den Tisch gestützt und die Wangen in die Hände gelegt. »Ich gehe nie wieder aus dem Haus raus«, hatte Dionisia gesagt. »Ich bleibe bei dir«, hatte Alexandra geantwortet, die sich auch erst kürzlich ihre Zöpfe hat abschneiden lassen. Es hörte sich sehr romantisch an: zwei Schwestern, die sich in der Küche einschließen, bis ihre Haare wieder lang sind.

Ich versuche sie mir vorzustellen, wie sie gestern war, als alle noch mit ihr redeten und sie lieb hatten, wie sie behauptet. Die beiden Zöpfe, die sich jetzt ordentlich zusammengerollt in der Kaufhaustüte befinden, lagen eng an ihren Schultern an. Wenn sie die Luft durchschnitten, glaubten die gelben Plastikbienen am Ende jedes Zopfes, sie könnten fliegen. Allabendlich löste sie ihre Zöpfe, wobei sie aus der Tiefe des Kopfes ein eigenartiges Brausen hörte. Und dann half ihr das Haar, getreppt und samten, wie es war, sich die Frau vorzustellen, die an ihrer Stelle in Erscheinung treten würde, wenn ihre Nase lang und ihr Körper rund geworden wären. Jetzt ist ihr Nacken leer und mit Härchen bedeckt. Während sie sich so über die Reibe beugt und die Arbeit macht, die ihr die Mutter aufgetragen hat, geht ihr Nacken mit den langen Haaren aus ihrer Einbildung auf und ab. Anders läßt sich die Bewegung nicht erklären, die Drehung des Kopfes, die auf vom Himmel gefallene Zöpfe wartet. Sie hatte sich an ihr Gewicht gewöhnt, hatte gelernt, sie zu mustern, wenn ihr langweilig war, und sie fester zu flechten, wenn sie sich auflösten. Es gibt ja immer ein festeres Flechten, ein noch festeres Flechten. Sie preßte dann die festgeflochtenen Haare zusammen, die durch den Druck weich wurden und ein Knistern wie ein glühendes Scheit von sich gaben. Sie kaute auf den Enden herum und stellte sich vor, sie bisse auf eine lebendige Heuschrecke. Sie zählte die Wülste, die sich bei einem Zopf bilden, und brachte einmal acht, einmal neun, einmal zehn heraus. Die Haare hatten ihr Gefühlsregungen geboten, die jetzt an der Wurzel abgehackt waren. Wie übrigens auch die Zucchini.

Auf der Oberfläche der geraspelten Zucchini haben sich Bläschen gebildet. »Sie sondern ihren Saft ab«, sagt die Mutter zu ihr, die Isabelle heißt und gebrochen griechisch spricht. »Sobald sie abgetropft sind, zeige ich dir, wie du sie mit der Milch und der Petersilie vermengst. Wir tun noch ein bißchen Salz und Pfeffer daran. Danach streichen wir sie in die Backform, und dann essen wir die Zucchinipitta von Oma Martine, die leckerste Zucchinipitta der Welt.« Mit gutem Recht ist die Kleine nicht sonderlich begeistert. Das Beispiel der Zucchinipitta ähnelt dem Beispiel der abgeschnittenen Haare. Ein entscheidender Wandel, währenddessen man weder seinen Körper wiedererkennt noch die Grenzen des eigenen Ichs. Was man kannte und worauf man vertraute, löst sich ab, wird zerrieben, geht zugrunde. Es wird geraspelte Zucchini. Also totaler Quatsch.

Ein gleichförmiges Raspeln ist aus der Richtung der Reibe zu vernehmen. Dionisia verhält sich wie die Arbeiter, die ein tiefes Loch in die Straße graben müssen, ohne für irgend etwas anderes Interesse zu haben. Isabelle geht hin und her, den Nakken ihrer Tochter mit unruhigen Blicken musternd. Sie zieht die Gardinen zur Seite, so daß die Sonne, die plötzlich wieder da ist, in die Küche fällt. »Komm und schau dir das alte Frauchen an«, sagt sie. »Komm, mon petit cœur.« Dionisia springt auf. Ihre Haare sind zwar keinen Zentimeter gewachsen, doch vielleicht gibt es Gefühlsregungen, die auch die längsten Zöpfe ersetzen können.

Aus irgendeinem Grund erscheinen die dramatischen Bewegungen der alten Frau in ihren Augen komisch. Sie macht nichts Sonderbares. Sie hängt mit bedächtigen Bewegungen, mit zitternden Händen weiße Unterhöschen auf. Zwei andere Hände, die noch behende sind, heben die Kleine hoch, bereit, für sie alles Erdenkliche zu tun. Isabelle hat viel in Dionisia investiert, doch Dionisia hat auch viel in Isabelle investiert. Sie mißt die Selbstverleugnung und die Geduld ihrer Mutter, indem sie kräftig an deren langen Haaren zieht.

Ohne die Läuse hätte sie nun ebenfalls lange Haare, wie die

Mädchen auf ihrer Zeichnung. In Kürze hätte sie lange Röcke mit Blumen tragen können und Alexandra kein Plastilin mehr dafür zahlen müssen, daß sie ihr Milch für die Puppen holt, sondern könnte einer fremden Frau echtes Geld dafür geben, daß sie echte Milch für ihre echten Kinder holt.

Die Zukunftsbilder entschwanden, sobald ihre Zöpfe wie tote Haartierchen auf dem Boden gelandet waren. Im Spiegel erblickte sie eine unbekannte Frau mit einer Schere. Sie streute ihr Puder auf die Schultern und befragte sie nach der Schule, ihren Noten und ihren Freundinnen. Dionisia antwortete nicht. Die äußeren Merkmale auf Charaktereigenschaften zurückführend, hatte sie sich einsam und leer gefühlt. Sie hatte ihre feuchten Handflächen an der Hose mit den blauen Sternchen abgewischt. Das erste, was sie sah, als sie mit ihrer Mutter auf die Straße hinaustrat, war ein staubiger Ball. Ein Bengel mit aufgeschlagenen Knien jagte hinter ihm her und machte ihn noch staubiger. »Hallo, Junge, spielst du mit mir Ball?« fragte er. Sie muß sich wie geraspelte Zucchini gefühlt haben. Der Spiegel waren die anderen. Sie sahen das Phantom der langen Haare nicht, die kleine neunjährige Geschichte mit Haaren, die gewachsen, lockig und schön geworden waren. Sie sahen einen kleinen Jungen; eine Zucchinipitta.

Im Auto hatte sie aus dem Fenster gesehen. Außer ihren Haaren hatte sich nichts verändert: Ampeln an den Straßen, heulende Babies, Bürgersteige mit Löchern im Pflaster. Der Obst- und Gemüseladen am Eck hatte denselben Namen, dieselben bunten Obstkisten, dieselben Inhaber. Einen fetten Mann mit Doppelbauch und eine Frau, die die Tomaten in Reihen anordnete und langes Haar hatte, zu einem Pferdeschwanz gebunden, wie immer. »Gehen wir einkaufen?« schlug Isabelle vor. Dionisia muß gleichgültig mit den Schultern gezuckt haben.

Dort begegneten wir uns. Eine von den beiden warf mich zu anderen Leidensgefährten in die Tüte. Dionisia vermied es, sich in der glänzenden Oberfläche der Waage zu betrachten. Doch in der Wohnung gibt es einen großen Spiegel, der genau gegenüber dem Eingang postiert ist; antik, mit Engelchen an den Ecken, wilden Löwen und hinkenden Mundschenken. Mit anderen Worten, ein Spiegel, vor den man sich nur im langen Nachthemd und aufgelöstem Haar stellen kann, damit das Spiegelbild keine Dissonanz darstellt. Ich vermute, vor einem Spiegel beginnt man, sobald man sich die Brauen mit Spucke nachgezogen oder die Frisur zurechtgekämmt hat, vage nach der Wahrheit der anderen Seite zu suchen. Und die Wahrheit war, daß Dionisia sich selbst nicht wiedererkannte.

»Ich will meine Haare. Kleb sie mir an«, schrie sie unter Tränen. Ihre Schreie reichten bis in die Tiefe der Obst- und Gemüsetüte. Sie hielt ihre Zöpfe in der Hand, als seien sie ein Stück aus ihrem Rücken. Sie flehte ihre Mutter an, ihre Haare, die Zeit. Wohl oder übel hatte ich etwas Grundsätzliches zu akzeptieren: Haare kann man nicht ankleben. Zucchini kommen niemals wieder vollständig zur anderen Seite der Reibe heraus.

Auf ihre Tränen erwiderte Isabelle: »Du bist doch hübsch so.« Und gleich darauf: »Die wachsen in Null Komma nichts wieder nach.« Sie sandte ihr zwei widersprüchliche Botschaften, die einen Menschen zu einem Zeitpunkt, an dem die Sonne untergeht, davon überzeugen sollen, daß sie aufgeht: Hab keine Angst, sondern mach deine Rechenaufgaben zu Ende. Kletter nicht auf die Bäume wie ein Lausebengel, keinen Lippenstift in deinem Alter. Was für schöne Zucchini, machen wir doch Zucchinipitta daraus.

Etwas von der Art hatte sie geäußert, als sie mich in die Hand ihrer Tochter legte. Die preßte ihre kleinen, dünnen Finger um mich, als wolle sie mich erdrosseln. Ich höre das erste Raspeln. Mein altes Ich wird zu Schnitzeln, kleinen grünweißen Wunden. Die Oberfläche der Realität bedeckt sich mit irritierenden Bläschen. Zusammen mit den ersten Schnitzeln wird jedoch auch Dionisias Ringfinger mitgerieben. Ihre Augen sind noch gar nicht richtig trocken, und schon heult sie erneut herzzerreißend. So sehr sie an ihrem Finger leckt, immer wieder kommt neues Blut heraus. Trotzdem erlischt ihre Stimme und entfernt sich – zumindest von mir –, als hätte ihr jemand immer größere Wattebäusche in den Mund gestopft.

Huhn mit Oliven

»Tu doch etwas, Dionisia. Egal, was. Hör auf, Löcher in die Luft zu starren.«

Sie starrte nicht ins Leere, sondern auf die Holzmaserung an den Küchenregalen. Sie hielt ihr Gesicht mit den Händen zusammen, als befürchte sie, die Wangen könnten verrutschen. Ihre Augen – die meine Form, meine Größe haben – wurden durch unerklärliche Tränen getrübt, als ihre Mutter zu den Vorwürfen ansetzte. All die Tage, die ich sie kenne, sitzt sie auf dem gleichen Platz, und das Radio plärrt. Sie kritzelt auf einem Blatt Papier herum oder telefoniert mit ihren Freundinnen. Am Nachmittag geht sie aus. Sie kehrt müde zurück, wirft ihren Rucksack auf den Küchentisch und dreht sich einen provisorischen Knoten auf der Kopfmitte oben. Die Haarenden am Knoten bilden einen Besen, das einzige lustige Etwas an ihr. Wenn sie wüßte, wie der gelbe Besen ihr ernsthaftes Gesicht verwandelt, wie kontrapunktisch er in bezug auf ihren Wunsch, unglücklich zu sein, wirkt, würde sie ihre Haare offen lassen.

Ist das Leben so öde? Gleicht es ihrem Rucksack, der jeden Tag derselbe ist, nur ein bißchen schmutziger, ein bißchen abgewetzter? Auf dem Rücken dieses schäbigen Rucksacks, der nach Abgasen riecht, steht das Wort Himalaja. Wenn die Menschen unbewußt Gegenstände erwerben, die ihre Pläne preisgeben, dann will Dionisia hoch hinaus, höher als das Glasgefäß mit den Kalamataoliven. Noch viel höher als die Küchendecke.

Sehen Sie nur, wie viele Widersprüche. Schwächlich und traurig ist sie, doch sie träumt davon, glücklich zum Himmel emporzufliegen. Dieser Traum wiederholt sich, wie sie erzählt, jede Nacht und läßt ihre Mutter darauf hoffen, daß Dionisias Leben noch einen Sinn bekommt. In der Zwischenzeit versucht sie, ihr beizubringen, was jede Mutter ihrer Tochter beizubringen hat. Statt sie an den Haaren zu ziehen, gebraucht sie das Surrogat für Gewalt: Worte.

»Dionisia, hör auf, so zerstreut zu sein.«

»Du kannst doch nicht den ganzen Tag so herumsitzen.«

»Zwanzig Jahre bist du und benimmst dich wie eine Greisin.«

»Häng mir wenigstens die Wäsche auf.«

Zwei gelbe Gardinen übers Gesicht herunterlassend, verdeckt Dionisia ihren Blick. »Ich fühle mich leer«, wispert sie. »Es gibt nichts auf der Welt, das mich veranlassen könnte, mich von meinem Platz zu erheben.«

Und doch gibt es etwas. Ihre Mutter weiß es und beginnt herumzuklappern, Töpfe aus dem Schrank zu ziehen.

»Was kochst du, Isabelle? Laß lieber mich machen.«

Das Kochen ist das einzige, was sie aus ihrer Grübelei holen kann. Ein anderer Mensch tritt aus ihrem Inneren hervor, behender, sicherer, effektiver. Sie braucht das Rezeptbuch nicht. Sie schnippelt, vermengt, kombiniert ganz allein. Manchmal pfeift sie auch dabei. Ihre Leere füllt sich mit Mehl, Zwiebeln, Paprikaschoten, frischer Minze. Warum nimmt sie ihren Rucksack und geht hinaus? Der Himalaja ist hier drinnen.

Heute hat sie eine extrem vereinfachte Form eines Huhns ins Öl geworfen: zwei Keulen, zwei Brüste. Das Huhn schrie auf, und daraufhin drehten es ihre zartknochigen Hände zur Seite, als handle es sich um ein Problem der Körperhaltung. Aber das

Huhn hatte weder einen Alptraum noch träumte es davon, zu fliegen. Es blieb gerupft, zerstückelt und einsam auf dem Boden des Topfes liegen. Zur Gesellschaft warf sie ihm eine Zwiebel mit hinein. Doch jeder nach seiner Verfassung: Die Zwiebel öffnete sich wie eine welke Rose, nahm drei verschiedene Farben an, bekam Runzeln. Kleine enthäutete Tomaten machten das Inferno perfekt.

Mithilfe eines Stuhles konnte Dionisia bis zu unserer Behausung hochreichen und drehte den Deckel auf. Das Geräusch von zurückschnellendem Gummi ertönte – das Geräusch des Vakuums. Das Dach des Glasgefäßes, auf dem *Kalamataoliven* steht, löste sich ab. Gleichzeitig schwand der Schutz des Öls; das Empfinden, sein Leben zu leben, indem man in einem kleinen Tümpel ohne Überraschungen herumgleitet. Sie schnitt uns in der Mitte durch, nahm den Kern heraus, legte uns auf die Untertasse.

Isabelle weichte unsere Behausung im Wasser ein und löste das Etikett ab. Übrig blieb nur ein kleines L, Leim und Fetzchen. Wenn ich eine Wange hätte, würde ich sie festhalten wie Dionisia. Wenn ich sprechen könnte, würde ich die Worte wiederholen, die sie vorhin gesagt hat: »Ich fühle mich leer.« Der Kern ist herausgerissen. Das Zentrum meines Ichs dahin. Unser Familienname ausgelöscht.

Soll er doch in Stücke gehen, wenn das Mädchen so glücklich wirkt. Es flattert von einem Regal zum anderen, macht Dosen auf, steckt den Finger in die Soße. Es sagt zu sich selbst: »Sehr gut. Und jetzt noch ein bißchen Salz.« Da ist sie also, die berühmte Leidenschaft, die Lebenskraft, die Lust zu berühren, zu schmecken, zu verändern.

Die Gegenwart löscht die Vergangenheit aus. Unter der Voraussetzung einer heftigen Gemütsbewegung, selbstredend. Ich habe ihr vorheriges Gesicht vergessen, die Wangen, die fast die Lippen berührten. Die neue Dionisia reibt sich die Nase mit dem Handrücken und pfeift. Sie pflanzt einen Kern ins Zentrum ihres Ichs. Angesichts ihrer Harmonie intensiviert sich mein Gefühl der Leere. Man muß jemanden sehen, der weiß, was er vom Leben will, um sich mit ihm vergleichen zu können und sich leer zu fühlen. Leer, leicht und einsam in der Mitte des Tellers, in Gemeinschaft mit anderen herrenlosen Seelen; in Erwartung dessen, was die Bezeichnung Huhn mit Oliven zu sagen hat.

Früher einmal verbrachte ich meine Tage an der Spitze eines Zweiges. Ich beanspruchte nichts außer einer leichten Ortsverschiebung nach rechts oder links, je nach dem Wehen des Windes – wie vorhin am Tisch. Viele Träume, natürlich, aber keinen unkontrollierbaren Wunsch. Auf die Blätter blickend, zur Erde, und wieder auf die Blätter, kam ich zu keinen wesentlichen Ergebnissen. Obschon rund und ganz, fühlte ich mich leer. Während jetzt, angesichts der himmelschreiendsten Leere, Wünsche, Erwartungen, Ängste heraussprudeln, die sich in schwindelerregendem Tempo bewegen, das Zimmer anfüllen und vom Staubsauger aufgesogen werden. Ich sehe mich gezwungen, bestimmte Dinge zu würdigen: das Licht, das durch die Bäume fällt. Einen Sperling, der sich am Fuß kratzt. Ein Mädchen, das sich am Ohr kratzt.

Dionisia genießt das Kratzen, und Isabelle spöttelt: »Du kriegst Haue.«

»Du kriegst selber Haue.«

Jetzt jagt sie mit dem Kochlöffel hinter ihrer Mutter her. Ihre Fülle wird geräuschvoll. Es ist normal, daß sie die Langeweile mit Trübsal, Enttäuschung, Krankheiten in Verbindung bringt. Es genügt einmal eine Stunde grundloser Traurigkeit, um der Welt in dem Bewußtsein entgegenzutreten, daß das Unheil existiert, daß man es in seinem Inneren antrifft. Wenn das Unheil nun meine Form annimmt, ist ihr zorniger Blick berechtigt. Wenn sie die Oliven erst in das Gericht wirft, ist alles zu Ende. »Fertig«, sagt sie dann, mit der Gabelspitze eine halbe Olive naschend. Ich werde nicht da sein, um sie zu sehen, wenn sie ihre Wangen wieder auf die Hände stützt. Das Huhn mit Oliven wird sich vor ihr befinden, auf dem Grund des Topfes. Und dann wird sich in ihr wieder ein düsterer Kreis bilden. Sie wird den Kern verlieren, den die Menschen einmal »Ziel« und ein andermal »Bestimmung« nennen, je nachdem, wie hochfliegende Pläne sie haben.

Soll sie doch meinen Kern nehmen – für mich ist er unnütz. Offenkundig auch für sie. Wenn ich etwas gelernt habe in diesem Leben, dann das, daß jeder seinen eigenen Kern finden muß. Nehmen wir diese Familie: Einen Vater gibt es nicht mehr, insofern hat es keinen Sinn, über seinen Kern zu sprechen. Die Mutter hat den ihren an der Seite des Vaters begraben. Alexandra, Dionisias große Schwester, hat hier keinen Kern gefunden, der zu ihr passen würde, und hat begonnen, in fremden Ländern herumzureisen, um ihn zu finden. Was Dionisia betrifft, die ihre Kannibalenparty mit Geflügel und Oliven abhält, so sucht sie das Zentrum ihres Ichs am falschen Platz. Sie studiert etwas Unnützes am Kaningosplatz, etwas, wozu man Lineale und Bleistifte braucht. Wenn sie zurückkommt und das Arbeitszeug in der Küche ausbreitet, braucht man nur ihre Körperhaltung zu beobachten, um zu erfassen, daß etwas nicht stimmt. Die Lineale sollten zerbrochen und die Bleistifte fortgeworfen werden, wenn sie ihr doch nicht dabei helfen, einen Kern zu finden, und sei er auch falsch und künstlich.

Wenn sie kocht, ist alles anders. So viele Botschaften in der Küche, und keiner hat sie je entschlüsselt: Das Fleisch wird weicher, die Gemüse duften, und man kann drei bis vier Gerüche zählen, die sich nicht überdecken. Die Art, wie sie den Deckel anhebt und das Essen überwacht, läßt keinen Zweifel aufkommen: Ihr Kern befindet sich hier drinnen. Wenn sie die Hand ausstreckt, hat sie ihn schon.

Dionisia rührt das Gericht mit einem Holzlöffel um, während sie uns in die Tiefe einer rotgefärbten Hölle wirft. Sie macht den Eindruck, als verstünde sie die Geheimnisse des Schmortopfes, als kenne sie die metaphysischen Tiefen des Verbs »dünsten«. Dieses Verb scheint allerdings für sie selbst erfunden zu sein, die ihren Blick ab und zu angstvoll zur Decke hebt.

Der einzige Weg, den schwarzen Gedanken Einhalt zu gebieten, ist der, sie durch andere, hellere, zu ersetzen. Isabelle kennt den Trick. Sie fängt ein Gespräch über Onkel Stefanos an. Vielleicht könne er Dionisia am Wochenende irgendein fremdartiges Rezept zeigen, meint sie.

»Warum gehst du ihm nicht gelegentlich im Restaurant helfen?« beharrt Isabelle.

»Er hat mich nicht darum gebeten. Ich möchte keinem zwischen die Füße kommen.«

»Aber er ist doch dein Onkel.«

»Auch ein Onkel hat Füße.«

Wenn Dionisia einmal etwas beschlossen hat, ändert sie ihre Meinung nicht. Nur schwer sind die schwarzen Wolken rund um ihren Kopf zu zerstreuen. Isabelle glaubt aus irgendeinem Grund, daß sich »ihr Zustand« von Tag zu Tag verschlechtert. Sie schlägt ihrer Tochter Aktivitäten vor, die sie, statt sie aus der Lethargie herauszuholen, nur noch tiefer unter die Bettdecke kriechen lassen.

Doch das Essen ist fertig und die Interpretationen müßig. Haben Sie bemerkt, wie die Menschen eine ernste Diskussion oder einen trüben Gedanken mittendrin abbrechen, um zu essen? Dionisias Eile ist so groß, daß sie die Töpfe überall stehen läßt – sogar auf dem Fußboden. Während sie auf Isabelle wartet, um sich mit ihr an den Tisch zu setzen, blickt sie aus dem Fenster. Eine alte Frau sitzt auf dem Balkon gegenüber unbewegt auf ihrem Schemel. Neben ihr wehen Höschen auf dem Wäscheständer. Dionisia kann stundenlang so verweilen, einmal den Wäscheständer, einmal die Alte betrachtend. Während ich aus dieser Welt scheide, offen für alles – die gedünstete

Tomate, die Zwiebel, die Verschmelzung der Zutaten –, hoffe ich, daß die Seelen, die heute vergeblich ihr Leben ließen, ihr ein paar brauchbare Ideen eingeben: daß die Dünste aus dem Topf, die wehenden Höschen, ihr Rucksack ihr eines Tages dazu verhelfen, glücklich zum Himalaja emporzufliegen.

Pfefferschoten für Verliebte

Die Liebe nimmt den Appetit. Wenn Sie geliebt haben, wissen Sie, was es bedeutet, wenn der Magen nach oben steigt, bis zum Mund. Als Folge davon hebt sich der Bauch an die Stelle des Magens, die Beine verlieren die Bodenhaftung, und das gesamte System wird in die Höhe verlegt: Verliebte kommen dem Himmel näher. Wenn die Menschen wieder anfangen, auf ihren Teller zu sehen und den Fisch sorgfältig zu entgräten, wenn sie es wagen, sich voreinander die Finger zu lecken und ihre Eckzähne mit dem Nagel des kleinen Fingers zu reinigen, dann können Sie sicher sein: Sie haben aufgehört, sich von Wolken und Sternen zu nähren. Sie sind dabei, wieder in ihren Körper herunterzukommen.

Dionisia und Konstantin verabschieden sich von der ersten, strapaziösen Phase ihrer Beziehung durch den Entschluß, mich zu verzehren. Nicht nur mich, sondern auch die übrigen Pfefferschoten, die in der hellblauen Plastiktüte liegen. Sie haben schon gestern eingekauft, aber nichts angerührt. Den Anflügen von Hunger haben sie mit Sonnenblumenkernen Widerstand geleistet. Die salzigen Schalen häufen sich in sämtlichen Aschenbechern, als hätte jemand im Wohnzimmer seltsame afrikanische Bäume geschüttelt. Dieses Wohnzimmer besitzt keine Türen, nur hölzerne Trennwände, eine Miniaturküche und ein Sofa, das man zum Bett aufklappen kann. Es ist ein aus einem Raum bestehendes Ferienhaus, das über Ydroneta liegt und aufs Meer hinausgeht. Obwohl überall nautische Objekte zu sehen sind, ist das Haus nicht von Seefahrern bewohnt. Konstantins Vater stammt aus dem Epiros und ist Eigentümer einer Kette von Läden mit Ausrüstungen für Bergsteiger. Aber wer Geld hat, ist imstande, sogar mit seiner Herkunft zu spielen: Das Steuerrad an der Wand stammt aus dem Antiquitätengeschäft. Die Sammlung von Kompassen ist eben erst frisch poliert worden. Was Konstantins Matrosenmütze betrifft, so kommt sie eher abends zum Einsatz, aus Stilgründen. Dionisia ist nicht so aufmerksam. Für sie ist Konstantin das Zuhause und das einzige Dekorationsstück von Wert sein gestreifter Pullover. Sie wirft ihn sich nicht über die Schultern, um sich vor Kälte zu schützen, sondern um seinen Duft einzuatmen.

Am Sonntagmittag, als Konstantin über der Zeitung eingenickt war, hatte sich Dionisia zum ersten Mal mit der natürlichen und der künstlichen Dekoration beschäftigt. Sie hatte etwa fünfzig Wellen abgezählt, die sich unterhalb des Balkons brachen. Sie hatte auf der Jagd nach einer Schmeißfliege im Zimmer zwei Achten gedreht. Schließlich hatte sie gemacht, was alle Menschen machen, wenn sie sich langweilen: Sie hatte sich alles, was sie am Vortag übersehen hatte, genauer angeschaut. War mit der Nase ganz nah an die Seestücke herangegangen. Hatte die Perlen eines Kombolois gezählt. Hatte angefangen, mit den Kompassen zu spielen. Die Zeit verging nicht. Sie ließ sich in einem Schaukelstuhl nieder. Bis es Abend wurde, wiegte sie sich vor und zurück und blickte dabei aufs Meer hinaus, wie es hereinflutete und sich wieder zurückzog.

»Was machst du da«, raunzte Konstantin, als er erwachte.

Dionisia lächelte. Die Druckerschwärze hatte Flecken auf seinem Gesicht hinterlassen und ihm in diesem schwimmenden Haus zu einem Platz verholfen: Endlich sah er wie ein Schiffsjunge aus. Sie erzählte ihm, sie habe sich, da sie sich einsam gefühlt habe, ein paar Geschichten über ihre Familie ausgedacht. Sie habe über ein paar Klischees bezüglich der Rolle und der Bedeutung der Familie nachgedacht.

»Was meinst du damit?« fragte Konstantin und gähnte.

»Willst du das wirklich von mir erzählt haben?« fragte sie ihn. Konstantin gab keine Antwort – Leute, die gerade aus dem Schlaf kommen, wissen nicht, was sie wollen.

Sein Schweigen als Zustimmung deutend, sprach Dionisia über den blindwütigen Zwang der Mitglieder einer Familie, die Welt in Stücke zu teilen und zu kolonisieren. Über den Drang der Kinder, Eltern zu werden, und den der Eltern, Großeltern zu werden. Kaum seien die Wünsche in Erfüllung gegangen, begännen die entgegengesetzten Wünsche. Wer Kinder gewollt habe, würde am liebsten die Zärtlichkeit wieder zurücknehmen. Wer Disziplin gefordert habe, leere seinen Koffer auf den Boden aus. Wer Geld verdient habe, wolle in Lumpen auf einer Insel wohnen. Wer viel geliebt habe, fange zu beißen an.

Die Familie sei das erste objektive Hindernis auf der Suche nach Identität. Ein Vorfahr – der stärkste von allen – werde zum Vorbild, dem die Familienmitglieder entweder ähnlich werden wollten oder von dem sie sich zu entfernen versuchten – was im Grunde das gleiche sei. Die Nachfahren betrachteten sein Foto und sähen darin ihre Möglichkeiten in einem Rohzustand, auf ein fremdes Gesicht verteilt. Wenn sie die vergeudeten Eigenschaften sammelten und ihnen in der Zukunft eine neue Richtung gäben, dann käme das vollkommene Muster heraus: ihr eigenes Ich, umgeben von den Begabungen des Geschlechtes.

Dies sei die gewaltige Selbsttäuschung, die sich bei jeder Revolution wiederhole, sei sie nun individuell oder historisch. Die französische Revolution habe den Ehrgeiz besessen, ein neuer Anfang zu sein, frei von den Fehlern des alten Regimes. Binnen kurzem seien jedoch die zentralistischen Strukturen wieder zurückgekehrt. Das gleiche spiele sich auch bei den verlorenen Söhnen ab – auf jeden Fall sei die Freiheit eher eine Perspektive als ein Zustand. Die Pläne der anderen und unsere eigenen überlappten sich. Die Persönlichkeit werde zu einem kreisrunden See, der von Steinen umgeben sei. Felsvorsprünge würden geschaffen durch die Vorschläge der anderen. Wie viele fremde Stücke könne man denn bei sich tragen und dabei gleichzeitig fortfahren, man selbst zu sein?

Das war eine rhetorische Frage, auf die Dionisia mechanisch antwortete, ohne auch nur einen Gedanken zu verschwenden. Die Mitglieder ihrer eigenen Familie, meinte sie, die Geschwister ihres Vaters, seien auf den Familienbaum gestiegen und hätten ihn geschüttelt, damit Ratschläge und Schätze daraus herunterfielen. Sie hätten sich der Küche zugewendet und sich um die Kochkunst bemüht, weil sie das Gebiet als sicher und kreativ ansahen. Es gebe jedoch keine Kombination, die die Seele ausbilde und dabei Sicherheit garantiere. So hätten alle drei anfangs Mißerfolge gehabt. Irini sei Hausfrau geworden, Stefanos ein übertrieben ehrgeiziger Koch, Vassilis eine wandelnde Enzyklopädie. Gott allein wisse, ob es ihnen gelingen werde, ihre Gaben eines Tages nutzbar zu machen.

»Überspanntheiten«, bemerkte Konstantin. Dionisia ließ sich vernichtet auf ein Kissen mit Ankern fallen. Diese Anker hoben sich und zwangen sie, sich mit ihren Gedanken auf eine unangenehme Reise zu begeben. Sie hatte viel geredet, über Themen, über die sie normalerweise nicht sprach. In ihrer Erregung spürte sie, daß sie der Formulierung einer Wahrheit ganz nahegekommen war. Konstantin hatte exakt diesen Moment gewählt, um ihr ein unbehagliches Gefühl zu verschaffen. Um die Verlegenheit wieder loszuwerden, beschloß sie, etwas zu sich zu nehmen. Sie wusch uns langsam und gründlich, röstete uns leicht auf dem Grill an und füllte uns mit Schmand, Petersilie und Wein. Konstantin machte zwei Sätze in die Luft und klatschte dabei in die Hände.

»Bist du schon wieder auf Schnakenjagd? Leg doch eine Antimücken-Tablette ein.«

Ihre Stimme wurde von der Übertragung eines Fußballmatchs übertönt, und das Wort »Tablette« vermischte sich mit dem Wort »Torpfosten«. Konstantin hatte den Fernseher angeschaltet, und das Zimmer war ins Violett des Bildschirms getaucht.

Das hypertrophe Herz, das sich in den ersten Wochen ihrer Bekanntschaft herausgebildet hatte, teilte sich in zwei Hälften. Die eine pochte unstet vor den Pfefferschoten. Die andere befand sich auf dem Sofa, unter eine Sportjacke verbannt. Die vier verschränkten Beine hatten sich in zwei Segeltuchschuhe und zwei Sandalen aufgeteilt. Die vier unzertrennlichen Hände waren mit unterschiedlichen Tätigkeiten beschäftigt: Zwei davon kochten, und die anderen beiden zwirbelten ein langes Haar auf der Brust.

Dionisia richtete die Pfefferschoten auf einem Teller mit Seemannsknoten an. Hier drinnen sprach alles für die Aussicht auf eine Reise, die sie alleine antreten mußte. Sie schob die Kompasse zur Seite und stellte den Teller auf den Tisch. Konstantins Segeltuchschuhe berührten das Deckelchen einer Schote, und um ihn dafür zu bestrafen, schob sie sie ihm schadenfroh in den Mund. Hypnotisiert vom Schauspiel auf dem Bildschirm hätte Konstantin sogar dann den Mund aufgesperrt, wenn man ihm Schmetterlingsflügel angeboten hätte.

Dionisia dagegen schaut einmal auf die Platte, einmal auf die Gabel. Ihr Magen ist wieder an den gewohnten Platz hinuntergerutscht und erheischt Tröstung. Er dürfte sich durch die zerkauten Pfefferschoten und die Erbitterung grün gefärbt haben. Insgesamt hat sie vier Stück zu sich genommen. Die fünfte – die zu Ihnen spricht – verdankt ihr Glück dem vollen Magen des Fräuleins. Das Glück ist freilich relativ, wenn man in der Mitte eines leeren Tellers liegt, vor einem Ball, dem alle nachjagen, den aber keiner will.

Nach und nach entwickelt sich das beiderseitige Schweigen zu einer Art stummer Entschuldigung. Je mehr Zeit verstreicht, desto mehr bereuen sie ihren ersten Konflikt. Sie nehmen es sich selbst übel, daß sie nicht mehr über den Dingen standen. Konstantin denkt, er hätte sich Dionisias Gefasel mit größerer Gelassenheit anhören können. Dionisia denkt, sie sei schneller und leichter enttäuscht, als es der Fall sein müßte.

Alles ändert sich, indem es gleich bleibt. Es ist ein Wunder aus sich selbst heraus, ein Taschenspielertrick, um nicht in Panik zu geraten. Wenn einer von beiden plötzlich gebrüllt hätte, »alles ist aus«, hätte der andere den Unwissenden gespielt. Aber die Grenzsituationen teilen sich für gewöhnlich erst ziemlich spät mit – deshalb nennt man sie so. Bis dahin werden die Protagonisten des Dramas Dekaden von Pfefferschoten, Tomaten und Kohlköpfen verspeist, Hunderte von Bieren getrunken, Tausende von Bosheiten und Beleidigungen bereut haben. Und am Ende jeder Auseinandersetzung reden sie sich dann selbst wieder ein, daß ihre Liebe, das einzige wahrhafte Beispiel von Liebe auf dieser Welt, nicht sterben werde.

Ein gewaltiger Irrtum. Jemand müßte ihnen sagen, daß man die wahrhafte Liebe frisch genießt, wie eine Pfefferschote. Dank der Technik kann man eine Pfefferschote im Kühlschrank frisch halten, aber binnen weniger Stunden ist zu sehen, wie sie schlaff wird und in sich zusammenfällt wie der Hals einer Greisin.

Honigmelone mit Frischkäse

Ob Sie es glauben oder nicht, sieben triefäugige Menschen haben ihren Kaffee getrunken, über dem sie bereits in aller Herrgottsfrühe das Phänomen der Sommermelancholie analysierten. Das Winterleben, meinten sie, stürze ein, als sei es auf Sand gebaut. Man gehe über den feinen Kies, und mit ihm gebe das nach, was man Gewißheit nenne.

Vom Strohhut mit den Früchten aus sind nur ihre gebeugten Rücken sichtbar. Sie formen sieben Bögen rund um Tisch, Kaffeekanne, Tassen und ein Heft, auf das sie die Platte mit dem Zwieback gestellt haben. Drei Rücken gehören den Eltern: Rania, Stefanos und Isabelle. Die übrigen den Kindern: Athina, Ilias, Dionisia und Pantelis. Doch sagen die Rücken nichts aus. Die Menschen bestehen aus ihren Gesichtern: mißtrauische Augen, schmale Lippen, ein Mund, der sich leicht verzerrt, das ganze Gesicht nach rechts oder links mitziehend. Als sie aufstehen, um ihre Koffer zu packen, verliere ich endgültig die Gelegenheit, daraus klug zu werden, was für eine Art Menschen sie sind. Auf der Veranda bleibt nur ein Rücken mit roten Trägern übrig. Er hängt an einem dünnen, weißen Hals, und der wiederum stützt zwei Wangen; die Wangen, die das Mädchen in seine Hände legt – offenkundig gelangweilt.

Als sie sich dem Hut mit den Früchten zuwendet – das ist auch so eine Idee, die Früchte dort zu dekorieren, wo man normalerweise seinen Kopf hineinsteckt –, entsteht ein vollständigeres Bild: große blaue Augen, eine gebogene Nase, helle Brauen. Weiße Haut, überschattet von Schwermut oder einem verwandten Gefühl. Ein blasses Gesicht, das, während es näher zu uns herankommt, immer mehr an den Mond erinnert. Ihre Finger betasten mich, drücken hier und da, als erwögen sie die Möglichkeiten einer schwachen Honigmelone. Mit dem Messer schneidet sie mich ganz gerecht in der Mitte durch. »Ob noch Frischkäse übrig ist?« monologisiert sie und schlägt den Weg in die Küche ein, die Zwiebackplatte mitnehmend. Die Heftseiten werden frei und folgen den Launen des Windes. So erfahren wir, daß am 29. Juni in Chora auf Astypalea eine Melone aufgeschnitten wurde.

Samstag, 21. Juni 1991

Gestern früh sind wir mit dem Linienschiff angekommen. »Ist es nicht ergreifend?« meinte Alex-

andra, sobald der Hafen in Sicht kam. Ich inspizierte Jalo vom einen Ende zum anderen. Etwas Ergreifendes konnte ich nicht daran finden. Ich wackelte so mit dem Kopf hin und her, daß es »ja« und »nein« heißen konnte.
»Das Ergreifendste«, merkte Isabelle an, die hinter uns stand, als segne sie uns, »ist sein Name. Eure Großmutter nannte es immer Astrobalia.«
Ja und? Die beiden waren nahe daran, in Tränen auszubrechen. Mich erfaßte ein dringendes Bedürfnis davonzulaufen, aber das Schiff war noch nicht vertäut.
Stefanos' Jeep ächzte die Kurven zum Dorf hoch, hoch beladen mit Klamotten, Bratpfannen nach der neuesten Küchentechnik, und uns allen. Bei der Ankunft im Hotel legten wir eine bemerkenswerte Ähnlichkeit mit taumeligen Fliegen an den Tag. Ich lief dann ganz allein nach Tsanaki, einem Strand hinter Ajios Vassilios. Dort hatten sich schon die ersten Nudisten eingestellt. Ich zog meinen Badeanzug auch aus, um nicht so aufzufallen. Ein Stück weiter spritzten zwei Italiener ein Mädchen naß, das fror und nicht recht ins Wasser wollte. Ich ertappte mich dabei, wie ich dachte: »Ja, los, spritzt sie ruhig naß!« Wie es scheint, sind wir aus recht niedrigem Material beschaffen.
Auf dem Rückweg wartete bei den Windmühlen Stefanos' Jeep mit laufendem Motor auf mich. Alle sahen mich an, als hätte ich etwas verbrochen, aber wir hatten nichts Festes abgemacht. Ich setzte mich nach vorne, zwischen Stefanos und Rania. Hinten saßen Isabelle und meine Cousins; Athina, Ilias und Pantelis. Zwischen sie eingezwängt empfand ich die Ergriffenheit, die sie mir vorher abver-

langt hatten: Wir alle zusammen wie früher hier auf Astypalea, um die Taverne der Großmutter zu säubern und Stefanos, Rania und Pantelis zu helfen, sich auf der Insel häuslich einzurichten.

Meine Mutter macht solche Momente kaputt, weil sie das Schweigen als Feind betrachtet, den man überrumpeln muß. »Erinnerst du dich noch, Stefanos, wie der Großvater immer sagte: Ach, mein verbrannter Glücksstern. Meinte er eigentlich verbrannter oder verkannter?« Stefanos antwortete ihr, das sei ein Witz des Großvaters gewesen, und die konkreten Wörter hätten keine Bedeutung gehabt. »Willst du etwa sagen, du weißt es nicht mehr, Onkel?« quengelte Athina, die es mit den Erinnerungen der anderen sehr genau nimmt. So fing eine unnütze, fatale Unterhaltung an. Vor uns breitete sich das wirkliche Leben mit seinen Windungen aus, doch nur Ilias sah aus dem Fenster. Seine Introvertiertheit war ja nicht sozial tadelnswert, sie hatte etwas Romantisches. Meine war der Schandfleck der Familie. »Sagst du etwa schon wieder nichts«, sagte Rania, und dieses »schon wieder«, verbunden mit dem »etwa«, legte die Dimensionen des Problems offen. Sie drehten sich alle zu mir um und blickten mich an, als sei ich ein beklagenswerter Roboter, dem man keine Gefühlsmodule angeschlossen hat.

Irgendwann waren wir da. Hinter der Raffinerie konnten wir das Meer und zwei weiße Würfel sehen – das Haus und die Taverne. Wir luden das Gepäck ab, riegelten die Tür auf. Das Haus roch nach Erde. Der Putz war abgebröckelt. Die Zimmer sahen aus wie die improvisierten Häuser aus Erdpampe, die die Kinder bauen.

Direkt in diesem Hof hatten wir früher ganze Zimmer aus Zementsteinen errichtet. Wir hatten Plastikbecher als Töpfe benutzt und Hölzchen anstelle des Feuers. Ilias, Athina, Alexandra und ich hatten Schilfrohre auf die Ziegel gelegt und »Taverne« gespielt. Gegenüber befand sich die richtige Taverne »Zur Kalí«, mit richtigen Oktopusbällchen und richtigen Gästen. Aus ihrem Abfall – Fischköpfen und -schwänzen, Krabbenpanzern, Kaninchenknochen, in Lehmknödel gesteckt – formten wir unsere eigenen Klößchen. Wir hatten keine Pfanne, sondern schrien alle »tsch, tsch« für das heiße Öl. Wenn die Klößchen fertig waren, wurde ich von einem Gefühl des Überdrusses gepackt. Ich mußte an irgendeinem unbekannten Ort eine andere Küche finden, grasüberwuchert, ohne Klößchen, und sie wieder ganz von neuem aufbauen.
Oma Kalí rettete mich vor der Langeweile. Sie kam mit der letzten Ladung Oktopusbällchen in ihrer Schürze zu uns herübergerannt. Wer sie in der Luft auffing, warf sie dem nächsten zu. Der letzte mußte das Oktopusbällchen aufessen, wobei er sich unweigerlich die Zunge verbrannte, es sei denn, daß in der Zwischenzeit auf dem Weg von Hand zu Hand der Brandteig ausgekühlt war. Die Taverne war ein weiterer leerer Kubus. Die Fensterrahmen klafften wie kaputte Zähne. Drinnen waren die neuen Fensterrahmen aufgestapelt. Daneben Keramikfliesen in Reihen, wie überdimensionale Schinkenscheiben. Das Gespenst des Großvaters ging um, einen Bleistift hinters Ohr gesteckt, und flüsterte, ach, mein verbrannter Glücksstern. Verbrannter sagte er und nicht ver-

kannter: Ich hatte die Vorstellung, daß das, was er Glücksstern nannte – eine Parze mit Spindel –, am Himmel leuchtete. Doch das werde ich ihnen ganz bestimmt nicht erzählen und damit eigenhändig dem Ungeheuer Nahrung geben, das sie Rührung nennen.

Nachts hatte ich den folgenden eigenartigen Traum: Der Großvater nahm sein Hörrohr ab und steckte sich einen Oktopusfangarm ins Ohr. Die Großmutter briet Klöße aus Erde und warf sie mir direkt in den Mund. Rania zeterte: »Ißt du etwa schon wieder?«

Mittwoch, 25. Juni

Gestern sprach ich mit Ilias über mein Buch. Wir saßen in Dapia, an der Holzbar, die auf den Hafen hinausgeht. Wenn man aufs Meer schaut und trinkt, hat man das Gefühl, daß man nicht mit seinem Nachbarn, sondern mit den Booten redet. Ilias muß sich im gleichen Zustand befunden haben, denn er begann plötzlich über die Abwesenheit seiner Mutter bei sich zu Hause zu reden. Ich sah mich gezwungen, etwas zu sagen: »Fehlt sie euch?«

»Athina fehlt sie sehr.«

»Und dir nicht?«

Ilias zuckte mit den Schultern. »Sag mir, ob sie dir fehlt«, beharrte ich. »Sonst schlag ich dich wie 'nen Oktopus. Hat das deine Mama eigentlich auch jemals zu dir gesagt?« Ja, sie habe es gesagt. Wie es der Vater zu mir gesagt hatte, wenn er mich aufs Bett warf und mich am Bauch kitzelte. Es war eine harmlose Drohung, die nichts mit dem Schäumen des Oktopus, seiner Tinte, seinem

Tod zu tun hatte. Die Großmutter hatte ihren Kindern damit gedroht, und die wiederum ihren Kindern. Jetzt war es an uns, unsererseits jemandem damit zu drohen. Ich hatte meine eigene Methode dazu gefunden und vertraute sie ihm an, die Jameson-Flasche fixierend.

»Ich möchte ein Buch unter diesem Titel schreiben«, sagte ich zu ihm.

»Welchem Titel?«

»Ich schlag dich noch wie 'nen Oktopus.«

Ich erklärte ihm, daß ich vorhätte, die Geschichte unserer Familie in Form von Kochrezepten zu schreiben. Ilias war ein guter Zuhörer, er gab keinen Laut von sich. Heute ist er der einzige, der so viel über mein Buch weiß. Ich halte das für richtig, statthaft und nützlich. Mein Cousin hat nämlich schon eine Erzählung in einer Literaturzeitschrift veröffentlicht. Sie heißt »Das Brandmal« und beginnt mit einem Satz, dem ich bei Musil begegnet bin: Gott hat mich geweckt. Es ist die Geschichte eines Mannes, der ein Sonnenbad nimmt und über das Ende einer großen Liebe nachdenkt. Zum Brandmal seiner Seele kommt am Schluß der Erzählung noch ein richtiger Sonnenbrand. Ich hatte es als kleinlich angesehen, ihm das von Musil zu sagen. Er dagegen quetschte mich ständig über mein Buch aus. Schließlich gab ich die Wahrheit zu. Es steht nur in meinem Kopf geschrieben, nicht auf dem Papier. »Du hast den ersten Schritt gemacht«, meinte Ilias nachdenklich. Ich antwortete ihm lachend, ich hätte nur das Motto dieses potentiellen Buches ins reine geschrieben, einen Satz von Gertrude Stein: Also würde er kein Anwalt werden, weil, und das ist

natürlich, wenn eine Mutter tot ist, auf mysteriöse Weise tot, kann man einem Sohn als Anwalt nicht trauen, aber als Koch kann man ihm trauen, oder als Bruder von einem Koch, oder als Sohn von einem Koch oder sogar später als Enkel und Vater von einem Koch. Danach erzählte ich ihm die Geschichte von Paul Bocuse, weil ich sie für bezeichnend halte: Nach seinen Studien kehrte der bedeutende Meisterkoch nach Lyon zurück, in das Gebäude, das das Restaurant seines Vaters beherbergt hatte, und in dem Michel Bocuse, ein sehr ferner Ahnherr, 1765 eine Gaststätte eröffnet hatte, in der frischer Fisch aus der Saône auf den Tisch kam.
»Willst du etwa sagen, die Kochkunst ist eine Sache der Chromosomen?« wandte Ilias ein.
Ich fühle mich leicht und ruhig. Ich habe das Gewicht des Bleiklotzes in meinem Kopf geteilt.

Donnerstag, 26. Juni

Heute sind wir nach Maltesana zum Baden gegangen. Früher hatten die Cousins und ich es immer Aubergine, Melitsana, genannt. Über der Tür eines Ladens stand eine Aufschrift in fehlerhafter Orthographie: Soap-Tavern. Ich dachte sofort: »Seifentaverne«, ein Restaurant, in dem einem Seifenschaum vorgesetzt wird. Wir breiteten unsere Handtücher unterhalb der Seifentaverne aus, neben einer fetten Dame. Die stand mit den Händen in der Taille da wie eine große und gemessene Ente. Zu ihren Füßen befand sich eine Plastiktüte, auf der POESIE stand, und dazu war ein Hammer abgebildet. Die Frau kratzte sich mit ihrem rechten Fuß an den Zehen des linken, und ich konnte das ganze Wort auf der Plastiktüte sehen: EKPOESIE, Räumungsverkauf.

Diese Bilder machen mir den Kopf müde. »Schluß mit Gedanken«, entschied ich und legte mich mit dem Rücken aufs Wasser. Durch die geschlossenen Augen sah ich die Schale eines Eis, hörte die Kiesel sieden. »Gesottene Kiesel«, wisperte ich. »Ich denke ja schon wieder.« Irgendwann einmal hatte ich geglaubt, man denke nur dann, wenn man beschlossen habe zu denken. Jetzt ist mir angst, ob die Gedanken eine schädliche Gewohnheit sind. Ich habe sie mir zugelegt oder, besser gesagt, sie kultiviert, als ich mich von Konstantin trennte.

Wenn ich imstande wäre, Bilder und Gedanken deutlicher voneinander zu trennen, würde ich mehr mit den anderen Menschen sprechen und weniger mit mir selbst. Statt dessen werfe ich mit den Kieseln zusammen Gedanken ins Wasser: Der Herkunftsort ist ein Friedensvertrag mit der Vergangenheit und der Friede der Ausgangspunkt von Kriegen. Nichts verbindet mich mit Astypalea, kein metaphysischer Blitz blendet mir die Augen. Meine Großmutter ist hier geboren. Das ist schon alles.

Isabelle sieht ein anderes Astypalea: einen Ort jenseits der Landkarte, wo sie meinen Vater kennengelernt hat. Auch in Stefanos' Kopf ist Astypalea eine Idee und keine Insel – ein theoretisches Gebilde, das seinen Entschluß, etwas zu verändern, verkörpert. Was mich betrifft, ich weiß, daß die Insel die Form eines Schmetterlings hat, aber ich lasse sie nicht losfliegen. Ein Schmetterling ist sie, in der Ägäis aufgespießt zwischen Kreta und Karpathos. Regungslos, braun, mit feuchten Schwingen.

Sonntag, 29. Juni

Heute fahren wir ab. In zehn Tagen nimmt die Taverne »Zur Kalí« den Betrieb auf. Rania weiß nicht, was sie mit ihren Kleidern anfangen soll – einem ganzen Schrank voller Sommerkleider –, die sie aus Amerika mitgebracht hat. »Warum machst du keine Scheuerlappen daraus?« frage ich sie. Stefanos zwinkert mir zu. Er hat schon begonnen, gelassen zu lächeln, wie ein professioneller Eremit.

Ein seltsames Mädchen. Man könnte meinen, sie sei zweigeteilt wie ich: Die eine Hälfte beobachtet, die andere empfindet. Die eine Hälfte nimmt teil, die andere zieht sich zurück. Die Menschen unterscheiden sich von den Melonen, in denen man, wenn man sie aufschneidet, auf beiden Seiten die gleichen Kerne, die gleiche Farbe, den gleichen Geschmack vorfindet. Aber selbst bei einer Frucht kann man sich nicht sicher sein. Bevor sie den Löffel nahm und zu naschen anfing, war ich eine normale Melone; jetzt sieht mein Inneres aus wie ein grüner See, in dem sie ein bißchen Frischkäse mit Honig aufgelöst hat – was vom Frühstück übrig war eben. Dionisia legt, was ich einmal für die Hülle meines Ichs gehalten habe, auf das Heft. Die Seiten blättern sich nicht mehr um.

Nußfinger mit Sirup

Also würde er kein Anwalt werden, weil, und das ist natürlich, wenn eine Mutter tot ist, auf mysteriöse Weise tot, kann man einem Sohn als Anwalt nicht trauen, aber als Koch kann man ihm trauen, oder als Bruder von einem Koch, oder als Sohn von einem Koch oder sogar später als Enkel und Vater von einem Koch.

Dionisia las den gleichen Satz zwei-, dreimal laut vor. Gleichzeitig rieb sie mich zerstreut in ihrer Hand und führte die Finger zur Nase, um sich zu vergewissern, daß sie nach Zimt rochen. Als sich ihr Kopf zur einen Seite neigte, wurde ihr langes Haar noch länger und übernahm in dem zerfledderten Buch die Rolle des Lesezeichens. Die Seiten dieses Buches sahen aus wie krauser, ausgetrockneter Seetang; der Einband war vom Wasser ganz ausgeblichen.

Über den Tisch gebeugt, las Dionisia den Satz ganz langsam vor, bei jedem Wort stockend, was dem Lesevorgang etwas Schauerliches und Widernatürliches gab. Und außerdem etwas Ungesundes, denn es war keiner da, um ihr zuzuhören. Isabelle war einkaufen gegangen, Alexandra war an irgendeinen Ort in Amerika gezogen, wo sie dauerhaft als Fremdenführerin arbeitete. Liest denn jemand in einem derart geschraubten Ton, wenn er sich an sich selber wendet?

»Nein«, sagte sie. »Nein.« Das war keine Antwort auf meine Frage. Sie redete mit sich selbst: »Ich drehe die Geschlechter um. Wenn der Vater tot ist und ich seine lebende Tochter bin, dann läuft etwas schief. Ich bin weder Anwältin noch Köchin geworden und auch keine Schwester einer Köchin. Ich bin gar nichts geworden.«

Sicherlich wollen Sie wissen, was ihre Worte bedeuten. Und erwarten von mir, daß ich sie Ihnen erkläre. Sie stellen sie sich am Küchentisch sitzend vor – ihrem Lieblingsplatz, versichere ich Ihnen –, mit Schränken um sie herum, während der Kühlschrank gurgelt und die Gardine vor dem Fenster weht. Sie sind der Wahrheit sehr nahe. Sie können in Ihrer Vorstellung zwar eine enttäuschte Frau entwerfen, die nach ihrem Ich sucht, aber Sie wissen nicht, was Sie mit diesem Bild anfangen sollen. Keiner weiß, was er mit Bildern anfangen soll, wenn er ihnen keinen Namen geben kann.

Ich werde Ihnen ein bißchen beistehen: Dionisia ist neunundzwanzig, im Alter der ersten Gewissensnot. In sehr frühen Jahren hat sie ihren Vater verloren. Seitdem hat sich ihre Isolation verstärkt. Ihre Stimme ist verstummt. Wie alle Menschen, die nicht viel reden, hat sie ihre Beobachtungsgabe trainiert. In ihrem Kopf haben sich viele Gedanken aufgestaut, die jeden Tag in ein Heft geschrieben werden.

Aus einem unerfindlichen Grund beschäftigt sie sich ständig mit diesem Buch. Sie liest es vom Anfang bis zum Ende durch, daraufhin vom Ende bis zum Anfang. Sie schlägt es auf gut Glück auf, und manchmal haut sie es auf den Tisch. Vielleicht glaubt sie, den Buchstaben würde schwindelig und sie würden wie kleine, schwarze Ringe auf den Tisch kullern. Eines Tages hat sie das Buch ins kochende Wasser geworfen. Ihre Mutter hat es im letzten Moment noch herausgefischt, ersichtlich durcheinander.

»Mon petit cœur ...« sagte sie zu ihr, die Worte dehnend.

»Das hat nicht Ilias geschrieben«, sagte Dionisia. »Ich hab's dir schon tausendmal gesagt, aber du glaubst mir ja nicht. Dieses Buch ist meins.« Isabelle blies das durchweichte Buch mit dem Föhn trocken. Seitdem sehen seine Seiten wie wellige Locken aus.

Woher ich das alles weiß? Na hören Sie mal, ich beobachte sie doch jetzt schon jahrelang aus einem Glasgefäß mit Zimtstangen. Zimtstangen können etliche Jahre überdauern, wenn in einem Haushalt nicht ständig Kuchen oder Gerichte nach Art von Konstantinopel hergestellt werden. Isabelle kocht Gott sei Dank mit Joghurt und Sahne. Dionisia kocht nur mehr selten. Ihr Zustand gibt Anlaß zur Sorge. Von nahem ist ihr Gesicht fahl. Sie atmet schnell und stoßweise, als ob sie fröre. Aber es ist doch August. Die Sonne brennt.

Ihr Leben ist ein Rätsel. Ich kann nur den Abschnitt des Rätsels lösen, der sich in der Küche befindet. An diesem Ort achtet keiner darauf, wie er sitzt. Er kann stundenlang ins Leere starren oder dem Summen der Abzugshaube lauschen. Und dahinter wer weiß wie vielen anderen Summgeräuschen.

Hier haben wir die Zeit mit Konstantin erlebt, der oft zu Besuch kam und Dionisia auf seine Knie nahm. Eines Tages verschwand er. Sie weinte nie über den Verlust, sondern kehrte zurück zu den guten alten stummen Tagen, mit dem Blick Löcher in die Schränke, die Tellerborde, den Holztisch bohrend. Danach erschien dieses teuflische Buch in der Küche, und wir stürzten in pechschwarze Finsternis. Dionisia verfiel in absolute Lethargie. Ihr Schmerz hatte aufgehört, sich in die Augen, den Bauch, ganz egal wohin, zu kanalisieren –, so daß sich die Maschine Mensch in Bewegung setzte.

Bis das Buch in die Küche kam, war ihre einzige Abwehr das Kochen gewesen. Als ginge es um eine grundsätzliche Neuordnung der Welt, nahm sie Töpfe heraus, holte Gewürzdosen herunter, klappte Kühlschrank und Backofen auf und zu. Alle Küchengeräte kamen kampfbereit aus den Schränken heraus und nahmen ihren angestammten Platz nicht wieder ein, es sei denn durch Isabelles Hand, etliche Stunden später.

In dieser Küche hier ist sie herangewachsen, hier hat sie ihre Beobachtungsgabe kultiviert. Sie hat ihre Mutter gebeten, sie auf den Arm zu nehmen, um ein altes Frauchen zu sehen, das auf dem gegenüberliegenden Balkon Wäsche aufhängte. Vor einigen Jahren ist der Buckel der alten Frau für immer vom Balkon verschwunden. Und daraufhin hat Dionisia ihre Aufmerksamkeit deren Enkelkind zugewandt, das von Jahr zu Jahr erschreckend schnell größer wurde, so wie alle Kinder.

Sie hat mit ihm eine Freundschaft aus der Entfernung angeknüpft. Ein-, zweimal hat sie ihm Bonbons und Schokoladeneier hinübergeworfen. Ein anderes Mal hat sie ihm Papierflieger zugeworfen, wobei sie Seiten aus einem Buch riß. Sie hatte mit ihrem Bleistift einen Satz angestrichen: »Ich finde nichts Seltsames am Leben, außer daß alles seine Substanz zu verlieren scheint, sobald man es in die Hand nimmt.« Zum Glück konnte das Kind noch nicht lesen.

Jetzt allerdings, wo das Kind lesen und verstehen kann, hat ihm Dionisia viel zu sagen. Sie formt ihre Hände zu einem Trichter und ruft:

»Komm rüber. Ich mache dir ...«

»Was Süßes?«

»Ja, was Süßes. Mit Sirup.«

»Und wie komm ich rüber?«

»Na, du gehst eben runter ... und dann wieder rauf.«

Kurz darauf klopfte der kleine Junge an die Tür. Was hat sie im Sinn? Für ihren trägen Kopf kam die Einladung einem arithmetischen Problem gleich. In den letzten Monaten hat sie nur noch mit ihrer Mutter gesprochen. Mit der Außenwelt ist sie über den Fernseher verbunden, den sie den ganzen Tag lang nicht abstellt. Er läuft auch noch nach dem Programmende weiter, ihr tiefstes Bedürfnis stillend, ununterbrochen ein Brummen zu hören.

Sie sind Hand in Hand in die Küche getreten. In der freien Hand hielt der Junge einen Plastikbulldozer. Ein dickes und schwerfälliges Kind. Er hatte komische Kleider an, sicherlich von seiner Mutter ausgewählt: ein gestreiftes Hemd, karierte Bermudas und grüne Sportstrümpfe. Dionisia setzte, ohne viel Zeit zu verlieren, Mehl und Öl auf den Tisch.

»Ich mache dir Finger«, sagte sie.

»Du lieber Gott, Finger! Nein!«

Und er versteckte die Hände hinter dem Rücken, mit den Augen nach der Küchentür schielend.

»Doch nicht deine Finger, du Dummer. Mein Rezept heißt

so. Meine Großmutter nannte sie Küchel. Ich habe den Namen verändert und ein paar neue Zutaten dazugefügt. Weißt du, was ein Küchel ist? Ein leeres Zimmer, eine Farce. Du beißt hinein und findest nichts darin. Ich backe dir richtige Küchel.«

Und schon begann das Verkneten mit Wasser, danach das Auswellen. Sie machte ein doppeltes Teigblatt, hackte Nüsse und rieb Mandeln für die Füllung. Sie zeigte dem Jungen, wie man die Finger füllt und wie man sie mit der Gabel zudrückt, damit die Nußfüllung nicht austritt. Man hätte glauben können, diese Arbeit spiegele ihre geheime Welt wieder – uneinheitliche Substanzen, gleichermaßen von einer riesigen Gabel zusammengepreßt. Darauf sprach sie den schicksalsschweren Satz aus: »Hol den Zimt vom Tisch, damit wir den Sirup kochen«.

Du lieber Gott, nein! Ich will nicht zu Sirup werden. Nicht jetzt, wo ich anfange, zu begreifen, indem ich die Geschehnisse zusammenmontiere. Doch keiner hört auf mich. Vor sich hinpfeifend, wirft sie mich in das Töpfchen mit Zucker, Zitronensaft und Wasser. Und, o Wunder, ich löse mich nicht auf! Es vergehen zwei, drei Minuten, alle übrigen Zutaten sind zu einer braunen Klebmasse geworden, und ich kreise einfach am Boden herum, als machte ich einen Spaziergang, mittags in der Gluthitze; das ist schon alles. Ich spüre eine leichte Lähmung, die braune Klebmasse hält mich umfangen. Sie leert sie ohne Hast über die gebackenen Finger. Ich rolle sacht an den Rand des Tellers, ohne irgendwo anzustoßen, erregt vor Erwartung.

Sie führen den ersten Finger zum Mund, den zweiten, dann den dritten. Sie essen geräuschlos, wenn man das Knacken ausnimmt, das eine Nuß verursacht, wenn sie vom Zahn zerbissen wird. Schnell vergessen sie sich und mampfen die süßen, sirupgetränkten Finger, die Laute einer Katze ausstoßend, die sich leckt. Kaum ist die Platte leer, nimmt der dicke Junge seinen Bulldozer in die Hand und geht fort, ohne danke zu sagen.

Dionisia schafft mit den Händen ein wenig Platz und legt das Buch wieder in die Mitte des Tisches, der voller Mandelkerne und Sirup ist. Ihre Stimme hört sich zittrig und unnatürlich an: *Also würde er kein Anwalt werden, weil, und das ist natürlich, wenn eine Mutter tot ist, auf mysteriöse Weise tot, kann man einem Sohn als Anwalt nicht trauen, aber als Koch kann man ihm trauen, oder als Bruder von einem Koch, oder als Sohn von einem Koch oder sogar später als Enkel und Vater von einem Koch.*

Der böse Dämon

Die Menschen lassen sich in vier Kategorien einteilen. In diejenigen, die man von Anfang an schätzt, diejenigen, denen man seine Achtung im Lauf der Zeit wieder entzogen hat, diejenigen, die man nie schätzen wird, ganz egal, was sie tun, und diejenigen, die man allmählich und unter Anstrengung schätzen lernt. Mein Bruder gehört einer fünften Kategorie an. Die Wertschätzung, die ich für ihn empfinde, steigt und fällt wie der Zeiger einer Benzinuhr. Im *Sommermahl* bin ich auf einen himmelschreienden Fehler gestoßen. Es fehlte nicht viel, und ich hätte die Abschnitte, die ich seiner Weitsicht und Sensibilität gewidmet hatte, wieder zerrissen und weggeschmissen. Ihnen wird er auch aufgefallen sein, selbst wenn Sie das Kapitel als Bettlektüre benutzt haben, kurz bevor der Schlaf Sie übermannte.

Dort beschreibt Ilias Dionisia als hartherziges Mädchen, das sich über die leicht ergriffenen Menschen lustig macht, als einen bedauernswerten Roboter, bei dem man die Gefühlsmodule nicht angeschlossen hat. Es ist offenkundig, daß er damit mich meint. Ilias hat in völligem Desinteresse gegenüber der Wahrscheinlichkeit der Erzählung Dionisia meine roten Träger, meine Wesensart und mein Alter verliehen: »Sie ist neunundzwanzig, im Alter der ersten Gewissensnot. In sehr frühen Jahren hat sie ihren Vater verloren. Seitdem hat sich ihre Isolation verstärkt. Ihre Stimme ist verstummt. Wie alle Menschen, die nicht viel sprechen, hat sie ihre Beobachtungsgabe trainiert.« Er sprach über seine kalte, gleichgültige Schwester, und als er sich erleichtert hatte, verteilte er Namen und Eigenschaften neu, als spielten wir ein Gesellschaftsspiel mit Marionetten. Ich wollte ihm das nicht einfach so durchgehen lassen.

Ich kaufte eine dieser Postkarten, die in den letzten Jahren in Athen kursieren: der Parthenon, durch blaue und rote Lichter entstellt, und in der Mitte eine Wasserpfütze, die vom Fotografen so stark vergrößert ist, daß sie wie ein blauer See wirkt. »So ungefähr ist dein Buch«, schrieb ich ihm. Und erklärte ihm mit der größtmöglichen Dosis an Gift und Galle in den Worten meine Meinung über sein Machwerk. Er antwortete, wie nur ein Psychologe oder ein Anwalt zu antworten vermochte: »Allein die Tatsache, daß es Dir gelingt, Deine aufgewühlte Seele in drei Sätzen darzulegen, zeigt doch schon, daß Du weder kalt noch gleichgültig bist. Deine Haltung beweist überdeutlich, daß ich Dionisia nicht als Sprachrohr benutze. Wenn dich das betreffende Kapitel dermaßen nervt, Schiraffel, würde ich dir raten, es bis zum Schluß aufzuheben.«

Ich hätte ihm ja das Manuskript am nächsten Tag wieder zurückgeschickt, wenn ich nicht mit gleicher Post eine Karte bekommen hätte, die mir christliche Gefühle einflößte. Sie zeigte die Arkadengänge von Bologna, aus denen Iraklis wie durch magnetische Felder mit mir kommunizierte. Er schrieb haargenau das, was ich lesen wollte. Schlüsselwörter, Geheimnisse, die man nicht öffentlich macht, ohne die Erinnerungen unberührt zu lassen. Die kleinen Details sind es, die einen Roman mit dem Leben kongruent machen könnten. Glücklicherweise – sowohl für Sie wie für uns – existiert keine derartige Kongruenz.

Nachdem ich also ein paar Minuten lang auf eine Wolke aufgestiegen war und Iraklis allein und demnach melancholisch hatte umherwandern sehen, wie Frumentius ohne Johanna*, kam ich wieder auf die Erde herunter und rief Dionisia an. Wir hatten uns bereits zweimal getroffen, und Isabelle war mir

* Anspielung auf Emmanuil Roidis' Roman *Päpstin Johanna. (Anm. d. Übers.)*

dafür dankbar. Obwohl sie wußte, daß mein Interesse für ihre Tochter teilweise auf Ilias' Buch zurückzuführen war, betrachtete sie mich als eine Art Heilige, die unter den Sterblichen wandelte und Wunder wirkte. Selbst wenn ich Dionisia als Versuchstierchen hätte benutzen wollen, hätte sie dagegen keine großen Einwände erhoben. Es genügte ihr, daß wir an einigen Nachmittagen die Treppchen der Pindarosstraße hinunterhüpften, um auf dem Kolonakiplatz Limonade zu trinken.

Eines Abends, als Fotis mit seinen Freunden Karten spielen gegangen war, brachten wir Dionisia zu Bett und nahmen neben dem dekorativen, übertrieben sauberen Kamin noch einen Drink. Isabelle vertraute mir an, sie fühle sich schuldig an Dionisias geistigem Zustand. Während ihrer Schwangerschaft sei ihr ein gräßliches Buch mit Fotos von siamesischen Zwillingen in die Hände gefallen, und von da an habe sie ständig gedacht, ihre Tochter würde mit drei Armen oder zwei Herzen geboren. Wie es ja dann auch geschehen sei.

»Was meinst du damit?« fragte ich entsetzt.

»Dionisia hatte noch ein Schwesterchen, im Ultraschall hat man Zwillinge erkennen können. Aber der zweite Embryo ist tot zur Welt gekommen. Er ist bei der Geburt gestorben.«

Alexandra, dachte ich. Das ist Alexandra. Sie ist als Fremdenführerin im Land der verlorenen Kinder tätig; im dunklen und undurchdringlichen Land des Bauches.

Dionisia sieht wie ein Fisch aus. Ein kleiner, tropischer Fisch, der in einem Aquarium schwimmt. Die blauen Augen und blonden Haare, die sie von ihrer Mutter geerbt hat, geben diesem Fisch nur eine noch exotischere Färbung. Er weiß nicht, daß die Menschen mit dem Finger auf seine farbigen Schuppen zeigen, daß sie seine Schleifen im beleuchteten Wasser verfolgen.

Wir trafen uns einen Tag nach Iraklis' Abflug, und ich stellte fest, daß sich meine kleine Cousine überhaupt nicht verändert hatte. Obwohl sie bereits dreiundzwanzig war, war ihre Haut kindlich geblieben, blaß wie immer. Ihre Finger klein und weich wie Plastilin. Man hatte den Eindruck, sie würden, sobald man sie etwas stärker als üblich drückte, die Form verlieren und noch kleiner werden. Sie hatte einen extrem leichten Knochenbau, und so wirkte ein freundschaftlicher Klaps auf den Rücken wie ein Schubs, und ein Schubs wie ein Fausthieb. Ich versuchte, sie nicht zuviel anzufassen. Ich hatte Angst, sie könnte zerbrechen.

»Hallo, Dionisia. Erinnerst du dich noch an mich?«

Ich ertappte mich selbst dabei, wie ich mich ihr gegenüber benahm, als sei sie ein Kleinkind. In Wirklichkeit war das Problem, wenn man von ihrer Erscheinung absah, eine mangelnde Anpassung an die Umwelt. Ihr Gehirn hatte sich nicht normal entwickelt. Ihre Sprache verriet sie manchmal. Sie benutzte beim Sprechen insgesamt etwa zweihundert Wörter und vermittelte dadurch den Eindruck, die Welt sei ein Schlüsselloch, in das die meisten Schlüssel paßten. »Gut« bedeutete für Dionisia gleichzeitig höflich, mitfühlend, großzügig, umgänglich, ehrlich. »Schwierig« war das Komplexe, das Komplizierte, das Unübersichtliche und das Tragische. »Okay« war das Wort, mit dem sie ihre Zustimmung ausdrückte, ihren Schicksalsgehorsam, aber auch ihre Verständnisschwäche. Nach diesen Begriffen war ich »gut«, und weil es »schwierig« war, versuchte sie immer »okay« zu mir zu sagen.

Sie faßte schnell Vertrauen zu mir. In ihrem Wortschatz gab es das Wort Mißtrauen nicht. Bei unserem ersten Treffen wollte mir Dionisia unbedingt ihre Kleider zeigen. Ich setzte mich auf den Rand ihres Bettes und sah zu, wie sie geduldig die T-Shirts mit der Mona Lisa und den Seerosen von Monet ausbreitete, die ihr Isabelle aus Paris mitgebracht hatte. Ganz unten im Schrank lag in einer durchsichtigen Plastiktüte ein heller, weicher Pelz zusammengerollt.

»Was ist das, Dionisia?« fragte ich sie.

»Meine Zöpfe. Willst du sie sehen?«

»Nein«, erwiderte ich. »Ich kenne sie schon.«

Wir setzten uns an den Küchentisch. Auf der Dachterrasse gegenüber waren, wie ich nicht anders erwartet hatte, Unterhöschen aufgehängt. Dionisia sah mich forschend an, die Wangen in die Hände gestützt.

»Na? Und wie verbringst du deine Tage?«

»Gut. Ich trinke jeden Tag Kakao.«

»Und dann?«

»Dann esse ich und male.«

»Was malst du denn?«

»Meine Freundinnen. Dionisia, Maria und Alexandra.«

»Wo sind deine Freundinnen?«

»Ich zeig sie dir ...«

Und sie lief in ihr Zimmer, um mir ihre Malereien zu zeigen: Mädchen in einem Wald, die größer als die Bäume waren, wie in *Zucchinipitta* zu lesen ist.

»Ja, wo sind denn diese Freundinnen?« beharrte ich.

»Da«, sagte sie und zeigte aufs Papier.

Ihre Freundinnen waren aufs Papier gebannt, wie ich jetzt auch. Dionisia gab Freundschaftsschwüre auf Schmierblättern ab. Die Mädchen waren jung, hübsch, blond, mit einem roten Bogen als Mund. Mir kommt es ja fast deprimierend vor, aber ihre erste wirkliche Freundin war ich. Bei unserem nächsten Treffen brachte sie eine neue Malerei an. Sie hatte mich neben sich stehend gemalt, die Hände in gegenseitiger Berührung wie Ästchen. Mein Gesicht war kreisrund, das Haar ein unterbrochener schwarzer Strich. Um meinen Knöchel lief ein gewaltiges Eisenband, wie man es den Gefangenen umlegt.

»Was ist denn das?« fragte ich sie erschrocken.

Sie wies mit dem Blick auf das zarte Kettchen, das ich am Bein trage. Es ist so dünn, daß es kaum zu sehen ist. Doch Dionisia hatte es wahrgenommen.

Am Telefon klang Dionisia sehr fern. Es sei denn, mir schien es nur so. Mit Iraklis' Postkarte in der Hand meinte ich, alle Welt müßte ihre Freude singend und pfeifend demonstrieren.

»Hast du Lust, mit mir spazierenzugehen?« fragte ich sie.

»Okay.«

Eine Stunde später war ich im Kolonaki. Ich fand Dionisia in ihrem Zimmer vor, wie sie besessen rotgelbe Himmel malte.

»Wo sind denn deine Freundinnen?«

»Weg.«

»Und wohin?«

»Die haben viel Arbeit.«

Es dauerte ziemlich lange, bis ich begriff, daß Isabelle wegen »viel Arbeit« abwesend war und Dionisia über dem Warten auf sie nervös geworden war. Auf ihrem Schreibtisch, der aussah wie eine Kinderschulbank, lag ein Heft. Es war auf einer Seite aufgeschlagen, forderte mich geradezu heraus, es zu lesen:

Deine Abwesenheit
Deine Abwesenheit hat mich mit Trübsal erfüllt.
Solange du weg warst, war das Leben finster.
Selbst der Tag wurde schwarz wie ein Blatt.
Als du mir sagtest, deine Abwesenheit ist ein Gefühl,
dachte ich an einen Strand voller Kümmernisse.
Deine Abwesenheit ist ein Kampf zwischen Erde und Mond.
Ich möchte, daß du weißt, was deine Abwesenheit für mich ist.

Natürlich beugt man sich eigentlich nicht über ein fremdes Heft, aber bei Dionisia war es etwas anderes. Sie gab einem das Recht, sie als Kind anzusehen und ihr Fragen zu stellen, die für einen Erwachsenen beleidigend gewesen wären.

»Wer hat das denn geschrieben?« fragte ich.

»Ich.«

Anfangs glaubte ich ihr nicht. Beim wiederholten Lesen des Gedichts ging mir seine Wahrhaftigkeit auf. Wenn sich Dionisia schlecht fühlte, setzte sie sich an ihren Schreibtisch und malte Mädchen oder kombinierte auf dem Papier Wörter, die sie kannte. Ganz allein im Zimmer, ganz allein auf der Welt – ein Fisch, der sein Maul auf- und zumacht. Wir glauben in unserer Naivität, daß er das Fischfutter frißt, das wir ihm hinstreuen, während er in Wirklichkeit etwas sagen will.

Ilias war mir schon wieder zuvorgekommen. Ich war der Detektiv mit der niedrigen Intelligenz, der als letzter am Tatort erscheint und die Erkenntnisse Dritter auswertet. Zudem war ich distanziert und kalt. Ich gehörte zu der Kategorie Kinder, die, wenn sie einen Besuch bei einem Onkel machen, mal zur Zimmerdecke und mal auf ihre Uhr sehen. Sie essen, was man ihnen vorsetzt, doch sie verdauen nichts. Sie leben einfach nur, um zu leben, nicht um zu begreifen. Ich hatte mich am Familienvirus angesteckt, der einst die Mutter gezwungen hatte, zu verschwinden, und den Vater, zu privatisieren. Einer warf dem anderen seine Haltung und sein Erbgut vor, und alle zusammen glichen wir den Familien in den Filmen von Ingmar Bergman: schweigsam und desinteressiert. Im wahrsten Sinn des Wortes einsam.

»Schwarz wie ein Blatt« nahm ich Dionisia an die Hand, und wir wanderten schweigend zum Lykavittoshügel. Seine Besteigung stellte eine Art existentiellen Höhenflug dar. Mit jedem Schritt wurde unsere Laune besser. Mir kam der Gedanke, daß ich, wenn ich in der Lage sei, die familiäre Disposition zu diagnostizieren, mich ja bereits im ersten Stadium der Therapie befinden müßte. Wieder machte ich Gebrauch von Ilias' Ansichten, den Ratschlägen, die er mir mit der Morgenpost geschickt hatte: Ich hatte das Gefühl, mein kleiner Bruder hätte mich geboren und aufgezogen.

Auf der anderen Seite war es unsinnig, sich über das Eigentum an den Ideen zu verzanken. Es ging doch darum, wie sich diese neuen Ideen für jeden von uns entfalten würden. Als der Kern, den ich bis dahin für unzerbrechlich gehalten hatte, einen Sprung bekam, war ich gezwungen, etwas zu akzeptieren: Das Leben besteht nicht aus programmatischen Proklamationen. Wenn etwas zerbricht, ist es besser, sich, statt überall nach Klebstoff zu suchen, nach dem Warum zu fragen.

»Warum sind wir das, was wir zu sein gelernt haben? Und warum kommt, wenn wir etwas anderes zu werden beschließen, nach und nach unser Leben so weit, daß es die Form dieses anderen annimmt, das irgendwann einmal fern, unwahrscheinlich, ja, sogar uninteressant erschienen war? Wissen wir denn schon frühzeitig, was wir auf diesem Planeten anstellen wollen? Oder offenbart sich das Ziel erst ganz allmählich, geduldig das Stück Wand ankratzend, das mit uns korrespondiert und auf dem Plakate mit Bildern der anderen kleben, die längst eingetrocknet sind?«

Diesen Abschnitt hatte ich im Büro der *Nea Mera* geschrieben, noch am selben Abend. Zum ersten Mal hatte ich zu einem Stück Papier gegriffen und etwas verfaßt, ohne daß es zur direkten Verwendung gedacht war. Ilias, Iraklis, meine Mutter und Dionisia waren zu Bojen in einem Ozean geworden, in dem ich vorher nicht hatte schwimmen, mich nicht einmal hatte orientieren können. Jetzt mußte ich wie ein guter Seemann die neuen Koordinaten bestimmen. *Im Bunde mit dem Boot, den Rudern und dem tiefen Wasser*, wie meine Kusine in dem Gedicht *Wellen* schreibt.

Es heißt, Arafat werde jedesmal rot, wenn er die Wahrheit sagt. Es scheint schlüssig: Die Wahrheit ist schwieriger, seltener und vielschichtiger als die Lügen. Als Iraklis von mir verlangte, ich solle zugeben, daß ich ihn liebte, schoß mir das Blut in den Kopf. Ich stammelte und wechselte das Thema. Kaum hatte ich anderthalb Monate nach unserem Kennenlernen das schicksalsschwere Wort ausgesprochen, begann dessen Wahrheitsgehalt zu verpuffen. Meine Liebe hatte sich nicht verringert; doch sie hörte auf, die Wände des Gehirns zusammenzupressen und Magenzuckungen zu verursachen.

Mit seiner schwarzen Zahnbürste und dem Toilettenwasser, das nach Sandelholz duftete, nistete sich Iraklis in der Wohnung ein. Anfangs sah die Situation nach einem Besuch aus, der nicht gehen will. Er brachte keinen Koffer mit persönlichen Gegenständen mit, aber allmählich kam ich zu einer neuen Stereoanlage, einer kleinen Bibliothek zum Strafrecht, gestreiften Slips, die nachlässig hier und dort herumlagen. Die Gegenstände waren ein Anwesenheitszeugnis, das auch ohne Iraklis funktionierte. »Anwesend«, sagte sein Notizblock neben dem Telefon. »Hier«, schrie seine Jeansjacke auf dem Garderobenständer. Ende Mai mißfiel es mir schon, daß er ein paar Abende mit seinem Vater in Lykavittos verbrachte. Bis Mitte Juni, wo sich unser Leben entscheidend änderte, war ich in dem Glauben, Iraklis und ich hätten schon immer zusammengelebt, ohne uns dessen bewußt zu sein.

Aber ich denke, ich bin zu voreilig. Bevor wir zum Juni kommen, liegen noch zwei herrliche Monate dazwischen. Die Menschen neigen dazu, die glücklichen Zeiten zu übergehen und bei den Problemen stehenzubleiben. Fast könnte man glauben, die Probleme gingen nicht vorbei, wenn man sie nicht erzählte, wogegen das Glück immer einen Teil seiner Substanz durch die Erklärungen zu verlieren pflegte. Machen Sie am Ende des Kapitels ein einfaches Experiment: Zählen Sie nach, wie viele Seiten ich den guten und wie viele den schlechten Tagen widme. Sie werden mir recht geben müssen.

So will ich denn versuchen, mich an die Tage des Glücks zu erinnern: Iraklis' Gesicht so nahe an meinem, daß sich unsere Nasen manchmal mitten im Schlaf berührten. Seine Ohren zwei rosafarbene Lutscher in meinem Mund. Der Schatten seiner Haare an den Wänden, wenn wir Kerzen anzündeten, als wäre plötzlich ein riesiger Seeigel im Zimmer erschienen. Abgesondert von seiner Familie, seinen Freunden, seinen Gewohnheiten, seiner wirtschaftlichen Situation, seinen Ansichten über das Leben, war er ein Außerirdischer. Er kam vom Planeten der Hände und der Zunge. Aus dem Lande der Seufzer.

Wir starteten als Reklame für Weichspüler in den Tag, wo sich die Darsteller wohlig in den Laken räkeln. Als Orangensaftreklame machten wir weiter. Ein paar Stunden verbrachten wir voneinander getrennt – er im Treno Verlag, ich in der *Nea Mera*. Dann trafen wir uns zu Hause wieder, um die Werbungen für Alkoholika durchzuspielen, wo die Paare in einem lasziven Zustand alles Erdenkliche tun, um deutlich zu machen, daß sie am liebsten ins Schlafzimmer umziehen würden. Unser Schlafzimmer dehnte sich auf die gesamte Wohnung aus. Der Lieblingsschlafplatz war vor dem niedrigen Bücherregal in der Diele. Matt, erschöpft, durch die Mangel gedreht, aber so quicklebendig wie nie, schliefen wir einige Male dort auf dem kleinen runden Teppich. Wir waren die Hüter des Hauses. Wenn es sich nicht zu poetisch anhören würde, würde ich sagen: die Hüter der Liebe. Zwei Wachhunde mit Säcken unter den Augen und seligem Blick, die tief atmen und schnauben, um die lästigen Fliegen zu vertreiben; die Realität.

Bis dahin war mein Liebesleben fragmentarisch gewesen, voll zusammenhangloser Bilder. Ein Rendezvous hier, ein Kuß da, das zehrende Gefühl eines fremden Körpers, der Gewicht und Farbe durch Alkohol und Zigarettenkonsum verändert. Ich erinnere mich an Hände, die ich nicht mit Bewegungen, und an Bewegungen, die ich nicht mit Gesichtern verbinden kann. Im Gegensatz dazu bin ich imstande, Iraklis' Orgasmus in sämtlichen Einzelheiten zu beschreiben: Seine Augen drehten sich dann zur Decke, die Pupillen verschwanden für ein paar Sekunden hinter den Lidern, und auf seiner Stirn bildeten sich zwei steile, furchterregende Falten. Am Hals sprang eine blaue Ader vor. Plötzlich trockneten ihm die Lippen aus, als hätte er ein paar Stunden in der Wüste verbracht. Die wirkliche Wüste fing gleich hinterher an, wenn sich jeder wohl oder übel wieder in sein eigenes Ich zurückzog. Da, wo man einen Moment lang, nur einen ganz kleinen Moment lang, das Gefühl hat, falls etwas passieren würde, wodurch man den anderen verlöre, bliebe man für immer ein halber Mensch. Das ist die größte und schönste Selbsttäuschung der Welt.

Unser Leben war zu dieser Zeit ein Ritual, das sich tagtäglich wiederholte, ohne je langweilig zu werden. Ich könnte es mit dem menschlichen Verlangen nach Essen vergleichen. Mit Iraklis begann ich übrigens wieder normal zu essen und, was das Wichtigste war, auch wieder Fleisch auf meinen Speiseplan zu setzen: Schweinefleisch mit Früchten, Rindfleisch mit Ingwer, sogar Wild. Nach Jahren überfiel mich wieder der kindliche Appetit auf gebratenes Filet, die wilde Freude am Fleisch. Jeden Tag zur nahezu gleichen Stunde funktionierte der Magen wie eine Fabrik. Etwas Vergleichbares spielte sich auch mit dem Herzen ab.

Mir ist durchaus klar, daß die Beschreibungen ein bißchen abstrakt sind. Um Iraklis zu kennen, wie er wirklich ist, müßte ich Ihnen erzählen, wann er aufwacht, ob er ein Verschwender ist oder ein nervöser Typ, welche Ansicht er in bezug auf die Arbeit, die Frauen, die Kurdenfrage hat. Aber ich selbst schloß ja auch in aller Ruhe die Schubladen wieder zu, die seine Weltanschauung enthielten. Ich ließ mir reichlich Zeit damit, sein Märchen über die fliegenden Fische zu lesen. Zu spät begann ich mich für seine Seele zu interessieren. Ich war überzeugt, der Körper sei der einzige Nachweis für die Absichten des anderen. Ich glaube nicht, daß ich Amerika entdeckt habe. Hunderttausende von Verliebten in aller Welt denken so. Speziell die Frauen, wie mir Carr später mit wissenschaftlichen Belegen und der notwendigen Prise Frauenfeindlichkeit erklärte. Die Frauen, behauptet sie, verlieben sich intensiver, um ihre Berechnungen unter dickeren Schichten von Liebe zu begraben, um die tiefere Logik, die sie zur Auswahl eines bestimmten Mannes geführt hat, zu verdecken und die Obligationen, die sich hinter den Auswahlkriterien verbergen. Im Sommer 1995 ließ Carr als Beweis für ihre Worte Taten folgen.

Um Ostern herum hatte sie sich selbst eingeladen, wie Sie sich noch erinnern werden. Diese Einladung hing über unserem Liebesnest wie die Schuhsohle eines Kindes, das ein paar Sekunden zögert, bevor es den Ameisenhaufen zertritt. Unterdessen hatte Iraklis zu Ende des Frühjahrs begonnen, die Gewohnheiten der Außerirdischen aufzugeben und wieder ein Mensch zu werden. Ich konnte ihm zusehen, wie er Geschirr spülte, und mich dabei fragen, warum er den Abwasch gar so eilig machte. Seine Slips suchte ich ohne die Begeisterung der ersten Tage zusammen. Eines Tages fiel mir auf, daß er plump und geräuschvoll aß. In seinen vergnügt schiefen Zähnen hatten sich Tomatenschalen verfangen. Wenn alle Gefühle von einem bestimmten Punkt ihren Ausgang nehmen, begann an jenem Tag das Ende der Liebe.

Der Anfang vom Ende ist der größte und schmerzlichste Abschnitt in einer Beziehung. »Das hypertrophe Herz, das sich in den ersten Wochen der Bekanntschaft herausgebildet hatte, teilte sich in zwei Hälften«, wie die weise grüne Pfefferschote sagt. Die Verliebten schwanken zwischen ihren Erinnerungen und der Wirklichkeit, die sie Lügen straft. Sie sehen ihr Idol doppelt, aber nicht wie die Betrunkenen. Vielleicht wie dieser ostdeutsche Schriftsteller Stade, den die Ladiku während unseres Gesprächs erwähnt hatte. Als hätte der andere zwei unterschiedliche Gesichter. Als wäre er eine schöne und eine schreckliche Lernäische Hydra.

In den USA hatte in Chicago vor Jahren ein Experiment stattgefunden. Eine Gruppe von Millionären gründete eine Gemeinschaft für verwaiste Säuglinge mit Gesundheitsproblemen. Unter ihnen gab es ein auffallend hübsches Baby. Die Schwestern schenkten ihm ihre besondere Aufmerksamkeit. Sie hätschelten es, küßten es, wiegten es unter zärtlichen Worten. Am Ende des Experiments war es der einzige Säugling, der überlebt hatte. Die Schlußfolgerung der Wissenschaftler war, daß dieses Baby als einziges unter Liebe und Wärme aufgewachsen war, mit vielen potentiellen Müttern um sich herum.

Iraklis war ein Einzelkind. Nicht nur bei sich zu Hause, sondern auch innerhalb der weiteren Familie. Seine Mutter war zwar jung gestorben, doch die beiden Schwestern von Angelidis waren kinderlos geblieben. So hatte mein Liebster als Kleinkind, aber auch später als Jugendlicher ein Vielfaches von dem an Liebe genossen, was ein Kind normalerweise bekommt. Der überschüssigen Liebe war sein Selbstvertrauen zuzuschreiben und die Härte, die er an den Tag legen konnte, wenn sich die Dinge nicht ganz genau so entwickelten, wie er es sich vorgestellt hatte. Und seine abgekauten Nägel waren die Reaktion eines Kindes, das ständig sein Erwachsenwerden hinausschiebt.

Wie ich Ihnen bereits zu Anfang gesagt hatte, sah er aus wie der *Raucher* von Cézanne, ohne Schnurrbart. Das heißt, sein Blick war gleichzeitig distanziert und lebendig – so lebendig, daß ich nicht annehmen konnte, er starrte ins Leere, wenn er sich in sich selbst zurückzog. Er befand sich woanders. Und dort wünschte er allein zu sein. Als ich ihn fragte, woran er dächte, antwortete er mir, er wolle sein Jurastudium nicht weiter fortsetzen, aber auch nicht Verlagswesen studieren, wozu ihn sein Vater drängte. »Und was möchtest du sonst tun?« beharrte ich. Iraklis äußerte unter Nägelkauen diese widersprüchlichen, nervigen Sätze, die sechzehnjährige Jungs von sich geben: Ich will eine Band gründen. Philosophie studieren. Astronaut werden. Die Ansichten, die er über sich selbst und seine Zukunft hatte, zu seiner Schwäche für elektronische Spiele, mit dem Karategebrüll, den seltsamen Kehllauten, die er ausstieß, um Rennautos nachzuahmen, hinzuaddierend, begann ich mich irgendwann mit den verzweifelten Gouvernanten zu identifizieren.

Die Zeichen der Übersättigung kommen aus einem Bewußtseinsbereich, der mit den Augen, dem Kopf und dem Herzen in Verbindung steht. Eine ganze Werkstatt ist installiert, um den Nachweis zu führen, daß es das Ende gibt und daß man es nicht bekämpfen kann. Das Ende ist eine Frage der Zeit, und die Zeit eine Frage der gesellschaftlichen Konventionen. An der Uni lasen wir im Übersetzungskurs Auszüge aus Werken des 19. Jahrhunderts, in denen sich die Helden heftigst verlieben und jahrelang verliebt bleiben. Hätten Iraklis und ich fünf Monate nach unserem ersten Zusammentreffen immer noch Billetchen ausgetauscht, so würde die graphische Darstellung unserer Gefühle vermutlich eine fast gerade Linie mit aufsteigender Tendenz bilden. Aber unsere Liebe stieß nicht auf Hindernisse. Es war nichts anderes zu erwarten, als daß sie erlosch.

An dem Tag, an dem Carrs Brief eintraf, hatten wir unseren ersten Streit. Ich wollte mit ihm in den Ferien nach Astypalea fahren, und Iraklis wollte unbedingt mit mir nach Mykonos. Der Urlaubsort stellte ein abgeschlossenes semiotisches System dar. Für mich bedeutete Mykonos Schulausflug, gepantschte Drinks, Gedränge und Schwulenbars. Er betrachtete Astypalea als Insel für ältliche Amerikaner und Freaks. Als er mir das erklärte, blickte ich ihn spöttisch an. »Du bist ein Baby«, meinte ich mit hochgezogenen Brauen. Ich siegte einzig und allein deshalb, weil ich ihm ein ungutes Gefühl verursachte. Wir reservierten ab 10. Juli im Hauptort von Astypalea ein Zimmer. Von da an funktionierte das Wort »Baby«, selbst wenn ich es schmeichelnd verwendete, wie eine Ohrfeige: Es versetzte Iraklis in die Welt der Erwachsenen und erfüllte ihn gleichzeitig mit Wut. Er wollte erwachsen werden und sich an mir rächen, weil ich mich über unseren Altersunterschied lustig machte.

Als ich an diesem Tag zur Arbeit ging, fand ich im Briefkasten Carrs Brief. Ich las ihn im Stehen.

> Meine liebe Athina,
> ich hoffe, Du hast es noch nicht bereut. Ich beabsichtige, in der nächsten Woche zu kommen. Ilias fliegt, wie Du weißt, erst im August nach Griechenland runter. Ich habe nicht die Geduld, auf ihn zu warten. Er hat mir den griechischen Sommer als existentielle Erfahrung beschrieben. Die Wahrheit ist, daß sich meine Erfahrungen in der letzten Zeit auf die soziologische Analyse des Paarlebens, junk food und Schlaf beschränkt haben. Ich gehe fast gar nicht aus dem Haus und tröste mich mit dem Gedanken, daß ich in Kürze über das alles aus der Perspektive einer abgeschlossenen Geschichte mit Dir reden kann. Morgen gebe ich meine Arbeit in ihrer überarbeiteten, endgültigen Form ab. Der damit betraute Prof. hat in letzter Zeit einen Nervenkrieg mit mir geführt. Er hat mich zwanzig Seiten neu schreiben lassen, um meine Nervenstärke auf die Probe zu stellen. Ich hoffe, es geht Dir gut, und dieser Mann mit dem altgriechischen Namen *makes you happy.*
>
> Deine Carr

»*Happy* …« wiederholte ich vor mich hin, den Kopf dabei wiegend. Eine Nachbarin, die in dem Moment durch den Eingang des Mietshauses kam, sah mich befremdet an. Um zwei Uhr mittags redete ich mit mir selber englisch.

Carr kam am 19. Juni an. Auf dem Flughafen erkannte ich sie schon von weitem an ihrem Hut mit den Löchern. Ihre Haare waren nachgewachsen und standen strähnchenweise aus den

Löchern heraus. Sie hatte sich ihre Brauen grün gefärbt. »Was für ein verschrobenes Mädchen ...« dachte ich. Sie sah aus wie ein exotischer Vogel, der versucht, sich mit dem Schnabel die Schwanzfedern auszurupfen. Trotz ihres hartnäckigen Versuchs, häßlicher zu werden, blieb sie weiterhin schön, was erstaunlich war. Wie an jenem Morgen in London nach dem Besäufnis hatte sie schwarze Ringe unter den Augen, doch ihre Augen leuchteten, ihre Wangen hatten die Farbe einer aufgekratzten Wunde. Obwohl sie kleiner und dünner als ich ist, hob sie mich in ihren Armen hoch und wirbelte mich herum. Ohne Zweifel boten wir ein seltsames Schauspiel.

»Du siehst gut aus«, sagte ich zu ihr, ohne es zu meinen.

»Wirklich?« Sie drückte mir voller Besorgnis die Hand, als erwarte sie, von mir Neuigkeiten über sich selbst zu erfahren. Zwei Koffer hatte sie mitgebracht, ein Zeichen dafür, daß sie beabsichtigte, länger zu bleiben. Eine angenehme Aussicht, speziell nach dem Streit mit Iraklis. Carr heiterte meine Stimmung auf. Es machte ihr Spaß, die Zukunft zu planen, und so hatten wir, bis wir in Cholargos ankamen, schon das Programm der kommenden Tage festgelegt. Mein Sommerurlaub fing am 1. Juli an. Bis dahin konnte sie allein die Runde durch die Museen machen und in Athen herumbummeln. Abends würden wir dann gemeinsam ausgehen.

»Ich möchte nicht, daß du deinen Freund meinetwegen vernachlässigst.«

»Carr«, antwortete ich ihr, »wir werden schon einen Weg finden, uns miteinander zu arrangieren.«

Die Wahrheit war, daß Iraklis nicht gerade einen Freudentanz aufführte. Er wollte keinen Menschen zwischen unseren Füßen, aber wie konnte er Einwände erheben? Er hatte ja von Anfang an gewußt, daß meine englische Freundin zu uns zu Besuch kommen würde. Während ich das Wort »Freundin« schreibe, frage ich mich, wieso Carr und ich uns so schnell aneinander angeschlossen hatten. Weil sie ehrlich zu mir war, nehme ich an. An jenem ersten Abend, als wir Ilias' Bett gemeinsam für sie bezogen, vertraute sie mir an, daß das ein alter Traum von ihr sei.

»Was denn?«

»In Ilias' Bett zu schlafen.«

»Und warum?«

»Ich war doch in ihn verliebt, ich weiß gar nicht, wieso du das noch nicht gemerkt hast. Als Resonanz davon hab ich mich dann in David verliebt, weil das sein bester Freund war. Es war ein Mittel, in der Nähe deines Bruders zu bleiben. Danach haben sich die Dinge natürlich anders entwickelt. Ich hab mich wie ein Parasit an David gehängt, ich hab mein Schicksal selbst herausgefordert. Aber sogar jetzt fühle ich mich immer noch so, als hätten mich alle beide abgelehnt.«

»Ich bin total baff.«

»Wieso? Findest du deinen Bruder etwa nicht liebenswert?«

»Nein, das ist es nicht. Hast du jemals was mit Ilias gehabt? Ich meine Sex ...«

»Das Gewagteste, was wir gemacht haben, war, daß wir uns stundenlang die Hände gestreichelt haben, an einem Abend, als wir zu viel getrunken hatten. Er hat sich meinen Händen gegenüber verhalten, als hätten sie Kopf und Beine. Vielleicht heißt das ja Sex ...«

»Ich möchte dich was fragen. Ist Ilias homosexuell?«

»Absolut.«

»Mit Lodge ...«

»Mit Lodge.«

»Und David ... Ich meine, treibt er's auch mit Männern?«

»David treibt's bloß mit sich selbst. Nein, mit Männern macht er's nicht. Er ist Deutscher, hat in Berlin gelebt, zusammen mit einem Mädchen, das Gruppensex liebte. Er toleriert alles. Er akzeptiert seine Freunde mit ihren sämtlichen Fehlern.«

»Und du? Denkst du noch weiter an Ilias? Ist das der Grund, warum du nach Griechenland gekommen bist?«

»Hör zu, Athina, ich bin deinetwegen hier. Ich bin hergefahren, um aus der gräßlichen Wohnung wegzukommen, die mich an David erinnert. An dem Tag, an dem wir den Einkaufsbummel zusammen gemacht haben, hab ich dich als Versuchskaninchen angesehen, das stimmt schon. Dein Bruder ist für mich das Symbol der Frustration. Ich wollte sehen, wie ihr so in der gesamten Familie gestrickt seid. Aber ich hab gefunden, daß du sympathisch bist, ohne irgendwie darauf aus zu sein. Ich hab mich schuldig gefühlt, und deshalb hab ich dir das kleine Lexikon gekauft. Ich wollte einen neuen Anfang machen. Als wir angefangen haben, uns zu schreiben, hatte ich den Eindruck, wir würden uns schon ewig kennen, und daß die eine die andere versteht. Das ist was Seltenes, weißt du. Speziell unter Frauen.«

Ich mußte ihr zustimmen. Ich schätzte ihre Intelligenz, es machte mir Spaß, mich mit ihr zu unterhalten. Es gelang ihr, eine andere Seite von mir ans Licht zu holen. Sie machte mich geduldiger und heiterer, zu einer Art epikureischem Philosophen. Außerdem konnte sie genau wie ich zuhören. So verbrachten wir den Abend mit langen, genußvollen Monologen. Iraklis schlief in Lykavittos, um uns Gelegenheit zu geben, uns in Ruhe auszusprechen. Der Schlaf überwältigte mich in Ilias' Bett, kurz vor Tagesanbruch. So bestätigten wir uns auch körperlich unsere Annäherung. Unsere vielversprechende Freundschaft.

Ich müßte lügen, wenn ich behaupten wollte, der erste Kontakt zwischen Carr und Iraklis wäre zufriedenstellend gewesen. Ich hatte Gazpacho gemacht, diese eisgekühlte spanische Tomatensuppe, aber die Eiseskälte dehnte sich an diesem Abend vom Topf auf den Tisch aus und von da auf die gesamte Küche. Die beiden wechselten nur zwei, drei formale Sätze über das Studium in England. Danach meinte Carr, sie fühle sich müde, und ließ uns allein.

»Was für eine Scheißtype!« knurrte Iraklis. »Man muß schon

gewaltige Komplexe haben, damit man sich die Brauen grün färbt.«

»Er ist nett ...« bemerkte Carr, aber ihr Gesicht sagte genau das Gegenteil aus.

Ich hatte sorglos gedacht, die Sympathie sei eine Art einfacher Gleichung. Wenn Athina (A) Iraklis (I) und Carr (C) leidenschaftlich liebt, wenn also A=I und A=C, dann muß auch I=C gelten. Aber die menschlichen Beziehungen laufen nicht mathematisch ab. Die beiden Menschen, die mir in allgemeinen Zügen mein Leben verschönten, konnten nicht miteinander. Es war ein dumpfes Vorgefühl, das sich in den folgenden Tagen bestätigen sollte. Iraklis und Carr tauschten ein gequältes Lächeln und nur die absolut erforderlichen Mitteilungen aus. »Guten Tag.« »Es ist heiß.« »Möchtest du Kaffee?« Sie meinten: »Ein total verquerer Tag.« »Soll dich doch der Hitzschlag treffen.« »Möchtest du eins übern Schädel?« Ich hatte geplant, daß wir alle zusammen nach Astypalea fahren würden, aber je mehr die Tage vergingen, desto mehr glichen meine Pläne dem Szenario eines Science-fiction-Films.

Zu jedem einzelnen war meine Beziehung hervorragend. Iraklis hatte eingelenkt, er streichelte mir fortwährend das Haar. Was Carr betraf, sie tat alles, um sich nützlich zu erweisen. Sie kochte, spülte Geschirr, chauffierte – sie wußte, wie sehr mir das Fahren verhaßt war. Eines Abends mußte ich die beiden allein lassen. Ich hatte Isabelle versprochen, Dionisia Gesellschaft zu leisten, damit sie mit ihren Freundinnen ins Theater gehen konnte. Ich kam zu spät nach Kolonaki. Dionisia wartete schon auf der Dachveranda auf mich. Kaum sah sie durch ihr Fernglas, wie ich auf den Eingang des Hauses zusteuerte, hängte sie sich über das Geländer und begann, meinen Namen zu rufen.

»Athina, Athina! Komm doch und schau, was ich gemacht habe!«

Sie gestikulierte auf dieselbe Art, wie es Ilias in *Nußfinger mit Sirup* beschreibt. Ich fühlte mich wie das Kind vom Haus gegenüber, das die Treppen hochspringt, um etwas Süßes zu essen zu kriegen. Etwas Süßes aßen wir dann zwar nicht, aber Dionisia hatte Huhn mit Oliven gekocht. Sie hatte keine Tomaten hineingetan wie in der gleichnamigen Erzählung, sondern Zitrone und etwas Mehl zum Binden, was mich ein bißchen erleichterte. Die Projektion der Novelle auf das wirkliche Leben hatte begonnen, beunruhigend zu wirken.

»Dionisia, kochst du eigentlich gern?« fragte ich, auch wenn ich die Antwort schon kannte.

»Ja.«

»Was kannst du denn sonst noch?«

»Ich mache Zucchinipitta nach Oma …«

»Martine.«

»Ja. Und mit Schinken überbackene Kartoffeln, Crèpes, ein Fleischgericht mit Mandeln, den Kuchen von Oma Kalí.«

»Und sag mal, magst du auch Honigmelone?«

»Sehr gern. Mit Frischkäse aus Astypalea noch viel lieber.«

Zum Zeitvertreib erzählten wir uns ein paar Witze und sahen uns den *Rosenkrieg* im Fernsehen an. Die letzte Szene des Films mit den beiden Hauptdarstellern, wie sie am Kronleuchter hängen, blutig und erbärmlich, erinnerte mich daran, daß ich Iraklis und Carr zu Hause zurückgelassen hatte und sie womöglich gegenseitig erdolcht vorfinden könnte. Ich rief an. Keiner hob ab.

Ich schlich auf Zehenspitzen in die Wohnung, um sie nicht zu wecken. Die Betten waren unberührt. Irre Szenen schossen mir durch den Kopf. Vielleicht hatten sie eine bösartige Auseinandersetzung gehabt und befanden sich in einem Krankenhaus? Vielleicht hatte einer von beiden den anderen in einem Schrank eingeschlossen, bis er erstickte? Sie wissen ja, wie das Gehirn in solchen Fällen funktioniert: Noch die bescheuertste Idee erscheint einem schlüssig und glaubhaft. Ich öffnete alle Schränke, suchte unter den Betten, ging in den Abstellraum, machte die Wohnungstür zwei-, dreimal auf und zu. Schließlich fand ich eine Notiz an dem einzigen Platz, an dem ich nicht nachgeschaut hatte; am Kühlschrank, mit einem Magnet festgehalten: »Wir gehen kurz raus. Mach dir keine Sorgen. Küßchen, Iraklis.«

Kurz danach kamen sie wieder zurück, heil und ganz. Sie hatten ein paar Drinks zusammen genommen, und das Eis schien endlich gebrochen zu sein. Gemeinsam sahen wir uns die letzten Nachrichten an. Ich erklärte, mit einer Mischung aus Stolz und Bosheit, daß die Rothaarige, die die Nachrichten las und dabei je nach der Wichtigkeit der Geschehnisse den Kuli in ihrer rechten Hand zusammenkrampfte, Jota sei, die Schwägerin meiner Mutter.

»Die Frau von Vassilis im *Wintermahl*?« fragte Carr ehrfurchtsvoll.

»Genau.«

Iraklis – der Ilias' Novelle nicht gelesen hatte – zuckte mit den Schultern. Er begann, die Nachrichten für Carr ins Englische zu übersetzen. Wir waren in einem anderen Land, in einer anderen Wohnung, drei andere Menschen. Die Gleichung war aufgegangen. A=I, A=C. Demnach auch I=C.

In Astypalea kamen wir bei Tagesanbruch an. Die ganze Nacht über hatten wir wind- und wellengepeitscht auf dem Schiffsdeck gelegen und zu schlafen versucht: Iraklis und ich in unserem Doppelschlafsack und Carr wie ein Hündchen an meiner Seite. Wir hatten den kleinen Verlagslaster mitgenommen. Carr chauffierte. Iraklis kratzte sich an den Koteletten. Und ich, in der Mitte, spielte für sie in der konventionellen Manier eines noch nicht ganz wachen Menschen den Fremdenführer.

Die Insel erwachte ganz allmählich bei jeder Kurve. Bis wir zu den Windmühlen kamen, stand die Sonne schon am Himmel. Wenn ich gut im Beschreiben wäre, würde ich Ihnen etwas über den Widerschein des Lichts auf dem Wasser erzählen, aber lassen wir das lieber. Sehen wir die Insel als einen vielschichtigen Ort an, wo die entlegenen Strände und die engen, gewundenen Straßen verdrängten Trieben entsprechen. Hingegen die Kieselsteine, der Strandhafer, der neue Staudamm eine Möglichkeit darstellen, symbolisch über Unannehmlichkeiten, Bitterkeiten und Aufschübe zu sprechen. Was ich sagen will, ist, daß drei Menschen zusammen weder ein Paar sind noch eine Clique. Wir brauchten Zeit, um unseren Rhythmus und unsere Rollen herauszufinden.

Wir hatten ein Haus mit zwei Zimmern, Küche und Bad gemietet. Carr schlief im kleineren Zimmer, das von unserem durch eine improvisierte Tür mit Perlenvorhang getrennt war. Nachmittags, wenn der Hausherr ins Bad ging, um sich das Salz herunterzuspülen, machten wir es uns im Badeanzug auf dem Doppelbett gemütlich und blätterten Zeitschriften durch. Sobald Iraklis mit einem weißen Handtuch um die Hüfte in Erscheinung trat, nannten wir ihn spöttisch »Julius Cäsar«. Dann machten wir uns Gedanken über den Tag und planten unseren Abend. Irgendwann zog sich Carr dann diskret zurück. Ebenso diskret schlüpften wir unter die Laken, wie Eltern, die mit ihren Kindern in Ferien gehen.

Am fünften Tag weckte ich sie schon früh auf, denn wir wollten das Dorf der Großmutter besichtigen. Carr, die einen genauen Stundenplan führte, schrieb in ihr Tagebuch: »Besichtigung der Taverne«. Hätte sie Museum oder Denkmal statt Taverne geschrieben, wäre es das gleiche gewesen. Es stand eine zeremonielle Vergangenheitsbesichtigung an.

Das Grundstück war voller Trümmer. Vom Haus war nur noch das Skelett übrig: Steinbrocken und aus den Fugen gegangene Simse. Die Taverne war zur Hälfte eingestürzt und zur Hälfte überwuchert. Ilias' Beschreibungen in *Honigmelone mit Frischkäse* sind weit von der Wirklichkeit entfernt. Seine Idee, daß Stefanos auf dem Grund und Boden der Vorväter eine neue Taverne errichtet, ist ein Szenario für alte griechische

Filme. Sein Onkel leitet eines der berühmtesten Restaurants von Athen, und trotz seiner existentiellen Probleme gehört er nicht zu den Menschen, die sich freiwillig ans Ende der Welt ins Exil begeben, um den Sinn des Lebens zu finden.

Ich wanderte ein bißchen mit Carr zwischen den Trümmern herum.

»Hier haben Ilias und ich Fleischklößchen gemacht, als wir klein waren«, sagte ich und blinzelte ihr zu. Sie hängte sich an meinen Arm und seufzte auf. Sie hörte sich meine Erzählungen aufmerksam an, von der Zeit, als wir barfuß im Hof herumliefen und Schmalzkringel mit gestoßenem Mastix verspeisten, die die Großmutter eigenhändig zubereitet hatte; die ganz allgemeinen, die allerallgemeinsamsten Erinnerungen, die man mit den anderen teilt, weil man eben keine Grube graben und seine Vergangenheit Sack für Sack hineinwerfen kann. Iraklis war bei dem Gespräch nicht dabei. Er hatte sich auf der Erde ausgestreckt und sich eine Zigarette angezündet. Ich betrachtete es als Respektlosigkeit, das Museum meiner Kinderjahre so zu mißachten, und hörte auf, mich an ihn zu wenden. Die Sonne brannte, nichts regte sich. In der Einöde waren wir die letzten Frauen der Welt, dem letzten harten Mann gegenüber.

Mittags gingen wir zum Baden nach Plakes, einem kleinen abgeschiedenen Strand in der Nähe von Maltesana. Wir kletterten wortlos den Pfad hinunter. Ganz vorne Iraklis, dahinter Carr, als letzte ich. Ich hatte eine solche Wut auf ihn, daß ich den Blick auf die Sandalen fixiert hielt, um ihn nicht zu sehen. Der Strand war menschenleer, und Carr schlug vor, wir sollten die Badeanzüge ausziehen. Ich stimmte halbherzig zu, denn wenn man auf jemanden eine Wut hat, möchte man nicht, daß er einen nackt sieht. Ich legte mich bäuchlings auf mein Handtuch und bat die Sonne, mich zu verbrennen. Bei dem Versuch, im Kies einen besseren Platz für meine Ellenbogen zu finden, bemerkte ich etwas. Dieses Etwas brachte die Zeit zum Stillstand. Das Meer hatte noch die gleiche Farbe, die Höhlen die gleiche Form. Und doch war nichts mehr wie zuvor.

Ich habe die Angewohnheit, mir die Zeit linear vorzustellen. Wie einen schwarzen Faden. Links 1900, rechts 2020. Wenn die Zeit stillsteht, dröselt sich der Faden auf. Kein Blatt bewegt sich. Wenn es Menschen rings umher gibt, die weiter sprechen oder gestikulieren, werden die neuen Bewegungen nicht aufgezeichnet. Eine Kassette dreht beständig den kleinen Zwischenfall wieder an den Anfang zurück, der einen dazu gebracht hat, den Kontakt mit allem, was da kreucht und fleucht, zu verlieren. Wenn die Zeit stillsteht, sieht man das, was man sehen will.

Bei Iraklis hatte ich während der Zeit mit dem Kleinlaster etliche Male das Gefühl gehabt, daß sich der Faden spannte und riß. Trotzdem erfuhr unser erotisches Leben eine eindrucksvolle Verbesserung, als wir den finsteren, klaustrophobischen Kleinlaster des Treno-Verlags verließen und unserer Liebe endlich in einer richtigen Wohnung ein Obdach gaben. Wir krochen nicht mehr auf allen vieren herum, stießen uns nicht mehr die Köpfe an, tasteten nicht mehr blindlings nacheinander. Bis dahin hatte ich kein klares Bild von seinem Körper gehabt. Ich sah lediglich seinen Hals und seine Oberarme, spürte seine Beckenknochen, betastete die Taille und den magischen Punkt, der genau darunter anfing. Zu Hause konnten wir endlich sehen, woraus wir gemacht waren. Ich konnte seine Rippen zählen. Er spielte mit meiner Brust das niederträchtige Spiel »Ich wähle die beste Frucht aus«.

Wenn ich vom Bett aufstand, lief Iraklis' Blick meine Wirbelsäule entlang und heftete sich auf das Kreuzbein. Ich sah im Spiegel, wie er mit einer Mischung aus Erwartung und Verzweiflung auf diesen Punkt starrte. Sein Gesicht nahm eine Wildheit und Schönheit an, die Lippen öffneten sich ein wenig, die Haut rötete sich. Als ich am Strand für meine Ellenbogen einen besseren Platz finden wollte, fing ich den gleichen Blick auf, wie er die Hinterbacken von Carr liebkoste, als sie gerade ins Meer ging. Ich hüllte mir den Kopf ins Handtuch und biß auf einen Kieselstein. *Nach der Beschreibung der Symptome halte ich es für überflüssig, die Krankheit zu nennen.* Es war eine drastische und vollendete Eifersuchtsszene.

Bis dahin war es für mich nicht nötig gewesen, jemanden in die Schranken zu weisen. Iraklis' neue Triebe zwangen mich, die Uniform eines Schupos anzulegen und den Verkehr auf einer Verkehrsader emotionalen Verhaltens zu regeln. Ich wußte nicht, welche Hand ich nach oben halten sollte; ob die offene Hand Gebot oder Gruß war. Es schien mir sinnlos, einen Pfiff auszustoßen; wer dazu ausersehen war, einen Zusammenstoß zu produzieren, würde nur ein Stück weiter unten zusammenstoßen. Ich habe schon immer geglaubt, daß Verkehrspolizisten entbehrlich sind. Sie tun so, als könnten sie den Verkehrsfluß kontrollieren, umzingelt von Autos, Motorrädern, Ruß und Abgasen, wildem Gehupe; dem Chaos selbst.

So drehte ich mich auf die andere Seite. Aus halboffenen Augen konnte ich Carr sehen, wie sie ein paar Hopser machte und dann in die Tiefe abtauchte, wie eine Art Erinnerung ganz kurz das Kreuzbein und ihr winziges Tatoo sichtbar werden lassend: ein gelbes Birnchen. Iraklis schwamm in einer schnurgeraden Linie hinter ihr her, auf dieselbe Weise, wie die Möwen dem Schiff folgen. Alle Elemente eines Seestücks waren vorhanden. Sonne, Meer, Möwe, Schiff. Es fehlte nur noch ein Kapitän.

Selbst wenn ich der Kapitän geworden wäre, hätte ich nicht gewußt, wohin ich das Schiff steuern sollte. Indem man eine Taktik wählt, verwirft man hundert andere. Ich konnte ja nicht gut gleichzeitig fordernd, sanft, wütend, würdevoll und zynisch sein. Ich beschloß, mich auf mich selbst zurückzuziehen, weil es die einfachste Art war, von einer Reaktion zur anderen zu springen: Die Verbitterung und die Würde gehören zum gleichen Waffenarsenal, zum Fall des einsamen Menschen. Aber sie ließen mich nicht zur Heiligen werden.

Am selben Abend saßen wir in Dapia und leerten zu dritt eine Flasche Whisky. Carr war gut ausgerüstet nach Griechenland gekommen: mit selbstgedrehten Stäbchen aus Davids kleiner, dilettantischen Haschischproduktion in ihrer silbernen Tabaksdose. »Was hast du eigentlich?« fragte mich Iraklis andauernd. Ich ignorierte ihn demonstrativ. Ich hatte mich Carr zu Füßen gelegt, und wir versuchten, den Großen Bären ausfindig zu machen. Auf dem Rückweg saß Iraklis am Steuer. Carr und ich hatten uns in den Fond des Wagens gelegt. Wir führten eine höchst interessante Unterhaltung über die Schattierungen der Finsternis. Sie fragte mich mit ernster Miene, ob ich auch so ein rotes Sternchen an der Decke sähe. Irgendwann wand sie sich um mich herum. Wenn ich sage wand, meine ich, daß sie sich selbst als Laken benutzte, das alle Körperbewegungen abfängt und mitmacht. Dieses Laken deckte immer von neuem sacht meinen Rücken und meine Schultern zu und wieder auf. Ich empfand die süße Traurigkeit eines Menschen, der aus dem Schlaf auftaucht und nicht vollständig in irgendeine Welt gehört. Mehrmals während der Nacht bewegen sich Körper und Laken simultan und gleiten in eine Sphäre, die man nicht Bett nennen kann, aber auch nicht Wolke, und wo sich alle Hoffnungen erfüllen. Das Gehirn wird taub. Die Füße bedienen ein unsichtbares Fahrrad. Die Wirbelsäule dreht sich mit der Wendigkeit einer Schlange um ihre eigene Achse. Die Finger werden lang, weich und warm. Und man kann nicht mit Sicherheit sagen, ob das wohlige Behagen dem Laken zu verdanken ist oder der Art, wie man es sich immer wieder neu um die Taille schlingt, als wolle man sich ein provisorisches Gewand anlegen.

»Carr, wo ist eigentlich dein Birnchen?« fragte ich und fühlte mit den Fingern nach der Stelle, die Iraklis so beeindruckt hatte. Sie wollte sicher gehen, daß sich mein Körper am richtigen Platz befand: Sie berührte sacht meine Knie, die Handwurzeln, die Achseln. Als Iraklis die Wagentür aufmachte, fiel ein dünner Lichtstreifen von der Straßenlaterne auf unsere nackten Bäuche, die aneinanderlagen, einen Körper mit vier Beinen bildend. Ich wollte, daß er auch spürte, was es bedeutete, ein verzweifelter Verkehrspolizist zu sein. Ein anderer Teil meines Ichs wollte die Tür wieder zuziehen und mit Iraklis am Steuer weiter die Insel umrunden, Carrs Beine um meine Mitte gelegt, der Wagen rumpelnd wie eine Kinderwiege.

Als wir bei den Windmühlen ankamen, überließen wir es Iraklis, das Auto abzuschließen, und fielen taumelnd in Carrs Bett. Ich hörte ihn in der Küche herumfuhrwerken. Er rauchte, trank Bier und warf verstohlene Blicke ins Zimmer. Wir machten nichts. Wir hatten uns ausgezogen und versuchten umschlungen unter einem wirklichen Laken zu schlafen. Mein Kopf drehte sich, mein Bewußtsein war in Stücke zerhackt. Dennoch war ich mir sicher, daß etwas meinen Rücken berührte. Als ich die Augen aufmachte, schien mir die Situation kompliziert und dennoch verständlich zu sein. Iraklis preßte seinen Körper sanft an mich, aber seine Hände endeten an einem Punkt hinter meinem Rücken. Sie streichelten das Birnchen von Carr.

Hier könnte ich, lieber Leser, wenn ich wollte, von dem Abbé Casti, dem hochwürdigen Pulci, dem schamhaften Rabelais oder einem anderen frommen Priester etwas gepfefferte Redensarten entleihen, um meine Erzählung zu würzen, welche schon trocken zu werden beginnt wie der Feigenbaum im Evangelium; aber da ich weder Theologe noch Priester, ja, nicht einmal Diakonus bin, so bezweifle ich, ob ich das Recht habe, meine Hände und deine Ohren zu beschmutzen.

Wenn alle Bewohner des Planeten ihre Uhren auf die gleiche Zeit stellen und sich noch in der gleichen Nacht genau um zwölf mit Drogen und Alkohol volldröhnen, dann ist die Welt total aus den Fugen. Familien lösen sich binnen Sekunden auf.

Mütter verlassen ihre Kinder. Gruppen wutschnaubender Arbeiter rammen Messer in die Bäuche ihrer Chefs. Die Gouvernanten erdrosseln die Engelskinderchen, die sie jeden Abend in den Schlaf singen. Einsame Greise schleifen junge Mädchen an den Zöpfen herbei. Unterdrückte Töchter prügeln ihre Eltern zu Tode. Die Lehrer organisieren Wettschießen auf die Körper ihrer Schüler. Auf den Straßen lodern Feuer. Allenthalben zerfetzte Kleider, feuchte Nüstern, wölfische Instinkte.

Zum Glück für den benebelten Geist funktioniert die Welt am nächsten Morgen noch. Die Verkehrspolizisten gehen hinaus auf die Straße und regeln den Verkehrsfluß. Langsam und schmerzhaft wird das Leben wieder zu dem engen Kleidungsstück, an das man sich längst gewöhnt hat. Der Berauschte, der vormals Berauschte, geht zu seiner Arbeit, seiner Frau, seinen Kindern zurück. Er vergißt, daß in seinem Kopf noch vor ein paar Stunden Dynamit explodiert war.

In unserem Fall war es nicht möglich zu vergessen. Das Gesicht des einen rief bei den anderen beiden wieder wach, was sich abgespielt hatte. Wir berührten das Thema weder am folgenden noch an irgendeinem anderen Tag. Jeder zog sich in sich selbst zurück. Wir verwandelten uns in Trappisten, die das ewige Leben durch Schweigsamkeit zu erlangen hoffen. Iraklis kaute sich die Nägel bis zu den Wurzeln ab. Carr bekam Herpes an den Lippen. Ich selbst hatte kein sichtbares Zeichen existentieller Bedrängnis vorzuweisen. Das verhinderte aber nicht, daß ich mich wie ein Wrack fühlte.

Wir hatten das Haus für zwei Wochen gemietet, demnach waren noch acht Ferientage übrig. Am folgenden Nachmittag packte Carr ihre Koffer. Ich trat ins Zimmer und hängte ihr die Kleider wortlos in den Schrank zurück. »Besser sollte wohl ich wegfahren«, meinte Iraklis, der hinter der Tür mit dem Perlenvorhang nervös rauchte. »Keiner geht irgendwohin«, sagte ich und versuchte zu lächeln. Iraklis schlang mir den Arm um die Taille. Carr nahm meine Hand und legte ihre Wange hinein.

Dies alles trug sich in vollkommenem Schweigen zu. So hatte jeder das Recht zu denken, was er wollte. Man hätte meinen können, wir hätten diese pathetische Szene gestellt, um uns auf theatralische Weise um Verzeihung zu bitten.

Als ich zu Carr gesagt hatte, wir würden schon einen Weg finden, um uns miteinander zu arrangieren, hatte ich nicht gerade das gemeint. Ich hatte mir ein paßgerechtes Märchen zusammengeschustert: Das Königspaar schreitet von unwirklichem Licht umgeben mit seiner Hofdame durch die Gärten. Die Königin in der Mitte zieht bei der Gruppe mit ihrem Blick die Fäden, bringt die Marionetten zum Leben. Wenn sich eine Grube auftut und sie verschlingt, schluchzen König und Hofdame untröstlich, bis ihnen die Haare weiß werden.

Doch das Märchen nahm eine andere Entwicklung. Eines schönen Tages warf die Hofdame die Königin zu Boden und trat mit spitzigen Schuhen auf ihren Bauch. Von dieser Höhe aus konnte sie ihren Herrn und Meister besser sehen. Doch auch er erblickte in dem Licht, das sie beide beschien, die Hofdame als eigenständige Wesenseinheit. Sie war eine Frau, die ein besseres Schicksal verdient hatte. Mit ihrer Schönheit, ihrem ätherischen Zauber hätte sie sogar Königin werden können.

Die »Scheißtype«, wie Iraklis sie genannt hatte, wurde von Tag zu Tag schöner. Es war eine Art herzzerreißender Schönheit, die aus der Traurigkeit gespeist war: Die leichte Schräge der Augen zu den Schläfen hin und die grünen Brauen und kontrapunktisch dazu der Blick eines geprügelten Hundes machten aus Carrs Gesicht ein Feld der Widersprüche, auf dem Iraklis und ich unsere grundlegenden Zweifel ablesen konnten. Wie trennen sich Paare? Wo hört die Freundschaft auf? Wünscht sich jemand das Glück seiner Freunde wirklich aus ganzem Herzen? Warum wollen wir den Menschen gleichen, die wir lieben, und gleichzeitig einzigartig sein? Gibt es emotionale Rechte?

Die letzte Frage resultierte, zumindest für mich, aus der Übersetzung des Kapitels *Honigmelone mit Frischkäse*. Auf Ilias' Ratschlag hin hatte ich es bis zum Schluß aufgeschoben. Ich übersetzte es auf Astypalea, während der unerträglichen Schweigetage. Die Art, wie Ilias Stoff, Motto und Titel aus Dionisias Buch stiehlt, war der Art zu vergleichen, in der Iraklis und Carr mein Vertrauen mißbrauchten. Wenn man im Fall der Novelle von geistigen Rechten sprechen kann, dann bin ich vielleicht auch berechtigt, vom Diebstahl emotionaler Rechte zu sprechen. Aber im Bereich der Gefühle kann man nicht durch Prozeßakten und Gebührenmarken zu seinem Recht kommen. Man hat keine Berechtigung, dem anderen etwas vorzuwerfen. Die Gleichgültigkeit stellt meines Wissens kein strafbares Vergehen dar.

Über der Übersetzung vergingen die Tage rasch. Ich tat so, als sei ich unwohl, um Iraklis' Umarmungen und dem morgendlichen Schwimmen zu entgehen, das mich nur an die Szene in Plakes erinnern würde. Doch ich ermunterte die beiden, zusammen an den Strand zu gehen. Das mag von meiner Seite aus blöde und widersinnig wirken, aber sie würden nur auf diesem Weg dahinterkommen, wie weit sie gehen wollten. Ich dachte, wenn ich sie unter Druck setzte und in der Wohnung zurückblieb, würden die Gefühle wie im Fall der Päpstin Johanna und ihres Benediktinermönchs erst recht zu wuchern beginnen. Das Verbot ist ja einer der besten Garanten für die Leidenschaft.

Später lernte ich, daß die Freiheit ein noch besserer Garant dafür ist. Mit den ihr eigenen Einschränkungen, mit den Problemen, vor die sie einen stellt, könnte sie durch Carrs Augen symbolisiert werden. Geschlitzt, ihrer Natur nach lächelnd und dennoch traurig.

Ich befasse mich nicht mit Sport, aber ich weiß, daß Tom Dolan die neue Hoffnung des amerikanischen Schwimmsports ist. Der erste Text, den man mir nach der Rückkehr aus dem Urlaub zum Übersetzen vorlegte, war ein Artikel über seine Leistungen. Die Zeitung hatte sich geleert, die halbe Übersetzungsabteilung fehlte, und so wie die Dinge standen, würde ich wohl in Kürze auch noch über Giftmorde zu schreiben anfangen.

Zu Anfang war ich empört. Dann konnte ich mich beim Durchlesen der Geschichte des zwanzigjährigen Sportlers wieder einmal davon überzeugen, daß nichts zufällig ist. Dieser Artikel war von Hand zu Hand gegangen, um auf meinem Schreibtisch zu landen. Tom Dolan, ein bildhübscher Junge mit einem spitzen, rötlichen Bärtchen wie dem von Lodge und einem kleinen Ring im linken Ohr, war der Übermittler einer Botschaft: Obwohl sich bei ihm zu Hause kein Platz mehr für weitere Goldmedaillen fand, war Dolan mit einem verengten Rachen geboren. Er war ein Höchstleistungsschwimmer mit Atmungsproblemen. Die Medikamente, die ihm hätten helfen können, sein Asthma zu bekämpfen, waren nach den internationalen Antidopinggesetzen verboten. Statt mit Umsicht zu trainieren, macht Dolan den anstrengendsten Drill der amerikanischen Sportgeschichte: Er schwimmt achtzig Kilometer pro Woche. Sein Vater erklärt, Tom habe keinen Instinkt für Selbstschutz. Er selbst sagt: »Ich glaube, ich habe größere Reserven an Schmerz als jeder andere im Schwimmsport.«

Als ich diesen Satz in der *Newsweek* las, glaubte ich Carr sprechen zu hören. Sie geht genauso gegen die Natur an und stellt ihre Reserven an Schmerz auf die Probe. Sie sucht sich Typen aus, die ihr das Leben schwer machen. Zuerst Ilias. Dann David, der sie nicht für intelligent genug hielt. Schließlich Iraklis, der bis dahin zu mir gehört hatte. Die Medikamente, die sie schützen könnten – Vernunft, Selbstbeherrschung –, vertragen sich nicht mit ihrem Organismus. Sie wird unaufhaltsam den falschen Menschen hinterherhechten, bis sie stirbt. Konnte sich denn ein Mensch überhaupt anders entwickeln, der beschlossen hatte, in dem Moment auf die Welt zu kommen, in dem eine Primadonna die *Habanera* sang: »Die Liebe von Zigeunern stammt«?

Carr ist vom Leiden der extrem schönen Frauen betroffen. Sie hat immer Angst, daß sich ihr alle nur um ihrer Schönheit willen nähern. Wie die reichen Erben, die es vermeiden, über ihr Vermögen zu sprechen, tut sie alles, um ihr äußeres Bild zu zerstören. Durch ihre grünen Brauen und ihre skurrile Frisur will sie die anderen davon überzeugen, daß sie menschlich ist, daß sie Fehler und begrenzte Möglichkeiten hat. Wenn sie sich nicht selbst verschandeln würde, wäre sie eines der schönsten Geschöpfe, die es auf der Welt gibt. Und da sie nicht weiß, was Koketterie ist, könnte sie außerdem noch Anführerin der Sekte der schönen Frauen werden, deren zugänglicher Gott. Statt dessen hat sie es vorgezogen, sich mit unbefriedigenden Sehnsüchten zu vergiften. Ihre Natur zu bestrafen, die ihr zweifelhafte Seelentugenden aufgemalt hat. Abwechselnd Liebe und Unglück zu verbreiten.

Sie ist weiterhin meine Freundin; auch heute noch, wo sie mit Iraklis in London wohnt. Ich habe ihnen zwar keine Weihnachts- und Osterkarten geschrieben und betrachte sie auch nicht als Paar. Trotzdem rufe ich sie gelegentlich an, an Abenden, wenn ich mich einsam fühle, um ihre Stimme zu hören. Nie sage ich ihr direkt, was mich beschäftigt. Aber merkwürdigerweise rücken sich die Probleme in meinem Kopf zurecht, sobald ich nur ein bißchen mit ihr plaudere.

Wenn ich den Abend, den wir nackt und eng umschlungen verbrachten, von den übrigen Geschehnissen des Sommers absondere, ist er eine der intensivsten Erinnerungen meines Lebens. Es schiene mir albern, ihr übers Haar zu streichen und »Liebste« zu ihr zu sagen. Ich könnte sie mir nie als meine Geliebte vorstellen. Und ich wäre auch nicht dazu fähig, auf sie eifersüchtig zu sein und mein Leben mit ihr zu teilen. Aber an einigen Abenden habe ich mir in Momenten menschlicher

Schwäche vorgestellt, wie mich Carr sanft auf den Hals küßt und mir ihre Arbeit über den Faktor des Zufälligen in der Paarbildung erläutert.

Sie sprach immer mit gemischten Gefühlen von ihrer Arbeit. Einmal glaubte sie, sie habe eine wirklich originelle Idee gehabt, und einmal meinte sie, mit einer Dosis Gedrücktheit in der Stimme, die Soziologie erfinde Probleme, um ihre Existenz zu rechtfertigen. »Wenn ich genug Schneid hätte«, pflegte sie zu sagen, »wäre ich Anthropologin geworden und nicht Soziologin.« Sie meinte, sie hätte sich dann mit dem Menschen als Individuum beschäftigt, wäre nach Afrika gereist, um sich mit Tropenkrankheiten zu infizieren und zu begreifen, warum sich die Frauen Metallringe um den Hals legen.

Meiner Meinung nach war ihre Arbeit von objektivem Interesse. Außerdem bestätigte sie meine eigene Ansicht bezüglich des Zufälligen, die begonnen hatte, meine Weltanschauung entscheidend zu prägen. Carr stellte zu Anfang die Behauptung auf, das Paar betrachte sein Zusammentreffen als unvorhergesehen. Als Willen der Sterne. Der Zufall wirke wie eine kugelsichere Weste gegen die Verleumdungen von Dritten und die Schuldgefühle der Liebenden selbst, daß ihre Beziehung einen Warenwert haben könnte – das heißt, ein Produkt von Strategie und gegenseitiger Blockade sei. Ein absolut rationaler Vorgang wie die berufliche Orientierung oder der Kauf von bequemen Schuhen.

Die Frauen übertrieben. Sie sagten »Ich werde dich immer lieben«, weil sie wüßten, daß sich hinter den gerundeten Schultern das Metzgermesser verberge, das je nach Rezept Zunge, Beine und Herzen in kleinere oder größere Stücke hacke. Nicht eine Beziehung sei zufällig. Alle suchten nach etwas. Zärtlichkeit, Sicherheit, Konkurrenz, Aggressivität. Carrs Theorie zufolge habe ich Iraklis getroffen, weil ich einen Menschen brauchte, der mir zuliebe seinen Egoismus zügelte. Ich hätte jemandem mein Ich schenken wollen, indem ich die passenden

Bedingungen für die Leidenschaft schuf, so daß dieser Jemand mit Freuden seine Unterschrift unter das Papier mit der Liebesbürgschaft setzte. Es ist zynisch, der Liebe wie einer Schachpartie zu begegnen, aber der Verlierer muß sich auch irgendwie ablenken.

Die Verliererin war ich, das war sonnenklar. Ich tröstete mich mit dem Gedanken, daß niemand jemandem gehört. Demokratischer Stuß, den sich der Mensch ausdenkt, um in den Augen der anderen nicht bedauernswert zu erscheinen. Ungefähr so muß auch das Buch von Robin Wright über die Chromosomen der Liebe verfaßt worden sein, das mein Vater in seinem Brief erwähnt. So ist die Welt eben, sagte ich mir. Schau nur, wie unglücklich und allein Carr ist. Schau, wie sich Iraklis abquält. Selbst wenn sie ein Paar werden, trennen sie sich ja doch wieder. Es kommt der Moment, wo sie sich hassen. Bedaure sie schon im Vorfeld und hör auf, mit dir selbst zu hadern.

Von den zwölf Taten des Herakles war mir immer die mit den Amazonen die liebste. Nach den Löwen, der Hirschkuh, dem Eber, den Rindern und den stymphalischen Vögeln besaß Herakles' Kampf mit Hippolyte die Elemente, die ein Mädchen in der fünften Grundschulklasse interessieren: eine fatale Pferdefrau, einen Halbgott und einen kostbaren Gürtel. Um diesen Gürtel führte ich, auf die Sofalehne gekauert, mit Ilias Schwertkämpfe. »Nur über meine Leiche«, brüllte ich, den angeblichen Gürtel durch die Luft schwingend: das schwere Bernsteinkomboloi aus dem Wohnzimmer. Wenn er nahe genug kam, zögerte ich nicht, ihm das Komboloi über den Kopf zu schlagen. »Aber Herakles siegt doch …« Ilias heulte Rotz und Wasser.

»Die Hippolyte hat den Herakles besiegt, und er kann sehn, wie er die Kurve kriegt«, sang ich ihm ins Ohr.

Dieses Verschen fiel mir am letzten Ferientag wieder ein, als ich einen roten Ledergürtel in meinen Rucksack stopfte. Iraklis hatte seinem Namen alle Ehre gemacht. Er hatte Hippolyte besiegt, alle Hippolyte der Welt. Er war Triumphator, Eroberer, Held. Er musterte Carr und mich, als wüßte er nicht, mit welcher von uns er zuerst vögeln wollte. Als sei es ausschließlich seine Entscheidung, ob wir noch einmal zu dritt ins Bett stiegen. Als die Gewissensbisse der ersten vierundzwanzig Stunden vorbei waren, stolzierte Iraklis mit dem Schritt und der Protzigkeit eines mythischen Helden durchs Zimmer. Er ging zum Rasieren ins Bad, wenn Carr gerade duschte. Abends versuchte er mich zu umarmen, obwohl ich ihm den Rücken zukehrte. Auf der Rückreise schlief er zwischen uns beiden. Er nahm ständig seine Hände aus dem Schlafsack und versuchte zu begrapschen, woran er kommen konnte. Er ließ sich nicht kleinkriegen. Er hatte auch nicht gerade unbeachtliche Reserven. Nicht an Schmerz, aber an Zähigkeit.

Am 22. Juli waren wir wieder zurück in Athen. Ich zählte die Tage, bis Ilias kam. Meine Ungeduld war so groß, daß ich seinen Empfang vorzubereiten begann. Mit Iraklis zog ich ins Doppelbett meines Vaters um. Carr verlegten wir in mein Zimmer. Ilias' Schlafzimmer wartete leer und sauber auf ihn. Die Arbeit mit den Händen war ein Mittel, nicht denken zu müssen: Ich saugte, wusch Geschirr, gab die Korrekturen der Übersetzung in den Computer ein. In der Zeitung schuftete ich wie ein Übersetzungsautomat. Doppelte Arbeit in halber Zeit.

Zu Hause hatten wir wie eine Familie zu funktionieren begonnen – jeder zurückgezogen in einem Zimmer. Auf dem Flur stolperten wir übereinander und lächelten geistesabwesend. Wir ernährten uns von belegten Broten aus der Hand. Abends sahen wir wortlos fern, Pyramiden aus Nußschalen anhäufend. Carr hatte sich im gelben Sessel etabliert. Sie legte die Füße auf das Wohnzimmertischchen und las in einem Band der Zeitschrift *Psychology of Women Quarterly* – immer in demselben. Iraklis versuchte auf jede erdenkliche Weise, ein kollektives erotisches Klima zu schaffen. Sein Verhalten war dazu angetan, daß ich ihn nur noch verabscheute und verachtete.

Eines Abends saßen wir nach dem Essen wie immer im Wohnzimmer und stellten den Fernseher an. Jota sprach die Abendnachrichten. In einem fuchsiaroten Blazer mit dazu passendem Lippenstift sprach sie von dem »Feuerorkan«, der über den Penteli hinwegfegte. Ich dachte an meine Mutter und Petros, scheuchte mir aber die trüben Gedanken sofort wieder aus dem Kopf. Übertreibungen der Journalisten. Iraklis lehnte sich, angeblich müde, an meine Schulter und seufzte ganz dicht an meinem Ohr. Gleichzeitig streckte er die Hand nach Carrs Beinen aus. Wir sprangen beide auf, als hätte sich der »Feuerorkan« im Zimmer ausgebreitet. Nahmen die Teller und flohen in die Küche. Der Halbgott blieb allein auf dem Sofa zurück. Er wirkte gedemütigt. Mir fiel auf, daß Carr ihn mitleidig ansah. Ich ließ mich nicht dazu herab, ihn zu bedauern. Wenn man jemanden bedauert, ist er einem nicht egal. Es gab keinen Grund, irgendeine Art von Interesse zu heucheln. Ich war neutral und leer. Iraklis hatte nichts Göttliches mehr an sich. Ein Bündel von Drüsen war er, nichts als ein weiterer Mensch. Der Himmel tat sich nicht auf, wenn er mich ansah. Der Kreis der Lust hatte sich wieder geschlossen. Genau wie es sich beim Tod meines Vaters abgespielt hatte, beschleunigten die Fakten eine innere Disposition. Es war nichts Unerwartetes geschehen. Der Zufall bewies wieder einmal seine tieferen Bindungen an das Vorbestimmte.

Carr dagegen hatte begonnen, in schnellen Zügen auf Iraklis' Seite hinüberzuschwimmen. Ohne Inhalator, ohne Asthmamittel. Es war kurz vor dem Hellwerden, als ich im Schlaf ihren schweren Atem hörte, das Keuchen des asthmatischen Spitzensportlers, der seinen Kopf kurz übers Wasser hebt. Iraklis lag nicht neben mir. Die Tür meines früheren Schlafzimmers war zu. Ich schaute durchs Schlüsselloch. Im ersten

Licht des Tages wippte Carrs Birnchen auf und ab. Ihre Beine durchmaßen in dem Bemühen, wieder und wieder eine ziemlich kurze Strecke zurückzulegen, die Laken. Iraklis' Gesicht war zur Decke gerichtet. Dennoch konnte ich mir die Falten auf seiner Stirn vorstellen, den trockenen Mund des Schwimmers, der in Kürze sein Ziel erreicht.

In jenem Moment hätte ich mir gewünscht, wir lebten wirklich in einem Buch. Bewegten Hände und Lippen so, wie es ein anderer wollte. Wir sprächen göttlich und zusammenhanglos wie Leopold Bloom, als er entdeckte, daß ihn Molly betrog. Und könnten vergeben wie er, durch ein Hinunterbeugen und einen Kuß auf den Hintern des Untreuen. Aber all dies hat sich am 16. Juni 1904 abgespielt, vor ganzen 91 Jahren. James Joyce ist tot. Er schreibt keine weiteren Bücher mehr. Bücher schreiben in Zukunft die, die ihm gleichen wollen. Jedesmal, wenn sie »runde glatte gelbe duftende Melonen« sehen, werden sie sich an Molly Blooms Hintern erinnern und sich eine Geschichte über ihre eigene jämmerliche Melone ausdenken. Nur wenn man aufhört, auf dem Hintern zu hocken, besteht die Wahrscheinlichkeit, daß ein originelles Buch verfaßt wird. Bis dahin wird gelesen und vergessen. Die Helden der Bücher zerfallen gleich nach der Lektüre in Stücke. Selbst die Helden der Bücher mit siebenhundert Seiten werden zu Staub.

Was ich sagen will, ist, daß von all dem, was passiert, weder Worte noch Gefühle übrigbleiben. Allenfalls bleibt Carrs Birnchen, Iraklis' Gesicht, das zum Himmel gerichtet ist; und sicherlich meine Hand auf der Klinke. Die Hand, die die Tür öffnete, das Licht anknipste. Weil sonst nichts mehr ging, wollte ich wenigstens ihre Leidenschaft ins Lächerliche ziehen.

Beim Seilhüpfen entwickeln die Mädchen ausgezeichnete Reflexe. Kaum schlägt das Seil auf den Boden, starten sie los und hüpfen hin und her, im Innern die Zeit abmessend. Meine Geschicklichkeit im Seilhüpfen brachte mich zu einer gemeinen Handlung. Ich rechnete mir ihre ersten Zuckungen aus, stieß die Tür auf und begann vor beiden stehend Iraklis' Stöhnen zu imitieren. Ihre Schläfen pulsierten noch, die Nüstern gingen auf und zu, aber sie waren sprachlos. Ich hatte ihnen ihren Orgasmus im wahrsten Sinne des Wortes mittendrin abgebrochen.

Beim Versuch, sich aus Iraklis' Umschlingung zu winden, schlug sich Carr den Kopf am hölzernen Bettrand an. Er stieß mich weg, mit mehr Gewalt, als dazu nötig gewesen wäre. Ich stürzte auf den kleinen Schreibtisch in meinem Zimmer. Der Rahmen mit den Fotos, die uns im Fotoautomaten von Kifissia zeigten, kam aus dem Gleichgewicht. Ohne zu wissen, was da fiel, was ich zu retten versuchte, streckte ich die Hand aus. Das Glas des Rahmens flog auf die halboffene Schreibtischschublade. Dann zersplitterte es in meiner Hand. Iraklis fuhr brüllend und spuckend in seine Hosen. In zwei Ecken des Zimmers leckten Carr und ich uns die Wunden. Meine rechte Hand sah aus wie die künstlich blutbesudelten Hände hinter einer halboffenen Tür, wie sie in Thrillern zu sehen sind. Carrs Haare endeten in einer roten Schmiere am Halsansatz. Sie heulte hysterisch und faßte sich ständig in den Nacken, wobei sie das Blut über Schultern, Brust und Beine verteilte. »Wir müssen ins Krankenhaus«, sagte ich gefaßt. Ich zog Carr an, als sei sie ein Kleinkind. Wir verließen das Haus völlig mit Blut überströmt. Wenn uns jemand gesehen hätte, hätte er meinen können, wir kämen gerade aus irgendeiner schwarzen Messe.

Dem diensthabenden Arzt erzählten wir, wir seien beim Transport eines Spiegels auf der Treppe ausgerutscht. Trotz unseres erbärmlichen Zustandes waren wir die einzigen braungebrannten und gesunden Menschen im Umkreis eines Kilometers. Das Krankenhaus war von Weißhaarigen mit Atemproblemen in Beschlag genommen, einem Häuflein ehemaliger Menschen voller Wunden und Runzeln. Die in die Jahre Gekommenen mäßigen ihren Egoismus oder schränken ihn zumindest auf das absolut Notwendige ein: Sie wollen atmen, palavern und ihre Kinder schikanieren. Wären wir alte Leute, so schliefen wir in getrennten Zimmern, die Ikone der Muttergottes an der Wand. Iraklis wäre glatzköpfig, Carr eine exzentrische kleine Alte mit lila Haaren und ich ein Kamel mit Krampfadern. Wir hätten keine Konflikte. Wir hätten keine Ansprüche.

Beim Warten auf Carr wisperte mir Iraklis auf dem Flur fast liebevoll zu: »Du bist ein Dreckstück.« – »Und du ein geiler Sack«, gab ich im gleichen Ton zurück. Ich mußte mich zusammennehmen, denn in mir war nichts Liebevolles zurückgeblieben. Ich war zwar sehr tief gefallen, doch selbst jetzt noch hatte ich das Gefühl, ich betrachte ihn von der obersten Stufe einer Treppe aus.

»Ich bin nicht allein bis zu diesem Punkt gelangt«, gab er mir zu bedenken.

»Du hast angefangen.«

»Ich hab im Laster herumgevögelt?«

»Hör lieber damit auf.«

»Sollen wir das Thema in aller Ruhe besprechen?«

»Nein. Ich will dich nicht mehr sehen.«

Carr erschien am Ende des Flurs, den Kopf in weiße Binden gewickelt. »Die Außerirdische kommt ...« raunte ein kleiner alter Mann neben mir, und ich muß ihm recht geben. Mit ihrer gelben Haut und den grünen Brauen bot sie ein groteskes Schauspiel. Sie stützte sich auf meinen Arm, und wir schleppten unsere Beine bis zum Ausgang. Bei unserem Anblick blieben die Rollstühle stehen. Die gerupften Greise mit ihrer Sabberei und den Infusionsflaschen sperrten Mund und Nase auf. Iraklis kam hinter uns her, im Gefolge der Amazonen. Ich hatte das heftige Bedürfnis, mich umzudrehen und zu ihm zu sagen: »Die Hippolyte hat den Herakles besiegt, und er kann sehn, wie er die Kurve kriegt.« Aber ich war keine kleine Göre mehr. Ich kletterte nicht mehr auf Sofalehnen. Ich wußte, daß das

Komboloi kein Gürtel ist. Die Melone kein Hintern. Der Haß ein Haß. Und die Worte Worte.

Die Journalisten sind gezwungen, den Wassertropfen als See zu bezeichnen und den See als Meer. Darin besteht ihre Arbeit. Wie die Bauunternehmer Häuser fabrizieren, so fabrizieren die Journalisten Sensationen. Es ist ein richtiggehendes Handwerk, eine Lebensweise. Die heutigen Studenten sind zukünftige Arbeitslose. Die Steuern klettern in die Höhe. Die Bäume werden verbrennen. Die Verbrecher flüchten. Aus dem Frieden wird Krieg. Die Erde wird zu einem riesigen Treibhaus. Wenn sie keine solchen Reflexe entwickelt hätten, gäbe es für sie fast nie Nachrichten. Um den Raum zu füllen, der ihnen zusteht, müßten sie ihre Lebensgeschichte in Folgen verfassen. Artikel mit dem Titel: »Wie ich meine Frau kennenlernte.« »Witze, die wir uns zum Zeitvertreib unter Kollegen erzählen.« »Als heute mein Vater starb.« »Ich benötige eine zweite Arbeit.« Im Fernsehen würden uns die Nachrichtensprecher erzählen, wo sie ihre Krawatte gekauft hätten und wie sie ihnen eine perverse Blondine um die Augen gebunden hätte, um mit ihnen »Lutsch den Blinden« zu spielen. Das einzige, was sie im Zusammenhang mit den Krawatten erwähnen könnten, wäre die Preiserhöhung bei Importwaren – eine gute Krawatte kostet zum Beispiel heute um die zwanzigtausend Drachmen. Was ist die Nachricht? Die Krawatte oder was man mit einer Krawatte machen kann? Glücklicherweise entwickeln sich die Journalisten im Lauf der Zeit zu öffentlichen Persönlichkeiten. So erfährt man ihre persönlichen Vorlieben, weiß, was sie verdienen, ob sie gute Beziehungen zu ihrer Familie haben. Vielleicht ist ja der Tag nicht mehr fern, an dem sie öffentlich von der perversen Blondine berichten. Bei meiner Arbeit in der *Nea Mera* habe ich gelernt, daß die Zeitungen ein Abkommen darstellen, das der Zeit einen Sinn verleiht. Dank der Nachrichten ist man imstande, sein Leben in den Ablauf der Geschichte einzuordnen. Man kann sagen: »An dem Tag, an dem der Krieg in Bosnien zu Ende ging, hab ich meinen Geburtstag gefeiert.« Oder: »An dem Abend, als dieser entsetzliche Waldbrand auf dem Penteli ausbrach, ist mir die Fruchtblase geplatzt.«

Der Waldbrand. Es ist gar nicht so unwahrscheinlich, daß sie bei den Fernsehgesellschaften Archivmaterial von alten Bränden benutzten, die noch katastrophaler und noch imponierender waren. Eines war sicher. Wenige Stunden, bevor wir im Krankenhaus landeten, stand der Penteli in Flammen. Die pyromanen Grundstücksspekulanten hatten wieder einmal zugeschlagen. Das Unternehmen war einträglich. Auf den kahlen Bergen, die sich rings um Athen hinziehen, würden sich in Kürze Wohnblocks erheben.

Zu dem Zeitpunkt, als Iraklis sondierte, ob er uns auf dem Sofa flachlegen könnte, beschrieb Jota, in die Farben des Feuers gekleidet, lebhaft die Katastrophen in Drafi, Anthusa und Pallini. »Die Göttin mit den grauen Augen«, wie die TV-Journale sie nannten, sprach die Sondernachrichten mit dem Gesichtsausdruck, der sie berühmt gemacht hatte: zugleich Mutter und Geliebte, mit heiserer Stimme und vollen Lippen, zwei Sorgenfalten auf der Stirn um dessentwillen, was uns morgen oder in tausend Jahren passiert; die rechte Hand um den Stift gekrampft, um das tragische Schicksal der Menschen auf dem Monitor zu zeigen. Ihre grauen Augen versprühten jeweils Funken von Mitleid, wenn die einzelnen Korrespondenten Neuigkeiten »von der Feuerfront« übertrugen. Wenn man sie so sah, konnte man meinen, die Flammen umzüngelten in dem Augenblick auch das Fernsehstudio. Aber diesmal war ich zu eilig damit gewesen, meine Tante als ein Modell des Verhaltens der großen Journalistenfamilie abzustempeln. Jota wußte etwas, was ich erst Stunden später erfahren sollte.

Unterdessen waren die Kriegsversehrten wieder zurückgekehrt. Iraklis kampierte auf dem Küchenbalkon. Carr sperrte sich in Ilias' Zimmer ein. Und ich setzte mich an den Computer und fing mit einem elekronischen Spiel an, das Iraklis auf der Festplatte installiert hatte. Ich war ein Flugobjekt, das Meteoriten ausweichen mußte. Um den Bedrohungen des Himmels zu entkommen, sauste ich nach links und nach rechts. Als das Telefon klingelte, drehte ich mich um, um den Hörer abzunehmen. Unzählige Meteoriten fielen auf mich herunter und begruben mich.

Stefanos war am Telefon. Er sprach gedämpft, aber wie in Trance, in dem Ton, den man annimmt, wenn man etwas Unangenehmes zu eröffnen hat. Es dauerte fast drei Minuten, bis er seine Befangenheit überwunden hatte und mir erzählen konnte, was passiert war. Das Haus von Petros Pagonis sei zu Asche verbrannt. Meine Mutter habe eine Handvoll Beruhigungspillen geschluckt. Sie hätten alle zusammen bis zum Morgen gekämpft, um zu retten, was möglich war. In den frühen Morgenstunden hätten sie schon einmal angerufen, wahrscheinlich zu der Zeit, als wir im Krankenhaus waren. Keiner habe abgenommen. Sie seien zu Stefanos' Haus in Politia zurückgefahren. Die ganze Nacht über hätten sie kein Auge zugetan. »Zu Asche, richtig zu Asche?« bohrte ich nach. »Es ist nichts davon übrig«, sagte er so beklommen, als hätte er selbst das Feuer gelegt.

Auf dem Computerbildschirm hagelten weiter die Meteoriten herunter.

»Kind, was ist denn mit deiner Hand los?« Obwohl ich krampfhaft versuchte, die Hand hinter dem Rücken zu verstekken, war sie meiner Mutter aufgefallen. In Ranias Spitzennachthemd und mit dem aufgelösten Zopf sah sie wie eine romantische Heldin aus. Sie richtete sich im Bett auf und versuchte mit mir zu sprechen, aber ihre Stimme betäubte sie, schläferte sie ein. Innerhalb weniger Sekunden war sie wieder in ihre Starre zurückgefallen.

Ich war gegen zehn Uhr morgens angekommen, die Gemeinde Politia und den Sozialismus des Wohlstands verfluchend. Überall die gleichen Straßen, die gleichen Plätze, die gleichen Blumenrabatten. Ich mußte dreimal ums Karree fahren, um das Haus zu finden. Endlich konnte ich es dank der steinernen Busstation lokalisieren, wo ein Heer von griesgrämigen Philippininnen auf den Linienbus wartete. Es war Sonntag. Der freie Tag.

Das Haus von Stefanos und Rania ist ein schneeweißes Einfamilienhaus mit Kaminen hinter einem bogenförmigen Eingang. Es hat zwei Eßzimmer, drei Gästezimmer und kleine, unbrauchbare Mansarden. Außerdem verfügt es über einen Tennisplatz, Swimmingpool, große Veranden. Eine mehrstöckige Torte in der Mitte einer sorgfältig verwilderten Vegetation.

Rania machte mir selbst die Tür auf, was in einem Haus mit so spezialisierter Dienerschaft ein seltenes Vorkommnis war. Der Ernst der Situation hatte sie für kurze Zeit in eine Hausherrin verwandelt. Sie trug orientalische Pantöffelchen und einen bestickten Kaftan. Klein und flink und in ihrer Kutte etwas verloren wirkend, hatte meine Tante noch die Zeit gefunden, sich ihre falschen Wimpern anzukleben und einen eigenartig schwärzlichen Lippenstift aufzutragen. Seit sie sich auf verschiedene Ableger östlicher Religionen eingelassen hatte, schipperte sie beständig, auch kleidungsmäßig, zwischen dem, was sie war, und dem, was sie werden wollte, hin und her: Eine Salondame versuchte ihre kosmische Energie zu befreien, ihr Karma zu finden. Ihr Interesse für den Osten spiegelte sich in der aktuellen Inneneinrichtung des Hauses wieder. Neue Teppiche, eigenartige holzgeschnitzte Tiere und die unvermeidliche dekorative Bibliothek auf dem Kaminsims, mit Büchern über den Taoismus, den Tantrismus, die Schamanen und die Kriegstechniken. Jedesmal wenn Rania ihre Weltanschauung wechselte, paßte sie ihr den Raum an. Das Haus war die Illustration ihrer flatterhaften Seele.

Stefanos kam in Bermudas und Sportsocken ins Wohnzimmer. Verstrubbelt und bleich beschrieb er mir, wie alles angefangen hatte. Meine Mutter habe ihn spät am vorigen Abend angerufen. Bis sie auf den Penteli kamen, sei das Feuer schon gefährlich nahe gewesen. Der Wind habe es zur Bergseite im Rücken des Hauses getrieben. Meine Mutter, Petros, Rania, Stefanos, Vassilis, Jota und mehrere Nachbarn hätten begonnen, alle möglichen Gegenstände, die jedem einzelnen brauchbar und notwendig schienen, in Stefanos' Kombi zu schleppen. Es hätten sich Kleider, Schmuck, Bücher, Werke aus *Diät II* und *III* und Elektrogeräte angehäuft. Eine halbe Stunde später habe das Feuer am Zaun hochzulecken begonnen, dann an der Küche, den Teppichen, den Gardinen. Die Füllung der Balkontür, aus der ich an Sylvester auf die Lichter Athens geblickt hatte, habe sich gelöst. Das Parkett habe Feuer gefangen. Die Wände wären schwarz geworden.

In dem Moment betrat Petros das Wohnzimmer. Er trank Whisky, am hellen Morgen. Das Haus war sein einziger Vermögenswert gewesen. Doch die Mutter hatte auch viel in das Haus auf dem Penteli investiert. Es war der Beweis ihres neuen Lebens, der Dinge, die sie allein erreicht hatte, ohne uns. Dort hatte sie ihre Werke geschaffen. Dort ihre Geselligkeit entwikkelt. Über das Gefühl des Eigentums hinaus entwickelt sich in solchen Fällen auch ein Gefühl der Identität.

»Es tut mir so leid«, sagte ich.

»Scheiß drauf, liebes Kind«, antwortete er. Er sah mich mit dem Blick des Angesäuselten an, der sich mit dem Irdischen nicht befaßt, es nur beobachtet.

»War es denn gegen Feuer versichert?«

»Nein.«

»Und was gedenkt ihr jetzt zu tun?«

Er trank den Whisky in kleinen, abrupten Schlucken aus. Offenbar war das die Antwort auf meine Frage.

»Sie bleiben hier, solange es nötig ist«, äußerte Rania und

wies mit den Augen auf die Wände. Sie meinte damit, es gebe genügend Wände für alle.

»Sie sollten besser nach Cholargos ziehen, und ich komme hierher. Vorerst. Bis ich etwas anderes finde.«

Petros' Glas entglitt seiner Hand und flog zu Boden. Ich hatte es satt, Glas splittern zu sehen.

Schon eine ganze Zeitlang hatte ich mir überlegt, daß ich aus der Wohnung ausziehen wollte. Ich brauchte keine drei Schlafzimmer. Ich konnte mir ein billiges Zweizimmerappartement im Zentrum mieten. Die Wohnung in Cholargos gehörte ohnehin meiner Mutter. Sie hatte sie uns überlassen, um uns zu beschwichtigen, und mußte sie ja irgendwann wieder zurückbekommen. Es gab auch noch einen weiteren Grund. Das *Herbstmahl* war Stefanos gewidmet. Als beste Umgebung für die Übersetzung bot sich das Haus in Politia an.

Meine Mutter tauchte in der Türöffnung auf wie eine Figur aus der viktorianischen Epoche. Schmaler denn je, blaß, niedergedrückt, sah sie aus wie die Tochter, die sie gehabt hätte, wenn ich anders aufgewachsen wäre. Eine Porzellanfigur, wie die, die Rania auf den Kamin zu stellen pflegte, als sie ihre Barockperiode durchlebte. Wieder einmal war ich nicht zur richtigen Stunde am richtigen Ort gewesen. Als das Haus brannte, spielte ich in einem amerikanischen Thriller mit zwei blutdürstigen und rachsüchtigen Frauen mit.

»Was ist denn mit deiner Hand los?« fragte sie noch einmal.

»Nichts weiter. Ich hab mich verbrannt, als ich Fische braten wollte.«

»Aber du ißt doch gar keinen Fisch.«

»Ich hab für ein paar Freunde gekocht.«

Ich wollte sie beschützen. Ein Gefühl, das ich früher auch in bezug auf Carr gehabt hatte. Ich schlang mir ihren Arm um die Schulter, um ihr behilflich zu sein, sich auf den Beinen zu halten. Petros faßte sie um die Taille. Wir ließen uns auf dem

Sofa nieder und leerten stumm ein paar Kannen Kaffee. Binnen kurzem fanden sich auch Vassilis und Jota ein. Er küßte, entfernt wie immer, die Luft neben meiner Wange. Sie sah ohne die starke Fernsehschminke wie Drakulas Braut aus. Graue Augen und ausgedörrte Lippen in einem kalkweißen Gesicht, von roten Haarbüscheln gekrönt. Das Heilige Fernsehen in eigener Person.

Die Familie hatte sich wieder einmal vereinigt, wie bei der Beerdigung des Vaters. Vereinigung bedeutet körperliche Annäherung, bedeutet schwere, bleiche Gesichter um einen Tisch. Uns gegenüber waren auf einem orientalischen Diwan die Habseligkeiten aufgestapelt, die in den Kombi gepaßt hatten. Ich erkannte ein orangefarbenes Kleid mit Goldflitter, das sie nicht mehr trug; ihre Schmuckschatulle; Fotoalben. Die Plexiglaskästen bildeten ein kleines durchsichtiges Häuschen neben dem Sofa. Wenn wir noch Kinder gewesen wären, hätten wir die Kästen in einer Reihe aufstellen und daraus kleine Zimmer bauen können. Zum Trost hätten wir diese Zimmer mit den Fotos und den Kleidern ausgeschmückt. Aber wir waren ja keine Kinder mehr. Wir brauchten richtige Häuser. Türen, die man zusperren kann.

Ich bestand auf meinem Angebot bezüglich der Wohnung. »Na gut, wenn du auch mit bei uns wohnst«, meinte die Mutter. Es war ein rein rhetorisches Angebot. Wie gesagt, wir waren keine Kinder mehr. Ich bat sie um zwei, drei Wochen, um meine Sachen zusammenzupacken. Ich mußte den Mitbewohnern die Lage klarlegen. Bei meiner Rückkehr fand ich die Wohnung leer. Am Kühlschrank war ein Zettel befestigt:

> Ich glaube, wir haben uns gegenseitig das Herz reichlich schwer gemacht. Bis Ilias kommt, ziehe ich für ein paar Tage in ein Hotel. Ich bitte Dich nicht um Verzeihung, denn ich weiß nicht, worin mein Vergehen eigentlich genau bestehen soll. Du

hast mich selbst in verschiedene Situationen getrieben, laß Dir das gesagt sein. Wenn mich aber die Bitte um Verzeihung Dir wieder näherbringen kann, dann tausendmal Verzeihung.

Deine Carr

Iraklis hatte keinen Brief hinterlassen. Er rief am nächsten Tag an und wollte hören, wie es meiner Mutter ging. Es war ein peinliches Fünfminutengespräch. Wir versuchten, die beste Art zum Auflegen des Hörers zu finden; ein Wort, das für immer Bestand haben sollte, im Gegensatz zu anderen Dingen, die vergänglich waren. »Paß auf dich auf«, meinte Iraklis schließlich. Wir spielten immer noch in diesem amerikanischen Thriller. Es war die letzte Szene. Die Bösen waren im Gefängnis gelandet. Die Guten machten sich daran, ihr Leben wieder neu anzufangen. In dem Moment, in dem ich den Hörer auflegte, erschien der Nachspann. In großen Buchstaben stand auf der Leinwand das Wort ENDE.

Der August war ein schwieriger, sehr heißer Monat. Ilias' Ankunft machte die Dinge etwas leichter. Mein Bruder schuf stets neue Gleichgewichte. Ich ging ihn am Flughafen abholen. Unter der Tafel mit den Ankündigungen der Flüge konnte ich Carrs Hut erkennen. Sie hatte sich die Haare wieder schneiden lassen. Kein Strähnchen stand zu den Löchern heraus. Die Brauen besaßen wieder ihre natürliche Farbe. Schwarz und dicht ließen sie sie wie die Inkarnation der Reue erscheinen.

»Warum bist du verschwunden?« fragte ich.

»Ich hab geglaubt, du wolltest mich nicht mehr sehen.«

»Gegen dich hab ich doch nichts.«

»Das gibt mir noch mehr zu denken.«

Die Schwäche, die ich für sie hatte, war in ihren Augen eine Form von Gleichgültigkeit. Ich legte ihr den Arm um die Schultern, und wir wandelten gemeinsam auf und ab. Bis das Flugzeug landete, dürften wir so um die dreißigmal die gleiche Strecke zurückgelegt haben. Carr hatte immer wieder Tränen in den Augen. Ihre Nerven waren zerfleddert.

»Triffst du ihn?« fragte ich.

»Ab und zu.«

»Was weiß Ilias?«

»Nichts. Ich hab ihm nichts erzählt. Es hängt von dir ab, was er erfährt.«

Wir einigten uns, daß das Thema Iraklis unter uns bleiben sollte. Ich bat sie, in die Wohnung zurückzukommen, so daß wir alle gemeinsam ein paar Tage verbringen könnten.

»Ich mach andauernd den gleichen Scheiß«, meinte sie.

»Ich weiß.«

Ilias dagegen wußte von nichts. Das war erholsam. Je weniger Leute sich ein Geheimnis teilen, desto leichter läßt es sich vergessen. Zwei kleine rote Lämpchen blinkten neben der Ankündigung seines Fluges auf. Zuerst erschien sein karierter Koffer. Mein Bruder hatte sich ein kleines Dreiecksbärtchen stehen lassen. Offenbar hatte sich die Beziehung zu Lodge vertieft. Ilias sah aus wie die Miniaturausgabe seines Professors. Ich fürchte, er hatte sogar seine Manieren angenommen. Entgegenkommender, offener, ein richtiger Weltbürger. Er küßte uns flüchtig auf die Stirn. Überhäufte uns mit allerlei nutzlosen Dingen, die er im Duty-free-Shop erworben hatte. Ich konnte mich nicht des Gedankens erwehren, daß im Fall eines Feuers kein Mensch all diese Präsentchen retten würde.

Eine neue Dreiergruppe, eine wesentlich gesündere, bildete sich während dieser Tage in der Wohnung. Ilias und Carr quatschten ununterbrochen. Ich versuchte, innerhalb von dreimal vierundzwanzig Stunden meine Sachen zusammenzupakken. Ich dachte nach der Logik des Brandes. So reichten zwei Koffer für die dringend erforderlichen Dinge. Die Bücher des Vaters packte ich extra. Dafür brauchte ich siebenundzwanzig große Umzugskartons.

Wenn man seine Koffer packt, wird man frei. Man ist nicht mehr statisch. Ilias erzählte von Davids psychologischem Zustand, er stellte ihn als eine Art gespaltener Persönlichkeit dar. Carr wechselte ständig das Thema und fluchte auf ihren komplexbeladenen Prof. Obwohl ich ihnen zuhörte, befand ich mich kilometerweit weg, in einer Gegend, die ich nicht erkannte, unter Menschen, die ich noch nie getroffen hatte.

Carr flog am 4. August ab. Wieder Flughäfen, Abschiede, Verlegenheit und Versprechungen. Zuerst verschwanden ihre mageren Beine. Danach die Koffer. Als letztes der Hut. »Und jetzt zu uns beiden«, meinte Ilias zu mir, als wir nach Hause zurückkehrten. Der Zeitpunkt zur Besprechung der Übersetzung war gekommen. Wir setzten uns auf den Wohnzimmerboden. Es war wie in London. Nur daß diesmal mein Bruder stillschweigend las und ich auf seine Kritik wartete. »Ich denke, es geht zufriedenstellend voran«, sagte er schließlich. »Hast du das *Herbstmahl* schon angefangen?«

»Nein. Ich warte ab, bis es Herbst wird.«

In Wahrheit fühlte ich mich ermattet von den Geschehnissen, von den Worten, die die Geschehnisse ausdrücken, von Interpretationen und Lexika. Ich wartete voller Ungeduld, bis Ilias endlich in seine Sommerferien abfuhr, die Mutter mit Petros in die Wohnung einzog und ich für eine Weile in der mehrstöckigen Torte in Politia wohnte.

Innerhalb von zwei Monaten übersetzte ich das *Herbstmahl*, ließ mir die Haare abschneiden, noch ein Stück kürzer als die von Carr, wechselte Wohnung und Arbeit. Kurz gesagt, man hätte mich für die Reklame der Schönheitsinstitute verwenden können, die eine dicke und eine dünne Frau zeigen, wobei sie einen davon zu überzeugen versuchen, es sei die gleiche. Im vorliegenden Fall war ich zwar ich, doch glich ich mir selber weniger denn je.

Herbstmahl

Weiße Stiefeletten

Wenn man im Traum eine Zunge sieht, spricht jemand von einem. Wenn einem die Zunge abgeschnitten wird, enttäuscht einen eine Person, mit der man befreundet ist. Wenn man Zungen ißt, kann es sein, daß man gar nicht träumt. Die Menschen haben eigenartige Angewohnheiten: Sie lösen dem Lamm Augen und Zunge heraus, reißen Froschbeine ab, tun Kräuterbutter an die Schnecken. All diese Verbrechen beobachte ich von der Tür des kleinen Kühlschranks aus. Wenn es eine Küchenpolizei gäbe, würde meine Vernehmung Stunden dauern. In etwa zwanzig Tagen ist mein Verfallsdatum abgelaufen. Ich habe noch viel zu sagen.

Die vorteilhafte Position der Sahne ist der Großpackung zu verdanken. Selbst die französischen Spitzenköche verwenden das Fünflitergebinde nur sparsam. Um so mehr gilt das für den hier, der aus Griechenland kommt und Sahne, Butter und Speck ostentativ verachtet. Er glaubt, alle Kochvergehen hätten im Jahr 406 nach Christus begonnen, als die Vandalen, die Skirer und die Alaner das Öl durch Butter ersetzten. Normalerweise wirkt er Wunder mit Olivenöl und Thymian, aber heute ist unbedingt Sahne erforderlich. Für den Prosper-Montagné-Preis muß er dem Gaumen der Franzosen Genüge tun, nicht seinem eigenen.

Wir befinden uns in einem großen weißen Saal. Dieser ist wiederum in zwanzig Einzelküchen aufgeteilt. In jeder Küche bereitet ein junger Küchenmeister seine Version zum Thema »Lammzungen« zu. Ein merkwürdiges Thema für einen Wettbewerb. Was kann man schon mit zwei Lammzungen anfangen? Und trotzdem lassen sich alle etwas Originelles einfallen. Einer brät sie und wickelt sie zur Roulade. Ein anderer schneidet sie in längliche Scheiben und dekoriert damit den Teller rundum wie mit schwarzen Blütenblättern. Ein dritter übergießt sie mit rohen Tomaten. Unserer, Stefanos, hat die Zungen in Fruchtsaft mariniert und sie auf niedrigem Feuer sautiert. Dann hat er sie aufrecht in die Mitte des Tellers gestellt. Ihre Spitzen bilden zwei kleine Sohlen. Der Grieche hat vor, die Zungen mit einer leichten Creme zu überziehen und sie der Jury als weiße Stiefelettchen zu präsentieren. Obwohl er noch jung ist, hat er schon überreichlich Preise eingeheimst. In den letzten fünf Jahren hat er in Paris gelebt und nur zwei von vierundzwanzig Stunden geschlafen. Derzeit arbeitet er in einem Restaurant hinter Saint-Germain. Er ist Chef saucier, mit anderen Worten, der Herr der Soßen. An den französischen Spitzenköchen hat er wegen ihres übertriebenen Butterkonsums dauernd etwas auszusetzen. Er tut sich schwer damit, sich dem französischen Gaumen anzupassen. Die »Fransahnen«, pflegt er zu sagen, kochten schwere Béchamelsaucen, um nach und nach Magen und Leber des Volkes zu ruinieren. Dennoch macht er ihnen leise Zugeständnisse für den Fall, daß er damit ein paar Medaillen mehr erwirbt; einen Stich Butter, ein kleines bißchen Sahne, dann und wann eine leichte Béarnaise.

Für einen Koch ist er relativ schlank. Das erlaubt ihm, sich mit natürlichem Adel im Raum zu bewegen. Er wäscht die Petersilie Blatt für Blatt. Öffnet den Kühlschrank mit einer graziösen Bewegung wie ein gelernter Butler beim Empfang von Gästen. Und nun komme ich an die Reihe. Eine leichte Creme, wie schon gesagt, um seinen Stiefeletten die Farbe zu geben. Das Überschüssige tupft er sorgfältig mit einer weißen Serviette ab. Er spricht mit den Petersilienblättchen – oder singt er ihnen etwas vor? Die dünnen Stiele spielen bei seinen eßbaren Schuhen die Rolle der Schnürsenkel. Mit einer Sacknadel näht er die Petersilie an die Zungen. Die weißen Stiefelchen sind bereit, die Entfernung vom Teller zum Mund zurückzulegen.

Die Mitglieder der Jury bleiben in jeder Küche stehen. Sie kontrollieren den Kochvorgang, probieren, schmatzen mit den Lippen. Stefanos hat sich neben seinem Teller postiert, die Hände auf den Rücken gekreuzt. Er ist weißer als seine Kluft und die Stiefeletten, die er hergestellt hat. Offenbar hat er wieder nicht gut geschlafen. Angst, Schlaflosigkeit, Perfektionismus? Alles zusammen, antwortet der kleine Silberring an seiner Hand. Den hat ihm die Kleine geschenkt, die im Restaurant die Teller wäscht, eine typische kleine Französin, die sich in ihn verliebt hat. Stefanos hat den Ring geistesabwesend entgegengenommen und ihr ein trockenes »Dankeschön« hingeworfen. Nie hat er sich gefragt, warum ihm dieses Mädchen mit den vom Seifenwasser ausgelaugten Händen und dem blonden Haar einen Ring mit einer Kochmütze geschenkt hat. Seine einzigen Ungewißheiten sind auf die Kochzutaten bezogen. Wie eine Brühe zu verdünnen ist, ohne daß sie den Geschmack verliert. Wie man eine Majonnaise mit weniger Eiern herstellen kann. Wo sich der beste Lieferant für Milcherzeugnisse befindet.

Der gute Koch, sagt man, muß sich seinem Beruf verschreiben, sonst sollte er sich lieber eine Arbeit mit geregelten Zeiten suchen. Stefanos ist nicht der Mensch für feste Arbeitszeiten. Mit Tellerwaschen und Bodenwischen hat er seine Laufbahn begonnen. So hat er die erste Grundregel der Kochkunst gelernt: Ein Topf muß vor dem Kochvorgang absolut trocken sein. Dann war er in einem großen Restaurant auf den Champs Elysées für die Zubereitung von Eierspeisen zuständig. Gekochte und pochierte Eier, Spiegeleier, Omeletts mit Käse oder Spargel. Einige Monate arbeitete er als Saalchef. Dann kehrte er wieder in die Küche zurück, als Soßenkoch. Egal wie viele Restaurants er durchlaufen hat, er hat nicht einen Moment lang damit aufgehört, den Kochwettbewerben nachzujagen. Es war ein Mittel, in Form zu bleiben, ein Kreativtraining, das ihm half, kein verweichlichter Brotverdiener zu werden.

Nach dem Gesichtsausdruck der Jurymitglieder zu schließen, geht es mit den Preisen weiter. Erst schneiden sie mit dem Messer die eine Stiefelspitze ab, dann die andere. Innerhalb weniger Sekunden sind auf dem Teller, den Stefanos kreiert hat, nur noch die Schnürsenkel übrig. Die Jury erkennt ihm den ersten Preis zu. Prosper-Montagné 1971. Und gleichzeitig auch noch den Preis für Ordnungsliebe, denn seine Küche blitzt und blinkt. Stefanos streichelt liebevoll über seine Medaille. Er ist viel zu beschäftigt, um zu bemerken, daß ihm ein Mädchen von weitem zuwinkt, mit ihren Fingern das Siegeszeichen formend. Nach den Beschreibungen muß es das Küchenmädchen sein. Während sie näherkommt, kann man ihre Hände genauer erkennen, die von den Spülmitteln aufgesprungen sind. Ihr Haar sieht wie Putzwolle aus. Sie lächelt und versucht, seinen Blick aufzufangen.

Stefanos, schau sie doch an. Sie hat die rote Haut deiner geliebten Hummern, grüne Augen in Form der Oliven, die du für deine Salate verwendest, und Dutzende von gedruckten Kirschen auf ihrem Kleid. Du kannst mit ihr machen, was du nur willst. Sie läßt sich von dir in kleine Stücke schneiden und im Backofen garen. Reibe sie, schabe sie, wirf sie ins kochende Wasser. Wenn du sie nur anschaust.

Vergebliche Liebesmühe. Stefanos hat andere Prioritäten. Für ihn sind Frauen Tortenschmuck, während der Tortenschmuck in seiner Phantasie die Rolle der Frauen übernimmt. Während er Mehl mit Wasser verknetet, hat er keine Zeit, sich über den Körper einer Frau Gedanken zu machen. Vor ihm breitet sich ein anderer Körper aus, ein viel geschmeidigerer, der überdies unerwartete Formen und neue Bedeutungen annehmen kann. Mädchen aus Mehl und Zucker werden unter seiner Teigrolle hart oder weich. Sie werden zu Brot, zu Crèpes, zu Strudelteig.

Erst als sich die junge Frau in einem Abstand von zwei Millimetern unter seiner Nase befindet, erwacht Stefanos aus der Trance der Eitelkeit. »Nadine!« ruft er und berührt zerstreut ihr drahtiges Haar. Er möchte seine neue Medaille vorzeigen, seine Begeisterung mit jemandem teilen. Nadine schaut ihren Gott an. Dann heftet sie ihren Blick auf – was für ein Zufall! – ihre weißen Stiefel. Sie glaubt, diese Stiefel hätten Stefanos inspiriert. In der ersten Phase der Liebe finden die Verliebten Mittel und Wege, sämtliche Indizien auf sich zu beziehen.

Nadine, vergiß ihn. Er ist in seine Lammzungen verliebt, in die gefüllten Täubchen, in das Rotkraut, in dem Boskopäpfel schmurgeln, in die Thermidorhummer, die Trüffelspäne, die Birnentarte, in die Waldbeeren. Er ist in seine Hände verliebt, die Frühlingszwiebeln und Sellerie, Karotten und Parmaschinken feinschneiden. Er schaut dich zwar an, doch er sieht dich nicht.

Dabei muß man sich vorstellen, daß er mit Töpfeputzen begonnen hat. Als er damals Architekturstudent im ersten Semester war, mußte er einen Weg finden, um sein Einkommen aufzubessern. Er sprach in einem Luxusrestaurant vor und bat um irgendeine Arbeit. Sie steckten ihn in die Küche. Zur Gesellschaft gaben sie ihm einen Scheuerlappen, später ein Messer, schließlich Kochlöffel, mit denen er die Brühe in Töpfen von übernatürlichen Ausmaßen umrührte. Von der Innenarchitektur ist er zur Tellerarchitektur übergewechselt. Er hat gelernt, zwei Lammzungen in der Mitte des Tellers aufzustellen und damit die Jury zu überraschen. Ohne es zu wollen, hat er einem Mädchen mit weißen, schief abgetretenen Stiefeln Liebesbeweise geschenkt. Aber vor allem hat er sich selbst von etwas überzeugt: Der Weg ist offen, unberührt, weiß. Die Stiefeletten können ihn sehr hoch hinaufführen. Auf den Gipfel eines Berges, der aus Majonnaise, weißer Schokolade, Sahne und entsprechend reinen Ideen besteht.

Thatcherlamm

Gestern früh sind wir in einem Holzfaß vom Parnaß bis nach Malibu gereist. Zehn Kilo kompakter, leicht säuerlicher Fetakäse mit pikantem Lipolysegeschmack. In einer Küche, die noch viel weißer als wir war, kamen wir wieder ans Licht. Der Mann, dem wir die Reise und die Verlängerung unseres Lebens verdanken, murmelte: »Unsterbliche Heimat« und rupfte ein Stückchen aus unserem Rücken. Sein Name ist Stefanos, und er ist ebenfalls weiß gekleidet. Wird vielleicht der Geburtstag des Kalks gefeiert?

Nicht doch. Gefeiert wird ein neuer Vertrag zwischen Großbritannien und den USA. Thatcher und Reagan werden im großen Speisesaal einträchtig essen. Weißes Tischtuch, weißes Geschirr – die Diktatur der Farbe Weiß. Wir wissen nicht, was von dieser Monochromie zu halten sein soll. Die Küche sieht aus wie eine Apotheke: weiße Schränke, Geruch nach Antiseptika, Glasflaschen mit Olivenöl. Stefanos und fünf weitere weißgekleidete Männer haben die Anrichte in sechs Teile geteilt und verrichten sechs unterschiedliche Arbeiten: Einer schneidet das Gemüse, einer den Lammsattel, ein dritter entsteint grüne Oliven, der vierte überwacht den Couscous, der fünfte schnippelt Früchte klein. Stefanos befaßt sich mit uns. Er spült unser salziges Haupt aus.

Den Gerüchten zufolge schwärmt die Thatcher für Lammfleisch. Zu Recht hat Stefanos also beschlossen, die britische Premierministerin mit gefülltem Lamm zu beeindrucken. Nachdem er es mariniert hat, wird er es mit Thymian, frischem Knoblauch, Oliven füllen. Hauptbestandteil der Füllung sind wir. Die Fetamoleküle. Wir werden langsam schmelzen und dabei unser Aroma ans Lammfleisch abgeben.

Die weißgekleideten Herren sprechen nicht miteinander. Sie sehen auf das Messer, auf ihre Hände, die Lebensmittel und säubern ständig die Arbeitsfläche mit wuscheligen Lappen. Alles blinkt. Man könnte meinen, sie bereiten die Küche nicht zum Kochen vor, sondern zum Ablecken. »Riecht dieser Käse nicht etwas sonderbar?« fragt ein kleiner, dunkelhäutiger Koch. »Das ist die Bestimmung der Käse«, erwidert Stefanos, dem jungen Kerl mit dem empfindlichen Geruchssinn einen strengen Blick zuwerfend. Die Weißgekleideten hören zu schneiden auf. Sie blicken sich betreten an. Es ist anzunehmen, daß sie ihn fürchten und achten.

Stefanos schmeckt die Marinade mit dem Finger ab. Er fügt noch etwas Thymian hinzu. Leckt sich die Lippen. Hier drinnen schwingt er das Zepter. Er zieht die rechte Braue hoch, um »nein« zu sagen. Wenn er aus irgendeinem Grund zustimmt, wackelt er mit dem Kopf. Das muß seine Art der Konzentration sein. Uns hingegen ist es nicht möglich, uns auf etwas zu konzentrieren. Es passieren so viele Dinge gleichzeitig. Etwas brät, etwas anderes kocht, etwas wird zerbröckelt. Dieses letztere sind wir: dichte salzige Schneeflocken über Oliven und Knoblauch. Aus der schmalen Öffnung des Backofens sehen wir jetzt den Rand einer weißen Schürze, einen halben Schuh, Stefanos' kleine, glänzende Augen. Er überwacht den Lammbraten, mißt die Zeit. Unser Zustand ist variabel. Wir werden weich, geben nach, umarmen das Fleisch. Wir geraten in einen Rauschzustand. Ja, das ist das richtige Wort: berauscht.

Wieder zurück zur Zimmertemperatur, doch ist nichts mehr dasselbe. Die Tür hat Beulen, die Schränke sind verschwommen, die Gesichter konturlos. Die Temperatur muß noch etwas sinken, bis wir wieder ein Bewußtsein für Umrisse bekommen. Das Fleisch wird von den geschickten Händen des jungen dunkelhäutigen Kochs tranchiert. Es wird auf einer Porzellanplatte rund um den dampfenden Couscous angeordnet. Ein anderer dunkelhäutiger Mann mit breiten Schultern und schwarzer Krawatte kostet das Lammfleisch im Stehen.

Wir durchqueren einen großen, hellen Flur. Werden die Treppe hinuntergetragen. Kommen in den Speisesaal. Hier gibt es viele große Männer. Frauen, die an den Fingern einer Hand abzuzählen sind. Welche von ihnen ist wohl die Thatcher? Sie werden es nicht glauben. Eine Frau, die ein Mann sein könnte, wenn sie nicht ein blaues Kleid trüge und soviel Haarspray auf ihr rötliches Haar gesprüht hätte. Sie hat den Blick eines trotzigen Kindes, Doppelkinn und Hakennase. Wie ein Gockel wirkt sie, den man aus dem Hühnerstall gejagt hat.

Reagan sitzt ihr genau gegenüber. Er hat Spaß am Herumpalavern, schwafelt etwas über die Völkerverständigung. Frau Thatcher wiegt ihren Hahnenkamm; vielleicht ist das eine Art Gruß für unser Nahen. Sie blickt mit Desinteresse auf ihre Tischgefährten. Offenbar hat sie Hunger. Obwohl sie nicht sonderlich sympathisch ist, sind wir mit ihr einer Meinung. Warum sprechen die Menschen bei Tisch über Arbeit? Sprechen sie etwa übers Essen, wenn sie arbeiten? Gibt es Berührungspunkte zwischen Essen und Arbeit?

Die Versammlung bricht in Lachen aus. Die Thatcher bleibt ernst. Sie versucht, mit den Zähnen zu lächeln, was unmöglich ist. Erst als der Kellner einen dampfenden Teller vor sie hinstellt, kommen diese Zähne heftig in Bewegung. Der Gockel kaut und entspannt sich, der Zorn verpufft. Beim zweiten Bissen lacht sie. Beim dritten kommt sie regelrecht in Feierstimmung. Die Zunge schnalzt. Die Augen werden groß. Sie beugt sich zu einer Dame hinüber, die wie die Dame des Hauses wirkt, und fragt sie etwas, was mit dem Koch zu tun hat. »Grieche«, antwortet die, mit ihren Armreifen klimpernd. »Ist er nicht phantastisch? Ich habe ihn in Saint Tomas auf den Virgin Islands entdeckt ... Er hatte ein kleines Restaurant. Höchstens zehn Tische. Er leidet am Kreativitätssyndrom. Er kann nicht zweimal das gleiche Gericht herstellen. Wie meinten Sie? Nein, ganz jung noch. Noch keine Dreißig. Und, stellen Sie sich das nur vor, ein solcher Perfektionist, daß er die Kartoffeln erst blanchiert, bevor er sie brät, damit sie sich nicht verfärben ...«

Die Thatcher, die in politischen Kreisen als tückisch und hart gilt, hat die Geschichte mit der Bratkartoffel voll Interesse angehört. »Ich würde diesen griechischen Meisterkoch gerne kennenlernen«, bemerkte sie, sobald sie ihr Lammfleisch aufgegessen hatte. Stefanos machte seine Aufwartung im Speisesaal. Obwohl wir nur kleine gebratene Käsekrümel waren, konnten wir die Situation erfassen. Er wußte nicht, wo er sich hinstellen sollte. Nahm seine Mütze ab und machte einen Diener. Groß und bleich war er. Die Thatcher begann langsam und stetig zu applaudieren. Ein paar Sekunden danach schloß sich auch die Dame mit den Armreifen an, Ronald und Nancy Reagan, die übrigen Gäste und die Bodyguards. Stefanos war nicht mehr blaß, das Blut war ihm in die Wangen gestiegen. Man bot ihm einen Stuhl und Wein an. Man bot ihm ebenfalls die Gelegenheit, sich wie der König der Kochkunst zu fühlen. Frau Reagan fragte höflich, aber eindringlich nach dem Rezept. Stefanos notierte Zutaten und Mengenangaben auf einem Briefbogen des Weißen Hauses. Gleichzeitig antwortete er mit Bescheidenheit auf die Komplimente: »Wenn das Produkt gut ist und in letzter Minute zubereitet wird, ergibt es ein zufriedenstellendes Ergebnis.« Seine Bescheidenheit reizte die beiden Staatsführer, die sich mit begeisterten Kommentaren überboten.

»Machen Sie das mit Ihren Händen oder benutzen Sie einen Zauberstab?«

»Das war kein Lamm, das war das reinste Täubchen!«

»Was halten Sie von einem Restaurant an der Ostküste?«

»Wir müssen unsere Mittelmeerpolitik ändern.«

Frau Reagan übernahm die Rolle der zweiten Stimme. Sie klapperte mit den Augendeckeln und stieß immer wieder hervor: »Exzellent! Exzellent!«

Nancy freute sich, daß Ronald sich freute, weil sich die Thatcher freute. Die Begeisterung über die Tatsache, daß der Vertrag in der Runde um den Tisch an einem so schönen Frühlingstag ratifiziert wurde, während das Meer rhythmisch wogte und die Bäuche sich hoben und senkten, hatte selbst die Bodyguards angesteckt. Als herumstehende Schafherde, Reste von Petersilie vom Vorkosten des Essens zwischen den Zähnen, hatten die Leibwächter nicht den geringsten Grund, sich vergnügt zu fühlen. Und doch waren sie es. Das Glück ist ein Gruppenzustand, eine Art Gleichgewicht des Systems. Hervorgerufen wird es durch die Exaltation der Melancholie, durch die süße Eitelkeit des Menschlichen, eine zur richtigen Zeit gestellte Frage, einen Bissen köstlichen Lamms, von den Zähnen zermahlen und aufgeweicht durch den Speichel oder ohne speziellen Grund, weil die Zeit dafür gekommen ist.

Wenn sich zehn Menschen freuen, kann man nicht beiseite stehen und weinen. Die Bodyguards lächeln ohne Grund. Die Säuglinge tun das gleiche, sobald sie ihre Eltern lustige Grimassen schneiden sehen. Die Hunde wedeln mit dem Schwanz. Die Euphorie läßt sogar den Blick des Idioten klug erscheinen. In Wirklichkeit denkt keiner etwas Besonderes. Selbst die vielbeschäftigten, ehrgeizigen Menschen zählen ab und zu Wellen und lockern den Gürtel. Rauchen Zigarillos. Reiben sich grundlos den Bauch.

Stefanos ist hier drinnen der einzige, der sich nicht von der allgemeinen Hochstimmung mitreißen läßt. Er sitzt auf der Stuhlkante, bereit, jeden Moment aufzuspringen und aus dem Kreis seiner hysterischen Bewunderer zu entfliehen. Er verschränkt die Arme wie ein Schüler. So ergibt sich die Gelegenheit, seine langen Finger zu betrachten, die runden, sauberen, kurzgeschnittenen Nägel. Er ist ein gebildeter Mensch, der sich mehr für das zubereitete Fleisch als für andere Menschen interessiert. Seine Rezepte sind eine Art Exegese der Welt. Demnach läßt seine Unfähigkeit, das gleiche Rezept zu wiederholen, eine rastlose, überschwengliche Persönlichkeit erkennen. Die Tatsache, daß sich diese Persönlichkeit so erfolgreich hinter den verschränkten Armen verbirgt, bringt einen ins Grübeln.

Aber es ist nicht der richtige Zeitpunkt zum Grübeln. Jetzt ist der Moment der Abrechnung da. Unweigerlich bestraft das Glück zum Schluß Menschen, Tiere und Pflanzen. Der Mensch seufzt auf. Der Hund macht seine traurigen, feuchten Augen auf und zu. Die Blume welkt unter der Sonne. Wenn man den Berggipfel erklommen hat, sieht man nicht nur Ziegen und Wildblumen oder Hirten mit gezwirbeltem Schnurrbart. Ringsum erstrecken sich Täler, Pfade. Im Hintergrund wird der Horizont sichtbar. Das Schicksal. Die Erkenntnis, daß jeder, der aufgestiegen ist, wieder absteigen muß.

Der Moment ist also gekommen. Die Bilder binden ab wie eine gut geratene, sämige Soße: Milch, Butter und Käse in den alten Lesebüchern; das Leben, das Treiben, und wieder von neuem der Tod; das Paradies in den Religionsbüchern; die Hölle am Rand eines Tellers; die Weltgeschichte in Fortsetzungen; schließlich die Augen der Thatcher, die aufs Meer blicken und mit ihm in Farbe, Tiefe und Ruhelosigkeit konkurrieren.

Tomatensuppe

Sie hat mein Gefallen erregt. Wohlgeformt, mit einem roten, festen Leib und schimmernder Haut. Ich mustere sie nun schon seit Stunden. Sie auf der weißen Anrichte, ich auf der Spüle. Die Philippina hat uns vergessen oder ihre Meinung geändert. Was auch geschieht, unsere Geschichte ist festgeschrieben. Wir leben oder sterben zusammen.

Die Oma ist eine Frau mit Schwielenhänden. Jede Schwiele eine Geschichte. Sie muß die Heldin vieler Märchen gewesen sein. Jetzt kann sie nicht mehr über die Wiesen rennen, deshalb wippt sie wie nicht gescheit auf ihrem Sessel, vor, zurück, wie sie wohl einmal als Kind geschaukelt hat. Ihre Füße berühren den Himmel nicht mehr. Doch ihr Kopf ist voller Wolken –

schwarzer Wolken, die ein Gewitter verheißen. Stefanos, Rania und der kleine Pantelis lassen sie den ganzen Tag allein und rennen nach allen Seiten auseinander. Sie laufen, um das Leben einzuholen, das noch schneller dahinrollt als ich. Stefanos geht ins Restaurant, Rania in eine Investitionsfirma, Pantelis in den Kindergarten.

Den ganzen Tag redet die Oma auf die Wände, den Kühlschrank und die Philippina ein. Aber die Philippina weiß die rechten Antworten nicht. Sie sagt nur: »Yes, madam«. Und dann braust die Oma auf: »Sag doch auch mal nein in deinem Leben. Im Paradies fragen sie dich danach, wie oft du nein gesagt hast, nicht, wie oft ja.« Die sagt wieder: »Yes, madam«. Dann bekommt man den Eindruck, die Oma steht gleich auf und springt aus dem Fenster.

Ein kleines Fenster, aber groß genug für einen, der sich umbringen will. Einmal soll sich ein verliebtes Mädchen aus diesem Fenster gestürzt haben. Es wußte nicht, was es mit seiner Liebe anstellen sollte, und so warf es sie zusammen mit seinem schmalen Körper auf die Straße hinaus. Ich werde für meine Liebe kämpfen. Ich lasse mich nicht von einem Mausedreck aus der Fassung bringen.

Weder die Oma noch die Philippina bemerken die Blicke, die ich ihr schon solange zuwerfe. Daran sind die untrainierten Sehnerven der Menschen schuld. Sie benutzen nur zwei Augen, und auch das nur ganz selten. So verraten sie sich. Das Wasser hat eine allumfassende Sicht und Tausende von Sehnerven. Es weiß, was sich auf den hohen Schränken abspielt, unter der Geschirrspülmaschine, in der Seele der Oma.

Die Oma ist Ranias Mutter. Irgendwann einmal hat Rania im großen Bauch der Großmutter zusammengeringelt gelegen. Sie hatte keine Ahnung von der Zukunft, von ihrem Zusammentreffen mit Stefanos in New York, von ihrem Sohn. Sie wußte weder, daß sie Marketing studieren würde, noch, was Marketing überhaupt bedeutet. Und sie konnte sich nicht vorstellen, daß ihr Vater unversehens sterben könnte, bevor sie aus Amerika zurückkam. Das ist natürlich vor vielen Jahren passiert, als die Großmutter noch einen Namen hatte. Damals, als man sie fragte: »Wie geht's dir, Eleni«, und nicht »Wie geht's dir, Oma?«. Der Übergang in die Namenlosigkeit ist einer der schlimmsten Schläge der Zeit – auch wenn die Oma das nie offen zugibt. Sie runzelt die Brauen, wenn man mit ihr spricht, und tut so, als höre sie nicht. Ab und zu steigen ein paar ungebetene Bilder in ihr hoch. Die beschreibt sie Pantelis, wobei sie mit ihren knochigen Händen wedelt: »Ich trug ein Musselinkleid, und dein Großvater faßte mich unter den Arm und führte mich zum Tanz. Wenn man ihn auf Wolken hätte tanzen lassen, hätte er nicht leichter tanzen können. Damals war der Großvater meine Stütze. Jetzt ist es das da.« Und sie zeigt auf einen richtigen Stock, der oben in einen Entenschnabel übergeht. Ihre Finger zittern, krampfen sich um die Knie.

Auf diesen Knien lagerte einst Ranias Kopf. Als sie heranwuchs und kein offensichtliches Bedürfnis mehr hatte, sich irgendwo anzulehnen, ging sie ans andere Ende der Welt. Dort traf sie Stefanos. Sie tanzten oft miteinander, aber ohne daß sich der eine auf den Arm des anderen stützte. In ihrer Zeit hatte sich der Tanz zu einer individualisierten Angelegenheit entwickelt. Stefanos hatte damals gerade sein erstes Unternehmen eröffnet, im Herzen von Manhattan. Ein Restaurant mit mediterraner Küche, das berühmte *Olive and Tomato*. Bis jetzt haben wir allerdings noch keine von ihm eigenhändig geschnittene Tomate zu sehen bekommen. Er hat seine Virtuosität zugunsten einer neuen Restaurantkette namens *Stef* aufgegeben. Den ganzen Tag über rechnet er aus, wie viele Trüffelhobelstücke ein Tellergericht enthalten muß, wenn die weiße Trüffel zehntausend Francs pro Kilo kostet. Rania beschäftigt sich in einem anderen Büro gleichfalls mit Zahlen. Sie treffen sich morgens und abends und tauschen ein müdes Lächeln. Der Gott des Wassers sei mein Zeuge: Nie will ich meine Tomate auf diese Weise ansehen. Ich würde sie auch nicht wegen einer eindrucksvollen Zebratomate mit grünen Streifen stehenlassen. Nicht einmal dann, wenn sie eine vertrocknete, wasserlose Hutzeltomate wäre, würde ich sie verlassen.

Langsam rinnen Tropfen aus dem Wasserhahn, ihr das einzige Lied vorsingend, das ich kenne: »Mein Goldapfel«, wispere ich ihr zu, »mein Goldapfel ...« Sie bleibt reglos liegen, immer an der gleichen Stelle, mit Anstand und Stolz. Als die flinken Finger der Philippinin sie auf der Reibe zerquetschen, geht sie, ohne zu murren, in Stücke. Sie zerspritzt auf dem Teller und gibt dabei einen dicken Saft von sich. Aus seiner Beschaffenheit kann ich ihre Geschichte ablesen: Sie hat sechs Monate und zwanzig Tage gelebt. Unter Sonne und Regen wuchs sie heran. Sie wurde reif und machte sich zum Sterben bereit.

Die Tomaten sterben in ihrem besten Moment. Die Menschen in ihrem schlechtesten. Die Oma ist noch nicht gestorben, obwohl sie es sollte. Ihr Saft ist sicher herb, wenn überhaupt noch welcher da ist. Sie lebt mit ihrer Vergangenheit, denn die Gegenwart hat sich, wie schon gesagt, mit schwarzen Wolken verhangen. Die Oma hält sie für Vögel und verscheucht sie mit dem Handrücken. Etwas anderes hält ihr Gedächtnis besetzt. Was vergangen ist und nicht mehr wiederkommt.

Aber wie soll es auch wiederkommen in diesem Haus, das einem Krankenhaus ähnelt? Schneeweiß, mit lauter kleinen Fenstern, durch die man das Laub von Bäumen sieht. Wir befinden uns am Rand von New York, in Greatneck, einem Viertel mit weißen Häusern, die einen schwindelig machen, wenn man sie anschaut. Weiße Fenstersimse, weiße Zäune, weiße Pergolas, weiße Blumentöpfe.

Die Philippina bricht das Weiß durch die Farbe ihrer Haut. Sie hatte ihre Nägel irgendwann angemalt, die von daher bleibende rote Flecken zurückbehalten haben, wie ein Ekzem. Sie trägt stonewashed Jeans, die nicht mehr in Mode sind. Die Menschen im Haus schenken ihr die Kleider, die abgetragen sind: Pullis mit Löchern an den Ellenbogen, Hosen, in die keiner mehr paßt, alte, abgeschabte Schlangenledertaschen. Rania erzählt ihren Freundinnen oft eine Geschichte, in der die Philippinin die Hauptrolle spielt: »Lorna hat mir ein Foto gezeigt, das ihre Mitbewohnerin geknipst hat. Vier, fünf Mädchen liegen auf einem Sofa und lachen bis über die Ohren. Über ihnen hängt an der Wand ein Werbeprospekt vom Supermarkt, der Produkte zum Sonderpreis anpreist – Fleisch, Hülsenfrüchte, Milchprodukte. ›Warum habt ihr das aufgehängt?‹ fragte ich sie. ›Das sehr schön, madam‹, antwortet sie mir. Schließlich ist eben das Essen die Kunst der Wilden.«

Lorna ist keine Wilde. Mit ihrer Ruhe und ihrem Lächeln macht sie öfter den Eindruck, als wüßte sie etwas, was den anderen unbekannt ist. Sie hat einfach nur Hunger – sie ißt sogar die Knusperkekse des Hundes. Die Leute hier hungern nicht. Sie haben Frauen mit einem Auge an der Wand hängen, rosa Himmel über einer pastelligen Erde voller Punkte und Spritzer, und ein paar Skizzen, die wie schwarzer Regen aussehen. Es gibt auch ein Werk, das aus geflochtenem Seil hergestellt ist – echtem Seil – durch das Rania ihren Kopf steckt, wenn sie Pantelis Angst einjagen will. »Tu, was dir die Mama sagt, sonst stirbt sie.«

Eine reine Redensart angesichts meines tatsächlichen Todes. Ich weiß, daß ich demnächst auf dem Grund des Topfes verdampfe. Ich werde mich über meine Tomate ergießen und friedlich neben ihr meine Seele aushauchen, in einem Fieber von hundert Grad delirierend. Blankes Wasser bin ich, ohne Zukunft. Aber es gibt etwas, was mich hindert, mich mehr mit mir selbst zu befassen: Meine Geliebte zuckt jetzt auf dem Topfboden. Die Hölle brennt immer, wie der steinalte Wasserhahn sagt. Die Oma wiegt sich, scheinbar unerschüttert, inmitten einer anderen Hölle ohne Feuer.

Lorna schickt sich an, uns zu verehelichen. Unser Hochzeitskranz ist aus Zwiebelringen gemacht, die angebraten und weichgedämpft sind. Sie dreht das Wasser an, wäscht sich die Hände. Dann spielt sie das Gläserspiel: zwei Glas Wasser auf eine Tomate. In die rostfreie Tiefe hinunterstürzend, kann ich gerade noch an das Leben nach dem Tod denken: Mit der Tomate im Arm verkoche ich, wir werden ein Körper und eine Seele. Die Überbleibsel unserer Energie füllen dann einen Teller. Der Teller wird der Großmutter vorgesetzt. Die Oma trägt eine große Serviette um den Hals und wirft uns mit zitternder Hand in die Felsgründe ihrer falschen Zähne.

Meine geliebte Tomate bittet mich, ihr ein wenig Saft abzugeben, um sie vor der Trockenheit des vorzeitigen Todes zu bewahren. Und ich ergieße mich über sie, ein kühler Wasserfall. Ich ströme um sie herum und umarme sie mit meinen formlosen Armen. Ich werde ihr Trost. Wir drehen und wenden uns zusammen und haben reichlich Zeit, uns kennenzulernen und zu verbinden. Ein ganzes gemeinsames Leben von fünf Minuten Länge. Wir sieden und lernen das Lied des Wasserdampfs kennen, das besagt, daß alles brauchbar ist im Leben; sogar der Tod.

Rania und Stefanos stimmen damit nicht überein. Sie meinen, das Leben sei nur das Leben, und rackern sich ab, um es zu verlängern: Sie schlafen wenig, arbeiten viel, planen weite Reisen, die nie stattfinden. Rania hat einen vollgeschriebenen Terminkalender mit Telefonnummern, die hastig übereinandergekritzelt sind. Stefanos hat einen elektronischen Terminkalender, der auf den Philippinen hergestellt ist. Lorna hat keinen Terminkalender, obwohl sie aus diesem fernen Teil der Erde kommt. Sie ist von beiden Kulturen abgeschnitten, und die seltenen Male, die sie mit ihrer Heimat telefoniert, stößt sie komische schrille Laute aus.

Was Pantelis betrifft, der den halben Tag auf dem Boden zubringt, so scheint er noch der Vernünftigste von allen zu sein.

Mit seinen Nägelchen kratzt er am Parkett des Eßzimmers herum und flüstert: »Was hast du angestellt, du böser Junge?« Der Boden antwortet nicht. Er wirft die Schatten der Stuhlbeine und des schweren Eichentischs der Oma zurück. Auf diesen Tisch hatte die Großmutter einst ihre Ellenbogen gestützt und dem Großvater in die Augen geblickt. Ihr Hals glich dem Stengel einer Blume, die sich nicht vorstellen konnte, daß man sie eines Tages unbegossen zurücklassen würde. Rania krabbelte wie ihr Sohn und redete mit dem Boden.

Die Worte führen nirgendwohin. Dennoch werden sie hartnäckig wiederholt, mit blindwütiger Akribie. »Wie«, »wo«, »warum«, »ich weiß nicht«. Fragen und Antworten, die zeigen, daß die Welt unverändert und fremd bleibt. Daß immer Wasser für eine dünne Tomatensuppe gebraucht wird, ebenso wie Tomate.

Die Oma meckert und verlangt ihre Suppe. Sie stampft wie ein schlechterzogenes Kind mit dem Fuß auf den Boden. Ruhig, Oma, wir kommen ja schon. Wir bieten dir Wärme und wekken Erinnerungen. Erinnerst du dich noch an deine erste Tomatensuppe? Das erste Glas Wasser? Die erste Tomate, die du in die Form einer Rose geschnitten hattest? Erinnerst du dich noch an den Oregano, den Pfeffer, das Salz, die Düfte des Lebens? Wir werden dich zwingen, dich zu erinnern und zu leiden, sobald wir mit schwindelerregendem Tempo durch die Achterbahn deiner Speiseröhre hinuntersausen.

Süßer Oktopus

Wenn ich die Fangarme zähle, verliere ich den Überblick. Zur größeren Sicherheit zähle ich Köpfe. Im ganzen sind wir vier Oktopusse. Die Küche ist klein und kühl. Durchs Fenster ist das Meer zu sehen. Wenn wir fühlen könnten, was wir sehen, dann wären wir dort, die Saugnäpfe an die Felsen geklebt.

Stefanos hat die Hemdsärmel aufgerollt. Rania kontrolliert den Saum ihres weißen Kleides. Ihr Sohn Pantelis jagt eine Fliege. Wir befinden uns auf Astypalea, 175 Seemeilen von Piräus entfernt. Obwohl der Herbst schon weit fortgeschritten ist, kommen immer noch Touristen in den *Oktopusgarten.* Irgend jemand hat das Gerücht verbreitet, man tische hier den köstlichsten Oktopus der griechischen Inseln auf. Gut für die Touristen, schlecht für die Oktopusse.

Es heißt, Stefanos sei einer der besten Köche auf der Welt. Als er in Amerika lebte, war sein Haus mit Medaillen, blauen Schnüren und goldenen Kochmützen dekoriert. Das Geheimnis seines Erfolgs war die Küche der schlichten Aromen und der natürlichen Produkte. Die Feinschmecker charakterisierten seine Soßen als »köstlich«, seine Gemüse als »knackig«, seine Küche als »ehrlich«. Er gab Interviews, in denen er die Kochkunst als Zugriff des Geistes auf die Materie bezeichnete. Bei der Restaurantkette *Stef* waren die Küchen so blitzsauber, daß man direkt vom Fußboden hätte essen können. Noch als junger Mann hatte er eine neue Art des Fischkochens erfunden – in einem Sud aus Wasser und Jod. Seine Fische rochen nach Meer. Wenn die Gäste die Augen schlossen, konnten sie glauben, sie schwämmen am Grunde des Atlantischen Ozeans.

Stefanos hatte in Frankreich studiert, war bis nach Amerika gekommen und nach Griechenland zurückgekehrt. Das ist der Traum jedes Seefahrers: die Meere zu umsegeln und, weiser geworden, wieder in seinen Hafen zurückzukehren. Heute befindet er sich buchstäblich in dem Hafen, von dem sein Leben den Ausgang nahm: Er ist vor 45 Jahren auf Astypalea geboren. In dieser Küche hat er die ersten Schritte gemacht, als er versuchen wollte, nach den Fangarmen eines gebratenen Oktopus zu greifen, der seinen Duft verströmte. Seine Mutter hielt das Ende des Fangarms fest und rief »Komm her«. Stefanos glich damals einem runden Ball, der zu ihr hinkullerte. Da er um eines Oktopus' willen zu laufen begann, war es unabwendbar, daß er sich in der Folge mit Kochen beschäftigte. Er leitete Unternehmen in Saint Germain, Saint Tomas, New York, in jeder neuen Umgebung seine mediterranen Geschmacksrichtungen einführend.

Gewöhnlich weiß ein Spitzenkoch nicht, was er mit seinem Geld anstellen soll. Er hat nicht die Zeit, es auszugeben, denn Tag und Nacht, Alltag und Festtag, Samstag und Sonntag spielen sich in der Küche ab. Stefanos legte seine Gewinne in einer Restaurantkette und in einer Reihe von tiefgefrorenen Gerichten an. Es war eine paradoxe Kombination: Der Vorkämpfer für Frischprodukte setzte seinen Namen auf tiefgefrorene Okra. Seine berühmte Technik in der Küche wurde ersetzt durch eine Reihe einfacher Tricks. Die Verpflichtungen des Unternehmers minderten die Zeit für eine kreative Beschäftigung. Er schnitt die Zwiebeln gröber als üblich. Er hörte auf, sämtliche Soßen zu kosten. Er schickte andere zum Gemüseeinkauf.

Der Tag hatte trotzdem weiterhin vierundzwanzig Stunden. Wie viele Dinge kann ein Mensch erledigen, bis die Sonne untergeht? Eines Abends legte er sich mit hohem Fieber ins Bett. Sein Organismus reagierte auf das überfrachtete Programm der letzten Monate. Er stand erst wieder auf, als er erfuhr, daß seine Mutter in den letzten Zügen lag. Rania und er nahmen das erste Flugzeug und flogen zurück nach Griechenland.

Oma Kalí lag im Bett und delirierte. Es ginge nicht an, daß sie stürbe, sagte sie, bevor sie Stefanos ihr Geheimnis verraten hätte. Dieses Geheimnis war ein Kochrezept. Es hieß »süßer Oktopus« und war in der Taverne auf Astypalea ihre Spezialität gewesen. Ein lila Oktopus in einer dicklichen Soße, weich und süß, der mit einem Teelöffel auf einem kleinen Teller serviert wurde. Er enthielt weder Zucker noch Honig, er konnte unmöglich in süßen Kirschtomaten gekocht sein, also was?

»Nichts«, raunte Oma Kalí in Stefanos' Ohr. »Ich tue sonst nichts in den Topf. Ich wasche und zerschneide die Fangarme. Ich wende sie auf ganz niedrigem Feuer, bis der Oktopus seinen Saft abgibt. Es erfordert Kraft und Konzentration, denn man darf den Topf nicht aus den Augen lassen und nicht damit aufhören, sacht und stetig zu rühren. Fünf Tropfen Essig am Schluß, viel Pfeffer, ein paar Inselbeschwörungen. Das ist alles.«

Die Enthüllung war verheerend. Stefanos verbrachte einen Monat damit, daß er aus dem Fenster auf die Straße starrte. Seine Mutter hatte ihm vor ihrem Tod eine Lehre in Demut mitgegeben. In den letzten Jahren war seine Küche kompliziert und affektiert geworden. Sein Leben ebenso. Er wollte die Basisstoffe wiederfinden. Der einzige Weg dazu war, dahin zurückzukehren, von wo er aufgebrochen war. Erst nach Athen und dann in die Taverne auf Astypalea. Als er seinen Entschluß ankündigte, glaubte ihm keiner. Sie dachten, daß er scherze, daß er auf dramatische Weise sein Heimweh ausdrücke. Es war ihm ernster zumute denn je.

Mit derselben Ernsthaftigkeit macht er jetzt das, was ihm seine Mutter beigebracht hat. Er wendet uns im Topf hin und her, bis wir den langersehnten lila Saft abgeben. Ja, aber die Oktopusse geben den Kampf nicht so leicht auf. Wir ringen mit ihm, sehen seine kleinen, tiefliegenden Augen ganz nahe, die flinken Hände. Wir mokieren uns über seine Waffe: einen alten Holzkochlöffel.

Seitdem sie sich auf der Insel niedergelassen haben, hat sich ihr Leben gewandelt. Der Tag hat mehr Stunden. Die Abende sind milder und schwieriger, der Schlaf tiefer. Rania hat Eingewöhnungsprobleme, obwohl schon ein Jahr vergangen ist. Sie ist keine Inselbewohnerin, war es nie. Jedes Vierteljahr findet sie einen neuen Vorwand, um nach New York zu fliegen. Sie behauptet, der menschliche Zustand habe direkten Bezug zu einem heißen Kaffee im Plaza. Wir wissen nicht, was das Plaza ist, und auch nicht, was menschlicher Zustand bedeutet.

Pantelis ist schon groß, er beendet das Gymnasium. Er liebt es, barfuß und ohne Hemd herumzulaufen. Aber Rania schleppt ihm ständig von ihren Reisen Baumwollhemden an und bügelt sie, wobei sie amerikanische Balladen singt. Soviel sie auch singt, diese Hemden werden umgehend schmutzig, genau wie die griechischen.

Man kann nicht mit Sicherheit sagen, ob Stefanos glücklich ist. Manchmal folgen die Menschen einem Weg, weil sie es leid sind oder Angst davor haben, einem anderen zu folgen. Doch der *Oktopusgarten* kommt seinem Traum von einem einfachen Leben ziemlich nahe. Ein einfaches Leben bedeutet für Oktopusse die Freiheit. Für die Menschen gutes Essen, Küsse, Geld und Sonnenuntergänge.

Die sieben Tische der Taverne haben sich gefüllt. Rotnackige Touristen mit blondem Haar warten auf ihren Oktopus. Rania geht mit träumerischem Blick zwischen den Tischen hin und her, in einem weißen Kleid von Donna Karan. Woher wir das wissen? Sie hat doch das Etikett nach außen gewendet, um alle zu beeindrucken, die in dieser Einöde auf sie achten können; eine Handvoll hungriger Touristen, die in diesem Augenblick einen Oktopusfangarm zehn Kleidern mit Monogramm vorziehen. Rania weiß das ja auch, aber sie braucht eine Illusion, um nicht ins Schreien auszubrechen, um nicht morgen ihre Koffer zu packen und abzureisen. Da sie bleibt, muß sie ihn sicher lieben. Das hindert sie nicht, sich wie eine amerikanische Kellnerin aufzuführen. Sie stößt die Küchentür mit den Hüften auf und nimmt den Bleistift zwischen die Zähne. Sie ist klein, hübsch und bedauernswert.

Noch viel bedauernswerter als wir. Keine Soße, keine Art von Freude um ihre Silhouette. Nicht die Spur eines lila Saftes. Rania ist schwarzweiß. Alles geht allmählich in ein Schwarzweiß über. Offenbar müssen zur Hervorbringung eines befriedigenden lila Saftes alle anderen Farben verschwinden, die Geräusche eingestellt werden, die Münder verstummen und die Augen sich schließen.

Die willig den Rücken der Schur darbieten

Man liebt, solange man geliebt wird. Wenn es mit dem Geliebtwerden aus ist, erfindet man die »Betrüchtung«; ein Gefühl, das aus einer Mischung von Zorn und Verachtung mit Kummer, Betrübnis und verletzter Würde besteht. Die ersten Wochen in Politia verbrachte ich mit Seufzern, langen Morgenspaziergängen und dem Ausrupfen von Grashalmen. In der Phantasie riß ich Iraklis die Haare aus. Die Art, wie er von mir weggegangen war, langsam und zögernd, in Abwägung seiner Möglichkeiten und alternativer Wege des Trostes, hatte mich die Achtung verlieren lassen, die ich ihm entgegenbrachte. Achtung und Gleichgültigkeit passen aber nicht zusammen. *Die Zeit, sagt man, heilt alle Wunden, aber ich glaube, die Liebe und den Hunger stillt sie nicht. Im Gegenteil: Je länger man vernünftig oder nüchtern bleibt, um so mehr nimmt der Appetit zu, bis man schließlich dazu gelangt, seine Stiefel aufzuessen, wie die Soldaten Napoleons in Rußland, oder seine Ziegen zu lieben, wie die Hirten der Pyrenäen.*

Ich trainierte mich mithilfe einiger einfacher Übungen im emotionalen Fasten: Ich stieg auf einen kleinen Hügel und hielt nach Ziegeldächern Ausschau oder maß mit meinen Schritten den Umfang des Gartens aus. Die Enttäuschung führt mit mathematischer Berechenbarkeit zum Aufsuchen der Einsamkeit, und die Einsamkeit wiederum zu zwanghaften Beschäftigungen.

Das Haus war leer und stumm. Das Dienstpersonal hatte klare Anweisungen, seine Anwesenheit nicht grundlos zu bekunden. Das einzige, was es verriet, war das Knarren des Holzes oder ab und zu ein kurzes Lachen aus Richtung Küche.

Die Einstellung eines indischen Koches hielt ich zwar für ein Zeichen von Schizophrenie und Großmannssucht, aber es war die einzige Möglichkeit, in diesem Haus mit den unsichtbaren Eigentümern zu einem menschenwürdigen Essen zu kommen. Stefanos und Rania nahmen ihr Frühstück zu einer Zeit ein, in der ich noch angestrengt darum bemüht war, die Augen zu öffnen. Sie traten erst abends wieder in Erscheinung, um sich einen kleinen Imbiß zu gönnen und dann schlafen zu gehen. Mein Onkel schlug sich mit dem Restaurant in Kifissia herum. Meine Tante mit sich selbst. Sie hatte bereits vor ein paar Jahren zu arbeiten aufgehört. Damit keine Langeweile bei ihr aufkam, hatte sie begonnen, sich dem Sozialen zuzuwenden. Sie war in einer Aidskommission tätig. Sie wirkte in einer Gemeinschaft zur Befreiung von Drogenabhängigkeit als Spezialberaterin mit. Als inoffizielle Unesco-Botschafterin machte sie Reisen nach Afrika. Sie beabsichtigte, unkonventionell zu handeln, doch so sehr sie sich auch abmühte, sie blieb eine neurotische Großbürgerin.

Es vergingen einige Tage, bis ich die Freuden des Swimmingpools und des Sports entdeckte. Das Schwimmen verhalf mir dazu, mir das Leben als Feuchtbiotop vorzustellen, in dem die großen Schwimmzüge und das richtige Atmen die einzigen Verpflichtungen darstellen. Durch die Reflexion der Sonne auf Wasser und Kacheln bildeten sich helle Spinnennetze, durch die ich mich gezwungen sah zu akzeptieren, daß es bei allen Dingen Schattierungen gibt. Im Schwimmbad hatte ich zum ersten Mal die Idee eines Restaurants mit Fischgerichten, in dem die Gäste im Badeanzug ankommen und auf Luftmatratzen ausgestreckt essen könnten, wobei sie die Füße im Wasser baumeln ließen. Wenn Stefanos tatsächlich ein so kühner Unternehmer sein sollte, wie ihn mein Bruder erdacht hatte, würde ich ihm meine ausgefallene Idee vorschlagen. Aber es war gar nicht nötig, daß ich etwas vorschlug. Sämtliche Vorschläge gingen von ihm aus.

»Bist du eigentlich mit deiner Arbeit zufrieden?« fragte er mich eines Tages, als ich früh genug aufgewacht war, um ihn noch am Frühstückstisch anzutreffen.

»Wie zufrieden kann man mit seiner Arbeit schon sein?«

»Ich weiß es nicht. Ich frage doch dich.«

»Ich denke, die Arbeit ist etwas, das einem soviel Unsicherheit und Bedrückung schafft, daß man sich nach etwas anderem umsieht, um seine Stunden auszufüllen.«

»So etwa empfinde ich es auch. In den letzten Monaten fühle ich mich mehr als Unternehmer als als Koch.«

»Du brauchst eine Veränderung.«

»Ganz genau. Im Herbst mache ich ein neues Restaurant auf. Ich habe ein altes Doppelhaus in Thissio gemietet. Ich stelle mir eine traditionelle Kneipe vor. Nur Fischhäppchen, du weißt schon, was ich meine.«

»Der Oktopusgarten ...« hauchte ich. Ich begann ernsthaft zu glauben, mein Bruder hätte telepathische Fähigkeiten.

»Eine tolle Idee. Ein toller Name!« rief Stefanos und schlug mir auf den Rücken.

»Es ist gar nicht meine Idee. Ilias hat in seinem Buch ein paar Geschichten über dich verfaßt. Er unterstellt dir, daß du eine Taverne auf Astypalea eröffnest und ihr diesen Namen gibst.«

»Der Oktopusgarten, ja wahrhaftig ...«

Er wiederholte das selbe Wort an die zehnmal, mit Hebungen und Senkungen in der Stimme. Mein Vater hatte immer gesagt, man könne je nach Betonung neue Bedeutungen schaffen und unterschiedliche Gefühlslagen ausdrücken. Stefanos war das lebende Beispiel für diese Theorie. Er ließ sich den Geschmack der Worte auf der Zunge zergehen.

»Ich wollte ja eigentlich auf etwas anderes hinaus«, meinte er schließlich. »Ich hatte vor, dir vorzuschlagen, daß du bei mir mitarbeitest. Wenn dich deine Arbeit nicht ausfüllt, ist es vielleicht an der Zeit, daß du etwas Neues ausprobierst.«

»Und was könnte ich in einem Restaurant tun?«

»Wenn du Talent hast, kannst du in der Küche arbeiten. Statt für deine Freunde Fische zu putzen, putzt du sie für die Gäste. Wenn nicht, sehen wir weiter.«

Talent. Was heißt schon Talent? Ist das etwas, was man erwirbt, oder wird man damit geboren? Das Leben ist viel zu kurz, um Kartoffeln zu kochen und Fische zu braten. Wenn ich aber mir selbst und meinen Erinnerungen gegenüber Gerechtigkeit walten lassen wollte, dann mußte ich zugeben, daß mein Lieblingsort die Küche in Cholargos war. Unter dem Vorwand, mein Schreibtisch wäre zu klein, waren die Lexika auf den Küchentisch umgezogen. Ich übersetzte, indem ich die gläserne Zuckerdose wegschob. Sobald ich im Lexikon nach einem unbekannten Wort suchte, spielte ich mechanisch mit den Krümeln der vorhergehenden Mahlzeit herum. Kochen tat ich selten, aber ich hatte ständig das Essen im Kopf. Was wir gegessen hatten, was wir essen würden, ob es im Kühlschrank etwas zum Naschen gab. Der Supermarkt war für mich ein Freizeitpark. Scharen von Mädchen und Jungen, die sich weigern, erwachsen zu werden, füllen dort ihre Einkaufswagen mit bunten Konserven. Die verschiedenartigen Teigwaren, die endlosen Tomatensäfte, die Senfarten und die cremigen Käsesorten sind eine hierarchische Gesellschaft. Man kann ihre Mitglieder aufnehmen, indem man den uralten Brauch des Verwerfens anwendet. Man wählt Tomatenmark aus, wie man Freunde auswählt. Die Farbe, die Form, die Möglichkeiten, die auf der Rückseite der Konserve angepriesen werden, führen die Hand zum Regal.

Für eine Weile war mir der Faden der Erzählung entglitten. Als ich in die Realität zurückkehrte, hatte sich das Gesprächsthema geändert. Angesichts der Zwiebäcke und Marmeladen, der verschiedenen Kombinationen, die man schaffen kann, indem man das Brot pur ißt, es mit Butter bestreicht oder in die Milch taucht, fragte ich mich laut, was eigentlich das richtige Frühstück sei. Was ein Mensch jeden Tag essen müsse, um Kraft und Energie zu bekommen.

»Die Ernährungswissenschaftler behaupten, daß man Getreide, Joghurt und Obst essen sollte«, meinte Stefanos. »Ich für mein Teil brauche drei Tassen Kaffee und einen Sesamkringel. Und du ein Gläschen Marmelade, soweit ich sehe.«

Seine Antwort war ein Rebus. Um ihn zu lösen, mußte ich herausfinden, welchem inneren Bedürfnis das Gläschen Marmelade entsprach.

An jenem Abend träumte ich, wie zu erwarten war, von den Bauchmännchen. Sie schrien im Rhythmus »Wir haben Hunger« und riefen mit ihren Fäusten entsetzlichen Lärm im Lande des Bauches hervor. Um ihr Gebrüll nicht zu hören, warf ich mir den Schal der Großmutter um die Schultern und ging auf die Straße hinaus, die, wie üblicherweise in meinen Träumen, rot und geschlängelt war. Vor mir befand sich ein leerer, lichtdurchfluteter Supermarkt amerikanischer Art. Die Türen standen offen, die Einkaufskörbe waren aus rosa Styropor und die Regale voll seltsamer Objekte: Radiergummis mit Schinkengeschmack, Karottenspitzer, viereckige Eier, damit sie nicht herunterrollten und zerbrachen, schicke Florentiner Füller mit Tintenfischtinte, eßbare T-Shirts mit Fruchtgeschmack, Laken aus Feigen, Kondome aus Zucker, die im Mund zergingen, blaue Erdnußflips, Diabetikerurin mit Alkohol in altmodischen Kristallflaschen. In der Tiefkühlabteilung Erzeugnisse aus nichtexistierenden Lebensmitteln: Afrimosen, Trondbeeren, Minteln, Graupelinen.

Ich irrte in den Gängen umher und warf Konserven in meinen rosa Korb. Dann änderte ich meine Meinung wieder und stellte sie in die Regale zurück. Auf diese Weise müssen Stunden vergangen sein. Mir schien, daß auf den Konserven verschiedene Wörter geschrieben standen, die mich am Vortag beschäftigt hatten: Auswahl, Kriterien, Küche, Rebus, richtiges

Frühstück. Aber ich kann mir nicht sicher sein. Ich habe die Angewohnheit, die Träume kurz vor dem Aufwachen umzuändern, das Unterbewußte mit Alltagsbildern zu vermischen. Ich streiche sozusagen echte Marmelade auf ein Stück Traumbrot. Die Marmelade war ein ganz konkretes Problem: Sollte ich vielleicht die Arbeit wechseln?

Die *Nea Mera* war neutrales Gebiet. Der tägliche Gebrauch der Lexika schuf die passenden Bedingungen für die zwingende und oberflächliche Interpretation der Wörter. So vermied ich die wirklichen Interpretationen, »die komplexer und schmerzhafter sind«, wie sich Ilias ein paar Monate später ausdrückte. Es war das Gutachten eines Arztes, der im Haus des Kranken eintrifft, wenn das Fieber bereits gefallen ist.

Das Fieber fiel unvermutet an einem frühen Abend Ende August. Als ich aus der Zeitung kam, führten mich meine Schritte zu einem kleinen benachbarten Friseurlädchen mit lauter Lehrlingen. Im Schaufenster stach mir vor der senfgelben Gardine das Foto eines jungen Mädchens ins Auge, das mir vage ähnlich sah. Natürlich war es hübscher und fröhlicher. In jenen Tagen gab es keinen häßlicheren und unglücklicheren Menschen als mich. Die hochstehenden, knallroten Stoppeln, die sie als Haare hatte, gaben ihrem Gesicht eine Aufwärtsbewegung. Ich stieß die Tür auf und bat eine Wasserstoffsuperoxydblondine, mir so eine Frisur zu machen.

»Was heißt so eine?« fragte sie mit einem blöden Kuhblick. Sie dachte, ich zeigte auf die senfgelbe Gardine. Als sie begriffen hatte, gab sie mir keine Gelegenheit mehr, es mir anders zu überlegen. Ich spürte ihre kalte Schere an der Rückseite meines Ohres. Kleine und größere Haartierchen landeten auf meinen Füßen und dem weißen Umhang, den sie mir um den Hals gebunden hatte. Ich hatte noch nie zuvor einen Fuß in einen Friseursalon gesetzt. Ab und zu stutzte ich mir selbst die Haarspitzen, das war schon alles. Und plötzlich hatte ich das Geschick meines Kopfes einem Friseurlehrling anvertraut. Denn das Geschick der Haare ist ja eigentlich das Geschick des gesamten Kopfes. Das kurzgeschnittene rote Haar verlieh mir Gesicht und Erwartungen einer härteren Frau mit einem noch längeren Kinn und größerer Entschlossenheit. Als ich an jenem Abend im Athener Zentrum herumlief, überzeugte ich mich selbst davon, daß ich nicht viel brauchte; aber es war wesentlich schwieriger, das Wenige zu benennen und abzuschätzen.

So ging ich immer weiter. Ich kam bis nach Thissio. Immer wieder machte ich vor verschiedenen verfallenen Häusern halt und versuchte sie mir als *Oktopusgarten* vorzustellen. Ich fragte mich, ob jede unserer Initiativen einem inneren Bedürfnis entspricht oder ob sie nicht erst im nachhinein die Voraussetzungen für dessen Auftreten schafft. Wollte ich denn nun wirklich etwas in meinem Leben verändern, oder schufen zwei zusammentreffende Zufälle – der Haarschnitt und der Abendspaziergang in Thissio – die dramatischen Voraussetzungen für den Wechsel? Sollte also für alles, was in der Folge geschah, der leichte Wind verantwortlich gewesen sein, der mich sanft ins Zentrum jenes düsteren Stadtviertels geschoben hatte? Oder die Überraschung der anderen, als sie am folgenden Tag mein Haar erblickten? Sie begegneten mir mit einer Mischung aus Mitleid und Entrüstung. Als sei ich einer Vergewaltigung zum Opfer gefallen.

»Wer hat dich denn so zugerichtet?« meinte die Bitsileou.

»Bist du verrückt geworden, Mädchen?« fragte Stathis.

Selbst die Kremastinu hob die Schultern und zischte etwas durch die Zähne.

Ohne es recht zu überlegen, rief ich im Restaurant von Kifissia an und verlangte Stefanos.

»Gilt das Angebot für die Mitarbeit noch?« fragte ich ihn.

»Na klar. Ich scherze nie, wenn ich über Arbeit rede.«

»Übernimmst du mich auch, wenn ich mir die Haare ganz kurz schneiden lasse?«

»Sogar mit Glatze«, erwiderte er.

In der ersten Septemberwoche reichte ich meine Kündigung in der Übersetzungsabteilung ein. Der Chef der *Nea Mera*, der »Gott«, wie er genannt wird – wegen seiner Haare, die ein hochrotes Gesicht mit weißen Kräusellocken umrahmen –, saß wie immer umgeben von verschiedenen Cherubim auf seinem Himmelsthron im fünften Stock. Er drückte mir formal die Hand und zeigte mir, ohne etwas zu fragen, ohne aufzustehen oder sich zu verbeugen, die Tür zur Buchhaltung.

Meinen Entschluß mit dem neuen Haarschnitt in Verbindung bringend, rangen meine Kollegen die Hände. Wie mir Diamantis erzählte, ging das Gerücht um, ich hätte mich mit einer sonderbaren Sekte eingelassen. Möglich. Der Sekte der Veränderungen. Die Bürde der Entschlüsse, die ich in meinem Leben bis jetzt gefaßt hatte, machte einem im buchstäblichen und im übertragenen Sinn freien Nacken Platz. Ich hatte keine Zeit, mir über das neue Dogma Fragen zu stellen. Stefanos steckte mich sofort mitten in die Arbeit.

Ilias hatte schon wieder recht gehabt. Mit der Energie eines zwanzigjährigen Arbeiters und der Begeisterung eines Erstsemesters entdeckte mein Onkel nach fünf Jahren konventioneller Verwaltung von Restaurants die Freude an der Kreativität wieder. Aus den Jahren in Frankreich und in Amerika erwachten versprengte Erinnerungen. Der Estragonessig diente nicht nur dazu, die Saucen abzulöschen, sondern auch seine vergebliche Mühe. Die Zeit der Langeweile war Vergangenheit.

Wir begannen unseren Tag im zukünftigen Restaurant in Thissio, einem leeren, staubigen Gebäude, wo Arbeiter ein- und ausgingen. Zwei Stockwerke: eine Küche im Souterrain und der Saal mit der hölzernen Bar, noch mit Hobelspänen bedeckt. Ich war imstande, mir die Flaschen vorzustellen, die Menschen, den Lärm und den Fischgeruch. Mein Onkel hatte für alle Möbel Holz und Zink gewählt, ein entfernter Anklang an die Taverne auf Astypalea. Im Gegensatz dazu war das Restaurant in Kifissia viel komlizierter, voller Antiken, Marmor, Spiegel und Trockenblumen, die einem den Appetit verdarben. Die Karte war international, klassisch und relativ normiert. Meerbrasse in Sesamkruste, Ente in Teeblättern, Rindfleisch an Kapernblättchen, Ravioli mit Heidelbeerfüllung, Hummer auf dreierlei Art zubereitet. Der Standard des Affektierten.

Wenn kluge Menschen ermüden, finden sie bei dieser komplizierten Art der Leichtigkeit Zuflucht. Bei etwas so Komplexem, daß es nicht naiv wirkt, und so Standardisiertem, daß das müde Gehirn nicht von Gedanken geplagt wird. Stefanos, der Stern des *Guide Michelin*, der »graecofrancojapanische Küchenmeister«, gemäß einer älteren Erwähnung in *Le Monde* bezüglich der drei wesentlichen Reize seiner Küche, hatte sich ins Bequemlichkeitssystem eines jeden enttäuschten Menschen geflüchtet. Über all dem Geld und den verschiedenen Unternehmen, über all den Restaurants, Auszeichnungen und Komplimenten hatte er vergessen, warum er kochte. Sein Leben hatte sich zu einem Einheimsen von Titeln entwickelt.

In der letzten Zeit hatten sich alle in der Familie um ihn Sorgen gemacht. Sein Blick war unstet geworden. Man mußte ihm zweimal dieselbe Frage stellen, bevor man eine Antwort bekam. Er hatte ständig schwarze Ringe um die Augen und einen aufgedunsenen Bauch. Er rauchte eine Zigarette nach der anderen. Er hatte begonnen, Symptome der Krankheit der Köche zu entwickeln, die von Wein und Kognak umgeben leben. Als er noch jünger, gewitzter und geiziger gewesen war, hatte er die Weine mit Salz versetzt, damit seine Angestellten nicht tranken. Sobald sich die Dinge verdüsterten, begann er, den Rotwein in die Flasche für Kirschsaft umzufüllen und heimlich zu trinken. Es war ein Familiengeheimnis, und vermutlich war ich die einzige, die nicht wußte, was sich abspielte. Muß ich es noch einmal sagen? Obwohl ich zu dieser Familie gehörte, hatte ich nur verworrene Ideen bezüglich ihrer Mitglieder.

Wenn es sich auch romantisch anhört, machte die Rückkehr zur Einfachheit Kombinationsgabe, Organisation und Opfer erforderlich. Wir begannen unseren Tag um acht Uhr morgens und kamen erst im Morgengrauen wieder nach Politia zurück. In Thissio beaufsichtigten wir den Fortgang der Arbeiten; in Wahrheit führte Stefanos die Aufsicht, und ich sah Stefanos dabei zu. Mittags, wenn wir zusammen für das Restaurant in Kifissia einkauften, begann gewissermaßen der Zirkel meiner Initiation. Mein Onkel lehrte mich Gemüse, Fleisch und Fisch abzutasten, daran herumzudrücken, eine Auswahl zu treffen. Am frühen Nachmittag kamen wir dann in Kifissia an. In der Küche des *Stef* arbeiteten vier Unterköche; im Saal drei dunkelhäutige Jungs, die er aus New York mitgebracht hatte, um den Ruhm der Restaurantkette auf der anderen Seite des Atlantik in Erinnerung zu rufen und zu untermauern. Infolge seines offensichtlichen Desinteresses schloß innerhalb von zwei Jahren ein Restaurant nach dem anderen. Und doch fuhren die Geldscheine fort, wie aus einer magischen Geldmaschine zu fließen. Obwohl mich das Geld nie beschäftigt hatte, mußte ich zugeben, daß die Fähigkeit meines Onkels, Dollars in Umlauf zu bringen, erstaunlich war.

Nachmittags sah ich bei den Vorarbeiten zu, normalerweise mit gebundenen Händen. Ganz selten ließ mich Stefanos einmal das Gemüse schneiden. Meine Aufgabe war es, die Töpfe zu spülen und insbesondere abzutrocknen, denn wie ich lernte, ist das gründliche Trocknen eine unerläßliche Voraussetzung für das Gelingen eines Rezepts. Niemals darf man Öl in eine feuchte Pfanne geben, noch Essen auf Tellern mit Wassertropfen anrichten. Ich tröstete mich mit dem Gedanken, daß Leonardo da Vinci als Kellner im Restaurant *Le tre chiocciole* und George Orwell, bevor er wurde, was er wurde, in Pariser Lokalen als Tellerwäscher gearbeitet hatten.

Die Küche war eine handbetriebene Fabrik, wo jeder einen bestimmten Hebel darstellte. Einer wirtschaftete mit den Pfannen, ein anderer grillte, ein dritter war für die kalte Küche zuständig. Nur so konnte die Produktion der Gerichte schnell und wirksam vonstatten gehen, die immer frisch, delikat und heiß zu sein hatten. Durch den Türspalt musterte ich »unsere Gäste«. Erfolgreiche Fünfziger mit mächtigen Bäuchen und goldbehängten Begleiterinnen, junge Paare, die den Jahrestag ihres Kennenlernens begingen und nicht wußten, wie sie ihre Nervosität verbergen sollten, braungebrannte Amerikaner, die von ihrem Reisebüro erfahren hatten, daß es in Kifissia einen Spitzenkoch gab, der sich auf der Höhe seines Zeniths einmal in New York befunden hatte – in der 53th Street, in Höhe der Second Avenue. Das war keine Übertreibung. *Stef* war Mitglied des IACP, der Internationalen Vereinigung Professioneller Gastronomen. Er hatte tatsächlich für die Thatcher und für Reagan gekocht, wie auch für alle möglichen anderen Politiker, Schauspieler aus Manhattan, Stars eines oder mehrerer Abende. Sogar für Al Pacino, was nach meinen ästhetischen Kriterien seinen Erfolg krönte.

Warum war er zurückgekehrt? Weil alle, die weggehen, beweisen wollen, daß sie den Weg zurück kennen. Stefanos war der Bewunderung der anderen müde geworden, wie die Herzensbrecher einmal der Überfülle an Frauen müde werden. Der Erfolg war eine Zentrifugalkraft, die ihn von seinem Ziel entfernte. Statt zu kochen, schrieb er Bücher wie *Die fünfzig besten Rezepte des Stef Sap.* Gab Interviews. Setzte für irgendeinen amerikanischen Fernsehkanal Rezepte um. Er arbeitete als Berater in großen Lebensmittelfirmen. Noch nach Mitternacht trank er Kaffee, seiner erlesenen Gästeschar – all denen, die ihn persönlich beglückwünschen wollten – Gesellschaft leistend, als sei er eine Sängerin in einem Nachtklub.

In Griechenland änderte sich gar nichts. Sein Ruhm begleitete ihn, sein fremdklingender Name und die Art, wie er das L langzog, machten ihn zu einem Exoten, vielbeachtet und heißbegehrt. Stefanos befand sich nur am anderen Ufer des gleichen Sees. Der Brand auf dem Penteli setzte seinen persönlichen Feuerschutzmechanismus in Funktion. Vielleicht erkannte er ja auch in den Flammen die Vergeblichkeit der menschlichen Dinge. Vielleicht sah er aber auch einen geflügelten Gott mit Schürze und Kochlöffel, der ihn aus der Asche anrief. Er war der einzige, der daran gedacht hatte, die Werke meiner Mutter zu retten, indem er sie in Dreierstapeln zum Kombi schleppte. Sie selbst war zu meinem größten Erstaunen mit Fotoalben unter dem Arm aus dem Haus gekommen.

Und ich? Was würde ich retten? Die Antwort auf diese Frage zu finden, ist mir immer noch nicht geglückt.

Wenn wir davon ausgehen, daß wir durchschnittlich tausend Mahlzeiten pro Jahr einnehmen, müssen wir tausend Stunden lang achtsam und ehrlich sein. Wer kocht, muß sich die Hände waschen, und wer ißt, seine Nahrung gut kauen. »No se admiten trampas en la cocina«, sagen die Spanier. Das heißt, in der Küche sind keine Tricks erlaubt. Wenn der Koch seinen Kopf woanders hat, heult und wehklagt der Magen.

Die Kochkunst ist die Kunst der Vorbereitung. »Wer ungeduldig ist«, sagt Stefanos, »sollte besser nie seinen Fuß in die Küche setzen.« Ich sah mich gezwungen, ihm zuzustimmen. Zu Anfang glaubte ich, die Drecksarbeit, die er mir auferlegte, sei das erste Stadium der Einweihung des Novizen. Mitnichten. Die Drecksarbeit war und ist weiterhin Teil der Arbeit, vielleicht sogar der wesentlichste. Jeden Abend schrappte ich Karotten fürs Soufflé mit den fünf Gemüsen. Mit Feuereifer schrubbte ich Herde, Backbleche, Mengen von feuerfesten Einzelförmchen. Ich weichte die weißen Tücher in Seifenlauge ein. Diese Beschäftigungen entsprachen den Bemühungen einer gequälten Seele, neu geboren zu werden. Es war die Operation Chlorbleiche.

Ende September schloß das Restaurant in Kifissia endgültig. Wehmut ergriff mich, als Stefanos die Schlüssel übergab, obwohl das *Stef* nichts Wichtiges mehr war. Was aufhört und in die Erinnerung eingeht, ist, als hätte es nie existiert. Im Gegensatz dazu spielt sich, was anfängt, in zwei verschiedenen Zeiten ab. In der Gegenwart und im unmittelbaren Futur. Wir machen, wir geben, wir ändern, und zwar jetzt gleich. Das unmittelbare Futur ist die direkteste Zeit. Dort hat keine Ankündigung schlimme Folgen. Alles geschieht blitzartig, unvorhersehbar, unvermutet. Alles kann sich, für den Augenblick, ändern.

Der *Oktopusgarten* war ein Unternehmen des unmittelbaren Futurs. Nichts unterbrach den Vormarsch dieser tröstlichen Zeit. Abend für Abend machte Stefanos Entwürfe für die neue Speisekarte, die nur Oktopusrezepte enthalten sollte. Scharfen Oktopus mit Ingwer, Kognak, Kumin und fünf Sorten Pfeffer. Afrikanischen Oktopus in seiner eigenen Tinte, in Wein gedünstet. Festtagsoktopus mit Dörraprikosen, Rosinen und Äpfeln. Oktopusspießchen mit rohen Wildartischocken. *Polpitos*, diese extrem teuren, vier Zentimeter großen Oktopusse, die in Barcelona aus dem Meer geholt werden. Und zehn Tage im Jahr, jeden April, Oktopus mit den seltenen Trieben der wilden Haselnuß angerichtet. Zum guten Start schenkte ihm sein Lieferant, ein Fischer aus Astypalea, Oktopuseier in Salzlake. Die ließen wir an der Sonne abtropfen und steckten sie in die große professionelle Tiefkühltruhe. Wir wollten sie gebacken anbieten, als Vorspeise, mit kleinen Tomaten aus Santorini.

»Und was mache ich?« fragte ich Stefanos ständig.

»Geduld haben«, antwortete er.

Seit ich in die Welt der Küche eingedrungen war, waren meine Ambitionen mit der wachsenden Faszination gestiegen. Ich litt unter dem Syndrom des dilettantischen Anstreichers, der die Zaungitter anpinselt und davon träumt, eines Tages ein Kunstmaler zu werden. Im Morgengrauen des Sonntags war es, etwa drei Wochen vor der offiziellen Eröffnung. Ich ging mit einem Gefühl von Unruhe und Nervosität in die Küche von Politia, wie es üblicherweise bei Menschen auftritt, die einen unklaren, aber tollkühnen Plan im Kopf haben. Das Haus war ganz still. Die Küche blitzsauber wie ein Operationssaal. Im Tiefkühlfach gab es einen kleinen Oktopus. Den taute ich im Mikrowellenherd auf. Ich stellte eine Marinade aus Orangensaft her und ließ meinen Oktopus mehrere Stunden darin herumschwimmen.

Am Sonntagmorgen hatte der indische Koch immer Ausgang. Stefanos und Rania soziale Pflichten. Der Oktopus war währenddessen in seiner Marinade aufgeweicht. Ich köchelte ihn über niedriger Flamme mit Paprika, Tomate und Rotwein gar. Dann ließ ich ihn auskühlen und richtete ihn mit etwas zerlassener Gelatine in drei individuellen Schalen an. Die Schalen stellte ich ins Mittelfach des Kühlschranks und setzte mich mit verschränkten Armen auf den Tisch. Ich starrte wie eine psychopathische Hausfrau auf den Kühlschrank. Mir schien, mein Gelee würde schneller fest werden, wenn ich darauf aufpaßte und mich gedanklich darauf konzentrierte.

Am frühen Nachmittag eröffnete ich Stefanos dann, daß ich mit einem neuen Rezept herumexperimentiert hätte. Ich fragte ihn, ob Rania und er Oktopusgelee versuchen wollten. Gegen sechs Uhr versammelten wir uns in der Küche. Da ich Angst davor hatte, die Formen zu stürzen, ließ ich sie mein Gelee direkt aus den Schalen essen. Ich war nicht imstande, den Löffel zum Mund zu führen. Zitterte meine Hand oder war es der Tisch? Der Zeitfaden war durchgerissen. Ich fiel wieder in das schwarze Loch, wo nichts abläuft.

»Athina, es ist gut. Sehr gut, wirklich.«

Rania redete. Stefanos lächelte.

»Liebe Kollegin, ich würde noch etwas mehr Gewürze hinzufügen, wenn Sie meine Meinung wissen wollen«, sagte er schließlich. »Können Sie Ihre Création im meinem neuen Restaurant zur Ausführung bringen?«

»Du machst dich über mich lustig ...«

»Ich mache nie Witze bei solchen Themen. Ganz ehrlich, ich sehe nicht ein, warum wir es nicht aufnehmen sollten. Wir haben keinen kalten Oktopus auf der Karte.«

»Und ich bin auch keine Köchin.«

»Man merkt es dir nicht an.«

»Vergiß es. Die Speisekarten sind schon gedruckt.«

»Jetzt sei doch nicht so kleinmütig, Athina. Wir schreiben einfach mit der Hand *Oktopus nach Athenischer Art.* Wie gefällt dir das? Es bringt deinen Namen mit dem Athener Rezept in Verbindung. Kalter Fisch à la Athina Xenou. Einverstanden?«

Einverstanden. Zum ersten Mal nahm etwas von mir Stammendes, gänzlich von mir Stammendes auch für die anderen Bestand an. Etwas Kleines, Unbedeutendes war es. Aber wie unbedeutend kann etwas sein, wenn es dabei um das Eigentum von Ideen geht?

Sobald die Japaner das Vorhandensein des Brotes entdeckt hatten, war Stefanos reich geworden. Die großen Gewinne, das richtig dicke Geld, wurden in der Mitte des vergangenen Jahrzehnts durch die Firma *Stef Bread* in Tokio erzielt. Olivenbrot, Kichererbsenbrot, Weizenschrotbrot mit schwarzem Sesam kamen aufs Tapet, bevor man »san« sagen konnte, was auf Japanisch drei heißt. Die Begeisterung der Japaner fürs Brot, ein Produkt, das in ihrer Ernährung noch keinen Platz gehabt hatte, war mit meiner Begeisterung für die Küche zu vergleichen, die bisher schlicht ein Raum gewesen war, wo man im Stehen Käse ißt oder Gläser ausspült. Die gleiche tiefe Befriedigung hatte ich bereits empfunden, als ich für Iraklis kochte, aber ich hatte sie nicht richtig interpretiert: Ich dachte, es sei eine Art, meine Liebe zu äußern. In Wirklichkeit bedeutete das Kochen für mich sehr viel mehr als das Stereotyp der Selbstverleugnung: Erinnerungen, Genuß, Erleichterung, ein Würzstrauß tieferer Bedürfnisse, die Suche nach Ehrlichkeit und nach Ordnung. Eine Reihe ungenutzter Eigenschaften – die der Lebensmittel und meine eigenen. Denn schließlich besaß auch ich einige grundlegende Fähigkeiten, die geschlummert und zu erwachen vergessen hatten. Die Hauptursache meiner Depressivität und meines einseitigen Charakters war das Brachliegen der Möglichkeiten. Wenn ich von einem kritischeren Geist beseelt wäre, hätte ich schon viel früher begriffen, daß mich alles zum Kochen hinführte: Ilias' Buch. Die Taverne der Großmutter. Die neue Karriere meiner Mutter. Das Interview mit dem Molekularbiologen Edoardo Boncinelli über die Charakteristika der Gene. Mein Mittagessen mit Carr im *Masako.* Dionisias Hühnergericht. Stefanos' Entschluß, einen neuen Anfang zu machen. Der Satz meines Vaters in dem Brief, den ich der Sella geklaut hatte: »Das Neue ist der größte Schrecken vor dem Alten. Um dem Entsetzen, der Scham und der Enttäuschung zu entgehen, verändert sich das System unmerklich.« Sein anderer Satz in meinem Traum: »Sie muß selbst entscheiden.« Anlässe und Rechtfertigungen mußten gefunden werden, bis ich meine Entschlüsse faßte. Ich nehme an, daß immer noch etliche Menschen hinter meinem Rücken über die endgültige Begründung des neuen Systems lachen. In diesen Fällen betrachten einen die anderen wie einen Schauspieler, der im Regen läuft, während ein Lastwagen direkt auf ihn zusteuert. Sie wollen dem Schauspieler etwas zurufen, ihm sagen, er solle aufpassen, und manchmal tun sie es auch, dann reden sie mit dem Fernseher. Der Schauspieler hört natürlich nicht auf sie. Er hört nur auf seinen Regisseur. Mein Regisseur war mein Bewußtsein. Ich weiß, daß es sich großspurig anhört, doch nur wenn jemand wagt, etwas Großspuriges zu denken, hört er auf, das Leben linear wahrzunehmen, und sieht es, wie es wirklich ist: wie ein enormer Hackfleischberg, den man analog seiner augenblicklichen Bedürfnisse formen kann, aus dem man Frikadellen, Königsberger Klopse oder Nudelsoße machen kann. Man hat uns beigebracht, daß Hackfleischbällchen rund sind. Was hindert einen daran, sie länglich zu rollen, sie plattzuklopfen, ihnen die Form eines Herzens zu geben? Die anderen. In den Augen der anderen hatte ich meinen Weg nicht gefunden, sondern war endgültig von ihm abgekommen. Ich hatte meine Arbeit aufgegeben, um Oktopusse zu reinigen.

Der *Oktopusgarten* wurde in der zweiten Oktoberwoche eröffnet. Wir beschlossen, die offizielle Einweihung hinauszuschieben, bis wir unseren Arbeitsrhythmus gefunden hatten. In den ersten Tagen hatten wir nicht einmal zum Niesen Zeit. Die untadeligen Public Relations meines Onkels hatten die Feinschmecker der Athener Zeitungen und Zeitschriften schon nach Thissio geholt, bevor das Lokal die erste Woche hinter sich hatte. Er war gezwungen, einen zusätzlichen Mann für den Saal einzustellen. Der Speisekarte fügte er den königlichen Oktopus hinzu, den Oktopus in pikantem Bierteig, die »Kimbis« – Bällchen aus Tintenfisch- und Oktopushack, Sepia an Oliven und Fenchel, Salat mit Oliven und Tarama, mit Meeresfrüchten gefüllte Tomaten. Er stellte Schwarzraki her, ein halbsüßes, aromatisches Getränk aus Oktopustinte, Raki, Honig und noch ein paar Bestandteilen, die wir aufgrund der traditionellen Geheimniskrämerei des Kochs nie erfahren werden.

Stefanos bestand darauf, daß ich mein Rezept von Anfang bis Ende selbst ausführte. Durch die großen Mengen, die in einem Restaurant erforderlich sind, verlor der *Oktopus nach Athenischer Art* seinen Dilettantismus, entfernte sich etwas von der ursprünglichen Idee und wurde zur täglichen Übung. Ich kannte die Mengen, die Geschmacksrichtungen, das Ergebnis. Jede neue Idee stirbt durch ihre Umsetzung. Diesem Phänomen ist möglicherweise die unaufhörliche Produktion von Ideen zu verdanken. Nur wenige sind so autark oder verzweifelt, daß sie die Hände hinter dem Rücken verschränken und abwarten. Für die übrigen bedeutet Leben die Suche nach einer brauchbaren oder total unbrauchbaren Idee. Göttliche Ursprünge? Ehrgeiz? Trieb? Medikament gegen Langeweile? Ehrlich gesagt, ich weiß es nicht.

Was ich weiß, ist lediglich, daß eine Idee die andere nach sich zieht. Ich fuhr fort, an den Sonntagen, wenn der *Oktopusgarten* geschlossen war, neue Rezepte auszuprobieren. Ich erfand eine neue Marinade aus Ouzo und Rosmarin, die Stefanos mit Begeisterung aufnahm. Meine Meinung bezüglich der Küche begann Gestalt anzunehmen und sich zu klären: Wenige Zutaten. Ausgewogene Gewürze. Entfernung von der Zwanghaftigkeit der Originalität. Der Minimalismus wirkte sich auch auf die Übersetzung des *Herbstmahls* aus. Kürzere Sätze. Einfachere Wörter; und etwas unbestimmt Lakonisches, wenn Sie verstehen, was ich meine. Ich experimentierte nicht mit Ilias' Text herum. So etwas hätte ich auf Kosten meines Bruders nie getan. Ich experimentierte mit den Möglichkeiten der Sprache, mit der Notwendigkeit, effektiv zu sein, wenn man etwas beschreibt. Indem ich den Dingen ihren Namen gab, wurde ich sicherlich nicht zu einer besseren Übersetzerin. Im Gegenteil, ich begriff, daß ich keine Übersetzerin mehr sein konnte. Ich hatte begonnen, die Bedeutung des Textes nach meinen Ideen abzuwandeln. Ich sagte meine Meinung. Für einen freien Menschen ein Qualitätsmerkmal. Eine Todsünde für einen Übersetzer.

Obwohl das Einfamilienhaus in Politia geräumig war und mein Onkel und seine Frau nichts dagegen gehabt hätten, mich zu adoptieren, war es für mich höchste Zeit, mir eine Wohnung zu suchen. Ich wollte eine eigene weiße, helle Küche, um Knoblauch zu rösten, was Ranias empfindliche Nase störte. Außerdem brauchte ich ein Bett, das ich selbst frisch beziehen und wieder abziehen konnte, damit ich spürte, wie die Zeit vergeht. Ich begann schon die *Nea Mera* zu kaufen, die jeden Tag sechzehn Seiten mit Kleinanzeigen enthält, aber dann stieß ich beim Herumlaufen auf die künftige Wohnung. Eines Morgens war ich mit Olaf, dem Pfannenschwinger, Tomaten und Orangen einkaufen gegangen. Wir gingen zu Fuß zum Restaurant zurück. Drei Blocks vor dem *Oktopusgarten* sah ich eine Mietanzeige am Eingang eines alten und etwas häßlichen Wohnblocks kleben. »Wohnung zu vermieten. 80 qm. Vierter Stock. Balkon mit Aussicht auf die Akropolis. Abstellraum.« Der Abstellraum war, wie ich am nächsten Tag feststellte, ein Loch, ein architektonischer Fehler neben der Wohnungstür. Die weißen Regale verwandelten ihn in eine Art Wandschrank, wo die meisten Bücher meines Vaters Platz finden würden. Der Spülkasten an der Toilette war undicht. Im Bad hatten sich einige Kacheln gelöst. Die Türrahmen der Balkontüren waren durch die Feuchtigkeit aufgequollen, doch der Balkon ging wirklich zur Akropolis hinaus. Die Küche war groß, in einem toten Grün gestrichen. Die Wohnung ähnelte in groben Zügen ihrer Eigentümerin, Urania Pittaki – einer Fünfzigerin alten Typs mit Negligé, roten spitzigen Fingernägeln und Haaren auf Lockenwicklern. Unter all diesen Verhäßlichungsmanipulationen konnte man ihre Schönheit ahnen. In derselben Weise besaß das Appartement viele ungenutzte Möglichkeiten. Es war eine ideale Wohnung für den Gebrauch des unmittelbaren Futurs.

Der vorhergehende Mieter war Pianist gewesen, wie sich die Pittaki mitzuteilen beeilte. Er sei plötzlich nach Frankreich gezogen, da er eine Dauerstellung bei irgendeinem Orchester gefunden habe. »Und Sie, womit beschäftigen Sie sich, wenn ich fragen darf?« erkundigte sie sich.

»Ich bin Üb … Köchin«, antwortete ich, einen Augenblick lang den alten Beruf mit dem neuen vermengend. Ich erzählte ihr von dem Restaurant und sah ihr Gesicht aufleuchten. Ja, man kann einer Frau vertrauen, die Zwiebeln schält und Oktopus kocht. Im Gegensatz zu vielen anderen Berufen erschreckt das Kochen nie jemanden. Ich glaube, unsere Übereinkunft bezüglich des Mietvertrags, der Auswechslung des

Spülkastens und des Anstrichs der Küche war hauptsächlich meinem neuen Beruf zu verdanken.

Unterdessen hatten sich meine Mutter und Petros in der Wohnung in Cholargos eingerichtet. Am zweiten Abend luden sie mich zu einem gemeinsamen Essen auf Umzugskartons ein. Es war Sonntag, also Ruhetag, und ich hatte keinen Grund, nein zu sagen. Nach dem Brand war Petros menschlicher geworden. Das Gefühl, daß alles um ihn herum bedroht sei, hatte seinen Gesichtszügen etwas unbestimmt Melancholisches hinzugefügt. Er wog die Worte genauer ab und lächelte traurig, was ihn fast sympathisch machte. Es wäre ehrlicher, wenn ich sagen würde, daß ich im vorhinein beschlossen hatte, ihn zu mögen. Ich legte seine Reaktionen nach meiner neuen, freundschaftlichen Einstellung aus. Als ich ihn musterte, wurde ich unwillkürlich an David Sherman erinnert, Lee Millers Liebhaber, der sich mit ihrem Sohn geprügelt hatte.

Die Wohnung sah aus wie ein Möbellager; zu den alten Möbeln hatten sie die Kartons mit den geretteten Sachen gestellt. Bis zum Tag meines endgültigen Umzugs würden die alten Möbel für meine Mutter eine Erinnerung an ihr voriges Leben bleiben; eine ständige Mahnung an Zustände, die man überwinden muß, um zu sich selbst zu finden. Vielleicht war das der Grund, warum sie sich auf einem Karton niederließ, statt sich wie wir aufs Sofa zu setzen.

»Wie steht's mit der neuen Arbeit?« erkundigte sie sich mißtrauisch bei mir. Meine Mutter gehörte zu den anderen, zu denen, die glaubten, ich hätte den größten Fehler meines Lebens begangen. Aber sie übte Selbstzensur. Da sie selbst ebenfalls riskante Entschlüsse gefaßt hatte, spürte sie, daß sie kein Recht hatte, über mich zu richten. Petros seinerseits, der noch ein paar Monate vorher allerhand Klugscheißereien über fette Köchinnen losgelassen hätte, schaute auf seinen Teller.

»Es ist nie besser gegangen«, antwortete ich, im Versuch, in fünf Wörtern die Fülle unterzubringen, die ich empfand, eine Art von Stolz, der die großen Entschlüsse begleitet, und eine Bestätigung, daß ich wußte, was ich tat.

»Spukt dir deine alte Arbeit nicht im Kopf herum?«

»Ich übersetze ja noch das Buch von Ilias, weißt du.«

»Und wenn du das Buch fertig hast?«

»Wer weiß? Vielleicht schreibe ich dann mein eigenes Buch mit Kochrezepten.«

»Hab ich dir gesagt, daß ich beschlossen habe, die Idee deines Bruders auszuwerten?«

»Welche Idee?«

»Die mit den schlechten Köchinnen. Im Februar findet eine Ausstellung von mir in der Galerie der Tsirijotaki statt. Ich habe vor, seinen Titel zu benutzen. Ich mache Fotos von Stillleben mit Gerichten. Große, ganz klare Farbfotos. Die stelle ich in kleine Kammern aus Plexiglas, in denen bequem zwei, drei Leute Platz haben. Bei Vassilis habe ich Ampullen mit Essensgerüchen bestellt. Die werden in regelmäßigen Abständen in einen Plastikbehälter unterhalb der Fotos geleert. Jede Kammer riecht dann für kurze Zeit nach gratiniertem Spinat, gebratenen Zwiebeln oder geröstetem Kaffee. Eine Art potentiellen Kochens, wenn du verstehst, was ich sagen will.«

Natürlich verstand ich. Erst Stefanos mit dem *Oktopusgarten*, dann ich, jetzt die Mutter mit den *Schlechten Köchinnen*. Ilias war der kleine Gott der Familie. Er brachte uns bei, wer wir waren und was wir in diesem Leben zu tun hatten. Er schenkte uns Ideen und Motivationen. Er zwang uns, uns zu erinnern. Von der kleinen Wohnung in der Moscow Road aus brach er unsere Knöchelchen durch und rief unentwegt: *»Jantes! Jantes!«*

Als ich mich eines Abends gerade mit den Oktopussen herumschlug, machte mir Pierre, der amerikanische Saalchef, der alles Erdenkliche tut, um als Franzose durchzugehen, von fern theatralische Handzeichen. Einen Augenblick lang dachte ich, einer der Gäste ersticke. Es war etwas Simpleres.

»Chérie, man verlangt dich am Telefon!«

Am anderen Ende der Leitung hörte ich Diamantis' Stimme.

»Ich hab die reinste Kriminalstory hinter mich gebracht, um dich zu finden.«

»Ist das nicht deine Aufgabe?«

Diamantis wollte noch für denselben Abend einen Tisch bestellen. Um zehn Uhr kam er dann in Begleitung eines Chaneldämchens, wie ich diese Frauen nenne, die sich mit dem gesamten zur Taufe geschenkten Goldschmuck behängen. Ich beobachtete sie von der Küchentreppe, die Gläser polierend, als sei ich das Aschenputtel. Bevor ich an ihren Tisch ging, legte ich Lippenstift auf und befeuchtete mir das Haar. Das Chaneldämchen sah mit einem Schlafwandlerblick zur Holzdecke, Diamantis sah das Chaneldämchen an und ich Diamantis. Ich fragte mich, wie es möglich sein konnte, daß er ein Tier mit goldenem Halsband zum Essen ausführte. Welche erotische Energie kann eine Kuh freisetzen? Während der ganzen Zeit, die ich bei ihnen stand, vernahm ich ihre Stimme nicht. Vielleicht war sie tatsächlich stumm.

Diamantis war dagegen extrem gesprächig. Er quasselte mit ermüdenden Details über alle möglichen Berufsgeheimnisse. Mir fiel auf, daß er die Zigarettenmarke gewechselt hatte. Eine neue Uhr trug er auch. Hatte das Haar sehr kurz geschnitten. Alles, was ich an ihm kannte, hatte sich verändert. Er war ein neuer Mensch. Nur die Stimme hatte er beibehalten, den großen Kopf und ein paar Gesten seines alten Ichs. Ich dachte mit Schrecken, daß ich für ihn ja gleichfalls ein unbekanntes, befremdliches Wesen sein mußte. Mit meinen roten Haaren, den tintengeschwärzten Nägeln, den Gesprächen übers Kochen glich ich wohl kaum mehr der Athina, die stumm übersetzt, sich mit ihren langen Haaren über die Lexika gebeugt und Schokolade gemampft hatte.

Hatte ich je seine Hände berührt? Mich nackt neben ihm ausgestreckt? Mir sein Sperma übers Gesicht gestrichen und gesagt, es sei das einzige Heilmittel gegen mein langes Kinn? Und wenn ja, durch welchen Vorgang verschließen sich dann die Körper wieder, werden die Gerüche vergessen und hört man auf, es als selbstverständliches Recht anzusehen, daß man dem anderen die Hose aufknöpft? Obwohl Diamantis für mich nie etwas Bedeutsames dargestellt hatte, machte mich die Tatsache betrübt, daß er mich vergessen hatte. Die Vergangenheit idealisierend, dachte ich, daß er der Mensch war, der mich dazu gebracht hatte zu akzeptieren, wie nützlich meine Knie sind. Gleich in der Sekunde danach sah ich ihn, wie er wirklich war: ein Mann, der mit seinen groben Fingern unter dem Tisch das Bein einer Kuh tätschelte, der über den Schnurrbart des Polizeipräsidenten tratschte und die Spaghetti mit Meeresfrüchten mit Parmesan bestreute.

Ich kehrte sichtlich genervt in die Küche zurück.

»Was ist los«, fragte Stefanos, dem nicht so leicht etwas entgeht.

»Nichts.«

»Wer war das denn?«

»Ein alter Bekannter …«

»Und?«

»Ich bin ein bißchen deprimiert.«

»Siehst du das?« meinte Stefanos, einen toten Oktopus durch die Luft wirbelnd. »Na warte, ich schlag dich noch wie ’nen Oktopus.«

Oma Kalí wirkte wieder Wunder. Ihr guter Geist erschien lautlos im Raum und sprach seine Beschwörungsformel aus. Meine Großmutter war ohne Übertreibung die gute Fee der Familie. Jede Nacht hörte sie im Schlaf die Worte des Heiligen Theodoros Studitis: *Mit Flecken hast du zu kämpfen, aber mit ihnen reinigst du deine Verfehlungen. Geh also mit stetem Schritt in Richtung auf deine Küche. Von schwarzer Nacht an hacke Holz und reinige Töpfe, für deine Kinder kochend, wie ein Werk Gottes soll es sein* ... Sie sprach Beschwörungen aus, erzählte Märchen und kochte süßen Oktopus ohne Zucker. Mit dem Unterschied, daß sie das Geheimnis mit sich genommen hatte. Sie hatte Stefanos das Rezept ihres berühmten Oktopusgerichts nicht hinterlassen. Ich glaube, daß das Frustrationsgefühl meines Onkels und – warum nicht? – die Schaffung dieses Restaurants auf dieses Versäumnis zurückzuführen sind. Obwohl er den Ruhm seiner Mutter übertraf und die gesamte Welt bereiste, gelang es ihm nie, mit ihr in Konkurrenz zu treten.

Meine Beziehung zu Diamantis beruht auf einem vergleichbaren Phänomen. Obwohl er hinter mir hergelaufen war und alles Erdenkliche für mich getan hatte, wählte er eine theatralische Art, mir zu zeigen, daß das Leben weiterging und ich in bezug auf die Liebe die große Verliererin war. Auf der gegenüberliegenden Seite der Arbeitsfläche rührte Olaf in den Soßen und warf mir heimliche Blicke zu. Er hatte weizenfarbene Haut, krauses Haar und einen gewaltigen Penis, der unter seiner weißen Schürze in der Hose zu ersticken drohte. Ich lächelte trübe. Das Bedürfnis der Menschen, mit einem anderen in den Armen zu schlafen, ist die traurigste Sache der Welt. Olaf begehrt mich, ich, was die emotionale Mikroökonomie betrifft, Diamantis, in der Makroökonomie Iraklis, Diamantis die Kuh und Iraklis Carr, die Kuh möchte sich vielleicht lieber auf dem Gras wälzen und Carr wechselweise auf Ilias und David. Ilias hat nur Augen für Truman Lodge und David, wie es scheint, nur welche für sich. Keiner gehört einem, außer für eine kurze Zeitspanne. Danach hat er das Bedürfnis nach einem Wechsel des Status quo im Besitzstand: Größere Augen. Einen kleineren Busen. Eine andere Eigentümlichkeit. Eine andere Erregungsbreite. Aus dem gewaltigen Kuchen der Liebe schneidet sich jeder das Stück eines anderen heraus und verschlingt es voll Heißhunger.

Ich fürchte sehr, das Stück, das mir zusteht, wird schließlich wegen mangelnden Gebrauchs austrocknen, selbst wenn sich jemand finden sollte, der es zur Seite legt und aufhebt. Denn selbst der vorbildliche Liebhaber bleibt nicht dem anderen treu, sondern nur sich selbst. Mein Vater hätte uns zu diesem Thema viel zu sagen gehabt, aber er nahm seine Ausführungen mit ins Grab. Oder zumindest dachte ich das bis zu dem Tag, an dem er begann, mir Papierflieger aus dem Jenseits zu schikken.

In jener Nacht schlief ich miserabel. Ich wachte auf, bevor es hell wurde. Im Schlafanzug und einer Jacke von Rania über den Schultern ging ich in den Garten hinaus und das Beet entlang, das auf den Hauseingang zuführt. Ich hatte Papier und Bleistift dabei. Um diese Zeit kommen mir oft Ideen für neue Gerichte. Auf einem solchen Morgenspaziergang hatte ich die Inspiration für die *Zöpfe der Dionisia* bekommen, ein Rezept, das meiner Kusine gewidmet ist, und nach dem Oktopusarme um eine Masse aus kleingeschnippeltem Tintenfisch, Kognak, Pfefferschoten und Rosinen geflochten werden.

Dem Schicksal der Großen und Mächtigen nachfolgend, Henri IV., aus dem ein Eintopf aus Rindfleisch und Gemüse geworden ist, Madame de Maintenant, die als gefülltes Lamm endete, und der Sängerin Nelly Melba, die ihren Platz in der Geschichte als Eisdessert mit Pfirsich eingenommen hatte, ging meine Kusine als gefüllter Oktopus in die Unsterblichkeit der Speisekarten ein.

Aber um zu jenem dramatischen Morgen zurückzukehren: Ich spielte zerstreut mit den Schlüsseln, ich war der Schlüsselhalter des Paradieses. Oder vielmehr eine reizlose rothaarige Eva, die dabei war, sich durch den Genuß verbotener Früchte um Kopf und Kragen zu bringen. Keiner hatte sich die Mühe gemacht, den Briefkasten zu leeren, und so quollen die Briefe aus dem weißen Kasten. Wie ich befürchtet hatte, fischte ich einen großen Umschlag heraus, der unter anderem eine Karte von Ilias enthielt.

Schiraffel,
ich verstehe nicht, was los ist. Die Diskette mit den Texten vom *Herbstmahl*, die Du mir geschickt hast, hat mit meinen Erzählungen nicht das Geringste zu tun. Warum teilst Du die Sätze in der Mitte durch? Handelt es sich um Dein Buch oder um meines? Ist die neue Arbeit dafür verantwortlich, die neue Geisteshaltung oder Deine alte Sturheit? Ich schicke Dir die Korrekturen und verlange, daß Du sie beachtest.

In Zorn und Liebe
Ilias

Ganz unten im Umschlag, zwischen den Korrekturen meines Bruders, als wäre er aus Versehen hineingefallen, befand sich ein Brief von Carr. Während ich ihn durchlas, fragte ich mich, ob meine Schläfen so laut pochten oder ob das Geräusch aus der Tiefe des Gartens kam.

Athinachen,
ich habe die Neuigkeiten über Dich durch Ilias erfahren. Sonderbare Neuigkeiten. Ich hoffe, Du bist trotz all der vielen Veränderungen glücklich. Hast Du Dir das Haar wirklich so kurz schneiden lassen? Ich versuche gerade, meines wachsen zu lassen. Im Moment sehe ich wie ein Insasse eines Frauengefängnisses aus.
Ich möchte, daß Du von mir selbst und nicht aus Andeutungen Dritter erfährst, daß Iraklis bei mir eingezogen ist. Glaub bloß nicht, daß wir ein Paar sind, oder so was. Ich brauchte einen Mitbewoh-

ner, um die Miete zu teilen, das ist alles. Er studiert Verlagswesen – schließlich hat er doch auf den Rat seines Vaters gehört –, schreibt aber weiter seine Märchen, gespaltene Persönlichkeit, die er ist. Du hättest David sehen sollen, als er eines Nachmittags herkam, um ein paar letzte Dinge zu holen, und Iraklis vorfand, wie er auf dem Sofa die *Times* las. Iraklis war in dem Moment besonders hübsch, und ich glaube, die Selbstverständlichkeit, mit der er sich in der Wohnung bewegte, verstärkte die Reizbarkeit von Dave ganz beträchtlich. Ich bin mir sicher, daß er sich allerhand zusammengereimt hat. Die große Plage für die Menschen ist ihre Phantasie. Ich bin froh darüber. Ich habe das Gefühl, daß ich mein Blut zurückbekomme. Schreib mir, ruf mich an, aber vergiß vor allem nicht, daß ich an Dich denke und Dich liebe.

Deine Carr

»... trotz all der vielen Veränderungen«, »glaub bloß nicht, daß wir ein Paar sind«, »das ist alles«, »er war besonders hübsch«, »die Selbstverständlichkeit ...«, »die größte Plage ...« Ich wußte, wie ich Carrs Lügen zu lesen hatte. So hatten sie also von mir die Vorstellung einer trostlos Verliebten? Sie versuchten mich vor den Andeutungen Dritter zu bewahren, die mir ein noch größeres Loch hätten ins Herz reißen können? Wieder die anderen. Die Worte der anderen. Die Witze der anderen. Die Bosheiten der anderen. Die Welt der anderen. In meiner Welt wurden in diesem Moment die anderen, sämtliche anderen, durch Carrs Lügen personifiziert. Obwohl sich die ersten Kälteeinbrüche bemerkbar machten, setzte ich mich neben den Swimmingpool, neben die Lichtchen, die ihm die Farbe und den Charakter eines Weihers gaben. Ich verfaßte eine Antwort, die sich nicht nur an sie, sondern an die gesamte Menschheit richtete.

> Carr,
> ich denke gleichfalls an Dich und liebe Dich, aber darüber hinaus bin ich ehrlich zu Dir. Ich weiß sehr wohl, was Ihr, Iraklis und Du, dort oben treibt. Ich habe mir zum Sonderpreis ein intuitives Teleskop gekauft, das die Wände durchdringt. So sehe ich, wie Ihr auf dem Sofa vögelt, und weiß aus Erfahrung, daß Iraklis gleich danach »besonders hübsch« ist. Wenn ich nun das Teleskop in meine Richtung umwende, kannst Du sehen, wie glücklich ich bin, daß ich Iraklis los bin. Er war für mich nichts als ein Lieferant regelmäßiger Orgasmen. Vögelt also nur lustig drauflos. Es ist mir wirklich und wahrhaftig restlos schnuppe.

Als ich diesen Abschnitt niederschrieb, war es mir gelungen, mich zu entspannen. Jedoch quoll mir der Groll in Form von gefrorenem Wasserdampf noch weiter zum Mund heraus. Es war, wie schon gesagt, bei Tagesanbruch, ich hatte nicht gut geschlafen, und deshalb stieß meine blinde Wut auf die anderen – diejenigen, die meinen, sie wüßten, wie ich denke, wer ich bin, was mich ängstigt – auf keinerlei Hemmnisse. Eine Wand, einen Menschen, ein Geräusch, das meine Aufmerksamkeit kurz abgelenkt hätte. Ich war auf meine Wut konzentriert. Ich war meine Wut.

Und jählings, ohne äußeren Anstoß, brach das Gefühl ganz von selbst ab wie ein trockenes Ästchen. Ich weiß nicht, welche Hand es abgebogen, welcher Fuß es zertrampelt hatte. Es scheint, das Gefäß meiner Wut war einfach voll. Ich mußte anerkennen, daß das blitzschnelle Zuheilen einer Wunde, das vorläufige Ende des Schmerzes wohltuender ist als das Glück.

Ein Genuß, für den man sich geschunden hat. Keine Frohsinnstrübsal, sondern Frohsinn nach Trübsal, eine Abschattierung der Trübsal. Etwas Ähnliches wie das, was der Mond in dem Augenblick empfinden müßte, wenn es Tag wird. Wenn der Mond sprechen könnte, wie in Ilias' Geschichten, hätte er vielleicht noch etwas hinzuzufügen: *lipolipi*, Wehvergeh, *acharochara*, Unfrohfröhlichkeit, *ach, cha, chra* …

Ich bemerkte, daß an den Lichtchen des Pools, die nun grundlos brannten, bewegungslos winzige Insekten klebten, solche, die man ohne Gewissensbisse zertritt. Wie das Leben, so bekommen auch die Gefühlsregungen erst dann einen Wert, wenn man sie an einer Qualitätsskala messen kann. In diesem Sinn ist die Wut, die sich legt, keine Wut, sondern das Bedürfnis, sich mit dem eigenen Ich anzulegen. Dieses Ich kurze Zeit blindwütig zu Boden zu schlagen, als sei es ein Oktopus.

Ich machte aus meinem Brief ein Schiffchen und ließ es im wellenlosen Schwimmbecken segeln. Es war das Produkt eines Sturmes, und insofern ging es nicht unter. Erst viel später weichte es auf und riß hie und da ein. Die Wut hatte mir Kraft verliehen. Kurz nach dem Kentern des Bootes ersann ich ein neues Rezept. Kleine, rohe Oktopusse, die tagelang in gekochtem Granatapfelsaft mit Essig, Tintenraki und etwas Sojasauce ziehen, mit ein paar dünnen Safranfäden als einzigem Gewürz. Als Stefanos eine Woche später meinen Oktopus versuchte, kamen ihm die Tränen. Aber nicht doch, möglicherweise fand er ihn für seinen Geschmack einfach zu sauer. Dennoch erhöhte er mein Gehalt und setzte meinen Oktopus in die Spalte »Spezialitäten«, wobei er mir den Gefallen tat, ihn *Oktopus ach-cha-chra* zu nennen.

»Was bedeutet das?« fragte er mich.

»In der Sprache des Mondes bedeutet es Unfrohfröhlichkeit.«

Nach einer solchen Antwort hielt es mein Onkel für ratsam, das Fragen einzustellen.

An diesem Abend fuhren wir stumm und müde nach Politia zurück. Stefanos drosselte die Geschwindigkeit und hielt mit laufendem Motor in der Nebenstraße von Kifissia. Er sah mich forschend an.

»Schließlich hat sie es also dir gesagt ...«

»Wer? Was denn?« fragte ich, im Glauben, ich sei zerstreut gewesen und hätte einen Teil des Satzes verpaßt.

»Meine Mutter. Deine Großmutter ...« sagte er mit wehmütigem Lächeln.

Ich fragte ihn noch einmal, was er meinte, doch er blieb stumm wie ein Fisch. Ich glaube aber, daß ich verstanden habe. Mein Oktopusgericht erinnerte ihn an den Oktopus der Oma Kalí. Und das ist das größte Kompliment, das mir je ein Mensch gemacht hat.

Schließen Sie die Augen. Schön. Jetzt kauen Sie einen fiktiven Bissen von diesem süßsauren Fangarm. Weich und warm ist er, denn er ist tagelang auf Zimmertemperatur gehalten worden. Lassen Sie ihn ein bißchen im Mund. Schön. Jetzt kauen Sie sachte, es besteht kein Grund zur Eile. Umhüllen Sie mit Ihrem realen Speichel den fiktiven Oktopus, den ich für Sie zubereitet habe. Erinnern Sie sich noch daran, was ich Ihnen über die echte Marmelade auf dem Traumbrot gesagt hatte? Ich fürchte, dies ist für Sie die einzige Möglichkeit, meinen Oktopus zu kosten. Es sei denn, Sie kommen in den *Oktopusgarten*. Aber so etwas darf ich Ihnen nicht vorschlagen. Es wäre Schleichwerbung.

Eine andere Lösung wäre, daß ich ein paar Kilo Oktopus zubereite, ihn in Stücke schneide und die zusammen mit dem Roman anbiete. Stellen Sie sich vor, was passieren würde, wenn das Buch mit einem Arm des *Oktopus ach-cha-chra* als Buchzeichen in Umlauf käme? Die Kritiker würden schreiben, wir versuchten das Lesepublikum mit Finten und Tricks zu beeindrucken. Das Lesepublikum würde nach meiner Meinung den

Oktopus mehr als das Buch goutieren. Und wenn irgendein Leser das Buch ins Meer würfe, würde ein Teil davon ein paar hungrige Fische glücklich machen. Aber ist nicht eigentlich dies die Rolle der Bücher? Einen zu nähren oder, ganz im Gegenteil, einen vergessen zu lassen, daß man Hunger und Durst hat, daß man seinen Darm entleeren will? Der Leser, der mit voller Blase weiterschmökert, um ein interessantes Kapitel zu Ende zu bringen, muß eine der stärksten Phantasien eines Schriftstellers sein.

Die Autoren, mit denen ich nicht das Geringste zu tun haben will oder kann, bewegen sich unsichtbar unter den übrigen Menschen und lösen in ihnen organische Störungen oder Gefühlskrisen aus, indem sie ihnen bewußt machen, daß wir alle Tiere derselben Rasse sind. Daß wir rennen, um irgendwo anzukommen, oder uns verkriechen, daß wir die Krallen ausfahren, wenn wir einen Feind sehen, die Zunge blecken, wenn wir essen, jemanden auslachen oder jemanden küssen wollen.

Ja aber, werden Sie mir nun sagen, wenn du doch nicht das Geringste mit ihnen zu tun haben willst, warum bestehst du denn dann darauf, daß wir deinen fiktiven Oktopus probieren? Weil dies, ich versichere es Ihnen, das einzig Echte ist, was ich besitze. Heute, wo meine Begeisterung sich gelegt hat, kann ich die Dinge aus der notwendigen Perspektive sehen: Wenn der *Oktopus ach-cha-chra* nicht existierte, hätte es überhaupt keinen Grund gegeben, warum ich mich an der Abfassung dieses Buches hätte beteiligen sollen. Als die Stunde gekommen war, fand ich andere Motivationen. Ich berief mich auf die Herstellung von Gerechtigkeit – und das ist vielleicht das einzige gerechtfertigte Argument, das ich von der Rasse der Autoren entlehnt habe. Im folgenden Kapitel werde ich einen Weg finden, Sie von meinen aufrichtigen Vorhaben zu überzeugen, aber jetzt ist die Stunde der Wahrheit: Alle Geschichten strukturieren sich für mich um den Oktopus. Er ist der Geschmack meiner Erfahrungen, der Beweis meiner Gene, die Quintessenz meines Lebens. Dieser fiktive Oktopus, den ich Sie zu verzehren bitte, ist keine Idee, sondern süßsaures Fleisch und Blut. Helfen Sie mir, die Worte in die Realität umzusetzen. Kosten Sie den Oktopusarm, den ich Ihnen anbiete.

Der Tag der feierlichen Einweihung nahte. Obwohl der *Oktopusgarten* vom Unkraut befreit war, reagierten wir weiter wie hysterische Gärtner. Stefanos, der von Manifestationen seines pathologischen Perfektionismus heimgesucht wird, drehte alle Teller so, daß das schwarzweiße Oktopusmuster mit dem Wahrzeichen des Restaurants eine Parallele zum metallenen Küchentresen bildete. Pierre räusperte sich ständig, wobei er die Haltung eines heruntergekommenen Adligen adoptierte: leichte Verneigungen vor den Gästen, verfeinerte Gesten, immer mehr französische Wörter. Olaf veranstaltete den reinsten Soßenzauber, und sein Cousin Rick schnitt die Gemüse wie ein hyperautomatisches Schnitzelwerk. Und der Neue, Andreas, ein Nordepirote, der im Gastraum tätig war, war zu Pierres Schatten geworden. Er kopierte seine Bewegungen, das Einknicken der Taille. Schon bald machte er den Eindruck, als sei er im Buckingham Palace groß geworden.

Wir sind keine Trottel. Der theatralischen Dimension unseres Gewerbes, der großen Gesten sind wir uns durchaus bewußt, aber zur rechten Zeit sind wir auch imstande, den Inhalt unseres Topfes schnell und geräuschlos umzurühren. Dicht an dicht stehen wir an einem schmalen Metalltresen. Der Platz ist für uns ausreichend, vorausgesetzt, wir sind über die Schwierigkeiten in bezug auf Besitz, Identität und Autarkie hinaus. Wenn Sie gerade mal in der Nachbarschaft vorbeikommen, stecken Sie doch Ihren Kopf durch die Tür, und Sie werden verstehen, was ich meine. Die Küche wärmt uns, vereint uns. Das eintönige Summen der professionellen Kühlschränke übertönt die Klagen. Die Waagen wiegen unser Bedürfnis nach Transparenz und Gerechtigkeit ab. Die Schmorpfannen und Plastikschüsseln, in den Regalen nach Größen angeordnet, erinnern uns ständig an Dosierungen. Das Drama des »viel«, des »wenig«, des »weniger«, des »noch mehr«.

»Noch mehr, noch mehr«, forderte eines Abends eine Männerrunde mit so gewaltigen Mägen, daß sie im Lauf des Abends fünfzehn Portionen *Oktopus ach-cha-chra* vertilgten. Drei Männer, das heißt, um die fünf Teller für jeden.

»Essen sie eigentlich immer noch?« fragte ich Pierre durch den Türspalt.

»Ihr Magen ist bodenlos, Chérie.«

»Wenn sie die ganze Nacht Bauchweh haben, werden sie sagen, mein Oktopus ist daran schuld.«

»Die Gefräßigen können ihre Verantwortungen nicht akzeptieren.«

»Ich weiß, Pierre, ich weiß.«

Ich vergaß sie für eine Weile, doch Pierre hatte klare Anweisungen, ihre Anwesenheit in Erinnerung zu bringen.

»Du wirst es nicht glauben, Chérie, aber an dem Tisch mit den Fressern sitzen ein Gourmet und ein Zeitungschef. Sie wollen dich kennenlernen.«

»Weshalb?«

»Sie sind wegen deines Oktopus in Hysterie verfallen.«

»Kann ich dem denn nicht entkommen?«

»Nein«, vernahm ich Stefanos' Stimme hinter meinem Rükken. Wenn der Boß spricht, sind die übrigen still. Mein Onkel macht mit einer Silbe oder einer Kopfbewegung die Grenzen deutlich. Ohne ein weiteres Wort zog ich mir die Schürze herunter. Prüfte mich in der Oberfläche der großen Aluminiumabzugshaube. Mein Gesicht war zerfließend und komisch. So etwa müssen dem halbzerschmolzenen Feta im *Thatcherlamm* die Gesichter der Köche erschienen sein.

So bewegte also auch ich mich auf meine eigene Thatcher zu, einen Mann mit femininen Gesichtszügen und von quadratischen Ausmaßen. Es war nicht der Chef irgendeiner beliebigen

Zeitung. Es war der »Gott«! Zweimal in meinem Leben hatte ich ihn zu Gesicht bekommen, als ich eingestellt wurde und als ich kündigte, aber ich hätte ihn selbst in einem Indianerkostüm noch erkennen können. Ehrlich gesagt weiß ich nicht, ob sein Spitzname etwas mit seiner Fähigkeit, sich durchzusetzen, zu tun hat. Ich glaube nicht, daß Zeitungen der rechte Ort für eine monotheistische Religion sind. Es gibt viele Götter und Halbgötter, Helden, die Heldentaten auf Bestellung ausführen, Jungfrauen, die Wunder vollbringen und zu Heiligen ernannt werden.

»Irgendwoher kenne ich Sie«, meinte der »Gott«, als er mir die Hand drückte.

»Ich habe in der Übersetzungsabteilung der *Nea Mera* gearbeitet. Erinnern Sie sich?«

Der »Gott« schlug sich an den Kopf, als habe er die Schöpfungstage durcheinandergebracht.

»Mein Goldkind«, sagte er, »wenn ich etwas von deinen Kochfähigkeiten geahnt hätte, hätte ich dich schon viel früher mit ein paar Tritten hinausbefördert. Meinen aufrichtigen Glückwunsch!«

Er stand auf und verneigte sich vor mir. Die Menschen sind zu allem fähig. Ein in ihnen verborgener Mechanismus an Reaktionen vermag den Herrn in einen Sklaven zu verwandeln, das Desinteresse in Hochachtung, das trübe Fischauge in einen feuchten See. Zum ersten Mal sah ich den »Gott« aufrecht stehen. Die verschwindend geringen Male, die er bis dahin meine Gedanken beschäftigt hatte, hatte er in seinem Stuhl angeschraubt dagesessen, einem Thron auf Rädern. Doch bitte sehr, er besaß auch Beine. Einen schönen gedunsenen Bauch. Der »Gott« war von der Taille abwärts Mensch. Neben ihm hockte ein farbloser Herr, vermutlich stumm. Und gegenüber ein, wie ich zugeben muß, schönes, wohlgenährtes Tier, das der Gattung der Kritiker angehörte, gleichwohl jedoch einen menschlichen Namen trug: Marios Kokalias.

Vor Kritikern habe ich Angst. Mir trocknet der Mund schon aus, wenn ich nur das Wort höre. Ein Psychoanalytiker würde vielleicht sagen, der kalte Schweiß, der mir ausbricht, stamme aus der Erinnerung an meinen unbefriedigenden Vater, und die einzige Therapiemöglichkeit sei die Homöopathie: Ich müsse mich demnach mit Krallen und Zähnen auf das stürzen, was mir angst macht. Ich machte also das Tollkühnste, was mir zu Gebote stand. Witzchen.

»Kokalias? Ein eigenartiger Name für einen Restaurantkritiker.«

»Ein Oxymoron, nicht wahr?« meinte er, seinen Bauch streichelnd.

»Ich würde nicht gerade behaupten, daß Sie aus Haut und Knochen bestehen ...«

Ein Chor von Gelächter war die Antwort. Selbst der Stumme kicherte über meinen Humbug. Marios Kokalias befand sich an der Schwelle zur Korpulenz, an dem Punkt, wo man über seine Kilos witzeln konnte, ohne ihn zu beleidigen. Er war ein stattlicher Mann mit grünen Augen und vollen Lippen, eine Art fülliges Fotomodell. Er fragte mich, wo ich studiert hätte.

»An der Athener Uni.«

»Ich verstehe nicht. Was haben Sie denn studiert?«

»Englische Philologie.«

»Und bezüglich des Kochens?«

»Bin ich Autodidakt.«

»Was für ein Unsinn, Autodidakt«, mischte sich Stefanos ein, der einen Stuhl geholt hatte und sich zu uns setzte. »Ihre Großmutter war die beste griechische Tavernenwirtin, und ihre Mutter macht Kunstwerke aus Speisen. Ich habe die Ehre, Ihnen meine Nichte Athina Xenou vorzustellen.«

»Stefanos, ich bin ganz weg«, sagte Kokalias, »sie ist ein Naturtalent.«

»Es gibt nur Naturtalente«, erwiderte mein Onkel, während er den Arm ausstreckte, um die beiden anderen in der Runde zu begrüßen. Wie es schien, hatte der »Gott« sein Wunder bewirkt: Der Stumme sprach. Er stellte sich als Herausgeber der Zeitschrift *Mundgerecht* vor. Mir blieb der Mund offen stehen. Dieser kleine, farblose Mensch war also Vudiklaris. Der Herausgeber der ältesten und seriösesten Zeitschrift für Gastronomie.

Kokalias' Kritik über den *Oktopusgarten* kam am Vorabend der Einweihung in *Mundgerecht* heraus. So hatte Stefanos ausreichend Zeit, den gerahmten Artikel mit dem Titel »Ein blühender Garten« im Flur aufzuhängen. Jedesmal wenn ich zur Toilette ging, stellte ich mich kurz vor den Rahmen und las den Abschnitt durch, der mich betraf: »Die junge Küchenmeisterin Athina Xenou, eine Autodidaktin, erwies ihre leichte Hand an vier Rezepten: Dem *Oktopus nach Athenischer Art*, einem frischen, aber ein wenig harten Oktopusgelee. Dem aromatischen *Oktopus in Ouzo*, mit einer harmonischen Verbindung geschmacklicher Antipoden. Den *Zöpfen der Dionisia* mit dem üppigen, aber nicht im geringsten fettigen Geschmack ihrer Füllung. Dem *Oktopus ach-cha-chra*, in schwarzem Raki, Granatapfelsaft und Sojasoße mariniert, begleitet von Wildreis, der äußerst korrekt gekocht ist. Das letztere ist eines der Gerichte, die ihre Laufbahn vorhersehen lassen: Der kräftige Charakter des Safrans nimmt die überschüssige Süße weg und verleiht der zarten, elastischen Struktur des Oktopus geschmackliche Intensität.«

Ich glaube, egal, wie viele Jahre vergehen mögen, diese fünf Sätze werde ich immer im Kopf behalten. Das neue Bewußtsein macht neue Wörter erforderlich. Man verändert sich erst dann wirklich, wenn die anderen, die gottverfluchten anderen, einem einen neuen Namen geben. Damit ich eine gute Köchin wurde, mußte mich erst jemand als »junge Küchenmeisterin Athina Xenou, eine Autodidaktin« bezeichnen.

Von der Einweihung ist mir nicht viel im Gedächtnis geblieben. Nur ein paar praktische Informationen: Es war Samstag,

Ende Oktober, und irgendwann begann es zu regnen. Ich bekam ganz leicht und schnell einen Schwips. Gelegentlich habe ich den Eindruck, es gibt eine Alkoholblase im Körper, die sich ausdehnt und zusammenzieht, je nach der Mathematik der Bedingungen. Ich sollte nach drei Gläschen Schwarzraki und einem Glas Champagner umkippen. Ich sollte meinen Kontakt zur Umwelt verlieren. Umgeben von Unbekannten, die mich begrüßten, als hätten wir am vorhergehenden Abend zusammen gespeist. Stefanos zog mich am Arm, um mir etwas zu zeigen oder mich mit jemandem bekanntzumachen. Die Intensität der Musik und der Geräusche ließen ihn offenbar glauben, ich würde ihm nur folgen, wenn er mich heftig kniff. Vielleicht läßt sich so die Gewalttätigkeit der Menschen in Fußballstadien und bei Konzerten erklären.

Meiner Mutter war es wieder einmal geglückt, die Menge zu bezaubern. Sie saß mit übergeschlagenen Beinen auf dem Barhocker und redete gleichzeitig mit drei Männern. Petros hatte von neuem mit seiner Klugscheißerei angefangen. Rania, die ihren Fuß bis zu dem Abend noch nicht ins Restaurant gesetzt hatte, stieß spitze Schreie aus: »Ach, was ist das denn?«, »Oh, wie wundervoll!« Das Wundervolle war einmal ein Tablett mit Oktopussen, einmal ein Leuchter in Form eines Dreizacks und einige Male, aus purer Verlegenheit, das Fehlen von etwas Wundervollem.

Jota kam verspätet, im Fernsehmake-up. Wie alle Frauen der Familie hielt sie Diät und hatte sich einen Korb Äpfel stibitzt. Als ich sie so sah, wie sie die Zähne ins rote Fruchtfleisch grub, kam mir das Bild von Spanferkeln in den Sinn, die man mit einem Apfel in der Schnauze serviert. Der Alkohol hatte die großzügige Athina beiseite geräumt. Er hatte sie durch ihren Schatten ersetzt: das mißtrauische und gallbittere Fräulein Xenou.

Marios Kokalias stellte sich neben mich, mit dem Rücken zur Wand. Vielleicht überschneiden sich Großzügigkeit und Mißtrauen ja an irgendeinem Punkt.

»Streß?« fragte er.

»Eher Nervosität.«

»Haben Sie meine Kritik gesehen?«

»Ehrlich, ich weiß nicht, wie ich Ihnen danken soll.«

»Ich hab Ihnen keinen Gefallen getan.«

»Jedenfalls kann ich sie schon auswendig.«

»Das ist extrem schmeichelhaft für mich.«

Es braucht nicht viel, damit ein Blick in den anderen eintaucht. Kokalias betrachtete mich, als sei ich der *Oktopus ach-cha-chra*. Ich hatte große Lust, aber nicht den Mut dazu, darauf zu reagieren, indem ich ihn ins Ohr biß. In meinem Kopf begannen Schmorpfannen, Plastikschüsseln und Waagen zu kreisen. Dosierungen, Rezepte, Ingredienzen. Ein bißchen Zucker, noch mehr Essig. Essig, jawohl. Er war die einzige Zutat, die ich überall benutzt hatte; was bedeutet, daß er irgendeiner Beschaffenheit meiner Seele entsprach. Mit diesem Phantasieessig übergoß ich Marios Kokalias von Kopf bis Fuß. Seine Augen verdunkelten sich, sein Mund klappte zu. Er warf mir einen Blick zu wie ein enttäuschter Söldner, den man aus irgendeinem unerklärlichen Grund nicht bei der Fremdenlegion aufnimmt.

Fräulein Xenou, das Geschöpf, das in mir hauste, wandte seinen Kopf in die andere Richtung und suchte nach einem Vorwand zur Flucht. Zwei Schritte weiter drüben stand Vassilis. Ich verringerte die Entfernung, die uns trennte, durch den Ellbogen. Ich versetzte ihm einen freundschaftlichen Ellbogenstoß, aber Sie wissen ja wohl, was ein freundschaftlicher Ellbogenstoß von einer breitbrüstigen Giraffe bedeutet. Ich muß mich schon in einer dramatischen Lage befunden haben, um derartige Späßchen mit meinem Onkel zu treiben.

»Vassilis, rette mich«, flüsterte ich.

»Wovor?« fragte er mit den Lippen.

»Dem reicht mein Oktopus nicht, der will mich selber verspeisen. Frag mich etwas, egal was.«

Mein Onkel fragte mich, was ich an der Stelle des großen Maître d'Hôtel Vatel getan hätte, der an einem Unglückstag im Jahr 1671, als er sah, daß das Schiff mit den frischen Fischen Verspätung hatte, sein Schwert zog und sich entleibte. Ich antwortete ihm, ich hätte kleine Hühnchen enthäutet und aus ihrem Brustfleisch Schollenfilets gemacht – kein Mensch hätte den Unterschied bemerkt. Vassilis schien mit der Antwort zufrieden und begann, zusammenhanglos seine unerschöpflichen kulinarischen Historien abzuspulen: Wie sich in Shakespeares Coriolan der Hunger mit politischen Wirren verbindet, warum der Athener die gebackenen Schweinsohren in Tücher zu hüllen pflegte, wann das erste Schokoladensoufflé Rothschild zu Ehren von Caremme zubereitet wurde. Während er sprach, vernahm ich nur ein Geräusch: Wie Marios Kokalias' volle Lippen rund um mein Ohr schmatzten. Ich dachte mir mit einer leichten Gänsehaut, daß es eigentlich gar keine so schlechte Idee wäre, wenn er mich verspeisen wollte. Ich hatte nur noch ein stärkeres Durchbraten nötig. Mehr Gewürze. Mehr Zeit.

Vassilis ist die rätselhafteste Persönlichkeit in der Familie Sapantis. Seine Exzentrizität ist meiner Einschätzung nach auf die Tatsache zurückzuführen, daß er nicht kochen kann. Er ist genetisch der Kochkunst zugeneigt, findet aber nur indirekte Wege, ihr zu dienen – wie übrigens auch mein Bruder. Vassilis ist Ingenieur der Chemie, falls Sie es noch wissen. Er sammelt seltene Bücher über die Kochkunst und schreibt im *Mundgerecht* Artikel über die Semiotik des Geschmacks. Den Einweihungsabend hatte er verbracht, indem er an die Wand angelehnt dastand. Mit der einen Hand hatte er die Oktopustheke betastet und mit der anderen streichelte er seinen Bauch. Man hätte meinen können, er erforsche durch Abtasten das Fassungsvermögen seiner Bauchhöhle. Wenn die Menschen ihr Liebesbedürfnis durch Essen ausdrücken, dann hatte mein Onkel Hunderte von Streicheleinheiten nötig.

»War er eigentlich schon immer so verfressen?« fragte ich Stefanos am Sonntagmittag, als wir mit großer Verspätung unser Frühstück einnahmen. Oder vielmehr nahm er sein Frühstück ein. Ich selbst preßte beide Hände auf einen Punkt an der Schläfe, von dem meiner Überzeugung nach die Kopfschmerzen ausgingen.

»Eher verlegen als verfressen. Er hat seine Launen. Hab ich dir sein Geschenk schon gezeigt?«

Vassilis' Geschenk für seinen Bruder war ein Geschenk für die Menschheit oder zumindest, um nicht zu übertreiben, für die große Familie der Köche. Es war ein Kreis aus zwei Metallstäben; ein thermoelektrisches Paar, hergestellt im Labor eines sonst seriösen Ingenieurs der Chemie, mit dem man schnell und mühelos die Temperatur im Herzen eines Soufflés messen konnte.

»Und so braucht man keine Messer schmutzig zu machen«, merkte ich an.

»Und außerdem ist es absolut genau. Wir haben es gestern abend ausprobiert, als du dich gerade in der Toilette flachgelegt hattest.«

»Ich? In der Toilette?«

»Weißt du nicht mehr? Du hast auf den Kacheln liegend gesungen, und Kokalias hat dir das Haar gestreichelt ...«

»Scheiße! Ich weiß es nicht mehr. Hab ich sonst noch etwas gemacht?«

»Nein. Du hast zur Decke geschaut und diesen Beatles-Song geträllert, wie heißt er noch?« meinte Rania, die in dem Moment die Küche betrat.

«*Octopus Garden*«, erwiderte Stefanos.

»Aber ich kann doch den Text gar nicht.«

»Offensichtlich hat dir jemand dabei geholfen, ihn zu lernen«, äußerte Rania mit einem hintergründigen Auflachen.

»Sie tut nur ihre Arbeit. Verkauft ihren Körper zum Nutzen der Firma ...«

»Stefanos, wenn du mit dem Quatsch nicht aufhörst, kündige ich auf der Stelle.«

»Schon gut, beiß nur nicht gleich, Athinachen. Ich mache nur Spaß. Es war doch ganz normal, daß du ein bißchen über den Durst getrunken hast. In deinem Leben hatte sich plötzlich so viel verändert. Die aufgestaute Anspannung war es. Das ist alles.«

Was war es? Und warum ist es alles? Gibt es etwas Vergeblicheres als die Suche nach dem Glück? Versetzt uns nicht schon die Tatsache allein, daß wir nach dem Glück suchen, automatisch in die Kategorie der Unglücklichen? Nach dem *Oktopus ach-cha-chra* hatte ich geglaubt, ich würde nur noch in Sahnebaiserwolken weilen. In eßbaren Wolken der Kochkunst, die man je nach Anlaß als Kopfkissen, Zwischenmahlzeit, Sicherheitsnetz oder Fallschirm benützen kann. Es gibt keine so haltbaren Wolken. Eines Tages fransen sie hie und da aus und nötigen einen, unsanft auf der Erde zu landen.

Ich bekreuzige mich nicht mehr. Ich muß so neun oder zehn Jahre alt gewesen sein, als ich zu beten aufhörte. »Sprich dein Gebet«, pflegte Oma Kalí zu sagen. Und ich leierte in meinem Inneren verschiedene zusammenhanglose Wörter herunter. Während der häufigen selbstgebastelten Religionsstunden äußerte die Großmutter etwas, was bei mir Furcht erzeugte: Wenn der Christ seinen Bauch bekreuzigt, denkt er daran zurück, wie Christus in die Finsternis des Hades hinabstieg. Von da an stellte ich mir das Land des Bauches wie einen düsteren Friedhof vor. Die Neigungen zur Magersucht zu Beginn meiner Pubertät waren hauptsächlich auf meinen Entschluß zurückzuführen, die Geister des Bauches nicht zu behelligen. Ich hatte Angst, eine rötliche Masse aus Ei und Salami würde unversehens auf winzige Menschlein herunterstürzen, die gerade versuchten, aufzuerstehen und wie Jesus zur Rechten Gottes zu sitzen. Nein, das war hart und ungerecht. So beschloß ich, das Essen einzustellen.

Meine Mutter reagierte blitzschnell. Als sei ich ein Kleinkind, begann sie mich täglich mit einem gelben Plastiklöffel zu füttern. Sie redete mir die Friedhofsszenerie nicht aus, wie es jede normale Mutter getan hätte; sie erzählte mir im Gegenteil, das gekochte Ei sei ein großes Auge, das die letzte Wohnstätte der Lebenden überwache; die Salami sei der kleine runde Kirchenvorleger, und die winzigen Männchen würden niemals wieder auferstehen, wenn ihnen nicht ab und zu jemand Brot mit Marmelade hinabwürfe. Marmelade wurde zum Hauptbestandteil meiner Ernährung. Mein erstes und einfachstes Rezept. Eine Portion Süßspeise für die Bauchmännchen.

Selbst heute kann ich mir diese Männchen noch am Eingang des Magens zusammengedrängt vorstellen, den Blick auf die Speiseröhre gerichtet, den Mund sperrangelweit offen. Sie flehen darum, daß ich ihnen Marmelade serviere, etwas Oktopus, eine Portion Pommes frites. Aber ich höre nicht auf sie. Seit drei Tagen, seit dem Einweihungsabend, lasse ich sie fasten. Ich bestrafe sie für ihre Bedürfnisse. Ich hatte geglaubt, daß das Kochen alle Probleme löst, daß es einem hilft, ohne die anderen zu leben. Je mehr ich koche, desto mehr brauche ich die anderen. Ilias, meine Mutter, Stefanos, Carr, vielleicht sogar Marios Kokalias. Für sie will ich kochen. Die Gäste des Restaurants sind eine Einheit aus menschlichen Rücken. Wer möchte schon einen *vielköpfigen Kreis von Neugierigen* füttern?

»Iß doch eine Kleinigkeit«, sagte Stefanos am dritten Fastentag zu mir.

»Ich hab keinen Hunger.«

»Der Appetit kommt beim Essen. Wenn alle so dächten wie du, könnten wir das Restaurant schließen.«

»Und wir schließen es nicht?«

»Athinachen, was hast du denn? Die existentielle Krise des Koches?«

»Zur Einweihung sind Hunderte von unbekannten Schlemmern gekommen ...«

»Na, Hunderte nicht gerade. Wahrscheinlich hast du sie wegen des Champagners doppelt gesehen.«

»Das hat nichts zu sagen. Goldbehangene Damen von Welt sind gekommen, um meinen Oktopus zu essen ... Und Ilias hat noch gar nichts davon bekommen.«

»Ist das das ganze Problem? Und warum schickst du ihm dann nicht ein bißchen was?«

Ja, warum eigentlich nicht? Warum war mir das bis dahin nicht eingefallen? Ich fror zwei Portionen *Oktopus ach-chachra* ein und steckte sie in zwei kleine unzerbrechliche Tupperschüsselchen. Die wickelte ich in Pergamentpapier. Verschnürte sie mit Bindfaden. Dann sprang ich schnell zu einem dieser Privatunternehmen, die einem die Pakete noch am selben Tag an ihren Bestimmungsort absenden. Eins für Ilias und eins für Carr. Während ich ihre Adressen auf das entsprechende Formular schrieb, stellte ich fest, daß sich meine gute Laune wieder eingestellt hatte. Vor mich hinpfeifend ging ich in den *Oktopusgarten* zurück. Wie es beim vorsätzlichen Unglück der Fall ist, stellt auch das vorsätzliche Glück ein Abtauchen in das eigene Ich dar, den Beschluß, mit den guten Geistern zusammenzuarbeiten, die in einem wohnen. Während man im ersten Fall versucht, sich die Kleider zu zerreißen und sich zu Boden schlagen zu lassen wie ein Oktopus, begibt man sich im zweiten Fall auf die Suche nach etwas, was man seinem Bauch verabreichen kann.

»Stefanos, ist noch eine Portion vom gegrillten Oktopus für mich übrig?«

Mein Onkel bekreuzigte sich. Seltsam. Der einzige Gott, an den er glaubt, ist der »Gott« der *Nea Mera*, der uns regelmäßig aufsucht und großzügige Trinkgelder hinterläßt. Er stellte einen Teller mit dampfenden Fangarmen vor mich hin. Die Männchen begannen wie besessen aus der Tiefe meines Bauches zu applaudieren.

Zwei enge Freunde von Rania und Stefanos sind aus Amerika herübergekommen. Sauber gewaschen, nach meinem Geschmack übertrieben heiter, haben sie sich im großen östlichen Gästezimmer niedergelassen. Ihre Gegenwart brachte mir ins Bewußtsein, daß ich packen und ausziehen mußte. Fast drei volle Monate hatte ich im Haus in Politia verbracht. Nicht einmal ein Zögling in einem englischen College ... Im Haus in Thissio waren aber die Lacke noch nicht getrocknet. Es war November. Mein Mietvertrag fing offiziell erst am ersten Dezember an.

»Wir haben in Ajia Paraskevi ein Zimmer leer stehen. Möchtest du bei uns bleiben?« fragte Jota eines Abends, als ich ihr das Problem darlegte. Sie war mit Vassilis und noch einem Paar in den *Oktopusgarten* gekommen.

»Was bin ich eigentlich? Die Obdachlose der Familie?«

»Genau das bist du vorerst«, meinte Vassilis in seiner üblichen unterkühlten Art. Ich mußte gezwungenermaßen beipflichten; sowohl der Definition als auch dem Vorschlag der kurzzeitigen Adoption. Wie immer hatte ich meine Gründe. Es war unmöglich, daß ich das *Wintermahl* übersetzte, ohne ein bißchen in der Sammlung von Vassilis herumzustochern. Was das Ebenbild meines Onkels betraf, war der ihn betreffende Teil des Buches exzentrisch, surrealistisch und, zumindest in meinen Augen, verworren. Er hing in der Luft.

Also packte ich meine Habseligkeiten zusammen. Das war immer der schmerzhafteste Teil des Vorgangs. Ich hätte mir gewünscht, daß es für solche Fälle eine Einrichtung sozialer Dienste gäbe. Eine Firma, der man mitteilt, wohin man gehen will und wie viele Tage man weg ist, was für eine Art Mensch man ist, welche Arbeit man macht, ob man sich oft wäscht, ob man im Pyjama schläft. Und die würden einem dann mit Hilfe von Psychologen und anderen geduldigen Menschen einen Koffer mit allem Nötigen zusammenstellen. Ich gäbe wer weiß was für etwas Derartiges. Aber nicht einmal in den Sahnebaiserwolken gibt es so hochspezialisierte Dienste. Jeder packt seinen Koffer selbst. Schaut in sich hinein, um sich herum und zum Himmel empor und fragt sich, was unbedingt erforderlich und was entbehrlich ist.

Ich setzte mich auf meinen Koffer und versuchte ihn zuzumachen. Ich hatte mir nichts Neues gekauft und auch die kleinen Geschenke von Rania nicht angenommen, indem ich genau diesen Mangel an Platz zum Vorwand nahm. Meine Tante stand mir gegenüber im Flur, in einem zartblauen fließenden Gewand à la Natascha Sella. Die Periode der östlichen Philosophien war unrühmlich zu Ende gegangen. Die Büchersammlung über dem Kamin enthielt Bücher über europäische Dichtung und Literatur des 19. Jahrhunderts.

»Ich versteh nicht, warum du nicht zugehst …« sagte ich zu meinem Koffer.

»Was hast du reingetan?«

»Nichts. Nichts Neues, meine ich. Was mach ich denn jetzt?«

»Hör auf deinen Koffer.«

»Wie bitte?«

Und da antwortete mir Rania mit einem Satz, der Überbleibsel aus der vorhergehenden Zeit oder Prolog der neuen hätte sein können:

»Das Neue läßt das Alte anschwellen oder schwinden. Aus sich selbst heraus ist das Neue überhaupt nichts.«

Wintermahl

Knoblauchzopf

Ein Mensch, der alleine lebt, ist schon von weitem erkennbar. Beim Betreten der Wohnung hängt er die Schlüssel an einen Nagel. Er zieht die Schuhe aus. Gurgelt ein paarmal mit Betantin. Putzt die Spüle pedantisch. Er nimmt den speziellen Aluminiumverschluß von einer dampfenden Portion Cannelloni ab und leert sie auf den weißen Porzellanteller mit den Glockenblumen. Schnell hört das Essen auf zu simulieren: Die Soße wird kalt, die gelbe Oberfläche der Cannelloni erinnert an einen gealterten Oberarm. Und daraufhin lockert der Mensch, der rasch gegessen hat, um genau diesen Überraschungen zu entgehen, Krawatte und Hosengürtel. Er heftet den Blick auf den Teller oder die Strümpfe. Essen, Schlafen, Anziehen ist ein Kreis von Tätigkeiten, die sich in seinem Fall überlagern. Es kann vorkommen, daß er im Bett ißt oder sich mit dem Laken den Mund abwischt; keiner sieht ihn, nur er selbst.

Gestatten Sie uns, mit Ihnen über V. S. zu sprechen, als sei er ein alter Freund. In gewisser Weise ist das auch der Fall. Mit dem Unterschied, daß die menschliche Freundschaft lärmend, voller Geständnisse, Seufzer und Wein zu sein pflegt. Die Relation zwischen Menschen und Gegenständen ist uneigennützig, zumindest von der Seite der Gegenstände aus. Für die andere Seite können wir keine Aussage treffen. Uns ist jegliches Menschliche fremd.

Stellen Sie sich also einen Knoblauchzopf vor, der Tag für Tag den Menschen, der ihn über der Spüle aufgehängt hat, beobachtet. Mit anderen Worten, stellen Sie sich den Erdrosselten vor, mit Augen wie Perlen, wie er seinem Henker nachblickt. Seit zehn Jahren, seit er alleine wohnt demnach, belästigt er uns täglich. Anfangs zog er auf gut Glück einer Zehe die Haut ab und warf die Haut in den Müll. Als die Knoblauchknollen hart genug geworden waren, um wie aus Beton gegossen zu wirken, stieß er den Fingernagel in unser Fleisch, bis er spürte, daß es nachgab und einen Saft von zweifelhafter Nützlichkeit ausschied.

Auf viel natürlichere und ungezwungenere Weise pflegten seine eigenen Säfte zu fließen. Dicke Spucke in den Müll, Nasenschleim in ein weißes Tuch mit den Anfangsbuchstaben V. S., Tränen in ein Buch. Seine Tränen rannen nur über Kochbuchseiten. Auf den Fotos betrachtete er schöne, karamelisierte Soßen, die die Täubchen wie eine Hülle umfingen, oder rote gefrorene Himbeercreme. Verfluchte Fotografien! Sie schaffen die Illusion, man könne Gerichte genießen, die man nicht gekocht hat, Freuden, die man nicht verdient. Wenn es eine Gerechtigkeit gäbe, müßten die Fotografien eine solche Tiefe annehmen, daß die Hand von V. S. hineinschlüpfen und sich zwei, drei Rotbarben mit Thymian holen könnte.

Freßgier, werden Sie sagen, und offen gestanden bedaure ich es, Sie enttäuschen zu müssen. Wenn es sich nämlich um Freßgier handelte, wäre das Problem mit zwei Schiffsladungen Fisch und ein paar Kilo heißem Schokoladensoufflé gelöst. Doch das Problem hat tiefere Wurzeln: Unser Mensch gehört einer Familie besonders talentierter Köche an und ist der einzige, der der Berufung nicht Folge geleistet hat, wenn man seinen Bruder Photis ausnimmt, der jung gestorben ist. Jede Familie hat einen theoretischen Geist. V. S. rationalisiert, was die übrigen mit ihren Händen garnieren. Stefanos macht hervorragende Tortellini, indem er den Teig eigenhändig ausrollt. Irini füllt die Teigwaren mit roten Waldfrüchten. Aber nur V. S. weiß, daß die Tortellini der Sage nach von einem Gastwirt der Antike erschaffen wurden, der Aphrodite heimlich durchs Schlüsselloch nachspioniert hatte und seinen Teigwaren die Form ihres Nabels gab.

Seine Kenntnisse stammen aus Büchern. Büchern aller Art. Volkskundlichen Studien, Kochkundeschriften, Romanen. In der Küche, wo die übrigen Menschen ihre Töpfe aufreihen, hat Vassilis eine gewichtige Zweigstelle der weltumfassenden Bibliothek des Kochens deponiert. Meistenteils fremdsprachige Ausgaben, die er in Frankreich und Amerika bestellt. Er ist imstande, für sieben solcher Bücher die Einkünfte eines Monats bis auf den letzten Heller auszugeben. Morgens entziffert er Arzneimittelrezepte, abends Kochrezepte, und wenn die Apotheke Nachtdienst hat, nimmt er sich ein paar Bände mit, damit er nicht einschläft. Wie soll man müde werden, wenn einem die Düfte eines illusionären Zwiebelkuchens in die Nase steigen?

Sobald er aufhört, in den Cannelloni herumzustochern, und sich hinter seiner Zeitung vergräbt, können Sie ungeniert in der Bibliothek stöbern. Im Gewürzregal – ja dort, ein bißchen weiter rechts – finden Sie zahlreiche Bücher mit Gerichten aus der internationalen Küche: Portugiesischer Stockfischsalat, angloindisches Ragout, Huhn der vier Minarette, wie es in Haiderabat gekocht wird, Geflügelschenkel in Feigen gehüllt, Szegediner Gulasch. Aber auch mehr provisorische Lösungen wie das New Yorker Sandwich Ruben, das den ersten Preis beim internationalen Sandwich-Wettbewerb 1956 errungen hat, oder den tunesischen Thunfischsalat mit Zitrone. Sie werden auch Ideen für Süßspeisen finden: den chinesischen »Pekingschnee«, den ungebackenen Cheese Cake, den die Amerikaner essen, oder das Zitronensoufflé nach Elisabeth David. Die ist seine Lieblingsköchin. Die Art, wie sie die Zubereitung eines Gerichtes beschreibt – die Weltgeschichte von Anfang an aufrollend –, hat V. S. zur Literatur geführt. Er begann Proust zu lesen, auf der Suche nach Abschnitten über das Essen, die er auf die gleiche Weise notierte, wie die Psychologen in denselben Texten Einflüsse von Bergson unterstreichen. Bei Tschechow vermerkte er den Paragraphen mit den Gerüchen, die aus

Oljenka Semjonownas Haus strömen: *Delikater Borschtsch und Lamm- oder Entenbraten, an Fastentagen hingegen Fisch.* In Nathaniel Hawthornes *Haus der sieben Giebel* strich er vier volle Seiten an, die unter anderem von Maistoasties handelten – *so zartgelb wie das Brot, das sich in glänzendes Gold verwandelte, wenn es Midas zu essen versuchte.* Eine Träne von V. S. ist auf den Seiten von Emile Zola angetrocknet, dort, wo Floran eine hübsche Wurstwarenverkäuferin hinter ihrer Theke mit den Salamiwürsten und den gefüllten Zungen mit den Augen verschlingt. William Thackeray ist sein Lieblingsschriftsteller, von den Unterstreichungen in der »Ballade der Bouillabaisse« her zu urteilen. Bei den Dichtern bevorzugt er Yeats, weil er eine Frau beschreibt, wie sie ihr Kind mit dem Löffel füttert. Bei den Philosophen Kant, weil der so gerne Linsen aß. Und bei den Romanheldinnen Virginia Woolfs Susan, die davon träumte, in einer Küche umgeben von Lammkeulen und Knoblauchzöpfen zu leben.

Bei den Nachkriegsromanen werden Sie auf das leichte Mahl stoßen, das Sir Magnus für Adrian Rookwistle zubereitet, und zwar nach der Maßgabe von Gerald Durell: *für jeden ein Dutzend Austern, denen ein Pilzsoufflé folgte, das so leicht und zartgelb war, daß es einer Wolke im Sonnenuntergang glich, ein Nierensteak, aufs prachtvollste angerichtet in einer sämigen braunen Sauce, dessen korallrote Scheiben im Munde zergingen, garniert mit allen möglichen dazu passenden Gemüsen;* die Überlegungen des Arztes Übermann, des Helden von Casarez und Ocambo, zum Wert eines guten Frühstücks; Aldous Huxleys realistische Ansichten bezüglich der schlechten, teuren Mahlzeiten, die man nur in Ausflugsgaststätten zubereitet, wo das Publikum hauptsächlich aus Selbstmördern besteht. Schließlich das Essen des Schiffsjungen, wie es Blaise Cendrars im *Wind der Welt* beschreibt: *Garbanzas und noch einmal Garbanzas, das sind Kichererbsen mit Öl, in der berühmten Kasserole, die randvoll war.*

Jedesmal, wenn V. S. auf einen Abschnitt stößt, der mit dem Essen zu tun hat, unterbricht er die Lektüre. In seiner sorgfältigen, kalligraphischen Schrift notiert er systematisch alle kulinarischen Metaphern, die er gefunden hat, in einem Heft:

... Wie der Verhungerte ist er, der sich niederläßt, um nur einen Teller zu essen, auf den er seinen ganzen Appetit konzentriert und den er mit größter Ehrfurcht behandelt. (Charlotte Brontë)

Hydra ist ein Felsen, der aus dem Meer ragt wie ein riesiger versteinerter Laib Brot. (Henry Miller)

Das glühende Herz zischte im Wasser wie ein Gründling im Tiegel. (Emmanuil Roidis)

Mädchen mit rosigen Fingern, so rundlich wie Würstchen. (Georges Simenon)

Dosenerbsen, wässrig und blaß wie die Augen eines toten Fisches. (Margaret Atwood)

Der goldene Apfel der ewigen Lust. (Milan Kundera)

Ihre Worte waren schärfer und schwärzer als die dampfendheißen Brombeeren. (Toni Morrison)

Kein Werk war imstande, einen solchen Salat an Ehrgeiz zu überstehen. (Christopher Frank)

Winzige Oktopusse von einem Rot, als wären sie in der Tinte gekocht, mit der die Speisekarte geschrieben war. (Patricia Highsmith)

Das ist V. S. Ein Mensch mit fixen Ideen. Aber sind sie denn nicht alle so? Der eine sammelt Briefmarken, der andere Spieldosen, der dritte Straußenfedern. Am Schluß erweisen sich die Sammlungen als stärker als die Sammler. Was macht es schon aus? Seine Abhängigkeit von den Büchern der Kochkunst verhilft ihm dazu, besser zu leben. Ohne die Rezepte wäre er ein gefährlicher Mensch mit unterdrückten Bedürfnissen. Während jetzt die Bedürfnisse aufgeblättert und – in der Sphäre des Illusionären – befriedigt werden. Das Ende der Zeitung in die rote, geronnene Cannellonisoße getaucht, bereitet sich

V. S. psychologisch auf den Moment vor, in dem er in seinem Schlaf wieder ein heißes Cassoulet aus Elisabeth Davids Händen und Helmut Österreichers berühmte Nachspeise aus Nüssen und Waldfrüchten zu sich nimmt. Die Kälte hat angezogen, und er braucht etwas Kräftigendes, um die Cannelloni zu vergessen, die die Ästhetik seines Magens blamieren.

Die Zeitung ist gelesen, zusammengefaltet und dem Müll übergeben, ihr Leichentuch der verschmorte Cannelloniteig. V. S. durchforstet mit dem Blick das Bücherregal. Die eine Hand hat er in sein strubbeliges Haar vergraben. Die andere kratzt eine Stelle ganz unten am Bauch. Er ist nicht älter als fünfunddreißig. Weil sein Körper schwer und ungelenk ist, wirkt er älter. Sein Kopf dagegen wird systematisch mit Dingen trainiert, die normalerweise den Körper beschäftigen müßten: Wie und womit man sich den Magen füllt. Er schlägt auf gut Glück ein Buch mit Gerichten aus China auf und vertieft sich in die Anweisungen zur Zubereitung von Wontons. Schon werden in seinem Kopf kleine goldbraune Beutelchen gebraten. Er wühlt weiter in seinen Haaren, oder haben vielleicht die Wontons Feuer gefangen?

Das Zusammenleben rührt seltsame Gefühle auf, insbesondere, wenn man das Zimmer mit seinem Henker teilt. Wenn ihm etwas zustößt, wen soll man dann hassen? Das ist der Grund, warum wir ihn vor sich selbst bewahren, ihm Paprika und andere bunte Gewürze zwischen seine schwarzen Gedanken streuen wollen. Er hat uns einbalsamiert. Wir würden zwei, drei Zehen dafür hergeben, ihn zu retten. Was kann ein Bündel altgewordenen Knoblauchs einem Menschen bieten, der sich von Fotos ernährt? Allerhand. Gedanken über die Welt der Seelen. Informationen über die Materie, die, selbst wenn sie sich auflöst und verschrumpelt, auf ihr Recycling hofft. Ein stummes Mitgefühl, weil der wirkliche Trost aus dem Schweigen kommt und nicht aus Worten. Schließlich den Beweis, daß die Gegenstände nie sterben; sie schlummern nur.

Sehen sie jetzt einen schlafenden Knoblauchzopf erwachen und tanzen, während V. S. ihn sich um den Hals legt. Er ist der letzte traurige Hawaiianer der Welt. Wir wiegen uns mit ihm zusammen zur Melodie eines unbekannten Liedes, das über traurige Oktopusse und depressive Kälber erzählen könnte. Kranke Bienen erzeugen in diesem Lied bitteren Honig, die Äpfel verfaulen über enttäuschter Liebe, das selbstzerstörerische Mehl wird von Maden befallen. Die Eier kratzen sich den Kopf in der Hoffnung, daß die Kopfschmerzen aufhören. Der Käse färbt sich grün vor Bosheit. Das Salz verliert seinen Geschmack. Das Basilikum verwelkt an Gewissensbissen. Und der Knoblauch, der einmal am Nagel und einmal an einem Hals hängt, der wird krank und vertrocknet wegen Mangels an Grundbedürfnissen.

Granatäpfel mit Honig

Die Kacheln der Küche blitzen. Hände und Gesichter spiegeln sich darin wie überzüchtete Auberginen. Die Teller, die gestern noch von grünweißen Schimmelpilzen überzogen waren, sind gespült und abgetropft. Auf dem Tisch stecken die Paraffinkerzen, die Vassilis einmal bei einem Stromausfall gekauft hat, in gläsernen Blumenvasen. Zwei zusätzliche Kerzen mit einem inneren Brennen, Jota und Vassilis, verbreiten Licht in der Küche.

Jota hat noch ihren Schutzhelm auf. Ihr krauses Haar glänzt, als wären ganze Bierfässer darüber gegossen worden. Die Kerzenflammen werden in ihren Brillengläsern reflektiert. Eine zusätzliche, noch viel stärkere Flamme verzehrt ihre Augen. Sie stützt die Ellenbogen auf den Tisch. Dies ist das einzige Zeichen von Erdung. Obwohl sie sitzt, hebt sie ab. Ihr Körper fliegt nach vorne zu Vassilis hinüber. Der wiederum geht ständig zur Toilette. Kommt mit nassen Haaren wieder. Er hat ein schweres Knochengerüst, obwohl er ganz plötzlich die Wendigkeit einer Nixe erworben hat. Seine Nasenlöcher haben sich noch stärker geweitet. In der kalten Küche stoßen sie eindrucksvolle Dampfwolken aus.

Die Art, wie sie sich an die Nasen fassen, erinnert an überkreuzte Messer und Gabeln am Ende eines Mahles. Aber das Mahl hat gerade erst angefangen. Ohne Messer und Gabeln, mit zwei einfachen Krankenhausspritzen. Zwei Granatäpfel wurden dazu benötigt, geschält und mit herausgelösten Kernen. Und natürlich Honig, der Ihnen, wenn man ihn nicht vom Regal heruntergeholt hätte, die Szene nicht in so vielen Einzelheiten beschreiben könnte. Vassilis zeigt Jota, wie man die Spritze mit verdünntem Honig füllt. Ein Tausendstel meines Ichs wird durch die Nadel der Spritze in einen Granatapfelkern befördert. Jota kaut den winzigen Bissen langsam, um Zeit zu gewinnen.

Die ganze Zeit liegt noch vor ihnen. Wie es scheint, kennen sie sich nicht sehr lange. Sie stellen sich gegenseitig seltsame Fragen: Hast du manchmal den Traum, daß du fliegst? Was ist deine Lieblingsfarbe? Hältst du dich für einen Misanthropen? Vassilis träumt, daß er fliegt, mit einer weißen Mütze und Schürze. Er liebt Rot, besonders in der Schattierung von Kirschrot. Für einen Misanthropen hält er sich nicht, obwohl er ein absolut charakteristisches Beispiel für die Gattung ist. Die letzten zehn Jahre hat er in dieser Wohnung verbracht, umgeben von Kochbüchern. Man könnte ihn als selbständig betrachten, wenn er nicht am Tisch einschliefe oder das Wasser sinnlos aus dem Hahn laufen ließe. Doch wenn jemand die Dinge nur halb tut, legt er es darauf an, daß die andere Hälfte von einem anderen getan wird. Das »Büffelchen« – wie ihn Irini zärtlich nennt, wenn sie ihrem Bruder gebügelte Wäsche bringt – ist ganz allein. Es schlägt in seinem Pferch aus. Jota ist das Tor, das zu den Almwiesen führt. Ihre äußere Erscheinung ist dabei hilfreich: blondes Haar, rötliche Wangen, weiße Zähne – die getreue Fotografie eines Bauernmädchens. Eines Bauernmädchens freilich, das in der Stadt lebt und spinnwebartige Kleider trägt, die mit kleinen Spiegelchen bestickt sind. So pflegen sich die Mädchen im Jahr 1973 anzuziehen: Kleider, die von weitem blinken, mit eigentümlichen Flicken, die sie sich aus der Küche geholt haben und um den Leib schlingen.

Jota ist keine typische Vertreterin ihres Jahrzehnts. Sie trägt ein langes Kleid, wickelt es sich aber stramm um die Knie, aus Reue über das weitfallende Hängekleid. Mal rückt sie als Zeichen für Intellekt an ihrer Brille, mal knabbert sie sanft an ihren beinernen Armreifen. Sie läßt durchblicken, daß sie genauso an seinem Hals knabbern könnte.

Bevor sie bei der Pantomime angelangt sind, waren sie im Kino. Sie haben sich einen Western angeschaut, aber aus den verworrenen und widersprüchlichen Ansichten könnte man fast schließen, daß sie nicht den gleichen Film gesehen haben. Stellen wir uns also vor, wie Jota ihren schweifenden Blick ausnutzt, um im Dunkel Vassilis' Hand zu suchen, und Vassilis, wie er ein zerknittertes Taschentuch aus der Tasche zieht, um sich die Stirn zu wischen. Für diese junge Frau, die breit lächelt – sie hat allerdings einen kaputten Eckzahn –, wäre er imstande, seine Bücher zu verbrennen; Kochbücher über Kochbücher, die nahe daran sind, die Küche in Phantasiedüften zu ersticken. Als er ihr von seiner Schwäche erzählte, Rezepte zu sammeln, verblaßte das Foto des Bauernmädchens: Jota äußerte etwas Hämisches über Menschen, die sich unentwegt mit dem Essen beschäftigen. Vassilis grinste dümmlich. Ein grundlegender Fehler. Beim ersten Kennenlernen vergessen die Menschen, ihre Meinungen aufrecht zu halten. Zehn Jahre später hauen sie wegen eines »Ja« oder »Nein« mit der Faust auf den Tisch. Beim ersten Rendezvous dagegen werden sie zu sanften Kühen, die Seite an Seite Ideen und Erinnerungen durchweiden. Von ihrem Gebiß trieft Honig statt Speichel.

Nicht den anderen hören sie sprechen, sondern eine innere Stimme, die ihnen Glück, langes Leben und Partnerschaft verheißt. Vassilis und Jota reden über den Western, unterbrechen die Unterhaltung plötzlich wegen eines Indianerwitzes, von da wechseln sie zu den Fastnachtsmaskeraden über und von dort, ohne Atem zu holen, zu den Tugenden der Impulsivität und der Aufrichtigkeit.

»Ich bin immer aufrichtig«, sagt Jota. »Ich bin ich.« Um der Wahrheit des Wortes willen zieht sie den Helm ab, legt ihren schweren Busen auf den Tisch und küßt das »Büffelchen« auf die Schnauze, die empfindliche Stelle jedes einsamen Büffels. Der Elektroherd, der Tisch, die Bücher, der Kühlschrank verflüchtigen sich. Das Zimmer heizt sich auf. Und obwohl es draußen schneit, reagiert Vassilis, als ob jemand ganz nahe an seinem Gesicht ein Feuer entfacht hätte. Dieses hypothetische Feuer reicht aus, daß er völlig rot anläuft, daß er dahinschmurgelt wie die Kalbsmedaillons in seinen Rezepten.

Wir haben also ein Kalbsmedaillon mit Honig vor uns. Ein gigantisches Herz, das unregelmäßig pocht, während es den Sinn der Welt gewahr wird, die Schicksalsschläge, die man durchlaufen muß, um dem Glück zu begegnen. Auf der anderen Seite haben wir eine Naturblondine, die entdeckt, daß sich in dem großen, runden und etwas häßlichen Gesicht des Mannes, der sie küßt, die Zunge eines Ameisenbären verbirgt. Sie fragt sich außerdem, ob sie noch etwas anderes als die Granatäpfel zu sich nehmen werden. Daß sie diese Gedanken überhaupt anstellen kann, bedeutet, daß sie nicht genügend liebt, sich nicht so stark vergißt, wie es notwendig wäre, sich nicht hingibt, so sehr sie nur kann. Schon vom ersten Kuß her läßt sich das Gleichgewicht der Beziehung beurteilen: Wer derjenige ist, der lieben wird, und wer der, der geliebt wird.

Sie beginnen wieder zu essen und zu sprechen, aber nichts ist wie vorher. Über dem Kuß sind sie zu einem Paar geworden. Kaum rollt ein Granatapfelkernchen in Jotas Dekolleté, hält es

Vassilis für völlig normal, mit seiner Zunge danach zu fischen. Was für eine wunderliche Szene! Ein Mann, der sich im Busen einer Frau vergräbt; ein übernatürliches Kind, das nach seiner Milch verlangt. Aber sie läßt sich, obwohl sie die Rolle der Mutter übernommen hat, nicht so leicht rühren. Sie füllt die Spritze wieder auf und spielt bei den durchsichtigen Granatapfelpopos die Rolle der gewissenhaften Krankenschwester. Sie zwingt Vassilis, aus den Wolken herunterzukommen und wieder in der Küche zu landen, zwischen dem Geschirrablauf und den Vasen mit Kerzen. Er würde natürlich lieber weiter in der Grube ihres Busens bleiben. Wäre er nur ein Granatapfelkern.

Die Frauen wittern das Begehren bereits in der Luft. Ihre Antennen müssen unter dem Haar verborgen sein. Alle, die in der Vergangenheit hierher gekommen waren – drei oder vier, an den Fingern abzuzählen –, hatten ihn auf die gleiche Weise leiden lassen. Mit einem grundlegenden Unterschied: Vassilis hatte keine Zeit verloren, während er jetzt seine Ungeduld verbirgt, indem er sich auf die rundlichen Finger blickt, die wie Ouzokringelchen aussehen. Er hat kein Problem mit seinem Gewicht. Er weiß, daß sich unter dem Fett eine vollendete, feinfühlige Persönlichkeit verbirgt.

Es gibt freilich auch Zeiten, wo er sich in der kleinen Glasscheibe der Abzugshaube betrachtet, als ob etwas fehlte oder zuviel wäre. Keiner ist total zufrieden mit sich selbst, wieviel weniger unser »Büffelchen«. Obwohl er der älteste Sohn war, versuchte er nicht, wie seine Eltern Koch zu werden. Die Selbsterkenntnis rettete ihn: Er war nicht imstande, ein Ei zu kochen, und hatte auch keine Geduld zum Kartoffelschälen. Ohne Geschick und Geduld kann man kein Koch sein.

Normalerweise springt er geschwind zur Pizzeria an der Ecke des Blocks hinüber. Er bestellt mal eine Bolognese und mal eine Margarita. Wenn er das Paket aufmacht, zittern ihm die Hände. Er ißt gierig, putzt sich an seinem Ärmel ab und rülpst heftig. Vor anderen übt er die Kunst der Selbstdisziplin. Er benutzt ein Messer. Tupft sich aufs feinste mit einer Leinenserviette den Mund ab. Bringt Gespräche über kulinarische Themen auf den Tisch. Wenn er will, kann er höflich, reinlich, gesprächig und gutgelaunt sein. Er schraubt sich eine Sicherung in den Kopf; die Welt verändert sich spektakulär.

Hier haben wir natürlich eine vollkommen neue Situation. Während Vassilis den Granatäpfeln Injektionen gibt, denkt er an die Version einer anderen Betäubungsspritze, die seine Menschenscheu narkotisiert. Für eine Frau, die ihn an ihrem Busen ruhen lassen wird, lohnt sich die Mühe. Das »Büffelchen« wird lernen, sich häufiger zu waschen und sich den Mund jeden Tag mit einer Papierserviette abzuwischen. Wird lernen »Grüß dich, meine Süße« zu sagen und Küßchen in die Luft zu schicken wie die Hauptdarstellerinnen in den Hollywoodfilmen.

»Willst du mich heiraten?« fragt er sie mit ernsthafter Miene.

»Ich gehöre nicht zu den Frauen, die man heiratet«, antwortet sie ihm, ebenso ernsthaft.

»Und ich gehöre nicht zu den Männern, die man heiratet. Wir werden ein ideales Paar bilden.«

Aus Verlegenheit bohrt Jota mit der Spritze ein Loch in eine Orange im Korb mit den Früchten.

»Es ist noch reichlich früh für solche Gespräche.«

»Ach was, es ist doch schon nach Mitternacht.«

Da haben wir unser »Büffelchen«, durchtrieben, bereit, seine Hörner zu zeigen. Wenn der eine zum Angriff rüstet, macht der andere einen Rückzieher. Ungeschriebenes Gesetz im gegenseitigen Umgang.

»Ich glaube, ich sollte lieber gehen, Vassilis.«

»Und ich glaube, wir sollten noch einen Wein aufmachen.«

Vassilis ist bereits röter als der Wein, aber er kann nicht mehr zurück. Er fährt Anekdoten und Geschichten auf. Einige

Liebkosungen mit verschwitzter Hand. Ein zartes Beißen ins Ohr. Jota setzt ihre Brille ab. Sie betrachtet ihn mit dem Kurzsichtigenblick, der sich überall und nirgends hin richtet. Dann berührt sie mit der Zungenspitze seine fleischigen, rötlichen Lippen.

»Ich weiß gar nicht, was ich tue«, sagt sie mit der Miene eines Menschen, der sehr wohl weiß, was er tut. Doch Vassilis leidet an emotionaler Kurzsichtigkeit. Er sieht eine Frau, die in seiner Umarmung zittert und ihren Werten Widerstand leistet. Eine Frau, die anhand seiner Ratschläge ein As in Anatomie und Kochen werden wird. Lehre Nummer eins: Wir pressen den Gegenstand unserer Leidenschaft mit derselben Kraft, mit der wir Mehl in einer Schüssel mit Butter und Kakao verkneten. Lehre Nummer zwei: Wir öffnen den Büstenhalter mit der gleichen Entschlossenheit, wie wir eine gekochte Krabbe aus der Schale lösen. Lehre Nummer drei: Wir walken den heißen Leib wie den Teig für Plätzchen.

Die Leidenschaft der Umarmung verdrängt die Granatäpfel vom Tisch. Die kleinen Bällchen fallen geräuschlos zu Boden. Von ihren Küssen kann man nicht das gleiche behaupten. Komische Geräusche kommen aus ihrem Mund. Als würde etwas auf der Herdplatte sieden. Das sollte die Liebe sein? Der Siedepunkt?

Liebe und schlechte Vorgefühle gehen zusammen. Vassilis runzelt die Stirn, als er ihr das Schuhband aufzieht. Vielleicht denkt er ja an die schwachen Punkte der Impulsivität. Nein, wir schreiben ihm Gedanken zu, die er sich niemals machen würde. Sobald er ihr die Schuhe ausgezogen hat, wandelt sich sein Blick; was bedeutet, daß ihn nicht beschäftigt, was in Zukunft geschieht, sondern warum die Hersteller von Schuhen keine größeren Löcher für die Schnürsenkel stanzen. Jetzt zieht er seine eigenen Schuhe aus. Mit einer leichten Verbeugung weist er ihr den Gang, der zum Schlafzimmer führt. Während sie sich entfernen, bilden ihre Sohlen kleine, fröhliche Spuren auf den Küchenfliesen. Obwohl ich mich noch auf dem Tisch befinde, fürchte ich, daß sie den Honig mit sich genommen haben.

Fliegender Truthahn

Wenn es einen Urgrund jeden Übels gibt, dann ist an allem James Joyce mit seiner Szene vom Weihnachtsschmaus im Haus der Familie Daedalus schuld. Wäre sie nicht geschrieben worden, so hätte sich unser Herr am 23. Dezember 1982 nicht die Lippen geleckt, als er mit kurzen Seufzern einen kleinen, aber sättigenden Abschnitt las: *Und aus den Tellern und Schüsseln stieg der warme, schwere Duft des Truthahns, des Schinkens und des Selleries, und auf dem Rost brannte das rote, große, hochgeschichtete Feuer, und mit all dem grünen Efeu und dem roten Ilex um sich fühlte man sich so glücklich, und wenn das Abendessen zu Ende war, dann würde der große Plumpudding hereingebracht, der war verziert mit geschälten Mandeln und Ilexzweiglein, und blaues Feuer lief um ihn herum, und eine kleine grüne Flagge wehte von seinem Gipfel.*

Unser Herr ist dick, rotgesichtig und trägt einen Bart. Seine Frau, eine imposante Blondine, die die Küche nur höchst selten betritt, nennt ihn »Vassilis«. Der Name »Trachanas«-Püree würde besser zu ihm passen, denn all die Tage, seit wir ihn kennen, leckt er sich traurig die Lippen wie der betagte Haushund. Heute hat die Traurigkeit ihren Platz dem Trotz und dem Zorn überlassen. Weihnachten naht, und die Menschen müssen wieder aus ihren Fehlern lernen. Jedes Jahr kaufen sie uns kiloweise, kochen und zerkrümeln uns. Truthahnfüllung oder Kastaniensüßspeisen stellen sie aus uns her. Wir sind die Früchte des Winters, der Reue und Buße.

Vassilis hatte beschlossen, sich mit dem Weihnachtsgeist

auszusöhnen, indem er kochte. Der Truthahn war ein Geschenk von Stefanos und Rania, die im vierten Stock wohnen. Jeden Morgen hören wir ihr Husten und das Scharren ihrer Schuhe. Das gleiche können wir hier vom dritten Stock nicht behaupten. Zum ersten Mal hat sich Vassilis in dieser stillen Wohnung, wo nicht einmal der Hund bellt, entschlossen, Krach zu machen, indem er Tiegel und Kochlöffel herausholt.

Auf der Arbeitsfläche hat er Leber, eingeweichtes Brot, Eier und Zwiebeln aufgereiht und die in der Stellung »Gymnastik der Ewigkeit« erstarrte Pute, kopflos, die Keulen über den Bauch hochgezogen. Weiter drüben wir, der Kastanienstaat, mit etwa dreißig glänzenden Schalen, die erst weich werden müssen, bevor sie im Abfall landen. Zu diesem Zweck hat Vassilis den neuen Chromargantopf mit dem Plastikuntersatz mit Wasser gefüllt, ein Geschenk seiner Frau von ihrer letzten journalistischen Mission in Genf. Sie ist häufig auf Reisen und bringt ihrem »Zuckerschätzchen« Kochanleitungen und verschiedenste kulinarische Andenken mit.

Das »Zuckerschätzchen« kann nicht kochen. Es ordnet seine Bücher alphabetisch und staubt ihre Rücken ab. Es lernt die Rezepte auswendig und stellt sich selbst improvisierte Prüfungsaufgaben. Unter der Küchenlampe wirkt er wie ein glatzköpfiger Schüler, der sich mit der Umrechnung von Pints in Liter abplagt. Er liest das Kapitel »Dosierungen und Temperaturen« aus dem Buch von Elisabeth David durch und fragt sich gemeinsam mit ihr: »Was heißt ein bißchen Wein, ein paar Oliven?« In der Tat, was heißt es?

Wenn er sich langweilt, schlägt er seine Bücher auf eingerissenen Seiten auf und liest mit lauter Stimme:

Nach einem köstlichen Frühstück mit Orangensaft, gebratenem Schinkenspeck, Pfannkuchen und Ahornsirup. David Lodge, *Ortswechsel.*

Aus der kalten Fischplatte »Le grand Océan« erheben vier Hummer flehentlich den Kopf. Etwas weiter drüben, auf der

Fleischplatte »Die Schlacht von Saint Julien Hospitalier« dösen die Schweinsköpfchen. Stefano Benni, *Der bedeutendste Koch Frankreichs.*

Er brachte ihnen heiße Zimtstangen, die gerade erst aus dem Ofen gekommen waren; ihre Zuckerkruste war noch nicht fest geworden. Raymond Carver, *A Little Good Thing.*

Es gab zuerst Taschenkrebse im Kräutersud, eine Miesmuschelbouillon mit gerösteten Brotscheiben und Räucheraale. Dann Einsiedlerkrebse, mit Whisky flambiert, und rauchgetrocknete violette Seeigel. Traditionsgemäß wurde zu Mitternacht der zwölfte Glockenschlag abgewartet, um das königliche Gericht aufzutragen: Hummer Pompadour im Seewalzenrand. Michel Tournier, *Das Liebesmahl.*

Die glasierte Ente, die glänzenden Spanferkelstücke, die dikken weißen Hühnerscheiben, auf dem klebrigen Bett von Reis oder Wachsbohnen verloren, scheinen mit ihrem Schicksal restlos zufrieden. Timothy Mo, *Sour Sweet.*

»Mit ihrem Schicksal zufrieden!« Was für eine originelle Ansicht über die Selbstverleugnung! Kennen Sie jemanden, der sich im siedenden Wasser wohlfühlt? Der sich beim Abgezogenwerden, beim Zerbröckeln, beim Dünsten amüsiert? Zeigen Sie mir einen, nur einen, und wir lassen uns folgsam in unserem Wasser kochen.

Unterdessen hatten sich an der Oberfläche des Schweizer Topfes die ersten künstlichen Wellen gebildet. Von seinem Boden stiegen eindrucksvolle Qualmwolken auf. Ein brenzliger Geruch war der Grund, daß sich Vassilis' Nasenlöcher zusammenzuzogen. Kann Wasser wie eine durchgebrannte Sicherung riechen? Instinktiv zog unser Herr den Topf weg, und ein schöner, dicker Karamelguß troff über Herdplatten und Boden. Er hatte vergessen, den Plastikuntersatz des Topfes abzunehmen.

»Jota«, brüllte er. »Jota!«

Das Schauspiel war grandios. Während Vassilis, den Topf in

der Hand, voller Panik zum Herd zurücklief, rannen kleine Karamelrinnsale hinter ihm her. Auf Trachanas' Ohren, auf dem Truthahnrücken und den aufgeschlagenen Seiten der Bücher mit Rezepten bildeten sich schwärzliche Flecken.

»Meine Bücher«, wisperte Vassilis. »Meine Bücher sind hin.« Er sank mit dem Ausdruck eines ruinierten Industriellen in den Augen auf einem Stuhl zusammen. Als Jota den Kopf durch die Tür steckte, hatten sich noch ein paar weitere unausrottbare Flecken gebildet.

»Du spinnst wohl! Die Küche ist ruiniert, Trachanas' Ohren sind verbrannt, und du denkst an deine Bücher! Ich werd dir deine Bücher kochen und zum Essen vorsetzen!« Die Halsschlagadern traten ihr vor, die Strecke anzeigend, die der Zorn durchmaß, als er vom Kopf bis zu den Füßen hinabfuhr. Ihr rosa Morgenrock war aufgegangen, und durch den offenen Spalt wogte ihr runder Bauch.

Vassilis schrubbte auf den Knien liegend wie die alten Dienstmägde, den Gott der Sauberkeit anrufend. Flecken aus verschmortem Plastik lassen sich nicht so leicht entfernen. Sie kleben an Händen und Füßen fest und geben ein ekelhaftes »Plop« von sich, wenn man in Pantoffeln herumläuft. Man muß schon mit aller Kraft reiben und sämtliche Küchenerrungenschaften erproben: Putzrasch, grobes Salz, Chlorbleiche.

Jota machte sich gerade zu ihrer Weihnachtssendung im Fernsehen bereit. Ihre Absätze klapperten in irgendeinem anderen Zimmer. Als sie ihren Kopf wieder durch die Tür steckte, konnten wir ihr Fernsehimage sehen: geschniegelte Föhnfrisur, kräftiger Lippenstift und ein Kostüm in der Farbe des Truthahns. Der wirkliche Truthahn war inzwischen aufgetaut, seine Schenkel schlaff zur Seite gefallen, die weichgewordene Haut erinnerte an das Gesicht einer Greisin. Wir waren das einzige Kochprodukt in der Runde, das unverändert geblieben war.

Vassilis und Jota haben sich auch verändert. Er wirkt wie ein entfernter Verwandter von Trachanas. Seine Zunge, zart und lang, hängt ihm nach dem vielen Schrubben zum Mund heraus. Gedanken über die Vergeblichkeit des Lebens gehen ihm durch den Kopf. Warum ist er nicht einfach in aller Ruhe sitzen geblieben? Umgeben von seinen Büchern, den Heften mit Aufzeichnungen und den Kellnern, die jedes Jahr an Weihnachten in die Wohnung kommen und sich um sämtliche Details des Festessens kümmern? Der Truthahn kommt dann schon gebraten an, das Kastanienpüree dampft, und die Szene erinnert mehr oder weniger an das Haus des Herrn Daedalus vor dessen Verarmung. Im schlimmsten Fall hätte er sich den gebratenen Truthahn kommen lassen und selbst den Kellner spielen können, denn er liebt es, sich wichtig zu machen.

Der Mensch muß seine Grenzen kennen; an welchem Punkt die Heldenhaftigkeit aufhört und die Lächerlichkeit beginnt. Es ist gefährlich, lächerlich zu sein. Gefährlicher, als gefährlich zu sein. Vassilis ist das klar. Er heftet die Augen zu Boden, um dem Blick seiner Frau nicht zu begegnen. Wenn sie wütend wird, sieht sie wie eine alte Frau aus, die ihr Vermögen beim Pokern verspielt hat. Eine Mischung aus Trotz und Laszivität bildet sich auf seinem Gesicht.

»Ich gehe«, sagt sie gleichgültig zu ihm. Etwas Höhnisches in ihrer Stimme verrät die Wahrscheinlichkeit eines endgültigen Abschieds. Vassilis nickt ihr mit der Miene eines Kranken zu, den man fragt, ob es ihm besser geht. Kaum ist die Tür zu, läßt er sich auf allen vieren nieder und beginnt seine Bücher zu säubern. Er betrachtet die Gemüsefotos, als seien sie seine Weide. Nur noch ein bißchen, und er bückt sich, um von den glänzenden Bildern zu essen.

Kurz darauf erscheint Jota auf dem Bildschirm des kleinen tragbaren Fernsehgeräts. Sie grüßt uns von der Mattscheibe aus, in das Kostüm in der Farbe des Truthahns gekleidet. Im Gegensatz zu dem Geflügel ist Jota lebendig, hektisch aktiv und fröhlich. Außerdem sieht sie ausgeruht aus. Als wäre kurz zuvor in der Wohnung nichts vorgefallen.

Vassilis mustert sie auf dieselbe Weise, wie er die Speisen angestarrt hat: Er ist der einzige Mensch auf der Welt, der sie streicheln könnte, ihr sogar den Rock ausziehen könnte. Sie ist seine Ehefrau. Zu Hause ist sie allerdings nicht so mitfühlend. Wenn Vassilis etwas kaputtmacht, lächelt sie ihm nicht so verschwörerisch zu wie diesem Sänger, der sich beim Heruntersteigen von der Rampe in den Kabeln verheddert hat.

Neben ihr, direkt neben ihr, tritt jetzt Stefanos in Erscheinung. Gestern hat er sich noch bei Tisch darüber beklagt, daß dieses Jahr alles teurer geworden sei. Heute trägt er eine weiße Schürze und lügt: »Geizen Sie beim Weihnachtsempfang nicht mit dem Truthahn. Er ist nicht so teuer, wie Sie glauben. Ich zeige Ihnen heute, wie man ihn ausnimmt und eine einfache Füllung aus Äpfeln und Kastanien herstellt.«

Mit halboffenem Mund sieht Vassilis Stefanos zu, wie er bindet, näht und zerteilt. Wenn man das Gesicht abdeckt, sehen dessen dicke, saubere Finger seinen eigenen ganz ähnlich. Brüder, mit den gleichen Händen, der gleichen Mutter, der gleichen Kindheit, und doch Lichtjahre auseinander. Sie müßten in einem Chromosomenmixer zerkleinert werden und einer müßte mit den Ingredienzen des anderen vermischt herauskommen. Vassilis schlanker, mit einer weniger eigenständigen Ehefrau und geschickteren Fingern. Stefanos etwas größer, mit einem Schatz an gastronomischen Anekdoten fürs Fernsehen. Die einzige psychische Verwandtschaft zwischen ihnen besteht darin, daß sie nicht verzweifeln. Wie Irini, ihre Schwester, aber auch Fotis, als er noch lebte, »wollen sie sich die Hände schmutzig machen«. Das meinte Rania während des gestrigen Essens, und alle schauten sie nachdenklich an.

»Es macht sich eben bemerkbar, daß sie Geschwister sind«, ergänzte Jota, die durch das Fernsehen die Manie angenommen hatte, Schlüsse zu ziehen. Und damit stoppte die Unterhaltung. Die Menschen benutzen die Zunge wie die Augen: Sie sagen immer das, was sie sehen. Vassilis und Stefanos ähneln sich wie zwei Kastanien. Unter der gleichen glänzenden Schale kann die eine verdorben sein und die andere nicht. Wer ist der stärkere von den beiden? Wenn man auf das vertraut, was sichtbar ist, stellt Vassilis kein typisches Beispiel für Gesundheit dar. Er erhebt sich, tritt Trachanas auf den Schwanz und macht die Balkontür auf. Den Truthahn am Schenkel haltend, beginnt er ihn in der Luft herumzuwirbeln. Der Truthahn kommt ins Trudeln, als wäre er für kurze Zeit auf einer himmlischen Wiese auferstanden. Dann beginnt er an Höhe zu verlieren und landet auf der Schulter irgendeines ahnungslosen Passanten. Vassilis hält sich mit den Händen den Bauch.

»Ho, ho, ho. Ich bin der heilige Vassilis *«, ruft er. »Frohe Weihnachten!«

Kaffee mit Brandy

Heute habe ich meine allererste Reise gemacht. Von Cholargos ging es los. Wir drehten eine ziellose Runde durch Kifissia, ein Köfferchen in der Hand. Dann setzten wir uns auf eine Bank und gafften die Passanten an. Die Aufgabe der Passanten ist es, vorüberzugehen und sich wieder zu verlieren. Je nach der Beachtung, die man ihnen schenkt, kann es vorkommen, daß sie etwas länger verweilen. Vielleicht betrachten sie einen mit Ratlosigkeit, wenn sie gerade verstohlen das Endstück einer Baguettestange abbrechen. Vielleicht drehen sie sich auch, sich gestört fühlend, nach der anderen Seite um. In Kifissia schaut man sich nicht gegenseitig an, wenn man

* Der griechische Weihnachtsmann. *(Anm. d. Übers.)*

ein Mensch mit gutem Geschmack ist. Nur die, die aus anderen Stadtvierteln kommen, schauen. Man erkennt sie am indiskreten Blick. Obwohl Vassilis von anderswo herkommt, weiß er, wie man schaut, ohne jemandem lästig zu fallen. Er läßt seinen Blick durch die Menschen dringen und richtet ihn auf die Bäume hinter ihnen. Die Welt nimmt er als eine Gesamtheit von Koinzidenzen auf: Wolken, die sich auflösen; Beine, die sich nähern; Röcke, die sich entfernen. Seit dem Moment, als er beschlossen hat wegzugehen, hat sich sein Lebensrhythmus verändert. Er raucht die Zigaretten halb so schnell wie gewöhnlich. Kratzt sich stundenlang am Kopf. Schraubt den Deckel der Thermosflasche auf und trinkt den Kaffee, als sei er die Heilige Kommunion. Wenn er vorher nur ein Leben hatte, hat er jetzt zwei.

Immer, wenn ein Mann allein bleibt – entweder weil es nicht anders geht, oder weil es nicht mehr geht –, spielt sich etwas Vergleichbares ab. Ausweitung der Alltäglichkeit. Freie Zeit. Tatsächliches und metaphorisches Frösteln. Vassilis hat beschlossen, seine Apotheke zu verpachten. Vor ein paar Stunden hat er ein seltenes französisches Kochbuch vom Anfang des Jahrhunderts verkauft. Durch die Fünftausenddrachmenscheine bauscht sich seine Hose an einem strategischen Punkt.

Etwas Konkretes hat er nicht im Kopf. Nur ein paar allgemeine Ideen in bezug auf Freiheit und ordentlich viel Kaffee mit Brandy. Gebiert der Brandy die Ideen oder dringen die Ideen durch einen geheimen Durchlaß hinter dem Brandy ein? Auf diese Frage kann ich nicht antworten. Ich bin nämlich selbst der Brandy, müssen Sie wissen.

Die Leichtigkeit, mit der ich mich im Kaffee aufgelöst habe, ist nichts im Vergleich zu seiner Fähigkeit, sich als Kapitän oder Feuerwehrmann vorzustellen. Jedes potentielle Leben hat noch viele andere neben sich. Wenn er vom einen ins andere glitte, könnte er weit kommen. Tatsächlich, er beschleunigt den Schritt. Er gelangt zum Bahnhof, kauft sich einen Fahrschein. Setzt sich in den ersten Wagen oder in den letzten – wenn Sie den Zug umgekehrt sehen. Er reibt sich die Hände; die Kälte ist schneidend, und die automatischen Türen haben sich noch nicht geschlossen.

Kaum sind die Türen zu, und der Zug beginnt auf den Gleisen zu rollen, wird ihm bewußt, daß er nichts dem Zufall überlassen hat. Vom ersten Augenblick an hatte er die Reise in allen Einzelheiten geplant. Mit der Metro bis Piräus und von dort nach Astypalea. Er wird sich ein Zimmer am Hafen nehmen. Im Kafenio einen Happen essen. Er wird eine Zigarre rauchen und schlafen. Niemand berücksichtigt während seiner Traumgespinste, wie es weitergeht. Was nämlich geschieht, sobald es wieder Tag wird und das Feuer erlischt. Was der nächste Morgen sagen und vor allem, was er selbst tun wird. Ob seine Entschlüsse einen Zusammenhang haben oder ob sie eine Landkarte mit Löchern sind.

Ich weiß, was Sie denken; daß ich die Verantwortung trage. Als ich in sein Blut überging, hätte ich ihn dazu gebracht, an etwas zu glauben. Das Trinken gibt in Ihren Augen den Menschen den Anstoß zu riskanten Handlungen. Es redet ihnen ein, sie wären stark und schön. Bringt sie dazu, an allem herumzunörgeln, ihr Glück und ihr Leben aufs Spiel zu setzen. Sie haben bei Speisen und Getränken eine Einteilung in aphrodisische, schädliche oder anregende vorgenommen, um einen Grund für Ihre Schwächen zu haben. Vassilis hatte sich schon lange, bevor ich aufgetaucht war, selbst Schaden zugefügt, müssen Sie wissen. Davon erzählen die Bestecke, die Pfannen, selbst die Gläser, die in der Spüle abtropfen. Gestern hat er auch anderen Schaden zugefügt. Er hat Jota und Trachanas rohe Pilze aus der Familie Amanita patherina vorgesetzt. Der Hund hatte seine lange Zunge herausgestreckt und zwei Pilze in der Luft aufgeschnappt, während Vassilis ihre Hüte in Scheiben schnitt. Binnen kurzem trocknete diese Zunge aus.

Trachanas begann zu hecheln. Er verfiel in einen tiefen Schlaf. Patherina bedeutet Panther. Dieser Panther sprang den Hals des Hundes an und traf ins Schwarze. Trachanas wachte nicht wieder auf.

Zu ihrem Glück hatte Jota keinen Hunger. Teilweise war ihr Glück ihrem Pech zu verdanken: Am vorhergehenden Nachmittag hatte sie eine Reifenpanne gehabt. Um rechtzeitig ins Studio zu gelangen, war sie gezwungen gewesen, in die Führerkabine eines Lasters zu klettern. Dort hatte sie sich den Strumpf zerrissen und unzählige Zigaretten geraucht, bis sie ihre Selbstbeherrschung wiederfand. Sie hatte nichts zu sich genommen. Den ganzen Abend über hörte sie ihren Magen rebellieren. Sie war schon ganz früh aufgestanden und hatte einen gesamten Laib Brot mit Butter verdrückt. So stocherte sie mittags appetitlos in ihren Pilzen herum. Dachte wie gewöhnlich über ihre Sendung nach. Raunte ihrem Teller zu: »Liebes Fernsehpublikum, guten Abend. Unsere heutige Sendung ist der Schwarzen Magie gewidmet.« Plötzlich mündete das Thema der Sendung in die Wirklichkeit ein. Trachanas begann sich zu krümmen. Jota sah einmal auf den Hund, einmal auf Vassilis.

»Was hast du ihm angetan, du Fettwanst? Was hast du ins Essen getan? Sprich!«

Vassilis blickte, soweit man mir mitgeteilt hat, zur Decke hoch. Er hatte den Mord an seiner Frau geplant, doch der verfressene Hund hatte seine Pläne durchkreuzt. Er war der Meinung, er habe ihr einen aristokratischen Tod garantiert, denn auch Clemens VII., Julius Medici, war an Giftpilzen gestorben; zudem ein Tod für nur wenige, originell und exquisit, denn dem Historiker Thomas Carlyle zufolge ist der Pilz das älteste Kunstobjekt der Welt. Der Polizei hatte er sagen wollen, er habe die giftige Spezies Amanita patherina mit der Spezies Amanita rubescens verwechselt. Letztere ist trotz ihres Namens nicht immer rötlich. Äußerlich ähnelt sie den »Panthern« sehr, mit dem Unterschied, daß sie nicht heimtückisch tötet wie sie.

Weshalb wollte Vassilis Jota überhaupt umbringen? Hier stimmen alle Zeugenaussagen überein. Sie hatte ihm das Leben zur Hölle gemacht. Sie war bösartig, egoistisch und hart. Sie hänselte ihn wegen seines Dickseins. Nannte ihn »Fettwanst«. Eines Tages hatte sie ein seltenes Buch aus seiner Sammlung in den Abfall geworfen, weil sie es nicht mehr sehen konnte. An einem anderen Tag hatte sie die Telefonnummer eines Spitzenanwalts auf eine Speisekarte vom Beginn des Jahrhunderts notiert, für die Vassilis ein Vermögen ausgegeben hatte. Sie hatte keine Bedenken, in einem handgeschriebenen Rezept des Starkochs Joel Robuchon herumzukritzeln, während sie ein telefonisches Interview mit dem Minister für Raumordnung und Umweltschutz führte.

Jota war eine Frau von Welt. Sie verbrachte den größten Teil des Tages im Fernsehstudio, im Gespräch über Naturkatastrophen und Terroristenüberfälle oder mit ihren geladenen Gästen gemeinsam singend. Ihre tägliche Sendung mit dem Titel »Jetzt« war der reinste Zirkus. Es traten darin Akrobaten, Erdbebengeschädigte, Sänger, Arbeitslose, Kabarettkünstlerinnen und Parlamentarier auf. Zwischen ihnen allen bewegte sich Jota mit ihrer Dompteurpeitsche: einem langen Kabel, das im Mikrophon endete.

Vassilis war in der letzten Zeit schwerfällig geworden. Buchstäblich und metaphorisch. Er hatte zehn Kilo zugenommen. Außerdem war ihm die gute Stimmung abhanden gekommen. Wenn Jota vom Wohnzimmer aus berufliche Telefonate führte, sah er sich gezwungen, in der Küche mit einem Tütchen Popcorn unter dem Arm auf- und abzuschreiten. Sah sich sozusagen gezwungen. Er trug seinen ausgeleierten Pyjama und suchte nach einem Weg, sich nicht mehr so schwerfällig zu fühlen. Er kam zu dem Schluß, daß er, um sich wieder mit sich selbst zu versöhnen, seine Frau umbringen müsse. Seit er sie kennengelernt hatte, fühlte er sich ständig aus irgendeinem Grund schuldig. War fett, uninteressant, eigenbrötlerisch. Ihrer Meinung nach vergeudete er Zeit und Geld für idiotische Sammlungen. Wenn Jota von diesem Planeten verschwände, könnte Vassilis abnehmen. Er würde wieder Stolz auf die Raritäten seiner Kochbuchsammlung empfinden können. Er könnte in Strümpfen schlafen. Gemeinsam mit ihr war das Leben ein konstantes »Nein«.

Wie anders war sie im Fernsehen! Entgegenkommend, fröhlich, bereit, ihren Gästen zuliebe die unorthodoxesten Dinge zu tun. Einmal hatte sie mit einem Gnom, der keine Arme hatte, Purzelbäume geschlagen. Ein anderes Mal stieg sie aus einer Torte. Bei einer Sendung, die den Schwammtauchern von Kalymnos gewidmet war, hatte sie sich als Nixe verkleidet. Vassilis verpaßte ihre Sendungen nie. Jota war die Heldin seiner Träume, eine mythische Persönlichkeit mit grauen Augen und weißen Zähnen. Wenn sie nach Hause zurückkehrte, wurde der Traum zum Alptraum: Sie schmierte sich eine glänzende Creme aufs Gesicht und kehrte ihm den Rücken zu. Abend für Abend zählte Vassilis auf diesem Rücken die Leberflecken wie andere Menschen die Sterne zählen. Es gab keine andere Lösung. Er mußte sich ihren Rücken vom Hals schaffen. Ihre Augen. Ihre schönen Zähne. Ich habe keine Ahnung, wo er die Pilze auftrieb. Ob er sie einem gedungenen Mörder abgekauft oder eigenhändig auf irgendeinem Acker gesammelt hatte. Die einzige Information, die erhalten blieb, ist, daß die braunen Hüte mit den weißen Pünktchen auf frischem Spinat serviert wurden, an ihrem zehnten Hochzeitstag.

Trachanas wurde im Morgengrauen beerdigt. Jota hatte sich ins Arbeitszimmer eingesperrt und studierte die verschiedenen Pilzarten in der Enzyklopädie. Sie dachte, wenn der Reifen nicht geplatzt wäre, wenn ihr Strumpf nicht an einem Nagel hängengeblieben wäre und sie kein Brot mit Butter gegessen hätte, wäre sie jetzt tot. Um einen ruhigen Kopf zu behalten, hatte sie einen Stuhl hinter die Tür geschoben und hielt das Papiermesser als tödliche Waffe bereit. Aber Vassilis hatte seine mörderischen Absichten aufgegeben. Er kochte Kaffee, goß kräftig Brandy hinein und steckte zwei Kleidergarnituren und zwei Bücher in sein Köfferchen. Das eine wurde verkauft, wie schon gesagt. Das andere hat die Form von typographischen Experimenten. Vielleicht war es auf einer Versteigerung erstanden worden. Es heißt *Meine Erziehung*: ein Traumbuch und trägt den Namen eines gewissen William S. Burroughs. Dort kann man lesen, was dieser Herr in einem Restaurant in Alaska erleidet, während der Zug der Freiheit näherkommt – dem Hafen von Piräus:

Ich war mit jemandem zusammen, den ich zu töten im Sinn hatte, und zwar ohne besonderen Grund, soweit ich mich erinnern kann. Alaska ist ein abgelegener Ort zur Konzentration von Rebellen. Das Restaurant ist riesengroß, besteht aus einundfünfzig Kantinen, voller Dunst und Rauch. Menschen, die das eigene Fleisch auf dem eigenen Körper züchten ... etwas wie Oberarmschinken und Beinschnitzel. Es wächst wieder nach, aber nicht schnell genug, und so leben sie in ständiger Gefahr, sich selbst aufzuessen. Genauer gesagt ist für sie der Geschmack der Leber so begehrenswert, daß sie sich nur mit Mühe zurückhalten können, sich selbst aufzureißen und sie zu verspeisen, wenn ihnen auch bewußt ist, daß etwas Derartiges verhängnisvoll wäre. Dennoch ist die Fähigkeit zur Selbstaufgabe erstaunlich. Wenn sie etwa nur die halbe Leber aufessen, können sie sie wieder nachwachsen lassen. Einige sollen ihr eigenes Herz verzehrt haben und in kulinarischer Verzückung gestorben sein. Wie es scheint, ist das Gehirn besonders delikat. Es ist ein Anblick, der einen mit Angst erfüllt: Man sieht einen Menschen, der sich selbst aufißt, wie er sich in ein Loch am Scheitel seines Kopfes vertieft und sein rohes Gehirn mit einem Ausdruck ständig wachsender gefräßiger Idiotie hinunterschlingt.

Wenn er solche Bücher liest, ist es nicht im geringsten verwunderlich, daß er Morde plant! Warum fordern die Menschen ihr Schicksal heraus? Warum erfinden sie ständig neue Dinge? Warum geben sie nie Ruhe? Halten sie es nicht aus, die Hände hinter dem Rücken zu verschränken und abzuwarten? Die Bücher sind die gefährlichste Sache der Welt. Sie können einem erzverrückte Ideen in den Kopf setzen. Und nachher reden sie vom Trinken. Nein. Zwanzig Fläschchen Brandy sind nichts gegen die satanischen Bücher. Fünfzig, hundert Fläschchen Brandy sind nichts gegen die Bücher. Tausend, zweitausend Fläschchen sind nichts dagegen. Absolut nichts.

London, im Januar 1995

Hungrig und durstig

Vassilis und Jota lebten in einem alten, zweistöckigen Wohnhaus in Ajia Paraskevi. Einem sauberen, ordentlichen Haus. Ich würde es sogar als karg bezeichnen, wenn nicht eine Sammlung von Porzellanschweinchen auf dem Kamin existiert hätte. Die Zimmer waren klein und untereinander mit Glastüren verbunden. Eine typische Wohnstätte der fünfziger Jahre.

Das erste, was einen ahnen ließ, daß sich etwas Merkwürdiges zutrug, war eine Dalí-Lithographie im Wohnzimmer. Sie heißt *Schiff und Früchte*, aber mein Onkel hat das Werk willkürlich rahmen lassen, nämlich die Früchte als seine natürlichen Grenzen betrachtet. Ein Schiff taucht nirgends auf, was bedeutet, daß das Wasserfahrzeug weggeschnitten oder -gerissen wurde. Über dem Sofa hängt ein typisches Werk von Arman. Es trägt den Namen *Ein Löffelchen für Papa, ein Löffelchen für Mama* und besteht aus verrosteten Blechlöffeln. Es muß ein Vermögen gekostet haben. Aber mein Onkel und meine Tante haben ja Geld. Er als Chemiker, sie als Fernsehjournalistin mit einem enormen Familienvermögen im Hintergrund. Ihr wöchentliches Einkommen dürfte meinem Jahresgehalt entsprechen.

Inzwischen an die Rolle des Zigeuners gewöhnt, klappte ich meinen Koffer auf, sobald ich angekommen war, und räumte meine persönlichen Besitztümer in die Kommode und den kleinen Eichenschrank ein. Den Computer hatte ich im Haus in Politia zurückgelassen. Jota überließ mir ihr altes Notebook. Nach meinen Maßstäben war es das modernste Gerät, das mir je in die Hände gefallen war. Zweihundert Megabyte Speicherkapazität, ein farbiger Bildschirm, lautlose

Tastatur. Im Lauf von zwei Abenden übersetzte ich den *Knoblauchzopf*.

In der dritten Nacht wachte ich mit trockenem Mund auf und schlich mich auf Zehenspitzen in die Küche hinunter, um Wasser zu trinken. Natürlich wußte ich, wo sich die Gläser befanden, aber ich brauchte einen Vorwand, um mit dem Suchen anzufangen. Ich machte aufs Geratewohl einen Schrank auf und hatte den Lederrücken des Kochbuchs von François Pierre de la Varenne vor der Nase. Daneben *Das große Lexikon der Küche* von Alexandre Dumas, *Tausend Rezepte* von Auguste Escoffier, *De re Culinaria* von Apicius und die Erstausgabe der *Physiologie des Geschmacks*, diejenige, die Brillat-Savarin auf eigene Kosten in Paris hatte drucken lassen. Außerdem *Die Küche der Mestizen* mit dem Autogramm von Lafcadio Hearn und ein paar authentischen Ölflecken aus dem *Five Cent's Restaurant*, das er in seiner Jugend eröffnet hatte; Rezepte des Kochs von Amadeus VIII., Herzog von Savoyen; das erste gedruckte Kochbuch vom Bibliothekar des Vatikans, Bartolomeo Sassi. Schließlich ein wahres Meisterwerk: *Die Küchengeheimnisse des Papstes Pius V.*, eine Ausgabe von 1570. Ich verlor mich in Gedanken, während ich auf das erste Bild einer Gabel stierte, das je in einem Buch veröffentlicht wurde.

»Es heißt, die Gabel ist zum ersten Mal von einer griechischen Prinzessin benutzt worden, die den Dogen von Venedig geheiratet hatte.«

Vassilis stand in seinem ausgeleierten Pyjama hinter mir. Obwohl er nicht laut und streng gesprochen hatte wie sonst immer, stieß ich einen kurzen Schrei aus. Ich bekam weiche Knie. Außerdem fühlte ich mich unbehaglich. Ich befand mich in seiner Küche, auf den Boden gekauert, und kramte in seinen Sachen herum.

»Verzeihung«, sagte ich zu ihm. »Das Buch meines Bruders ist schuld. Die Übersetzung.«

»Ilias läßt meine Sammlung vorkommen?«

Ich nickte.

»Schreibt er etwas über den Codex Romanow?« fragte er, und seine Augen verengten sich.

Ich schüttelte den Kopf.

»Großartig. Dein Bruder ist der verschwiegenste Mensch, der mir je untergekommen ist. Wenn du ihm ähnlich bist, kann ich's dir zeigen. Warum fragst du eigentlich nicht? Was wühlst du so allein im Dunkeln herum?«

»Die Wahrheit ist, daß ich ein bißchen Angst vor dir habe …«

»Vor mir?«

Vor ihm. Er war feist und unförmig. Bei einer falschen Bewegung konnte er sich auf mich stürzen und mich zerfleischen.

»Ich beiße doch nicht«, meinte er.

Vassilis, ein Bär mit betrübten Augen, stand jetzt ganz still, eben weil er sich seiner katastrophalen Kräfte bewußt war. Er sah mich eindringlich an, als wolle er mir den Gedanken einimpfen, daß er ungefährlich sei und es gut mit mir meine.

»Laß uns doch orthodox anfangen«, sagte er zu mir. »Gehen wir nach drinnen.«

Der Bär machte Platz, um mich durchzulassen. Wir gingen in ein Zimmer, das immer verschlossen war, neben dem Wohnzimmer. Rundum Holzregale und Modergeruch. Schubladen und Hängeregistraturen. Ein Macintosh-Topmodell, Videogerät und Stereoanlagen. Hier gab es nicht wie in der Küche Bücher, sondern Fotokopien. Tausende von Fotokopien in Plastikhüllen. Vassilis hatte die gastronomischen Bezüge aus der gesamten Weltliteratur auf ein paar Quadratmetern katalogisiert. Von den Deipnosophisten bis zu Raskolnikoffs Zinnteller und Katherine Mansfields Baron, der sich in einer deutschen Pension ganz allein abseits hinsetzt, »damit er mehr essen kann«. Mein Bruder hatte nicht zu dick aufgetragen. Er hatte im Gegenteil einen Teil der Wahrheit unterschlagen.

Vassilis hortete nicht nur Texte, die eine Beziehung zum Essen haben, sondern auch entsprechende Filme, Lieder, Werke der bildenden Kunst.

»Bist du bereit?« fragte er mich, sich die schwitzigen Hände reibend.

Ich wußte nicht, worauf ich mich nun genau gefaßt machen mußte. Trotzdem nickte ich zustimmend.

An der Wand hing eine abstoßende Fotografie von Cindy Sherman mit fauligen Lebensmitteln. Mein Onkel hängte sie mit vorsichtigen Bewegungen ab. Dahinter befand sich ein Safe. Er zögerte ein bißchen und sagte dann zu mir:

»Bloß dein Bruder hat es gesehen. Bloß dein Bruder weiß es.«

»Du kannst mir vertrauen. Ich bin eine Köchin, keine Spionin.«

»Eine richtige Köchin ist auch gleichzeitig Spionin«, meinte er. Er hatte mir bereits den Rücken zugekehrt und drehte an der Kombination herum. Er hob einen Samtkasten heraus und stellte ihn mit zeremoniellen Gebärden auf den Tisch.

»Ich präsentiere dir hier einige Seiten der authentischen Romanow-Handschrift«, sagte er langsam und deutlich, als wöge er die Konsequenzen jedes Wortes ab.

Er machte natürlich Spaß. Der Codex Romanow, die handschriftlichen Rezepte von Leonardo da Vinci, soll in den Kellergewölben der Eremitage verloren gegangen sein.

»Wer sagt denn das?« fragte Vassilis spöttisch; und hob an, mir von Eiern mit Pinienkernen und sauer eingelegten Vögeln zu erzählen, als sei es die natürlichste Sache der Welt, daß sich zwei Menschen über eine fünfhundert Jahre alte Handschrift beugten und über Leonardos Rezepte unterhielten. Wo hatte er die Handschrift aufgetrieben? Wie sie gestohlen? Daß er sie auf rechtmäßigem Weg erworben hatte, war ausgeschlossen. Er mußte sie gegen all seine wertvollen Bücher eingetauscht, sein Haus drangegeben und seine Frau verkauft haben. Aber an diesem Punkt erschöpfte sich seine Vertrauensseligkeit. Als ich ihn geradeheraus nach der Herkunft der Handschrift fragte, drehte er mir den Rücken zu und begann wieder an der Kombination des Safes zu fingern.

Nach dem Codex Romanow erschien mir alles übrige wie Kinderei. Die alten Hefte des *Gourmet* und des *Cook's Magazine*, die allwöchentliche Gastronomiespalte von Clementine Pentleford in der *Herald Tribune* und von Courtine in *Le Monde*, die Dutzende von zusammenmontierten Videofilmen. Wir schauten uns gemeinsam an, wie Stefane Audran in *Babettes Fest* Schildkrötensuppe und Blinys Demidow zubereitete, sahen Anthony Hopkins in einem Film von Alan Parker die Rolle des John Harvey Kellogs spielen und hörten uns den Satz aus *Casablanca* in Humphrey Bogarts Café an: »Der erste Bankier von Amsterdam arbeitet als Chefkonditor in unserer Küche.« Auch meine Neugierde in bezug auf *Pulp Fiction* wurde teilweise befriedigt: Wir sahen die Szene, wo John Travolta und Samuel L. Jackson über Hamburger und Pommes frites mit Mayo sprechen.

Mein Onkel hatte in seinem Computer die Gemäldegalerie der Tafel installiert, mit dem ersten Stilleben von Giacopo de Barbari, Chaim Soutines Schlachttieren, Stilleben von Chardin und Cézanne, Magrittes Äpfeln und Edward Hoppers Paaren, die in New Yorker Restaurants speisen. Es war nicht die klassische, pflichtbewußte Sammlung eines Dilettanten. Man fand Collagen von Jozef Reneau, Kandinskys *Abendmahl*, Paul McCarthys Spaghettimenschen, Muscheln von Broodthaers, Fotografien von Tereza Murack von einem Happening mit Gewürzen in Berlin, Pistolettos *Hunger*, Oldenbourgs riesige *Gabel mit Hamburger*, ein Mosaik aus Exkrementen von Wim Delvoy, die achteckige Sechsmeterküche von Ilya Kabakov.

Es gab auch noch einige Regale mit Zeitungsausschnitten, die auf den ersten Blick nichts damit zu tun zu haben schienen.

Erst wenn man sie aufmerksam las, kam man zu bestimmten Schlußfolgerungen.

»Nach vierzig Jahren Abwesenheit sind die Sardellen wieder in die kalifornischen Gewässer zurückgekehrt.«

Oder: »Ein tragisches Ende erlitt der Pakistani Faruk Gutschranvala nach einem Streit mit seiner Frau. In seiner Wut schleuderte er den Koran nach seiner Frau, doch der fiel ins Feuer, das seine Frau für die Mittagssuppe angezündet hatte. Faruks Ehefrau stürzte auf die Straße hinaus und schrie, ihr Mann habe den Koran verbrannt, was einen großen Aufruhr verursachte. Nachbarn stürmten ins Haus, und kaum hatten sie festgestellt, daß der Koran tatsächlich verbrannt war, steinigten sie Faruk. Dann übergossen sie ihn mit Benzin und verbrannten ihn.«

Eine große Überraschung war seine Musiksammlung. Anfangs amüsierte ich mich beim Anhören von »A Bit of Chocolate« von *Howlin' Wolf* und dem süßlichen »Sugar Baby« der *Young Plants*. Gleich darauf begann Vassilis im Falsett mit den Beatles mitzusingen:

Honey Pie you are making me crazy
I'm in love but I'm lazy
So will you please come home.

Man hatte den Eindruck, die »Honey Pie« aus dem Lied sei Jota, »myth of the silver screen«, wie die Beatles singen. Ihr Geliebter fleht sie an, sie solle aus Hollywood nach England zurückkehren – wie mein Onkel seine Frau bittet, vom Fernsehen in die Realität zurückzukommen.

Wir hörten Slim Harpo eine andere Frau anflehen »to make honey with me« und Frank Zappa die Gemüse in Kategorien einteilen. Danach wurden die Dinge ernsthafter. *Snakefinger* beschrieben mit schrillen Schreien das »Picnic in the Jungle«, und *Boss Hog* zuckten um eine Erdbeere herum. Trotz seines

Gewichts wand sich Vassilis in den Hüften wie ein Teenager, als er den »Rock Lobster« von *B 52* hörte, und er kannte den Text des eigenartigen Liedes »Eggs with Bacon« von *A Tribe Called Quest*. Seine Sammlung reichte bis zu *Korn* (I swallow and I eat you) und *Stereolab* (Emperor Tomato Ketchup). Als wir zusammen auf »Mach die Flamme niedrig, stell den Schinken kalt«, einen ironischen Walzer der *Sadwy Men*, tanzten, der zehn Sekunden lang dauert, fragte ich mich, ob mein Onkel überhaupt je erwachsen geworden war, das heißt, ob er die Pubertätskrise überwunden hatte. Seine fixe Idee mit dem Essen hatte ihn jung gehalten. So wie Mick Jagger keinen Bauch hatte, besaß Vassilis kein Alter.

»Was schreibt Ilias eigentlich genau über mich?« fragte er keuchend.

»Daß du V. S. bist, ein Theoretiker der Gastronomie; und daß sich deiner Meinung nach alles ums Essen dreht.«

»Bist du etwa gegenteiliger Meinung?«

»Wie könnte ich? Ich gehöre doch zur gleichen Familie.«

»Aber ganz tief drin bist du anderer Meinung, stimmt's? Du glaubst, Essen ist ein Bedürfnis und in den besten Momenten ein Genuß. Vielleicht auch ein Talent.«

»Ein Genuß bestimmt. Bedürfnis, Talent und Kreativität.«

»Alles ist Grundgeflecht des Bauches«, meinte er kategorisch. »Das Essen ist die perfekteste Metapher des Lebens. Eine reizvolle Gewalttat ... Es ist die Anziehung der Gegensätze. Liebe, Wollust, Sättigung, Schicksal, Tod. Stell dir bloß vor, wie anders das Schicksal der Madame Bovary verlaufen wäre, wenn sie in ihrer Jugend Ananas zu essen gekriegt hätte. Oder wie der Ausgang der Zweiten Weltkriegs ausgesehen hätte, wenn die Deutschen kein Schwarzbrot essen und Bier trinken würden ...«

»Ich glaube, du übertreibst.«

»Nicht im geringsten. Weißt du eigentlich, daß eine Katze das Herz von Thomas Hardy gefressen hat?«

Ich dachte, ich hörte nicht recht. Aber Vassilis wiederholte die Frage zweimal. Sein Starrsinn, der erste Schimmer des neuen Tages, der durchs Fenster kroch und seine roten Augen beleuchtete, sowie die Merkwürdigkeit des Themas verursachten mir eine Gänsehaut. Ich mußte an William S. Burroughs' Restaurant in Alaska denken. An die Menschen, die ihre eigene Leber verspeisen. Ein paar Sekundenbruchteile lang war ich von der Furcht befallen, mein Onkel könne beschlossen haben, mir die Brust aufzureißen, um an mein eigenes Herz zu gelangen und es zu verzehren.

Am Abend des 11. Januar 1928 brachte Thomas Hardys Schwägerin Eva, die Schwester seiner zweiten Frau, dem Schriftsteller sein Abendessen und schürte die Glut im Kamin seines Zimmers. Kurz danach hörte sie ihn rufen: »Eva, Eva, was ist das?« – »Das« war offenbar der Tod. An jenem verhängnisvollen Abend starb Thomas Hardy. Vorher hatte er noch die Geschichte des Bürgermeisters von Casterbridge fertiggeschrieben, der seine Frau auf einem Fest verkauft, weil er etwas zu viel Rum in seinen Porridge gekippt hat. Der Leichnam des Schriftstellers war zur Überführung nach Westminster Abbey bestimmt, doch sein Herz sollte in Stinsford begraben werden. »Hardys bester Teil muß hier bleiben«, wie es der Bezirksbürgermeister ausgedrückt hatte.

Das Herz wurde dem Körper entnommen und in einer metallenen Keksdose aufbewahrt. Als der Totengräber im Heim der Familie Hardy eintraf, fand er die Metalldose offen und leer. Eine schwarze Katze leckte sich nicht weit davon das Maul. Offensichtlich hatte sie soeben »Hardys besten Teil« genossen. Den Erzählungen nach reagierte der Totengräber blitzschnell. Er packte die Katze und stopfte sie in die Dose. Darauf versiegelte er sie hermetisch und sagte: »Hardy wollte uns sein Herz hinterlassen. Sein Wunsch ist uns Befehl.« Und so wurde das Herz des Schriftstellers beerdigt wie eine russische Matrjoschka: im Magen der Katze steckend, die sich ihrerseits wiederum in der Blechdose befand.

Die Tatsache, daß das Herz eines Atheisten im Magen einer Katze endete, stellt nach Ansicht meines Onkels einen extremen Witz der Metaphysik dar. »Einen Witz, über den«, wie er wörtlich meinte, »niemand lachen würde, wenn man auf Hardys Herz herumgetrampelt wäre oder es in einem Baum gehangen hätte. Das Lachen, dieses bittere Lachen, bildet sich in dem Moment aus, wo man sieht, wie sich die Katze das Maul leckt.«

An diesem Punkt wurde seine Erzählung durch Jota unterbrochen. Noch halb im Schlaf, mit verquollenen Augen, erschien sie in der Türöffnung.

»Kaffee oder Tee?« fragte sie.

»Ein gefülltes Herz und ein paar Eingeweide als Zubrot«, antwortete ich ihr.

Vassilis brach in Lachen aus. Durch die Art, wie er lachte – eine Kombination aus Ächzen, Kieksen und Schnauben –, wurde ich von einem der seltenen Lachkrämpfe meines Lebens überwältigt. Die Beine gaben unter mir nach. Ich lag auf dem Boden und umklammerte meine Knie. Ich weinte vor Lachen, wälzte mich auf dem Teppich. Vassilis schlug mit den Händen rhythmisch auf den Schreibtisch und wieherte. Jota, die in einen lila Morgenmantel gehüllt war, blickte uns fassungslos an.

»Darf man erfahren, was los ist?«

Nein, man durfte nicht erfahren, was los war. Es war ein ganz privates Ereignis, unsere späte Reaktion auf die Vorfälle der letzten Zeit: Todesfälle, Brände, komplizierte Liebesgeschichten. Vassilis und ich waren wie zwei Zeitzünderbomben, die krachend explodierten. Wir lachten, wie andere geheult oder den Kopf gegen die Wand gestoßen hätten. Jota machte genervt die Tür zu. Die Spannung ließ automatisch nach. Es war kein Geheimnis mehr zu hüten. Wir waren wieder unter uns.

Mir fiel auf, daß sein Gesicht von roten Blutgefäßen unterlaufen war; seine Eckzähne gelb und spitzig. Zum ersten Mal musterte ich meinen Onkel, als ob er ein Gemälde oder ein seltsames Tier wäre. Ich senkte den Blick auch dann nicht, als er seinen Blick auf mein Kinn heftete.

»Schief, was? Willst du nicht ein bißchen was davon abbeißen, damit es gerade wird?«

Diesmal war unser Gelächter noch wilder. Vassilis hieb mit der Faust auf den Tisch. Mein Herz hämmerte unstet.

Thomas Hardys Herz muß ebenfalls unstet gehämmert haben, als er Eva fragte »Was ist das?«. So klein und betagt – ich vermute, das Herz war gerade so groß wie ein Apfel. Mein Herz dürfte doppelt so groß sein. Wenn Marios Kokalias es in einem Happen hinunterschlucken will, muß er schon einen sehr großen Mund haben.

Mein Onkel und ich wurden unzertrennlich. Der Lachkrampf hatte uns zusammengeführt. Diesen Sonntagnachmittag verbrachten wir gemeinsam im Garten. Bis die Sonne sank, redete Vassilis unaufhörlich und pumpte mein Gehirn mit brauchbaren und unbrauchbaren Informationen voll: Wie viele Hasen und Schwäne Richard II. von England habe schlachten lassen, wenn er die Höflinge zum Diner einlud; weshalb die Zähne von Queen Elisabeth durch den Zuckerkonsum schwarz geworden seien; wie Agesilaos von Sparta die erste Gänseleberpastete der Geschichte fabriziert habe; wann genau in Paris die Limonade erfunden worden sei, im Zusammenhang mit dem Fallen des Zuckerpreises. Er beschrieb mir auch das Getränk, mit dessen Hilfe er sich die gesunde Farbe erhielt und das er aus Escoffiers Tagebuch entlehnt hatte: frisches Eigelb, Zucker und Champagner in einem Glas warmer Milch.

Der Genuß, den er aus dem Erzählen schöpfte, belegte, wie sehr mein Onkel an Einsamkeit litt. Er besaß jedoch die Reaktionsfähigkeit eines Menschen von Welt. Er konnte Geschichten erzählen. Er war methodisch. Darüber hinaus war er in der letzten Zeit kreativ geworden, dank seiner Erfindung der Molekulargastronomie. Er hatte kein Verbrechen begangen, wie Ilias schreibt. Im Gegenteil. Er war zu dem Privatdetektiv geworden, der die Lösung für das Geheimnis findet, »wie man zwanzig Liter Mayonnaise aus einem Eigelb herstellt«.

Noch am selben Nachmittag zeigte er mir sein Labor, zwei Blocks weiter unten. Es war in einer alten Lagerhalle voller Ballen untergebracht. Dort sah ich den Prototypen des Lichtbrechungsmessers und das thermoelektrische Metallpaar, mit dem Stefanos die Temperatur im Kern eines Soufflés maß; die ersten Probeampullen für die Ausstellung meiner Mutter; Mikroskope, Fläschchen mit Chemikalien, pH-Wertmesser. Vor mir eröffnete sich das Refugium der Molekulargastronomie.

»Warum verkaufst du deine Ideen eigentlich nicht?« fragte ich, mit den Reagenzgläschen spielend.

»Ich hab keinen kaufmännischen Geist.«

»Ich könnte dir ja eventuell helfen. Es wäre ein guter Anfang, ein paar Schreiben an Herstellerfirmen zu schicken und dann ...«

»Vergebliche Liebesmühe, Athina. Ich will den Leuten nicht helfen und damit auch kein Geld verdienen. Ich tue es für mich selbst. Ich bin unglaublich egoistisch.«

»Beschäftigt dich denn der Ruhm überhaupt nicht?«

»Ich bin so egoistisch, daß ich glaube, er kommt von allein. Ohne daß ich meine Hände rühre.«

Ich blickte auf seine Hände. Rot und dick, wie sie Ilias beschreibt. Ich freute mich, daß diese Hände eine schöpferische Beschäftigung gefunden hatten, außer nur Rezepte herauszuschnippeln und zu katalogisieren. Ich war mir sicher, daß von Vassilis keine Gefahr mehr für Jota ausging. Ohne die Größe der Gefahr einschätzen zu können, konnte ich manchmal sehen, wie mein Onkel sie mit einer Mischung aus Haß und Trauer betrachtete. Jota hatte sicher nichts mit dem Zirkus zu tun, den mein Bruder beschreibt, aber sie befand sich an der Grenze. Die Nachrichtensendung hatte sie korrumpiert. Sie gebrauchte auch im Alltagsleben die platten Gemeinplätze aus der Sprache der Fernsehmoderatoren. Sie suchte Zuflucht bei einer Art sprachlicher und psychischer Ökonomie, die ihr das Gefühl verschaffte, sie habe die Situation unter Kontrolle, sie sei der Mensch mit dem Mikrophon, »die Göttin mit den grauen Augen«. So war für sie alles »erschütternd«, »haarsträubend« und »unglaublich«. Selbst die Art, wie Vassilis und ich an jenem Morgen gelacht hatten. Kurz danach, als wir unseren Kaffee schlürften, konnte sich Jota nicht mehr zurückhalten: »die Art, wie ihr gelacht habt, war schon haarsträubend«, meinte sie. Vassilis sah sie streng an. In dem Moment war ich froh, daß sich meine Eltern hatten scheiden lassen. Andernfalls hätten wir alle unweigerlich vergleichbare Blicke, ein drückendes Schweigen und heimliche Mordabsichten erdulden müssen.

Vielleicht illustrierten Vassilis und Jota ja aber auch die Anziehung der Gegensätze. Honig und Essig des erotischen Salats. Ich hatte weder die Zeit noch die Fähigkeit, mehr herauszufinden. Jedes Paar ist ein versiegeltes Geheimnis. So mißtrauisch ich auch gegen diejenigen bin, die ihren Haß auf jegliche Weise zeigen, so hege ich doch genau die gleichen Zweifel denen gegenüber, die sich hierhin und dorthin wenden, um ihre Liebe zu predigen. Die Liebe hat, wenn ich von dem einzigen Mal her urteilen kann, wo sie mir begegnet ist, nichts mit Worten zu tun. Sie frißt die Eingeweide auf wie eine satte, aber gefräßige Katze. Als letztes läßt sie das Herz übrig. Dessen Ende muß sie sehen, imaginieren und abwarten.

Unter diesen Gedanken schloß ich mich in mein Zimmer ein und beendete die Übersetzung von *Granatäpfel mit Honig*. Es war eine Liebesgeschichte, die mich oft zwang, innezuhalten und mich zu erinnern. Die Farben der Vergangenheit hatten sich gemildert. In meiner Phantasie nahm Iraklis die Form eines Engels an. Ich hatte ihn von mir fortgetrieben, weil er diesem Bild nicht immer entsprach. Er war eben ein Mensch, begehrte die Frauen, wollte sein Leben leben. In diesen Punkten glich ich, wie ich ein paar Wochen später entdecken sollte, meinem Vater; ich glaubte schlicht, daß es Engel gäbe, die ihre Unsterblichkeit für irgendeinen Sterblichen opferten.

Zu meinem Glück war die neue Wohnung nicht vor den ersten Dezembertagen bezugsfähig. Der neuerliche Aufschub ließ mir die Zeit, die Übersetzung des Buches in dem kleinen Zimmer in Ajia Paraskevi ohne Ablenkung zu Ende zu bringen. Frühmorgens übersetzte ich, und gegen elf Uhr kletterte ich in meinen Peugeot und fuhr in den *Oktopusgarten* hinunter. Im Auto sang ich leise den Beatles-Song, den mir angeblich Kokalias beigebracht hatte:

I'd like to be under the sea,
in an octopus's garden in the shade.

In Wirklichkeit hatte ich weder Meeresgärten noch Schatten nötig. Mein Leben war ins Licht der letzten Herbsttage getaucht. Ins Licht der neuen Möglichkeiten.

Ich hatte exakt das gefunden, was mit meinem Bedürfnis nach Ordnung und Sauberkeit korrespondierte. Eine große, blitzende Küche, wo Stefanos und ich schnippelten, kochten, brutzelten, dabei mehr Hände gebrauchend, als wir selbst besaßen. Wir befanden uns tatsächlich im Oktopusgarten. Wir waren anthropomorphe, emsige Oktopusse. Spätabends ließ ich mich in der Badewanne versinken, umgeben von Jotas rosa Fläschchen, und versuchte, den Fischgeruch loszuwerden. Mit etwas Selbstsuggestion konnte ich mir einreden, daß ich eine Meerjungfrau sei. Kurz vor dem Schlafengehen löste sich mein Fischschwanz im Seifenschaum auf, und ich wurde wieder zum Menschen.

An dem Tag, an dem die Übersetzung des *Wintermahls* beendet war, fühlte ich mich wieder wie eine Meerjungfrau, na ja, oder wie ein Muster der Gattung Mensch ohne Beine und Stimme. Ich verbrachte eine halbe Stunde, vielleicht auch mehr, indem ich aus dem Fenster auf die Bäume starrte – alte Feigenbäume und Kiefern. Die Melancholie des Endes dauerte fort und besaß eine merkwürdige Qualität. Ich tröstete mich mit dem Gedanken, daß ich mir noch ein paar Korrekturen für den Schluß aufgehoben hatte. Ilias' Buch war schließlich ein Teil meines Lebens. Ein praktischer Führer für Selbsterkenntnis und Waffenstillstand mit den anderen. Die unbekannten Wörter entsprachen unbekannten Gefühlen und der lyrische Stil meines Bruders anderen Seiten der Wahrheit.

Am nächsten Tag rief mich, der Mathematik der Zufälle gehorchend, Frau Urania an. Die Wohnung sei fertig, meinte sie. Der Spülkasten repariert. Die Badezimmerkacheln wieder ganz neu befestigt. Die Küchenschubladen lackiert und geölt, sie quietschten nicht mehr. Ich packte erneut meinen Koffer. Ganz flink inzwischen – ich war ja an die vielen Umzüge gewöhnt. Der kleine Umzugswagen sollte mir in fünf Tagen einige Möbel und die Bücherkartons aus der Wohnung in Cholargos bringen. Ich hängte mich an Vassilis' Hals, als sei ich der Knoblauchzopf höchstpersönlich. Er schenkte mir die Rezepte des Chefkochs Henri Souler, der am 27. Januar 1966 gestorben war, dem Tag meiner Geburt.

»Der eine Koch stirbt, und der andere wird geboren«, bemerkte er verschwörerisch und blinzelte mir dabei zu.

In den ersten Nächten wirkte die Wohnung in Thissio wie ein Obdachlosenasyl. Ich schlief auf der durchgelegenen Matratze des Vormieters. Die Wohnung benutzte ich wie ein Hotelzimmer. Eine leere Wohnung heißt auch eine stumme Wohnung. Ich versuchte mich an die Idee zu gewöhnen, daß diese Zimmer binnen kurzem sprechen und ihre Geschichte erzählen würden. An dem Tag, an dem der Möbelpacker mit schiefaufgesetzter Schirmmütze bei mir an die Tür pochte, war ich hin- und hergerissen. Die alten Möbel sollten an einem neuen Leben teilnehmen. Souler war abgetreten, damit die Xenou auftreten konnte. Mit anderen Worten, das, was wir Zukunft nennen, mußte auf den Dingen aufgebaut werden, die gestorben waren.

Obwohl die Wohnung frisch gestrichen war, hatte man unterlassen, die Wände zu spachteln. Der Pianist mußte seine Zeit mit dem Herumrücken des Klaviers zugebracht haben. Das einzige, was ich tun konnte, um die Löcher zu verdecken, war, Einrichtungsgegenstände vor die Wände zu schieben; das Sofa, den gelben Sessel des Vaters, meinen Kinderschreibtisch, das Bett. Das Mobiliar meiner väterlichen Wohnung nahm sich in den neuen Räumen etwas pompös aus. Drei Tage später hatte ich mich daran gewöhnt. Egal, was Ilias sagt: Die Gegenstände stellen keine Ansprüche.

Ich machte die Kartons auf und verstaute die Bücher im Einbauregal. Sprachhistoriker, Junggrammatiker, französische und amerikanische Strukturalisten, Anhänger der Transformationsgrammatik füllten die Wohnung. Ich fühlte mich weniger allein. Auf das kleine Glasregal über dem Waschbecken plazierte ich Zahnbürste und Seife. Die Kleider hängte ich in den Schrank und die *Sirupfrüchte* übers Bett. Stefanos brachte mir im Jeep den Computer und half ihn anzuschließen. Aber auf dem Schreibtisch fehlte etwas. Der Drucker! Ich hatte den Drucker in der Wohnung in Cholargos vergessen.

Am Sonntagnachmittag klingelte ich an meiner alten Wohnungstür. Petros war nicht da. Meine Mutter hatte sich gerade die Haare gewaschen. Bis ich den Drucker verpackt hatte, konnte sie sie in aller Ruhe trockenföhnen. Mir fiel auf, daß sich die Gerüche in der Wohnung verändert hatten. Die neuen Möbel waren in aller Eile angeschafft worden. Das Wohnzimmer sah wie ein Ausstellungsraum aus. Und das Arbeitszimmer war nicht wiederzuerkennen. Das neue Bücherregal war auf der gegenüberliegenden Seite des alten aufgestellt worden, als sei es sein Negativbild. Der Drucker stand auf zwei Holzbrettern und war unter Papierstößen begraben. Darunter eine Korrekturfahne, die mich an etwas erinnerte: *Chomfield. Die Theorie des generativen Poststrukturalismus.* Die Buchstaben hüpften. Es war die unbekannte Arbeit meines Vaters, die ich auf dem Schreibtisch der Sella gefunden hatte. Diesmal trug sie ihren Namen.

Ich überflog das Vorwort. Chomfield war ein Wortspiel aus den Namen Chomsky und Bloomfield. Es handelte sich um ein neues Sprachanalysemodell, das generativer Poststrukturalismus genannt wurde und die theoretische Versöhnung des Strukturalismus und der generativen Grammatik vorsah. Es stützte sich auf die Kombination der ganzheitlichen Schemata der generativen Transformationsgrammatik (Chomsky) mit der mechanischen Untersuchungsmethode, die die Strukturalisten verfechten (Bloomfield); der formalen Logik mit der Willkürlichkeit der einzelnen sprachlichen Daten; der Mathematik mit der Poesie. Die Frage, ob der Mensch erzeugt wird oder entsteht, ob die Sprechfähigkeit angeboren ist oder erworben wird, beantwortete mein Vater mit einer Art maßvollen Weisheit: sowohl als auch. Mit anderen Worten, Platon und die empirischen Philosophen treffen sich. Alle besitzen einen Teil des Geheimnisses. Es hörte sich widersinnig an, aber wer war ich schon, um über wissenschaftliche Argumentationen zu urteilen?

Im Gegensatz dazu konnte ich aber über die Fahnenabzüge urteilen. Mein Vater hatte ihr in jenem Brief geschrieben, sie könne seine Studie geheimhalten oder verbrennen. Sie hatte es vorgezogen, sie unter ihrem eigenen Namen herauszubringen. Damit hatte sie eine vielversprechende Doktorarbeit fertig, ohne auch nur den kleinen Finger zu rühren. Xenos hatte ihr sogar noch ein Begriffsverzeichnis mitgeliefert. Ohne Hast holte ich den Drucker heraus. Ich wußte schon, was ich zu tun hatte. Ich verabschiedete mich von meiner Mutter. Verfrachtete den Drucker ins Auto. Bis ich nach Thissio kam, war es bereits dunkel. Als allererstes schlug ich das Telefonblöckchen auf. Wählte die Nummer der Sella.

»Natascha? Hier Athina Xenou. Ich hab dir ein Abkommen vorzuschlagen. Du gibst mir die Briefe meines Vaters, und ich halte den Mund.«

»Ich kapiere nicht ...«

»Doch, doch, du kapierst sehr wohl. Ich glaube, es ist in deinem Interesse, wenn du mir die Briefe gibst.«

»Ich hab keinen einzigen Br ...«

»Dann schau doch mal in der linken Schublade deines Schreibtischs nach ...«

»Du Dreckstück!«

»Du bist das Dreckstück. Soll ich dir vielleicht das Gedächtnis ein bißchen auffrischen: Du schmeißt dich an deinen Professor ran. Du schreibst ihm allen möglichen Stuß, und kaum hat er die Augen zugemacht, schnappst du dir alles, was er hat. Also, gibst du mir jetzt die Briefe, oder soll ich dich vor der gesamten akademischen Gemeinschaft bloßstellen?«

Stille. Auf der anderen Seite des Telefons dachte die Sella nach. Ich hatte Gelegenheit, meinen Sieg zu genießen.

»Es gibt zwei Lösungen«, meinte ich ungeduldig. »Entweder du gibst mir die Briefe, oder du bringst mich um. Ich würde dir die unblutigere Lösung empfehlen.«

»Wann willst du kommen?«

»Jetzt gleich.«

Früher Sonntagabend. Zugig und kalt. Von meinem Fenster aus sah ich die Akropolis, in rotes Scheinwerferlicht getaucht. In meinem Inneren flötete ich einen Marsch, der für solche Anlässe passend ist.

Ich traf wieder auf eine neue Natascha Sella. Sie war nicht reizvoll wie das erste Mal. Und nicht halbverrückt wie das zweite Mal. Jetzt war sie in Rage. Obwohl sie ein langes Kleid, Spitzenwestchen und Schal trug, schlugen ihr die Zähne aufeinander, als ob sie fröre. Ihr Pferdekopf, der mich an Sylvester für sie eingenommen hatte, wandte sich nach rechts und nach links und erinnerte wirklich an ein durchgehendes Tier. Man hatte den Eindruck, sie trainiere für eine volle Kopfumdrehung wie die Hauptdarstellerin in *Der Exorzist*.

»Du hast in meinem Schreibtisch herumgewühlt?«

»Du hast eben zu lang zum Kaffeekochen gebraucht.«

»Wie kannst du es wagen?«

»Läßt du das Fragen nicht lieber? Ich an deiner Stelle würde den Mund halten und die Briefe herausgeben. Sonst ...«

»Es wird dir doch keiner glauben.«

»Ich besitze einen Brief meines Vaters über den Fall Chomfield.«

»Du hast ihn geklaut?«

»Ich hab ihn mir einfach ausgeliehen.«

Sie riß mich heftig an den Haaren. Durch den Schmerz gaben die Knie unter mir nach. Ich lag auf dem Boden, über mir die Sella, die blindlings zuschlug. Ihr Ring traf mich an der Augenbraue. Man hörte einen trockenen Laut. Er kam von meinem Kopf, den die Sella immer wieder heftig auf den Boden drosch, wobei sie mich an den Ohren hielt. Zu meinem Glück kam Moni ins Zimmer. Wie üblich landete sie auf einem Stuhl. Das Geräusch lenkte die Sella ein, zwei Sekunden ab. Ich packte sie an der Weste. Um freizukommen, krümmte sie sich zusammen, warf ihre Beine nach vorne und traf mich an der Brust. Sie selbst fiel mit dem Rücken auf den Couchtisch – einen schweren Tisch, der auf zwei Eisenkugeln lag. Ein ominöses Knacken war zu hören. Die Sella brach zusammen.

Taumelnd holte ich Wasser. Auf dem Rückweg trat ich Moni

auf den Schwanz. Das Tier maunzte auf und verzog sich unters Sofa. »Es ist was gebrochen. Ruf einen Krankenwagen«, wisperte die Sella. Sie sprach ganz leise, als fürchtete sie, die gebrochenen Knochen kämen zu einem Teil von einer zu lauten Stimme.

»Du kannst dich ganz bestimmt nicht bewegen?«

»Ganz bestimmt.«

»Und was erzählen wir ihnen?«

»Daß ich ausgerutscht bin.«

»Und ich?« fragte ich, auf meinen blutigen Nacken zeigend.

»Du bist auch ausgerutscht.«

Ich rief die 166 an. Schleppte mich in die Küche und holte eine Kiwi. Deren Fruchtfleisch verschmierte ich auf dem Boden, um unsere Geschichte wahrscheinlicher erscheinen zu lassen. Es sah aus wie ein kleiner zermatschter Frosch. Dann machte ich die Wohnungstür auf. Ich legte mich neben sie und wartete auf die Krankenträger.

»Egal was passiert«, flüsterte sie mit verzogenem Gesicht, »du kriegst deine Briefe, und ich stelle kommende Woche den Fall Chomfield vor.«

Die Sella hatte es zu eilig. Durch den Sturz waren die letzten Brustwirbel und die ersten Kreuzwirbel zertrümmert. Die Knochensplitter hatten sich auf die gleiche Weise ins Rückenmark geschoben, wie sich vor ein paar Monaten die Glassplitter des Bilderrahmens in meine Hand gebohrt hatten. Trotz Wirbelverschiebungen und leichter Eingriffe änderte sich nichts an der Diagnose: Lähmung der unteren Extremitäten und des Schließmuskels. Sie mußte ein Leben im Rollstuhl ins Auge fassen. Ich war billig weggekommen, mit einer Gehirnerschütterung. Ihr Ring hatte ein großes rotes Mal über meinem Auge hinterlassen. Mein rechtes Augenlid war halb zu. Wie eine Karikatur von Marlene Dietrich sah ich aus.

Die Universität Athen hielt eine Sammlung ab, um der Sella

einen hypermodernen Rollstuhl zu kaufen. Ich kaufte ihr in den Blumengeschäften am Syntagmaplatz ein paar weiße Rosen. Als ich sie besuchte, blickte sie aus dem Klinikfenster, die Hände über der Bettdecke gefaltet. Sie erinnerte mich an unser erstes Zusammentreffen vor einem Jahr in einem Haus, das nicht mehr existierte. Ich dachte, sie sei in Träumereien versunken oder überdenke ihr Leben. Keines von beiden. Genau wie damals schmiedete sie auch jetzt wieder Pläne.

»Du findest den Wohnungsschlüssel in dieser schwarzen Tasche. Du weißt ja, wo die Briefe sind. Danach sperrst du zu und legst den Schlüssel unter den Fußabstreifer.«

»Hast du eigentlich Schmerzen?«

»Das fragst du mich?«

»Ich bin nicht schuld, Natascha.«

»Das ist hier kein Gericht. Es ist eine Klinik.«

»Kann ich was für dich tun?«

»Ja. Mir versprechen, daß der Fall Chomfield unter uns bleibt und von hier verschwinden.«

Das Pferd hatte erneut zu wiehern begonnen. Es wäre mir gar nicht unwahrscheinlich vorgekommen, wenn sie sich aus dem Bett erhoben hätte und wieder herumgelaufen wäre, nur um mir auch noch das linke Auge blau zu schlagen. Ich nahm ihren Schlüssel und verzog mich. Als Anhänger hing ein silbernes S dran; Sella natürlich, aber ich machte mir einen Spaß daraus, mir statt dessen »Schlampe«, »Schickse«, »Schnepfe« oder »Schreckschraube« zu denken. Auf dem Weg nach Kipseli waren mir noch mindestens zwei Dutzend Schimpfnamen eingefallen, die mit S anfingen.

Die Wohnung war dunkel. Moni war nicht da oder still in irgendeinem Schrank verendet. Ich zog dic Vorhängc auf und starrte eine Weile auf die Leute an der Busstation. In ihre Mäntel gewickelt zogen sie Einkaufswagen mit Äpfeln und Orangen hinter sich her. Auf den Straßen plattgewalzte Petersilie. Es war Markttag. Ich drehte ein paar ziellose Runden durch die Wohnung. Ging ins Schlafzimmer und sah unters Bett: Nylonstrümpfe, ein Slip. Machte ihren Schrank auf und fand etwa fünfzig Variationen des gleichen Kleidertyps: lange Kleider aus Baumwollimprimé mit Häkelkragen. Die fünfzig Gesichter der Natascha Sella.

Sie war noch ehrgeiziger als mein ehemaliger Vorgesetzter. Sie war imstande, sich mit eigener Hand noch ein paar Knochen mehr zu brechen, vorausgesetzt, sie konnte die Chomfield-Hypothese vorlegen. Ein-, zweimal im Monat mußte sie enthusiastische Briefe an einen pensionierten Lehrstuhlinhaber schreiben. Instinkt, Selbstbeherrschung und Methodik waren dazu notwendig, ihn auf ihre Seite zu bringen.

Die Wintersonne fiel auf die Schreibtischschublade. Die Briefe meines Vaters waren ganz warm. Ich setzte mich hin und las sie gleich an Ort und Stelle, bäuchlings auf dem Teppich, auf dem Fleck, wo wir uns ein paar Tage vorher herumgewälzt hatten bei dem Versuch, uns gegenseitig zu vernichten.

2. Januar 1994

Liebe Frau Sella,
wie freundlich von Ihnen, mir eine Karte mit Weihnachtswünschen zu schicken. Es ist schon geraume Zeit her, daß ich Karten bekommen habe. Ich habe das Gefühl, Weihnachten ist abgeschafft. Es ist sicher ein unnützes Fest für Agnostiker. Ich versichere Ihnen, daß ich keinerlei metaphysische Erhebung empfinde. Nicht einmal eine physische …
Trotzdem gelten die Wünsche.
Ein gutes Neues Jahr

P. Xenos

29. Januar 1994

Liebe Natascha,
ich empfehle Ihnen, sich nicht zu sehr unter Druck zu setzen. Lesen Sie Hockett, Robins, Martinet natürlich, Chomsky und Harris – den Schüler und den Lehrer. Einführungswerke. Die gesamte Sprachwissenschaft ist eine Einführung in die Sprachtheorie. Stutzen Sie Sie nicht zusammen und vertrauen Sie den zufälligen Stichworten nicht. Es gibt ein Meer an Informationen, aber Sie sollten lieber das Linienschiff nehmen, die Touristenfähre, die Bloomfield und Chomsky heißt. In einem fremden Land brauchen Sie eine Landkarte. Auch die Linguistik muß lange Jahre ein fremdes Land bleiben. Nur so haben Sie die Möglichkeiten, irgendwann einmal auch die entlegensten Gegenden kennenzulernen.

Ich möchte Ihnen mich selbst als Beispiel anführen. Als ich noch in Ihrem Alter war, stellte meine Promotionsarbeit eine zaghafte Stellungnahme über die Theorie von Benjamin Lee Whorf dar. Seine Auffassung wird Ihnen noch gegenwärtig sein: Die Grammatikstrukturen leiten sich aus der Lebensweise ab. Die Sprache der Indianer von Colorado unterscheidet Vergangenheit und Gegenwart nicht, sondern nur die Aktion als Bestätigung oder Gedächtnisleistung. Nach dieser Logik haben die Indianer von Colorado keine Erinnerungen. Mir schien das eine sehr naive Denkweise: Menschen, die das Heute nicht vom Gestern unterscheiden können, weil ihre Sprache kein Perfekt besitzt. Ich druckste an ein paar Gesichtspunkten bezüglich der Unvereinbarkeit von Mentalität und Sprache herum. Dabei stützte ich mich ausschließlich auf die Bibliographie. Umgeben von den Ansichten der anderen fühlte ich mich sicher. Es mußten erst zahlreiche Jahre vergehen, bis ich mich selbst autark fühlte. Vor einigen Wochen stand ich aus meinem Bett auf und dachte, wenn ich heute die Whorfsche Hypothese zum Einsturz bringen müßte, würde ich nur einen einzigen Satz schreiben: »Die Tatsache, daß alle europäischen Sprachen sagen: ›Die Sonne geht auf‹, machte Galilei nicht zum Gefangenen des ptolemäischen astronomischen Systems.«

Es bedurfte fast voller vierzig Jahre, bis ich etwas Eigenes vorlegte. Ich erkläre Ihnen, daß ich endlich meine Theorie, meinen eigenen -ismus gefunden habe. Ich habe den Entwurf meiner neuen Theorie für die Sprache fertiggestellt. Aber was soll ich jetzt damit, liebe Natascha: Ich bin fast sechzig. Es ist Zeit, daß ich die Bücher zuklappe und mich dem Himmel zuwende.

Was Sie betrifft, lassen Sie sich einfach Zeit. Lesen Sie die Geschichte von Milka Ivić – es ist die beste Geschichte der Sprachwissenschaft. Außerdem die Funktionstheorie von Jacobson, den gesamten Mounin, die Geschichte der semasiologischen Theorien von Ullmann. Haben Sie keine Bedenken, wieder zu schreiben. Ich habe reichlich Zeit, mich Ihnen zu widmen, Sie sind meine einzige Studentin.

Ich grüße Sie.

P. Xenos

20. Februar 1994

Meine liebe Natascha,
wenn Ihr letzter Brief nicht die Geschichte Ihres Lebens gewesen wäre, hätte er eine schöne Erzählung sein können. Sie schreiben elegant und wissen die Rührung unter Kontrolle zu halten. Die Kontrolle mindert nicht automatisch Ihre Trauer, ebensowenig wie die meine. Eine unglückliche Ehe ist eben eine unglückliche Ehe. Ich habe mich am selben Feuer verbrannt. Meine Frau verließ mich in genau dem Moment, als die Dinge für mich eine gute Wendung zu nehmen begannen. Meine Kinder Ilias und Athina waren 13 und 16. Ist es Ihnen möglich, sich mich in einer Wohnung mit zwei Gymnasiasten vorzustellen? Es waren meine Kinder, selbstverständlich, aber doch nur dem Namen nach. Ich war nicht imstande, ihnen ein Frühstück zu machen oder die Kleider für sie zu waschen. Sie liefen wie verloren in der Wohnung herum. Ich hatte ihnen nichts zu sagen. Ich konnte ihnen nicht auf ihre grundlegende Frage antworten: Warum ist unsere Mutter weggegangen?
Ich nehme an, sie hatte es satt. Lange Zeit hatte sich hier drinnen nichts mehr abgespielt. Unser Leben hatte keine Höhepunkte mehr. Meine Frau funktionierte ebenso wie Ihr Gatte über Gemütsbewegungen. Wenn man sie an die Hand nahm, begann sie zu sprechen und zu lachen. Ich habe keine besonders gute Beziehung zu Händen. Vielleicht erinnern Sie sich ja noch: Im Hörsaal pflegte ich die Hände in die Manteltaschen zu stecken. Gezwungenermaßen mußte ich wieder von ihnen Gebrauch machen, als Irini die Wohnung verließ. Jemand mußte Kartoffeln braten

und Fische putzen. Meine Kinder sagten ständig, daß ich die Kartoffeln zu dick schnitte oder daß der Fisch stänke. Ich gab es rasch auf. Ich begann ein häufiger Kunde in der Tiefkühlabteilung zu werden. Ich kaufte fertige Frikadellen, Pizzen und gefrorene Erbsen.
Jetzt studiert mein Sohn in London Psychologie. Meine Tochter toleriert mich; sie lebt noch bei mir. Durch ihre Gegenwart erinnert sie mich daran, wie unnütz ich im Gebrauch der Hände bin. Kochen, Bügeln, Zärtlichkeit. Unzweifelhaft bin ich vom Typ des liebevollen Menschen weit entfernt. Ich glaube daran, daß es Vorrang hat, stark, ausgeglichen und hartnäckig zu sein. Unter großem Bedauern muß ich akzeptieren, daß meine Weltanschauung nicht mehr den Verhältnissen entspricht. Aus vier Wänden kann ich keine Stärke beziehen. Die Ausgeglichenheit können Sie vergessen. Was die Hartnäckigkeit betrifft, die ist von dem Moment an verlorengegangen, als ich die Universität verließ.
Ich schreibe nicht so schön wie Sie. Das hindert mich nicht daran, Ihre Trauer zu teilen. Jeden Abend sitze ich vor dem Fernsehgerät und frage mich: Wenn ich nun dies gemacht hätte? Oder das andere? Wäre Irini dann bei mir geblieben? Wäre Athina weniger rigoros? Ich träume von einigen Vorkommnissen dieses potentiellen Lebens. Die blödsinnigen Vorabendserien geben mir Ideen ein. Sie wissen schon, eine amerikanische Familie, die sich um den Tisch versammelt unterhält. Oder das Lachen des Publikums, wenn man einen kalten Witz hört. Diese labende, unsinnige Illusion, man sei nicht allein.

Schreiben Sie mir weiter. Nähren Sie meine Illusionen.

Mit wärmsten Grüßen

Periklis Xenos

12. März 1994

Meine liebe Natascha,

ich danke Ihnen für die Einladung. Sie sind gütiger als geboten zu mir. Ich werde Sie nur enttäuschen. Spaziergänge mit jungen Damen sind in meinem Alter nicht angezeigt. Ich verlasse das Haus nicht mehr. Meine Welt ist im Westen von einem Fernsehgerät begrenzt, im Osten von einem knarrenden Tischchen, und sie mündet nach allen Seiten in Langeweile. Obwohl ich herumknurre, brauche ich Gegenstände, die sich unter meiner vollständigen Kontrolle befinden. Ist das wohl der Beginn des Greisenalters? Dann bin ich jung vergreist. Mir waren Ortsveränderungen von jeher zuwider.

Sie fragen mich wiederholt, warum ich aus der Universität ausgeschieden bin. Der Antwort darauf möchte ich mich nicht entziehen, ich finde nur einfach keine wirklich zufriedenstellende Antwort. Ich glaube, von einem bestimmten Zeitpunkt an erschien mir alles vergeblich. Die Anerkennung der universitären Gemeinschaft ist vielleicht die größte Täuschung. Man wird geachtet, solange man dienert. Sobald man den Kopf hebt, wird sich immer jemand finden, der ihn ei nem abschneidet. Ich fahre fort, zu arbeiten und zu denken. Das ist mir genug.

Sie dürfen auch nicht vergessen, daß jemand bei den Kindern im Haus bleiben mußte, die physische Gegenwart eines Elternteils war vonnöten. Jedoch die Pflichten dieser Rolle hatte ich nicht gelernt. Ich kontrollierte nicht, korrigierte nicht, forderte nur in den seltensten Fällen. Ich glaube, das einzige, was ich ihnen während ihrer Schulzeit auferlegte, war, Roidis' *Päpstin Johanna* zu lesen. Im übrigen verließ ich mich einfach auf mein Gefühl. Ich konnte Athinas Schritt, Ilias' Schlüssel in der Tür unterscheiden. An ihrem Husten konnte ich erkennen, wann sie zu viel geraucht hatten, am Ton ihrer Stimme, wann sie wütend oder zerstreut waren.

Sie wußten nicht, wie sie diese Freiheit interpretieren sollten. Ich fürchte, sie schadete ihnen am Ende – besonders Athina. Man muß sie an den Haaren ziehen, damit sie begreift, ob etwas gut oder schlecht ist. Und doch beschleichen mich wieder Zweifel. Dieses Kind ist genau wie ich. Zaghaft und finster, apathisch, wortkarg. Manchmal, wenn sie sich plötzlich nach mir umdreht, habe ich den Eindruck, ich sähe mich selber im Spiegel. Ilias hat einige Eigenschaften von seiner Mutter bewahrt. Vor allem die Abneigung mir gegenüber. Aber es ist eine seriöse, kontrollierte Abneigung, die sein Gesicht erhellt. Mein Sohn ist ein hübscher Junge. Ich muß Ihnen einmal ein Foto von ihm zeigen: groß, mit einem tadellosen Gebiß und der Statur eines Admirals. Athina hat, obwohl sie eher unansehnlich ist, schöne Augen. Die wenigen Male, die sie vor sich hinträumt, entspannt sich ihr Gesicht, und die Falten um die Brauen verschwinden. Aber denken Sie nicht, daß meine Tochter Wünsche, Ehrgeiz oder Träume hätte. Sie nimmt das Leben,

wie es kommt. Auch das ist eine Art Fatalismus. Sehen Sie, die Eltern vererben ihren Kindern nicht nur Häuser und Gesichtszüge. Meine Tochter hat nicht nur das lange Kinn übernommen, sondern auch meine misanthropischen Tendenzen. Ich unterstelle, daß sie innerlich genau wie ich danach brennt, sich selbst darzubieten. Aber sie weiß nicht wie. Ist so etwas erlernbar?
Wenn Sie wollen, können Sie mir auf diese zutiefst philosophische Frage antworten, Sie, die Sie so schön schreiben. Wandelt sich der Mensch, Natascha? Lernt er noch einmal von neuem? Die Theorie, die ich Ihnen gegenüber in einem meiner vorherigen Briefe erwähnte, meine persönliche Theorie gegen den Fatalismus, präjudiziert, daß wir gleichzeitig geboren und geformt werden. Vielleicht erscheint Ihnen das widersprüchlich, aber wir haben ja noch reichlich Zeit vor uns. Irgendwann werde ich Ihnen die Chomfield-Hypothese erläutern.
Ihr

Periklis Xenos

26. März 1994

Meine Liebe,
Sie glauben also wirklich, daß der Mensch geboren wird und dann einem bestimmten Lebensweg folgt? Ich bedauere, daß Sie so pro Chomsky eingestellt sind. Die totalitäre Grammatik ist für Sie eine Art Bibel, Natascha, distanzieren Sie sich doch ein bißchen von den Axiomen. Ich stimme zu, es gibt eine angeborene Sprachstruktur, dank derer der Mensch die Sprache erobert – wie auch das Leben im übrigen. Aber warum nennen wir,

wenn die Sprache eine rationale Gleichung ist, das Brot »Brot« und nicht »Trob»?
Ist Ihrer Meinung nach die Umgebung so nebensächlich? Wenn ich Sie aus Ihrer hübschen Wohnung in Kipseli hole und Sie in ein verschneites Dorf in den Alpen verpflanze, werden Sie dann noch der gleiche Mensch sein? Werden Sie auf die gleiche Weise denken, wenn sie jeden Tag Eis antreffen und rutschfeste Stiefel tragen?
Bereichern Sie doch Ihre kartesianische Weltsicht um ein wenig J. B. Watson. Wenn Sie mich überreden können, das Haus zu verlassen, muß ich meine Pantoffeln ablegen. Wenn ich meine Pantoffeln ablege, beginne ich mich automatisch wie ein Mensch von Welt zu verhalten, und die Menschen von Welt machen Spaziergänge mit jungen Damen, teure Natascha. Wer weiß? Meine Disharmonie mit den anderen könnte sich eines schönen Tages dank der Bäume, der Blumen und Ihrer erlösenden Gegenwart verflüchtigen.
Mit wärmsten Grüßen

Periklis Xenos

1. April 1994

Meine liebe Natascha,
es ist äußerst schmeichelhaft, daß Sie die Theorie Schopenhauers auf mich anwenden. Ich eine talentierte Person? Was ist denn mein Talent, meine Beste? Vielleicht mein Menschenhaß? Mein nicht vorhandenes Privatleben? Oder meine wissenschaftlichen Entdeckungen? Ich habe Ihren Brief heute, am ersten April, erhalten und ihn in einem Atemzug durchgelesen. Eine schöne, erquickende Lüge. Erlauben Sie mir, mich ebenfalls an den

Brauch des Tages zu halten: Ich bin glücklich. Ich fliege vor Freude. Meine Kinder lieben mich. Irini winkt mir von der Tür aus zu. Ich habe Zukunftspläne. Ich kann Ihnen auch einen Gedanken von Schopenhauer entgegensetzen: »In diesem Sinne ließe sich behaupten, daß man allein in der Jugend mit vollem Bewußtsein lebte; im Alter nur noch mit halbem. Je älter man wird, mit desto weniger Bewußtsein lebt man: Die Dinge eilen vorüber, ohne Eindruck zu machen; wie das Kunstwerk, welches man tausendmal gesehen hat, keinen macht ...«
Die Wahrheit ist, daß Sie mir gute Laune bereitet haben. Ihre Meinung bezüglich meiner Person ist ein starkes Analgetikum. Sind Sie vielleicht in einer Firma beschäftigt, in der man den Greisen auf Bezahlung schmeichelt, damit sie glücklich in die andere Welt gelangen? Ich scherze. Wenn Sie mir jeden Tag einen solchen Brief schreiben, folge ich Ihnen baldigst zu einem Ausflug aufs Land. Ich würde Sie ebenfalls gerne persönlich treffen. Wenn die Stunde für unseren ersten Spaziergang gekommen ist, werden Sie es erfahren. Bedrängen Sie mich nicht noch mehr. Ich bin alt und stur ...
Ich grüße Sie

Periklis Xenos

Meine Liebe,
verzeihen Sie mir, daß ich Ihnen auf Ihre letzten drei Briefe nicht geantwortet habe. Ich habe die Notwendigkeit verspürt, mich eine Weile in meine Einsamkeit zu versenken – die Alten müssen sich mit dem Tod vertraut machen.
Sie bitten mich nachdrücklich, Ihnen Argumente

zugunsten des Behaviorismus zu liefern. Ich bin aber kein Behaviorist, Natascha. Keiner ist etwas, nur um nichts anderes zu sein. Erinnern Sie sich an das Gedicht von Walt Whitman?

Widersprech ich mir selbst?
Nun gut, so widersprech ich mir selbst.
(Ich bin weiträumig, enthalte Vielheit.)

Wissen Sie, was ich vor kurzem gemacht habe? Ich habe gestrickt und dabei das Stemma von Tesnière studiert. Das ist für mich Strukturalismus: Schlingen und Maschen. Ich verstricke verschiedene Theorien und ribbele sie wieder auf.

Meine Liebe, eine Parthenogenese gibt es nicht. Ich habe mir den Kopf zerbrochen, um ein Argument zu finden, das Sie überzeugen könnte, und bin schließlich auf die Geschichte Ihres Idols Noam Chomsky gestoßen. Wie Sie wissen, wurde er am 7. Dezember 1928 in Philadelphia, USA, geboren. Er studierte an der University of Pennsylvania Philosophie und Politik. Irgendwann beschloß er, sein Studium aufzugeben. Er wollte nach Palästina gehen und dort für die jüdisch-arabische Versöhnung arbeiten. Sein Vater, ein herausragender Sprachwissenschaftler des Hebräischen, versuchte ihn auf die gleiche Weise von diesen romantischen Plänen abzubringen, wie ich meinen Sohn entmutigte, als er mir, kurz bevor er sein Graduiertenstudium aufnahm, eröffnete, er wolle Mönch auf dem Athos werden: Der Vater Chomsky stellte listigerweise seinen Sohn dem amerikanischen Strukturalisten Zelig Harris vor, der ähnliche politische Ideen wie der junge Noam hatte. Ich stellte meinen Sohn meinem alten Freund und Akademiker Truman Lodge vor.

Harris weihte Chomsky in den Strukturalismus ein, indem er ihm die Fahnen seines Buches *Methoden der strukturellen Linguistik* zu lektorieren gab. Bei dieser reizlosen Arbeit wurde Ihr »Freund« nicht nur in der strukturellen Theorie unterrichtet, sondern er überwand sie. Er erwachte nicht eines Tages mit den Worten: »Heute denken wir uns eine neue Grammatiktheorie aus.« Außerdem hat Chomsky, wenn wir ihm Gerechtigkeit angedeihen lassen wollen, nie klare Trennlinien gezogen. Denken Sie daran, daß nach seiner Theorie die Syntax autonom ist: Sie basiert auf Form- und nicht auf Bedeutungskriterien. Mit anderen Worten, Chomsky ist ein Anhänger Bloomfields. Er benötigt ein Stück der alten Theorie, um zur neuen fortzuschreiten.
Ich bin seinem Beispiel teilweise gefolgt. Die Chomfield-Hypothese ist meine Theorie gegen die Parthenogenese. Revolutionen reizen mich nicht mehr, Natascha. Selbst ein Mensch, der mit der Faust auf den Tisch schlägt und rot anläuft, muß irgendwann seinen Ton mäßigen – sonst sperrt man ihn ins Irrenhaus. Die Linguistik braucht nüchterne Wissenschaftler. Sie braucht Chomfield.
Sie sind noch jung und nicht leicht zu überzeugen. Sie glauben, um sich zu entspannen, sei es nötig, eine Vase kaputtzuwerfen oder zu kämpfen. Ich versichere Ihnen, es ist nicht so, meine Liebe. Es gibt auch andere Wege. Diplomatische, effektive und langfristige.
Ihr

Periklis Xenos

2. Juli 1994

Meine Liebe,
ich soll kalt zu Ihnen sein? Ganz im Gegenteil. Möglicherweise bin ich ja mit den Jahren wunderlich geworden, aber wie könnte ich eine Abneigung gegen Sie haben? Sie sind anbetungswürdig! Ich sehe Sie immer noch vor mir, wie Sie in der ersten Reihe sitzen, die langen Finger in Gebetsstellung – meine treueste Studentin. Ich lese Ihre Briefe wieder und wieder. Sollten Sie nicht lieber die Linguistik lassen und statt dessen einen Roman schreiben? Zehn, zwanzig Seiten, angefüllt mit der Geschichte Ihres Lebens und Ihren Zweifeln. Eine schöne schräggestellte Schrift. Klare Ideen. Ich bin mehr als stolz, daß Sie meine Studentin waren.

Natascha, Sie sind sehr hartnäckig, wenn Sie etwas herausbekommen wollen, ergreifend hartnäkkig, könnte man fast sagen. Wenn es ausschließlich von mir abhinge, würde ich Ihnen noch nichts über die Chomfield-Hypothese erzählen. Sie ist mein Geheimnis. Ein Knäuel, das ich gern ganz langsam abrollen würde, in derselben Geschwindigkeit, wie ich es aufgerollt habe. Aber wie soll man Ihren hartnäckigen Bitten widerstehen? Wie Sie überzeugen, daß sich die Zeit den Gegebenheiten anpaßt?

Also, Sie haben gesiegt. Heute werde ich Ihnen in Windeseile meine Theorie erläutern. Chomfield ist eine Art Neologismus, der aus der Vereinigung Chomskys mit Bloomfield kommt. Gewissermaßen eine Kombination von Strukturalismus und generativer Grammatik, aus der das resultiert, was ich generativen Poststrukturalismus nenne.

Ich gehe von Markovs Modell der endlichen Zustände aus, die Hockett gleichfalls auf die Phonologie angewendet hatte. Wie Sie sicher noch wissen, gab Chomsky Markovs Modell auf, weil er es als zu einschränkend ansah. Doch nach vielen Versuchen und Mißerfolgen gelang es mir, eine Alternative der Anreicherung für den Mechanismus der »Schlinge« zu finden.
Vielleicht erscheint es Ihnen ja seltsam, aber ich verdanke meine Entdeckung teilweise dem Strikken. Eines Tages stieß ich im Abstellraum auf die alten Stricknadeln meiner Schwiegermutter. Ich dachte mir, warum nicht? Ich brauchte eine praktische Methode, um die »Schlingen« zu erforschen – die Wiederholung der Bewegung, die es einem erlaubt, unendlich viele neue Elemente in einen Satz einzufügen. Wenn es mir gelänge, das Modell Markovs zu verwerten, auf dieselbe Weise, wie Chomsky vom Modell der Satzstruktur Gebrauch machte, wenn ich ein Analysemodell erfinden könnte, das sich näher an Hockett und, genereller, dem Strukturalismus befände, dann könnte ich die ganzheitlichen Strukturen mit der Formenvielfalt der Sprachen kombinieren. Die mathematischen Muster Chomskys würden mit der menschlichen Seite der Linguistik konvergieren. Die neue Theorie würde sich den menschlichen Widersprüchen annähern.
Unzählige Nachmittage verbrachte ich so strikkend. Ich fertigte zwei große asymmetrische Teppiche an. Auf ihnen brachte ich die taxonomische Theorie von Harris, Tesnières Krone, das Projektionsmodell von Imme und Lecerf zur Anwendung. Ich erfand ein neues Modell, eine Erweite-

rung des Modells der endlichen Zustände. Sobald ich meine Arbeit zu Ende gebracht habe, verspreche ich Ihnen, sie Ihnen zu widmen und zu vermachen. Für mich ist sie unnütz, Natascha. Wenn ich sie je offiziell vorstellen würde, würde ich mich dabei wie diese sechzigjährigen Rocksänger fühlen, die trotz Bauch und Doppelkinn auf der Bühne herumhüpfen.

Sie fragen mich, wie es mir geht. Schwer zu sagen. Die Tage sind lang und öde, das Haus ist leer. Manchmal träume ich, daß eine Nixe, die Ihre Gestalt hat, die Wohnung betritt. Stumm und geschmeidig schlüpft sie durchs Zimmer und schenkt dabei dem Fernseher, den Büchern, der Tapete mit den Orchideen und mir selbst ihr Lächeln. Was ich sagen will, ist, daß es nicht notwendig ist, sich zu sehen, damit man sich näherkommt. Die Zeit der Gefühlsregungen ist unwiderruflich vorbei, mein liebes Kind. Ich bitte Sie, ich flehe Sie an, bestehen Sie nicht darauf.

Ihr

Periklis Xenos

27. August 1994

Meine Liebe,

Chomfield und ich danken Ihnen für Ihre guten Worte. Selbstverständlich können Sie meine Arbeit behalten. Ich sage nie etwas, wenn ich es nicht so meine. Sie sind der Anlaß für die Fertigstellung dieser Studie. Ich wollte Ihnen beweisen, daß die Wissenschaft nicht auf Axiomen basiert. Alles verändert sich, Natascha. Die große Liebe unseres Lebens entschwindet. Die Theorien werden durch

andere, neuere abgelöst. Das Eis schmilzt. Die warmen Lüfte setzen ein.
Die Hitze ist in den letzten Tagen anstrengend, sie macht mich nervös. Ich lasse ständig meinen Ärger an Athina aus, weniger an Ilias, der für die Sommerferien gekommen ist. Ihn sehe ich so selten, daß es nur vernünftig wäre, wenn er ein ausgeglichenes Bild von mir hätte. Mit meiner Tochter verhält es sich anders. Wir quälen uns gegenseitig. Die Einsamkeit macht uns hart. Manchmal sieht mich Athina an, als sei ich daran schuld, daß es sie gibt und daß sie ist, wie sie ist. Auf ihrem Schreibtisch fand ich die Fotokopie eines Artikels, den sie für die *Nea Mera* übersetzt hat. Es ist ein Interview mit einem gewissen Edoardo Boncinelli. Ein Molekularbiologe, der zwei Gene entdeckt hat, die eine wichtige Rolle bei der Ausbildung der Intelligenz spielen. Meine Tochter hat in diesem Artikel einen Absatz unterstrichen. Es ist kein schwieriger Absatz. Offenbar hat sie ihn nicht unterstrichen, um unbekannte Wörter im griechisch-englischen Lexikon herauszusuchen. Sie wollte irgendeine eigene Überlegung vervollständigen oder überprüfen. Als der Journalist Boncinelli fragt, ob der Charakter vom genetischen Code abhängt, antwortet er: *Ich denke, die Disposition wird vererbt. Aber die Disposition ist kein Charaktermerkmal. Eine Person, die mit dem Gen der Furcht vor dem Unbekannten geboren wird, wird diese Art der Furcht mit größerer Wahrscheinlichkeit entwikkeln. Doch wenn sie in einer sicheren Umgebung aufwächst, tritt die Furcht vielleicht nie zutage. Als Genforscher habe zwar ich die Neigung zu*

glauben, daß die Gene vieles bewirken, aber ich könnte nicht behaupten, daß sie alles bewirken. Boncinelli ist ein Chomfield, und ich ziehe den Hut vor ihm. Aber weshalb hat meine Tochter diesen Absatz unterstrichen? Glaubt sie, ich sei an etwas schuld? Daß sie größere Entwicklungschancen gehabt hätte, wenn sie in einem anderen Haus aufgewachsen wäre? Daß sie zum Beispiel, wenn sie bei ihrer Mutter gelebt hätte, Gedichte schreiben würde, statt Übersetzungen anzufertigen? Ich bin wahrhaftig kein zur Nachahmung geeignetes Beispiel. Ich laufe ständig in einem Paar abgeschabter roter Pantoffeln herum und führe Selbstgespräche. Nach den Begriffen des gesellschaftlichen Aufstiegs bin ich ein Versager. Und dennoch, sehen Sie, was dieser Versager, der zu Ihnen spricht, gemacht hat: Er hat etwas entdeckt, das Sie »hinreißend und genial« finden, er hat eine Interpretation für die Welt geschaffen. Wenn man also davon ausgeht, daß sich der Defätismus überträgt, dann müßte ich Athina ebenfalls den Genuß an einem leisen Sieg vererbt haben. Von ihr hängt es ab, wie sie davon Gebrauch macht.

Im Gegensatz dazu verfügen Sie über eine barocke Persönlichkeit. Die triumphierende Natascha. Jeder Ihrer Siege muß von rauschenden Hymnen begleitet sein, jede Niederlage von Seufzen und Stöhnen. Ich stelle mir vor, wie Sie im Zimmer Kreise ziehen, weil ich Ihnen nicht nachgebe. Haben Sie nicht so geschrieben? »Aus Kummer laufe ich ständig zwischen Schreibtisch und Fenster hin und her. Wenn meine Absätze ein bißchen spitziger wären, hätte ich bestimmt schon den Boden

durchlöchert und wäre auf den Kopf eines nichtsahnenden Nachbarn gepurzelt.« Meine Liebe, Sie sind nicht bekümmert, Sie sind halsstarrig. Bei einer derartigen Hitze gehe ich nirgendwohin. Warten Sie, bis der Herbst kommt, dann sehen wir weiter.
Ich grüße Sie

Periklis Xenos

10. Oktober 1994

Mein gutes Kind,
jedem Brief fügen Sie einen Mosaikstein an Martern bei. Ihre Geschichte gehört zu den traurigsten, die ich je vernommen habe. Sie sind von Katastrophen verfolgt, Natascha: ein gewalttätiger Vater, eine gleichgültige Mutter, ein paranoider Ehemann. Ich würde Sie am liebsten in die Arme schließen und Ihnen das Haar streicheln, aber da ich nicht die Kraft hätte, auch nur Ihren kleinen Finger anzufassen, erzähle ich Ihnen lieber meine eigene Geschichte. Die Qualen der anderen sind der effektivste Trost.
Mein Lebensweg war ebenfalls nicht mit Rosen bestreut; auch wenn die wilden Orchideen lebenslang eine meiner fixen Ideen waren. Es ist hart, nach dem Krieg aufzuwachsen, selbst wenn der Vater über den Luxus verfügt, täglich einen Hahn schlachten zu können. Meine Eltern besaßen Ländereien, die einen kleinen Bezirk gebildet hätten, wenn man sie vereinigt hätte. Sie verkauften sie Stück für Stück, damit stets Essen auf den Tisch kam. Das verhinderte nicht, daß ich kurz nach der Befreiung schwer krank wurde. Die TBC fesselte mich monatelang ans Bett.

Wenn man einen zehnjährigen Jungen vom Ball fernhält, muß man ihm zur Produktion von Adrenalin einen Ersatz bieten. Mein Ersatz waren die Bücher. Ihr Lieferant mein Vater. Er brachte Bücher über politische Ökonomie, Philosophie mit, Kriminalromane, sogar Bücher über gutes Benehmen. Ich las mit gleicher Hingabe alles, was mir nur in die Hände fiel. Ich entwickelte mich zu einem verweichlichten Jungen, bekam einen erkennbaren Buckel und begann, Gedichte zu schreiben und von Frauen zu träumen. Wie romantisch freilich ... Ich glaubte felsenfest, ich sei ein Engel auf Erden. Wenn ich mit einer Frau schliefe, verlöre ich die Privilegien der Engel. Demnach mußte ich diejenige, der ich meine Unsterblichkeit opfern wollte, mit äußerster Sorgfalt auswählen. Heute behaupten die Psychologen, die Liebe sei eine Sache der Entscheidung. Man öffne das Herz und warte, bis ein weibliches Wesen vorbeikomme und hineinschaue.

Obgleich mein Herz weit offen stand, ließ ich keine Frau hineindringen. Ich fand sie alle viel zu klein, oberflächlich oder selbstgefällig; distanziert, hysterisch und eigennützig. Ich studierte Philologie an der Universität Athen, als ich Irini kennenlernte. Sie war größer als ich, mit einem schweren Knochenbau und roten Wangen. Sie arbeitete damals in einem Bücherladen im Stadtzentrum. Die Art, wie sie auf einen Schemel stieg, um die Bücher von den höheren Regalen herunterzuholen, ließ mich auf sie aufmerksam werden. Sie streckte erst dann die Hand aus, wenn sie das Buch, das sie suchte, bereits mit dem Blick gefunden hatte; eine Art Ökonomie der Bewegungen.

Nur das Grundlegende, das Erforderliche, das Fundamentale. Sie war eine Frau mit positivem Geist, eine echte Frau.
In jenem Jahr kaufte ich viel mehr Bücher, als mir mein Budget erlaubte. Der einzige Weg, sie dazu zu bringen, auf mich aufmerksam zu werden, war der ständige Kauf von Büchern. Der krönende Moment der Transaktion war die Ankündigung des Betrags, den ich zu bezahlen hatte. Sie warf mir einen Blick zu, der auf anmutige Weise ihre gesamte Persönlichkeit untergrub. Dieses unternehmungslustige Mädchen lächelte betreten und fragend, als wolle sie sich dafür rechtfertigen, daß Bücher verkauft und nicht verschenkt werden. Ich verschleuderte mein gesamtes Taschengeld für ihr Lächeln. Eines Tages sprachen wir mehr als üblich. Wenn man einmal die Schwelle des formalen sozialen Umgangs überschritten hat, steht der Weg ganz von allein offen. Ein Spaziergang, ein zweiter Spaziergang, ein Kuß, noch ein Kuß. Ich beschloß, daß ich für Irini auf meine Engelsfittiche verzichten konnte.
Beim ersten Rendezvous kaufte ich ihr wilde Orchideen, die selten und teuer waren. Ein erfahrener Blumenhändler hätte verschlagen gegrinst, denn die knotige Wurzel der Orchis mascula ähnelt den männlichen Hoden. Aber nein, ich versichere Ihnen, ich wollte sie nicht in mein Bett bringen, zumindest nicht so, übereilt und unter Druck. Irinis Körper war für mich wie diese großen zuckersüßen Torten in den Auslagen der Konditoreien in der City: Man schaut sie sich an, aber man bestellt sie nicht. Als wir nach etlichen Monaten im Bett landeten, wuchsen mir an den

Schultern wieder Flügel, die unmerklich zu flattern begannen.
Im heutigen Licht der sexuellen Freiheit kommt Ihnen vielleicht seltsam vor, was ich Ihnen jetzt sage: Ich habe meine Frau nie betrogen. Nicht einmal während der Jahre des Graduiertenstudiums in Frankreich. Stellen Sie sich Paris zu Beginn der fünfziger Jahre vor: Die Nylonstrümpfe der Frauen gaben das Zwitschern eines Kanarienvogels von sich, der sich im Laub verfangen hat, und ich drehte mich nicht einmal nach ihnen um. Wahrscheinlich bin ich kein normaler Fall. Sie fühlte sich im Widerspruch dazu unbehaglich, selbst die beiden Male, als sie mich in Paris besuchte, sie erzählte mir ständig von »Ergriffenheiten«. Es war ein Wort mit tausend Gebrauchsmöglichkeiten. Ergreifende Filme, ergreifende Menschen, ergreifende Landschaften. Die Geburt war eine ergreifende Erfahrung. Das Schweigen war ergreifend, desgleichen die Worte. Das beklommene Lächeln nahm zu, zu Lasten des positiven Geistes.
Athina hatten wir bereits. Irini wurde unmittelbar nach der Geburt unserer Tochter erneut schwanger. Sie setzte sich über die Empfehlungen der Ärzte hinweg und flog im dritten Schwangerschaftsmonat zu mir nach Paris. Sie hatte eine Fehlgeburt. Seither setzte sie, um sich selbst zu strafen, keinen Fuß mehr in ein Flugzeug. Sie hatte einen ganz persönlichen Ehrenkodex. Eine kleine Peitsche geißelte ihre inneren Organe und rief Schmerzen im Magen, den Nieren und im Nacken hervor.
In dem Maß, wie ich älter und verhärteter wurde,

entwickelte Irini ihre Kindlichkeit und Sentimentalität. Sie war ein rundgesichtiges Kleinkind, das beim kleinsten Anlaß in Tränen ausbrach. Hartnäckig verlangte sie, wir sollten ein Klavier kaufen, und als wir es schließlich angeschafft hatten, setzte sie sich hin und spielte täglich die gleiche monotone Melodie. Sie träumte von einem anderen Leben, für dessen Beschreibung sie keine Worte fand. »Ich hätte dieses Leben gerne mit dir gelebt«, schrieb sie mir in ihrem Abschiedsbrief, »aber es ist im wahrsten Sinne des Wortes unmöglich«. Sie meinte damit, unsere Sehnsüchte könnten nicht zusammenkommen. Ich muß zugeben, daß sie recht hatte. Sie wachte auf, bevor es Tag war, und wanderte wie ein Gespenst durch die Wohnung. Als meine Schwiegermutter starb, bestand sie darauf, ihre Fähigkeit als Köchin zu erproben, indem sie merkwürdige Gerichte herstellte. Gleichzeitig begannen ihr die Haare auszufallen. Sie bekam Ekzeme am ganzen Körper, weinte grundlos. Als sie Patros Pagonis kennenlernte, schwächten sich alle Symptome ab, bis sie schließlich ganz verschwanden.
Sobald sie das Haus verlassen hatte, begann sie abzunehmen und hübscher zu werden. Die Diät schlug an, denn sie verband sich mit ihren künstlerischen Vorhaben. Irini befreite sich, wurde kreativ und stark. Die wenigen Male, die wir uns wegen Fragen bezüglich der Kinder trafen, behandelte sie mich, als sei ich ihr großer Bruder, mit einer Mischung aus Zuneigung und Mißtrauen. Ich für mein Teil malte mir ständig aus, wie ich sie ohrfeigte. Wenn sie schon nicht meinetwegen lachen konnte, dachte ich, so sollte sie wenigstens

weinen. Selbst heute träume ich noch von der Ohrfeige, die ich ihr nie gegeben habe.
Mit der Wahl von Petros Pagonis verwarf meine Frau alles, was mit mir zu tun hatte. Sie wählte mein Negativum: einen jungen, großen Mann mit athletischer Statur. Einen ehrgeizigen Lektor, der heute Dekan ist. Einen Menschen von Welt, von der Sorte, die es wie Sand am Meer gibt. Sie verwarf meinen Buckel, meine Zurückhaltung, mein Alter.
Seit damals sind Sie der einzige Mensch, der versucht hat, mich zu überzeugen, daß meine physischen Mängel, meine Weltanschauung und mein Alter nichts Dramatisches sind. Wenn ich Ihre Briefe lese, beginne ich einem modernen Ritter zu gleichen, der sich in seiner Burg verschanzt hat. Es ist nur eine Frage der Willensstärke, daß ich mein Pferd sattle und über die Hügel galoppiere. Dann betrachte ich meine abgeschabten Pantoffeln und lache Tränen, Natascha. Versuchen Sie Ihre Worte ein wenig zu zügeln, wenn Sie sich an mich wenden. Genug mit Gemütsregungen. Ich habe einen hohen Blutdruck. Ich werde Ihnen unter der Hand wegsterben …
Ihr

Periklis Xenos

7. November 1994

Mein Kind,
ich denke mir Ihre weißen Hände an meiner Stirn, wie Sie sagen. Fast kann ich sie sehen. Gestern bin ich vor dem Fernsehgerät eingeschlafen. Meine Tochter deckte mich ganz leise mit einem gestrickten Schal zu. Ich träumte, daß Sie ins Zim-

mer getreten seien. Sie zogen diesen Schal noch fester um mich und küßten mich auf die Stirn.
Ich habe leichtes Fieber. Athina macht sich Sorgen, aber sie zeigt es nicht. Liebe Tochter, wenn wir nichts unternehmen, sind wir verloren – kam es mich an, ihr zu sagen. Ich sagte nichts. Ich bat sie, mir ein Buch von Dubois über die strukturelle Grammatik vom oberen Teil des Bücherregals herunterzuholen. In Wirklichkeit benötigte ich es gar nicht. Ich wollte mich einfach an ihre Mutter erinnern, an die Art, wie sie auf den Schemel zu steigen pflegte. Kennen Sie den Vers von Celan?
»Ein Wort
an das ich dich gerne verlor:
das Wort
Nimmer.«
Dieses Wort war mir also entschlüpft. »Wie bitte?« fragte Athina. »Nie mehr darfst du so auf einen Stuhl hinaufsteigen. Du kannst fallen«, sagte ich.
Mir geht der Zusammenhang meiner Gedanken verloren, Natascha. Mir geht der Zusammenhang des Lebens verloren.

P. X.

25. November 1994

Mein liebes Kind,
ich bin immer noch erkältet. Nein, Fieber habe ich nicht, eher eine allgemeine Schwäche. Meine Beine werden leicht taub. Der Hals trocknet mir aus. Natascha, erzählen Sie mir keine Lügenmärchen. Wie ist es möglich, daß Sie von mir träumen? Was sehen Sie denn? Einen unrasierten Greis, der hustet? Das ist doch kein Traum. Es ist ein Alptraum.

Ich tue, worum Sie mich bitten. Jeden Mittag exakt um zwölf denke ich an Sie. Um genauer zu sein, ich denke ständig an Sie, jedoch erleichtert mich der Gedanke, daß wir jeden Tag zur gleichen Stunde einen Gedanken teilen. Ich fühle mich weniger krank, weniger einsam.

Ich verspreche Ihnen, Sie zu treffen. Ich glaube, daß ich jetzt genug Kraft gesammelt habe, um Ihnen das Haar zu streicheln – und vielleicht auch die Hände. Es ist so so lange her seit damals, mein liebes Kind. Ein festgefahrenes Leben, ungeschliffen, vereinsamt. Ein Leben für Wilde.

Ihr

Periklis

»Diamantis, kann man einen Menschen umbringen und den Mord als Herzattacke verschleiern?«

Diamantis ließ auf eine Antwort warten. Ich hatte ihm nicht gesagt, wer ich bin. Ihn nicht gefragt, wie es ihm ginge. Ich lief im Wohnzimmer der Sella auf und ab, den Telefonapparat in der Hand. Es war ein alter Apparat aus Stahl und Bakelit, geeignet für einen Mord.

»Mit Insulin«, antwortete er schließlich. »Eine Spritze mit Luft vielleicht ... Ja, natürlich geht es.«

»Ich glaube, mein Vater ist umgebracht worden.«

»Was redest du da eigentlich, Athina?«

»Ich bin in Kipseli. Kannst du herkommen?«

Bis Diamantis kam, hatte ich im Arzneischrank im Bad herumgesucht, noch einmal unter dem Bett, im Kühlschrank. Was wollte ich finden? Die Spritze oder ein Reueschreiben? Ich stellte mich vor das Fenster und kaute mir die Nägel ab. Mein Vater war auf sie hereingefallen. Er hatte seine gute Hose mit den Streifen angezogen. War mit ihr spazierengegangen. Er hatte ihr die Haare gestreichelt, vielleicht auch die

Hände. Dann waren sie zusammen nach Hause zurückgekehrt. Die Sella hatte meinen Vater am 7. Dezember umgebracht, an Chomskys Geburtstag, wenn man auch die metaphysischen Entsprechungen mit berücksichtigen will. Sie hatte ihm die Pantoffeln übergestreift. Es hätte sie zuviel Zeit gekostet, wenn sie ihm auch noch eine andere Hose angezogen hätte. Keiner hatte sie im Verdacht. Sie besaß das einzige Exemplar der Arbeit. Offenbar hatte sie die Chomfield-Hypothese auf der Festplatte des Computers gelöscht. Sie fand das eine der beiden Strickstücke. Dann schaltete sie den Fernseher an.

Zwei Tage vorher, Montag, den 5. Dezember, hatte sie den letzten Brief an ihren »lieben Herrn Xenos« geschrieben und eingeworfen. Aber offensichtlich hatten sie zwischendurch telefoniert. Hatte er angerufen? Oder sie?

»Wahrscheinlich sie«, entschied Diamantis. »Sie muß entschlossen gewesen sein.«

»Und mein Vater stimmte zu, kaum daß er ihre Stimme hörte ...«

»Ja, es macht Sinn.«

»Versprichst du mir, daß du niemandem etwas erzählst? Ich muß mit meinem Bruder reden.«

Diamantis seufzte. Er schwankte zwischen seiner journalistischen Identität und unserer alten Freundschaft.

»Ich bitte dich«, beharrte ich. »Betrachte diesen Fall nicht als dicken Fisch für die Zeitung.«

Mein Vater. Ein Fisch, den es aus dem Wasser geschleudert hatte. Ein Tier, das zuckte und zappelte. Ich brauchte keine Gerichtsbarkeit und keine Zeugen. Ich zerschlug ihr einen gläsernen Aschenbecher nach dem anderen. Schmiß ihre Papiere auf den Boden. Trampelte auf ihren Kleidern herum. Goß Essig in der Küche aus. Nahm das Bad auseinander. Fünf Minuten brauchte ich, um die Wohnung unkenntlich zu machen. Diamantis hielt mich nicht auf. Er hielt sich an die Wand gepreßt und sah mir entsetzt zu. »Sie wird die Polizei rufen«, meinte er schließlich.

»Um so besser für sie. Wenn sie die Polizei mit hereinzieht, ist sie unschuldig.« Ich redete, erkannte aber dabei meine eigene Stimme nicht mehr. Ein Wolf in mir, ein Reptil, benutzte menschliche Worte.

Die Sella verständigte die Polizei nicht. Sie unternahm überhaupt nichts. Als ich am nächsten Tag den Müll hinunterbrachte, verfing ich mich in den Falten meines langen Kleides. Zusammen mit den Zitronenschalen landete ich auf dem Fußabstreifer der Haupteingangs. Ich tröstete mich mit dem Gedanken, daß der Unfall ein Teil des Existenzplans war. Es war der vierte Unfall des Jahres. Eine schwere Prellung des Beckens hielt mich etliche Tage im Bett fest. Dort verfaßte ich die meisten Seiten des Buches, das Sie hier in Händen halten. Ich hatte keinen konkreten Plan. Ich schrieb, um zu begreifen, was geschehen war; strickend und aufdröselnd, wie mein Vater.

Wenn der Fall bis zum Staatsanwalt gelangt wäre, wären die einzigen Nutznießer die Journalisten und die Fernsehstudios gewesen. Periklis Xenos wäre zum Spielball der Abendnachrichten geworden. Vielleicht hätte man mehrere Psychologen zugezogen, die dann über eine gespaltene Persönlichkeit und die Wettbewerbsgesellschaft gesprochen hätten; die Anwälte der Sella oder Petros Pagonis, der konsterniert erklärt hätte, er sei bei einer ernsthaften Wissenschaftlerin von so reserviertem Charakter niemals auf etwas Derartiges gefaßt gewesen. Wenn ich nun aber aufschriebe, was passiert war, würden die Ereignisse Würde und Dauer erlangen. Einige Helden des Buches würden nicht wissen, wo sie sich verstecken sollten. Selbst wenn man eine Nase länger macht und einen Schnurrbart wegnimmt, erkennen sich die Menschen wieder. Sie wissen ja, wie kleinlich und boshaft sie sind. An erster Stelle ich selbst. Jawohl, ich, die zu Ihnen spricht.

Ich schickte Ilias die Korrespondenz der Sella mit unserem Vater. Als Begleitschreiben legte ich einen seitenlangen Brief bei, in dem ich ihm erklärte, sein Buch habe in der vorliegenden Form nur sehr geringe Aussichten, verlegt zu werden. Ich schlug ihm vor, ich könne einige Manuskriptseiten mit den Vorkommnissen des letzten Jahres hinzufügen. Sein Text werde unberührt bleiben. Gleichzeitig werde die Erzählung eine zweite Achse gewinnen, wie es normalerweise in den wirklichen Romanen sei. »Mach, was du willst«, antwortete er mir, durch die Enthüllungen schockiert. »Es berührt mich nicht mehr. Ich gebe meinen Namen nicht für das Buch her.« Um so besser. Wir konnten ein Pseudonym finden, es war nicht nötig, daß wir uns die Hände schmutzig machten. Bedeutung hat der Text, nicht der Autor.

Die Briefe des Vaters in meinem Nachtkästchen nötigten mich dazu, seine Ansicht über die Erblichkeit noch einmal zu überdenken: »Wenn man davon ausgeht, daß sich der Defätismus überträgt, dann müßte ich Athina ebenfalls den Genuß an einem leisen Sieg vererbt haben. Von ihr hängt es ab, wie sie davon Gebrauch macht.« Ich glaube, ich habe den Weg dazu gefunden. Ein Buch unter einem Pseudonym. Tief vergrabene Wahrheiten und oben darüber Erde.

Er hatte nicht unrecht gehabt; ich betrachtete ihn tatsächlich, als sei er daran schuld, daß es mich gab. Ich hatte den Abschnitt im Artikel von Boncinelli in der Hoffnung unterstrichen, daß die Erkenntnis eines Problems seine Folgen minimiere. Ich war der Reflex meines Vaters im Spiegel. »Ein zaghaftes Kind, finster, apathisch und wortkarg.« Unbrauchbar zur Arbeit mit den Händen. Bucklig. Ohne Wünsche, Ehrgeiz oder Träume. »Liebe Tochter, wenn wir nichts unternehmen, sind wir verloren.« Weshalb hatte er mir diesen Satz nie gesagt? Weshalb hatte er mir keine Gelegenheit dazu gegeben, mir die Haare zu raufen und in Geschrei auszubrechen?

An allem ist Chomfield schuld, das Modell des Geduldsmenschen. Aber ich bin nicht Chomfield, ich bin schließlich nicht mein Vater. Ich habe Fortschritte in den Arbeiten mit der Hand gemacht. Im wesentlichen lebe ich ja bereits dank meiner Hände. Ich versuche, keinen Buckel zu kriegen. Und ich habe Pläne. Natürlich habe ich nicht vor, sie mit Ihnen zu teilen, Sie wissen schon viel zu viel über mich. Ich fürchte, Sie könnten mich eines Tages auf der Straße erkennen und mit dem Finger auf mich zeigen. Vielleicht setzt die Sella bezahlte Gorillas auf mich an. Diamantis könnte um meinetwillen seine Arbeit verlieren. Meine Mutter wird sich schuldig fühlen, weil sie nicht begriffen hat, daß mein Vater ihr zuliebe die Unsterblichkeit geopfert hat. Und wenn Ilias je einen englischen Verleger findet, wird Carr gezwungen sein, ihren Hut in den Abfall zu werfen, damit er nicht ins Auge sticht. So ist das Leben. So sind die Romane.

Die Chomfield-Hypothese war das Ereignis des Jahres. Sie war im Verlag von Skulas erschienen, dem kleinen Herrn mit dem Schnurrbart, der seine Autoren um die Prozente bringt. Außerdem war sie in einer populärphilosophischen Reihe in London herausgekommen. Natascha Sella wurde ein Star. Der Pressetermin zum Erscheinen des Buches wurde vom staatlichen und vom Privatfernsehen übertragen. Auf den Fotos, die in den Zeitungen veröffentlicht wurden, neigt die »Autorin« den Kopf und lächelt, auf die stählernen Armlehnen ihres Rollstuhls gestützt. Auf einem anderen Foto posiert sie mit »ihrem« berühmten Strickstück. Diamantis hat mir einen Artikel aus dem *Independent* geschickt, der die Chomfield-Hypothese als »revolutionäres Buch, das in seltener Nüchternheit verfaßt ist«, charakterisiert. Am Rand der Kritik hat er vermerkt: »Du hast sie berühmt gemacht.«

Ich bin nicht der Meinung. Die Sella wäre so oder so berühmt geworden. Sie war die »triumphierende Natascha«, wie mein Vater geschrieben hatte. Es lag nicht in ihrem Interesse, etwas Eigenes zu erschaffen, sie wollte Besitzerin einer Idee werden, wie andere Leute Besitzer von Immobilien sind.

Die Menschen wissen schon ganz früh, was sie mit ihrem Leben anstellen wollen, welches die Hauptader ist, die grundsätzliche Ausrichtung. Mein Vater wußte es. Meine Mutter wußte es. Die Sella wußte es. Und ich weiß es ganz tief in meinem Inneren ebenfalls. Die Wünsche erwachen eines Tages, früher oder später. Man verschließt über Tage, Monate oder Jahre die Ohren, aber man kann nicht für immer so leben, man muß herausfinden, wer man ist, aus welchem Grund man sich hier befindet. Man muß der Welt eine Theorie ohne seinen Namen hinterlassen. Muß jemanden umbringen, etwas mit den Händen herstellen, einer anderen Frau den Mann wegnehmen, etwas finden, an das man glaubt.

Ilias und ich haben an dieses Buch geglaubt. Sonst hätten wir es in der Schublade liegen lassen. Wir haben im Gegenteil in vollem Bewußtsein unseres Tuns beschlossen, uns mit der Ladiku in Verbindung zu setzen. Diesmal trafen wir uns in den Geschäftsräumen der *Nea Mera*. Ich übergab ihr den Umschlag mit den Manuskriptseiten. »Zu dick«, war ihr Kommentar. Wir befanden uns wieder in diesem eigentümlichen Schönheitsinstitut, wo die Bücher abnehmen oder Fett ansetzen. Drei Tage später wünschte sie mich zu sehen. Der Roman habe »Thema und Perspektive, wirke aber chaotisch, habe zu viele Wiederholungen, sei nicht dicht genug«, wie sie meinte. Sie verzog leicht die Lippen beim Sprechen. Ich begriff, daß er nicht ganz nach ihrem Geschmack war. Dennoch hatte sie für mich ein Treffen mit einem Großverleger vereinbart. »Der wird es auf jeden Fall herausbringen. Frauen schlägt er nichts ab«, betonte sie, mir gewitzt zublinzelnd. Ich fand das nicht besonders schmeichelhaft. Trotzdem befolgte ich ihren Rat.

Ilias kehrte von London zurück. *Die Stereotypen der Männlichkeit* waren unter Truman Lodges Aufsicht fertiggestellt. Wie ich von Carr erfuhr, war die Beziehung mit der Übergabe der Arbeit beendet. Lodge träumte von jüngeren Männern, wie übrigens auch mein Bruder. Außerdem war es für ihn Zeit, dem Vaterland zu dienen. Er wohnte ein paar Tage lang bei mir. Seine Londoner Gewohnheit konnte er nicht ablegen: Ganze Stunden verbrachte er aus dem Fenster starrend. Er las, was ich geschrieben hatte, und lächelte rätselhaft.

»Was soll das Lächeln?«

»Ich lese gerade die Szene, wo Carr und du am Flughafen auf mich warten. Du fragst sie, ob ich etwas über Iraklis weiß, und fühlst dich erleichtert, daß Carr euer Geheimnis nicht weitergegeben hat. Je weniger Leute sich ein Geheimnis teilen, desto leichter läßt es sich vergessen, schreibst du wörtlich. Gleich darauf gehst du ans Fenster und posaunst sämtliche Familiengeheimnisse aus.«

»Stört es dich, daß ich deine Beziehung zu Lodge erwähne?«

»Überhaupt nicht. Ich glaube lediglich, daß du dir widersprichst.«

»Die Widersprüche der Profession ...«

»Von welcher Profession sprichst du eigentlich?«

»Von der des Schriftstellers.«

»Aber du hältst dich doch gar nicht für eine Schriftstellerin.«

»Schon, aber ich muß doch in ein paar grundlegenden Dingen mit denen übereinstimmen. In der Preisgabe der Geheimnisse.«

»Na, dann sollten wir vielleicht noch unserer Mutter vorschlagen, ein Werk für das Titelblatt zu entwerfen.«

»Gar keine so schlechte Idee.«

»Und sollten wir nicht auch Stefanos um ein paar Rezepte bitten?«

»Und Vassilis um ein Register literarischer Stichworte für das Essen. Wie findest du das?«

»Und als Bonbon die Chomfield-Hypothese, als Appendix veröffentlicht ... Ist sie denn nicht das Werk unseres Vaters?«

»Die Sella wird uns an den Füßen aufhängen.«

»Na ja, davor bleiben wir ohnehin nicht verschont.«

Zweitausend Seiten mit Rezepten, Registern und liguistischen Theorien. Ein Roman in Fortsetzungen, der nie zu Ende geht. Eine Autobahn mit Dutzenden von Ausfahrten. Nein. Ausgeschlossen. Das ist nichts für mich. *Ich bin schließlich müde geworden und sehne mich nach meinem Stall, das heißt nach der Katastrophe meines Dramas.*

Als Leonardo da Vinci das Abendmahl malte, entwarf er zuerst den Tisch mit den Speisen und danach die Apostel. Er glaubte offenbar, daß sich die Geistigkeit in den gekochten Eiern befand und nicht in den Tischgenossen. Sein Fehler. Setzen Sie ahnungslosen Gästen einen Hummer Thermidor vor, und Sie werden sehen, wie er die Zangen bewegt und davonläuft. Geben Sie denen, die ihn zu essen verstehen, rohen Fisch, und es geschieht das Wunder von Kanaan. Zur Zeit des Essens werden die Menschen zu einem Experimentierlabor. Man kann zum Beispiel sehr viel aus der Art entnehmen, wie sie eine Orange schälen, essen oder damit herumspielen. Manche schneiden zuerst das Käppchen ab. Andere stellen mit ihrem Messer eine lange orangefarbene Girlande her. Stefanos häutet seine Orange virtuos, ehe man nur bis drei zählen kann. Pagonis benutzt sie als metaphorischen Begriff des sprachlichen Zeichens; er schneidet sie imaginär in der Mitte durch, um Marios Kokalias die willkürliche Relation zwischen Form und Inhalt zu demonstrieren. Frau Tsirijotaki und meine Mutter kneten die Orangen zerstreut in den Händen, als seien sie Hackfleischbällchen, offenbar vom Geist der Ausstellung *Die schlechten Köchinnen* angesteckt. Vassilis bietet seine Orange Jota an und fragt mich, ob es noch Zitronenpitta gibt. Rania – die den langen Gewändern noch nicht entsagt hat – balanciert ihre Orange auf den Fingerspitzen und trägt Ilias den Vers von Paul Eluard vor: *Die Erde ist blau wie eine Orange.* Fotis gebraucht auf denkbar ekelerregende Weise den langen Nagel seines kleinen Fingers als Taschenmesser und steckt seine Nase in die Mitte der Orange. Der Saft trieft herunter. Dionisia ruft »He, Athina!« und wirft einen Orangenschnitz durch die Luft, der mich am Auge trifft.

21. Februar 1996. Wir sitzen in meinem kleinen Wohnzimmer und feiern die Vernissage meiner Mutter. Wir befinden uns, wie Sie bemerkt haben, beim Obstgang. Das Menue habe ich mit Stefanos' Hilfe zubereitet: Huhn in Essig mit Püree aus Pinienkernen, Rote-Beete-Sorbet, kleine Teigtäschchen mit Meerbrasse und Mohnblättern und die Zitronenpitta meines Onkels. Ilias und ich haben das berühmte Gabelbein auseinandergebrochen, bevor wir das Huhn in Portionen tranchiert haben. Wir spielen nun schon seit zwei Stunden gewissenhaft unser geliebtes Kinderspiel.

Jetzt ist der Tisch voller Krümel und Essensreste. Alle Tafelfreuden sind einmal zu Ende. Selbst wenn man jeden Bissen zweiunddreißigmal durchkaut wie der britische Premier William Gladstone. Das gleiche gilt für die Bücher. Man kann Sie nicht ständig mit Versprechungen imaginärer Oktopusse an der Nase herumführen. Sie haben ja noch etwas anderes zu tun. Wie unser Leben, so nimmt auch das Ihre seinen Lauf. Sie müssen sich mit Ihrem Marios Kokalias beschäftigen, Ihre Carr anrufen, endlich ein bißchen wirklichen Oktopus essen. Wenn Sie sich aber an die fiktiven Speisen gewöhnt haben, auch kein Problem. Es ist noch ein halbes Kuchenblech mit Zitronenpitta übrig.

Dies ist für Sie die letzte Gelegenheit, etwas von meiner Hand Bereitetes zu genießen. Ilias und ich haben beschlossen, daß wir mit diesem Buch zu Ende kommen müssen. Dank dem »Gott«, der schon im *Oktopusgarten* Stammgast geworden ist, ist es meinem Bruder gelungen, einen dreitägigen Genesungsurlaub zu bekommen, um bei der Vernissage anwesend zu sein. Morgen übergeben wir unserem Verleger das endgültige Manuskript. Ich vermute, wir müssen etwas Feierliches anziehen.

Gemessen und ernst sein. Doch heute können wir trinken, soviel wir wollen, unsere Gläser aus vorsätzlichem Glück oder Unglück kaputtwerfen.

»Athina, gib mir dein Glas«, sagt Marios Kokalias. Ich weiß, was Sie denken. Sie liegen falsch, ich habe ihn nicht zur Vernissage eingeladen. Kokalias hat seine Kanäle. Wie die Menschen eine Weiterentwicklung der Affen sind, so sind die Kritiker eine Weiterentwicklung der Journalisten.

Ich schiebe ihm mein Glas zu. Als er es mit Champagner füllt, jauchzen die Bauchmännchen vor Freude. Ich versuche nach meinem Glas zu angeln, aber mein Arm ist nicht lang genug. Ilias nimmt es in einem Zug und drückt es mir in die Hand.

»Was ich für einen netten Bruder habe!« sage ich.

Ilias beginnt mit seinen Fingern rhythmisch auf den Tisch zu trommeln. Alle drehen sich um und sehen ihn beunruhigt an.

»Was gibt es denn? Was ist los?«

»Reingefallen, Athina!« antwortet er und prustet vor Lachen. »*Jantes*!«